Владимир Набоков
Избранные сочинения

ДАР
ОТЦОВСКИЕ БАБОЧКИ

ナボコフ・コレクション

ウラジーミル・ナボコフ

賜物

沼野充義 訳

父の蝶

小西昌隆 訳

新潮社

目次

THE GIFT
Father's Butterflies
By Vladimir Nabokov

Дар
Отцовские бабочки

Владимир Набоков

Japanese translation published by arrangement with
The Estate of Dmitri Nabokov
c/o The Wylie Agency (UK) LTD.

Design by Shinchosha Book Design Division

ナボコフ・コレクション

賜物
Дар

父の蝶
Отцовские бабочки

賜物
Дар

沼野充義 訳

亡き母に捧ぐ

読者にご覧いただくこの長篇小説は一九三〇年代初めに書かれ、当時パリで出版されていた『現代雑記』誌に（一つの形容語と第四章全部を削除したうえで）掲載された。[*1]

第I章

カシは木である。バラは花である。シカは動物である。
スズメは鳥である。ロシアはわたしたちの祖国である。
死は不可避である。

Π《ペー》・スミルノフスキー『ロシア文法教科書』[*2]

曇っているのに明るい午後、四月一日の四時になろうとする頃、年は一九二…年[*3]（ある外国の批評家がかつて指摘したように、たいていの長篇小説は、例えばドイツのものはすべてそうだが、正確な日付から始まっているのに、ロシアの作家だけは——わが国の文学特有の正直さのせいで——最後の桁までは言わないのである）、ベルリンの西部、タンネンベルク通り七番地の建物の前に家具運搬用の有蓋貨物自動車《トラック》が停まった。とても長く、とても黄色いトラックで、その前面につながれていたのもやはり黄色い牽引車《トラクター》で、その後輪は肥大し、内部をあられもなく剝き出しにしていた。

トラックの額には星形の換気扇が見え、そのわき腹全体には運送会社の名前が、高さ一アルシン（約七一センチ）もありそうなばかでかい青い文字で書かれていた。そして、それらの文字の一つ一つに（四角いピリオドも含めて）黒いペンキで左側から影がつけられていたのだが、これは一階級上の次元にもぐりこもうとする不正直な試みと言うべきものだろう。建物の真ん前には（ここにぼく自身も住むことになるのだが）、家財道具を受け取りに出てきたらしい二人連れが立っていた（一方ぼくのトランクの中身は、白い下着よりも、黒い字がびっしり書かれた原稿のほうが多い）。その男のほうは、背が高いげじげじ眉の老人で、風のせいで微かに生き物のように震える、緑褐色のフェルトのコートを身にまとっている。鼻の下や顎に生えたひげに混じった白いものは、口の周りで赤茶けた色に変わり、その口に彼は葉の落ちかかった枝のような葉巻の冷たい吸いさしを無感覚にくわえていた。もう一人はずんぐりした若くない女で、がに股だがかなり美しい中国人と見紛う顔をし、アストラカンのジャケットを着ていた。風は彼女の周りを吹きぬけ、粗悪ではないにせよちょっとかびくさい香水の匂いを漂わせた。二人とも身じろぎもしないで、釣銭をごまかされるのではないかと心配するように注意深く、青い前掛けをつけ赤い首筋を見せる三人のたくましい若者たちが二人の家財道具を相手に苦闘する様子をじっと見守っていた。

「いつか分厚いのを一冊、こんな昔ながらの書き出しで始めてみようか」と、ちらりと頭をよぎった考えにはのんきな皮肉が混じっていた。とはいえ、その皮肉はまったく余計なものだった。彼の内にいる誰かが、彼の代わりに、彼の意思には関わりなく、すでにこのすべてを受け入れ、書きとめ、しまいこんでいたからである。彼自身もここに引っ越してきたばかりで、ここの住人という身分にまだ馴染んでいないのだが、何か買い物をしようと身軽な恰好で初めて飛び出してきたところだった。彼はこの通りを、いや、この界隈一帯を知っていた。引き払ってきた下宿屋《パンシオン》もすぐ近くにあるのだから。ただし、いままでこの通りは、彼にはまったく無関係なものとして、ぐるぐる回り、滑っていくだけだった。それが今日はぴたりと止まり、彼の新しい住居の投影として形をとろうとしていたのだ。

通りの両側には中くらいの高さの菩提樹が植えられ、その密生した小枝には未来の葉の配置図にしたがって雨の滴が宿っている（明日になれば滴の一粒一粒に、緑の瞳が一つずつ入るだろう）。タールで舗装された、幅が五サージェン（約十メートル）ほどもある滑らかな路面と、手作業で作られた（そのため足に嬉しい）色とりどりの歩道を備えているこの通りは、ほとんど気づかないくらいの上り坂になっていて、まるで書簡体小説のように郵便局で始まり、教会で終わっていた。経験を積んだ目で彼は、毎日五感に引っかかり、毎日苦痛をもたらす恐れのあるものを通りに探したが、どうやらそういったものは現れてきそうになかった。春の灰色の日の散漫に広がった光は、そういった疑惑とはおよそ縁がないだけでなく、むしろ明るく晴れた天気だったら必ず姿を現すに違いない、ある種の些細なことを和らげてくれそうだったのだ。どんなものでもその些細なことになり得た。例えば、口の中にすぐさま不愉快なオートミールか、さもなければハルヴァ（すりつぶしたクルミ、ゴマなどを固めた菓子）の味を呼び起こすような色をした建物、前を通るたびに激しい勢いで目の中に飛び込んでくる建築の装飾《ディテール》、ほんのちょっとした重みでもかかったらたちまち崩れ落ちて漆喰の塵と化しそうな女人像柱《カリアティッド》――人目を欺くその見せかけは腹立たしく、これでは何かを支えるどころか、人に寄りかかる居候ではないか。あるいは、とっくに用済みになっているのに完全にはぎとられていない手書きのビラ。錆びた画鋲で木の幹に留められ、無意味に永遠に取り残されているその切れ端は告げていた――にじんだインクで、青っぽくなったイヌが逃げた、と。あるいはショーウインドウに置かれた品物や、何かの思い出について大声で叫びだしそうだったのに、最後の瞬間にそれを思いとどまり、そのまま隅に——まるで自分の中にはまりこんでしまった秘密のように——残っている何かの匂い。いや、そんなものは何もなかった（いまのところはまだ）。でも、いつか暇なときにでも——と彼は考えた——三、四種類の店が交替して現れる順序を研究して、その順序には独自の構成上の法則があるという推測が正しいことを検証したら、面白いだろう。つまり一番頻繁に現れる組み合わせを見つければ、当の町の平均的リズムが導き出せるのではないか。例えば、煙草屋、薬局、八百屋、といった具合に。タンネンベルク通りでこの三つはばらばらで、それぞれが別の角にあったが、ひょっとしたら、ここではリズムの群づくりはまだ始まっていないのだろう。将来、対位法に従って、店たちが次第に（店主が破産したり、引っ越したりするにつれて）集まってくるかもしれない。八百屋は左右をよく見て慎重に通りを渡り、薬局から七軒置いた先のところに、さらにその後三軒先に場所を占めるだろう。ちょうどコマーシャル・フィルムの中でごちゃまぜになった文字たちが自分のしかるべき場所を見つけるように——ただし、それでも、最後になってあわてて立ち上がって、遅ればせながらひょいと向きを変えようとする文字も必ず一つは出てくるものだ（新兵たちの隊列につきものの滑稽なキャラクター、例の間抜けなヤーシカ（ロシアの民衆読み物に登場する滑稽な兵士）だ）。二つの店は隣の場所が空くまで、そのまま待ち続ける。そして空いたら、斜め向かいの煙草屋に「さあ、早く、こっちに！」と言わんばかりにウィンクをする。こうしていまや三軒の店が一列に並び、典型的な一行を作るのだ。やれやれ、それにしても、なんて嫌なものばかりだろう。どの店もこの店も、ショーウインドウに飾られた品物も、商品の愚鈍な顔も。特に嫌なのが、取引の儀式、甘ったるく歯の浮くようなお愛想の言い合いだ——取引の前も後も！　その一方で、控えめな値段の伏せられたまつげや……値引きの高潔な心ばえ……そして、商品宣伝の博愛精神……そういったものも確かにあるのだが、そのすべては善のいやらしい模倣にすぎない。それなのに奇妙に善人たちを誘い寄せるのだ。例えばアレクサンドラ・ヤーコヴレヴナがぼくに打ち明けたところによれば、彼女は知り合いの店に買い物に行くと精神的に別世界に入り込んだようになり、誠実さのワインや互いへの奉仕の甘さに陶酔し、売り手の肉感的な鉛丹（赤茶色の染料）色の微笑みに対して、輝かしい歓喜の微笑を返すのだという。

　彼が入ったのがどんな種類の店かは、隅に電話と電話帳、水仙を挿した花瓶、そして大きな灰皿を載せた小さなテーブルがあることから十分判断できた。彼が好んで吸う吸い口のついたロシア式の紙巻煙草《パピローサ》はここには置いてなかったので、もしも煙草屋が真珠母で作られたボタンのついた斑点模様のチョッキを着ていなかったら、そしてカボチャのような色合いの禿げ頭をしていなかったら、何も買わないで店を出て行ったことだろう。そう、これからも一生ぼくは、自分に押し付けられる商品に対して支払いすぎては、その密かな代償をあれこれの現物支給の形で受け取ることになるのだろう。

　角の薬局に向かって道を渡るとき、彼は思わず首を回し（何かにぶつかって跳ね返った光がこめかみのあたりから入ってきたのだ）、目にしたものに対して素早く微笑んだ――それは人が虹や薔薇を歓迎して浮かべるような微笑だった。ちょうどそのとき、引っ越し用トラックから目もくらむような平行四辺形の白い空が、つまり前面が鏡張りになった戸棚が下ろされるところで、その鏡の上をまるで映画のスクリーンを横切るように、木々の枝の申し分なくはっきりした映像がするすると揺れながら通り過ぎたのだった。その揺れ方がなんだか木らしくなく、人間的な震えだったのは、この空とこれら木々の枝、そしてこの滑り行く建物の前面《ファサード》を運ぶ者たちの天性ゆえのことだった。

　彼は店に向かってさらに歩きだしたが、たったいま目にしたものが――同じような性質の喜びをもたらしてくれたからなのか、それともだしぬけに彼を襲って（干草置き場で子供が梁からしなやかな闇の中に落ちるときのように）揺さぶったからなのか――もうこの数日間、何を考えても暗い底にひそんでいて、ほんのちょっとした刺激を受けただけで浮かび上がって彼を虜《とりこ》にしてしまう、あの愉快な何かを解き放ったのだった――ぼくの詩集が出たんだ。そして今回もそうだが、特にこれといった理由もないのにそんな風に落ちていったとき、つまり出版されたばかりの五十篇ほどの詩のことを思い出したとき、彼は一瞬のうちに本全体を心の内に思い浮かべてしまったので、詩集が奏でる狂ったように加速された音楽の瞬時の霧の中では、ちらちら見え隠れする詩のそれぞれの意味を読み解き識別することなど不可能だった。馴染みの単語たちが回転して激しく沸き立つ泡となり、疾駆していった（泡は逆巻く渦から、力強い流れに変わっていく――かつて私たちはこんなことを経験しなかっただろうか、水車小屋の震える橋から沸き立つ泡にまなざしをじっと向けて見つめていると、そのうちに橋が船の艫《とも》に変容するということを。さらば、出航だ！）。そしてこの泡も、ちらちら見え隠れする詩行たちも、あるいはそこから別れて駆け去っていき、遠くのほうから荒々しい歓喜の叫びをあげている一行も――あれはたぶん、家に帰ろうと彼を呼んでいるのだろう――そのすべてが詩集の表紙のクリームのような白と溶け合って、比類なく清らかな幸福の感覚となった……。「いったい、何をやっているんだ！」彼ははっと我に返った。というのも、さきほど煙草屋で受け取ったばかりの釣銭を、こちらの店では真っ先にガラスの陳列台の真ん中に置かれたゴム製の小島にぶちまけていたからで、その陳列台を透かして下からは、扁平な香水の小瓶の数々が水底に沈んだ金塊のように光って見えていたが、その一方で、彼の突飛な振る舞いに対して寛大な女性店員のまなざしは、まだ何を買うとも言わないうちから代金を支払おうとしているそそっかしい彼の手に向けられていた。

「アーモンド石鹼をください」と、彼は威厳をもって言った。

それから彼は、相変わらず舞い上がるような足取りで、家に戻っていった。建物の前の歩道にはもう誰もいなかったが、それは子供が並べたような三脚の、ヤグルマギクのように青い椅子を勘定に入れなければのことだ。トラックの中では小さな茶色のアップライトピアノがあお向けに寝かされ、起き上がれないように縛られ、金属製の小さな二つの足裏を上にもたげていた。階段を上っていくと、がに股でどたどたと降りてくる運送屋たちに出くわした。そして新しい住まいのドアのベルを鳴らしたとき、階上から話し声やハンマーの音が聞こえた。家主のおかみさんは、彼を中に入れると、鍵は部屋の中に置いてあると言った。この大柄で獰猛そうなドイツ女は奇妙な名前をしていた。ロシア語の造格と誤解させる響きのせいで、何かを感傷的に請け合っている感じがしたのだ。その名前はClara Stoboy（クララ・ストボイ）といった。[*4]

さて、いまや目の前には細長い部屋があり、その中でトランクが辛抱強く待っていて……そして、このときすべては一変し、のんきな気分が嫌悪感に変わった。こんなに恐ろしく屈辱的なわびしさを味わわなければならないなんて、とんでもない！　いつものことながら引っ越しして入った新居の嫌らしい重苦しさは例によって受け入れがたく、赤の他人の物たちの目の前で暮らすことなどとても無理だし、こんな寝椅子では間違いなく不眠症だ！

しばらくの間、彼は窓際に立っていた。空はヨーグルトのようだ。ときおり盲目の太陽が漂うあたりにオパール色の穴があき、そうすると下界では、トラックの丸みを帯びた灰色の屋根で菩提樹の枝の細い影たちが恐ろしい勢いで実体化に向けて突き進むのだが、その形が完全には具現しないうちに、溶けてなくなるのだった。真向かいの建物は補修工事のための足場に半ば囲まれ、建物の前面《ファサード》の健康な部分をびっしり覆うツタは窓に這いこもうとしている。建物とその前の庭を分かつ通路の奥には、地下の石炭置き場を示す看板が黒ずんで見えていた。

このすべてはそれ自体として存在する光景だったし、部屋もまた同様だった。しかしその二つを媒介する者が現れたおかげで、いまや窓の外の光景はまさにこの部屋から見た光景になろうとしていた。しかし、視力を獲得したからといって、部屋がましになったわけではない。青みがかったチューリップを一面に咲かせた麦わら色の壁紙を遥かな草原に変容させるのは、難しいだろう。書き物机の荒れ地から最初の何行かが芽生えるまでには、長いこと荒れ地を耕さなければならない。そして肘掛け椅子を旅に適したものにするためには、その脚元と脚の付け根に長いこと煙草の灰を振りまく必要があるだろう。

おかみさんが電話だと言って、彼を呼びに来た。彼はうやうやしく背を屈めて、おかみさんの後について食堂に入った。「第一に」と、電話の向こうからアレクサンドル・ヤーコヴレヴィチ・チェルヌィシェフスキーの声が聞こえた。「いったいどうして、君の元の下宿屋《パンシオン》じゃ、君の新しい電話番号をあんなに教えたがらないんだね？　一悶着起こして飛び出したんじゃないのかな？　第二に、君におめでとうと言いたいんですよ。えっ、何だって、まだ知らない？　本当に？」（「まだ知らないんだそうだ」と、アレクサンドル・ヤーコヴレヴィチは電話の外の誰かに、自分の声の反対側を向けた）。「それじゃ、いいかい、これから読んであげるから、落ち着いてよく聞きなさい。『出たばかりのこの詩集は、今のところまだ無名の著者、フョードル・ゴドゥノフ＝チェルディンツェフによるものだが、じつに輝かしい現象であり、著者の詩的才能には疑問の余地はなく……』いや、ここで止めておこう。今晩うちに来てくれたら、書評の全文をあげるから。いや、フョードル君、いまは何も教えてあげませんよ、どこに出た書評かとか、何が書いてあるかとか。ただ、私の考えが知りたいのならば、そう、気を悪くしないでほしいんだがね、こりゃちょっと褒めすぎだな。じゃ、来てくれるね？　けっこう。待っていますよ」

受話器を置こうとして、彼はスチールをよりあわせて作ったスタンドをそこに紐でつながれた鉛筆もろとも、あやうく落としそうになった。そこで取り押さえようとしたのだが、かえってそのため払い落とすことになった。それから食器棚の角に尻をぶつけた。それから、歩きながら箱から引っ張りだした紙巻煙草を落としてしまった。しまいには、振り幅をきちんと計算に入れずにドアをぎぎっと開け放ったので、ミルク皿を持って廊下を通りかかったストボイ夫人が冷やかに「あらら！《ウプス》」と声を上げた。彼は、夫人に言ってあげたくなった――青みがかったチューリップを一面に咲かせたその麦わら色のドレスは素敵ですねとか、縮れた髪の毛の分け目や震えるたるんだ頬のおかげで、なんだかジョルジュ・サンドを思わせる女帝の貫禄がついて見えますよとか、この家の食堂は最高ですよとか。しかし、彼は晴れ晴れとした微笑みを浮かべるだけにとどめ、脇に跳びのいた猫の体について行きそこねた虎縞模様につまずきそうになった。結局のところ、彼は一度も疑ったことがなかった――世界は――その実体はペテルブルクやモスクワ、キエフを去ってきた数百人の文学愛好者だが――ただちに彼の才能を認めるだろう、ということを。

目の前にある小さな本は、『詩集』と題されている（ちょっと前までは『月の幻想』から象徴主義者好みのラテン語にいたるまで、必ず金ぴかのモールをつけなければならなかったのだが、最近ではこの手の飾り気のない燕尾服のお仕着せを必ず着ることになった、というわけだ）。そこに含まれる五十篇ほどの十二行詩は、ことごとく一つの主題、すなわち幼年時代を扱っている。敬虔なまでの思いをこめてこれらの詩を書きながら、著者は一方では、幸運な幼年時代にはいずれにせよつきものの特徴を主に選びだしながら、思い出を一般化しようと努めている。そのため、詩の見せかけの明瞭さが生じている。他方、著者は自分の詩の中に実際に自分という存在であったもの、つまり完全に混じり気なしの自分しか入り込むことを許さなかった。そこから詩の見せかけの洗練が生じている。著者は遊びの支配権を失わないようにすると同時に、自分が遊ばれる玩具であるという状態から出ないようにもするため、たいへんな努力をしなければならなかった。霊感の戦略と頭脳の戦術、詩の身体と散文の透き通った精[*5]——これこそが、若い詩人の作品の特徴づけのため十分に正確な定義ではないだろうか……。さて、部屋にこもって鍵をかけ、自分の本を取り出すと、彼はそのままソファに倒れこんだ。さあ、いますぐに、まだ興奮が冷めやらぬうちに、読み返さなければ。そこに収められた詩の質の高さを確かめるとともに、未知の愛すべき賢明な判定者が詩に与えてくれた高い評価を、その詳細にいたるまで全部あらかじめ思い描くのだ。そして彼は今度は詩の一つ一つをまるで試し、検査するように、ついさきほど一瞬のうちに心の中で本の全体を走り読みしてしまったのとは正反対の作業をしたのだった。つまり、今度は詩の一つ一つをいわば立体的に、その中を隅から隅まで歩き回るように読んだのだ。そんな風に読むと、詩はちょっと高いところに持ち上げられ、四方からふわふわした素晴らしい田舎の風に吹かれているようだった。こういう風に吹かれると、人は夜寝る前にはぐったりと疲れているものだ。言葉を換えて言うと、彼は詩を読みながら、これらの詩を引き出すために記憶によってすでに一度集められた素材のすべてを改めて使い、すべてを、そう、本当にすべてを復元していたのだ。ちょうど帰ってきた旅人が、孤児になった少女の目の中に、若かりし日に知っていたその母親の微笑みだけでなく、黄色い光の中に消えてゆく並木道や、ベンチの上の褐色の木の葉にいたるまですべてを、そう、本当にすべてを見てとるように。詩集は「失われたボール」という詩で始まっていた——雨がぽつぽつ降り始めたようだった。わが国の北方のモミにとてもよく似合う、重苦しく曇った夕べが家の周りで暮色を深めた。夜を前にして並木道は公園からねぐらに戻って行き、出口のあたりは薄闇に覆われた。そのとき、部屋の中の様々な品物の一番明るい部分はもう外の闇の中に出て、どうしようもなく黒い庭で思い思いの高さに仮の場所を決めて陣取っていたというのに、観音開きの白い鎧戸が閉じられて、部屋を外の闇から隔ててしまった。もうすぐ寝る時間だ。遊びもけだるく、なんだか面白くなくなってきた。彼女は年老いていて、ゆっくりと三段階にわけて身を屈めて膝をつくとき、苦しそうなうめき声をあげる。

ボールがばあやの簞笥の
下に転がり込み、床では蠟燭が
影の端をつかみ、あちこちへ
引っ張りまわす　でもボールは見つからない。
それから曲がった火かき棒が
うろついてがちゃがちゃ音を立てても
ボタンを一つ、それから乾パンのかけらを
たたき出しただけ。
ところがそのときボールはひとりでに
震える闇の中に飛び出して
部屋を横切り、まっしぐら
難攻不落の長椅子の下に。

「震える」という形容があまり気に入らないのは、なぜだろう。それともここでは突然、登場人物たちのサイズに目がすっかり慣れてしまっているというのに（だからこそ人形劇が終わったとき観客が最初に味わうのは、「自分はなんて大きくなってしまったんだろう！」という感覚なのだ)、一瞬その中に人形使いの巨人のような手がぬっと現れた、ということなのだろうか。でも結局のところ、部屋は本当に震えていたのだし、明かりが部屋から持ち去られるとき影たちがちらつき、回転木馬のように動いていくことや、ばあやがなだらかな丘陵のようなぐらぐらする葦簀《よしず》張りのついたてに手を焼いているとき(そのついたては引き伸ばせば引き伸ばすほど、それに反比例して安定性を失う)、影のラクダが天井で怪物のようにこぶを動かしているといったことはすべて、あらゆる思い出のうちでも一番早く、一番オリジナルに近いものなのだ。ぼくは好奇心からしばしばこのオリジナルのほうに向かおうとする——それはつまり、逆のほうから無に入っていくということだ。つまり、幼児のぼんやりとした状態はぼくにはいつも、長い病気の後のゆっくりとした恢復、根源的な非存在から遠ざかることのように思えるのだが、この闇を味わい、その教訓を未来の闇に入っていくのに役立てるために記憶を極限まで張りつめるとき、それは非存在に近づいていくことになる。ところが、自分の生涯を逆立ちさせ、誕生が死になるようにしてみても、この逆のほうからの死の間際に、百歳の老人でさえも本来の死を目の前にしたときに味わうという、あの極度の恐怖に相応するようなものは何も見当たらないのだ。そう、さきほど触れた影たちのほかには何も。この影たちは、蠟燭が部屋を出て立ち去っていくとき(その際、ベッドの左裾に立つ支柱の先端についた玉の影が、動きながら大きくなっていく黒い頭のように、さっと通り過ぎる)、どこか下のほうからわき上がり、ぼくの子供用ベッドの上でいつも同じ場所を占め——

　そして夜中にはあちこちの隅で厚かましくなって
自分の本来の手本を真似るのも

ほんの申しわけ程度。

誠実さによって好感を買う一連の……いや、ばかばかしい、誰を買収するというのだ。買収されるような読者とはいったい誰だろう。そんなものは必要ない。すぐれた一連の……それとも、もっと大げさに言えば、際立って素晴らしい一連の詩のすべてにおいて、作者はこれらの恐ろしい影たちだけでなく、明るい瞬間の数々も謳いあげる。ばかばかしい、いや、本当にばかばかしい！　彼はもっと別の書き方をするだろう、ぼくの詩を褒め称える、名も無い、誰だかわからない批評家は。そしてそういう理解者だけのためにぼくは二つの大切な、そして古くて由緒ある——そんな風に思える——おもちゃの思い出を詩にしたのだった。そのうちの一つは、綺麗な模様が描かれたでっぷりと太い植木鉢に南国の植物の模造品が植えられたもので、その植物には羽が黒く、紫水晶《アメシスト》色の胸をした、今にも飛び立ちそうに見える熱帯の小鳥の剥製が止まっていた。家政婦のイヴォンナ・イワーノヴナに頼み込んで大きな鍵を受け取り、それを植木鉢の側面に差し込んで、命を吹き込むようにぎりぎりと何回か回すと、小さなマレーのサヨナキドリは嘴《くちばし》を開き……というのは嘘で、じつは嘴を開くことさえしなかった。というのもぜんまいか、どこかのバネが変な具合になっていたからだが、それは後で作用するように力を貯めこんでいたのだ。つまり小鳥は鳴こうともしないのだが、小鳥のことを忘れて一週間もたってからたまたまそれが載った戸棚の前を通り過ぎようものなら、摩訶不思議な振動のせいだろうか、突然、魔法のようなさえずりが生み出された。そして羽毛がぼさぼさになった胸を突き出して、小鳥はなんと素晴らしい声で、なんと長いこと歌い続けたことだろう。ところが、こちらがその場を離れようとして足を別の床板の上に踏み出すと、鳥はとたんに鳴きやみ、最後にもう一声発したかと思うと、音の半ばで凍りついたように静まるのだった。

詩に歌われた二つ目のおもちゃも別の部屋のやはり高い棚の上で同じように、ただし模造品の道化らしさをにおわせながら――本物の詩にはパロディがつきものなのだから――振る舞っていた。それは繻子のだぶだぶのズボンをはいた道化で、白く塗られた平行棒に手をついて体を支えていたが、ふと突かれたりすると、

　　滑稽な発音の
　　ミニチュア音楽の調べにあわせ

動きだした。その音楽が足下の台座のどこかから響いている間、道化はかろうじて見分けられるくらいのがくっがくっという動きとともに、白い靴下と玉飾りつきの靴を履いた足を高く、高く上げていくのだが、突然すべてが中断して、道化はしゃちほこばった体勢のまま凝固したように動かなくなってしまった。ぼくの詩もまた、そんな風ではないのだろうか……。しかし、対比と推論の真実は、ときに言葉の垣根のこちら側でよりよく保存されるものなのだ。

　積み重ねられている小品群から次第に形づくられていくのは、きわめて恵まれた環境に育ったきわめて感受性の鋭い少年の姿である。私たちの詩人は一九〇〇年七月十二日に、ゴドゥノフ＝チェルディンツェフ家の先祖伝来の領地レシノに生まれた（レシノは架空の地名だが、森「レス」を連想させる）。少年は小学校に入る前から、父の蔵書にあった少なからぬ本を読破していた。某氏による興味深い回想録によれば、フェージャ（フョードルの愛称）少年は二歳年上の姉とともに児童演劇に熱中し、二人は自分の芝居のための台本さえ書いていたという……。いや親愛なる批評家の先生、それは他の詩人についてならば本当かもしれないけれど、ぼくのことなら嘘です。ぼくは演劇には関心を持ったことはありませんでし

た。いや、もっとも、家には人形劇の舞台は確かにありましたね。そう、そこにはボール紙製の小さな木と、鋸の歯のようにぎざぎざした胸壁とラズベリー・ゼリー色のセルロイドの窓を備えたお城があって、内側で蠟燭に火を点すと、窓はヴェレシチャーギンの絵のような炎に照らされて輝いた（ヴェレシチャーギンはロシアの画家。ナポレオン軍がモスクワに侵攻したときの大火を描いた作品がある）。そして、その蠟燭のせいで――ぼくたちのせいでもあるわけだが――結局のところ、お城は全焼してしまったのだった。それにしても、おもちゃのこととなると、ぼくとターニャはなんて気難しかったことだろう！　他所から、つまりいい加減に贈り物を選ぶ人たちからは、お粗末極まりない品物が届くこともしょっちゅうだった。蓋に絵が描かれた平べったいボール箱はすべて、不吉な前兆となった。そういった蓋の一つを描いた詩を一つ、この詩集のために決めた十二行の形式で書こうとしたのだが、結局詩はなぜかできなかった。電灯の光に照らされた円いテーブルを家族が囲んでいる――ちょっとあり得ないような水兵服を着て、赤いネクタイを締めた少年。赤い編み上げブーツを履いた少女。二人は官能に酔いしれた表情を浮かべて、色とりどりのビーズをストローのような細い棒に通し、バスケットや鳥かごや小箱を作っている。その二人に劣らず夢中になってこの娯楽に参加しているのは、おつむの弱そうな両親だ。父親はコンクールで賞が取れそうなひげを満足げな顔に生やし、母親は堂々たる胸をしている。犬もテーブルを見つめていて、背景には肘掛け椅子に腰をおろし、うらやましそうな顔をしたおばあさんの姿が見える。まさにこの子供たちがいまでは大きくなって、その姿に広告でしばしばお目にかかるわけだ。少年のほうは、日に焼けた脂ぎった頬をてかてか輝かせ、うっとりと好色そうな顔つきで紙巻煙草を吸っているか、そうでなければ、肉食獣のように歯をむいてにっと笑いながら、勇士を思わせるたくましい手になにやら赤いものを載せたオープンサンドを握っている（「もっと肉を食べようぜ！」）。少女のほうは自分の足にはいたストッキングに微笑みかけたり、淫らな喜びを味わいながら缶詰のフルーツに合成クリームを振りかけたりしている。そして時が経てば、彼らは元気で血色もよく食いしん坊の老人になることだろう。さらにその先では、ショーウインドウの棕櫚の木の間に置かれた、オークの棺桶の黒々とした地獄の美しさが待っている……。そんな風に、美しき悪魔たちの世界は、私たちとぴったり並んで、人間の生活と不吉にも陽気な一致を示しながら、発展していく。しかし、この美しき悪魔はほとんど完璧に見えるのだが、秘密の弱点、いわば尻にできた恥ずかしいイボのようなものをいつも抱えている。広告看板でゼラチンを貪り喰う、ぴっかぴかのグルメたちには洗練された食通の静かな喜びなどは知るよしもなく、彼らの流行は（私たちが前を通り過ぎる間も、広告掲示板に残ってぐずぐずしているため）いつもほんのちょっぴり、実際の流行から遅れているのだ。報復の女神は、打ち破るべき相手の意味と力のすべてが集中していると思われるちょうどその場所に弱点を見つけて、一撃を加えるものではないか。この報復の仕組みについては、またいつか語ることになるだろう。

　がいしてぼくとターニャはおとなしい遊びよりも、汗をかくような遊び——かけっこや、かくれんぼや、戦争ごっこなどのほうが好きだった。それにしても「戦争《スラジェーニエ》」や「銃の《ルジェイヌイ》」という単語は、色を塗った細い棒を（殺傷力を強めるために、ゴムの吸盤ははずしてあった）銃の中にぎゅっと押し込んだときの音を、なんとうまく伝えていることだろう。その棒は、金色のブリキの胸当てにがしゃんと音を立てて命中し（胸当てをつけた騎兵と赤い肌のインディアンのあいのこを思い浮かべる必要がある）、打撃による名誉のへこみを作るのだった。

　そしてきみが弾力のある床に
　銃身を押しあて　バネを軋ませ

銃身の奥まで棒をもう一度差し込むと
鏡に映ったきみの分身が
ドアの向こうに隠れていて
そのヘアバンドの後ろから
虹色の羽根が突っ立っているのが見える。

著者はいろいろなところに隠れたようである（ここで話題は、ネヴァ川のイギリス河岸通りにいまでも残っているゴドゥノフ＝チェルディンツェフ家の邸宅のことに移っていく）――カーテンの陰、テーブルの下や、絹張りのトルコ風長椅子に立てかけたクッションの後ろなど。そして洋服箪笥の中に隠れると、足下ではナフタリンががりがり音を立て、人に見られることなく箪笥の隙間から、目の前をゆっくり通り過ぎていく召使を観察することができた。そうして見ると、召使は奇妙なほど新鮮な姿に生まれ変わって命を吹き込まれ、ため息をついていたり、お茶やリンゴの香りを漂わせたりしているように見えた。それから

螺旋階段の下
がらんとした部屋で忘れられ
ぽつんと一つだけ立っている食器棚

の陰にも隠れたのだった。この食器棚の埃をかぶった棚の上でひっそりと繁茂していたのは――狼の歯で作ったネックレス、腹を剥き出しにした蠟石《アガルマトライト》製の偶像、それからもう一つ偶像があって、

こちらは民族的な挨拶のしるしとして黒い舌を突き出している陶製のもの、ラクダが象《ビショップ》（ロシア語ではチェスの「ビショップ」を「スローン（象）」という）の代わりをしているチェスのセット、たくさんの体節からできた木製の龍、乳白色のガラスでできたソヨト人（トゥバ人の旧称）の煙草入れ、さらにもう一つは瑪瑙《めのう》のもの、シャーマンのタンバリンとそれに使うウサギの足、瑠璃《るり》色の実のなるスイカズラの樹皮で作った中敷を入れたアカシカの足革製ブーツ、剣の形をしたチベットの硬貨、ケリヤ（新疆の都市。中国名は于田）の軟玉の茶碗、トルコ石をあしらった銀のブローチ、ラマ僧の灯明台、それからまだたくさんの同様のがらくたで、民族誌が大嫌いだった父がそのくせ――埃のように、それとも真珠母色の挨拶《グルース》*6が印刷されたドイツの温泉地からの絵葉書のように――伝説的な旅行の数々からたまたま持ち帰ったものだった。そのかわり、鍵に閉ざされた三つの広間には、本当の宝物、つまり父が採集した蝶が収めてあり、これはいわば博物館になっていたのだが……それについて、私たちが前にしている詩では何も触れられていない。特別な勘によって若き著者は、いつか自分がまったく別の形で、つまり懐中時計の下げ飾りや時報のベルといった小物で飾られた詩によってではなく、まったく違う雄々しい言葉でこの有名な父について語ることになるだろう、と予見していた。

　またしても、何かがうまくいかなかったようだ。そして書評家のなれなれしい猫なで声が（ひょっとしたらこの書評家は女性かもしれない）聞こえてくる。詩人は柔らかな愛情をこめて、それ（すなわち幼年時代）を過ごした生家の部屋の数々を思い出す。彼はそこで過ごした幼年時代をいろどる様々な事物の詩的目録の中に抒情をたっぷり注ぎ込むことに成功した。耳を澄ましてみれば……。私たちは皆、敏感に、丁寧に……。過去の旋律が……。そんなわけで、例えば彼が描き出すのは、ランプシェードや、壁に掛かった石版画、教室で自分が使っていた机、床磨きのために清掃人たちが週に一回やって来たときのこと（彼らは「厳寒《マロース》と、汗と、ワックス」が入り混じった臭い

を残していった)、そして時計の点検である──

毎週木曜には時計屋から
慇懃な老人がやって来て
ゆったり慌てない手が
家中の時計のねじを巻く。
彼は自分の時計にそっと目をやり
壁の時計の時刻を合わせる。
そして椅子の上に立って待つ
壁の時計が完全に正午を全部
吐き出すまで。そうして、無事に
気持ちのいい仕事をやり終え
音もなく椅子を元の場所に戻すと
時計は微かにうなりながら時を刻む

時計はときにその振り子で舌打ちのような音を立て、時を打つ前にはまるで力をためようとでもいうのか、なんだか奇妙な具合に深呼吸をした。チクタクと時を刻む音は、一センチごとに横縞の入った巻尺のように、ぼくの不眠の夜を果てしなく測り続けた。ぼくにとって眠りにつくことは、鼻にこよりを突っ込まないでくしゃみをすることや、自分自身の体を使って自殺すること(例えば舌を呑み込んで)と同じくらい難しかった。苦痛に満ちた夜も初めのうちは、ターニャと言葉を交わして過ごすことができた。彼女のベッドは隣の部屋にあったのだ。ぼくたちは禁じられていたにもかかわらず、ドアをちょっと開けていて、その後、家庭教師の先生がターニャの部屋の向こう隣にある寝室に戻って来ると、ぼくたち二人のうちのどちらかがそっとドアを閉めるのだった――一瞬、裸足で疾走して、ベッドに飛び込む、というわけだ。部屋から部屋へと、ぼくたちは長い間、互いに謎《シャラード》をかけ合っては、黙りこんだ（闇の中でのこの沈黙の二重奏がいまでもぼくの耳には聞こえるようだ）――彼女はぼくの謎を解くために、ぼくは新しい謎を考え出すために。ぼくのがいつもちょっと奇抜で、ちょっとばかばかしかったのに対して、ターニャは古典的な手本に従っていた。例えばこういったものだ。

Mon premier est un métal précieux,
mon second est un habitant des cieux,
et mon tout est un fruit délicieux.

私の最初の音節は貴金属
二番目の音節は天の住人
両方合わせると美味しい果物*7

ときどき、ぼくの出した謎にターニャは必死に取り組んでいるのだろうと信じきって、ぼくがじっと待っている間に、彼女が寝てしまうことがあった。そうなるともういくらお願いしても、罵っても、彼女を生き返らせることはできなかった。その後一時間くらい、ぼくはベッドの暗闇の中で旅をした。シーツと毛布を丸天井のように引っかぶって、洞窟のようにしたのだ。洞窟の遠い、遠い出口のあたりでは脇から青みがかった光が差し込んでいたが、その光は、部屋とも、ネヴァ河畔の夜とも、黒っぽいカーテンのふんわりした半透明の縁飾りとも、何の関わりもなかった。ぼくが踏査したこの洞窟は、襞や窪みの中にけだるく悩ましい現実感があり、息苦しいほどの神秘に満ちていたので、胸でも耳の中でも、鈍い太鼓の音が鳴り始めた。そして奥のほうには父が新種の蝙蝠《こうもり》を発見した場所があり、そこでぼくは岩の中に彫られた偶像の頰骨を見て取った。そのうち、ようやくうとうとすると、ぼくは十本もの手に引っくり返され、誰かが絹を引き裂くような恐ろしい音とともにぼくを上から下まで切り裂いて、それから敏捷な手がぼくの体の中に入り込み、心臓をぎゅっと締め付けた。そうでなければ、馬に変身させられ、いかにもモンゴルらしい声でいなないていることもあった。シャーマンたちは投げ縄を脚の関節にかけて体がちぎれそうになるほど引っ張るので、ぼくの脚はぽきっと折れて、黄色い地面に胸をべたっと押しつけている胴体に対して直角に横たわり、極限の苦痛を示すように尻尾がぴんと直立した。その尻尾がだらんと垂れ下がったとき、ぼくは目を覚ますのだった。

さあ起きてください。暖炉番の
手がペチカの鏡のようにぴかぴかのタイルを
撫でてまわる——火がてっぺんに届くまで
大きくなったか確かめるために。
そう、大きくなった。そして熱いうなり声に対して
朝は静けさと、薔薇色を帯びた瑠璃と

完璧な白さで答える。

なんて不思議なことだろう。どうして思い出は蠟細工のようになり、どうしてイコンの智天使《ケルビム》は顔の周りを覆う飾り枠が黒ずんでいくにしたがってかえって美しくなるのだろう。記憶には不思議な、本当に不思議なことが起こる。ぼくが国を出たのは七年前のこと。自分の国が地理的な習慣であるのをやめるとともに、異郷は外国らしい香りを失った。新紀元七年。国家のさまよえる亡霊によって直ちに受け入れられたこの暦法は、かつてフランスの熱狂的な市民が新たに誕生した自由を記念して導入したのと同様のものだ。しかし年数が増えていくだけで、名誉は慰めにはならない。思い出は溶けて消えるか、あるいは死んだような光沢を獲得し、素晴らしい幽霊たちの代わりに私たちに残されるのは、扇のように広がる絵葉書の数々だけだ。これはどうすることもできない。どんな詩も、どんな立体写真鏡《ステレオスコープ》も助けにはならないのだ。ステレオスコープといえば、丸天井があまりに盛りあがり迫って見えるので、それを覗きこむ者は目を見張り恐ろしげに沈黙してしまうし、カールスバート（チェコのカルロヴィ・ヴァリのドイツ語名。温泉で有名な保養地）のマグカップを持って散策する人々を本物そっくりの魔の空間で包み込んでしまうので、この光学的な遊びの後で見る夢に、ぼくはシャーマンの呪術の話以上に苦しめられたものだった。この装置はアメリカ人のローソンという歯科医の待合室に置いてあった。彼と同棲する女性はマダム・デュキャンという怪鳥ハルピュイア《がみがみばあさん》で、ローソン医院特製の血のように赤い口腔洗浄液《エリキシル》のガラス小瓶に囲まれてデスクに向かい、唇を噛みしめ髪を掻きむしりながら、ぼくとターニャの予約をどこに入れたものか決めかねてかりかりしていたが、とうとう、力をこめてきいきい音を立てながら、末尾にインクの染みがついた公爵夫人《プランセス》トゥマノフと頭にインクの染みがついたムッシュー・ダンザスの間に、唾を吐き散らすようにぼてるペンを押し込んだ。

次の詩はこの歯医者のところに行く様子を描写したもので、前日、その歯は抜かなくちゃね《ザット・ワン・ウィル・ハフ・トゥ・カム・アウト》、と言われていたのだった……。

この同じ馬車に半時間後に
ぼくはどんな顔をして座っているだろう？
この雪のかけらやあの黒い木の枝を
どんな風に見ているだろう？
綿帽子をかぶったこの台石《トゥンバ》を
どんな風に見送るだろう？
行きのこの道をどんな風に
帰り道で思い出すだろう？
（おぞましくも優しい気持ちで
ひっきりなしにハンカチを手でまさぐりながら
まるで象牙のペンダントがその中に
大事にくるまれているかのように）

「綿帽子」というのは、曖昧なうえに、必要だったものをまったく表現していない。念頭にあったのは、ピョートル大帝像の近くのどこかで、鎖でつなぎあわされていた台石《トゥンバ》の上に帽子のようにかぶさった雪のことだった。どこか、とはね！　なんてことだろう、ぼくはすでに過去の部品をうまく組み合わせられなくなりつつあり、まだ記憶の中で元気に生きている事物の結びつきや関連をす

でに忘れ始めていて、その結果、過去の事物を絶滅に追いやっているのだ。そうだとしたら、

　　こうして過去の印象は
　　調和の氷の中で生きている……

などと自信たっぷりに言うこと自体、鼻持ちならない嘲笑にならないだろうか。でも言葉が大きく的をはずすにせよ、「正確な」形容の破裂弾によって豹とダマシカを同時にしとめてしまうにせよ、いずれにせよ書くことに意味などないのなら、いったい何に駆り立てられてぼくは詩作をしているのだろうか。いや、絶望するのはやめよう。書評家はぼくを本物の詩人だと言う――つまり、狩りに出るだけのことはあったというわけだ。

　さらにもう一つ、少年を苦しめていたものについての十二行詩がある。町の冬の受難についてだ。例えば長い靴下が膝の裏で茨のようにちくちくするとか、まるで断頭台のような商品陳列台《カウンター》に載せた手に、女店員が信じがたいほど平べったい手袋を無理やりはめようとすることなど。さらにこんなことも出てくるだろう。両手を広げた少年が毛皮の襟を付けてもらうとき、フックに二度にわたって（というのも、一度目は滑り落ちてしまうからだが）つねられたこと。そのかわり、音響の変化はなんと楽しかったことだろう。襟を立てると、聞こえてくる物音に深みが増したのだ。さて、もう耳のところまで来た以上は、帽子の耳当ての紐を結んでもらうときの（さあ、顎を上げて）、ぴんと張った絹のあの忘れがたい音楽についても触れなければならない。

　凍てついた日に外を駆け回るのは、子供たちには楽しいこと。雪に覆われた（「覆われた《アスネージエンヌイ》」は第二音節にアクセントを置くこと）[*8]庭園の入り口には、風船売りが姿を現し、ちょっとした見物にな

る。頭上には風船売りの三倍も大きい、巨大な風船の房が浮いている。ごらん、子供たち、風船がゆらめき、こすれ合っている。赤、青、緑のお日様でいっぱいだ。なんてきれいなんだろう！　おじちゃん、ぼくにちょうだい、一番大きいの（それは側面に雄鶏が描かれた白い風船で、その中で漂っている赤ちゃん風船は、母さん風船が殺されると、天井まで逃げていくのだが、一日後には皺だらけになって降りてきて、もうすっかり飼いならされてしまうのだ）。さあ、幸せな子供たちが風船の代金として一ルーブリ銀貨を出すと、人のよい風船売りは、ひしめき合う風船の群れから一つ引っ張り出した。ちょっと待ちなよ、わんぱく坊主、引っ張らないで、いま切り離してあげるから。その後で風船売りはミトンを再びはめ、ハサミをつないだ紐で自分の体がきちんと締め付けられているのを確かめると、踵《かかと》で地面をとんと蹴り、真っすぐ立ったまま青空にそっと舞い上がり始めた――上へ、上へ、どんどん高く。もう風船の房はせいぜい葡萄の房くらいの大きさになり、その下に残されるのは煙にかすみ、金箔を輝かせ、霜に覆われたサンクト・ペテルブルクだ。それは、あちこち――ああ、なんてことだろう！――ロシアの画家たちの最良の絵画の記憶によって修復された町の姿なのだけれども。

いや、冗談はさておき、実際、とても美しく、とても静かだった。庭園の木々は自分自身の亡霊の役を演じていたが、そのできばえは計り知れないほどの才能を示していた。ぼくとターニャは同じ年頃の子供たちの小橇を嘲笑った――絨毯の生地に覆われ、房飾りを垂らし、座席が高い位置にあり（そのうえ横木まで備え付け）、乗り手がフェルトの長靴でブレーキをかける際につかまる手綱までついているような橇だと、特にばかにしたものだ。そういった橇は決して最終地点の雪だまりまで辿りつかず、直線コースからはずれたりするとほとんどただちに、なすすべもなく自分を軸にしてくるくる回りだした。それでも橇は下りつづけ、その中に乗った子供は橇が停止してしまうと、蒼ざめた真剣な顔で座ったまま、自分の足で雪を蹴って雪の滑降コースの終点に辿りつくため前進を余儀なくされるのだ。ぼくとターニャのはサンガリ社製の重たい「腹橇」で、両端が丸く反りあがった鋳鉄製の滑降板の上に長方形のビロード張りのクッションが載っているだけ、という構造のものだった。この橇は引っ張っていく必要がなく、滑り止めの砂が撒いてあるのもなんのその、雪の上をせっかちな軽やかさとともに滑るので、後ろから足にぶつかってくるほどだった。さあ、いよいよ滑降台だ。

撒水の燦々たる滑降台にのぼり……

(スロープに撒くための水を入れたバケツを持って登っていくとき、水がこぼれ、滑降台の階段が燦々たる氷の表面に覆われるということなのだが、毒にも薬にもならない子音反復《アリタレーション》ではそれをうまく説明できなかった)

撒水の燦々たる滑降台にのぼり
勢いをつけてお腹から
平たい橇に飛び込む——そしてがちゃんと音をたて
水色の世界へ……でもその後——
光景が一転すると
子供部屋でどんより燃えるのは
クリスマスの猩紅熱か

それとも復活祭のジフテリア――
もろくきらめく、大げさな
氷の上を滑り降りるのだ
なんだか半ば熱帯のような
半ばタヴリダ（クリミア半島の別名。ペテルブルクには「タヴリダ庭園」があった）のような庭園で……

そこには、熱に浮かされた夢想の力によって、家の近くのアレクサンドロフスキー庭園から石のラクダを引き連れてニコライ・ミハイロヴィチ・プルジェヴァリスキー将軍（ロシアの探検家（一八三九〜一八八八）。中央アジア探検で有名）が移って来たのだが、その姿はたちまちぼくの父の彫像に変身した。このとき父はどこか、例えばコーカンドとアシハバードの間とか、あるいは西寧アルプス[*9]の山腹あたりにいるはずだった。それにしても、ぼくもターニャもなんてよく病気をしたものだろう！　二人して同じときに、そうでなければ順番に。遠くのドアがばたんと閉まってから、別のドアがそっと控えめな音を立てるまでの間に、突然はじけるように彼女の足音と甲高い笑い声が聞こえてくるのは、なんと恐ろしいことだったろう――その響きには、ぼくに対する天上の無関心と、楽園に生きる者の健康が感じられ、黄色い油布を詰めた分厚いぼくの湿布や、疼く足や、肉体の重さと不自由からは果てしなく遠いもののように聞こえた。ところが、彼女のほうが病気になると、ぼくは自分を地上的で現世的に、まるでサッカー・ボールになったように感じ、ベッドに横たわる彼女を見つめるのだった――彼女はそこにいながらにしてそこにあらず、あの世のほうを向いてしまい、元気のない自分の裏側をぼくに向けているような感じだったのだ！　それから、病気に降伏する前の最後の防衛の試みも描写しよう――まだ一日の普通の流れからはずれず、熱があって節々が痛むことを自分からも隠しながら、メキシコ人のようにさっと毛布に身をくるみ、それが悪寒のせいなのに、遊びの決まりからそうしているかのように見せかけたときのことだ。その三十分後には体のほうが降伏してベッドに入り、たったいままで遊んでいて、広間の床や、絨毯のうえを這い回っていた、などとは信じられなくなるのだが、そうなるまでぼくたちは嘘をつき続ける[*10]。それから、ぼくの腋の下に体温計をあてがった母の（これを母は世話係の召使にも、住み込み家庭教師の女性にも任せようとはしなかった）、問いかけるような不安げな微笑みも描写しよう。「そんな死にそうな顔をしちゃって」と言う母は、まだ冗談を言おうとする余裕がある。でも一分後には、「昨日からわかっていましたよ、熱があるって。わたしの目はごまかせませんからね」。さらにその一分後には、「何度あると思う？」。そして最後には、「もうはずしてもいいんじゃないかしら」。母は燃えるように熱い体温計を明かりに近づけ、オットセイのふかふかの毛皮を思わせる魅力的な眉を寄せ――ターニャもその眉を受けついだ――長いこと見つめている……。それから何も言わないで、体温計をゆっくり振ってケースにしまいながら、まるで目の前にいるのが誰だかわからないような顔をしてぼくを見るのだ。一方、父は物思いにふけりながら、アイリスで一面水色の春の平原を馬に乗って並足で進んでいく。それから、熱に浮かされた譫妄《せんもう》状態も描写しよう。巨大な数字が増大して脳を膨れ上がらせ、それに合わせて誰かがまるで無関係のようなことを早口で途切れることなくまくしたてていた。それはまるで、算数の問題集という名の精神病院の暗い庭で、高利で貸し出されたこの恐ろしい世界から半ば（いや、正確に言えば、百十一分の五十七だ）抜け出したリンゴ売りの女と、四人の土工と、子供たちに分数のキャラバンを遺贈した某氏が――というのも、数字たちはこの世界をどうしても具体的な人物の姿を通じて示すことになっていたからだが――木々の夜のざわめきに合わせて話し合っているようだった。その話の内容はなにやらきわめて家庭的でばかげているのだが、それだけにいっそう恐ろしいもので、それは結局のところ、他ならぬこれらの数字たちのことであり、抑えがたく拡張していく宇宙そのものに他ならない、ということが不可避的に、突然、判明するのだった（これはぼくにとっては、現在の物理学者たちのマクロ宇宙論的憶測に奇妙な光を投げかけるものだ）。そして、病気から恢復したときのことも描写しよう。もう水銀を振り下ろす必要もなくなって、体温計がぞんざいに取り残されているテーブルでは快気祝いにやって来た本たちがひしめき、そこに単なる野次馬として加わったいくつかのおもちゃたちとともに、濁った水薬の半ば空になったガラス瓶を隅に押しのけようとしている。

便箋を載せた紙挟み
それが何よりもはっきりと目に浮かぶ
便箋は馬蹄の模様と
ぼくの頭文字《モノグラム》（氏名の頭文字などを組み合わせてデザインしたもの）で飾られている。
ぼくはもうよく知っていた――飾り文字《イニシャル》も
印章つきの指輪も、ニースの少女から送られた
押し花も、真紅や青銅色の封蠟も。

詩の中には、いつか特に重い肺炎を患った後、ぼくの身に起こった驚くべき出来事は入らなかった。皆が客間に移ると（と、ヴィクトリア朝の常套句を使ってみよう）、一晩中沈黙を守っていた男性客の一人が話し始めた……。熱は前夜のうちに潮のように引き、私はやっと陸に這い上がったところだったのです。私は――いやはや、本当のところ――虚弱で、わがままで、透明でした――

そう、水晶の卵のように透明でしたね。母は私のために買い物に出かけていました……何を買いに行ったかはわかりません――いずれにせよ、ときおり、妊婦のように貪欲に欲しくてたまらなくなる、一風変わったものの一つでしょう――自分では後でけろっと忘れてしまったものですが――母は私の欲しいもの《デシデラタ》を書きとめていました。青みを帯びた夕闇が幾重にも層を織りなしている部屋の中でベッドに平らに横たわった私の内には、信じがたい明るさが秘められていました――それは、黄昏時の雲間に輝かしく青白い空が彼方まで帯のように延び、そこにどことも知れない遠くの島々の岬や砂州が見えるかのようで、さらに自分の軽やかなまなざしをもうちょっと遠くに飛ばすと、濡れた砂の上に引き上げられたきらめくボートや、遠ざかっていく足跡を満たすまばゆい水まで見分けられるのではないかと思えるような、そんな明るさでした。あの瞬間、私はおよそ人間に可能な最高度の健康に到達していたのではないかと思います。私の心は危険な、しかしこの世のものとは思えないほど清らかな暗黒に浸され、洗われたばかりだったからです。そしてこのとき、身じろぎもせずに横たわったままでいると、目を細めもしないのに、心の中に母の姿が見えたのでした――チンチラのコートを着て水玉模様のベールをかぶった母は、馬橇に乗り込み（当時のロシアの御者の、異様に膨れ上がったお尻と比べると、馬橇はいつもとても小さく見えたものです）、青いネットの馬衣を着せられた二頭の黒馬が、鳩色のふかふかしたマフを顔に押し当てた母を乗せて疾駆していきます。私は何の努力もしないのに、町並みが次から次へと繰り広げられ、コーヒー色の雪の塊が橇の前面にぶつかってきます。さあ、橇が止まりました。お供のワシーリイが従者台（馬車の後背部の立ち席。従者がここに乗った）から滑り降りると同時に、熊皮の膝掛けを母の膝からはずすと、母は足早に店に向かいます。店の名前も陳列してある商品も私は見分けることができません、というのもこの瞬間に私の叔父さん、つまり母の弟が通りかかって母に声をかけたからで（しかし母はこのときもう店に入って姿を消していました）、私は思わず何歩かついて行き、叔父さんが遠ざかりながらいっしょに話をしている紳士の顔を覗き込もうとするのですが、ふと我に返って踵を返し、まるで流れ込むように急いで店に入っていくと、母はなんの変哲もないファーバー社の緑色の鉛筆一本に対して十ルーブリも支払ったところで、その買い物を店員が二人がかりで大事そうに茶色い紙にくるんでワシーリイに渡すと、今度はワシーリイが母の後についてそれを馬橇まで運んでいき、気がつくと馬橇はもうあれこれの通りを次々と駆け抜けてわが家を目指し、やがてわが家が馬橇の前に近づいてくる。でもここでぼくの透視の水晶のように透き通った流れは断ち切られてしまった――イヴォンナ・イワーノヴナがクルトン入りのブイヨンをカップに入れて持ってきてくれたからだ。ぼくはとても衰弱していて、ベッドで身を起こすのにも彼女に助けてもらわなければならない。彼女は枕を拳骨でどんと叩くと、生き物のような毛布を横切るように、小人の足のついたベッド用の小さなテーブルをぼくの前に置いた（その南西の角には、大昔からべとべとした地帯があった）。突然ドアが開け放たれ、母が微笑みを浮かべ、戦闘用のまさかりのように、細長く茶色い円筒状の包みを抱えて入ってきた。その包みの中に入っていたのは、ファーバー社の鉛筆だったが、なんと長さが一メートル以上で、それに応じて太さもあったのだ。それは店のショーウインドウに垂直に吊り下げられていた宣伝用の巨大鉛筆で、どうしたものか、ぼくの無分別で気まぐれな欲望に火をつけたのだった。ぼくはきっと、まだ至福の状態にあって、どんなに奇妙なものが半神のように降臨してきて日曜日の群衆に混じっても気がつかない、といった具合だったのだろう。というのも、そのとき自分の身に起こったことに驚きもせず、しまった、品物の大きさを間違えた、と何気なく思っただけだったからだ。しかしその後、元気になって、パンで裂け目をふさいでしまうと[*11]、ぼくは発作のようにわが身に起こった明視体験について考え込み、迷信深く悩み（とはいうものの、その種のことは二度と繰り返されなかったが）、恥ずかしさのあまりターニャからも隠したほどで、病気が治ってからほとんど初めての外出の際、母方の遠い親戚でガイドゥコフとかいう人に出くわしたところ、彼が母にいきなり「ついこの間、弟さんといっしょに歩いていたとき、トレイマンの店の前でお見かけしましたよ」と言ったので、ぼくはうろたえて、ほとんど泣きださんばかりになった。
そうこうするうちに詩の世界の空気も暖かくなり、ぼくたちは田舎に戻ろうとしている。ぼくが学校に入るまでは（実際に入ったのはやっと十二歳になってからだった）、四月にはもう田舎に移ることもときおりあった。

斜面の雪は溝に隠れ
ペテルブルクの春は
胸騒ぎとアネモネと
最初の蝶たちに満ちている。
でも冬の間に萎れた去年のアカタテハや
透き通った森を飛んでいく
何の役にも立たない
ヤマキチョウはもう要らない。
その代わりぼくは探し出そう
白い幹の斑点の中に
世界で一番優しいシャクガの
魅惑する紗のような四枚の翅を。

これは作者自身のお気に入りの詩だが、彼はこれを詩集に入れなかった。その理由は、またしても主題が父の主題に関係していて、創造の節約のために父の主題に当面触れないほうがいいと思われたからである。その代わり再現されているのは、駅から出たとたん最初に覚える感じのような、春の印象の数々だ。地面は柔らかく、足に近く、まったく遠慮のない空気の流れが頭を取り巻く。先を争うように、誘いの言葉を猛烈にぶちまけながら、御者台から立ち上がって、空いている片方の手を振り上げ、ただでさえ騒々しいところにわざと「どうどう」と掛け声を混ぜながら、御者たちが早々と別荘にやって来た人たちの客引きをしていた。ちょっと離れたところでぼくたちを待っていたのは、内側も外側も真っ赤なオープンカーだった。スピードの観念のせいですでにそのハンドルは傾斜していたが（ぼくの言いたいことは、海辺の崖の木々にはわかってもらえるだろう）、全体の外観はまだ――偽りの礼儀からだろうか――幌馬車の形との卑屈な関係を保っていた。しかし、仮にこれが擬態の試みだったとしても、マフラーの開いたエンジンの轟音のせいで完全にぶち壊されてしまった。その轟音たるや、あまりに猛烈なので、ぼくたちの乗った自動車が姿を現す前に、こちらに向かってくる荷馬車から農夫が跳び降りて馬の向きを変え、その結果、農夫も馬も揃ってすぐさま溝の中か、畑の中にはまりこむ、ということになるのだった。しかし、そこでは一分もすれば、ぼくたちのことも、ぼくたちの車が立てた土埃のことも忘れて、再び爽やかで優しい静けさが集まってきて、そこに開いたほんの小さな穴からはヒバリの歌が聞こえてくるのだ。

ひょっとしたらいつの日か、履き古されて踵のすり減った外国製の靴底で地面を踏みしめ、絶縁体のばかばかしいほどの物質性にもかかわらず自分は亡霊になったように感じながら、ぼくはまたあの駅に降り立つことだろう。目に見える道連れもなく、舗装された街道沿いの小道をレシノまで十露里《ヴェルスタ》ほど歩き通すことだろう。ぼくが近づくと、電柱が次々にうなり、大きな丸石にはカラスが止まるだろう――止まって、うまくたためなかった羽をたたみ直すだろう。天気はきっと灰色だろう。ぼくには思い描くことのできない周辺の外見の変化と、大昔からあったのになぜか忘れてしまった目印が、交替で、いや、ときには入り乱れて、出迎えてくれることだろう。ぼくは歩きながら、電柱たちに調子を合わせてうめき声のようなものをあげるのではないか。自分の生まれ育った場所に辿りつき、あれこれのものを目にしたとき――いや、火事や、改築や、伐採や、自然の怠慢さのせいで、あれこれのものを見ることができないとわかるとき(とはいえ、限りなく揺るぎなくぼくに忠実な何らかのものをぼくはそれでもやはり見分けることだろう。なんと言っても、結局のところ、ぼくの目は彼の地《か》の灰色、光、湿気と同じものから作られているのだから)、すべての興奮がさめた後で、ぼくは心ゆくまである種の苦悩を味わうことになる。それは、幸福に通じる峠に立つようなものかもしれないのだが、幸福そのものを知るのはぼくにはまだ早い(ただわかっているのは、幸福がペンを手に持ってやって来るということだけだ)。しかし、一つだけきっと見つけられないものがある。それゆえに亡命の菜園に柵をめぐらせようなどという無駄な努力をするだけの甲斐のあったもの、つまりぼくの幼年時代と、ぼくの幼年時代の果実だ。果実はほら、いまここにある、もうすっかり熟れて。他方、幼年時代そのものは、北のロシアよりもさらに澄んだ遥か彼方に去ってしまった。

著者は田舎の環境に移ったときの感覚を描くために、正確な言葉を見つけた。なんと楽しいことか、と彼は言う――

春になって再び

庭の茶色い砂の上に駆けだしていくのに
帽子もかぶらなくていい、
軽い靴も履きかえなくていいのは。

これに十歳のとき、新しい気晴らしが加わった。まだ街にいるとき、そいつはぼくの家にやって来て、最初のうちぼくはその角《つの》をつかんで部屋から部屋へ引きまわした。それにしても、そいつはなんと優雅に恥じらうように――画鋲が突き刺さるまでだが――寄せ木細工の床を進んだことだろう。車輪の枠《リム》が細くて庭の砂場にさえもはまり込んで動かなくなってしまう、がちゃがちゃうるさくみすぼらしい子供用の三輪のものと比べると、新しく来たそいつの動きはほれぼれするくらい軽快だった。詩人はこれを次の詩で見事に表現している――

ああ、最初の自転車の
壮麗にして高きこと。
フレームに書かれた「ドゥクス」や「勝利《ポベーダ》」の文字（ともに自転車メーカーの名前）。
ふくらんだタイヤの静けさ。
がたくね進む並木道では
光の斑点が手の上を滑っていき
モグラ塚が黒く見え
転倒させようと待ち構える。
でも明日は跳び越えられるだろう

そして夢の中のように、何に支えられることもないのに
この単純さを信頼しきって
自転車は倒れない。

さらにその翌日には、必然的に「自由伝達《フリーホイール》」の夢がふくらんでいく——いまでもこの単語の組み合わせを耳にしただけで、ゴムがかろうじて聞き取れるくらい微かにさらさらいう音や、スポークのこの上なく軽やかなざわめきに合わせて、滑らかで粘りつくような地面が必ず浮かびあがり、なだらかに傾斜しながら走り去っていくのが目に見えるようだ。

自転車、ボート、乗馬、ローン・テニス、ゴロトキー（ロシアの伝統的な遊び。棒を投げて、ピンをはじき出す）、「クロッケー、水浴び、ピクニック」、水車小屋や干草小屋の魅惑——大ざっぱに言えば、我々の著者の心をときめかす主題はこれらのことに尽きる。他方、彼の詩の形式的側面については何が言えるだろうか。これはもちろん小品には違いないが、並はずれた繊細な名人芸によって作られた細密画のようで、髪の毛一本一本まではっきり見えるほどである。とはいうものの、それは過度に厳格な筆によってすべてが丹念に描き込まれているからではなく、この著者には芸術上の契約がすべての条項にわたって著者によって遵守されることを保証する誠実で信頼できる才能が備わっており、どんなに些細な特徴でさえもそこにあるかのように、読者は知らず知らずのうちに思いこまされるからなのだ。詩画帖《アルバム》に書き込まれるような詩の形式をそもそも生き返らせる意味があるのか、またロシアの栄えある四脚詩（一行が四脚からなる詩）の血管にはまだ血が残っているのか（すでにプーシキン自身が、四脚詩を家から出して気ままに歩き回らせておきながら、お前なんかおもちゃとして小学生にくれてやるぞ、と窓越しに叫んで脅かしていた[*12]）といったことについては議論の余地があるが、ゴドゥノフ＝チェ

ルディンツェフが自分で定めた境界の中で、自分の詩作上の課題を正しく解決していることは、決して否定できない。その男性韻の堅苦しさは、女性韻たちの気ままで華やかな服装を見事に引き立て、彼の弱強格《ヤンブ》の詩はリズムからのあらゆる精妙な逸脱を利用しながらも、決して自分を裏切ることはない。そしてすべての詩行が道化師《アルレキーノ》のように色とりどりに輝いている。詩における極度に絵画的なジャンルを好む者ならば、この小さな詩集は気に入ることだろう。しかし、教会の入り口の階段にいる盲人には何も語ることはできないだろう。いや、それにしても、この著者にはなんという視力が備わっていることか！　朝まだき、目を覚ますと、彼は鎧戸の隙間が――

　　青よりも青く
　　思い出の中の青にも
　　ほとんどひけをとらないくらい青く

輝いているのを見ただけでもう、どんな日になるか、わかってしまうのだ。そして同じように細めた目で夕方に野原を見つめると、そのこちら側はすでに影の領分に取り込まれているのに対して、もう一方の遠い側は――

　　　　真ん中の大きな
　　丸石から、森のはずれにかけて
　　まだ昼のように明るく照らされている。

ひょっとしたら幼年時代から彼に約束されていたのは文学ではなく、まさに絵画だったのではないかとさえ思えるほどで、現在の著者の風貌について何も知らないのに、その代わり麦わら帽子をかぶり、庭園のベンチに異様にぎこちない恰好で陣取っている少年の姿がはっきりと想像できるのである。少年は水彩画の道具を持ち、先祖から遺された世界を描いている。

磁器の蜂の巣が青、緑、
赤の蜜を蓄えている。
最初はまず鉛筆の線から
ざらざらと庭が形づくられる。
白樺の木、離れのバルコニー――
すべては陽光の斑点の中。ぼくは筆先を
絵の具に浸し、ぐるっと回して
オレンジがかった黄色でたっぷりくるもう。
一方、なみなみと満たされたゴブレットでは
そのカットグラスのきらめきの中で
なんという色彩が輝きだしたことか
なんという喜びが花開いたことか！

ゴドゥノフ＝チェルディンツェフの小詩集はこんな本だ。最後に付け加えるとすれば……いや、これ以上何を？　いったい何を？　こっそり教えてくれ、ぼくの想像力よ。詩を通してぼくがかつ

て夢に見、いまも夢見ている、魅惑的に震えているもの——そのすべては果たして本当に詩の中に留まっていて、今日ぼくがこれから目にすることになる書評を書いた読者に気づいてもらえたのだろうか？　果たして書評家は実際に詩のすべてを理解し、そこには悪名高い「絵画性」の他にもなお特別な詩の意味というものがあって（理性の彼方に隠れた心が新たに発見した音楽とともに帰ってくるということだ）、それだけが詩を人の世に出すことになる、ということを理解したのだろうか。書評家はぼくの詩を、詩を読むべきやり方で、つまり言葉の間の狭い隙間から覗くようにして読んだのだろうか。あるいは特別にどうこうということもなく、一読して、気に入り、時が流行の主題になっている今時の流行の特徴として、詩の配列に意味があることに気づき、褒めてくれたのだろうか。というのも、この詩集は「失われたボール」についての詩で始まるのに対して、「見出されたボール」についての詩で閉じられるからである（プルーストの『失われた時を求めて』を念頭に置いている）。

絵と聖像棚《キオト》（聖像（イコン）を入れるための、特別に装飾された棚）だけは
あの年も元の場所に残った
ぼくたちがもう大きくなり、家に
何かが起こったあのとき。大慌てで
家中の部屋が互いに
家具を交換した——
箪笥、ついたて、そして
群れなす腰の重い調度品たち。
そのときだ、長椅子の下に隠れていた

床が剝き出しになって
信じがたいほど可愛いあいつが
生き生きと姿を現したのは。

本の外見は感じがよい。

詩集から甘美さの最後の一滴を搾り取ると、フョードル・コンスタンチノヴィチは伸びをし、寝椅子から起き上がった。ひどく腹が減っていた。彼の時計の針は最近なぜかふざけるようになり、突然時間に逆行したりするので、あてにならなかった。しかし、光の加減から察するに、太陽は旅に出ようとして家族の者たちとともにしばし腰をおろし（旅に出る前に腰をおろし、しばらくじっとして心を静めるのは、ロシアの古くからの風習）、物思いに耽っているところのようだ。フョードル・コンスタンチノヴィチが外に出ると、湿った冷気に（羽織ってきてよかった）どっと身を包まれた。彼が自分の詩について夢想している間にどうやら雨が降ったらしく、通りは見渡す限りその果てまで磨かれたようにつやつやしていた。すでにトラックの姿はなく、さきほどまでその牽引車《トラクター》があった場所では、歩道のへりに、鳥の羽根のように湾曲し、深紅を基調として虹のようにきらきら光る油の染みが残されている。アスファルトの鸚鵡だ。それはそうと、運送会社の名前はなんといったかな？ Max《マクス》 Lux《ルクス》か。お前の畑では何をつくっているのじゃ、お伽話の菜園主よ。ケシ《マ》でご《ク》ざいます《ス》。その他には？ ネギ《ル》でご《ク》ざいます《ス》、お殿様。[*13]

「鍵を持って出たかな」ふと思ってフョードル・コンスタンチノヴィチは立ち止まり、レインコートのポケットに手を突っ込んだ。すると手いっぱいにずしりと重いものが、安心させるようにがちゃりと鳴った。三年前、彼がここでまだ学生だったとき、母はターニャのいるパリに引っ越し、向こうから手紙に書いてきたものだ。ドアの鍵にしじゅう鎖で縛り付けられるようなベルリン暮らしの重圧から解放されてみても、どうしてもそれに慣れることができない、と。自分の詩集についての書評を読んだときの母の喜びを彼は思い描き、一瞬、自分自身に対する母の誇りを感じ取ったほどだ。いや、それだけではなく、母の涙が彼の目じりを焼いた。

でも、生前に注目されたところで何だろう、もしも最後の、一番暗い冬まで、この世界が――ロンサールの詩に出てくる老婆[*14]のように――驚嘆しながら、ぼくのことを覚えていてくれると確信できないとしたら。それでも、やはり！ ぼくはまだ三十歳まではだいぶあるというのに、もう認められた《プリーズナン》！ 認められたんだ！ ありがとう、祖国《オッチーズナ》よ、清らかな……そんな風に抒情詩の可能性が、耳元で歌うように閃いた。ありがとう、祖国よ、清らかな、なんらかの賜物を。お前は狂気のように……「認められた」という音は、しかし、いまとなっては要らないな。韻から命の火が燃え上がったというのに、韻そのものがなくなってしまった。ありがとう、ロシアよ、清らかな……ぱっと燃え上がったとき、二番目の形容詞を見分けそこなってしまった。残念。幸せな？ 不眠の？ 翼の生えた？ 清らかな、翼の生えた《クルィラートゥイ》賜物？ ふくらはぎ《イクルイ》。甲冑《ラートゥイ》。なんだって古代ローマ人がここで出てくるんだ？ いや、いや、全部飛び去ってしまった。引きとめることができなかった。

彼は故国の食品の骨董博物館とでもいった趣のあるロシア食堂でピロシキを買い（一つ目は肉入り、二つ目はキャベツ入り、三つ目はサゴ（サゴヤシから作られるデンプン粒）入り、四つ目はライス入り、五つ目は……いや、五つ目を買うには金が足りなかった）、公園の濡れたベンチに腰をおろしてたちまち平らげた。

まるで誰かが空を傾けたように、雨が激しく降りだした。路面電車の停留所の前にあった丸い売店《キオスク》で、雨宿りをする羽目になった。その店では書類鞄を持った二人の男たちが取引について議論をしていたが、話が弁証法的にあまりに細かいので、商品の本質がどこかに行ってしまっていた。ちょうど、ブロックハウス百科事典の項目を走り読みしていると、大文字のイニシャルで示された主題が何のことかわからなくなるのと同じことだ。ショートカットの髪を揺さぶりながら若い女性が、ヒキガエルに似た、鼻息の荒い小さなブルドッグを連れて入ってきた。でも不思議なことだ——「祖国《オッチーズナ》」と「認められた《プリーズナン》」がまたしてもいっしょに浮かび、なんだかしつこく響いている。誘惑に負けるものか。

にわか雨が止んだ。恐ろしく単純に、なんの仕掛けも芝居気もなく街灯が一斉に点った。もういいだろう——と、九時までにはしかるべき韻に辿りつくものと見込んで——チェルヌィシェフスキー家に向かう頃合だ、と彼は思った。酔っ払いの場合にもよくあることだが、彼はこんな気分で通りを渡るとき何かに守られていた。街灯の湿っぽい光に照らされて、自動車が一台、エンジンをかけたまま停まっている。車体の水滴は一つ残らず震えていた。いったい、あの書評は誰が書いたんだろう？　フョードル・コンスタンチノヴィチはどうしても、何人かの亡命批評家のうち一人に絞りきれなかった。あの男は良心的だが、才能がない。もう一人のほうは破廉恥だが、才能には恵まれている。三人目は小説についてしか書かない。四人目は友達のことしか書かない。五人目は……ここでフョードル・コンスタンチノヴィチの脳裏には、五人目の男が浮かんだ。年は彼と同じくらい、ひょっとしたら一つ年下かもしれない。最近の何年か、同じ時期に同じ亡命出版物に作品を発表していて、作品は彼より多いわけではないが（こちらに詩、あちらに評論、といった具合だ）、なんだか不可解な形で、ある種の流出《エマナチオ》のほとんど生理的な自然さを感じさせながら、徐々に捉えがたい名声の雲に包まれてしまったので、彼の名前は——特に頻繁というわけではないのだが、他の若手の名前とはまったく別な風に――人々の口にのぼるのだった。この男の新作が出ると、どんなものでもその一行一行をフョードル・コンスタンチノヴィチは、どこかの片隅で自己嫌悪に陥りながら、嫌悪感にぞっとして大慌てで貪るように呑み込み、読むという行為そのものによって作品の奇跡を壊滅させようとした。しかし、その後二日ほどは自分が読んだものからも、自分の無力の感覚と密かな痛みからも身を引き離すことができなかった。まるで他人との戦いで、自分自身の秘められた部分を傷つけてしまったようだった。不愉快な性格の一匹狼で、近眼で、肩甲骨の相互の位置関係にある種の誤りを抱えこんだ男だ。でも全部許そう、それが君だったとしたら。

彼は歩調を抑え、ゆっくりぶらぶらしているつもりだったが、途中に街中で出くわす時計という時計は（時計屋たちの傍系の落胤だ）もっとのんびり進んでいて、目的地の目の前でやはり同じところに向かっていたリュボーフィ・マルコヴナに一気に追いついてしまったとき、彼は自分がここまでの道のりのすべてをじれったい気持ちに運ばれて、立ち止まっている人を足早に進む人に変貌させてしまうエスカレーターに乗せられたようにやって来たのだと悟った。

このぶよぶよ太った、誰にも愛されていない初老の女は、鼻眼鏡《パンスネ》をかけているというのに、それでもどうして目もとに化粧なんかするのだろう。レンズは稚拙なお絵描きの震えと粗雑さを誇張することになり、そのせいで彼女の無邪気きわまりないまなざしがひどくいかがわしいものに見え、そこから目が離せなくなるのだった。怪我の功名、間違いによる催眠術か。そもそも彼女のすべては、ほとんど勘違いの上に成り立っていたのだ。例えばこの女は、自分はドイツ人と同じようにドイツ語が話せるとか、ゴールズワージーは大作家だとか、ゲオルギー・イワノヴィチ・ワシーリエフは異常なまでに自分にご執心だとか思っていたのだが、そういったことはもしかしたら、精神障害の現れだったのではあるまいか。チェルヌィシェフスキー夫妻は太った老ジャーナリスト、ワシーリエフと手を組んで、ひと月に二回、土曜日に文学の夕べを開催していたが、彼女はそこにいつも顔を出す常連の一人だった。今日はまだ火曜日になったばかりだ。リュボーフィ・マルコヴナはまだ先週の土曜日の印象で頭がいっぱいで、それを惜しみなく人に分け与えてくれた。避けがたい宿命というべきか、彼女といっしょにいると男たちはぼけっとした無作法者になってしまった。フョードル・コンスタンチノヴィチ自身もそれを感じたのだが、幸い、戸口まではわずか数歩しか残っていなかった。そして建物の入り口のドアのところでは、チェルヌィシェフスキー家のメイドが鍵を持って待ち構えていたのだった。とはいえ、メイドがわざわざ迎えに出て来たのは、そもそも、世にも珍しい種類の心臓弁膜症を患っているワシーリエフのためだった。この男は自分の病気をいわば自分の副業にしていて、知り合いの家に心臓の解剖模型を持っていき、何もかも明らかに愛情をこめて説明することもしばしばだった。「わたしたち、エレベーターはけっこうよ」とリュボーフィ・マルコヴナは言って、どたどたと階段を踏みしめながら上り始めた。しかし、どうしたものか、踊り場ではその足取りがやけに滑らかになり、音も立てずに向きを変えた。フョードル・コンスタンチノヴィチは彼女の後からゆっくりとジグザグに上っていく羽目になった。そういえば、飼い主の踵の後ろから左右に交互に頭を通し、いわゆる「股くぐり」をしながら、ぎくしゃくと進んでいく犬をときおり見かけるものだが、彼の姿もそういう犬に似ていた。

　二人のためにドアを開けてくれたのはチェルヌィシェフスキー夫人、つまりアレクサンドラ・ヤーコヴレヴナ自身だったが、彼女の顔の思いがけない（まるで何か感心できないことがあるとか、慌てて何かを防ごうとしているような）表情に彼が気づく暇もなく、玄関口に彼女の夫がむっちり太く短い足で一目散に飛び出してきた。走りながら、手に持った新聞をひらひらさせていた。「ほら」口の一方の端を狂暴にぐいと下に引いて、彼は叫んだ（顔の痙攣《チック》は息子が死んで以来のこと)。「ほら、見てごらん!」

「結婚したときは」とチェルヌィシェフスキー夫人が言った。「もっと繊細な冗談を言う人だと思っていたんですけれどねえ」

フョードル・コンスタンチノヴィチはその新聞がドイツ語のものだと見て驚き、ためらいがちに手に取った。

「日付だよ!」アレクサンドル・ヤーコヴレヴィチが叫んだ。「日付を見てごらん、きみ!」

「見ていますよ、四月一日でしょう」とフョードル・コンスタンチノヴィチは言って、ため息をついた。そして無意識のうちに新聞をたたんでしまった。「いや、もちろん、思い出すべきでしたね」

アレクサンドル・ヤーコヴレヴィチはげらげら笑い出した。

「怒らないでくださいね、お願い」悲しみを表すのもなんだか面倒くさいといった調子で、アレクサンドラ・ヤーコヴレヴナが、微かにお尻をひねってバランスをとり、青年の手首を優しくつかみながら言った。

リュボーフィ・マルコヴナはハンドバッグをぱちんと閉じると、すうっと滑るように客間に向かった。

客間は俗っぽい家具の並んだとても小さな部屋で、照明の具合が悪いせいで隅には影が居すわり、手の届かない棚には埃をかぶったタナグラ(古代ギリシャの都市。テラコッタの着色小彫像で知られる)風の花瓶が載っている。最後の客がようやくやって来て、アレクサンドラ・ヤーコヴレヴナが一瞬——いつものことだが——自分のティーポットに(青く、光が当たってきらきらしているティーポットだ)見事なまでそっくりになって、お茶を注ぎ始めると、部屋の狭さもなにやらしみじみとした田舎風の居心地のよさに似たものに変貌した。ソファではクッションの間に——それにしても、クッションはどれもこれも魅力のない寝ぼけたような色だ——天使のような骨無しの足とペルシャ人のような切れ長の目を備えた絹張りの人形が置かれていて、ソファに座る二人に交互にもみくちゃにされていた。そんな風にソファでくつろいでいた二人とは、ひげ面の巨漢で、くるぶしの上に矢の模様のついた戦前の靴下を履いたワシーリエフと、もう一人は痩せっぽちで、虚弱そうなところがまた魅力を感じさせる、薔薇色の瞼をした若い女性で、なんだか白ネズミのような感じがした。彼女は名前をタマーラといったが（人形につけたほうがぴったりしそうな名前だ）、苗字のほうは額縁屋に掛かっているドイツの山岳風景の一つを思わせた。フョードル・コンスタンチノヴィチは本棚のそばに腰をおろし、喉に小さな塊がつかえていたが、なんとか機嫌よく見えるようにつとめていた。いまは亡きアレクサンドル・ブロークを個人的によく知っていたことが自慢の技師ケルンは、細長い小箱からナツメヤシをとり出そうとして、べたべたした音を立てていた。リュボーフィ・マルコヴナはマルハナバチの下手くそな絵が描かれた大皿に盛られたケーキや菓子パンをじっくり眺めてから、突然品定めを切り上げ、いつも必ず誰のものとも知れない指の跡がついている種類のもの、つまり砂糖をまぶした菓子パンを手に取った。主人はキエフの医大一年生が昔からやっていたエイプリル・フールのいたずらの話をしていた……。しかし、その場にいた人たちの中で一番興味深かったのは、ちょっと離れて書き物机の脇に座り、皆の会話には参加していないのだが、静かにじっとそれに耳を傾けている一人の若者だった……。彼には実際、どことなくフョードル・コンスタンチノヴィチを思わせるところがあった。顔立ちが似ているというわけではなく、そもそもいまその顔立ちを見分けるのは難しかったのだが、その外見全体の雰囲気——つまり短く刈り込まれた丸い頭の（その髪型は末期ペテルブルクの浪漫趣味の規則によれば、ぼさぼさ頭よりは詩人に似合うとされていた）灰色がかった亜麻色の陰影、微かに突き出た大きくしなやかな耳の透き通った感じ、うなじの窪みが影のように見える首の細さなどが似ていたのだ。彼はフョードル・コンスタンチノヴィチがよく見せたのと同じ姿勢で座っていた——つまり、ちょっとうつむくようにして足を組み、両腕は組むというよりは凍えた人のようにぎゅっと互いに押し付けあっていたので、その体が安らいでいることは、人がくつろいで話を聞いているときに普通見せるような輪郭の柔らかさによってではなく、むしろ鋭い突出部（膝、肘、痩せこけた肩）と縮こまったすべての手足によって表されていた。机の上に立っている二冊の厚い本の影がまるで袖の折り返しと、折り襟の一角のように見え、それら二冊に寄りかかった三冊目の本の影はネクタイと見えないこともなかった。その若者はフョードル・コンスタンチノヴィチよりも五歳ほど若く、その顔に関して言えば、この部屋の壁と、隣の寝室に（夜毎涙にかきくれる二つのベッドの間に置かれたナイトテーブルの上に）飾られた写真から判断する限り、額の骨が張り出して全体がいくらか引き伸ばされ、眼窩が深くて——人相学者の定義で言うパスカル型で——暗く見える、といったことを考慮に入れなければ、似たところなどそもそも、まったくなかったのかもしれない。それからさらに、太い眉毛にも何か共通点が微かに認められるようだった……。いや、違う、問題は単なる相似ではなく、ぎくしゃくとしていて感じやすい、それぞれ自分なりに不恰好な二人の人間の精神的なタイプの同種性にあった。この若者は目を伏せたまま、いたずらっぽい表情を微かに口元にたたえ、控えめに、なんだかちょっと窮屈そうな恰好で、辞書類が積み上げられた机の左側で椅子に腰をおろしていた。椅子の座部《シート》では、縁に沿って打たれた銅製の鋲がきらきら輝いている。そして、アレクサンドル・ヤーコヴレヴィチはいわばバランスを失ってはそのたびに発作的な努力をして視線を彼からそらし、勇ましくも滑稽な話を相変わらず続けるのだった——普段、彼はそうして自分の病気を隠していたのだ。

「いずれにせよ書評くらいそのうち出ますよ」と彼は無意識のうちにウィンクをしながら、フョードル・コンスタンチノヴィチに言った。「心配はいらない、批評家の先生方は君のにきびだって洗いざらい絞り出してくれるから」

「ところで」アレクサンドラ・ヤーコヴレヴナが尋ねた。「『がたくね進む並木道』って、いったいどういうことでしょう？　ほら、自転車が出てくる詩で」

フョードル・コンスタンチノヴィチは言葉というよりは、身振りで示した。ほら、自転車に乗る練習をしているとき、ひどくがたついて、ひどくくねくねすることがあるでしょう。

「そんな表現はいかがなものかねえ」と、ワシーリエフが口をはさんだ。

「子供のときの病気の詩が一番気に入りましたよ」とアレクサンドラ・ヤーコヴレヴナが自分で自分にうなずきながら言った。「あそこはいいわね。クリスマスの猩紅熱と復活祭のジフテリアってところ」

「その反対じゃ駄目なのかしら？」と、タマーラが好奇の色をあらわにした。

ああ、あの子は本当に詩が好きだった！　寝室のガラス戸つきの小さな棚はあの子の本でいっぱいだった。グミリョフとエレディア、ブロークにリルケ、それになんと多くの詩を暗唱できたことだろう！　そういえばノートは……いつか思い切って、全部目を通さなければ。妻《あれ》にはできるが、私には無理だ。奇妙なことに、どうしてこんな風に日一日と先延ばししてしまうのだろう。亡くなった人間の持ち物を手にとって一つ一つ見ていくのはきっと、唯一の喜び、辛いけれどもやっぱり喜びではないだろうか。ところが遺品は結局手付かずのまま残ってしまう（救いをもたらすのは魂の怠惰なのだろうか？）。他人が手を触れることなどとても考えられないけれども、たまたま火事にでもなってこのかけがえのない小さな棚が焼けてしまったら、どんなにほっとすることだろう。

アレクサンドル・ヤーコヴレヴィチは突然立ち上がると、まるで偶然のように書き物机の脇の椅子を動かして、椅子も本たちの影も幽霊のための主題に決してならないようにした。

その間に会話はレーニンの死後、失脚した何とかいうソ連の指導者のことに移っていた。「いやあ、私が彼の姿をよく見かけた頃、彼は『栄光と善の絶頂にあった』んですな」とワシーリエフが、職業柄プーシキンの詩句を歪めて引用した（ジャーナリストや評論家が不正確な引用をすることを皮肉った言い方か。引用はプーシキンの詩「スタンスィ」からで、正しくは「栄光と善を期待して」）。

フョードル・コンスタンチノヴィチに似た若者は（似ていたからこそ、チェルヌィシェフスキー夫妻はフョードル・コンスタンチノヴィチに特別な愛着を抱いていたのである）気がつくといつの間にかドアの前にいて、部屋を出て行く前に半身になって父のほうを向いて立ち止まった。それにしても、彼の組成は純粋に想像上のものなのに、この部屋に座っている誰よりもその存在が濃密なのは、なんということだろう！　ワシーリエフと青白いお嬢さんはその体を透かしてソファが見えていたし、技師のケルンがそこにいるとわかるのは鼻眼鏡《パンスネ》のきらめきによってのみで、リュボーフィ・マルコヴナもまた同様、フョードル・コンスタンチノヴィチ自身も、ひとえに故人とのおぼろげな一致のおかげで存在を保っているようなものだった。しかし、ヤーシャは完璧に本物で、生きていた。そして、その姿にじっと見入ることを妨げるものはただ自己保存の感覚だけだった。

「でも、ひょっとしたら」とフョードル・コンスタンチノヴィチは考えた。「ひょっとしたら、こんなことはすべて間違っているのかもしれない。彼（アレクサンドル・ヤーコヴレヴィチ）は亡くなった息子の姿など全然思い描いていなくて、実際、おしゃべりで忙しいだけで、彼の日がきょろきょろしているのは、もともと神経質だからなのかもしれない、やれやれ。鬱陶《うっとう》しくて、うんざりだ、全部間違っている。いったいなんで、おれはこんなところに座って、ばかげた話を聞いているんだろう」

それでも彼は座って煙草をふかし続け、爪先をぶらぶら揺らしていた。そして他の人たちが話をしている最中も、自分が話をしている最中も、いつどこでもそうしていたように、他人の内面の透明な動きを想像しようと努め、ちょうど肘掛け椅子に座るように話相手の中に慎重に腰をおろして、その人の肘が自分の肘掛けになるように、自分の魂が他人の魂の中に入り込むようにした。するとどうだろう、突然、世界の照明ががらっと変わり、彼は一瞬、実際にアレクサンドル・ヤーコヴレヴィチや、リュボーフィ・マルコヴナや、ワシーリエフになるのだった。ときにはこの変容に伴う清涼感やナルザン炭酸水を思わせる軽く刺すような刺激に、スポーツに熱中するときの満足感が混じり合うことがあり、他人の中に見抜いていた思考の一貫した流れが、たまたま口にのぼった一言によって巧みに確認されたりすると、彼はまんざらでもない気分になるのだった。彼にとっていわゆる政治は（つまり、条約、対立、緊張、摩擦、決裂、崩壊、そして何の罪もない小さな町が生まれ変わって国際条約に化けること——こういったことが馬鹿みたいにくるくると切り替わっていくのが政治というものだ）何も意味しなかったのだが、彼はそれでもよく、ぞっと身震いしながらも好奇心に駆られてだだっぴろいワシーリエフの体の奥に身を浸し、ワシーリエフの内面の仕組みによって一瞬生きてみるのだった。その仕組みの中では、「ロカルノ」（ロカルノ条約が結ばれたスイスの町）のボタンの隣に「工場封鎖《ロックアウト》」のボタンがあり、「クレムリンの五人の君主」とか、「クルド人の反乱」といった雑多なシンボルや、あるいはヒンデンブルク（ドイツの元帥）、マルクス（ワイマール共和国で首相を務めた政治家ヴィルヘルム・マルクス）、パンルヴェ（一九二五年に首相を務めたフランスの政治家）、エリオ[15]といった、人間の外見を完全に失った個々の名前が（ちなみに最後のエリオにいたっては、Eが逆向きになった頭でっかちなロシア文字Э[16]がワシーリエフの『ガゼータ』紙上ではあまりに民族自決の意識を強めてしまったため、元来のフランス人と完全に決裂するおそれさえあった）、頭脳的で面白く見せかけただけのゲームの中に引きずりこまれていた。それは未来を占う予言の言葉、予感、神秘的な結びつきの世界であり、どんなに抽象的な夢想よりも本質的に百倍も実体のない幻影の世界だった。フョードル・コンスタンチノヴィチが席を替えるようにして、今度はチェルヌィシェフスキー夫人のアレクサンドラ・ヤーコヴレヴナの中に座り、その魂の中に入り込んでみると、そこにあるものすべてが彼に無縁とは言えなかったが、やはり多くのことにびっくりさせられた。それは海の彼方の国の風俗——明け方のバザール、裸の子供たち、ひどい喧騒、化け物のように巨大な果物——に堅苦しく融通のきかない旅行者が驚かされるようなものだった。年は四十五、この眠たげな不美人は二年前に一人息子を亡くしてから、突然、目を覚ましたのだった。息子の喪に服すことで翼が生えたように活気づき、涙のおかげで若返った——少なくとも以前の彼女を知っている人たちはそう言った。息子の思い出は、夫にあっては心の病と化したが、彼女の中では何やら命をもたらす情熱のように燃え上がったのだった。この情熱は彼女の全身を満たした、と言っただけでは正しくないだろう。それはアレクサンドラ・ヤーコヴレヴナの心の境界を遥かに越えて飛んでゆき、不幸の後にベルリンの古い地区にある大きなアパートを引き払って（そこに戦争までは兄の一家が住んでいた）夫とともに引っ越して来た先の、こちらの家具つきの二間のたわごとさえも、ほとんど気高いものに変えたくらいだ。いまや彼女は自分の喪失をどのくらいきちんと受け止めてくれるかという観点だけから知り合いを見ていて、さらにはきちんと秩序を守って暮らすためこれから先も会わなければならないあれこれの人たちについて、ヤーシャがどう評価したか思い出したり、あるいはヤーシャだったらどう評価するだろうかと想像したりした。活動への熱情、豊かな共感に対する渇望が彼女をとらえた。息子は彼女の内側で育ち続け、彼女を突き破って外に出ようとしていた。そして去年、アレクサンドル・ヤーコヴレヴィチが、自分も妻もともかく何かやることがなきゃいけないと思ってワシーリエフといっしょに創設した文学サークルは、彼女には詩人だった息子に対する死後の最高の表敬だと思われた。ちょうどそのときぼくも初めて彼女に会い、少なからず当惑させられたのだった。なにしろこのふっくらと太り、恐ろしく活発で、まばゆいくらい青い目をした女性は初対面の会話の最中に、縁までなみなみと水をたたえた水晶の容器が何の理由もなく割れてしまったかのように涙を溢れさせ、踊るようなまなざしをぼくからそらさないで、笑いとすすり泣きをごちゃごちゃにしながら、繰り返し始めたのだ――「なんてことでしょう、なんてあなたはあの子に似てるんでしょう、なんて似てるんでしょう！」その後何度会っても、彼女は息子のことを話題にし、彼が死にいたる詳しい事情を洗いざらい話し、いまでも夢に出てくるといったことまで打ち明けたが（大人になったあの子がまだお腹の中にいるみたいなのね。それで自分は水の泡みたいに透明なのよ、というのだ）、そういう話をするときのあけすけな態度はぼくには下品ではしたなく思えたし、後で人づてに聞いたことのせいでなおさら嫌な感じがするようになった。なんでも、ぼくがしかるべき心の震え《ヴァイブレーション》で応えず、ぼく自身がどんなに悲しみ、どれほどの喪失感を味わっているのか、という話題になると、話題をあっさりそらしてしまう、ということに対して彼女はちょっぴり怒っている、というのである。しかし、この悲しみの歓喜が――その真っただ中で彼女はたとえ大動脈が破裂しても人生からはうまい具合に決裂せず、ぴんぴんしていられるわけだが――ぼくをとらえ、何かを要求し始めているということに、ぼくはすぐに気づいた。こんな独特のやりとりには、誰でも覚えがあるのではないだろうか。つまり、誰かがあなたにとても大事な写真を手渡して、期待のまなざしでじっと見つめているとき……。あなたは写真に写った、死ぬことなど思いもしないで無邪気に微笑んでいる顔を長いこと神妙に眺めてから、それといきなり別れるのは失礼だとでも言わんばかりに、返却を引き延ばす振りをし、自分の手を一瞥してブレーキをかける振りをし、ちょっと引きとめてから写真をやっと返すのだ。まさにこういう一連のやりとりを、アレクサンドラ・ヤーコヴレヴナと果てしなく繰り返したのだった。アレクサンドル・ヤーコヴレヴィチは部屋の隅で明るく電灯に照らされた自分の机に向かって、ときおり咳払いをしながら、仕事をしていた。彼はドイツの出版社に頼まれて、ロシア語の専門用語辞典を編纂していた。小皿の上で、サクランボの砂糖煮《ヴァレーニエ》の跡が灰と混じり合っている。彼女がヤーシャのことを話せば話すほど、ヤーシャには魅力がなくなるのだった。いや、そもそも、ぼくと彼はあまり似ていなかったし（彼女は実際よりも多く外見の特徴の一致を見つけ、それを内面にまで延長しながら、ぼくたちが似ていると考えたのだが、実際には似た点ははるかに少なかったのだ。あったのは、結局のところ、外見上のわずかなことで、それが内面のわずかなことに対応していただけだ）、もしも生前彼に会っていたとしても、親しくなれたかどうかは疑わしい。ユーモアのない人間特有のけたたましい陽気さが突発することがあるものの、普段は陰気な性格、知的な熱中にも忍び込む感傷癖、病的なまでに洗練された解釈でもしてやらないかぎり単なる臆病ではないかと強く感じさせる様々な感情の純粋さ、ドイツに対して抱く感覚、悪趣味な不安（シュペングラー（オズヴァルド・シュペングラーの『西洋の没落』（全二巻、一九一八〜一九二二）は、一九二〇年代の亡命ロシア人の間でも広く読まれた）を読んだせいで「まる一週間も頭が朦朧としていた」という）、それから、彼の詩……一言で言って、母親にとって魅力に満ち溢れるものすべてが、ぼくをうんざりさせるだけだった。詩人としての彼は、ぼくの見るところ、とてもひ弱だった。創造しているなどと言えたものではなく、彼のようなタイプの何千何万ものインテリの青年がそうであったように、彼も面白半分にちょっと詩に手を染めただけのことだった。しかしそういう青年たちは、なんらかの形で多少なりとも英雄的な死に方をするのでなければ——ここで言う英雄的な死とはロシアの文芸とは何の関係もないものだが、それでも彼らはロシア文学を驚くほど詳しく知っていた（ああ、リズムの転換、三角形や台形に満ち満ちた、あのヤーシャのノートの数々！）――将来は文学からは完全にそれてしまい、何らかの分野で才能を発揮するとしても、それは学問か勤めにおいてか、さもなければ単に秩序だった生活をつつがなく送るということだった。流行の陳腐な表現をちりばめた詩の中で、彼はロシアへの「この上なく痛ましい」愛を――エセーニン風の秋《オーセニ》、ブローク風の沼《ボロータ》の青み《ゴルビズナー》、アクメイズム（二十世紀初頭のロシアにおける詩の流派の一つ。グミリョフ、マンデリシュタームなどが代表者）風に木煉瓦をうっすらと覆う雪、プーシキンの肘の跡がかろうじて見分けられるネヴァ河岸の花崗岩を謳いあげている。彼の母親がそれらの詩を読んでくれたが、しどろもどろだったり、興奮気味だったりで、中学生みたいな不器用な抑揚が感動的な一強三弱格《ペオン》にまるっきり合っていなかった。この韻律の詩をヤーシャ自身はきっと、我を忘れてうっとりと歌うように、小鼻を膨らませ、体を揺すりながら、ある種の抒情の傲慢の不思議な輝きの中で朗読したに違いない。しかし、その後ただちにまたもや崩れ落ちるように沈み込み、再び控えめでけだるげになり、自分の中に閉じこもったのだろう。彼の喉元で生きていた「信じがたい《ネヴェロヤートヌイ》」「寒き《フラードヌイ》」「素敵な《プレクラースヌイ》」といった形容辞は、彼と同世代の若い詩人たちが貪欲に使っているものだが、こういった詩人たちは、擬古的表現や散文的語彙、あるいは「薔薇」のようにとっくの昔に内容のない空疎なものになってしまった単語が生命のサイクルをまる一周し、いまや向こう側から戻ってきて詩の中で思いがけない新鮮さを獲得している、などと錯覚していたのだ。こういった言葉はアレクサンドラ・ヤーコヴレヴナのつまずいてばかりの朗読の中でいわばもう半周して、再び向こう側に没しかけ、再び昔ながらの古ぼけた貧しさをすっかりさらけ出し、そのことによって文体の欺瞞を暴きだすことになった。愛国的な抒情詩の他に、彼には船乗りの集まるどこかの居酒屋か何かを歌った詩もあれば、ジンとジャズについてのものもあった。ただし、彼はジャズのことをドイツ語風の発音に従って「ヤッツ」と表記していた。ドイツ語の固有名詞のもとで声を訓練しようと試みて、ベルリンのことを歌った詩もある。例えばイタリアの通りの名前がロシアの詩に出てくるとなんだかちょっと怪しげな甘いコントラルトで響くものだが、それに似た試みだったと言えるだろうか。それから友情に捧げた詩もあったが、韻律も脚韻もなく、なんだかごちゃごちゃ、もやもや、びくびくしていて、魂のいざこざのようなことがあったり、病気のフランス人が神に呼びかけるときや、ロシアのうら若き女流詩人がお気に入りの殿方に呼びかけるときと同様、親友に「あなた《ヴイ》」という敬称で呼びかけたりしていた。そしてこのすべてを表現する言葉には精彩がなく、ぞんざいで、アクセントの位置にはおびただしい数の間違いがあった。なにしろ彼の詩では「委ねられた《プレーダン》」と「渡された《ペーレダン》」、「個性をなくす《アペズリーチチ》」と「区別する《アトリチーチ》」が誤って韻を踏まされており、「十月《アクチャーブリ》」は詩行の中で二席分しか支払っていないくせに、三席を占め（ロシア語で「十月」を意味する「アクチャーブリ」は本来二音節語）、「ポジャーリシチェ」は、本来、焼け跡の意味なのに、大きな火事の意味で使われていた。それから忘れがたいのは「ヴルブリョフ（聖像画家ルブリョフと象徴派の画家ヴルーベリが混じり合ったもの）のフレスコ画」についての感動的な言及で、この魅惑的な雑種《ハイブリッド》はぼくと彼が似ていないことを改めて証明してくれるものになった。いや冗談ではない、こんな男がぼくのように絵画を愛することなどあり得なかった。彼の詩に関する本当の意見をぼくはアレクサンドラ・ヤーコヴレヴナから隠していたのだが、礼儀上いちおう賛同を示すための言葉にならない歯切れの悪い音を発する羽目になると、感嘆のあまり混乱状態に陥っているのだと解釈されてしまった。ぼくの誕生日に彼女は涙ながらの微笑みに顔を輝かせながら、ヤーシャの一番いいネクタイをプレゼントしてくれた。それはアイロンをかけたての、古風な波紋模様の絹のネクタイで、ペテルブルクの「競馬クラブ《ジョッキー・クラブ》」の商標がまだ見分けられた。しかし、ヤーシャ自身がそれをよく着用していたとはちょっと考えられない。そしてぼくに分け与えてくれたすべてと引き換えに、つまり、亡くなった息子の姿を詳細に余すところなく、その詩も、神経衰弱も、熱中していたことも、その死も含めて伝えてくれたことと引き換えに、アレクサンドラ・ヤーコヴレヴナはそれなりの執筆上の協力を否応なしに求めてきたのだ。しかも、奇妙な符合が生じていた。彼女の夫のほうは、百年も続く自分の家系を誇りにし、長々とその歴史を知り合いに語って聞かせたものだったが（ニコライ一世の御世に彼の祖父に洗礼をほどこしたのが――どうやらヴォリスクでのことらしいが――かの有名なチェルヌィシェフスキーの父親の、太った精力的な司祭だったのだ。この司祭はユダヤ人の間で宣教活動を好んで行い、霊の恵みだけでなくおまけに自分の苗字までユダヤ人たちに分け与えたという）[*17]、一度ならずぼくに言うのだった。「どうだろう、一種のbiographie romancée（伝記小説。（仏））として、我らの偉大なる六〇年代人（一八六〇年代に活躍したロシアの進歩的な知識人）についてちょっとした本を書いてもらえないかな。いやいや、そう顔をしかめなさんな。私の提案にきみが反対することなんて、すべてお見通しだよ。だがね、人間としての偉業の魅力が文学上の嘘を償って余りあるということだってあるんだよ、実際彼は苦行に耐えた本物の英雄だった。もしも彼の伝記を書こうという気になってくれれば、あれこれ面白い話をたくさん聞かせてあげるんだがねえ」偉大な六〇年代人のことなどまったく書きたくなかった。その一方で、アレクサンドラ・ヤーコヴレヴナはヤーシャのことを書くようにしつこく勧めたわけだが（だから、結局、彼らの一族の全史を書いてくれという注文になった）、そんな気はぼくにはますますなかった。しかし、ぼくの詩の女神《ミューズ》に道を指し示そうという彼らの渇望が滑稽で、腹立たしいものであったにもかかわらず、ぼくはもうちょっとでアレクサンドラ・ヤーコヴレヴナに二度と這い出せないような隅に追い詰められてしまうのではないか、と感じていた。そして彼女の前に現れるときはヤーシャのネクタイを（よれよれにしてはいけないから、という言い訳を考えつくまでは）せざるを得なくなったのとまったく同様に、ヤーシャの運命を描いた中篇小説の一つも書くべく机に向かわざるを得なくなるのではないだろうか、とも。一時ぼくは弱気になって（いや、強気になって、と言うべきだろうか）、胸算用をしてみたこともあるほどだ――どんな風にこの仕事に取りかかろうか、もしもひょっとしたらの話だが……。ある種の思考する俗物や、角縁の眼鏡をかけた通俗小説家、つまりヨーロッパの家庭医《ファミリードクター》にして社会の激震の地震計を自任する者だったら、この出来事に「戦後の若者の気分」にとって何か最高度に特徴的なものを必ず発見するに違いない。しかし、「戦後の若者の気分」といった単語の結びつきを聞いただけで（どういう分野の話かは言うまでもない）、ぼくは言いようもなく腹が立った。世紀の徴候だとか、青年の悲劇といったお決まりのたわごと、俗悪で陰気なたわごとを読んだり聞いたりすると、甘ったるくてへどが出そうになった。しかし、ヤーシャの悲劇にぼくは心を燃え上がらせることはできなかったので（アレクサンドラ・ヤーコヴレヴナはぼくが燃えていると思っていたが）、ぼくも知らぬ間におぞましいフロイト趣味に染まった「深遠な」小説にはまり込んでもおかしくなかった。心臓が止まるような思いで想像力を訓練し、水たまりの上に張った雲母のような薄氷をまるで爪先で探るようにしているうちに、ついにぼくは、自分が作品を清書し、チェルヌィシェフスキー夫人のところに持っていく姿が見えるまでになった。そして、電灯が左側からぼくの宿命の道を照らし出すように（ありがとう、おかげでとてもよく見えるよ）机に向かって座り、いかに困難で責任の重い仕事であったかを短い序文で述べた後、ぼくは……しかし、ここですべては恥じらいの茜色の蒸気に覆われてしまうのだった。幸い、ぼくは注文品を仕上げることはなかった。いったい何のおかげなのか、わからない。だらだらと引き延ばしていたせいなのか、たまたま会うことも間遠になって空いた時間がいい作用を及ぼしたのか、あるいはアレクサンドラ・ヤーコヴレヴナ自身、ひょっとしたらほんのちょっと聞き手としてのぼくに飽きてしまったのか。いずれにせよ、この話は作家によって利用されないで残った――しかし、実際のところ、とても単純でとても悲しいものだった、この話は。

ぼくたちはほとんど同時にベルリンの大学に入ったのだが、ぼくはヤーシャのことを知らなかった。きっと何度も互いにすれ違っていただろうけれども。専攻が違っていたせいで――彼は哲学《フィロソフィア》を、ぼくは滴虫類《インフソリア》を研究していた――知り合う可能性も少なかったのだ。もしもいまぼくがこの頃に帰ることができたなら、そしてただ一つ豊かになったこと、つまり今現在の意識を携えて、当時のぼくの曲がりくねった足跡をすべて正確に辿り直したとしたら、いまでは写真であまりによく知っている彼の顔にもちろんすぐに気づくことだろう。これは面白い。そもそも現在を密輸して過去に戻ったときを想像すると、思いがけない場所で今知っている人たちの原型に出会うのは、なんと奇怪なことだろうか。その原型たちはとても若くみずみずしいのだが、我々を見ても誰だかわからないので、清明な狂気のうちにあるように見えるのだ。そんなわけで、例えば昨日恋人になったばかりの女性が、満員電車の中、まだ小さな女の子の姿ですぐ隣に立っていたりすることもあるし、十五年前ぼくに道を聞いた通りすがりの男が、いまでは同じ職場で働いていたりもする。過去の群衆の中でこの時間倒錯的な意義を持つようになるのは、十人くらいのものだろうか。それはトランプの駄札が、切り札の光によってすっかり変貌を遂げるようなものだ。そうだとしたら、そのとき何という自信を持って……。しかし、何ということだろう、夢の中でならそういった過去への旅が行われることもあるのだが、その際、過去との境界でいま持っている知能はすべて意味を失い、悪夢の不細工な小道具係が大慌てでかき集めた教室の舞台装置の上で人はまたもや授業がわからなくなり、かつて学校で味わった苦難の数々の忘れられた細部がありありと蘇ってくる。

大学でヤーシャはルドルフ・バウマンというドイツ人の男子学生と、オーリャ・Gという――ロシア語新聞は彼女の苗字を伏せてイニシャルしか載せていなかった――ロシア人の女子学生と親しくなった。オーリャは彼と同い年の、同じ社会層の出のお嬢さんで、郷里の町もほとんど同じと言ってよかった。ただし、家族どうしは知り合いではなかった。たった一度だけ、ヤーシャの死後二年ほど経ってから、文学の夕べで彼女を見かけたことがあるが、その人並みはずれて広く清らかな額と、海のような色調をたたえた目、大きくて赤い口とその上のほうにうっすらと黒い産毛、その脇のふっくらと大きなほくろが記憶に残った。彼女は柔らかな胸に腕を組んで立っていたので、その姿を見るとたちまちぼくの中に、こんな題材をめぐる文学的連想のすべてが展開した——からりと晴れた埃っぽい夕べ、街道沿いの居酒屋で、退屈した女が注意深いまなざしを何かに向けている。一方ルドルフをぼくは一度も見たことがなく、他人の言葉だけを頼りに推論するしかないのだが、彼は淡いブロンドの髪をし、身のこなしがきびきびと素早く、ハンサムで、その美男子ぶりには筋骨たくましい猟犬を思わせるものがあった。そんなわけで、いま名を挙げた三人についてぼくはそれぞれ違う研究方法を用いていて、それが彼らの密度にも色合いにも影響しているのだが、最後の瞬間にはぼく自身の、しかしぼくにも不可解な太陽のようなものが彼らに光を当て、ぱっと照らし出すことによって、この三人を等号で結んでしまうことになる。

ヤーシャは日記をつけていて、その中で自分とルドルフとオーリャの相互関係を「円に内接した三角形」と的確に定義している。円というのは、正常で清らかな、彼の表現によれば「ユークリッド的な」友情のことで、それが三人を結び合わせていたので、それだけだったら彼らの絆は何の心配もなく幸せなまま、解消されることもなかっただろう。しかしその円に内接する三角形のほうは別の関係を示していて、その結びつきは複雑で、痛ましく、長い時間をかけて形成されたもので、同一の友情の共通の円周とはまったく無関係に、独自に存在するものだった。それは牧歌的な環の中に生まれた陳腐な悲劇の三角形であり、そういった構成の疑わしい均整があるというだけでもう

――その展開に見られる流行りの連結法のことは言うまでもなく――こんなことから短篇だの、中篇だの、一冊の本だのを作り出すことはとうていできない、とぼくは思ってしまうのだった。「ルドルフの魂に猛烈に恋をしてしまった」と、ヤーシャは上ずったネオロマン主義的な文体で書いている。「その調和と健康と生きる喜びに恋をしてしまった。あらゆることに対して答を持ち、舞踏会の大広間を通り抜ける自信過剰な女のように人生を進んでいくこの裸の、日に焼けた、しなやかな魂に猛烈に恋をしてしまったのだ。カントやヘーゲルもこれに比べたらお遊びにすぎないと言えるような、この上なく複雑かつ抽象的なやり方でしか、あのものすごい幸福感は思い描くことができないのだ。もしもそれを味わえるとしたら、それはただ……それはただ、どんな場合だろうか？　彼の魂をぼくにどうすることができようか。まさにどうしたらいいか分からないということ、この上なく神秘的な何らかの道具がまさに欠けていること（同様にアルブレヒト・コッホは狂人たちの世界で「黄金の論理」に憧れたのだった）、まさにそのことがぼくの死を意味するのだ。彼と二人きりになると、ぼくはまるで女子中学生のように血潮がたぎるのに、手は冷たくなる。彼にはそれがわかっていて、ぼくのことが嫌でたまらなくなり、嫌悪感を隠そうともしない。ぼくは彼の魂に猛烈に恋をしてしまった。でもこれは月に恋をするのと同じように空しく、実を結ばない」

ルドルフが嫌悪感を抱くのも理解できるが、他方……ヤーシャの情熱はさほど異常なものではなかったのではないか。結局のところ、のぼせあがった彼の気持ちは、くすんだ乳白色の額をした教師、未来の指導者にして未来の殉教者が、絹糸のようなまつげを上げて、話しかけてきたとき、幸福のあまり震えだした前世紀中頃の少なからぬロシアの若者たちが覚えた興奮に似たものだった……そしてもしもルドルフにほんのちょっとでも教師、受難者、指導者といった面があったならば、ヤーシャが生まれつき矯正しがたい逸脱した性向を持っていたとする見方を（そういえば、コンチェーエフの長篇詩の中では、誰かがプーシキンの有名な「草原も、夜も、月光のもと……」という詩を、「月と、射撃場と、迷える性のヴィオラ」と現代的に翻訳していた）ぼくは断固としてはねつけていただろう。というのも実際のところ、彼はドイツ語で言う「いい奴《ブルシュ》」だったので、確かに「いい奴」にしてはちょっと変なところはあって、暗い詩やびっこの音楽や片目の絵画に惹かれてはいたものの、だからといって根本の上等さを持ち合わせていないわけではなく、ヤーシャはその虜になった、あるいは虜になったと思ったのだった。

尊敬すべき馬鹿教授と官吏の娘の間に生まれた息子は、素晴らしいブルジョア的な境遇で、大聖堂のような形をした食器棚と眠れる本たちの背にはさまれて大きくなった。彼は人は良かったが意地は悪く、人付き合いはよかったが人見知りするようなところもあり、無分別なのにそれでいて慎重でもあった。オーリャに彼が決定的に恋してしまったのは、彼女とヤーシャといっしょにシュヴァルツヴァルトをサイクリングしてからのことで、後に取り調べで彼が証言したところによれば、そのサイクリングが「ぼくたち三人の目を開かせた」のだった。彼の恋し方は最低級のもので、単純で性急だったが、彼女の激しい抵抗に遭ってしまった。その抵抗は、怠け者で食いしん坊で、ちょっと陰気くさいところのあるオーリャのほうがなんと（同じモミの森で、同じ円くて黒い湖のほとりで）ヤーシャに「夢中になっていることがわかった」ことによって、ますます強烈なものになった。そしてオーリャの恋心がヤーシャを悩ませたのは、ヤーシャの情熱がルドルフを悩ませたのと、またルドルフの情熱が彼女自身を悩ませたのと同様で、円に内接する彼らの感情相互の幾何学的依存関係はここにいたって完璧なものとなり、それと同時に昔のフランスの劇作家たちが登場人物表で示したような、あらかじめ神秘的に規定された人間関係をちょっと思わせた。つまりXはYに恋しているが、YはZに恋している、といった具合だったのだ。

冬が、つまり三人の結びつきにとって二度目の冬が来る頃には、彼らもはっきりと状況を理解していた。しかし、ひと冬かかって究明できたのはこの状況が絶望的なものだということだけだった。外からはすべてが順調に見えた。ヤーシャは破られることのない夢の中にいるかのようにひっきりなしに読書を続け、ルドルフはホッケーで名人芸を見せながら氷上で円盤《パック》を疾駆させ、オーリャは美術史を勉強していた（それはこの時代の文脈では、このドラマの全体的なトーンもそうだが、耐えがたいほど典型的な調子に響いた）。他方、内側ではどんよりした病的な作業が止まることなく展開していて、とうとうこれらの哀れな若者たちが自分たちの三つ巴の拷問に快楽を見つけるようになると、それは抑えがたいほど破壊的なものになったのだった。

長い間暗黙の了解に従って（すでにだいぶ前から誰もが互いのすべてを知っていて、もはや恥も希望もなかった）、彼らは三人いっしょにいるときは自分たちの気持ちにまったく触れなかったが、誰か一人がちょっとでもいなくなったりしようものなら、たちまち残った二人は必ず、その場にいないもう一人の情熱と苦悩について議論を始めることになった。新年をなぜか三人はベルリンの駅の軽食堂で迎え——たぶん、駅ではいかめしい装備をほどこされた時間が特に強い感銘を与えるからだろうか——その後で色とりどりのぬかるみの真っただ中に出ていき、ぞっとするようなお祭り気分の街路をぶらついた。そしてルドルフが皮肉をこめて、友情の化けの皮をはぐことに乾杯しようと言いだし、そのとき以来、最初は控えめに、やがて率直であることに酔いしれるように、彼らはもういっしょに、つまり全員が揃っているときでも自分の気持ちをぶつけ合うようになった。そのとき三角形は自らを取り巻く円周を侵食し始めたのだった。

チェルヌィシェフスキー夫妻も、ルドルフの両親も、オーリャの母も（彫刻家で、むっちり太っていて、目が黒く声の低いまだ美しいご婦人で、二人の夫に先立たれ、長いブロンズの鎖のようなものをいつも首の周りに巻いていた）、何か事件が持ち上がろうとしているとは予感もしていなかったただけでなく、生まれたばかりの黒光りする拳銃が寝かされている揺りかごの周りに早くも舞い降りてきて、すでに職業柄わさわさと忙しそうに世話を焼いている天使たちの口からのんきな質問が出たとしても、彼らは万事順調です、みんな幸せそのものです、と自信を持って答えただろう。その代わり、すべてが起こった後になってから、記憶はまるで泥棒の被害にあった人のように、過去の同じような色合いの日々の滑らかな流れの中に未来の痕跡や証拠を見つけようと、できる限りの努力をし、そして驚いたことに、見つけたのだった。そんなわけでオーリャの母、G夫人がアレクサンドラ・ヤーコヴレヴナに――彼女の表現を使えば――不意の弔問を「もたらした」とき、彼女はだいぶ前から不幸を予感していたのだと話しながら、そう語る自分の言葉を信じきっていたのである。予感はそもそも一番最初の日からあったのだという。つまりその日彼女が薄暗い広間に入っていくと、オーリャと二人の友達がソファの上で不動のまま、墓石の浮き彫りに描かれた寓意画のように思い思いの悲しげな姿勢で身を屈め、押し黙っていたのだ。それは一瞬のこと、影たちの調和の一瞬にすぎなかったが、G夫人はどうやらそれに気づいたらしかった。いや、より正確に言えば、それを後々のために取っておいて、数か月後にたまたまそこに戻ってきたのである。

春までに拳銃は成長していた。それはルドルフのものだったが、いつの間にか一人から別の一人のもとへと、サロンでの余興の遊びで紐に通した生暖かい指輪のように、あるいはトランプのばばのように、手渡されていった。奇妙なことだが、三人でいっしょに姿を消して、今度は地上ではない次元で、ある種の理想的で非の打ちどころのない円となって蘇ったらどうだろうか、という案を――いまでは誰がいつ最初にそれを言いだしたのか、もはや決めがたいけれども――誰よりも情熱的に練り上げたのはオーリャだった。この企ての詩人役となったのはヤーシャである。彼は何と言っても一番抽象的な存在であったため、誰よりも絶望的な立場にあったのだ。しかし、悲しみの中には、癒すために死を用いないものがある。それらは生によって、そして生の変わりゆく夢によってはるかに簡単に癒すことができるのだ。物質としての銃弾はそういった悲しみに対しては無力だ――ルドルフやオーリャのような人々の心臓の物質的な情熱ならば、見事に処理することができるのだが。

いまや出口が見つかり、皆夢中になってそのことばかり話し合った。四月の半ば、当時のチェルヌィシェフスキー家のアパートで（両親は仲良く向かいの映画館に出かけていた）起こったことが、どうやら、大詰めへの最終的な引き金になったようだ。ルドルフが思いがけずほろ酔い気分になって羽目をはずしたため、ヤーシャが力ずくで彼をオーリャから引き離したのだが、そのすべての舞台となったのはバスルームだった。それからルドルフは声をあげて泣きながら、いつの間にかズボンのポケットからこぼれ落ちていたお金を拾い集めていた。皆にとってなんと辛く、なんと恥ずかしいことだったろう。そして翌日に約束されたフィナーレがなんと魅惑的な救いに思われたことだろうか。

十八日の木曜日、昼食の後、ちょうどその日はオーリャの父の十八回目の命日でもあったが、三人はもうすっかり立派な体格に成長して一人前になった拳銃を携え、穴のあいた薄っぺらな外套のような天気の中を（湿った西風が吹いていて、どの公園でもパンジーが錆びのような紫に染まった花を見せていた）五十七番の路面電車に乗ってグルーネヴァルトに出かけた。人気のない森の中で一人ずつ順番に自殺するためだった。後部デッキに立った彼らは三人ともレインコートを着て、青白く腫れぼったい顔をしていた。そしてヤーシャはこの四年くらい手を触れたこともない、つばの大きな鳥打帽を今日はなぜかかぶっていて、それが彼の姿を妙に庶民的なものに見せていた。ルドルフは帽子をかぶらず、金髪をこめかみのあたりから後ろになびかせている。オーリャは後部の手すりに背中をもたせかけ、人差し指に大きな宝石つきの指輪をはめた白くごつい手で黒い柱をつかみながら、目を細めて走り去っていく通りを眺め、優しいベルを響かせる床のペダルをうっかり踏んでばかりいた（そのペダルは電車が進行方向を変えて、後部が前部になるとき、運転手の石のような大足が踏むべきものだった）。車内からドア越しにこの一行の姿に目をとめたのは、以前ヤーシャのいとこの家庭教師をしていたユーリイ・フィリッポヴィチ・ポズネルである。彼は素早くドアから身を乗り出すと――この男は押しの強い自信家だった――ヤーシャを手招きし、ヤーシャはそれが誰だか分かって、中に入っていった。

「これはよかった、お会いできて」とポズネルは言い、五歳の娘を連れて（彼女は一人離れて窓際に座り、ゴムのように柔らかい鼻を窓ガラスに押し付けている）産院にいる妻を見舞いに行くところだとくだくだ説明したうえで、財布を、そして財布から名刺を取り出し、たまたま電車が停止したときを利用して（曲がり角でトロリーポールが外れてしまったのだ）、万年筆で古い住所の上に線を引いて消し、新しい住所をその上に書きつけて言った。「これをですね、あなたのいとこがバーゼルから帰ったらすぐに渡していただけますか。じつは本を何冊かお貸ししたままなんですけどね、その本がちょっと要るんだって、いやものすごく要るんだって伝えてもらえますか」

路面電車はホーエンツォレルンダム通りを飛ぶように進んだ。オーリャとルドルフは相変わらず厳しい表情で黙ったまま、風に吹かれて立っている。しかし、何か謎めいた変化がすでに生じていた。ヤーシャがほんのちょっとの間（ポズネルとその娘はすぐに電車を降りた）彼らを二人だけにしたことによって、三人の結びつきがどうも壊れたような具合になり、ヤーシャの彼らからの分離が始まっていたのだ。だからデッキの二人のところに戻ってきたとき、彼は――彼自身もまた後の二人も同様にこのことに気づかないままだったが——もうすっかり独り立ちしていて、目に見えない亀裂が、あらゆる亀裂を支配する法則に従って這うように広がっていき、抑えることができなかった。

人気のない春の森ではしっとり濡れた白樺の褐色の木立が——中でも特に小ぶりの白樺が、周りのことにはまるで関心がなく、自分の内側しか見つめていないといった風に立っていて、その森の中、鳩の羽根のようなくすんだ青色をした湖からほど近いところで（その巨大な岸辺のどこを見ても、自分の犬にせがまれてステッキを水の中に投げ込んでいる小柄な男以外に人影はなかった）三人は簡単にちょうど手頃な茂みを見つけ、さっそく仕事に取りかかった。いや、正確に言うと、取りかかったのはヤーシャだった。彼の中には、どんな無分別な行為でもほとんど日常茶飯事のように単純に見せかける誠実な精神が生きていたのだ。彼は年の順で自分が最初にやると言い（彼はルドルフよりも一歳、オーリャより一か月年上だった）、このたいして根拠のない口実によって、粗暴な運命が振り下ろそうとしていた打撃を無用のものにしてしまった——運命は物事をろくすっぽ見ようとはしないから、籤にしてもきっと彼に当たっていただろう。そしてレインコートを脱ぎ捨て、友人たちに別れの挨拶もせず——皆同じ目的地に向かっていたのだからそれももっともなことだった——黙ったまま、ぎこちなくせかせかした様子で松の木の間を縫って滑りやすい斜面を降りていった。降りた先の窪地にはナラの木や茨の茂みがびっしり生えていて、そのためまだ四月で木々に葉が生い茂ってなく見通しのいい森の中だというのに、彼の姿はすっかり隠され、残った者たちには見えなくなった。

二人は長いこと銃声を待っていた。煙草は持ち合わせていなかったが、ルドルフがふと思いついてヤーシャのレインコートのポケットを探ると、そこには案の定、まだ封を切っていないのが一箱入っていた。空は曇り、松の木は用心深くざわめき、下から見上げると目の見えない枝たちが何かを手探りで見つけようとしているように見えた。空高く、まるでお伽話の中のように速く、長い首を伸ばした二羽の野鴨が――一羽がもう一羽より少し遅れて――飛んでいった。後でヤーシャの母親が見せてくれたDipl. Ing. Julius Posner（工学士ユリウス・ポズネル）とドイツ語で印刷された名刺の裏には、ヤーシャが鉛筆で書いていた――「お母さん、お父さん、ぼくはまだ生きています。とても怖い。赦してください」。とうとうルドルフが我慢しきれなくなり、ヤーシャがどうなったのか確かめるため下に降りていった。ヤーシャは倒木の幹に腰掛け、まだ返事をもらえない手紙のように去年からそのまま残っている葉に取り囲まれていたが、振り返りもしないで、こう言っただけだった。「もうすぐだ」その背中にはなにやら張り詰めたものがあり、まるで激痛をこらえているかのようだった。ルドルフはオーリャのもとに引き返すべく踵を返したが、彼女のところに辿りつかないうちに、二人とも乾いた銃声をはっきりと聞いたのだった。ところがヤーシャの部屋で日常の風景はその後何時間もまるで何事もなかったかのように続き、皿に残ったバナナの抜け殻も、ベッドの脇の椅子に載った『糸杉の小箱』（アンネンスキーの詩集）も『重い竪琴』（ホダセーヴィチの詩集）も、寝椅子の上に置かれたピンポンのラケットもそのままだったのだ。即死だった。しかし、何とか生き返らせようとして、ルドルフとオーリャは茂みをかき分けて葦辺まで彼の体を引きずって行き、そこで必死に水を掛けたり、さすったりしたものだから、後で警察が死体を発見したとき、それは土と血と水底の泥にまみれていた。それから二人は助けを呼んだが、誰も応える者はなかった。建築家のフェルディナント・シュトックシュマイサー氏[*18]は水に濡れた自分の猟犬《セッター》を連れてもうだいぶ前に立ち去っていた。

　二人は最初に銃声を待っていた場所に戻ったが、ここから先、物語は夕闇に包まれていく。はっきりしているのは、この地上に自分のための空席とおぼしきものができたからなのか、あるいは単に臆病者だったからなのか、ともかくルドルフが自殺する気を完全になくしてしまったことと、仮にオーリャが自分の当初の意図を貫こうと思ってがんばったところで、彼がただちに拳銃を隠してしまったので、いずれにせよ彼女にはどうしようもなかったということだけである。森の中は寒く、暗く、空は晴れているのにかさこそ音を立てて小雨が降っていたが、その森の中に彼らはなぜか長いこと、遅い時刻まで無意味に残っていた。噂によると、まさにこのとき二人は恋人どうしになったのだというが、いくらなんでもそれではあまりに月並みだろう。真夜中近くになって、ライラックを意味する抒情的な名前を持った通りの角で、巡査が彼らのぞっとするような内容の、しかし歯切れよく語られる話を半信半疑で聞き取ったのだった。ある種のヒステリー状態は、こんな風に幼児的な屈託のないなれなれしさを呈することがある。

　もしもアレクサンドラ・ヤーコヴレヴナが事件の直後にオーリャと会っていたならば、そこから両者のためにある種の感傷的な意味合いも生じていたかもしれない。不幸なことに結局二人の出会いが生じたのは何か月も後のことで、それは第一にオーリャが家を空けて不在だったからであり、第二にはアレクサンドラ・ヤーコヴレヴナの悲しみが、後にフョードル・コンスタンチノヴィチが目撃するような活動的で、歓喜に満ちたとさえ言えるような形をすぐにはとらなかったからである。オーリャはある意味ではついていなかった。ちょうど継兄《ままあに》（ここでは父違いの兄）の婚約披露パーティで家が客でごった返しているとき、重々しい喪のベールをかぶり、悲しみの記録の中でも最良の部分を（つまり写真や手紙を）ハンドバッグに入れて、二人で手をとり合っておいおい泣くという至福に身を委ねる気にすっかりなって、チェルヌィシェフスキー夫人が何の前触れもなくいきなり現れたのだが、彼女を迎えて出てきたのは、唇が血のように赤く、ぼってりした鼻に白粉《おしろい》を塗り、すけすけのドレスを着た、陰気に礼儀正しく、陰気にせかせかしたお嬢さんだったというわけで、不意の来客が通された脇の小部屋のすぐ隣では蓄音機が吠え声をあげていたため、もちろん魂の交流どころの話ではなかった……。「ずっと顔を見つめてやったけれど、それだけでしたね」とチェルヌィシェフスキー夫人は語り、その後たくさんの小さな写真からオーリャとルドルフを念入りに切り取ったのである。もっともルドルフのほうは彼女をすぐに訪ねてきて、彼女の足下に身を投げ出して転げ、寝椅子の柔らかい角に頭を打ちつけたのだが、それから持ち前の素晴らしい軽やかな足取りで春の驟雨の後、青く輝いているクーアフュルステンダム通り（ベルリンの繁華街）を歩いて立ち去ったのだった。

ヤーシャの死は誰よりも父に痛ましい影響を及ぼした。彼はまるまるひと夏を診療所で過ごす羽目になったが、結局のところ恢復はしなかった。理性の室温を、ヤーシャが移っていった先の果てしなく醜悪で冷え冷えとした亡霊の世界から隔てていた仕切りが突然崩れ落ち、それを復元することは不可能だったので、裂け目を一時しのぎの幕で覆い、微かにうごめく襞を見ないように努めなければならなかった。それ以来、彼の生活はこの世ならぬものを招き入れるようになったが、ヤーシャの魂とのこういった絶え間ない交流にはどうにもけりをつけることができず、ついにそのことを妻に打ち明けた。そうすれば秘密を養分にしている亡霊を無害にできるのではないかと思ったからだが、その期待も空しかった。秘密はまたもや膨れ上がってしまったらしく、彼は新たに医師たちのもとに行って、その退屈で極めて現世的ではかないガラスとゴムの助けを求めなければならなかった。そんなわけで彼はこちら側の世には半分しか住んでいなかったが、それだけにいっそう貪欲かつ必死にこの世界にしがみついていたので、彼の威勢のよい話し方を聞き、その端整な顔立ちを見ていると、見たところ健康そうで、丸々と太り、髪の毛を両側に残しててっぺんが禿げ上がったこの男がこの世のものではない経験をしているなどとはとても想像できなかったが、それだけに突然彼の顔を歪めてしまう痙攣がいっそう奇妙なものに見えた。そのうえ、ときおり何週間も右手から灰色のガス糸《フィルデコス》の手袋をはずそうとしなかったのも（湿疹があったからだが）ちょっと不気味に何かの秘密をそれとなく暗示しているようだった。つまり、まるでこの世との不浄な接触を嫌ってか、それともあの世で手に火傷を負ったせいなのか、いずれにせよ人間ならざるものとの、ほとんど想像もつかない出会いのために素手の握手を大事にとってある、とでも言わんばかりだったのだ。その一方で実際には、ヤーシャの死後何も止まったわけではなく、たくさんの興味深いことが起こり続けていたのであって、ロシアでは堕胎の普及と別荘暮らしの復活が見られ、イギリスではストライキがあちこちで起き、レーニンがやっとのことで逝去し、ドゥーゼもプッチーニもフランスも死に（いずれも一九二四年没）、エヴェレスト山頂でマロリーとアーヴィンが遭難し、老ドルゴルーキイ公は白い蕎麦の花を見に、革のわらじを履いて徒歩で何度もロシアに行き、その一方でベルリンでは三輪タクシーが現れたかと思ったらまたすぐに姿を消し、最初の飛行船がゆっくりと大洋をまたぎ越し、クエや張作霖やツタンカーメンのことがしきりに書きたてられ、またある日曜日にはベルリンの若い商人が隣人の肉屋から、大きくて頑丈な、血の臭いのほとんどしない四輪の荷馬車を借りて、郊外へのドライブと洒落こんだ。馬車に置かれたフラシ天張りの肘掛け椅子には、商人の二人の太った小間使いと、二人の小さな子供たちが座り、小間使いは歌い、子供たちは泣き、商人は友人とビールをたらふく飲んで馬を駆り立て、天気は素晴らしいのなんのって、そんなわけでこれはお祝いでもしなけりゃという気分になって、自転車に乗っている男がいたのでそいつを巧みに追い詰めてわざと馬車をぶつけ、溝に落ちたところをぼこぼこ殴り、紙挟みをずたずたにし（その男は画家だったんですよ）、また馬車を先へと走らせた、いやあ楽しいのなんの、ところが画家のほうは我に返ると連中に居酒屋の庭で追いついた、ところが身元を確認しようとした警官を連中はまたしてもぼこぼこにし、それから、いやぁ楽しいのなんの、また街道を突っ走り、警察のバイク隊に追いつかれそうになったのを見ると、今度は拳銃をばんばん撃ちまくり、そうして始まったドンパチの中で商人の三歳の子供が弾に当たって死んじゃった、いやはやよくやるよ、このドイツの無鉄砲な商人は。

「ねえ、皆さん、やっぱり話題を変えていただかないと」とチェルヌィシェフスキー夫人が小声で言った。「そういう話はうちの人に聞かせたくないの。そうそう、新作の詩があったでしょう？　さあ、これからフョードル・コンスタンチノヴィチが詩を朗読してくれまーす」と彼女は声を張り上げた。しかし、ワシーリエフは半ば寝そべったまま、片方の手にはニコチン無しの紙巻煙草をさした堂々たる吸い口《シガレットホルダー》を持ち、別の手では彼の膝の上で何やら感情の進化を遂げつつあるらしい人形をしきりに引っ張りながら、それからもまだ三十秒ほどこの楽しい事件が昨日裁判でどんな風に審理されたか、話し続けた。

「いえ、何も持ってきていませんし、何も暗唱できません」と、フョードル・コンスタンチノヴィチは何度か繰り返した。

チェルヌィシェフスキーがさっと振り向いて、彼の袖に自分の小さな毛深い手を載せた。「どうやら、私にまだ腹を立てているようだね。いや、本当のところ、そうじゃない？　後でわかったんですがね、本当に酷いことをしてしまった。それにしても顔色が悪いねえ。最近はどうです、調子は？　どうして引っ越しをしたのか、結局のところまだきちんと説明をしてくれていませんね」

彼は説明をした。半年暮らした下宿屋《パンシオン》に突然知り合いが越してきた。とても感じのいい、損得抜きでつきまとってくる連中で、「よくおしゃべりをしに顔を出すんですよ」。彼らの部屋は隣だったので、じきにフョードル・コンスタンチノヴィチは彼らと自分の間の壁が崩れ去って、無防備になってしまったように感じたのだった。とはいっても、ヤーシャの父親の場合はもちろん、どこに引っ越しをしたところで助けにはならないだろう。

ワシーリエフは立ち上がっていた。彼は軽く口笛を吹きながら、巨大な背中を心持ち屈め、棚の本の背をじっくり眺めていたのだ。そして一冊を抜き出すとそれを開いて、口笛を吹くのを止めた代わりに、今度は騒々しく息をしながら、一ページ目を黙読し始めた。ソファの彼の席はいまやリュボーフィ・マルコヴナとその大きなハンドバッグに占領されている。疲れた目を剝き出しにした彼女は柔らかい表情になっていて、甘やかされたことのない手でいまはタマーラ[*19]の金色のうなじの髪を撫でつけていた。

「そうだ！」とだしぬけに言って、ワシーリエフは本をぱたんと閉じ、手近な隙間に押し込んだ。「この世のものはすべて終わりがある、同志諸君。私としては、明日は七時に起きなきゃならないし」

技師のケルンは自分の手首のあたりに目をやった。

「あら、まだいいじゃありませんか」チェルヌィシェフスキー夫人が青い瞳を輝かせながらお願いするような調子で言って、技師のほうに向くと、彼はすでに立ち上がって自分の椅子の後ろに回り、それをほんの少し脇に寄せていたのだが（ロシアの商人ならば、お茶を飲み終えて満足したとき、そのしるしに受け皿に載ったコップをひっくり返すところだろう）、彼女は講演のことを持ち出した。それは技師が次の土曜日にすることを約束したもので、タイトルは「ブロークの戦争」となっていた。

「お知らせでは間違って、『ブロークと戦争』と書いてしまって」とアレクサンドラ・ヤーコヴレヴナが言った。「でもたいした違いはないでしょ？」

「いえいえ、違いは大ありですよ」薄い唇に微笑みを浮かべながらも、分厚い眼鏡のレンズの向こう側では殺人を行いながら、技師は腹の上で絡み合った両手をほどこうともせずに答えた。『ブロークの戦争』は必要なことを言い表しています。つまり、講演者自身の観察の個性ですよ。ところが『ブロークと戦争』じゃ、いやはや、哲学になってしまう」

ここでその場の者たちは皆少しずつ霞み、無意識のうちに波打つ霧のように揺らぎ始め、しまいには完全に消滅しようとしていた。輪郭は8の字を描くようにくねりながら空中に消えていったが、それでもまだあちこちに光の点がきらめいていた。それは誰かの目の愛想のいい閃きや、ブレスレットの光の斑点だった。さらにきつく皺を寄せた額が一瞬だけ戻ってきて、その額の持ち主のワシーリエフはすでに溶けつつある誰かの手を握っていた。それからもう本当に最後に、絹の薔薇で飾られたピスタチオ色の葉が流れ去り（リュボーフィ・マルコヴナの帽子だ）、そしてすべてが消え失せ、煙の充満した客間に夜間用のスリッパを履いたヤーシャが、父親はもう寝室に行っただろうと考えて、まったく音も立てずに入ってきた。広場の隅では透明人間たちが赤い灯火のもと、魔法のような音を響かせて、黒い舗道を補修していて、フョードル・コンスタンチノヴィチは路面電車に乗る金もなかったので、徒歩で家に帰った。彼はチェルヌィシェフスキー夫妻から二、三マルク借り、それで次に家庭教師か翻訳の謝金を受け取るまでなんとかやりくりしようと思っていたのに、借りるのを忘れてしまったのだ。それだけならどうということもなかっただろうが、やりきれない失望と（自分の本の成功をいったんあまりに鮮明に思い描いてしまったせいだ）、左の靴に浸みこんでくる冷たい水と、新しい場所でこれから過ごさなければならない夜の恐怖とが組み合わさり、その組み合わせ全体のせいで苦々しさが強まって不安をかき立てられた。彼は疲労感と夜の優しい始まりを無駄にしてしまった自分に対する不満に苦しめられていた。その日のうちにとことん考えておくべきことを最後まで考え抜かなかった、そしてもうこの先も決して考え抜くこともないだろう、という感覚が悩ましかった。

彼が歩いていく通りはどれも、だいぶ前から彼の交友関係の中に割り込んできていた。いや、それどころか、通りたちは愛情を期待している節さえあって、彼の未来の記憶の墓地にペテルブルクの脇の場所をあらかじめ買って、墓を隣り合わせにするつもりになっていた。彼はこれらの暗く輝く通りを進んでいき、明かりの消えた家たちのうち、ある者は後ずさり、ある者は半身になってベルリンの夜の褐色の空の中に消えていったが、それでも夜空のあちこちにはまなざしを向けると溶けてしまうような柔らかな場所もあって、そうやってまなざしは星をいくつか救い出すことができた。さあ、やっと、さっき私たちがピロシキで夕食を済ませた公園まで来た、それから背の高い煉瓦造りの教会と、まだ葉が茂っていないので巨人の神経組織のように見えるポプラの木があり、そのすぐそばには魔女《バーバヤガー》のお菓子の家にも似た公衆便所がある。街灯の扇の先がかろうじて触れている公園の闇の中では、もう八年間もずっと具体的な姿をとって再び現れることを拒否し続けてきた美女が（初恋の思い出はそれほど生き生きとしていた）灰色のベンチに腰かけていたが、そばまで行ったとき、それは木の幹の影が座っているにすぎないということがわかった。彼は角を曲がって自分の通りに、まるで冷水の中に浸かるような気分で入った。それほど家に帰りたくなかったのだ。あの部屋、あの悪意を持った戸棚や寝椅子のことを考えると、憂鬱になるだけだった。彼は自分の玄関口を探し出し（それは暗闇のせいで変容していた）、鍵を取り出した。ところがそのどれ一つとして、ドアを開けられなかった。

「なんだ、これは……」彼は腹立たしげにつぶやいて、鍵の歯を見直し、もう一度、怒り狂いながら、鍵を差し込みにかかった。そして「くそ、なんてことだ！」と叫び、後ろに退くと上を向いて、家の番地を確かめた。いや、あっている。彼は再び鍵穴のほうに身を屈めようとして、ふと思い当たった。いま持っているのは、もちろん、下宿屋《パンシオン》の鍵で、今日引っ越しの際にレインコートに入れたままうっかり持ってきてしまったものだ。新しい鍵はきっと部屋に置き忘れてきたのだろう。こうなってみると、一瞬のうちに部屋に入りたくてたまらなくなった。

その頃、ベルリンの玄関番はたいてい裕福で、ぶよぶよ太った妻を持ち、プチブル的な打算から共産党に入っている粗野な連中だった。亡命ロシア人の間借り人たちは彼らにびくびくしていた。支配されることに慣れてしまった私たちは、どこに行っても監視の影を自分から見つけてしまうのだ。喉仏をひくひく震わせる愚かな年寄りを怖がるなんてばかげている、そんなのは分かりきったことだとフョードル・コンスタンチノヴィチは思っていたが、それでも玄関番をこんな真夜中にたたき起こして、巨大な羽根布団の中から彼を呼び出すふんぎりはとてもつかず、呼び鈴を押すためのこのちょっとした動作にどうしても踏み切れなかった（もっとも、いくら押したところで、誰も出てこないというのは大いにありそうなことだったが）。そのうえ、十ペニヒ硬貨を持ち合わせておらず、それなしでは腰の高さで陰鬱な柄杓のように開かれ、貢物を受け取れることを疑っていない手のひらの前を通り過ぎることなどとうてい考えられなかったのだから、なおさらである。

「これはまずいぞ、まずいことになった」と彼はつぶやいてドアから離れ、背後から、それこそ首筋から踵にいたるまで、不眠の夜の重荷がどっとのしかかってくるのを感じた。鉄でできた分身のようなこの重荷を背負って、これからどこかに行かなければならない。「なんてばかな《グルーパ》」と彼はさらに言ったが、その際「ばかな《グルーパ》」のl《エル》の子音をフランス語式に――何か困ったことがあると、放心したように、口癖となった冗談めかした調子で父がよくしていたように――発音した。

さてどうしたらいいだろう、誰かが入れてくれるのを待つか、住宅街の戸締りを見回っている黒いレインコートを着た夜警を探しにいくか、それともやっぱり建物を爆破するくらいの覚悟で呼び鈴をあえて鳴らすか、ふんぎりがつかないままフョードル・コンスタンチノヴィチは歩道を歩きだし、角まで行っては戻ることを繰り返した。通りは足音がよく響き、まったく人気がなかった。頭上高く、横に張り渡された針金に一つずつ、乳白色の街灯がぶら下がっている。一番近くの街灯の下では、亡霊のような環が濡れたアスファルトに映し出され、風のせいで揺れていた。そしてこの揺れはフョードル・コンスタンチノヴィチにはまったくなんの関係もなさそうでいて、実際のところ、タンバリンのような音を響かせながら、彼の魂の端に鎮座していた何かを、そこからぽろんと突き落としたのだった。そして、もはや以前のように遠くからの呼びかけではなく、耳元で強烈な轟音となって「ありがとう、祖国よ……」という言葉が響き渡ったかと思うと、ただちに「忌わしい遠さをありがとう」と返す波が来た。そして再び答を求めて、「……お前に認められず……」という言葉が飛び立った。一人で自分と対話しながら歩き続ける彼の足下には、もはや歩道は存在していなかった。足を動かしていたのは局所的な意識だったが、主要な、いや本質的には唯一重要な存在であるフョードル・コンスタンチノヴィチその人はすでに何サージェンか先の、まだ揺れ動いている第二連を覗き込んでいた。第二連はまだ具体的なことはわからないものの、正確に約束されていることは確かな調和によって結ばれるはずだった。「ありがとう……」――彼は新たな加速度をつけて、再び声に出してみたが、突然、足下の歩道が元の石に戻り、周囲のすべてのものが同時に声をあげ始め、彼は一瞬のうちに酔いから醒めて自分の建物の戸口に向かって突進した。ドアの向こうに明かりがついていたからだ。

頬骨の張ったもう若くないご婦人が、カラクルのジャケットを肩からずり落ちそうな具合に羽織って、誰かを送り出そうとして、送り出される誰かといっしょに戸口にぐずぐずしているのだった。

「それじゃ忘れないでくださいね」と、彼女が生気のない日常そのままといった感じの声で頼んでいるところに、フョードル・コンスタンチノヴィチは顔をほころばせてやって来た。そして彼女が誰だかすぐにわかった。今朝、夫といっしょに自分の家具を受け取りに出てきた女ではないか。それどころか、送り出されている男のほうにも見覚えがあった。ロマーノフという若い絵描きで、『自由な言葉』の編集部で二度ほど出くわしたことがあった。彼はその優美な顔に驚きの表情を浮かべて——もっともその顔のギリシャ的な清らかさは黒ずんだ不揃いな歯のせいで取り返しがつかないほどだいなしになっていたのだが——フョードル・コンスタンチノヴィチに挨拶をした。その後でフョードルのほうは、自分の鎖骨のあたりを押さえている夫人にぎこちなく会釈をすると、巨人のような大股で階段を駆けのぼり、曲がり角でひどくつまずいてその先は手すりにつかまりながらよじ登った。寝ぼけ眼《まなこ》でガウンを着たストボイ夫人は恐ろしかったが、それも長くは続かなかった。自分の部屋で彼はやっとのことで電灯を探り当てた。机の上では鍵束が輝き、本の姿が白く浮かび上がった。「あの本ももうおしまいだ」と彼は考えた。折り目正しい挨拶を添え、誠実な評価を期待しながら、何人もの知り合いにこの詩集を贈呈したのはつい最近のことだったのに、いまではそのとき書いた献呈の辞も、この数日来ずっとこの本の幸福を生きがいにしてきたことも、思い出すだけでも恥ずかしかった。実際には特別なことは何も起こらなかったのだから。今日は嘘にだまされても、明日か明後日に報われるという可能性がないわけではないが、彼はなんだか夢を見ることにうんざりしてしまい、いまでは机の上に置かれた本は、完全に自分の枠の中に収まり、自らの境界の中で自己完結していて、もはや以前のような強力で喜ばしい光を放ってはいなかった。

ベッドに横になり、頭が夜の支度を始め、心臓が夢の雪の中に沈みだすやいなや（眠りに就くとき、いつでも鼓動の乱れを感じた）、フョードル・コンスタンチノヴィチはまだ完全にはできていない詩をあえて心のうちで繰り返してみた——眠りによる別れの前に、いま一度会って、喜びを味わいたいというだけのことだった。ところが彼はもう力が抜けているのに対して、詩のほうは貪欲な生命にうち震えていたので、あっという間に彼を支配してしまい、鳥肌を立たせ、頭を羽音のような精妙な響きで満たした。そのとき彼はもう一度明かりをともし、煙草をふかし、あお向けに寝ながら顎までシーツを引っ張り上げ、両方の足の裏をアントコリスキー（ロシアの彫刻家）のソクラテスのように突き出して、霊感のあらゆる要求に身を任せた。それは千人を相手にしての会話だったが、千人のうち本物の相手はただ一人で、この本物をうまく捕まえなければならない。聞き逃すようなことがあってはならないのだ。なんて難しいことだろう、なんて素晴らしいことだろう……。そして夜毎の会話のたたた……きょう狂気がたたたん、たたんた音楽がたたたん……。

生命を危険にさらすほど熱中し耳を傾けること三時間、とうとうすべてを、最後の一言まで解き明かした。書きとめるのは明日でいいだろう。一晩の別れを告げる前に、彼はこの素晴らしい、できたてほやほやでまだ温かい詩を小声で口ずさんでみた。

ありがとう、祖国よ
忌わしい遠さをありがとう！
お前に満たされながらも、お前に認められず
僕は自分と会話をする。
そして夜毎の会話の中で
魂自身にも区別がつかない
これは僕の狂気がつぶやいているのか

それともお前の音楽が溢れ出てくるのか……。

そしていま初めて、この詩には何らかの意味が含まれていることがはっきり分かり、興味をかき立てられてそれを吟味し、承認した。踵は氷のように冷たく、へとへとにはなったものの幸せな気分で、成し遂げたことの価値と重要性をまだ信じながら、彼は明かりを消そうと立ち上がった。着ている寝巻きはぼろぼろで、貧弱な胸をはだけ、長く毛深い足にはトルコ石のように青い血管が浮き上がって見える——そんな姿で彼は鏡の前にたたずみ、相変わらず真剣な好奇心をあらわに、自分自身をじっくり観察したが、それが自分だとはなかなかわからなかった。この太い眉、短く刈り込んだ髪の先端が突き出た顔は自分のものだろうか。左目の毛細血管が破れて、目がしらから赤い筋が流れ出し、瞳の暗い輝きに何やらジプシー的な感じを付け加えていた。なんてことだろう、夜の間にこけた頬一面にすっかりひげが生えてしまった——まるで詩作の湿った熱気が毛の生育を促したみたいだ！　彼はスイッチをひねったが、もはや夜はおおかた溶け去っていて、部屋の中には闇を凝縮するようなものは何もなく、霧に包まれたプラットホームにたたずむ出迎えの人々のように、青白く凍えきった調度品が立っているだけだった。

長いこと寝つけなかった。言葉の抜け殻が散乱して脳を苦しめ、こめかみをちくちく刺し、どうにもこうにもこの抜け殻から逃れられなかった。その間にも部屋はすっかり明るくなり、どこかで——きっと木蔦の茂みにいるのだろう——雀たちが一斉に狂ったように、互いにさえぎるよう競い合って、耳を聾さんばかりに鳴き声を響かせる。小さな者たちの学校の、大いなる休み時間だ。

新たな片隅での生活はこんな風に始まった。昼過ぎまで寝ていて、いつどこで昼食をとっているのかもわからない、夕食は何やら油紙に包んだもので済ます、といった彼の習慣に家主《おかみさん》は馴染むことができなかった。小さな詩集については結局誰も書いてくれなかった――そういうことはひとりでに何とかなるものだとなぜか思い込んでいたため、彼はあちこちの雑誌の編集部に詩集を送る労さえ取らなかったのだ。唯一つの例外はある短評で（書いたのはワシーリエフの『ガゼータ』の経済記者だ）、彼の文学者としての将来性について楽天的な見解が述べられ、詩からある連が一つ引用されていたが、ひどく目ざわりな誤植が残っていた。タンネンベルク通りとは近しい間柄になって、最高の秘密を洗いざらい打ち明けてもらえるほどだった。例えば隣の建物の一階にはカナーリエンフォーゲル（ドイツ語で「カナリア」の意味）という苗字の年老いた靴職人が住んでいて、実際に鳥かごが――黄色い虜はその中にはいなかったものの――修理した靴の見本にまじって窓辺に置かれていた。しかしフョードル・コンスタンチノヴィチの靴について言えば、この職人はいかにも職業柄といった鉄縁の眼鏡越しに彼をちらりと見ただけで、修理を拒絶したので、フョードルも新しい靴を買うことを考えざるを得なくなった。それから彼は上の階に住む間借り人の名前も知った。間違って上の踊り場まで勢いよく舞い上がってしまったとき、Carl Lorentz, Geschichtsmaler（カール・ローレンツ、歴史画家。（独））という表札が見えたのだった。あるとき、街角でローマーノフに出くわすと、彼は町の別の地区にこの歴史画家《ゲシヒツマーラー》と折半でアトリエを借りているとのことで、あれこれ話をしてくれた。その言によると、彼は働き者で、人間嫌いの保守主義者、行進や会戦や、星章や綬章をつけて無憂宮《サン・スーシ》（プロイセン王フリードリヒ二世の離宮）の庭園に現れた帝国の亡霊などを一生描いてきたが、いまや軍服のない共和国（ドイツのワイマール共和国時代（一九一九～三三）を指している）では、すっかりおちぶれて陰気そのものになった。とはいえ一九一四年から一八年の戦争までは、尊敬もされ名声もあって、ロシアにカイザーとツァーリの会見を描きに行ったこともある。そのとき、冬をペテルブルクで過ごすうちに、将来の妻、つまり当時はまだ若くて魅惑的で、絵も描けば詩も書き音楽もたしなんだマルガリータ・リヴォーヴナと知り合ったのだった。彼が亡命ロシア人画家とドイツで同盟を結んだのは偶然のことで、新聞広告を通じてだった。なにしろロマーノフはまるっきり違うスタイルの持ち主だったからだ。ローレンツは無愛想な顔でいても彼にそれなりの愛着を覚えたが、最初の彼の展覧会以来（それはロマーノフがX伯爵夫人の肖像を描いた時期で、腹部に残ったコルセットの跡も生々しい、一糸も身にまとわない全裸の伯爵夫人が、三分の一に縮小された自分自身を両腕に抱えて立っているというものだった）、彼のことを狂人でペテン師だと見なすようになった。しかし、激しくも独自のロマーノフの才能には多くの人たちが魅せられ、並はずれた成功を予言する者もいれば、彼を新自然主義派の開祖と見なす者までいたくらいだ。モダニズムのあらゆる試練を経て（そんな風に言われたものだ）、彼はあたかも刷新された——興味深いとはいえ、少々冷ややかな——物語性に辿りついたような具合だった。彼の初期作品にはさらに、ある種の戯画性が透けて見えていた。例えば『Coincidence（偶然の一致）』という作品では、広告塔に驚異的に調和し合った鮮やかな色彩のポスターの数々が貼られていて、映画館に冠せられた様々な星の名前やその他の色とりどりの半ば透き通ったまだら模様の中に、なくなったダイヤモンドのネックレスを探していますという（そして発見者には謝礼も出しますという）広告を読み取ることができた。ところが当のネックレスは歩道のすぐそば、広告塔の足下に落ちていて、無邪気な輝きを炎のようにきらめかせているのだ。それに対して『秋』という作品では、溝に投げ捨てられた黒い裁縫用のマネキン人形が壮麗に散ったカエデの葉の間に、破れた脇腹を見せながら浮いているのだが、ここにはすでにより純粋な性質の表現力が認められ、美術通はここに底知れない悲しみを見出していた。しかし、いまにいたるまで彼の最高傑作とされているのは、ある気むずかしい金持ちに買い上げられ、すでに何度も複製されてきた『カナリアを捕まえる四人の都会人』である。四人はそろって肩幅が広く、黒い服を着て、山高帽をかぶり（だが、なぜか一人だけ裸足である）、何やら有頂天になりながらも用心した姿勢を取っていて、彼らの頭上には四角く刈り込まれた菩提樹の緑が、陽光に照り映えているのだが、この菩提樹の中に隠れている小鳥はひょっとしたら、ぼくの住まいの隣に住む靴職人の籠から逃げ出したものではないのだろうか。この奇妙な、とても美しいけれどもやはり毒のある絵には、ぼんやりとした胸騒ぎをかき立てられた。ぼくはそこに、先行者の手本と警告の両面があることを感じ取っていたのだろう。つまり彼の芸術はぼく自身の芸術のはるか先を行きながら、その行く手に待ち構える危険をも照らし出していたのだ。画家自身はと言えば、ぞっとするほど退屈な人間だった。異様にせっかちで、異様に舌足らずなしゃべり方と、その際、話の内容にはまったく関係なく、きらきらした目を機械的に動かしぎょろつかせることには、何やら耐えがたいものがあった。「悪いことは言わないから」と彼は言って、ぼくの顎に唾を飛ばした。「マルガリータ・リヴォーヴナに紹介させてくださいよ。君を絶対に連れてくるようにって命令されましてね。どうか遊びに来てください、アトリエで、ほら、パーティをやっているんです。音楽も、サンドイッチも、赤いランプシェードも用意して。若い人たちもたくさん来ます、ポロンスキー嬢も、シドロフスキー兄弟も、ジーナ・メルツさんも……」

そういった名前に聞き覚えはなかったし、フセヴォロド・ロマーノフといっしょに夜を過ごしたいなどという気持ちもさらさらなく、のっぺりした顔立ちのローレンツ夫人にもまったく興味が持てなかったので、招待を断っただけでなく、それ以来画家を避けるようになった。

毎朝、通りから甲高く、控えめに歌うような声が響いてきた——「Prima《プリマ》 Kartoffel!《カルトフェル》」（最高級のジャガイモ。（独））（若い野菜の胸はどんなにときめくことだろう!）。あるいはこの世のものとも思えない陰気な低音が、「Blumenerde!《ブルーメンエルデ》」（花を栽培するための肥土。（独））と大声で告げていた。絨毯をぱたぱた叩く音にときおり手回しオルガンが混じってきた。貧弱な手押し車の車輪の上に載った茶色のオルガンの正面には、牧歌的な小川を描いた丸い絵がついていて、鋭い目つきのオルガン弾きはときに右手、ときに左手でハンドルを回して、低音でずっしり響く「私の太陽《オ・ソレ・ミオ》」をオルガンの中から汲み出した。太陽はすでにぼくを公園へと誘っていた。公園では杭に支えられたマロニエの若木が（赤ん坊が歩けないのと同じで、その若木もまだ助けがないと成長できないのだ）、突然、自分自身よりも大きな花をつけて登場していた。一方、ライラックは長いこと花を開こうとしなかったが、いざ決心してその気になると、あちこちのベンチの下にかなり大量の煙草の吸殻が残されたある一夜のうちに、公園をふかふかした華麗さで取り巻いてしまった。教会の裏の静かな小道では、六月のある曇った日、ニセアカシアの花が散り、歩道沿いの黒いアスファルトはまるでひき割り小麦の粥をこぼしたように見えた。走る人のブロンズ像を取り巻く花壇では、「オランダの栄光」という薔薇が赤い花びらの地域を解放し、それに「アーノルド・ヤンセン将軍《ジェネラル》」（薔薇の品種名。赤い薔薇。ヤンセンはカトリックの聖者。肩書きの将軍は本来は修道会長の意味）が続いた。七月になると、陽気で雲一つなく晴れた日に、蟻の結婚飛行がとても上首尾に行われた。雌蟻が飛び立つと、やはり飛び立ってきた雀たちに貪り食われた。誰の邪魔も入らないところでは、飛行の後、雌蟻たちは長いこと砂利の上を這いまわり、芝居の小道具のような弱々しい羽根を落としていった。デンマークからは異常な暑さのため精神錯乱の症例が続発しているとの報道が伝えられ、人々が服をかなぐり捨てて、運河に飛び込んでいるとのことだった。マイマイ蛾の雄たちが狂ったようにジグザグに飛び回った。菩提樹の花は、複雑な形に咲いてゴミを散らし、かぐわしい香りを放ったあとで薄汚くなるという一連の変貌を成し遂げていった。

　フョードル・コンスタンチノヴィチは上着も着ないで、素足にズックの短靴をつっかけて、日焼けした長い指で本を持ち、深い青色のベンチに腰をおろして一日の大半を過ごした。日差しがあまりに強く降り注ぐとき、彼は背もたれの熱くなった縁に頭をあずけて、長いこと目を軽く閉じるのだった。すると都会の一日の幻のような車輪が回転しながら、内側の底知れない真紅の空間の中を通り抜けていき、膝の上で開かれた本はどんどん重く、どんどん本らしくなくなっていった。しかし雲のせいで日が翳ると内側の真紅も暗くなり、そこで汗ばんだ首筋を起こし、目を開くと、再び目に映ったのは、公園と、ヒナギクの植えられた芝生、水を撒かれたばかりの砂利、自分を相手に一人で石蹴り遊びをする女の子、まるで二つの目と薔薇色のがらがらだけのように見える赤ん坊を乗せた乳母車、雲に目隠しをされても、呼吸し輝きながら雲の中を旅してゆく太陽の円盤だった。そして再びすべてが燃え上がり、公園沿いに、波打つ木々が植えられてまだら模様になった通りを、石炭トラックが、がたがた揺れる高い座席に鮮やかなエメラルド色の葉の茎を歯にくわえた黒い石炭商人を乗せて走り過ぎた。

夕方近くになると、個人教授に出かけていった。やり手の実業家は、フォードルがのんきにシェイクスピアを読み聞かせてくれている間、どんよりしたまなざしに意地の悪い不信をこめて彼を見つめた。あるいは黒いジャンパードレスを着た女子中学生のところでは、傾けられた黄色っぽいうなじにときおりキスをしたくてたまらなくなった。あるいはこの上なく陽気でずんぐりとした元帝国海軍将校は「イェースチ」（「イエッサー」の意味。海軍用語。英語が訛ったもの）とか、「脳味噌を絞る」《オプモズゴヴァーチ》といった独特の言葉遣いをし、同棲している女から密かに「とんずら」《ダーチ・ドラープ》してメキシコに行く準備をしていた。ただし女といっても、体重が六プード（約百キロ）はあろうかという、情熱と悲哀の塊のような大年増で、フィンランドに逃れるときたまたま同じ橇に乗り合わせ、それ以来、嫉妬という永遠の絶望のうちに、やれロシア風パイ《クレビャーカ》だとか、発酵乳《ヴァレネーツ》だとか、キノコだとか、かいがいしく彼の食事の世話をしてきたのだった……。その他に、タイル張りの床の低い音響伝導性についての報告書だとか、ボール・ベアリングに関する論文の翻訳といった実入りのいい仕事もあった。そして最後に、ささやかながらも特に貴重な収入をもたらしたのが詩で、彼はいつも変わらない祖国を思う抒情的な心の高まりのうちに、夢中になって詩を書き続けたのだが、そのうちのあるものは完全な形をとることなく種子のようにまき散らされて、秘密の深みを肥沃にしただけで終わったが、最後まで推敲され、コンマもすべてしかるべきところに打たれ、編集部に持ち込まれるものもあった。まず地下鉄に乗ると、あれこれのものを映し出しきらきら輝く車両が真鍮の垂線に沿って急速に上昇し、それから巨大で妙にがらんとしたエレベーターで八階へ行くと、工作用粘土のような灰色の廊下の突き当たりに「焦眉の現実の腐乱死体」（と編集部きってのひょうきん者は皮肉った）の臭いがする狭い部屋があり、そこに座っている書記は月のようにまん丸な顔をした粘液質の人間で、年齢不詳、性別もほとんどないようなものだったが、新聞に出たあれこれの記事に不満を抱いた連中、つまり金で雇われた地元の過激派《ジャコバン》の類や、同朋の反革命フクロウ《シュアン》党員にして頑健なろくでなしの神秘家が編集部をめちゃくちゃにしてやると脅しをかけてきたとき、この書記は一度ならず難局から新聞社を救ったのだった。

　電話がじゃんじゃん鳴り、製版職人は校正刷りをぱたぱたはためかせながら風のようにさっと通りすぎ、演劇批評家はヴィリナ（現在リトアニアの首都のヴィリニュス）から迷い込んできた新聞を隅で読んだ。「お支払いしなければならないものが何かありましたか？　いやあ、そんなことはありませんよ」と、書記は言ったものだ。ドアを開けたとき、右側の部屋からゲッツが誰かに口述する甘く味のついた声や、ストゥピシンの軽い咳払いが聞こえ、何台かのタイプライターのかちゃかちゃいう音の中に、タマーラの小刻みな打鍵音を聞き取ることもできた。

　左手にはワシーリエフの執務室があった。彼が立ち仕事用の傾斜机の前に立ち、馬力のある機械のようにしゅうしゅう鼻息も荒く、持ち前のぞんざいな筆跡で、小学生のようにインクの染みをつけながら、「事態は悪化か」「中国の情勢」といった社説を書くとき、でっぷり肉のついた肩の上で光沢《ラストリン》のある絹のジャケットが張りつめた。彼は突然考え込んで筆を止め、鉄製のへらのような音を立てて、ひげに覆われた大きな頬の一方を指一本で引っ掻いたのだが、その頬は細められた目のほうにちょっと持ち上げられていて、その目の上には特異な、いまでもロシアで忘れられていない、一本の白髪もなく黒々した盗賊のような眉が覆いかぶさっていた。窓辺には（窓の向こうに立っている同じように高層のオフィスビルは補修中だったが、作業は空中のあまりに高いところで行われていたので、ちぎれて裂け目のできた灰色の雲もついでに修繕できそうに思えた）オレンジが一個半載った果物鉢と、食欲をそそるブルガリア・ヨーグルトの小さな壺が置かれ、本棚の一番下の鍵のかかった引き出しには禁断の葉巻と赤と青に彩られた大きな心臓の模型がしまわれていた。古いゴミ屑同然のソ連の雑誌やけばけばしい表紙の安っぽい本の数々、依頼、催促、罵倒など様々な内容の手紙、ジュースを絞り取られたオレンジ半個、ヨーロッパへの窓を切り取った新聞の一ページ、クリップ、鉛筆——こんなものでデスクは占拠されていて、それを見下ろすように揺らぐことなく、部屋の照明をぼんやりと反射して立っていたのは、パリに住むワシーリエフの娘の肖像写真だった。魅力的な肩と煙色の髪をしたこの若い女性は、いっこうに芽の出ない映画女優だったが、『ガゼータ』の映画欄では「……才能豊かな我らの同国人シルヴィナ・リーは……」といった具合にしょっちゅう取り上げられた。実際には、誰もこの同国人のことを知らなかったのだが。

ワシーリエフはフョードル・コンスタンチノヴィチの詩を温かく受け取って掲載したが、それは詩が気に入ったからではなく（普通彼はそれらの詩を読みさえもしなかった）、『ガゼータ』の政治欄以外がどんなもので飾られようと、まるっきりどうでもよかったからである。それぞれの寄稿者が生まれつき持っていてこれよりは落ちようがないという読み書き能力の水準をいったん確認してしまうと、ワシーリエフはたとえその水準がゼロをかろうじて上回る程度であったとしても、あとはまったく寄稿者の好きなようにさせていた。そもそも詩は些細なものなので、もっと重く大きな屑だったらひっかかりそうなところでもくぐり抜け、ほとんど何のチェックも受けずに掲載されたのだった。ところが新聞の新しい号が出ると、ラトヴィアからリヴィエラまで、亡命ロシア詩人たちのあらゆる孔雀園でなんという幸福と興奮に満ちた声が騒がしく沸き起こったことだろうか！おれのが掲載された！　私のも！　フョードル・コンスタンチノヴィチは自分の唯一のライバルはコンチェーエフだと見なしていたので（ちなみに彼は『ガゼータ』には寄稿していなかった）、紙上の隣人たちのことなど何とも思っていなかったが、その彼も自分の詩が載ると他の詩人たちにおとらず喜んだ。夕方の郵便で新聞が届けられるのが待ちきれなくなって、その三十分前に街頭で買い、キオスクから離れるやいなや、山盛りのオレンジがまだ早い黄昏の青みの中で燃えるように輝いている露店の前で赤みがかった光を捉えて、恥ずかしげもなく新聞を広げることもよくあった――そして、そこに自分の詩が見当たらないことも。何かほかの記事に追い出されてしまったのだろう。もしも自分の詩が見つかったときは、新聞紙を読みやすいようにたたんで歩道を歩きだし、心の中で様々な抑揚を試しながら自分の作品を何度も読み返した――つまり、意見をぜひ聞かせてもらいたいと思うような、彼にとって大事な見識の持ち主がどんな風に自分の詩をこれから読むだろうか、いやひょっとしたらいまこの瞬間にも読んでいるかもしれない、と一人一人について順ぐりに想像してみたのだ。そしてそんな風に別の人間になり代わるたびに、自分の目の色も、目の奥の色も、口の中の味覚も、すべてが変わってしまうのを、ほとんど肉体的に感じとった。自分自身に「本日の傑作」が気に入れば気に入るほど、他人になり代わってそれを読み返すことも完璧にできるようになり、その味わいはますます甘美なものになった。

そんな風にしてひと夏をだらだら過ごし、ざっと二ダースほどの詩を生み、育て、そして永遠に見限ってから、ある晴れた涼しい日、土曜日のことだったが（晩には集まりがあることになっていた）、彼は大事な買い物のために出かけた。落ち葉は歩道の上に敷き詰められているわけではなく、干からびて反りかえり、葉の一枚一枚の下から青い影の角が突き出ていた。窓がキャンディでできたお菓子の小屋（前出の公衆便所を指す）から、箒を持ち、清潔なエプロンを掛けた老婆が出てきた。彼女は小さな尖った顔と、並はずれてばかでかい足をしていた。そう、秋なんだ！ 足取りも陽気になり、何もかもが素晴らしかった。朝届いた手紙は、母がクリスマスには息子の顔を見に来るつもりだと告げていたし、焦げくさい匂いを微かに漂わせる人気のない菜園に沿って、道路の舗装していない部分を歩いたとき、ばらばらになりかかった夏物の靴を通して地面の感触が異様に生々しく伝わってきた。菜園をはさんで向かいあっている家と家は、すぱっと切断された面のように黒々とした主壁を菜園のほうに向け、レースのように向こう側が透けてみえる四阿《あずまや》の前には、大きな雫をビーズのように振りかけられたキャベツや、咲き終えたカーネーションの青みがかった茎や、重たいブルドッグのような顔面をうなだれさせたヒマワリが見えている。彼はもうだいぶ前から、ロシアの感覚は自分の足にあって、踵で触れれば——盲人が手のひらで触れたときと同様——ロシアのすべてがわかる、といったことをなんとか表現したいと思っていた。そして肥沃な褐色の土が剝き出しになった区間が終わって、再び靴音のよく響く歩道を歩かざるを得ないのが残念だった。

　黒いワンピースを着た若い女が、額を輝かせ、放心したようなまなざしをきょろきょろ動かしながら、彼の足元の腰掛けに横向きに座った。これでもう八回目だ。彼女はボール箱の中をかさこそ鳴らして素早く幅の狭い靴を取り出し、肘をぐっと張って軽くきゅっきゅっと音を立てながら靴の縁を揉みほぐし、手早く紐をほどき、ちらりと脇に目をやって、胸元から靴べらを取り出し、フォードル・コンスタンチノヴィチの大きな足のほうに――いい加減に繕った靴下を履いているせいで、恥ずかしそうに見える足のほうに――向いた。足は奇跡的に靴の中に入ったが、中に入るとまったくの暗闇のせいで何も見えなくなり、中で指を軽く動かしてみても、きつい黒革の滑らかな表面には何の変化も見られなかった。店員は並はずれた素早さで靴紐の先を結び合わせると、二本の指で爪先に触れた。「ぴったり！」と、彼女は言った。「新しいのはいつもちょっと……」と慌てて続け、茶色の目をさっともたげた。「もちろん、お望みなら、踵に革底を入れることもできますけど。でもぴったりですよ、ご自分でお確かめください！」そして彼をX線透視装置《レントゲンスコープ》の前に連れていき、足を載せる場所を示した（当時、X線を使って靴を履いた足を透視し、靴が足にフィットしているか見るのが、最新の流行だった）。小さな窓を見下ろすと、明るい背景に自分の関節が黒っぽく、きちんと分岐した姿で映し出されていた。「これをもって我は冥府の川の渡し守《カローン》の渡し船より岸に降り立つ」左の靴も履いて、彼は絨毯の上をゆったり歩いてまた戻ってきた。そのときくるぶしの高さに置かれた鏡を横目で見ると、すっかり立派になった足元と、それに引きかえ十年は古ぼけて見えるようになったズボンの片足が映っていた。「ええ、けっこうです」と言うその声は弱気に響いた。子供の頃は、滑らないようにと、ぴかぴかの黒い靴裏を鉤で引っ掻いて疵をつけてもらったものだった。彼は買った靴を小脇に抱え家庭教師先に行き、家に戻ると夕食を取ってから、心配そうに見とれながら靴を履き、会合に出かけていった。

　まあ、悪くないみたいだな、最初はいつもきついものだから。

　会合はリュボーフィ・マルコヴナの親戚の、小さいながらも感動させられるほど贅沢なアパートで行われた。膝上までしかない緑のドレスを着た赤毛のお嬢さんが、エストニア人の女中を手伝って（女中はささやくように、それでいて大きな声で彼女と話していた）、お茶を配っていた。集まった人の群れには知り合いが多く新顔はわずかだったが、その中にフョードル・コンスタンチノヴィチは、このサークルに初めてやって来たコンチェーエフの姿を遠くからただちに認めた。この不愉快なほど静かな男の猫背で、ほとんどせむしのような姿を見ていると――コンチェーエフの持つ才能の神秘的な増大は「イゾラの贈り物」（イゾラという女性がサリエーリに贈った毒薬のこと。これでサリエーリがモーツァルトを毒殺する）によってしか阻止できないようなものであり、フョードルは彼ととても話したかったのに、まだ一度もきちんと話したことがなく、すべてを理解しているこの人物の前に出ると、苦しくなって胸が騒ぎ、絶望のあまり自分自身の詩を助っ人として呼び集めるのだが、結局、自分は彼の同時代人にすぎないと感じさせられた――その男の若くリャザン（中部ロシアの地方）人らしくほとんど純朴な、いや、それどころか、古めかしく純朴なと言ってよい、上は巻き毛に、下は糊のきいた襟の折り返しに区切られたその顔を見ていると、フョードル・コンスタンチノヴィチはのっけから気分が沈みかけた……。しかし三人のご婦人方がソファから彼に微笑みかけ、チェルヌィシェフスキーが遠くから彼に対して、手のひらを額にあてて体をかがめるというトルコ式のお辞儀をし、ゲッツがコンチェーエフの「長篇詩の始まり」とフリストフォル・モルトゥスの論文「現代詩に響くメリーの声」が掲載された雑誌を彼のために持ってきて旗のように掲げていた。誰かが後ろのほうで、質問に答えるような説明口調で「あれがゴドゥノフ＝チェルディンツェフですよ」と言った。「まあいいさ」とフョードル・コンスタンチノヴィチは薄笑いを浮かべ、あたりを見回し、鷲の紋章をあしらった木製のシガレットケースに煙草をとんとん打ちつけながら、素早くさっと考えた。「まあいいってことさ、まだこれからぶつかり合うこともあるだろう。そうしたらどっちの卵が割れるか、わかるだろうさ」

　タマーラが彼に空いた椅子を指し示してくれたので、そちらに人をかき分けて向かうと、またしても自分の名前の響きが聞こえたような気がした。詩を愛する同世代の若者たちが特別なまなざしで彼を見送り、そのまなざしが詩人の心の鏡面をツバメのように滑っていくようなことがあると、彼は快活ですがすがしい誇りのひんやりした冷気を自分の内に感じたものだった。それは未来の栄光を先取りする一瞬のきらめきだった。とはいえ、別の種類の地上的な栄光、つまり過去からの忠実な照り返しというものもあった。というのも、彼は同世代の人たちの注目におとらず、有名な探検家、勇敢な変人、チベットやパミールやその他の青き国々の動物相の研究者の息子として自分を見る年寄りの好奇心を誇りに思っていたからだ。

「あのね」と、アレクサンドラ・ヤーコヴレヴナが露に濡れたような目で微笑みながら言った。

「ご紹介させていただくわ」

それは最近モスクワを脱出して来たスクヴォルツォフという愛想のいい人物で、目のまわりには放射線状の皺が走り、鼻はセイヨウナシのよう、顎にはまばらなひげを生やしていた。そして絹のショールを羽織り、歌うようによくしゃべる小奇麗で若く見える妻を連れていた。一言で言って、多かれ少なかれ教授的なタイプのカップルで、フョードル・コンスタンチノヴィチにはお馴染みのものだった。思い出せば、父の周囲にはそういう人たちの姿がちらついていたものだ。スクヴォルツォフは慇懃に理路整然と、コンスタンチン・キリーロヴィチの死に関して国外でまったく事情が知られていないのは驚くべきことだ、と述べ立てた。そこに妻が口をはさむ――「国内で知られていないとしても、そんなの当然のことだと思っていましたけれども」「そう」と、スクヴォルツォフが引き取る――「いまでも恐ろしくはっきり覚えていますよ。お父上の祝賀会に出席させていただいたことがありましてね、そのときかのピョートル・クジミッチ・コズローフ（ロシアの考古学者・地理学者）がじつに気のきいたことを言ったんですよ。いわく、ゴドゥノフ＝チェルディンツェフ氏は中央アジア全体を自分の家の狩場のようなものだと考えている、と。そう……いやあ、その頃あなたはまだ生まれていなかったでしょう」。

そのときフョードル・コンスタンチノヴィチは突然、チェルヌィシェフスキー夫人の切々と悲しげな、同情のこもったまなざしが自分に向けられているのに気づき、スクヴォルツォフの話をそっけなくさえぎると、興味もないくせに彼にロシアのことをあれこれ尋ねた。「そうですね、どう言ったものか……」と彼は答え始めた。

「これはこれは、親愛なるフョードル・コンスタンチノヴィチ君」と頭越しに大声が響いたかと思うと、そのときもう彼は握手されていた。声の主は餌を食べすぎて太った亀に似た弁護士で、人をかき分けて進んでいき、もう誰か別の客に挨拶をしていた。だがそのときワシーリエフが席から立ち上がり、商人や弁士によく見られるような身のこなしで、テーブルの上板に指で軽く触れて身を一瞬支え、開会を宣言した。「ブッシュ氏に」と、彼は付け加えた。「新作の哲学的悲劇を朗読していただきます」

ゲルマン・イワノヴィチ・ブッシュはがっしりした体つきの、感じのいい内気そうな初老の男だった。出身はリガで、顔はベートーベンさながら。彼はアンピール様式のテーブルに向かって腰をおろし、痰を切るように大きな咳払いをし、原稿を広げた。その手の震えがはっきり見え、朗読の間中震えが止まることはなかった。

行く手に災いが待ち構えていることが、のっけから感じられた。朗読者の珍妙な発音は、意味不明の内容ととうてい両立しがたいものだった。プロローグからいきなり、同行する者もなくただ一人で道を行く、旅人《プートニク》ならぬ「ひとりぼっちの道連れ《スプートニク》」というものが出てきて、フョードル・コンスタンチノヴィチは、ひょっとしたらこれは形而上学的なパラドックスであって、まさか背信的な過ちではないのではないかと期待したが、それも空しかった。「町の警備隊長」はこの人物を通そうとせず、何度も「手前はすべからく通れぬぞ」などと珍妙な言葉を繰り返した。舞台となるのは海辺の小さな町で（「道連れ」は一人で後背地《ヒンターラント》からやって来た）、ギリシャ船の乗組員たちが飲んだくれていた。そして「罪の通り」ではこの手の会話が聞かれた。

第一の娼婦　すべては水。あたしの客のタレース[20]はそう言うわ。
第二の娼婦　すべては空気。若いアナクシメネス[21]はわたしに言った。
第三の娼婦　すべては数。あたしの禿げたピタゴラスが間違えることなんてあり得ない。
第四の娼婦　ヘラクレイトス[22]はあたしを愛撫しながら、囁くの。すべては火。
道連れ（入場）　すべては運命。

その他に合唱が二組あり、そのうちの一つはどうしてそうなるのか、物理学者ド・ブロイの波動と歴史の論理を表していて、もう一つのまともな合唱のほうがそれと議論をした。「第一の水夫、第二の水夫、第三の水夫」とブッシュは、縁《へり》が濡れた感じの神経質そうな低音で登場人物を数え上げた。さらに花売り女たちが登場した。「百合売る女」、「スミレ売る女」、「いろんな花売る女」である。そのとき突然何かが崩れた。聴衆の中で地滑りが始まったのだ。

やがて広々とした部屋全体を貫いて様々な方向に走る力線が定まった——つまり、最初は三、四人の、それから五、六人の、さらには集まった聴衆のほとんど四分の一にあたる十人くらいの人々のまなざしとまなざしが結ばれたのだ。コンチェーエフは自分の席のすぐそばの書棚から、ゆっくり用心深く大きな本を取り（フョードル・コンスタンチノヴィチは、それがペルシャの細密画を集めた画集だと見てとった）、膝の上で前に後ろにと終始ゆっくりとページを繰りながら、静かに、いかにも近眼といった様子でじっくり眺め始めた。チェルヌィシェフスキー夫人はあきれたような、侮辱されたような顔をしていたが、息子の記憶にどこかで関係があるらしい、持ち前の秘密の倫理に従って、我慢してじっと聞いていた。ブッシュは早口に朗読し、てかてか光るその頬骨が旋回し、黒いネクタイの蹄鉄が燃えるように輝き、テーブルの下の足は内股になって爪先が内側に向き合っていた。そして悲劇のばかばかしい象徴性が深まり、より複雑に、わけのわからないものになればなるほど、地下で荒れ狂いながらも痛ましいほどに抑えつけられた叫び声はますます恐ろしい勢いで出口を求めるようになり、聴衆の多くは見ることを恐れてすでに身をかがめ下を向いてしまっていた。そして広場で「お面の舞踏」[*23]が始まったとき、突然誰かが——ゲッツだろう——咳をし、その咳とともになんだかおまけのように悲鳴が飛び出した。そのときゲッツは両手で顔を隠し、しばらくして手の後ろから無意味に明るい顔と湿った禿げ頭を再び覗かせた。一方、ソファではリュボーフィ・マルコヴナの背後でタマーラがあっさり横になり、まるで陣痛に苦しむようにのたうち回っていた。身を隠すものを失ったフョードル・コンスタンチノヴィチは自分の内側から湧き起こるものを無理やり無音のまま保つことに疲れ果て、涙を溢れさせていた。だしぬけにワシーリエフが椅子のうえで重々しく体の向きを変えると、思いがけず椅子がみしっといって、脚の一本が耐えきれず折れてしまった。ワシーリエフは前に投げ出されて顔色を変えたが、倒れなかった。そして、このたいして面白くもない出来事がなにやら獣じみた歓喜の爆発の口実になって、朗読を中断させたのだった。ワシーリエフが他の椅子に腰を落ち着けるまでの間、ゲルマン・イワノヴィチ・ブッシュはじつに立派ではあるものの、まるっきり実入りをもたらさない額に皺を寄せ、原稿になにやら鉛筆で書き込みをし、ほっと一息ついたような静けさの中、さらに誰だか分からないご婦人が一人だけ呻くように何かを言ったが、そのときブッシュはもう朗読の続きに取りかかっていた。

百合売る女　今日はなんだか悲しそうね、おねえさん。
いろんな花売る女　ええ、占い師に言われたの、あんたの娘は昨日の通りすがりの男と結婚するだろうって。
娘　あら、そんな人、気がつかなかったわ。
百合売る女　彼も彼女に気づかなかった。

「謹聴、謹聴！」まるでイギリスの議会のように、合唱が介入した。またしてもちょっとした動揺が起こった。太った弁護士が煙草の空き箱に何かを書きつけると、その箱が部屋全体を横切る旅行を始めたのだ。皆、箱の旅の行程を見守った。きっと何かとても可笑しなことが書いてあるのだろう。しかし誰もそれを読まず、箱はフョードル・コンスタンチノヴィチを目指して手から手と実直に渡っていき、ようやく彼のもとに届くと、彼がそこに読んだのは、こんなことだった。「ちょっとした用件があるので、後でご相談させてください」

最後の幕も終わりに近づいていた。笑いの神はいつの間にかフョードル・コンスタンチノヴィチのもとを去り、彼は物思いに沈んだ様子で靴の輝きを見つめていた。「渡し船より冷たい岸に」右のほうが左よりもきついな。コンチェーエフは口を半開きにして、画集を見終えようとしていた。「幕《ザナヴェース》」最後の音節に軽いアクセントを置いて、[*24]ブッシュが叫んだ。

ワシーリエフが休憩を告げた。大多数の人たちは、三等車で眠れない夜を過ごした後のように、ぐったり疲れた様子だった。ブッシュは悲劇をくるくる巻いて太い筒にし、遠くの隅に立っていた。人々のがやがやした話し声を聞いていると、聴衆にたったいま聞かせたことから賞賛の環が水面の波紋のように四方に広がっていくように彼には思われた。リュボーフィ・マルコヴナが彼にお茶を勧めると、その頑丈そうな顔が不意に頼りなく善良な表情に変わり、彼は幸福に酔いしれたように舌なめずりして、差し出されたコップのほうに身を屈めた。フョードル・コンスタンチノヴィチはなんだか仰天するような思いでその光景を遠くから眺めながら、背後から聞こえてきた声の中に、こんな会話を聞き分けていた。

「いったい、どういうことなんです?」(チェルヌィシェフスキー夫人の憤慨した声)

「まあしかたないでしょう、ご存じのように、こういうことも時には……」(と、温厚なワシーリエフが申し訳なさそうに)

「いえ、ですからね、これはどういうことなのかって、うかがっているんです」

「でもねえ、奥さん、私に何ができますか」

「でも、あなたは前もって読んでいたんでしょ。彼が編集部に原稿を持ってきたんだから。ご自分で言っていたじゃありませんか、これは本格的な、面白い作品だ、重要な作品だって」

「ええ、もちろん。ただそれは第一印象でね、ほら、ざっと目を通しただけのことだから、朗読したらどうかなんて、考慮に入れなかったんですよ……。いやあ、これはまいった! 私だってびっくりしているんですよ。でもアレクサンドラ・ヤーコヴレヴナ、ご自分で彼のところに行って、何か言ってやってくださいよ」

フョードル・コンスタンチノヴィチの二の腕を弁護士がつかんだ。「ぜひお願いしたいことがあるんです。これはちょうどあなた向きの仕事じゃないか、と突然閃いたんですよ。ある依頼人がやって来て、離婚訴訟の書類をあれこれドイツ語に翻訳する必要があるというんですね。この件を扱っているドイツ人のところには、ロシア人の娘さんが一人勤めているんですが、どうも彼女には一部しか翻訳できないみたいなので、助けが必要なんです。引き受けていただけませんかね? 電話番号を書きとめておきましょう。これでよし《ゲマハト》」

「皆さん、席についてください」ワシーリエフの声が響き渡った。「いま朗読を聴いた作品について、これから討論を行います。参加希望者はご記帳をお願いします」

　このとき突然フョードル・コンスタンチノヴィチの目に映ったのは、コンチェーエフが背を丸め、背広の打ち合わせに片手を差し込んで、人の間をくねくねとかき分けながら出口に向かう姿だった。彼はその後を追いかけ、あやうく自分の雑誌を忘れそうになった。玄関の間で二人に、ストゥピシンが加わった。この老人はしょっちゅうアパートからアパートへと引っ越しを繰り返していたが、結局いつも町から遠いところに住んでいたので、当人にとっては重要で面倒な生活の変化であっても、煩わしい浮世の彼方の、天空での出来事のように思われた。彼は灰色の縞模様のマフラーを首に投げかけると、それをいかにもロシア人風に顎で押さえ、やはりロシア人風に背中を何度か揺すぶりながらコートを身にまとった。

「申し分ないものでしたね、実際」小間使いに付き添われて階段を降りていくとき、ストゥピシンが言った。

「じつを言いますと、あまりきちんと聴いていなかったんです」と、コンチェーエフが言った。

　ストゥピシンは何番だかの、めったに来ない、ほとんど伝説的な番号の路面電車を待つために停留所に向かい、ゴドゥノフ＝チェルディンツェフとコンチェーエフはいっしょに逆の方向に向かい、角まで歩いて行った。

「嫌な天気ですね」と、ゴドゥノフ＝チェルディンツェフが言った。

「そう、冷え込んできましたね」コンチェーエフが同意した。

「ひどいものだ……。どちらにお住まいですか」

「シャルロッテンブルクです」

「それじゃ、すぐ近くというわけでもありませんね。ここから歩きですか？」

「そう、そう、歩いていきますよ。ええと、確か、ぼくはここで……」

「ええ、あなたは右、ぼくは真っすぐ」

二人は別れた。いやあ、なんていう風だ……。

「……でも、待ってください、ちょっと待って。やっぱりお送りしますよ。あなたはきっと宵っぱりでしょうから、石畳の散歩の黒い魅惑についてぼくがお教えすることもないでしょうけれど。あの哀れな朗読を聴いていなかったんでしょう？」

「最初だけね、それもいい加減に。とはいえ、あれがそれほどひどい代物だとはまったく思いませんよ」

「ペルシャの細密画を見ていたでしょう。気がつきませんでしたか、あそこにペテルブルク公立図書館所蔵の――いやあ、それにしてもびっくりするくらい似てるんですよ！――絵が一枚あって、それを描いたのは、確かリザー・アッバーシーで、三百年ほど前の作品ですが、膝をついて、龍の子供たちと闘っている、鼻のでかい、口ひげを生やした人物が……まるでスターリンなんです（アッバーシーは十七世紀ペルシャの画家。龍と闘うスターリンに似た口ひげの男を描いた絵がある）」

「ええ、やっぱり、彼は最強でしょうね。ところで、今日、『ガゼータ』で出くわした言葉に――いったい誰の罪か、知りませんが――こんなのがありました。『わしらには要らないものを、ほら、神様、お前さんにやろう』どうもここには物乞いの神格化がありますね」

「それともカインが神に捧げものをしたことが念頭にあるんでしょうか」

「どっちみち、呼びかけのペテンということで一致しますね。それよりも、『シラーと、偉業と、栄光について』語ろうじゃありませんか、このささやかな合金《アマルガム》をお許しいただけるならばね。さて、そういうわけで、あなたの際立って素晴らしい詩集を読みましたよ。もっとも、これは未来の小説のモデルにすぎないんでしょうね」

「ええ、いつかこんな小説を生じさせるのが夢なんです、そこでは『夢で生の襞たちが合わさるように、思考と音楽が一体となっている』という」

「これはご丁寧に私の詩を引用してくださって、ありがとう。つまり、本当に文学が好きなんですね？」

「そうだと思いますね。ぼくの考えでは、本には二種類しかない。枕元に置かれる本と、足元に投げ捨てられる本です。ぼくにとって作家は熱烈に愛するか、あっさり放り出すか、のどちらかなんです」

「いやあ、それは手厳しい。危険じゃありませんか？　忘れてはならないのは、いずれにせよロシア文学なんて、たかだか一世紀の文学だってことで、選択の基準をどんなに甘くしたところで五、六万ページ分にしかなりません。しかもそのうち、枕元だけでなく、本棚に相応しいものを考えたって、おそらく半分もないでしょう。そんなに量的に乏しいのである以上、我々の天馬《ペガソス》が斑《まだら》の馬みたいなもので出来不出来にむらがあり、悪い作家のすべてが悪いわけではなく、いい作家のすべてがいいわけでもない、ということを甘んじて受け入れなければなりません」

「それなら具体的な例を挙げていただけますか、反論してみせますから」

「けっこうですね。もしもゴンチャローフをひもとけば、あるいは……」

「ちょっと待って！　まさかオブローモフに優しい言葉を掛けるつもりじゃないでしょうね？

『ロシアを破滅させたのは二人のイリイチだった（ゴンチャローフの小説の主人公オブローモフの名前はイリヤ・イリイチ、一方革命の指導者レーニンはウラジーミル・

イリイチ）』、と、まあ、そんなところですか？　それとも当時の男女が愛の過ちに身を委ねたときの、おぞましい衛生状態のことを言いたいとでも？　クリノリンのペチコートに湿ったベンチですか？　それとも、ひょっとして、文体のことですか？　ほら、物思いにふけっているときライスキー（ゴンチャローフの長篇『断崖』の登場人物）の唇が濡れて薔薇色に光っていたでしょう。それは、ちょうど、ひどく心が動揺したとき、ピーセムスキーの主人公が胸を手で揉んだのと、いい勝負じゃありませんか」

「言葉じりを捕えるようですがね、まさか読んだことがないとは言わせませんよ、他ならぬそのピーセムスキーには、舞踏会の最中に召使たちが玄関で、履きつぶされ恐ろしく汚れた別珍の女物のブーツを投げ合う場面があったでしょう。ほうらね、どうです！　そもそも、こういう二流どころの話になった以上は……例えば、レスコフなんてどう思いますか？」

「それはまあ……彼の文体には可笑しな英語風の表現が出てきますね。『困ったものだ《ブローハ・ジェーラ》』の代わりに、『それは悪いことだった』と言ったり。でもあのわざとらしい「アポロン」といった名前の類のことはどれも……いやはや、まっぴら御免ですね、ぼくには面白くない。それにあの饒舌はもう……勘弁してほしいな！　『僧院の人々』なんて、新聞の連載二回分に縮めたってどうということはない。それに悪いのはいったいどっちなのか、高潔なイギリス人なのか、高潔な坊さんたちなのか、どうもよくわかりませんね」

「あ、そうは言ってもねえ。熟れかかったスモモ色の長い服を着た、冷たく静かなガリラヤ人（イエス・キリストを指す）の幽霊（レスコフ『僧院の人々』にそのままの表現が出てくる）、なんてのはどうです？　あるいは、青みがかった、まるでポマードを塗ったような咽頭をのぞかせた犬の口というのは？　それとも、夜中に稲妻が部屋を、銀のスプーンに残った酸化マグネシウムの粉にいたるまで、つぶさに照らし出したというところ（いずれもレスコフの中篇『不死身のゴロヴァン』より）は？」

「ちなみに、彼にはラテン語的な青、つまりlividusの感覚がありますね。リョフ・トルストイ（この名前は通常「レフ」と発音される。「リョフ」は古風な形）の場合は、もっと藤色にこだわりがありました。それにしても、耕された畑をミヤマガラスとともに裸足で歩きまわるのは、なんていう幸せでしょう！　いや、もちろん、こんなのを買うんじゃなかったな」

「確かに、靴がきついのは堪らないものです。でも話は一流どころのほうに移りましたね。まさか、一流の場合は弱点が見つからないなんて言わないでしょう？　『ルサルカ』（プーシキンの長篇詩）は……」

「プーシキンには触れないでおきましょう。なにしろ我々の文学の至宝ですからね。それよりも、ほら、チェーホフの籠には、今後長い歳月の間十分足りるだけの食糧が入っていますよ。『ウュン、ウュン、ウュン』と鳴く子犬とか、クリミアの葡萄酒の瓶とかね」

「ちょっと待った。先祖に戻りましょう。ゴーゴリは？　我々はゴーゴリの全成分を取り込むことになるでしょうね。トゥルゲーネフは？　ドストエフスキーは？」

「精神病院《ベッドラム》転じて聖地《ベツレヘム》に逆戻り——さあ、どうぞ、これがドストエフスキーですよ。でも、モルトゥスの言い方を借りて、『あらかじめお断りして』おきましょう。『カラマーゾフ』には、濡れた杯が庭園のテーブルに残した円い跡というのがありますが（『カラマーゾフの兄弟』第五巻第二章）、これは大事にとっておく価値がありますね、もしもあなたのアプローチを受け入れるならば」

「でもトゥルゲーネフは万事順調なんて言えますか？　木陰でのばかばかしい逢引やら何やらを覚えていますか？　バザーロフ（『父と子』の登場人物）のうなり声や身震いは？　蛙程度であんなに大騒ぎするというのも、まるっきり説得力がありませんね。そもそも、どうなんでしょう、いかにもトゥルゲーネフ流の言い切りを避けた思わせぶりで特別な口調や、各章の気取った終わり方に耐えられますか？　それとも、オジンツォーワ夫人の黒いシルクが灰色に輝いていたり（『父と子』第十四章）、まるでウサギのような姿勢を取って休んでいる猟犬のように、後ろ脚を伸ばしてねそべっている優雅な文章があるということで、すべてを許してしまうんでしょうかね」

「父はトゥルゲーネフとトルストイの自然描写は目に余る間違いだらけだと言っていました。そしてアクサーコフになるともう何を言わんやだ（ここで念頭にあるのは、セルゲイ・アクサーコフの『蝶の収集』（一八五九）。彼は『釣魚雑筆』の著者でもあり、ロシアのアウトドア文学の先駆者）、と付け加えたものです。『恥さらしもいいところだ』と言うんですね」

「死体が片づいたら、そろそろ詩人に取りかかりましょうか。どうです？　そうそう、死体と言えば、レールモントフの有名な詩に出てくる『見知った死体』というのがむちゃくちゃ可笑しいと思ったことはありませんか？　だって、レールモントフが言いたかったのは、要するに、『かつて知っていた人の死体』ということでしょう。そうじゃなければ意味がわからない。死後知り合うなんてことは文脈上あり得ませんからね」

「このところますます夜をいっしょに過ごすようになってきたのは、チュッチェフです」

「それは素晴らしい泊り客だ。ところでネクラーソフの弱強格《ヤンブ》はどうですか？　好みではない？」

「いや、どうして。むせび泣くようなあの声は、なんとも言えませんね。『二重窓を閉じて／部屋を無駄に冷やさないで／頑固な望みには別れを告げて／道は見ないで』（ネクラーソフの長詩『不幸な人々』（一八五六）からの引用。表題の「不幸な人々」はここでは「囚人たち」のこと）いや、どうやらぼくは感情の溢れるままに、弱強格《ヤンブ》に強弱弱韻《ダクチリ》をつけて歌ってしまったみたいですね。[*25]ギター弾きが音を引き延ばす特別な爪弾き方をすることがあるように。こういうのはフェートには欠けている」

「フェートのひそかな弱点は理屈っぽさ、それから対句を強調しすぎることですが、どうやら、それもあなたの目を逃れることができなかった感じですね」

「わが国の社会派の馬鹿どもは違った理由で彼を批判していますけれども。いや、ぼくはフェートのすべてを許しますよ、『翳った野原に鳴りわたり』や、『幸せの露』や、『息をする蝶』に免じてね」

「そろそろ次の世紀に移りましょう。足元に気をつけて、段がありますから。ぼくもあなたも早くから詩の熱に浮かされてきた、と、そういうわけだ。ええと、どうだったかなあ、覚えていますか——『雲の縁《へり》が息づき……』（象徴派詩人バリモントの詩から）やれやれ！」

「それとも、反対側から照らしてみれば、『未曾有の悦楽の雲』（ブロークの連作『岐路』中の詩の第一行）というのもある。いや、ここで、うるさく選り好みするのは罪ですよ。当時のぼくの意識は、有頂天になって、感謝しながら、ごちゃごちゃ批判しようなどとは考えずに、苗字がБ（ローマ字のBに相当）で始まる五人の詩人[*26]のすべてを、新しいロシア詩の五感としてそっくりそのまま受け入れていたんです」

「その五感のうち、味覚を誰に割り当てるのか、興味のあるところですね。いや、分かっていますよ、箴言《アフォリズム》の中には、飛行機みたいにいつも動いていなければ浮いていられないものもある。でも、そうそう、ぼくたちは詩に目覚めた曙のことを話していたんだ……。あなたの場合は、何から始まりましたか？」

「アルファベットの目覚めから。すみません、それじゃ常軌を逸しているように聞こえますね。でも、じつはぼくには子供の頃から、ものすごく強く、細部にまでわたるaudition colorée（色聴、色彩的聴覚。（仏））があったんです」

「それなら、あなたもやっぱりランボーと同じように……」

「ええ、でも彼が夢にも見なかった色調がいろいろ出てきて、しかもソネットではなく、分厚い一冊の本になるくらいのものです。例えばですね、ぼくは四つの言葉を自由に操ることができますが、それらの言語に現れる数多くの〝a〟は、漆の黒からざらざらした灰色まで、それこそ思いつく限りの木工用の木の種類とほとんど同じくらい多くの色合いに見えるんですね。お勧めしたいのは、ぼくのフランネルの薔薇色の〝м〟です。どうかなあ、マイコフの窓枠から取り外された綿に注目したことがありますか？　ロシア文字の〝ы《ウィ》〟はちょうどそんな感じで、あまりに汚れているので、単語たちはこの文字で始まるなんて、恥ずかしくてできないんですよ。いま手元に絵の具があったら、sienne brûlé（イタリアのシエナでとれるシエナ土を焼いて作った顔料の色。赤茶色。代赭色）とセピアを混ぜて、グッタペルチャ（樹液を乾燥させて作ったゴム様物質）の〝ч《チェー》〟の色を作ってみせるんですがね。そして、もしもあなたの手のひらを、ぼくがまだ子供の頃触ったことがあるあのサファイヤでいっぱいにできたら、あなたもぼくの光輝くC《エス》の真価を認める気になるでしょうね、ぼくが何もわからないままに震える手でそのサファイヤに触ったのは、舞踏会のためのドレスに身を包んだ母が泣きじゃくりながら、まさに天上のものとしか思えない自分の宝石を深淵から手のひらに、宝石箱からビロードの上にこぼしているうちに、いきなりすべてに鍵をかけてしまい、母の兄がいくら説得しようとしても、もうどこにも行こうとしなかったときのことで、伯父は部屋から部屋へと歩きまわって家具を指先ではじいたり、肩章《エポレット》を飾った肩をすくめたりしていて、そのとき張り出し窓の脇にかかったカーテンを押し開ければ、夜の青みを帯びた黒の中に浸った河岸通りの建物の前面《ファサード》に沿って、びっくりさせられるほどじっと動かない、ダイヤモンドのように輝く恐ろしげな頭文字《モノグラム》、色とりどりの冠を見ることができました……」

「Buchstaben von Feuer（炎の文。ドイツ語。ハイネのバラード「ベルシャザル」から。ベルシャザル王の酒宴のさなか、神秘的な手が壁に謎めいた預言を記したという旧約聖書の故事による）ですね、一言で言えば……。その先はもうわかっていますよ。陳腐とはいえ、心を締め付けるようなこの物語を、最後までお話ししてあげましょうか？　たまたま手に入ったどんな詩にも陶酔した。十歳のとき戯曲を書き、十五歳でエレジー、それもすべて夕焼けのことばかり……。それから見知らぬ女が現れて、『ゆっくりと、酔っ払いたちの間を……（アレクサンドル・ブロークの詩「見知らぬ女」から）』ところで、いったいどんな女性《ひと》だったんですか？」

「若い人妻でした。二年足らずしか続きませんでした、ロシアから脱出するまで。とてもきれいで、とても優しかった――そう、大きな目と、ちょっと骨ばった手をしていて。ぼくはいまにいたるまで、なぜだか、彼女以外の女性が好きになれないんです。詩に彼女が求めたのは、おセンチなギョシャヨウマヲカリタテナイデ（「御者よ、馬を駆り立てないで」は有名なロシアのロマンス）みたいなものだけ、ポーカーが大好きで、発疹チフスで死んでしまった。どこで、どんな風に亡くなったものか……」

「これからはどうします？　つまり、続けるべきだと？」

「もちろん！　とことんまで。みっともない足の痛みにもめげず、ぼくはいまも幸せです。じつはまたあの動き、あの高揚の波が始まったところなんです……ぼくはまた一晩中……」

「じゃあ見せてください。どんな風にできるか、見てみましょうか。さて、これをもって、我は黒い渡し船より、静かに（永遠に？）降り注ぐ雪の中を（闇の中で、凍らない水面に垂直に降り注ぐ雪の中を）、（いつもの？）レーテー（ギリシャ神話の忘却の川）の天候の中を、我はこれをもって岸に降り立つ。高揚の波を無駄遣いしないように」

「だいじょうぶです……。お分かりでしょう、幸せでないままでいられるわけがないでしょう、額がかーっと燃えるとき……」

「……野菜サラダ《ヴィネグレット》の酢が効きすぎたときみたいに、ですか。ちょっと思ったことがあるんですがね、例の川の名前はレーテーではなくて、本当は、ステュックス（ギリシャ神話で、冥界を七巻きする川）でしょう。まあ、いいかな。先に進みましょう。そして岸に着けようとする渡し船のほうに枝が伸び、渡し守が（カローンが）湿った（曲がった）枝にゆっくりと鉤竿を差し延べ……」

「……そして渡し船はゆっくりと舳を回す。帰ろう、家に帰ろう。今晩は手にペンを持って、詩を書きたい。なんという月だろう、それにこの柵の向こうから木の葉と土がなんと黒々と匂ってくることだろう」

「でも残念ですね、あなたと交わしたいと思っていたこの素晴らしい会話を、誰にも聞いてもらえなかったなんて」

「だいじょうぶ、無駄にはなりません。こんな風になって、むしろ嬉しいくらいです。ぼくたちは実際には最初の角で別れ、その後ぼくが一人で自分を相手に、文学的霊感の独習書に従って架空の対話を続けてきた——だからといって何なんです、そんなこと誰も気にしやしませんよ」

訳注

＊1　一〇頁　前ページの母への献辞およびこのページの巻頭言は、一九五二年にニューヨークで刊行されたロシア語版単行本に添えられたもの。パリの『現代雑記』誌における『賜物』の連載は一九三七〜三八年、ナボコフの母がプラハで亡くなったのは一九三九年のことだった。なお、一九六三年にニューヨークで刊行された英語版では、この言葉が削除され、その代わり新たに序文が巻頭に掲げられ、献辞は「ヴェーラへ」と変更された。ヴェーラはナボコフの妻。

＊2　一一頁　十九世紀末から二十世紀初頭にロシアの中学校で広く使われていた教科書。例文は実際にこの教科書からのもの。

＊3　一一頁　ナボコフ自身は後に英語版短篇集『ロシア美人』（一九七三）に収録された短篇「環」への自注で、『賜物』の物語が始まるのは一九二六年四月一日、終わるのは一九二九年六月二九日だと明言している。

＊4　一七頁　ロシア語では「ス」は「〜とともに」という、同伴の意味の前置詞、「トボイ」は「あなた」を意味する人称代名詞の造格の形で、この名前がもしロシア語だとすると「クラはあなたといっしょ」の意味になる。

＊5　二〇頁　直訳すれば「詩の肉体と散文の透明な亡霊」。ロシア語原文はплоть поэзии и призрак прозрачной прозы〔プローチ・ポエージイ・イ・プリーズラク・プロズラーチノイ・プローズィ〕で、接続詞の「イ」を除く五つの単語がすべてp-の音で（しかも後半の三つはすべてpr-で）始まっている。このような凝った頭韻（アリタレーション）は『賜物』の随所に見られる。

＊6　二八頁　「グルース」（Gruß）はドイツ語で「挨拶」の意味。当時のドイツの観光地の典型的な絵葉書は、“Gruß aus…”「〜からの挨拶」と印刷されていた。

＊7　三〇頁　原書にはフランス語の原文だけが掲載されており、訳も謎解きもついていない。答は、or「金

（＝貴金属）」＋ange「天使（天の住人）」で、orange「オレンジ」となる。なお、この謎はよく知られているもので、ナボコフによる創作ではない。

＊8　三四頁　「雪で覆われた」を意味するロシア語 оснеженный は、第二音節にアクセントを置いて「アスネージェンヌイ」と読む場合と、第三音節にアクセントを置いて「アスネジョーンヌイ」と読む場合がある。

＊9　三七頁　探検家・地理学者グルム＝グルジマイロが黄河と西寧河（湟水）の谷間にはさまれた山々をこう呼んだ。

＊10　三八頁　「嘘をつき続ける」がやや浮いているが、原文は「絨毯の上を」（パ・カヴルー）と「私たちが嘘をついている間」（パカ・ヴリョーム）の語呂合わせになっている。チェーホフの短篇「イオーヌィチ」に出てくる「私は絨毯の上を（パ・カヴルー）行く、君は嘘をついている間（パカ・ヴリョーシ）行く」という言葉遊びをもじったもの。

＊11　四一頁　不可解な表現だが、原文のまま。パンをしっかり食べて、体の中にできていた裂け目・隙間（そこを通して「明視体験」が起こる?）を埋めたということか。

＊12　四六頁　『コロムナの家』の冒頭「四脚ヤンプは退屈だ／誰もがそれで書くのだから。少年たちの慰みものに／そろそろしてもいい頃だ……」や、『エヴゲニー・オネーギン』の「そして母が窓越しに彼〔いたずら小僧〕を脅しつけていた」（第五章）などのプーシキンの詩句を踏まえた表現。どちらの作品も四脚ヤンプで書かれている。

＊13　五〇頁　ドイツ語とロシア語の間の言葉遊び。ロシア語で「マク」はケシ、「ルク」はネギの意味。語尾の「ス」（-s）は、身分の上の人に対して丁寧・卑下の意味を表すために使われる接尾辞。

＊14　五一頁　ナボコフ自身、一九二二年に十六世紀フランスの詩人ロンサールの「エレーヌへのソネット」をロシア語訳している。その冒頭は「年老いて、晩方、私の／詩の魅力に驚嘆し、夢見ながら／錘糸の上に頭を屈めて、あなたは言うだろう。／『私の春はロンサールに称えられた』と」。

＊15　六〇頁　フランスの政治家。一九二四年から三二年にかけて三度にわたって首相を務める。第三共和国

時代の急進派政治家として知られ、彼の政府の下でソ連との外交関係が樹立され、亡命ロシア人を憤慨させた。

＊16　六〇頁　フランス人名エリオ Herriot はロシア語表記では Эрио となり、そのイニシャルは Э になる。Э の文字はロシア語で「逆向きのE」という。

＊17　六六頁　思想家ニコライ・チェルヌィシェフスキーの父、ガヴリール・イワノヴィチは、兵役義務を負ったユダヤ人たちをヴォリスクで改宗させ、改宗者に自分の苗字と父称を与えた。アレクサンドル・ヤーコヴレヴィチの先祖は、キリスト教に改宗したユダヤ人だったということになる。

＊18　七七頁　この名前は説明もなく唐突に出てくるが、少し前に登場した、岸辺にただ一人いて、犬のためにステッキを水の中に投げていた男の名前であろう。ここでナボコフは密かな言葉遊びを仕掛けている。ドイツ語で「シュトック」Stock は棒、ステッキの意味、「シュマイセン」schmeißen は「投げる」の意味なので、シュトックシュマイサーというのは「棒切れ（ステッキ）を投げる人」の意味になる。

＊19　八二頁　五六ページでタマーラという名前が人形の名にふさわしいと言われていたことを考えると、ここでは人形を指しているようである。

＊20　一〇三頁　ギリシャの哲学者、自然哲学の創始者。万物の根源を水とした。ナボコフの生前の英訳では、Thales とあるべき綴りが Phales となっていた。そのため、ペニスを意味する「ファロス」Phallos を暗示しているのではないか、などというがった解釈も出された。ただし、その後の英訳では Thales に直されているので、やはり単なる誤植だろうか。

＊21　一〇三頁　ミレトスのアナクシメネス。紀元前六世紀のギリシャの哲学者。空気を万物の根源とした。

＊22　一〇三頁　古代ギリシャの哲学者。火を万物のもとと考え、「万物は流転する」と言ったとされる。ただし、生前の英訳では Heracles（ヘラクレス）となっていて、ギリシャ神話上の英雄がここに出てくるのは明らかにおかしい。これも上記タレス Thales の場合と同様、おそらく誤植ないし勘違いと思われるが、ブッシュないし娼婦の無教養を示唆するための意図的な誤りであった可能性も排除し切れない。

＊23　一〇四頁　原文は「仮面の舞踏」を意味するロシア語だが、文法的に間違った、あり得ない形が使われ

ている。ゲッツが笑いをこらえられなくなったのは、これを聞いたときのこと。
＊24　一〇五頁　正しくは最初の音節にアクセントを置いて「ザーナヴェス」と発音しなければならない。ここに限らず、ブッシュの話すロシア語には滑稽な間違いが多い。リガ出身ゆえの訛ったロシア語なのか。
＊25　一一二頁　ダクチリ韻はロシア詩学の用語。韻が強弱弱の三音節になっているもの。引用箇所はネクラーソフの原詩では奇数行の終わりが女性韻だが、フョードルはそれを勝手にダクチリ韻に変えて朗読している。ダクチリ韻はもともとフォークロアで使われていたが、高級な文学では稀だった。それを頻繁に使い、確立したのはネクラーソフである。ダクチリ韻は余韻を引き延ばす感じになるので、ここではむせび泣くような、切ない感じを出している。
＊26　一一三頁　十九世紀末から二十世紀初頭のロシア文学のいわゆる「銀の時代」には、確かに苗字がBで始まるすぐれた詩人が多い。誰でもすぐに思い浮かべるのは、バリモント、ブリューソフ、ベールイ、ブロークの四人だが、あと一人が誰かについては意見が分かれる。ナボコフ研究者ドリーニンは、ナボコフにとっての五人目はイワン・ブーニン（小説家としてのほうが有名だが）だという。

第2章

雨はまだ軽やかに舞うように降っていたが、捉えがたい天使の不意打ちのように、虹がすでに現れていた。薔薇色がかった緑色に輝き、内側の縁が藤色にかすんだ虹は、けだるく自分自身に驚きながら、刈り入れの終わった畑の向こうで、遠い森の上空から手前に懸っていて、森の一部が虹を透かして見え、微かに震えていた。まばらな矢のように降り注ぐ雨はすでにリズムも、重さも、騒々しい音を立てる能力も失い、日の光を浴びてあちこちで気まぐれにきらめいている。雨に洗われた空では、漆黒の馬のような色合いの雲の後ろから、異様に複雑な塑像の細部をすべて輝かせながら、うっとりするくらい白い雲が姿を現した。

「さあ、止んだ」と彼はつぶやき、群がって生えているヤマナラシのひさしから外に出た。ちょうどそのあたりから脂ぎった粘土質の道が――その道は「地方自治体道《ゼムスカヤ》」と呼ばれていたのだが、この通称そのものの響きにもなんという窪みがあったことだろう――窪地に下っていき、そこですべての轍を細長い凹《へこ》みの中に集めていた。凹みを見ると、なみなみと注がれた濃厚なクリームコーヒーが縁から溢れんばかりだった。

愛しの君！　君は極楽《エリュシオン》の色彩見本のようだ！　父はあるときオルドス（現在、中国・内モンゴルの高原地帯）で雷雨の後、丘に登ったところ、虹が立っているまさにその根元にひょっこり入り込んでしまい――世にも珍しいことだ！――気がついたら、色とりどりの空気と炎のようにきらめく光に包まれ、まるで楽園にいるようだったという。しかし一歩踏み出しただけで、もう楽園の外に出てしまった。

君はもう色褪せてきた。雨がすっかり止んで焼けつくような暑さになり、絹のような眼をしたウマバエが袖にとまった。林でカッコウがけだるく、なんだか問いかけるような調子で鳴き始めた。その声は小さな丸屋根のように膨れ上がってはしぼみ、また膨れ上がっていたが、いっこうに答を見つけられないでいた。太っちょの鳥は気の毒に、もっと先に飛び移ったようだった。というのも、すべてがまた、音が小さくなって響いてくるこだまのように繰り返されたからだ（もっと上手に、もっと悲しげに響く場所でも探していたのだろうか？）。青みがかった黒い翅に白い筋のはいった巨大な蝶が、平たい姿で飛んでいたが、超自然的に滑らかな弧を描いて地面に舞い降りたかと思うと、翅をたたみ、そのまま姿を消してしまった。ときに農家の少年が、両手で帽子の中に押さえつけて、鼻息も荒く持ってきてくれるのは、こういう蝶だ。お医者《ドクトル》さんがほとんど必要のない手綱を膝に載せるか、あるいは無造作に馬車の前板に縛りつけ、考えごとにふけりながら、木陰の道を病院に向かうとき、お医者《ドクトル》さんの子馬《ポニー》のちょこまか動く蹄の下から舞い上がるのも、こういう蝶だ。だがたまには、黒と白の翅で裏が煉瓦色のものが四枚、トランプのカードのように森の小道に散らばっているのを見かけることもある。翅以外の部分は、名も知れぬ鳥に食べられてしまったのだろう。

水たまりに藁が一本浮いていて、二匹の糞虫が互いに邪魔し合いながらしがみついていた。彼はその水たまりを飛び越え、道端に靴底の跡を刻み込んだ。なんという意味ありげな足跡だろう、いつまでも上を向いたまま、消え去った人間の姿をいつまでも見ようとしている。素晴らしい勢いで流れていく雲の下、畑を一人歩いていくと、初めてのシガレットケースに入れた初めての煙草を持って、ここで刈り入れをしていた老人に火を借りようとしたときのことを思い出した。農夫は痩せこけた胸元からマッチ箱を取り出し、にこりともしないで渡してくれた。しかし風が吹いていたせいで、マッチは燃え上がったとたんに消える、ということの繰り返しで、一本無駄にするたびにますます恥ずかしくなった。農夫のほうはなにやら抽象的な好奇心を抱いた様子で、浪費癖のある地主の息子のせっかちな指を見つめていた。

　森の中に深く入っていった。小道に敷かれた黒い板は、ぬるぬるして滑りやすく、赤みを帯びた花弁の連なりやへばりついた木の葉に覆われていた。いったい誰がこのベニタケを落としていったんだろう、笠が破れ、扇のような白い裏側を見せている。その疑問に答えるように、呼びかわす声が聞こえてきた。女の子たちがキノコやコケモモを採りに来ていたのだ。それにしてもあのコケモモ、木になっているときよりも、バスケットに入れられたときのほうがよっぽど黒く見える！　白樺の木々の中には昔から馴染みの木が一本あった。それは幹が二股に分かれた、竪琴のような形の白樺で、そのかたわらに立つ古びた柱には板が掛かっていたが、板からは弾痕以外何も読み取れなかった。いつだったか、ブラウニング銃でイギリス人の家庭教師が——そういえば彼の名前もブラウニングだった——その板目がけて射撃したことがあったのだ。だがその後で父が彼からピストルを受け取ると、一瞬のうちに手際よく挿弾子に弾をこめ、七発で滑らかなKの文字（フョードルの父の名前コンスタンチンのイニシャル）を刻み込んだのだった。

　その先には小さな沼があり、「夜のスミレ」（夜になると芳香が強くなる湿地性のランの類）が儀式ばらずに花を咲かせていた。沼を越えると、車道を渡らなければならなかった。そして右手に白い木戸が見えた。庭園への入り口だ。外からは羊歯に縁どられ、内側はスイカズラとジャスミンのふっくらとした裏地があてられ、こちらがモミの針葉で翳っているかと思えば、あちらは白樺の葉に明るく照らし出されている、巨大で、鬱蒼として、道多きこの庭園は、その全体が陽光と影の均衡のうちにあった。そして光と影が作り出す調和は夜から夜へと移り変わっていったが、その変わりやすさ自体がまたこの庭園だけに備わった固有のものだった。並木道で熱い光の環がいくつも足下に揺れていたとすれば、遠くでは必ず太いビロードのような縞が横に延び、その向こうには再びオレンジ色の篩《ふるい》の目のような模様が見え、さらにその先、奥のきわまったところには濃密な黒が息づいていた。その黒さを紙の上に移しかえようとしても、水彩画家の目を満足させられるのは絵の具がまだ湿っている間だけで、すぐに色褪せてしまう美を引き留めておくためには、次々に絵の具を塗り重ねなければならなかった。屋敷にはどの小道も通じていたが、幾何学に反して一番の近道と思われたのは、よく手入れされすらりと真っすぐに伸びた並木道——繊細な影が差してきて（まるで出迎えるように起き上がり、人の顔を手探りする盲目の女性のようだ）、突き当たりに爆発するようなエメラルド色の陽光が見える道——ではなかった。そのそばを走る、くねくね曲がり、草むしりもされていない道のどれでも、もっと近道のように思えたのだ。そういったお気に入りの道を、まだ姿の見えない屋敷に向かって進んでいくと、ベンチの前に出た。このベンチでは、確固とした家庭のしきたりに従って、父が旅に出るときはいつもその前日に母と二人で座ったものだ。父は膝を開き、手に持った眼鏡やカーネーションをくるくる回し、頭をうつむけ、麦わら帽《カノチエ》を後頭部にちょこんと載せ、細めた目のまわりや、顎ひげの付け根あたり、唇のやわらかな隅に無言の、微かにからかうような微笑みを浮かべていた。母のほうは横から、下から、震える大きな白い帽子の中から、父に何かを言ったり、そうでなければパラソルの先端を手ごたえのない砂に押し当てて、さらさらとすぐに崩れる小さな穴を掘ったりしていた。彼は巨大な岩によじ登ったナナカマドの木々の前を過ぎ（そのうちの一本が振り返って、一番年少の木に手を差し出していた）、祖父の時代には小さな池だったのに、いまでは草が生い茂っている空き地の前を過ぎ、背の低いモミの前を過ぎた――このモミの木々は冬には雪の重荷を背負ってまん丸になるのだった。雪は真っすぐ静かに降り、そのままずっと降り続くことがあった――三日間でも、五か月でも、九年間でも……。と、すでに前方には、白い水玉模様をちりばめた明るく開けた空間の中を、何かどんよりとした黄色い斑点のようなものがこちらに近づいてくるのが仄見えたかと思うと、突然焦点がその姿に合い、それはぶるっと震えると濃密になり、路面電車の車両に変貌した。湿った雪が横殴りに降り始め、停留所のガラス柱の左側に張り付いたが、アスファルトは黒く剝き出しのままで、その本性ゆえに白いものは何も受け付けられないとでも言わんばかりだった。そして目の前を流れていくだけで、最初はわけもわからなかった薬局や、文房具店や、植民地物産店などの看板の文字の中で、まだ一つだけ、ロシア語で書かれているように見えるものがあった。Kakao《カカオ》（ココア）[*1]だ。その一方で、あんなにも絵のように明瞭に（その明瞭さ自体が、例えば昼間の妙な時間とか、睡眠薬を飲んだ後などに見る夢の鮮やかさと同様、疑わしかったのだが）たった今身の周りに思い描いたものはすべて色褪せ、侵食され、ばらばらになっていった。そしてあたりを見回してみれば――まるで階段を上るそばから、足下の段が次々に消え失せていくというお伽話のように――すべてが崩れ落ち、消えようとしていたのだ。木々は見送りの人々のように立ち並び、別れを告げるような光景に見えたが、その木々ももはや消え去ろうとしていたし、虹は洗濯されて色落ちした布の切れ端と化し、庭園の小道からは曲がり角の素振りくらいしか残っていなかった。もっとも、胴体を失い、三枚しか翅の残っていない蝶はピンで留められ、ベンチが影を投げているあたりの砂地にはカーネーションが落ちていたし、その他にも最後まで頑固に残り続けようとする細々したものがあったけれども、一瞬の後にはそのすべてが争うこともなく、フョードル・コンスタンチノヴィチをあっさりと現在に譲り渡してしまい、彼は思い出の中から（この思い出というやつは、いつでも、どこでも、致命的な病の発作のように、素早く狂おしく彼に襲いかかってきたのだった）、過去の楽園の温室から出てきたかと思ったら、いきなりベルリンの路面電車の中にいた。

家庭教師に行くところだったが、いつものように遅刻しそうになり、いつものようにぼんやりとした、忌わしく重苦しい憎しみの念が心の中で膨らんできた。憎しみが向けられたのは、あらゆる移動手段のなかでも最も無能なこの乗り物のぶざまなのろさ、濡れた窓の外を過ぎていく救いようもなく見慣れた、救いようもなく醜い通り、そして何と言っても、この町の乗客たちの足と腰と頸に対してだった。この人たちの中にも無私の情熱と純粋な悲しみを抱き、現在の生活を透かして光を差しかけてくる思い出さえも持ち合わせた、本物の完全に人間らしい個人もいるかもしれない、ということは頭では分かっていた。ところが、まるで非合法の宝物を運んでいる人物であるかのように（それはまあ、実際、その通りなのだが）彼をちらちら見る滑るような冷たい瞳は、なぜだかどれもこれもおぞましいおしゃべり女か、腐った商売人のものとしか思えなかったのだ。ドイツ人は少数だと俗悪で、多数だと耐えがたく俗悪になる、というロシア人特有の信念は、芸術家には相応しくないものだとは彼にもわかっていた。それでも体を走る悪寒はどうしようもなかった。追い詰められておびえたような目をし、指に絆創膏を貼り、痙攣したようにがたがた揺れる車両と家畜のように狭い場所に押し込まれた乗客のひしめきの中で、永遠に苦しみながら体の平衡と通り道を探し求めている陰気な車掌だけが、外見上、人間とは言えないにしても、人間の哀れな同類のように見えた。二つ目の停留所でフォードル・コンスタンチノヴィチの前に、痩せこけた男が座った。キツネの毛皮襟のついた半外套に、緑の帽子、擦り切れたゲートルといういでたちのこの男は、腰をおろすとき、膝と、革の取っ手のついた分厚い書類鞄の角で彼を押しのけ、そのせいで彼の苛立ちははっきりとした一種の憤激に変容したのだった。そんなわけで、目の前に座っている男をじっと見つめ、その顔立ちの特徴を読み取りながら、彼は一瞬のうちに、自分の罪深い（この気の毒で哀れな、死に絶えつつある国民に対する）憎しみをこの男一人に集中させ、自分がどうして彼を憎んでいるか、はっきりと意識した。まずこの低い額、淡い色の瞳。それから、全乳《フォルミルヒ》や特濃《エクストラシュタルク》といったしろもの——これは、薄められたものや人工的な模造品の存在も合法だということを暗に認めているようなものではないか。道化《プルチネッラ》を思わせる一連の動作——子供を叱るために人差し指を使うときは、ロシアのように真っすぐに立てて天の裁きを思い出させるのでなく、揺れ動く棒の象徴としてであって、それは即物的な指《パーレッツ》であり、天命を思わせる指《ペルスト》ではないのだ（палец「パーレッツ」は普通に「指」を意味する単語だが、перст「ペルスト」は古めかしい詩語。「天の指「ペルスト」」というと、「天命」を意味する熟語である）。そして柵や、列や、凡庸なものが大好きで、役所を崇拝していること。この男が頭の中で言っていることに（あるいは通りで交わされるどんな会話でも同じことだが）耳を澄ましてみれば、必ず聞こえてくるのは、数字と金銭のことばかり。鈍重なユーモアと、ばかげきった笑い。男女を問わず、尻がぶくぶく肥っていること——たとえその御仁の他の部位が太っていなくても。潔癖さの欠如。見かけだけの清潔さ——キッチンでは鍋底がぴかぴか輝いているというのに、バスルームの汚さは野蛮なほどだ。ちょっとした下劣なことが好きで、しかも下劣なことをじつに几帳面にやってのける。だから公園の柵におぞましいものが几帳面に引っ掛けられていたりもする。隣人への仕返しのために、その家の猫に生きたまま針金を突き刺して体を貫いたうえ、針金の端を器用にねじり上げておいたりもする。すべてにおいて自己満足的で、「それしかないだろ」的な残酷さを発揮するのだが、小銭でも落とそうものなら、通行人が五人も集まってきて、夢中になっていそいそと拾うのを手伝ってくれるという、意外におせっかいなところもある……。それから……そんな風に彼は、目の前に座っている男を見つめながら、偏見に満ちた告発状に盛り込むべき項目を連ねていったのだが、やがて男はポケットからワシーリエフの編集するロシア語新聞『ガゼータ』を取り出し、あたりを気にすることもなく、ロシア人らしい抑揚でごほんと咳をした。

「これはすごいや」と、フョードル・コンスタンチノヴィチは考え、あまりに嬉しくて笑みがこぼれそうになった。人生というものはなんと頭がよく、優雅ないたずら好きで、実際のところ、なんとお人よしなんだろう！　いまや新聞を読む男の顔立ちに――その目もとの皺にも、大きな鼻の穴にも、ロシア風に刈り整えられた口ひげにも――同国人特有の柔和さを読み取ることができたので、どうしてこんな勘違いをすることがあり得たのか、すぐに可笑しくなり、不可解に思った。彼の思考はこの思いがけない休憩で元気づき、すでに別の方向に流れだしていた。彼がいま向かっている家庭教師先の生徒というのは、じつは、教養はないけれども知識欲に燃えている年配のユダヤ人で、もう昨年のことだが、「フランス語でおしゃべり」できるようになりたいと急に思い立ったのだ。どうやらこのご老体には、そのほうが、この伯爵たちはこれこれの川を渡った、といった無味乾燥なフランス語文法の勉強よりも実行しやすく、また自分の年齢や、性格や、人生経験に相応しい、と思えたと見える。彼はいつも決まって授業の初めに、うめくような声をあげ、一つまみのフランス語に大量のドイツ語とロシア語の単語を混ぜながら、一日の仕事の後に（彼は大きな製紙工場の経営者だった）自分がどれほど疲れているか説明し、この長々しい愚痴からいきなり出口のない暗闇の中に頭から飛び込み、国際政治について――なんとフランス語で！――議論しようとし、しかもその際、泥だらけの道で石を運んでいくことにも似た、この粗野で重苦しくぬかるんだ議論のすべてが突然、透かし編み《アジュール》のように精妙な会話に変貌するという奇跡を求めたのだった。単語を覚える能力が完全に欠如していたため（もっとも彼自身はそれについて欠点というよりも、自分の天性の興味深い特徴だと言うのを好んだ）、彼はまるっきり進歩しなかっただけでなく、もともと知っていたはずのいくつかのフランス語の語句まで一年の学習期間の間に忘れてしまったのだ。実際、フョードル・コンスタンチノヴィチは彼がそういったフレーズを使うところを目撃したことがあったし、老人のほうはそれをもとにして、三晩か四晩のうちに、自分だけの、軽やかで生き生きとした持ち運びのできる《ポータブル》パリを作り上げようと目論んでいたのだ。悲しいかな、時はなんの実りももたらさず無益に過ぎ、いくら努力しても無駄、夢は実現不可能だということが証明された。そのうえ雇った家庭教師は経験が乏しく、哀れな工場主が突然、正確な情報を必要としたときなどは（「透かし模様漉き込みローラー」はフランス語でなんと言うんでしょう？）うろたえてしまった。もっとも訊いたほうも気をきかせてすぐに質問を取り下げ、二人は昔の牧歌詩によく出てくる、ふと何かの拍子に互いの体に触れてしまった純真な若者と乙女のように、しばしの間、気まずい思いをともにした。授業は次第に耐えがたいものになっていった。老人がますます意気消沈した様子で、頭が疲れてねえ、と訴え、頻繁に授業をキャンセルするようになったので（彼の秘書からかかってきた電話の声は、天上から響いてくるようだった――幸福のメロディだ！）、フョードル・コンスタンチノヴィチには、ご老体もとうとう教師の力量不足を確信したか、でも家庭教師のはき古したズボンに対する憐みの念から、互いにとってのこの拷問を長引かせているのだろう、いや、棺桶に入るまで長引かせるつもりなのか、などと感じられた。

そしていま、路面電車に乗っていると、これから七、八分後に、もうお馴染みになった、ベルリン風に豪華に動物を使って調度を整えた書斎に自分が入っていくところが、あり得ないくらい鮮やかに見えた。そして彼は革張りの深い肘掛け椅子に腰をおろし、その脇の金属製の低いサイドテーブルには、彼のために蓋を開けてある、紙巻煙草が詰まったガラスの小箱と、地球儀の形をしたランプが載っていて、彼は煙草に火をつけ、安っぽく元気に片足を投げ上げるようにして脚を組み、見込みのない生徒の疲労困憊した従順なまなざしに向き合い、それから生徒のため息と、彼が受け答えに添える根絶しがたい「ヌー、ヴーイ」といったロシア語とフランス語が入り混じった挿入句を聞くことになるだろう。その声があまりに生々しく、思い描いた光景があまりに鮮やかだったため、フョードル・コンスタンチノヴィチの心の中で、自分が遅刻しそうだという嫌な感覚は、突然、いっそのこと授業に行くのは止めて、次の停留所で降りて家に帰ろうというはっきりした、なんだか図々しくも喜ばしい決意に変わってしまった。そうして、まだ読み終えていない本に、日常生活を超越した心労に、至福の霧の中で流れていく自分の本当の生活に、そしてもう一年ほども頭を夢中にしてきた複雑ながら幸福で敬虔な仕事に戻っていくべきなのだ。今日行けば、何回分かの授業料をもらえるだろう、もし行かなければまたしても煙草や食事の代金をつけにしてもらわなければならない。そうとはわかっていたのだが、そんなことはまったく平気だった——あの活動的な怠惰のためならば（それにしても、「活動的」と「怠惰」の組み合わせの中にはなんでも入ってしまう）、そして自分で自分に許したこの高邁なずる休みのためならば。そもそも、ずる休みは今回が初めてではなかった。内気で気むずかしく、つねに上を目指して生き、まるで明け方の神話の森の中のように自分の内にちらちら姿を見せる無数の存在を追跡することに全力を使ってしまう彼は、金を稼ぐためや気晴らしのために人々と無理に付き合うなどということはもうできなかったし、そのせいで貧しく孤独だった。まるで月並みな運命への面当てのようで、思い出しても愉快なことだったが、フョードル・コンスタンチノヴィチはある夏、「郊外の別荘《ヴィラ》」のパーティに呼ばれても行かなかったことがある。その理由は、ひとえに、チェルヌィシェフスキー夫妻が、知り合っておくと「役に立つかもしれない人が来ますよ」などと前もって教えてくれたからだった。それから去年の秋、離婚を扱う事務所が翻訳者を探していたとき、連絡を取ろうとさえしなかったこともあるが、なぜかと言えば、詩劇をちょうど書いていたからでもあり、この稼ぎになる仕事を約束してくれた弁護士がしつこい馬鹿だったからでもあり、最後にもう一つ、返事をあまりに引き延ばしているうちに、気持ちを決めることができなくなってしまったからでもあった。

車両の人混みをかき分けて、デッキに脱け出した。そのとたんに風が乱暴に体中を探りまわしたので、フョードル・コンスタンチノヴィチはレインコートのベルトをきつく締め、マフラーを巻き直したが、路面電車のわずかな熱量は彼の体からはすでに奪われていた。降りしきっていた雪は止んだが、いったいどこに行ってしまったのか。残っていたのは、いたるところに遍在する湿り気だけで、それは自動車のタイヤの擦れるさらさらいう音にも、なんだか豚の鳴き声のように激しく耳をつんざく、不揃いで不快な自動車の警笛の悲鳴にも、寒さと悲しみと自己嫌悪のせいで震えている昼の暗さにも、すでに明かりの灯されたショーウインドウの独特の黄色い色合いにも、反射や反映や流れゆく灯火にも——要するに病的な失禁のように漏れだしてくる、こういった電気の光のすべてに現れていた。路面電車は広場に出ると、苦しそうにブレーキをかけて停車したが、それは停留所の手前での緊急の一時停止にすぎなかった。というのも、人混みが押し合いへし合いする前方の石造りの安全地帯のところには、別の二つの路線の——どちらも車両を連結して二両編成になった——電車がつかえていたからで、こういった鈍く緩慢なごたごたにもやはり、この世界の破滅的な不完全さがどうやら現れているようだった。そしてフョードル・コンスタンチノヴィチはまだ相変わらずこの世界に滞在を続けていたのだ。彼はこれ以上我慢できなくなり、電車から跳び下り、つるつる滑りやすい広場を横切って路面電車の別の路線に向かった。その路線ならば、自分の住んでいるところまで、不正な乗り方なのだが同じ切符を使って帰ることができた。というのも、この切符は乗り換え一回分だけ有効であって、帰り道にはまったく無効なのだが、経路をよく知っていれば直線を、湾曲して出発点に戻っていく弧に、こっそり変えることができるため、乗客は一方向にだけ進むものだというお役所による実直な想定が覆される場合もあったからだ。この気の利いたやり方に（それは嬉しいことに、路面電車の路線計画におけるある種の純粋なドイツ的欠陥を証明するものだった）フョードル・コンスタンチノヴィチはいそいそと従ったのだが、ぼんやりしていたせいで、つまり金銭的な利益のことを長いこと心に温めていられず、すでに他のことを考えていたため、買わずに済ませようと思っていた切符を新たにもう一度買ってしまったのだった。とはいうものの、不正な乗車が首尾よく行われたことに変わりはなく、損をしたのは彼ではなく、市交通当局のほうだった——しかも、それは予期していたものよりはるかに大きな金額の違いになった（北急行《ノール・エクスプレス》の切符代に相当する！）（北急行（Nord Express）はパリからベルリン経由でサンクト・ペテルブルクまで行く。ここでは主人公が路面電車に乗車中、想像裡にロシアに帰ったことを示唆している）。彼は広場を横切って脇道に折れ、路面電車の停留所を目指して、ちょっと見ると小さなモミの木の茂みのようなところを通り抜けていった。モミの木はクリスマスが近いので、売り物としてここに集められたものだった。モミの木の間を縫って小さな並木道のようなものができていて、腕を振って歩いていると、指先で湿った針葉に触れた。しかしやがてこの小道は広がって、太陽が照りつけ、彼は庭園の中の小さな広場に出た。そこでは柔らかい赤い砂の上に夏の一日が残した様々な書き込みを見分けることができた——犬の足形、セキレイの細かいビーズのような足跡、ターニャの自転車が残したダンロップ社のタイヤの筋。その筋は一本だったのが、曲がったところで波打つように二重になり、さらに片足の踵《ヒール》が地面につけたへこみもあった。そこで彼女は無言のうちに軽やかに、爪先回転《ピルエット》で四分の一回転するような身のこなしで自転車から脇に滑り降り、ハンドルをずっと握ったまま、すぐに自転車を押して歩きだしたのだろう。その先からは、クリスマス・ツリーを思わせる古い木造の家——全体が淡い緑色に塗られているだけでなく、排水管も緑色、屋根の下には模様が彫られ、高い石の土台に載った（土台の灰色のパテの中には、まるで埋め込まれた馬の丸く薔薇色の尻のように見えるところがあった）、大きくて、頑丈で、菩提樹の枝の高さにバルコニーを張り出し、高価なガラスで装飾されたベランダを備えた、とびきり表情豊かな家が、周りを飛び交うツバメたちを従え、すべての日よけ《マルキーズ》のひさしを帆のように張り、抱擁の腕を限りなく広げた白雲と青空に避雷針で一筋の線を刻み込みながら、彼を出迎えるように漂い出てきたのだった。船首にあたるベランダの石段に、真正面から日に照らされて座っていたのは——まず、父。どうやら水浴びの後らしく、ふかふかしたタオルをターバンのように巻いているので、低く、岬のように額に突き出している白髪まじりの黒い前髪《ビーバーカット》が見えなくなっている（見えたらいいのに！）。母は全身白一色で、真っすぐ前を見つめ、膝を両手で抱きかかえている姿がなんだか若々しい。その隣はターニャで、ゆったりとしたブラウスを着て、黒いお下げ髪の先端を鎖骨の上に垂らし、滑らかな分け目を下に向け、フォックステリアを抱えている。犬のほうは暑さのせいで口をいっぱいに開け、にこにこしているように見えた。ちょっと上にいるのはなぜかうまく写らなかったイヴォンナ・イワーノヴナで、顔の輪郭がぼけているが、ほっそりした腰とベルトと時計の鎖ははっきりと見えている。その少し下で横向きになって、半ば寝そべるように、ターニャに音楽を教えていた丸顔のお嬢さん（首にかけたビロードのリボン、腰に巻いた絹のリボン）の膝に頭をもたせかけている太ったひょうきん者の美男子は、父の弟で軍医だった。さらにその下にいる、不機嫌そうな顔で眉をひそめて前をにらんでいる二人の中学生《ギムナジア》は、フョードルのいとこで、一人は学帽をかぶり、もう一人はかぶっていない——かぶっていないほうは、七年後にメリトーポリ（ウクライナの町。ロシア革命直後の内戦を念頭に置いている）近郊で戦死することになる。そして、一番下で、砂地にじかに、母とまったく同じ姿勢で写っているのが、当時のフョードルで——とはいうものの、それ以来、彼はあまり変わっていないのだが——白い歯と黒い眉を見せ、髪は短く刈り込み、開襟シャツを着ていた。誰が撮ったのかもう誰も覚えていないが、この束の間の、色褪せてもう焼き直しようもないような、そもそもたいした意味もない（もっといい写真が他にどれほどたくさんあったことだろう）写真が一枚だけ奇跡的に保存されていて、母の持ち物に紛れてパリに届き、貴重なものになったのだった。そして母は去年のクリスマスにこの写真をベルリンに持ってきてくれた。いまでは、息子のためにプレゼントを決める際、母が選択の基準としていたのは、何が一番高価かということではなく、何が一番手放しがたいか、ということだったのだ。

　そのとき母は二週間の予定で彼のところにやって来た。母に会うのは三年ぶりのことで、死人のように青白く白粉をぬり、手袋もストッキングも黒で揃え、着古したオットセイ革のコートの前をはだけた彼女が、自分の足元と彼のほうに等しく素早い視線を交互に投げながら車両の鉄の階段を降り、幸せなあまりかえって苦しいといった表情に突然顔を歪めて彼にすがりつき、至福のうめき声をあげながら耳や首筋にキスを浴びせてきた最初の瞬間、彼には自分がとても誇りにしてきた母の美貌ももう褪せてしまったような気がしたが、遠くに取り残された記憶の光から最初はあまりにかけ離れているように思われた現在の黄昏に目が慣れるにつれ、母の姿に自分の愛してきたものを再びすべて認めたのだった。顎に向けて細くなっていく清楚な顔の輪郭、ビロードのような眉の下で緑、茶、黄と色を変える魅惑的な目の変幻自在な輝き、軽やかで伸びやかな足の運び、タクシーに乗ったとき我慢しきれないようにせかせかと煙草に火をつける様子や、突然じっと目をこらして——つまり、女性なら誰でもこういう場合、再会の興奮のせいで何も見えなくなりそうなものだが、彼女はそうではなかった——二人でいっしょに気づいたグロテスクなものに向ける鋭い視線。今回目にとまったのは、ワーグナーの胸像をサイドカーに積んで悠然と走っていくオートバイの男だった。そして、二人が家のそばまで来たとき、過去の光が現在に追いつき、現在をいっぱいに満たして飽和させ、すべてはまた三年前のこのベルリンと、そしてかつてのロシアと同じようになった。いや、かつてもそうだったし、これから先も永遠にそうだろう。

ストボイ夫人のアパートに空き部屋が見つかり、そこでもう最初の晩に（化粧道具箱《ネセセール》の蓋が開けられ、指輪は指から外されて洗面台の大理石の上に置かれている）、ソファに横になって彼女は次から次へと目まぐるしい速さで干し葡萄を——それなしでは一日も生きることができなかったのだ——口に運びながら、とりとめもなく、陰気に、まるでなにか神秘的で恐ろしいことを告白するかのように恥ずかしそうに目をそらし、いつも同じことを蒸し返しながらいつも立ち返ってきてもうすぐ九年目にもなろうという話題を切り出した。つまり、フョードルの父は生きているという確信はますます深まってきたので、喪に服すなんてばかげている、父が亡くなったという曖昧な噂は誰も一度も確かめたわけではない、父はきっとチベットか中国のどこかで生きていて、捕虜になるか、投獄されるか、あるいは何か絶望的な厄介事か災難の渦にでも巻き込まれているのだろう、いや、父は長い長い病気から恢復して、不意にばたんとドアを開け放ち、戸口で足をとんと踏み鳴らし、いまにも家に入ってくるのではないか、などというのである。そして以前にもまして、フョードルはこんな言葉を聞くと幸せにもなり、また恐ろしくもなった。この何年もの間に否応なしに、父は死んだものと考えることに慣れてしまったので、父が帰ってくるかもしれないなどと言われると、何やら奇怪な感じがしたのだ。いったいこの人生が単に奇跡を起こすだけではなく、超自然性のひとかけらもないような奇跡を（必ずそういう奇跡でないと困る――さもなければ耐えがたいだろう）起こすなどということが、あり得るのだろうか。この帰還が奇跡だとしても、それは地上的な性質のもので、理性と折り合いがよく、ありそうにない偶然をかりそめにも了解可能な平凡な日々のつながりのなかに、即座に組み込んでしまうことによって成り立つ奇跡だろう。しかしそういった自然な奇跡を求める気持ちが年々高まるにつれて、人生がそれを実現することはますます難しくなっていった。そしていまでは恐ろしいのは、単に亡霊を想像することではなく、恐ろしくない亡霊を想像することだった。いきなり路上で（ベルリンには黄昏時に魂が溶け出していくような袋小路があるのだ）、お伽話にでも出てきそうなぼろを着た、年の頃七十ばかり、顔が目もとまでひげに覆われた老いぼれの乞食が寄ってきて、突然目配せをし、昔の口癖そのままに、「やあ、息子よ！」と話しかけるのではないか――フョードルにはそんな風に思える日がよくあった。父は彼の夢によく現れたが、その姿はまるで途方もなく恐ろしい徒刑から戻ってきたばかり、拷問を身に受けたのだが、それを口にすることは禁じられ、すでに清潔な下着に着替えているといった風で――下着の下の体について考えてはならないのだ――昔の父には決して見られなかったような、不快で意味ありげなむっつりとした表情をし、額には汗を浮かべ、微かに白い歯を見せながら、静まりかえった家族たちに囲まれてテーブルについているのだった。しかしこんな風に運命をはめ込む型そのもののインチキくさい感じをなんとか克服しながら、すっかり老けた、しかし疑いもなく実の父親である人物が生きて帰還するところや、その父の長年の音信不通に関する完全に納得のいく説明を無理にでも想像してみると、彼は幸福感どころか、胸が悪くなるほどの恐怖に襲われた。とはいうものの、この再会を地上の生の向こう側に追いやってしまうと、そのとたんに恐怖は消え去り、満ち足りた調和の感覚に席を譲るのだった。

　しかし、その反面……。長い間にわたって大きな成功が約束され続けていても、その成功がそもそもの最初から自分でも信じられないということもある。それは運命のもたらすその他の贈り物には似ても似つかず、時折それについて考えるにしても、いわば空想を大目に見てやるという程度のことだ。ところがとうとう、ごく平凡なある日、西風に乗って報せが届き、あっさり、一瞬のうちに決定的にその成功に対する希望を完膚なきまでに打ち砕いてしまう。そうなってみると、突然、それを信じていたわけではないにしても、それによって自分がこれまで生きていたのだと悟って、びっくりするのだ。自覚さえしていなかったのだが、もうだいぶ前からよく肥えて自立している夢が常に自分の家に同居していて、いまさらそれを人生から追い出そうものなら、人生に穴があいてしまう。それと同じことで、フョードル・コンスタンチノヴィチも理性に逆らい、それが実現するところをあえて想像はできないのに、父の帰還という慣れ親しんだ夢によって生きてきたのだった。その夢は神秘的に人生を彩り、彼の人生を周囲の人々の人生よりも高く持ち上げてくれたので、遠くの並はずれたものがたくさん見えたのだ。それは彼がまだ小さい頃、塀の向こうの面白いものが見えるようにと、父が腋の下を支えて持ち上げてくれたのと同じだった。

　最初の晩に望みを新たなものにするとともに、同じ望みが息子の中に生きていることを確信すると、エリザヴェータ・パーヴロヴナはもうそれ以上口にしなくなったが、いつものように、それは二人のあらゆる会話の暗黙の前提になっていた。というのも、二人は声に出して会話をさほどたくさんしたわけではなかったのだが、数分にもわたる生き生きとした沈黙の後で、その間中それぞれが何を念頭に置いていたのか、二人ともよく分かっていたということにフョードルはふと気づくことが、しばしばあったからだ——それはいわば草の根の下で二つに分かれていた会話が、突然一つの流れ、二人とも理解できる一つの言葉となって出てきた、といった感じだった。実際、二人はよくこんな遊びをしたものだった。並んで腰をおろし、黙ったまま、自分たちはそれぞれレシノの領地で同じ散歩道を辿っていると心のうちに思い描くのだ。庭園を過ぎ、畑沿いの小道を行き（左手には、ハンノキの茂みの向こうに、小川がある）、陽光をまだらに浴びた十字架たちが両手を広げて何かものすごく大きなものの寸法を測っていて、木イチゴを摘むのもなんだか憚られる木陰の多い墓地を通り抜け、小川を越え、再び上り坂になって森を行き、再び川のほうに下って Pont des Vaches（雌牛橋）に向かい、さらに松林を抜け、Chemin du Pendu[*2]（首つりの道）を行く——これらの通称はフランス語だが、なにしろ祖父たちがまだ子供の頃に付けられたので、二人のロシア人の耳にも不快には響かず、むしろ懐かしい感じのするものだった。そして二人の心がそれぞれゲームの規則に従って、人間の歩調を尺度にして（一瞬のうちに自分の領土を飛び回ることもできるのだが）行っていたこの無言の散策のさなかに、突然二人は足を止め、自分がいまどこにいるか言い合い、どちらも相手の先を行くことなく、同じ灌木林にいることがわかると——実際、しばしばそうなったのだが——母と息子の顔には共通の涙を通して、同じ一つの微笑みがぱっと浮かぶのだった。

二人はすぐにまた、気持ちを通い合わせながらもそれぞれの持ち前の内面的なリズムに戻っていった。というのも、すでに手紙を通じて知っていることばかりで、新しい話題はほとんどなかったからだ。母が新たに詳しく話してくれたのは、ターニャの最近の結婚式のことだった。ターニャは今ではフョードルの知らない、穏やかで非常に礼儀正しく、立派だがこれといって何の取り柄もない、「ラジオ関係の仕事」をしている紳士とともに一月までの予定でベルギーに行っていて、この夫婦が帰ってきたら、母も彼らといっしょにパリの市門の一つのそばの巨大な建物に新しい住居を借りて住むことになっていた。母は暗い急な階段のある小さなホテルから出られるのが嬉しかった。

これまでターニャといっしょに暮らしていたのは、ちっぽけなくせに、やけに角ばかりたくさんあるそのホテルの一室で、鏡一枚でもういっぱいになり、大小様々な南京虫の訪問を受けていた——透き通った薔薇色の赤ちゃんから、なめし革のような茶色の太っちょまで。南京虫たちは初めは家族揃ってレヴィタンの風景画を掲げる壁掛けカレンダーの後ろに暮らしていたが、やがて仕事をする場所にもっと近づくために、ダブルベッドの真上の破れた壁紙のふところの中に引っ越してきた。とはいうものの、母は新居に入ることを喜びながらも、不安も感じていた。義理の息子になる男のことがどうも気に入らなかったし、ターニャの元気そうな、これ見よがしの幸せそうな様子にはなにやら嘘くさいものがあったからだ。「まあねえ、わかるでしょ、あの人はわたしたちとは出がちょっと違いますからね」と、母はなんだか顎を噛みしめるような具合にして下を見つめながら、打ち明けた。しかし、それですべてというわけではなかった。いずれにせよ、ターニャには別に好きな男がいたのに、その男のほうは彼女が好きでなかった、ということをフョードルはすでに知っていた。

二人はかなりよく外出し、エリザヴェータ・パーヴロヴナは相変わらず、何かを捜すように、変幻自在に色を変える目をきらめかせながら素早く飛ぶようなまなざしで世界を眺め回した。ドイツの祝日は雨模様になり、歩道は水たまりのせいで穴だらけのように見え、家々の窓ではクリスマス・ツリーを飾るランプが鈍く光り、あちこちの街角では赤い上着を着たサンタクロースの宣伝係が、飢えた目をしてちらしを配っていた。デパートのショーウインドウではどこのろくでなしが思いついたものか、ベツレヘムの星の下、人工雪の上にスキーヤーたちの人形が陳列されていた。どうしたものか、濡れた旗を掲げて、ぬかるみを行く共産主義者のつつましやかな行進も見かけた——それは人生に打ちひしがれる一方の人たちで、背にこぶがあったり、足が不自由だったり、虚弱だったり、いろいろだった。多くの醜い女たちと数人の堂々たる風采の小市民《プチブル》もいた。かつて三人で二年間暮らした建物のアパートも見に行った。しかし、玄関番は別人になり、以前の家主はすでに亡くなり、見なれた窓辺には他人の見知らぬカーテンが掛かり、そしてどうしたものか、二人の心が懐かしく思い起こせるようなものは何も残っていなかった。ロシア映画がかかっている映画館にも行ったが、その映画の中では工場労働者の輝かしい顔を伝って転がる葡萄の粒のような汗が特に豪勢に描かれる一方で、工場主は葉巻をずっとふかしていた（モンタージュの手法で有名なエイゼンシュテインの『ストライキ』か）。そしてもちろん、彼は母をアレクサンドラ・ヤーコヴレヴナのところにも連れていった。

　二人を引き合わせることは、あまりうまくいかなかった。チェルヌィシェフスキー夫人は悲しみに満ちた愛想のよさで客を迎え、痛ましい経験がもうだいぶ前から二人をしっかり結び付けているのだと言わんばかりだった。しかしエリザヴェータ・パーヴロヴナの一番の関心事は、チェルヌィシェフスキー夫人がフョードルの詩をどう思うか、そしてなぜ誰もフョードルの詩を批評で取り上げないのか、ということだった。「キスしてもいいかしら？」とチェルヌィシェフスキー夫人は別れ際にたずね、すでに爪先立ちになっていたが――というのも、彼女のほうが頭一つ分背が低かったからだ――エリザヴェータ・パーヴロヴナは相手のほうに身を屈め、なんだか無邪気で嬉しそうな微笑みを浮かべたので、この抱擁にこめられるべき意味が完全にぶち壊されてしまった。「だいじょうぶ。我慢しなければね」とアレクサンドラ・ヤーコヴレヴナは言いながら、二人を階段のほうに送り出し、頭をくるんでいた羽毛のショールの端で顎を覆った。「我慢しなければ。わたしも我慢することをきちんと学びましたから、いまでは我慢の授業ができるほどよ。でも、あなたもこの学校は立派にご卒業されているんでしょうね」

「そうそう」と、エリザヴェータ・パーヴロヴナは慎重に軽やかに階段を降りながら、うつむいた顔を息子のほうに向けないままで言った。「巻紙と刻み煙草を買おうかと思うの。そうしないと、高くついちゃうでしょ」そしてすぐに、同じ声で付け加えた。「なんて可哀そうな人でしょ」確かに、アレクサンドラ・ヤーコヴレヴナには同情しないわけにはいかなかった。彼女の夫は心を病んだ人たちのための施設に、いや、一時的に正気になる瞬間に彼自身がふざけて使う表現を使えば「黄色っぽい家（「黄色い家」はロシア語の慣用句で精神病院のこと）」だが、そこに収容されてもう四か月目になるのだ。あれはまだ十月だったか、フョードル・コンスタンチノヴィチは彼を見舞いに行ったことがある。理性的に調度を整えられた病室に、太って血色がよくなり、きちんとひげを剃り、完全に気の狂ったアレクサンドル・ヤーコヴレヴィチが、ゴム製のスリッパを履き、フードつきの防水レインコートに身を包んで座っていた。「えっ、なんだ、君は死んじゃったのか？」というのが、驚いてというよりは不満げに彼が最初に尋ねたことだった。「あの世との闘争協会議長」を務める彼は、亡霊の侵入を防ぐための様々な方法をいつも考案していて（医師は「論理的黙認」という新しい治療法を適用していたので、その邪魔をしなかった）、いまはゴムを試しているところだった。きっとゴムの持つ別の種類の非伝導性を根拠にしてのことだろうが、どうやらこれまでに得られた結果はあまりかんばしいものではなかったようだ。というのは、フョードル・コンスタンチノヴィチが自分で座ろうと思って脇に置いてあった椅子を取ろうとすると、チェルヌィシェフスキーが腹立たしげにこう言ったからだ。「その椅子に触っちゃいけない。もう二人座っているのが、君にもはっきり見えるだろう」――そしてこの「二人」のことも、彼が身動きするたびにかさこそ、ぴちゃぴちゃ音をたてるレインコートも、刑務所での面会の場合と同様に無言で立ち会っている職員の存在も、病人の話すことのすべても、フョードル・コンスタンチノヴィチには、つい最近までアレクサンドル・ヤーコヴレヴィチが失われた息子と交信を続けていたときの、あの複雑ながらも澄みわたった、半ば狂っていたとはいえまだ高貴であった精神の状態を耐えがたいほど卑俗にした戯画のようなものに思えてならなかった。以前は冗談のためにとっておいたがさつでひょうきんな口調で——ところが、いまはまったく真剣な話だったのに——彼はくだくだしく、なぜか終始ドイツ語で、人々が高射砲や毒ガス兵器の開発にお金を浪費していて、別の、百万倍も重要な戦いの遂行のことを全然考えていないのは困ったものだ、と嘆くのだった。フョードル・コンスタンチノヴィチのこめかみの丸みでは、擦り傷の跡がかさぶたになっていた——今朝、下に転がりこんだ練り歯磨きのキャップを慌てて拾おうとして、スチーム暖房器の縁にぶつけてしまったのだ。突然話を中断すると、アレクサンドル・ヤーコヴレヴィチは彼のこめかみをいかにもおぞましいもののように、不安げに指さした。「Was《ヴァス》 haben《ハーベン》 Sie《ジー》 da《ダー》?」（「そこにあるのは何だね？」（独））彼は苦痛に顔をしかめ、それから嫌な薄笑いを浮かべると、激しく怒りだし、いっそう興奮しながら、おれの目はごまかせんぞ、自殺したてのほやほやだってことくらい、すぐにわかったさ、などと言い始めた。施設の職員がフョードル・コンスタンチノヴィチのところにやって来て、退室するようにうながした。そして彼は墓場のように壮麗な庭園を抜け、至福の永眠のうちにダリアの花が低音で歌うような深紅の肥沃な花壇の前を通りすぎ、ベンチのほうに向かった——ベンチで彼を待っていたのは、チェルヌィシェフスキー夫人で、じつは彼女は夫の病室には一度も入ったことがないのだが、こうして毎日を夫の暮らすところから目と鼻の先で過ごし、心配そうだが潑剌とした様子で、いつも何かをくるんだ紙包みを持ってきていた——まるで家具のようなギンバイカの灌木の合間を縫って、この色とりどりの砂利の上を進み、行き合う見舞客をすべて偏執病患者と取り違えながら、フョードル・コンスタンチノヴィチは不安な思いを抱いていた。チェルヌィシェフスキー夫妻の不幸は、希望に貫かれた不幸という彼自身の主題を、嘲笑うように変奏したものではないのだろうか。そして彼が、ここから引き出される必然的な結果の優美さと、この副次的な響きが彼の人生に組み込まれることによって生じた、構成上の見事な均整をあまさず理解したのは、ずっと後になってからのことだった。

母が発つ三日前、ベルリンに住むロシア人にはよく知られた大きなホールで——壁からこちらを睨んでいる歯科医の長老たちの肖像画から判断して、このホールはどうやら歯科医師会のものらしい——公開の文学の夕べが催され、フョードル・コンスタンチノヴィチも参加した。人の集まりは悪く、寒々としていて、扉の前では地元のロシア人インテリを代表するいつも見慣れた面々が煙草を吸っていて、フョードル・コンスタンチノヴィチはいつものように、そこに知り合いの感じのよい顔を見かけると心底喜んでそちらにまっしぐらに向かうのだが、話が弾みだしたとたんにその喜びは退屈に変わるのだった。最前列に陣取ったエリザヴェータ・パーヴロヴナの隣には、チェルヌィシェフスキー夫人がやって来た。母が後ろ手に髪をいじりながら、ときどき頭をあちこちに向けている様子を見て、ホールの中をふわふわ漂っていたフョードルは、隣に座られてありがた迷惑なのだろうと母の気持ちを推し量った。ようやく夕べが始まった。最初に自作を朗読したのは、かつては作品が掲載されないロシアの雑誌はないというほどだった高名な作家で、白髪で、ひげをきちんと剃り、どことなくヤツガシラに似ていて、文学に携わるには善良すぎる目をした老人だった。彼がわかりやすく日常会話のような調子で朗読した革命前夜のペテルブルクを描いた中篇小説には、エーテルを吸引するヒロインの他、素敵なスパイとシャンパン、ラスプーチン、ネヴァ川の上空にかかる宇宙の卒中のような夕焼けが登場した。その次はロスチスラフ・ストランヌイ（不思議なロスチスラフ）という筆名で書いているクロンとかいう男が、異国の空のもと、百の眼を持つ町を舞台にしたロマンティックな冒険についての長い物語で聴衆を楽しませた。なにしろ美文をねらって形容詞は名詞の後ろに置かれ、動詞もあさっての方向に飛び、なぜだか「用心しいしい」という言葉が十回ほども繰り返されたのだ（「彼女は用心しいしい微笑みをこぼした」「マロニエの花が用心しいしい咲き始めた」といった具合（一九二〇年代ソ連では、語順の倒置や方言を使用した装飾的散文が流行した））。休憩の後には、詩人たちが続々と登場した。ボタンのような顔の背の高い若者、もう一人の背が低く鼻の大きな若者、若い女性、鼻眼鏡《パンスネ》をかけた初老の男、もう一人若い女性、さらに若い男、最後にコンチェーエフ。彼は他の詩人たちの勝ち誇ったような歯切れのよさとは違って、小声でぼそぼそつぶやくように自分の詩を読み上げたが、そこには音楽がおのずから息づき、真っ暗なように見える詩の中では足元に意味の深淵が口を開き、響きは本物で、すべてが驚くべきものだったので、誰もがつなぎあわせて詩を作るための素材として使う同じ言葉から、何か言葉らしからざるもの、言葉を必要としないもの、独自の完璧なものが突然立ち現れ、流れ出し、そして渇望を完全には癒さないまま滑り去っていき、この晩初めて心からの拍手が沸き起こった。最後に登場したのは、ゴドゥノフ゠チェルディンツェフだ。彼はこの夏に書いた詩のうち、エリザヴェータ・パーヴロヴナのお気に入りのものを朗読した。まずロシアの詩——

黄色い白樺は無言のまま、青空の中……

それからベルリンの詩。その最初の連は——

ここでは何もかもが浅薄でがたがた
月の作りもひどいもの
ハンブルクからわざわざ

運ばれてきたというのに（ゴーゴリ『狂人日記』の狂った主人公の「月というものは普通、ハンブルクで作られていて、その作り方はじつにひどい」という科白を踏まえている）

それから、母を最も感動させたこの詩。もっとも、母はこれを、フョードルが十六歳のときに愛し、亡くなってからもうだいぶたつ若い女性の記憶となぜか結び付けられなかったのだが。

あるとき　夕方
二人で古い橋に立っていた
ぼくはたずねた、死ぬまできみは
覚えているだろうか、ほら、あのつばめを
きみの答えは、「もちろんよ！」

それから二人で泣きだした
飛ぶいのちからほとばしる、なんという叫び声……
明日まで、永遠《とわ》に、お墓まで
あるとき　古い橋に立ち……

しかし、もう遅くなっていて、聴衆はぞろぞろ出口に向かい始め、ご婦人の一人などはコートを着るために演壇に背を向けている始末で、拍手はまばらだった……。通りに出ると湿った夜が黒く広がり、風が狂ったように激しかった。ああ、絶対に、絶対に、家には辿りつかないだろう。とはいうものの、やはり路面電車はやって来て、フョードル・コンスタンチノヴィチは吊革にぶら下がり、窓際に無言のまま座っている母を見下ろすように通路に立ち、今日まで書いてきた自分の詩について、言葉の裂け目から詩が漏れ出してしまっているなどと考えて、やりきれない嫌悪感を覚えたが、それと同時になんだか喜ばしく誇らしい力も湧いてきて、じりじりするほどの熱意に燃えながら何か新しいもの、まだ未知の本当のもの、彼が自分の中に重荷のように感じている賜物に完全に応えるようなものを創りだす道を探り始めていた。

　母の出発の前日、二人は彼の部屋で夜更かしをした。母は肘掛け椅子に陣取って（以前はボタン一つつけることもできなかったのに）彼の貧弱な衣類をかがったり、繕ったりしてくれた。彼のほうはソファで爪を嚙みながら、ぼろぼろになった分厚い本を読んでいた。もっと若い頃は読み飛ばしてしまったページもあった――例えば『アンジェロ』（プーシキンの長篇叙事詩）や、『エルズルム紀行』（プーシキンの紀行文）がそうだが、このところはまさにこういった作品に格別の喜びを見出していたのだ。そしていま「私にとって国境には何やら神秘的なものがあった。子供の頃から旅を夢見るのが私は大好きだった」（プーシキン『エルズルム紀行』第二章より）という言葉が目に入ったとたん、突然、彼は何かに強く甘く刺されたような気がした。それが何なのか、自分でもわからないまま、彼は本を脇に置き、自分で作った紙巻煙草が詰まった紙箱の中に目の見えない指を這わせた。ちょうどそのとき、母が顔をあげずに言った。「面白いことを思い出したわ！　ほら、散歩していたとき、あなたがお父さんといっしょに作った、蛾や蝶を歌った可笑しな二行詩よ、覚えている？『紫シタバ《フラクシニ》*3は外套の下に／青い燕尾服《フラク・シニイ》を着ている』というのとか」「覚えているよ」と、フョードルが答えた。「まるで叙事詩みたいなのもあったね。『それは北風の贈り物《ダル・ボレヤ》、木の葉ではなく、枯葉蛾《アルボレア》*4がとまっているのだ』」（それにしても、あのときは驚いた！　父はシベリアの行程の入り口のあたりで発見したあの最初の標本を旅行から持ち帰ったばかりのところで、新種記載もまだ済ませていなかった。ところが戻ってきた次の日、家から目と鼻の先のレシノの庭園で、蝶や蛾のことなど何も考えずに妻や子供たちと散歩し、フォックステリアにテニスボールを投げてやり、無事帰ってきたことや、穏やかな天気や、健康で快活な家族の様子を心行くまで楽しみながらも、途中で出会うあらゆる昆虫の姿を狩人の経験豊かな目で無意識のうちに捉えているうちに、父は突然、フョードルにほらと言って、赤茶色でふっくらとした、波打つような模様が翅を縁取っている蛾をステッキの先で指し示した。それは枯葉蛾、つまり木の葉に似た姿の蛾の一種で、灌木の茎にとまって眠っているのだった。父はそのまま通り過ぎようとした――この属の種は互いによく似ているんだ――ところが、突然、しゃがむと、額に皺を寄せ、見つけたものをじっくり見て、だしぬけによく響く声で「Well, I'm damned!（「なんてこった！」（英））あんなに遠くまでさまよう必要はなかったんだ」と言った。そこに母が笑いながら口をはさむ――「いつも言っていたでしょう」。彼の手の中の、ふかふか毛の生えた小さな怪物は、なんと、持ち帰ってきた新種と同じものだった。しかも、それがこのペテルブルク県、動物相がもうほとんど調査しつくされているここで見つかったとは！　しかし、よくあることだが、調子づいた偶然の一致の力はそこでは止まらず、もう一駅先まで行く余力があった。というのも、数日後にはこの新種の蛾がペテルブルク県で採集された標本に基づいて、父の同僚の一人によって新種記載されたばかりだということが、判明したからだ。フョードルは一晩泣き明かした――父が先を越されてしまった！）

　そして、いま、母はパリに帰ろうとしていた。列車を待つ間、二人は細いプラットホームで、荷物用リフトの脇にずっと立っていた。ほかの路線ではうら悲しい市営電車がほんのちょっと停車しては、慌ただしくドアをばたんと閉めて出ていった。パリ行きの急行が飛ぶように入ってきた。母は乗り込むと、すぐに窓から身を乗り出して、にっこり笑った。隣の豪華な寝台車の前には、ごく平凡で飾らない感じの老婦人を見送りにきた男女が立っていた。その一人は、青白い顔に真っ赤な唇をした美女で、黒いシルクのコートを着て、毛皮の襟を高く立てていた。もう一人は有名な曲芸飛行家で、誰もが彼を――彼のマフラーを、そして背中を見つめていて、その様子はまるで背中に翼を捜しているようだった。

「一つ、提案があるの」と、別れ際に母は陽気に言った。「七十マルクほど残ったんですけどね、わたしにはもうまったく要らないわ。でも、あなたはもっといいものを食べなければ。見ていられないわ、あんまり痩せてしまって。さあ、受け取って」「喜んで《アヴェク・ジョワ》」と彼はフランス語で答え、国立図書館の年間入館証と、ミルク・チョコレートと、気持ちが荒んだときにものにしたいものだとずっと思ってきた、金で言うことを聞きそうなうら若いドイツ女のことをいっぺんに思い浮かべた。

物思いにふけり、心ここにあらずといった様子で、母に一番大事なことを言い忘れたのではないかという思いにぼんやりと苦しめられながら、フョードル・コンスタンチノヴィチは自分の部屋に戻り、靴を脱ぎ、板チョコの角を銀紙ごと折り取って、ソファの上で開いたままになっていた本を引き寄せた……。「穀物が波打ち、鎌を待っていた」またしても、あの刺すような神々しい感覚！テレク川についての一行が（「本当にそれは恐ろしかった！」）彼を招き、彼にそっと何かを教えるように囁きかけていたのだ。いや、もっと正確に、もっと親身に囁きかけていたのは、タタール女についての語句だった――「彼女たちは馬に乗り、チャドルに身をくるんでいた。だから見えるのは、目と靴の踵だけだった」。

そんな風に彼はプーシキンの音叉のこのうえなく清らかな響きに聴き入り続け、この響きが自分に何を求めているのか、すでに分かっていたのだった。母が発ってから二週間ほど後、思いついたこと、いや、『エルズルム紀行』の透明なリズムに助けられて思い立ったことについて、彼は母に書き送った。それに対して母は、まるでそんなことはとっくにお見通しだとでも言わんばかりの返事をくれた。

あなたといっしょにベルリンで過ごした時ほど幸せだったことは、もう長いことありませんでした。でもいいですか、それは生易しい企てではありませんよ。あなたなら立派に実現できると、心の底から感じています。でも忘れないでくださいね、必要なのはたくさんの正確な情報であって、家族の感傷なんてほんの少ししか要らない、ということを。もしも何か必要なことがあったら、わたしにわかることは何でも教えてあげます、でも特別な情報はやっぱり自分でなんとかしないと。だってそれが肝心なことでしょう、まずお父様の本を全部手に入れること。それからグリゴリー・エフィーモヴィチの本も（ロシアの地理学者・昆虫学者のG・E・グルム＝グルジマイロ著『中国西部への旅の記述』が念頭にある）、大公の本も（ニコライ・ミハイロヴィチ大公（一八五九～一九一九）。昆虫研究者でもあった）、まだまだ他にもいろいろと。もちろん、どうしたら手に入るか、わかるでしょ。それから必ずワシーリイ・ゲルマノヴィチ・クリューゲルさんのところにも行きなさい、まだベルリンにいるようだったら、探し出すこと。確かあの方はお父さんといっしょに一度旅行をしたはずです。それから他のいろいろな人たちにも問い合わせる必要がありますけれど、誰に問い合わせるべきかは、あなたのほうがよくわかるでしょう。アーヴィノフ（ロシアの画家・昆虫学者）と、ヴェリーティ（イタリアの医師・蝶研究者）に手紙を書きなさい。それから戦前うちに来たことのあるドイツ人にもね、なんという名前だったかしら、ベンハース？　バンハース？　シュトゥットガルトにも、ロンドンにも、トリングにも、どこにでも、手紙を書かないと。débrouille《デブルイユ》-toi《トワ》（自分でなんとかうまくやりなさいね。（仏））、だってわたし自身は何もわからないのに、ただ頭の中でそういう名前が響いているだけですからね。でもね、あなたならきっとうまくできるに違いないと信じています。

しかし、彼はまだぐずぐず、頃合いを見計らい続けていた。思い立った仕事からは幸福な感じが漂っていたが、慌てて取り組んだせいでこの幸福をだいなしにしたくなかったし、責任重大な仕事のあまりの複雑さに怖気づくようでもあり、まだ本当には取りかかる心の構えができていなかったのだ。春の間中、彼はトレーニングの日課を続け、プーシキンで栄養をつけ、プーシキンを吸いこんだ――プーシキンを読むと肺活量が大きくなるのだ。単語の的確さと語結合のこの上ない純粋さを学びながら、彼は散文の透明さを弱強格《ヤンブ》の韻律の域にまでつきつめ、さらにそれを乗り越えようとさえした。その生きた手本になったのは、次のような一節だ。

神よ、どうか無意味で無慈悲なロシアの暴動を
もう見ることがありませんように（プーシキン『大尉の娘』第十三章より。散文の小説だが、ここは弱強格（ヤンプ）になっている）

詩の女神《ミューズ》の筋肉を鍛えようと、彼はまるで鉄のステッキのように、暗記してしまった『プガチョーフ反乱史』の全篇とともに散歩に出かけた。するとよくカロリーナ・シュミットとすれ違った。ショニングが最期を遂げる場となったベッドを買った、濃い紅をさした控えめでおとなしい様子の娘だ（プーシキンの未完の中篇「マリヤ・ショニング」への言及）。グルーネヴァルトの森を抜けると、窓辺でシメオン・ヴィリンに似た駅長がパイプをくゆらせ（プーシキン「駅長」（『ベールキン物語』の一篇）への言及）、やはり鳳仙花の鉢植えが並んでいた。百姓令嬢の着た瑠璃色の民族衣裳《サラファン》が、ハンノキの茂みの間にちらちら見え隠れしていた（プーシキン「百姓令嬢」（『ベールキン物語』の一篇）への言及）。彼は「現実が夢想に席を譲り、寝入りばなに見るぼんやりとした光景の中で夢想と溶け合ってしまう時の、あの感覚と精神の状態にあった」（プーシキン『大尉の娘』からの引用）のだった。

プーシキンは彼の血の中に入った。プーシキンの声と父の声が溶け合った。彼はプーシキンの小さな熱い手に口づけをしながら、それを別人の手、朝食の白パン《カラーチ》の匂いをさせる大きな手と混同していた。そう言えば、彼らの乳母も、プーシキンの乳母、アリーナ・ロジオーノヴナと同じところから雇われて来たのだった。それはガッチナの先のスイダという村で、彼らの領地からほんの一時間も馬車で行けば着くところだった。そして彼女もまたプーシキンの乳母と同様、「こげんな、歌うごつ調子で」話した。そして、彼の耳には聞こえてきた――爽やかな夏の朝、壁板に水面が反射して金色にきらめいている水浴び場に降りていくとき、父が古典的な情熱をこめて、この世界でこれまで書かれた詩のうち一番美しいと考えるものを繰り返し朗読する声が。「ここではアポロが理想、あそこではニオベーが悲しみ」[*5]すると岸辺の草地のマツムシソウの上でニオベー（ニオベウラギンヒョウモン）が翅の赤茶色と螺鈿のような輝きをちらつかせるだけでなく、六月の初旬にはそこにはたまに小さな「黒い」アポロ（クロホシウスバシロチョウ）もやって来るのだった。

息抜きもせず、夢中になって彼はいまや（十三日分を修正すると、ベルリンももうすでに六月初旬になっていた）（ロシアでは一九一八年までユリウス暦を用いていたため、西欧とは、一九〇〇年以降で十三日のずれがあった。ロシアの暦を西欧の暦に変換するためには、十三日を足さなければならない）本気になって仕事の準備をし、資料を集め、明け方まで読み、地図を調べ、手紙を書き、必要な人たちに会った。そしてプーシキンの散文から彼の生涯に移ったため、最初のうちはプーシキン時代のリズムが父の生涯のリズムと混じり合った。学術書（必ず九九ページにベルリン図書館のスタンプが押されている）、例えば、見なれない黒と緑の装丁をほどこされた『博物学者の旅』といったお馴染みの書物の隣には古いロシアの雑誌が置かれ、彼はそこにプーシキンの残照を探した。そしてあるとき、A・N・スホシチョーコフによる、注目に値する『過去の記録』に行き当たったのだが、そこには祖父のキリル・イリイチに話のついでのように触れているところが二、三ページあって

（いつだったか、父はそれについて不満をもらしたことがある）、回想録の著者がプーシキンについての考えを述べているうちにたまたま祖父に触れているのは、いまではなにやら特に意味深長なものに思えた――キリル・イリイチが威勢のいいごくつぶしのように描かれているのはちょっと困ったものだとはいえ。

スホシチョーコフは書いている。

人間は付け根から足を切断されても、長いこと足があるように感じ、存在しない指を動かしたり、存在しない筋肉に力をこめたりするという。それと同じように、ロシアもまたプーシキンが生きているようにずっと感じ続けることだろう。彼の破滅的な運命には、なにやら深淵のように人を惹きつけるものがあるし、彼自身も宿命に対しては容易には決着をつけられない特別な因縁があり、それはこれからもずっと続くだろうと感じてきた。自分の過去から詩を引き出す詩人であることに加えて、彼は未来についての悲劇的な思いの中にもやはり詩を見出していた。人間存在の三公式、つまり不可逆性、実現不可能性、不可避性を彼はよく知っていた。しかし、彼はどんなに生きたいと思っていたことだろう！　すでに言及した私の「アカデミックな叔母」のアルバムには、プーシキンが手ずから詩を書きとめており、私はいまだにそれを頭と目でしっかり記憶しているので、ページのどのあたりに書かれていたかも目に浮かぶほどだ。

いや、人生に飽きたのではない
私は生きたい、この生を愛する
心は若さを失っても

全然冷えてはいない
運命に暖められ
天才の小説に酔いしれよう
ミツケヴィッチはさらに成熟せよ
私はまだ何かに取り組むだろう（プーシキンの草稿から取られたもの。第一連はほぼそのまま。第二連は断片に基づく模倣）

彼以外には誰一人として、こんなにしばしば――ふざけたり、迷信的になったり、あるいは霊感を受けて真剣になったりしながら――未来を覗き込んだ詩人はいなかった。わがクルスク県には百歳を越えてもまだ生きている老人がいて、私が思い出せるのはもうす馬鹿で意地悪なその男のすでに初老になった姿だけだというのに、プーシキンは早く亡くなり、もはやこの世にはいない。その一方で、私も長く生きてきてその間に注目すべき才能の持ち主に出会い、注目すべき事件を経験してきて、プーシキンだったらこの人にはどんな態度をとっただろう、あのことにはどうだろう、などとしばしば考え込むことがあった。なにしろ長生きしていれば農奴解放（一八六一年。なおプーシキンは一七九九年生まれ、一八三七年没）を自分の目で見ることも、『アンナ・カレーニナ』（一八七七年刊）を読むこともできたはずなのだ！　……さて、こういった私の夢想にいま立ち返ってみると、記憶に浮かびあがってくるのは、若い頃、何やら幻のようなものさえ見たことがある、ということだ。この心理的な挿話は、ある人物の思い出と密接に結びついている。その人物はいまでも健在で、ここではЧ《チェー》（ロシア文字。チェルディンツェフ姓のイニシャル）氏と呼んでおくが、こんな風に遥かな過去を蘇らせたからといって、彼も私に苦情をいう筋合いではあるまい。私たちは家ぐるみの付き合いで、私の祖父は彼の父とひところ親しくしていたのだ。一八三六年に外国に出ていたとき、このЧ氏はまだうら若い青年だったが（十七歳にもなっていなかった）、家族と喧嘩をし、そのせいで祖国戦争（一八一二年の対ナポレオン戦争）の英雄である父上の死期を早めてしまったとも言われているが、そんなこともどこ吹く風といった調子で、ハンブルクの商人たちといっしょに船でボストンに渡り、そこからさらにテキサスに移って牧畜で成功した。そうして二十年が過ぎた。こつこつ貯めて築いた財産はミシシッピ川を行く竜骨貨物船《キールボート》で手を出したトランプ賭博《エカルテ》ですってしまい、ニューオリンズの賭博場でとり戻したかと思うと、またもや全部巻き上げられ、決闘騒ぎを一つやらかした後で――それは当時ルイジアナで流行り《ファッショナブル》だった、屋内でぶざまなまでに延々と行う、やかましく煙がもうもうと立つ類の決闘だった――いや、その他にもたくさん冒険をした挙句の果てに、彼はロシアが恋しくなって、まあ、そもそもロシアでは領地が彼の帰りを待っていたわけだし、去ったときと同じようにのんきに、足取りも軽やかにヨーロッパに舞い戻った。そしてある冬の日、確か一八五八年のことだが、彼はひょっこりモイカ（ペテルブルクの川。ここではモイカ河岸通りを指す）のわが家にやって来た。父は旅行中で不在だったため、客の相手をしたのはまだ若い私たち兄弟だった。黒いソフト帽に黒い服、その黒服のロマンティックな闇の中から目もあやに際立っていたのは、ふかふかと襞をつけたシルクのシャツに、ダイヤモンドをあしらったボタンを輝かせた、青色にも藤色にも薔薇色にも見えるチョッキ――こういういでたちの外国帰りの伊達男を見て、私と弟はやっとのことで笑いをこらえ、祖国で何が起こっているのか、長年の間彼がまるっきり知らないでいたことを利用してやろうという考えが即座に閃いた。ロシアは彼にとってどこかに消え失せてしまったようなもので、いまやすっかり様変わりしたペテルブルクで目を覚ました四十歳の浦島太郎《リップ・ヴァン・ウィンクル》はどんな情報にも食いついてきたので、私たちも彼にたっぷりと振る舞ったのだが、その際にとんでもない大嘘を吹きこんだのだった。例えば、プーシキンはまだ生きているのか、何を書いているのか、という質問に対して私は「もちろん生きています、数日前に新作の叙事詩を発表したばかりですよ」と、しゃあしゃあと言ってのけた。その晩、私たちは彼を劇場に連れていった。とはいえ、あまり上首尾とは言えなかった。というのも、彼を新しいロシアの喜劇でもてなすことができず、その代わりに有名な黒人の悲劇俳優オルドリッジ（アメリカ生まれの黒人俳優。ニューヨーク生まれだが、差別を逃れてヨーロッパで活躍）が主役を演ずる『オセロ』を見せることになったからだ。舞台に本物の黒人が出てきたことが、我らの農園《プランテーション》主にはどうやらとても可笑しかったらしい。しかし、彼は俳優の演技の素晴らしい力に無関心なままで、むしろ観客、とりわけその瞬間にデズデモーナに対する嫉妬で頭がいっぱいだったペテルブルクのご婦人がたを観察することに余念がなかった（そして、そのうちの一人と、すぐに結婚することになった）。

「ごらんなさい、隣の人を」と、突然、弟がЧ《チェー》氏にひそひそ声で話しかけた。「ほら、あそこです、右隣の」

　隣の桟敷席には、一人の老人が座っていた……。小柄で、古びた燕尾服を着て、黄ばんだ浅黒い顔に灰色のくしゃくしゃの頬ひげを生やし、ぼさぼさの薄い毛には白髪がまじっている。その男が突拍子もない様子で、アフリカ人の演技を堪能しているのだった。厚い唇は震え、鼻孔は膨らみ、急展開を見せる場面などでは跳び上がったり、満足のあまり手すりを叩いて、宝石をちりばめた指輪をきらめかせるのだった。

「いったい誰です？」Ч《チェー》氏は尋ねた。

「えっ、分からないんですか？　よく見てください」

「分からないなあ」

すると弟は目を丸くして、囁いた。

「プーシキンさんじゃないですか！」

Ч氏はそちらに目を向けたが……すぐにほかのことに気を取られてしまった。そのとき私がどんなに奇妙な気分になったか、いま思い出せば可笑しいくらいだ。ときおりあることだが、悪ふざけが思いがけない展開を示し、軽率に呼びだした精霊が消えようとしなくなったのだ。私は隣の桟敷席から目を離すことができず、その深い皺と広がった鼻翼と大きな耳を見つめていた（隣の桟敷席の老人の容貌の特徴は、アフリカの黒人（アビシニア人）を母方の先祖に持つプーシキンを思わせる）……背中に鳥肌がたち、オセロがどんなに嫉妬に狂おうとも、私の目をそらすことはできなかった。もしもあれが本当にプーシキンだったら、と思わず空想した。六十歳のプーシキン、宿命の伊達男の弾丸を免れたプーシキン、天賦の才の豊穣な秋を迎えたプーシキン……ほかならぬこの人物が、婦人用の小さなオペラグラスを握りしめるその黄ばんだ手が、「アンチャール」や『ヌーリン伯爵』や『エジプトの夜』を書いたのだ……。幕が下り、拍手がとどろいた。白髪のプーシキンはいきなり立ち上がり、相変わらず微笑みを浮かべ、若々しい目を明るく輝かせながら、足早に桟敷席から出ていった。


スホシチョーコフは祖父を頭の空っぽな勇み肌の男として描いているが、これは不当である。祖父の関心は、当時ペテルブルクの若きディレッタント作家であったこの回想録作者の思考の習慣とはまるで違う次元にあったというだけのことだ。たとえ若い頃キリル・イリイチが多少いたずらをしたとしても、結婚してからは、すっかり落ち着いただけでなく、政府の役人にまでなり、同時に相続した遺産をうまく運用して二倍に増やし、それから退官して田舎にこもると、並々ならぬ経営手腕を発揮し、そのついでに新種のリンゴを開発し、「動物王国における法の下での平等」についての興味深い「覚書」（冬の農閑期の産物だ）と、「あるエジプト高官の夢」という、当時流行の手の込んだ表題を持つ機知にとんだ改革の提言を残し、さらに高齢になってからロンドンで領事の要職に就いた。祖父は親切で、勇敢で、誠実で、気まぐれで、情熱家だった。これ以上何が必要だろう？　家には伝説が伝えられていた——賭け事を一切断つと誓ってからというもの、祖父はトランプのカードが置いてある部屋には、体が拒否して居られなかったというのだ。彼が愛用した時代物の拳銃《コルト》と、謎めいた女性の肖像を収めたロケットに、ぼくの少年時代の夢想はいわく言いがたく惹きつけられた。祖父は最後まで雷雨の始まりの若々しさを保ちながらも、穏やかに生涯を閉じた。一八八三年に、今度はもはやルイジアナの決闘男ではなく、ロシアの政府高官としてロシアに戻り、七月のある日、ぼくが後に自分の蝶のコレクションを置くことになる小さな青い角部屋で、革張りのソファに横たわり、死の間際のうわごとでどこかの大きな川べりの何かの灯りとか音楽のことをずっと語りながら、苦しむこともなく亡くなった。

ぼくの父は一八六〇年に生まれた。彼に蝶への愛を植え付けたのは、ドイツ人の家庭教師だった（それにしても、ロシアの子供たちに自然のことを教えてくれた、こういう変人たちは、いまどこに行ってしまったのだろう。緑色の捕虫網、肩から吊るしたブリキ缶、あちこちピンを突き刺して蝶を留めた帽子、いかにも学者らしい高い鼻、眼鏡の奥の無邪気な目——彼らは、骸骨のように痩せたあの人たちは、皆どこにいるのだろうか。あれはロシアで育成されるための、ドイツ人の特別な品種だったのか、それともぼくがきちんと見ていないだけなのか）。年若くして一八七六年にペテルブルクで中学校《ギムナジア》を終えた父は、高等教育をイギリスで受けた。ケンブリッジでブライト教授に師事し、生物学を専攻したのだ。最初の大旅行、つまり世界一周旅行を果たしたのはまだ祖父が亡くなる前のことで、それ以来一九一八年にいたるまで父の人生はもっぱら旅また旅と学術的著作の執筆から成り立っていた。主要な著作としては、『*Lepidoptera Asiatica*（アジア産鱗翅類）』（全八巻、一八九〇年から一九一七年にかけて分冊で刊行）、『ロシア帝国の鱗翅類』（予定されていた六巻のうち、最初の四巻が一九一二〜一九一六年に出た）、そして広範な読者に最もよく知られている『博物学者の旅』（七巻、一八九二〜一九一二年）がある。これらの著作は異口同音に古典として認められ、まだ若い頃から父の名はフィッシャー・フォン・ヴァルトハイムや、メネトリエ、エーヴェルスマンなどの先駆者の名前と肩を並べて、ロシア＝アジア動物相構成の研究において第一人者の地位を占めていた。

　彼はロシアの優れた同時代人たちと緊密に連携しながら、研究を進めた。ホロトコフスキー（ロシアの動物学者・昆虫学者・詩人）は彼のことを「ロシア昆虫学の征服者《コンキスタドール》」と呼んでいる。彼はシャルル・オベルチュールや、ニコライ・ミハイロヴィチ大公、リーチ、ザイツの協力者だった。専門誌のあちこちに発表した論文は数百篇にものぼるが、そのうちの最初の論文「ペテルブルク県におけるある種の蝶の発生の特性について」（Horae Soc. Ent. Ross.）（『ロシア昆虫学会紀要』）は一八七七年のもので、最後の「*Austautia simonoides* n. sp., a Geometrid moth mimicking a small Parnassius」（Trans. Ent. Soc. London）（「新種アウスタウティア・シモノイデス、小型ウスバアゲハの擬態をするシャクガ」『ロンドン昆虫学会紀要』）は一九一六年に発表された。彼は悪名高い『目録《カタログ》』の著者シュタウディンガー（世界的に有名なドイツの昆虫学者・収集家）に対して、辛辣で重みのある反駁を加えた。彼はロシア昆虫学会の副会長、モスクワ自然研究者協会の正会員、ロシア帝国地理学協会員であり、幾多の外国の学会の名誉会員だった。

　彼は一八八五年から一九一八年の間に、信じがたい空間を踏破し、何千、何万露里《ヴェルスタ》もの距離にわたって二十万分の一の縮尺でルートの測量を行い、驚くべきコレクションを築いた。この歳月の間に、八つもの大探検旅行を敢行し、それに費やした時間は全部合わせると十八年にものぼる。しかし、それらの大旅行の合間にはさらに無数の小旅行、彼の呼び方によれば「気分転換」があり、しかもほとんど未調査のヨーロッパ諸国への旅だけでなく、まだ若い頃に成し遂げた世界一周旅行さえも彼に言わせると、その種のちょっとしたことにすぎないのだった。アジアに本格的に取り組むようになって、彼は東シベリア、アルタイ、フェルガナ、パミール、中国西域、「ゴビ海の島々とその沿岸」、モンゴル、チベットという「手に負えない大陸」などを調査し、自分の旅を正確で重みのある言葉によって記述した。

　百科事典から抜き書きした父の生涯の概略はこんなところだ。それはまだ歌にはなっていないが、ぼくの耳にはそこからもう生きた声が聞こえている。さらに言い足すべきは、一八九八年、満三十八歳のときに、高名な政治家の娘で当時二十歳だったエリザヴェータ・パーヴロヴナ・ヴェージナと結婚し、二人の子供をもうけたということで、旅の合間には……。

　辛くて言葉にしがたい、なんだか冒瀆的とさえ言える疑問がわく。母は父と暮らして——離れ離れのときも、いっしょのときもあったが——いったい幸せだったのだろうか。こういう内面の世界に触れるべきなのか、それともラテン語で arida quaedam viarum descriptio（「いくつかの道の乾いた記述」。スイスの地理学者・旅行家ティトゥス・トブラーの言葉）と言うように、旅の記述だけにとどめるべきなのだろうか。「お母さん、大事なお願いがあります。今日は七月八日、お父さんの誕生日です。他の日だったら、こんなことを頼んだりはしないでしょう。何かお父さんと自分のことを——ただし、ぼくたちが共有している記憶の中に見つかるようなものではなく、ママが一人で感じとって、いまでも大事にしているようなことを、書いてくれないかな」以下にあげるのが、それに対する返事の一部だ。

　……想像できるかしら、あの新婚旅行、ピレネー山脈、天にも昇るような素晴らしい気分。そう、何を見ても——それが太陽であれ、小川、花、雪に覆われた山の頂であれ、ホテルを飛び回る蝿であっても——幸せだったし、一瞬一瞬をいっしょに過ごしていることが、幸せだった。ところがある朝、わたしは頭がひどく痛くなったのだったか、それとも暑くて耐えきれなくなったのか、ともかく彼が、朝食まで一人でちょっと散歩してこよう、と言ったのね。なぜだか記憶に焼き付いているのは、ホテルのバルコニーに腰をおろして（あたりは静まりかえり、山々と、ガヴァルニー（フランス南西部にある滝）の素晴らしい絶壁が見えた）、生まれて初めて、少女向きではない本を読んでいたということです。それはモーパッサンの『女の一生《ユヌ・ヴィー》』で、そのときのわたしにはとても気に入ったことを覚えているわ。時計を見るともう朝食の時刻で、彼が出かけてから一時間以上たっていた。わたしは待ち続けました。最初はちょっと腹を立て、それから心配になってきた。テラスで朝食が出たけれども、何も喉を通らない。ホテルの前の草地に出て行っては、部屋に戻り、また出て行ったり。そうしてもう一時間もたつと、恐ろしくもあり、不安でもあり、もう何とも言えない状態になっていました。旅をするのも初めてだったので、初心《うぶ》でおどおどしていたうえ、『女の一生』でしょう……。わたしは捨てられたのだと思いこみ、ひどくばかげた恐ろしい考えが次々と頭に忍び込み、そうして一日が過ぎてゆき、ホテルの従業員たちもわたしの不幸を面白がって見ているような気さえしてきて——いいえ、あのときのことはとても説明できないわ！　わたしはいますぐロシアに帰ろうと、服をスーツケースに詰め込んでみたほどですが、それからふと、彼は死んでしまったんじゃないかと思って駆けだし、周りの人たちに何やらわけのわからないことをたどたどしく言って、警察を呼ぼうとしたんです。ところが、突然、草地を歩いてくる彼の姿が見えるじゃないの。わたしがそれまで一度も見たことがないくらい楽しそうな顔をして——もっとも彼はいつでも楽しそうでしたけれどね——歩いて来て、まるで何事もなかったみたいに手を振っているんです。明るい色のズボンは緑色の染みに濡れ、パナマ帽は無くなっていて、背広は脇が破れている……。あなたはきっと、何が起こったのか、もうわかっているでしょう。それでも結局、最後には彼がそれを捕まえられたのは、せめてものことでしたね。ハンカチを使って、険しい崖の上で。さもなければ、山の中で野宿をするところだったよ、と彼はけろりと言ってのけました……。でも、いま話してあげたいのは別のことで、もうちょっと後、ほんものの別れがどういうものか、わたしがもう知っていたときのことです。あなたはそのときまだとても小さくて、もうすぐやっと三歳という頃だったから、覚えているはずはないでしょう。彼は春、タシケントに行きました。六月一日にそこからさらに旅に出て、二年以上留守をするはずだったのです。それはわたしたちがいっしょになってから、二度目の大旅行でした。結婚して以来、彼がわたし抜きで過ごした歳月を全部合わせても、結局、いまの彼の不在期間には及ばないんだということを、このところよく考えますね。それから、こんなことも考えます――あの頃はときおり自分が不幸に思えたけれども、わたしはいつでも幸せだった、あの不幸は幸せの彩りの一つだったんだ、いまではそれがわかるってね。一言で言えば、あの春、わたしは自分がどうなったのか、自分でもわからない。彼が旅に出て不在になると、わたしはいつも変な具合になったのだけれど、あのときはなんだか本当にみっともないほど取り乱してしまったのね。よし、彼を追いかけて行って、せめて秋まででもいっしょに旅をしよう、なんていきなり決心したのです。そこでこっそり、誰にも知られないように、山のようにどっさりと品物を買い込みました。何が要るのか、まるっきりわからなかったけれども、何もかもとてもうまく、正しく買い集めているという気がしていました。覚えているのは、双眼鏡、登山杖《アルペンシュトック》、折りたたみベッド、日よけ帽、『大尉の娘』から抜け出てきたようなウサギ革のコート、真珠母色の小さな拳銃、防水布でできたなにやら恐ろしいほど大きな代物、わたしには栓を開けられない複雑な水筒。要するにタルタラン・ド・タラスコン（アルフォンス・ドーデの同名の小説の主人公。大ぼら吹きの陽気な冒険談）を彷彿とさせる装備でしたよ！　どうして小さなあなたたちを置いていけたものか、どうやってさよならを言ったものか、まるで霧に包まれたみたいにぼんやりとしていて、どのようにオレーグ叔父さんの監視の目を逃れて、どんな風に駅まで辿りついたのかももう覚えていません。でもわたしは怖くもあり、楽しくもあり、自分のことを我ながら偉いものだと感じていて、行く先々の駅では、チェック柄の短い（とはいえ、entendons-nous《アンタンドンヌー》（いいですか（仏））、くるぶしまであるんですよ）スカートをはき、片方の肩には双眼鏡、もう一方には小さな鞄を掛けたわたしのイギリス風の旅のいでたちを皆じろじろ見たものです。そんな恰好でわたしはタシケント郊外の小さな集落で旅行用四輪馬車《タランタス》から飛び降りたのですが、そのときふと見ると、明るい日差しの中、絶対に忘れもしませんが、道路から百歩ほど離れたところに、あなたのお父さんがいるじゃありませんか。彼は白い石に片足を載せ、垣根に肘をもたせかけて立ち、二人のコサックと話をしていました。わたしが叫び声や笑い声をあげながら砂利道を駆けだすと、彼はおもむろに振り返りました。わたしが馬鹿みたいにぴたりと彼の前で立ち止まると、彼はわたしの頭のてっぺんから爪先までじろじろ見つめ、不機嫌そうに目を細めると、思いがけず恐ろしい声で一言だけ、「家に帰るんだ」と言ったのでした。そこでわたしはすぐに踵を返して馬車に向かい、乗り込みました。そして見ると、彼はさっきとまったく同じように足を石に載せ、肘を垣根にもたせかけ、コサックたちと話を続けているではありませんか。来た道を馬車で引き返すわたしは茫然自失し、石のように無表情でしたが、ただ、どこか心の奥のほうで涙の嵐がすでに準備運動を始めていました。ところが三露里《ヴェルスタ》も過ぎると――（ここで手紙の行から急に微笑みがこぼれ出てきた）――彼が白馬にまたがり、埃の雲を巻きあげて私に追いついたのです。そして、今度はまったく違ったお別れをしたので、その後わたしは、来たときとほとんど同じように元気にペテルブルクに戻っていきました。ただ、帰り道ずっと気が気でなかったのは、子供たちはどうしているだろう、ということでしたね。でも何事もなく、あなたたちは元気でした。

いや、なぜかぼくもやっぱりこのすべてを覚えているような気がするのだが、ひょっとしたら後で何度も何度もこの話を聞かされたからだろうか。そもそもわが家の日常生活を満たしていたのは、父について話したり、父のことを心配したり、父の帰宅を待ったり、悲しみを隠して見送ったり、再会の喜びに有頂天になったりということばかりだった。父の情熱は家族の全員に反映していた――反映の際の色合いも異なり、受け止め方も様々だったが、それは恒常的で、習慣的なものだった。父が作った家庭博物館では、幅の狭いオークの戸棚が何列も立ち並び、戸棚のガラス張りの引き出しには磔にされた蝶たちがひしめき（その他のもの――植物標本や、甲虫、鳥、齧歯類の小動物、蛇など――を父は、同僚たちの研究のために譲ってしまった）、きっと天国はこんなだろうと思えるような匂いが立ちこめていて、一枚板のガラスを嵌めた窓に沿って並んだ机では助手たちが標本作りに精を出していた。この家庭博物館こそはいわば神秘的な炉心であって、内側からペテルブルクのわが家全体を照らし出していたのだ。そして、その静けさを破ることができたのは、ペテロ＝パウロ要塞の大砲の轟きだけだった。わが家の親戚や、昆虫学とは関係のない友人たち、召使、そしておとなしいのに怒りっぽいイヴォンナ・イワーノヴナの話の中で、蝶は実際に存在するものというよりは、父が存在している限りにおいてのみ存在する、父のある種の属性のようなものか、あるいは皆がもうだいぶ前から扱い慣れている病気のようなものだった。そんなわけで、昆虫学はわが家では一種の日常的な幻影と化していた。それはいわば、毎晩暖炉の前に腰をおろしても誰も驚かせることのない、家に住みついた無害な幽霊のようなものだった。その一方で、数えきれないほどいるわが家のおじさんやおばさんのうち、誰一人として父の学問に興味を示さなかっただけではなく、ロシアの幾千、幾万もの知識人が何度も読み返した、誰でも簡単に手に入れられる父のあの著作さえ読んだかどうか、あやしいものだ。ぼく自身とターニャはとても小さい頃から父の偉さはわかっていて、例えば父の話に出てきたハーラルなどより、父のほうがよっぽど魅惑的な存在のように思えた。ハーラルというのは、王の都《ツァレグラード》（コンスタンチノープルの古称）の闘技場でライオンたちと闘い、シリアで盗賊どもを討ちはらい、ヨルダン川で水浴びをし、「青い国」と呼ばれたアフリカで八十もの要塞を次々に急襲して陥落させ、アイスランドの民を飢饉から救い、ノルウェーからシチリアまで、ヨークシャーからノヴゴロドまで名声を響かせた、あのノルウェー王のことだ。その後、ぼく自身も蝶に魅せられるようになると、ぼくの心の中で何かが開け、父の旅行のすべてを、まるで自分で行ったかのように追体験し、曲がりくねった道や、キャラバンや、色とりどりの山なみを夢に見て、父のことを狂おしく、苦しいほど羨んで、涙が出るほどだった――実際、旅先からの父の手紙のことを食卓でああでもないこうでもないと話し合ったり、あるいは遠い遠い土地の名前が言及されただけでも、突然、熱い涙がどっと嵐のように溢れ出たものだった。毎年春が近づいてきて、田舎への出発を目の前に控えると、ぼくはチベットに出発するときに味わうだろう気持ちのほんの一部とはいえ、感ずることになった。ネフスキー大通りでは、三月の末、雪解け水に浸った木煉瓦が湿り気と陽光のせいで青みを帯びて見えるとき、馬車の上空高く、建物の前面《ファサード》に沿って、市議会の建物や、公園の菩提樹や、エカテリーナ女帝の彫像の前を、その年最初の黄色い蝶が飛んでいった。教室では大きな窓が開け放たれ、窓敷居には雀たちがとまり、教師たちは授業をすっぽかし、まるで授業の代わりのようにいくつもの正方形の青空を残し、そこに青みの奥からサッカー・ボールが降ってきた。なぜかぼくはいつも地理の点が悪かったのだが、地理の教師はぼくの父の名前をときおり口にするときなど、なんという表情を浮かべたものだろうか。その際、級友たちの好奇のまなざしがぼくのほうに向けられ、ぼく自身は押し殺した喜びやら、喜びをうっかり顔に出すことを恐れる気持ちやらで、血が頭にかっとのぼったり、引いたりしたものだ。そして今、父の研究について記述しながら、自分がひどく無知で、いつどこで馬鹿みたいなへまをやらかしてもおかしくないと考えながら、教訓にも気晴らしにもなることとして思い起こすのは、可笑しくてたまらないといった父のくすくす笑いだ。学校で例の地理教師が推薦したいい加減な本をちらりと見て、父はその寄せ集め本の編者が（リャーリナ女史とかいう名前だった）犯した何とも言えず愉快な間違いを見つけてしまったのである。なにしろこの女史は、中学校向けに探検家プルジェヴァリスキーの文章に無邪気に手を入れていたとき、どうやら彼の手紙の一通に見られた兵士のように単刀直入な言い回しを、鳥類学上のディテールと勘違いしたようなのだ。「北京の住民は汚水をすべて通りに流してしまううえ、ここでは通りを歩いていると常に、右側にも、左側にも、鷲がしゃがんでいるのを見ることができる」（探検家プルジェヴァリスキーの原文は、「鷲のように座っている」で、人間が路傍で排便をしている様を描写したもの。編者のリャーリナは鷲の描写だと勘違いした）

四月の初め、採集のシーズンを開始するにあたって、ロシア昆虫学協会の会員たちはペテルブルク郊外の黒い小川《チョールナヤ・レーチカ》の対岸に出かけるのを習わしとしていた。そこでは、あちこち穴の開いた雪を残した、まだ裸で濡れている白樺林で、木の幹にとまり、弱々しい透明な翅を樹皮に平らに押しつけた、私たちのお気に入りのこの地方にしか見られない稀少種の姿があった。二度ほどぼくもいっしょに連れていってもらったことがある。四月の森で一心不乱に注意深く、まるで魔法でも使っているかのように振る舞う年配の所帯持ちの中には、老演劇批評家も、婦人科医も、国際法の教授も、将軍もいたが、なぜかとりわけくっきり記憶に焼きついたのは、最後に挙げた将軍の姿だった（X・B・バラノフスキーという名前のこの人物には、なにやら復活祭を思わせるものがあった）（バラノフスキーという姓は、ロシア語の「羊」（バラン）から派生。またX・Bというイニシャルは、ロシア語の復活祭の挨拶「キリストは蘇り給へり」の頭文字になっている）。この将軍は肉付きのよい背中を低く屈めて片方の手を背中にまわし、その隣にはやけに軽やかに、東洋風にしゃがんだ父の姿があり、二人ともシャベルで掘り返した赤土のかけらを丹念に調べていたのだった。道路で待っていた御者たちは、そんな様子を見てどう思ったのだろうか。いまでもその疑問が頭を離れない。

　夏の朝、勉強部屋に祖母のオリガ・イワーノヴナ・ヴェージナがゆったりとした足取りで入ってくることがときどきあった。彼女は太っていて血色がよく、指なし手袋《ミトン》をはめ、レースをあしらったドレスを着ていた。「Bonjour《ボンジュール》, les enfants《レザンファン》（おはよう、子供たち（仏））」と彼女は歌声を響かせるように言ってから、前置詞に強いアクセントを置きながら、伝えるのだった。「Je viens de voir *dans* le jardin, *près* du cèdre, *sur* une rose un papillon de toute beauté: il était bleu, vert, pourpre, doré-et grand comme ça（たったいま、庭でねぇ、スギの木のそばでぇ、バラにとまったぁ、それはきれいな蝶ちょを見ましたよ。色は青と緑と紫と金がまだらになっていて、ほら、こんなに大きいの（仏））」「急いで網をもって」と彼女は私に向かって続けた。「庭に行きなさい。まだ捕まえられるかもしれないから」そして祖母は入ってきたときと同じようにゆったりとした足取りで立ち去ったのだが、もしもぼくがそんなお伽話のような昆虫に出くわしたとしたら（庭で見かけたごくありふれたものを、彼女の想像力がそんな風に飾り上げていたのだということは、特に頭をひねらなくともわかった）、心臓が破裂して死んでしまうだろうなどとは、彼女も夢にも思っていなかっただろう。フランス人女性の家庭教師がぼくを特に喜ばせようとして、暗唱のためにフロリアン（十八世紀フランスの小説家・寓話作家）の寓話詩から、同じように不自然に着飾った伊達男《プチ・メートル》の蝶の話を選んだこともある。親戚のおばさんの誰かがファーブルの本をプレゼントしてくれたこともあるが、人気の高いファーブルの著作はでたらめや不正確な観察や火を見るよりも明らかな間違いに満ちているとして、父は軽蔑しきっていた。それからこんなことも覚えている。あるとき捕虫網がないのに気づき、探しにベランダに出てみると、他ならぬその捕虫網を肩にかけて叔父の従卒がどこかから帰ってくるところに出くわした。彼は顔を真っ赤にし、木イチゴのように赤い唇に優しく茶目っ気のある微笑を浮かべながら、「ほら、坊ちゃんのためにいっぱい捕ってきましたよ」と満足げな声で告げて、苦労して捕虫網を床に下ろした。その網は環の近くで紐のようなもので縛られて袋状になり、その中でありとあらゆる生き物がうごめき、がさごそ音を立てていた。いやはや、なんというろくでもないものばかり詰め込まれていたことか。バッタが三十四ほど、カミツレの花、トンボが二匹、麦の穂、砂、潰れてなんだか見分けがつかないくらいのオオモンシロチョウ、それに途中でヤマナラシの根元に見つけて、念のために入れておいたイグチ（食用になるキノコの一種）。ロシアの庶民は郷里の自然をよく知っていて、愛している。ぼくが決まり悪さをこらえて自分の網を持って村を通り過ぎたとき、どんなにたくさんのあざけりや憶測や疑問の声を聞かされる羽目になったことだろう！「そんなこと、なんでもないさ」と、父は言ったものだ。「いつか、ある神聖な山で私が採集をしていたとき、中国人たちがどんな顔をしたか、ヴェールヌイ（カザフスタンの首都、後のアルマアタ／アルマトゥイ）の町のある進歩的な女の先生に、私が窪地で何をしているのか説明したとき、彼女がどんな目で私を見たか、お前にも見せてやりたいもんだよ」

　父といっしょに森や野や泥炭の沼地を歩き回ることのこの上ない幸せや、父が旅に出たとき夏中ずっと抱き続けた父への思いや、何か発見をしたい、その発見で父を出迎えたいという果てしない夢を、どうしたら言葉で説明できるだろうか。父は子供の頃あれこれのものを捕った場所をすべて

――そして一八七一年にクジャクチョウを捕まえた、腐りかかった橋の丸太も、またあるとき、ひざまずいて（しまった、逃げられた！　もう二度と捕まえられない）泣きながら祈った、川へ降りていく斜面も見せてくれたが、そういったときぼくが味わった感情を、どうしたら描写することができるだろうか。それにしても、父が自分の研究対象について語るときの口調には、その一種独特の滑らかで均整のとれた語り口には、なんという魅力があったことだろう！　展翅板や顕微鏡のねじを回す指の動きは、なんと優しく正確だったろう！　そして父の授業からは、なんという本当に魔法のような世界が開けたことだろう！　いや、こんな書き方では駄目だ、ということは自分でもわかっている。こんな風に感嘆を連ねたところで、深いところには行けはしない。でもぼくの筆はまだ父の姿の輪郭を追うことに慣れておらず、ぼく自身もこういったごてごてした余計な飾りは嫌なのだ。ああ、ぼくの少年時代よ、そんなに大きなびっくりしたような目で、ぼくを見つめないでくれ。

なんと楽しい授業だったことだろう！　ある暖かい夕方、父はノコギリスズメ（スズメガの一種）が水面すれすれのところで体を揺らしながら、胴体の端を水に浸すさまを観察するために、ぼくを小さな池に連れて行ってくれた。また外見では判別できない種を同定するために、交尾器を防護する突起のプレパラートの作り方を教えてくれた。なにやら独特の笑みを浮かべながら、わが家の庭園に神秘的で優雅な不意打ちのように偶数年だけ出現する黒い蝶に、ぼくの注意を向けた。ぼくのために糖蜜をビールと混ぜ、ひどく寒く、ひどい雨の降る秋の夜にそれを木の幹に塗りつけ、灯油ランプの光を受けてきらきら輝くその木の幹のところで、餌に誘われて浮き沈みしながら音もなく飛び込んでくる大きな蛾を大量に捕まえてくれた。コヒオドシの金色の蛹たちを温めたり、冷やしたりして、コルシカ産や北極圏産のような蝶とか、あるいはまったく異様な、タールで汚れた翅に絹の綿毛が張り付いたような蝶を羽化させてぼくにくれた。父はまた蟻塚を崩して、その住人たちと野蛮な同盟を結んでいるシジミチョウの幼虫を見つける方法を教えてくれた。そして、見ていると、蟻は動きの鈍いナメクジのような幼虫の体の節の一つを貪欲に触角でくすぐって、陶酔をもたらす体液の滴を分泌させ、すぐさま飲み干していき、そのかわり幼虫に自分の子を食糧として提供するのだった。これではまるで、雌牛がシャルトルーズ酒を出してくれるからといって、人間が雌牛に赤ん坊を食べさせてやるようなものではないか。しかし、ある異国の種の幼虫はなかなかのつわもので、そういった交換には応じずに、あっさり蟻の子たちを貪り食ってから、蟻の歯の立たないような蛹に変態してしまう。その蛹も最後には、いよいよ羽化しようというとき、蟻たち（経験の学校の落第生たち）に取り囲まれる。蟻たちはすぐに飛びかかってやろうと、かよわく皺くちゃな蝶が現れるのを待ち構えているのだ。そして、実際飛びかかるのだが、それでもやっぱり蝶は死なない。「あんなに笑ったことはなかったね」と、父は言ったものだ。「なにしろ、蝶はねばねばする成分を自然から授かっているので、はやる蟻たちは触角も肢も貼り合わされてしまって、そうなるともう蝶の周りで転がったりもがいたりするだけさ。他方、蝶のほうはどうかと言えば、つけいる隙も見せず超然とし、そのうちに翅が乾いてすっかり立派になったんだよ」

父は様々な蝶の匂いについて話してくれた。麝香やバニラの匂いのする蝶がいるというのだ。それから、蝶が出す声についても——マレーのスズメガの怪物みたいな幼虫は耳をつんざくような音を立て、ロシアのメンガタスズメ（背面に髑髏のような模様があるスズメガ）の立てるネズミのような鳴き声の一枚上を行く。ある種のヒトリガのよく響く小さなティンパニのような音についても、ブラジルの森で、現地のある種の鳥の甲高い鳴き声を真似するずる賢い蝶についても。彼は擬態の信じがたいほどの芸術的な機知について、話してくれた。擬態の中には生存競争（ばたばたと慌てて働く進化の雑役夫）

によっては説明がつかないものがあり、それは羽の生えた生き物、鱗に覆われた動物や、その他のたまたま遭遇した（あまり好き嫌いはないけれども、蝶に目がないというほどでもない）敵たちをあざむくためだとしたら手が込みすぎていて、まるでおどけ者の画家がちょうど人間の賢い目のためにわざわざ考え出したもののようだ（このような推測はひょっとしたら、蝶を食べる猿を観察していた進化論者をとんでもないところに導いてしまうかもしれない）（イギリスの昆虫学者、ヘイル・カーペンターを念頭に置いている。彼は二匹の若い猿にいろいろな蝶を食べさせ、様々な種類の保護色に対する猿の反応を記録した）。彼は擬態が示すあの魔法のような仮面の数々について、話してくれた。休んでいる状態ではこちらを睨みつける蛇のような姿を見せる巨大な蛾もいれば、自然の体系の中では無限にかけ離れている特定の種の蝶とそっくりな色をした熱帯のシャクガもいる。この蛾はその上可笑しなことに、後翅の付け根の部分をオレンジ色にすることによって、蝶が持っているオレンジ色の腹部そっくりに見せるというのだ。それから、有名なアフリカのアゲハチョウの独特なハーレムについても。この蝶の雌には他の（食べられそうにない）種類の蝶の擬態をするいくつもの変種があり、その他の多くの蝶によって擬態のモデルになっているこれらの蝶の色や形だけでなく、飛び方まで真似をする。彼は蝶の渡りについて、話してくれた。青い空を移動していく細長い帯があり、雲かと思うとじつは何百万ものシロチョウの群れで、風向きなど気にせず、いつも地面から一定の高さを保ちながら、丘を越えて柔らかに滑らかに昇っていったかと思うと、今度は谷の中に沈んでいき、たまたま別の黄色い蝶の雲に出会うようなことがあっても、ためらうことなくその中に入り込んで自らの白を汚すことなく、先へ先へと漂っていき、夜が近づくと思い思いの木々にとまり、木々は朝までそのまま雪を振りかけたようになる。そして、シロチョウたちはまた飛び立って、旅を続けるのだ。でも、どこに向かって？　何のために？　その問いに対する答は自然によってまだきちんと語られていない。いや、それとももう忘れられてしまったのか。彼は話してくれた。「ロシアのヒメアカタテハは、イギリスではpainted lady（お化粧をしたご婦人）、フランスではbelle dame（麗しいご婦人）と呼ばれているものだが、それに近い種の蝶とは違って、ヨーロッパでは越冬をしないんだよ。この蝶が生まれるのはアフリカの草原でね、運のいい旅人ならば明け方に、無数の蛹が一斉に裂けていくせいで、草原全体が一日の最初の光を浴びて輝きながら、ぽきぽき、ぱりぱりと鳴る音を聞くことができるだろう」ぐずぐずすることなく、ヒメアカタテハはそこから北へ向かう旅に出て、早春にはヨーロッパの岸辺に辿りつき、突然、一日か二日ほどクリミアの庭園やリヴィエラのテラスを活気づけるが、長居はせずに、しかし至るところで夏の繁殖のための個体を残しながら北上を続け、五月末にはもう一匹ずつばらばらになってスコットランドや、ヘルゴラント（ドイツ北西岸沖、北海の島）や、ロシアの各地に辿りつき、その後極北の地にまで行くものもある。なんと、アイスランドで捕まったこともある！　なんとも言いようのない奇妙な飛び方を見せながら、色褪せ、もはやほとんど見分けもつかなくなった狂った蝶が、森の中で乾燥した空き地を選び、レシノのモミの木の間をぐるぐる輪を描くように舞い飛び、夏が終わる頃にはもう、ヒレアザミやエゾギクの上で薔薇色のなんとも可愛らしい子孫たちが生きる喜びを享受することになる。「何よりも心を打たれるのはね」と、父は付け加えた。「寒い日々がやって来ると逆の現象が見られることだ。つまり、引いていく潮のように、蝶たちは冬を越すため、南に向かうんだ。でも、もちろん、暖かいところに辿りつく前に、死んでしまう」

　父はイギリス人のタット（イギリスの鱗翅学者。『イギリス鱗翅目の自然誌』全四巻の筆者）と同時に――というのも、父はパミールで、タットはスイスの山中で同じことを観察していたからだが――受精した雌のアポロチョウ（ロシア語でウスバシロチョウ属を指す）の腹部の末端に現れる角質組織の正体を見破っていた。つまり、夫となった雄の蝶が一組のヘラ状の突起を使って、自分でこねて作った貞操帯を妻に押し当てていた、というのである。

この貞操帯はこの属の種によって異なり、ボート型のものもあれば、カタツムリのようなものもあり、非常に稀少な暗い灰色の *orpheus Godunov*（父が記載した、架空の蝶の名）の場合、なんと小さな竪琴そっくりだった。ぼくはいま取り組んでいる著作の口絵《フランタスピース》に、なぜか、まさにこの蝶を掲げたいという気がした。それにしても、父がこの蝶について語る姿や、三角形をした六つの厚手の封筒から、持ち帰った六つの標本を取り出し、片方の目にはめたルーペを唯一の雌に近づける様子が目に浮かぶようだ。そして標本作製を担当する助手がうやうやしい手つきで、乾いて光沢のある、きっちり折りたたまれた翅を湿潤瓶に入れて柔らかくし、それから胸にピンを滑らかに突き通し、そのピンをコルクの溝に突き刺し、太い帯状の半透明の紙テープでなにやら率直かつ無防備で優美に開け放たれた美を展翅板のうえに平らに固定し、さらに腹の下に綿をあてがい、黒い触角を真っすぐ伸ばしてやるのだ——そのまま乾いて、美が永遠に保たれるように。永遠に？　ベルリンの博物館に収蔵された、父の捕獲した数多くの蝶たちは、一八八〇年代や九〇年代と同じように、今でも新鮮なままだ。リンネの収集した蝶は、ロンドンで十八世紀以来保存されている。プラハの博物館には、人気の高いアトラス蛾（世界最大の大型の蛾）の標本で、エカテリーナ女帝も見とれたまさにそのものがある。でも、ぼくはどうしてこんなに悲しいのだろうか？

　彼の獲物と観察、学術用語を駆使する声の響き——そのすべてをぼくは大事に保存しようと思う。でもそれだけではまだ十分ではない。同じように永遠に——とはいってもささやかな相対的な永遠ではあるが——父について、ぼくがひょっとしたら何よりも一番好きだったことを守り抜きたい。それは父の活気あふれる男らしさ、不屈さと独立心、その人柄の冷たさと熱さ、どんなことに取り組んだとしても、必ずそれをがちっと支配してしまう力だ。まるで遊び半分のように、通りすがりに自分の力をあらゆるものに刻印しておこうとするかのように、彼はあちこちで昆虫学以外の分野から対象を選びだし、自然誌のほとんどすべての領域で足跡を残した。彼が収集したもののうちで、彼自身が新種記載した植物は一つしかないが、その代わり、それは白樺のじつに見事な一種だった。鳥も一種だけだがこの上なく素晴らしい雉《きじ》で、蝙蝠も一種だけ、しかしこれは世界最大の蝙蝠だ。そして自然界の至るところで、果てしなく何度も何度も、わが家の苗字が響きつづけている。というのも、他の博物学者たちが思い思いに、クモや、シャクナゲや、山脈に父の名前を付けたからだ。ちなみに、山脈に自分の名前を使われたときは、父も腹を立てた。「昔から現地で使われてきた峠の名前を明らかにし、保存することのほうが、仲のよい友達の名前をそれにおっかぶせるよりも常に学問的だし、高潔なことだ」と、彼は書いている。

ぼくが好きだったのは――今になって、どんなに好きだったか、よくわかる――父が馬や、犬や、銃や鳥、あるいは一ヴェルショーク（約四・四五センチ）もある棘が背中に刺さった農家の子供を扱う際に現れる、一種独特の自由な熟練した手つきだった。そう言えば、こういった子供に限らず、彼のもとにはいつも次から次へと、怪我人や不具者、さらには気分が悪い者とか、妊娠した農婦まで連れて来られたが、それもきっと、父の神秘的な仕事を呪術医みたいなものだと思ってのことだったろう。ぼくが好きだったのは、ロシア人以外の探検家の大部分、例えばスヴェン・ヘディン（スウェーデンの旅行家・地理学者）などとは違って、父が旅の最中にも自分の服を中国服に替えるようなことは決してしなかったことだ。いつでも父は人に頼らず、現地人に対しても極度に厳しく断固たる態度をとり、中国の役人にもラマ僧にも甘い顔を決して見せず、宿営地では射撃の練習をした。それがどんなにしつこい要求でもはねつけられる最高の手段だったからだ。父は民族誌にまったく関心を持たず、そのせいで地理学者の中にはなぜかひどく苛立つ者もいたし、大の親友である東洋学者のクリノツォフなどは、ほとんど泣きそうになって父を非難したものだ。「婚礼の歌の一つでも採集してきてくれればなあ、コンスタンチン・キリーロヴィチ君、せめて民族衣裳の一つでもスケッチしてくれればなあ！」カザン大学のある教授は、なにやら人道的でリベラルな前提から父をことのほか激しく攻撃し、学問的貴族主義とか、大文字で書かれた「人間」（ロシア語で「大文字で書かれた人間」とは、「人間の名前に値する本物の人間」の意味）に対する高慢な軽蔑や、読者の関心の無視、危険な偏屈さとか、その他もろもろのことを父について暴きたてた。あるとき、ロンドンで開かれた国際的な晩餐会では（これはぼくが一番好きなエピソードだ）、隣に座っていたスヴェン・ヘディンに、チベットの禁断の地を前例がないほど自由に旅行していてラサのすぐそばにいたのに、この町を見てこなかったなんて、どうしてそんなことになったんです、と訊かれたとき、父は悪臭のする小さな町をもう一つ（one more filthy little town）訪ねるために、採集を一時間だって犠牲にしたくなかったんだよ、と答えた。そう言いながら父はきっと眉をしかめたに違いない。その顔がありありと目に浮かぶようだ。

　父は穏やかな性格と、忍耐力と、強い意志、鮮やかなユーモア精神に恵まれていたが、いったん腹を立てると、その怒りは不意に襲ってきた寒気のようで（祖母は陰で「家中の時計が止まったわね」と言っていた）、ぼくはいまでもよく覚えているが、食卓で皆が突然黙りこみ、ただちに母の顔になんだか放心したような表情が浮かび（親戚の意地悪な女性たちに言わせると、母は「コースチャの前で震えている」のだった）、そして食卓の端で家庭教師の女性の一人がかたかた鳴り始めたコップを慌てて手のひらで押さえたものだった。父の怒りの原因となり得たのは、誰かのへまだったり、執事の計算間違いだったり（父は領地経営によく通じていた）、自分に近しい人物についての軽率な意見だったり、客の誰かが不運にも俗悪な愛国心に駆られて繰り広げた月並みな政治的発言だったり、といろいろだったが、ぼくのしでかした何らかの過失もまたその理由になった。父は一生の間にそれこそ数えきれないほどの鳥を殺し、あるときはどこかすごく高いところで剝き出しの断崖と雪の間に色とりどりの高山性緑地を見つけ、一つの部屋くらい面積があるその植物相をまるごと結婚したばかりの植物学者ベルクのために持ってきたこともあったのに（想像するに、ペルシャ絨毯のようにくるくる巻いて箱に入れてきたのではないだろうか）、ぼくが意味もなくモンテクリスト銃でレシノの雀を一羽撃ち落としても、池のほとりに生えているハコヤナギの若木を一本切り刻んでも、許すことができなかった。彼は人がぐずぐずしたり、優柔不断だったり、嘘をついて目をぱちぱちさせるのが我慢ならず、甘ったるい追従も偽善も我慢できなかった。もしもぼくが肉体的にびくびくしているところを見つけようものなら、父はぼくを罵倒したに違いない。

　ぼくはこれでもまだ全部を言い尽くしていない。いまようやく、ひょっとしたら一番大事な点に近づいているところなのだ。父の中と父の周りには、この輝かしい直接的な力の周りには、何か、言葉では伝えがたいもの——靄のような神秘、謎めいた言い尽くされないものがあり、ぼくにはそれがときに強く、ときに弱く感じられるのだった。それはまるで、この本物の中の本物の人間が何かまだ未知のものに包まれているのだが、彼を包んでいるものこそ彼が持つ何よりも最高の本物だ、といった感じなのだ。その何かとはぼくたちにも、母にも、生活の外見にも、蝶にさえも（蝶といえば、たぶん、彼に一番近いものだろうけれども）直接の関係はなかった。それは憂いでもなければ、悲しみでもなかった。そして、書斎の窓越しに、外から父の姿を覗き見たとき、その顔から受けた印象を説明する手段がぼくにはない。そのとき父は突然仕事を忘れて（父がどんな風に仕事を忘れてしまったのか、ぼくは心の中で感じ取っていた——それは何かが崩れ落ちるか、静まりかえったような感じだったのだろう）、大きな賢そうな頭を書き物机から微かにそらして拳で支え、頬からこめかみまで大きな皺がぐっと持ち上がっていた。父はそうやって一分ほど身じろぎもせずにじっと座っていたのだ。いまぼくにはときどきこんな風に思えることがある——ひょっとしたら父は旅に出るとき、何かを探していたのではなく、むしろ何かから逃げようとしていたのではなかったのか。そして旅から戻って来ると、その何かは相変わらず彼とともに、彼の内にあり、払いのけることも汲み尽くすこともできない、ということがわかるのだ。父の秘密に相応しい名前をぼくは探しだすことができない。ぼくにわかっているのはただ、まさにそれゆえにあの特別な——喜ばしいものでも、陰鬱なものでもなく、そもそも日常的な感情のうわべとはまったく関係のない——孤独が生じているということだけだ。その孤独の中には、母も、世界中のどんな昆虫学者も入り込むことができない。それにしても不思議なのは、屋敷の番人のことだ。彼は二度までも夜の雷に打たれて火傷を負ったことのあるあばた面の老人で、村の界隈ではただ一人、父の助けを借りずに（父は数えきれないほど多くのアジアの採集家たちに教え込んだものだが）蝶をぐちゃぐちゃに潰さずに捕まえて殺すやり方を覚えた人間であり（だからといって、春に慌てて小さな蝶を——彼の言い方では「ちびちゃん」を——捕まえてはいけない、蝶が大きくなる夏まで待つように、と実務的な忠告をぼくにすることを彼が止めなかったのはもちろんのことだ）、まさにこの老人こそが、ぼくの父は誰も知らないような何かを知っていると、まったく恐れることも驚くこともなく率直に考えていたわけで、彼はそれなりに正しかったのだ。

　いずれにせよ、あの頃のわが家の生活は実際に、他の家庭では知られていない一種独特の魔法に貫かれていた。父との会話や、父の不在のときの夢想、動物の絵が満載された何千冊もの本が身近にあること、コレクションの放つ宝石のような光沢、数々の地図、そしてこの自然界の紋章学とラテン語の学名の神秘学《カバラ》のすべて——これらのおかげで、生活は魔法のような軽やかさを獲得し、さあ、これからぼくは旅に出るんだ、という感じがした。ぼくはいまでもそこから自分の翼を借りている。父の書斎にはビロード張りの額縁に収められた古くておとなしい家族写真に混じって、複製画が一枚掛かっていた。マルコ・ポーロがヴェネツィアを発つところを描いたものだ。[*6] 彼女は――いや、このヴェネツィアは――紅をさした頬のように薔薇色に染まり、入り江《ラグーン》の水は瑠璃色、そこを泳ぐ白鳥たちはボートの二倍も大きく、ボートの一艘に差し渡された板をスミレ色の小さな人たちが降りて行く。彼らは少し離れたところで待っている帆をたたんだ船に、これから乗り込もうというのだ。そしていまぼくは、この神秘的な美から、その古びた色彩から自分を引き離すことができないでいる。新しい輪郭を求めるように目の前を漂っていくそれらの色彩を見ながら、いまぼくはプルジェヴァリスク（イシククル湖の東側の町。ここで亡くなった探検家プルジェヴァリスキーを記念して、一八八九年、プルジェヴァリスクと名称変更。現在は旧名のカラコルに戻っている）における父のキャラバンの旅支度を想像する。この町に父は前もって三年分の備えを詰めた重い荷を鈍行の馬車便で送り出し、自分はタシケントから駅馬車に乗ってやって来るのが普通だった。父に雇われたコサックたちは近隣の村《アウル》を回って馬や、ロバ、ラクダなどを買い集め、荷駄の箱や袋が用意された（何百年も使われてきて定評のあるサルト人（中央アジアのオアシス定住民）の革張りの木箱《ヤグタン》や革袋の中には、コニャックからひき割りエンドウ豆まで、銀塊から蹄鉄用の釘まで、およそ無いものはなかった）。湖（イシククル湖）のほとりには、大きな巌がプルジェヴァリスキーの墓碑として建てられ、そのてっぺんには一羽のブロンズ製の鷲がとまり、その周りには恐れることを知らない当地の雉たちが群れていたが、その墓碑の前で追悼の祈禱《パニヒダ》を済ませてから、キャラバンは出発した。

それからぼくは見る――キャラバンが山の中に入っていく前に、丘の合間を縫うように蛇行していく様子を。丘は楽園のような緑に彩られているのだが、それは緑の絨毯のように生えた牧草《ミノボロ》のせいというよりは、むしろ青リンゴのように鮮やかな色をした緑簾石片岩のせいなのだ。小柄だが、がっしりした体つきの頑丈なカルムイク馬が一列になっていくつもの梯団を組んで進み、それぞれの馬に同じ重さの荷駄が一対ずつ、ずれたりしないように輪縄で二重にくくりつけられ、コサックが手綱を取ってそれぞれの梯団を率いていく。キャラバンの先頭では、ベルダン銃を肩に掛け、蝶のための捕虫網をいつでも使えるように用意し、眼鏡をかけ、密に織った亜麻布の上っ張りを着て、軽く跳ねあがる癖のある自分の白馬にまたがった父が、ジギット（コーカサスやカザフスタンの馬乗りの名人）を従えて進んでいく。隊列のしんがりを務めるのは測地の専門家のクニーツィンで（そんな風にぼくには見える）、彼はクロノメーター、測量用コンパス、人工水平儀などの道具をケースに入れて、半世紀もの間悠然と放浪をしてきた堂々たる老人で、彼が馬を止めて地図に位置を記入したり、日誌に方位を書きとめたりするとき、その馬を抑えるのは標本作製係の小柄な貧血気味のドイツ人、イワン・イワノヴィチ・ヴィスコットだ。彼はもともとガッチナの薬剤師だったが、あるとき剝製にする際の鳥の皮の処理の仕方をぼくの父に教えられて以来、すべての探検旅行に参加するようになり、結局一九〇三年の夏、ディンコウ（オルドス地方西部の町）で壊疽のため亡くなった。

その先にぼくは山々を見る。天山《テンシャン》山脈だ。山越えの峠道を探して（聞き取り調査から得られたデータは地図に書き込んであったが、実際に踏査するのは父が初めてだ）、キャラバンは険しい絶壁や狭い岩棚を登り、北に下って夥しい数の若いサイガ（中央アジアの草原に住むレイヨウ）たちがひしめく草原に出て、それからまた南のほうに登っていき、急流の浅瀬を歩いて越えたかと思えば、なみなみと水をたたえた川を苦労して渡り、一路上へ、上へとかろうじて通れるような小道を進んでいった。それにしても、何という日の光の戯れだったことだろう！　空気が乾いているせいで、光と影の違いが驚くほど鮮やかなのだ。日なたではすべてがぱっと燃え上がり、きらめきがあまりに夥しいので、ときに断崖にも小川にも目を向けることができないくらいだ。ところが日陰では暗闇が細部を呑み込んでしまうので、あらゆる色彩が魔法のように生命力を増し、馬もポプラの涼しい木陰に入ると毛の色が変わった。

峡谷の水の轟きには茫然とさせられるほどで、胸も頭も何やら電撃による興奮のようなものに満たされた。水は恐ろしい勢いで流れていたが、最初は溶けた灼熱の鉛のように滑らかだった。しかし、早瀬に辿りつくと、突然、怪物のように膨れ上がり、色とりどりの波を積み上げて狂ったようにうなりながら石のきらめく額を乗り越え、三サージェン（約六・四メートル）の高さから虹をくぐり抜けて闇の中に落ちていった。その先では、流れ方も変わってしまった。ごぼごぼと沸き立つような音を立て、水しぶきのせいですっかり灰青色の雪のようになり、そのまま礫岩の峡谷のこちら側、あるいはあちら側にぶつかっていくので、さしもの山の要塞もうなりをあげ、持ちこたえられないのではないかと思えたほどだ。その一方で、至福の静寂に包まれた山の斜面ではアイリスの花が咲いていた。そして突然、モミの森の暗がりから目もくらむほどまばゆい高山の草地にアカシカの群れが飛び出してきて、立ち止まり、身ぶるいをし……いや、これは空気が震えていただけだ。アカシカたちはすでに姿を消していた。

　とりわけくっきりとぼくは思い描く――この透明で、次々と変化していく舞台装置の中で、ぼくの父がいつも携わっていた一番大事な仕事を。ひとえにその仕事のために、父はこの途方もない探検旅行を企てたのだ。ぼくには見える――父は鞍から身を乗り出し、滑り落ちていく石の轟きの真っただ中で、狙いを定めて長い柄のついた網をさっと一振りし、素早く手首を返して（そうやって、モスリンの袋の先端でかさかさ脈打っているものが捕虫網の箍《たが》の向こう側に回って、逃げられなくするのだ）、危険な岩屑の上をあちこちひらひら飛び回る、アポロチョウの中でも王家の血筋を引くもの（名前に「皇帝」を含むミカドウスバシロチョウ）を網の中に巻き込む。いや、父だけではなく、馬に乗って進む他の者たちも（例えばコサック下士官のセミョン・ジャルコイも、ブリャート人のブヤントゥエフも、それからさらに、少年時代を通じてずっと、父の後を追っていつもぼくが送り出していたぼくの分身も）、恐れを知らずへばりつくように断崖を這い登り、翅に眼の模様がたくさんついた白い蝶を追い回し、ついに捕まえる。そして、その蝶がいまや父の指につまみ上げられると、それはもう死んでいて、黄色っぽい毛に覆われたネコヤナギの尾状花序のような体は下に折れ曲がり、折りたたまれ、光沢のあるきゃしゃな裏側を見せている翅の付け根には血のような斑点があった。

父は中国人の宿にぐずぐず長居すること、特に泊まることを避けた。叫び声を上げるばかりで、笑いのひとかけらもない「心を失くしたせわしなさ」が嫌いだったからだ。だが不思議なことに、彼の記憶の中ではこれら宿屋《タン》の匂いや、中国人の居留地のいたるところで漂っていた独特の空気、つまり台所の臭気や堆肥を焼く煙、アヘンや厩舎の匂いなどが入り混じって鼻をさすあの感覚のほうが、忘れがたいあの山の野原の馥郁たる香りよりも、自分の好きな採集について多くを語ることになったのだった。

キャラバンとともに天山《テンシャン》山脈を移動しながら、ぼくは今、夕暮れが近づいてきて、山の斜面で影を長く引き伸ばすのを見ている。川を渡るのは難しいので翌朝に延期して（荒れ騒ぐ川には粗朶《そだ》の上に石板を敷いて作った古ぼけた橋が架かってはいたが、向こう側の上りはかなり急で、しかも一番の問題は、ガラスのように滑らかだということだった）、キャラバンはここで野営することにした。まだ日没の色合いが空に何層もの大気の層を成していて、夕食が準備されている間に、コサックたちはまず最初に動物たちから汗取りの布とフェルト製の毛布をはずし、荷駄のせいでできた擦り剝き傷を洗ってやる。輝きを失っていく空気の中で、蹄鉄を打つ澄んだ音が、あたりに響き渡る水音の上にたゆたっている。すっかり暗くなった。父は蛾を捕まえるための白熱灯を設置する場所を探して、岩壁の上に登っていた。そこから中国的な遠近法のうちに（眼下に）、深い峡谷の中で闇の中に焚火の透明な赤色が見える。息をするように揺れる焚火の縁を透かして、人々の肩幅の広い影がまるで泳いでいるように、果てしなく輪郭を変えていき、ごぼごぼ音を立てる川の水面では、赤い光の反射が揺れながらも、決まった場所から離れようとはしない。一方、上のほうは静かで暗く、ときおり鈴の音が響いてくるだけだ。すでにしっかり休みを取り、自分の分の十草ももらった馬たちが、花崗岩の破片の散らばったあたりをぶらついているのだ。頭上を見れば、空の星たちは恐ろしいほど、恍惚となるほど近くにあり、それらの星の一つ一つが生きている核のようにくっきりと際立ち、自分の本質が球形であることをあらわにしている。ランプにおびき寄せられた蛾の飛行が始まる。蛾たちは音を立てて反射板にぶつかりながら、ランプの周りで狂ったような円を描き、落下して、下に敷かれた麻布の光の環の中を這いまわる。それは燃える炭火のような目をした白っぽい蛾たちで、翅を震わせ、飛びあがってはまた落ちてくる。すると、アーモンドのような形の爪をした、明るく照らされた大きな手が、慌てずに、しかし機敏に動きまわって夜蛾を次々に殺虫瓶の中にかき集めていく。

ときおり彼は完全に独りきりになった。すぐそばには、焚火の灰の上に寝かされたラクダを取り囲むいくつものキャンプ用テントの中で、フェルトを敷いて眠る人たちがいたはずなのに、そんなことも関係なかったのだ。キャラバンの動物のための餌が豊富な場所が見つかって、そこに長期間逗留することになると、父はそれを利用して一人で探査に出かけ、何日も留守をすることがあった。その際、新種のシロチョウか何かに夢中になって、戻れない道を進むなという山での狩りの掟を無視したのも、一度や二度のことではない。そしていまぼくは自問し続ける。ひとりぼっちの夜に父はいったい、何を考えていたのだろう。ぼくは暗闇の中で彼の思考の流れを感じ取ろうと必死に努力するのだが、一度も見たことのない場所を想像裡に訪ねることのほうがはるかにうまくできる。母やぼくたちの何を、いったい何を父は考えていたのか。捕まえたばかりの獲物のことだろうか。

こと？　父が神秘的なやり方でその感じを伝えてくれた、人間の生命に先天的に備わっている奇妙さのことだろうか。いや、ひょっとしたら、こんなことは後知恵なのだろうか。つまり、父は新たな陰鬱さと不安を顔に浮かべ、知られざる傷の痛みを隠しながら、いや、それどころか死そのものをある種の恥辱のように隠しながら、ぼくの夢に現れるのだが、いまその父が抱えている秘密をぼくは当時の父に無意味に押しつけているだけで、当時の父にはもともと秘密などなかったのではないか。まだ完全には名前が付けられていない世界の真っただ中で、一歩進むごとに無名のものに名前を与えることができて、父は幸せそのものだったのかもしれない。

まるまるひと夏を山の中で過ごすと（いや、ひと夏だけではなく、違った年にいくつもの夏を過ごしたので、それらの夏は透明な層のように重なり合っている）、我々のキャラバンは東に向かい、峡谷を通り抜けて石ころだらけの荒地に出た。そこでは小川の川床が扇状に分かれて少しずつ消え、最後の最後まで旅人に忠誠を尽くしたひょろひょろしたサクサウルや、ハネガヤや、マオウといった植物も消えていった。ラクダに水をくくり付け、この幻影のような僻地の奥深くに入っていくと、そこでは大粒の砂利があちこちでべたべたした赤褐色の荒地の粘土をびっしり覆っていた。そして荒地のあちこちにある汚い雪の層や露出した岩塩のせいでまだら模様になっていて、そういった雪や塩が遠くからだと捜し求めている町の壁のように見えるのだった。旅はひどい砂嵐のせいで危険なものとなった。真昼に塩分を含んだ茶色の靄がすべてを覆い隠し、風がごうごう鳴り、細かい砂利が顔を打ち、ラクダたちはうずくまって動かず、我々の防水布のテントはずたずたに引きちぎられそうになった。こういった砂嵐のせいで地表の光景は信じがたいほど変わり、城郭や柱廊や階段のような摩訶不思議な輪郭が描き出された。あるいは暴風が地表を吹き飛ばして盆地を作ることもあった。ここでは、この砂漠地方では、まだ自然の力がかっとなって猛威をふるい、世界を造形しているようだった。しかし素晴らしく穏やかな日もあって、そんなときにはハマヒバリが笑い声を真似るように歌いだし（父は「笑いじょうご」とこの鳥を呼んだが、なかなかうまい呼び方だ）、痩せてしまった我々の動物に普通の雀の群れがついてきた。二、三軒の家と荒れ果てた一宇の御堂しかない、孤立した村落で休息を取ることもよくあった。羊の毛皮を身にまとい、赤と青に染めた羊毛のブーツを履いたタングート人（チベット系民族）に襲われることもあった。旅に彩りを添える束の間のエピソードではないか。蜃気楼もよく見られたが、その際、自然というこの驚くべき詐欺師は、本物の奇跡としか言いようのないことまでやってのけた。水の幻影はあまりにもくっきりとしていて、近くにそびえる本物の岩がそこに映し出されていたのだ[*7]！

その先には静かなゴビの砂原が続き、砂丘が次々に波のように過ぎていき、その合間から黄土色の短い地平線が見えた。そしてビロードのような空気の中で聞こえたのは、ラクダたちの速くなった呼吸と、その幅の広い足が立てるさらさらという音だけだった。砂丘の尾根に登ったかと思うと、今度は低いところに沈みこみ、キャラバンは進んで行き、夕方にはその影は途方もない規模のものになった。五カラットのダイヤモンドのような金星が出ていたが、やがて、すべてを肌色、オレンジ色、スミレ色の光で歪ませていた夕焼けとともに西空に消えていった。父が好んで話したことだが、一八九三年、そんなある夕暮れ時に、およそ生き物などまったくいないゴビ砂漠の真っただ中で出くわした人たちがいた。最初は光の戯れがもたらした亡霊ではないか、と思ったそうだが、それは中国風のサンダルを履き、丸いフェルト帽をかぶった二人のアメリカ人の自転車旅行者、ザクトレーベンとアレン（一八九一年四月に自転車でイスタンブルを出発し、ゴビ砂漠を横断し、一八九二年末に北京に到着した。『自転車でアジア横断』という共著書がある）だったのだ。彼らはアジア全体を横切って北京に向かうという自転車旅行を悠々と実現しつつあった。

南山《ナンシャン》の山々では春が我々を待っていた。すべてが春の訪れを予告していた。小川の水のせせらぎ、遠くで轟く川の音、滑りやすく湿った山の斜面で木の洞に巣を作って住むキバシリのさえずり、地元のヒバリの魅惑的な歌声、そして「どこから発せられているのか、説明しがたい夥しい音たち」（これは父の友人、グリゴリー・エフィーモヴィチ・グルム＝グルジマイロの手記からの一節で、ぼくの脳裏に永遠に刻みこまれてしまった。真実の驚くべき音楽に満ちているのは、それを語っているのが、無学な詩人ではなく、天才的な博物学者だからだ）。南の斜面ではもう最初の面白い蝶に出くわしていた。それはバトラー・シロチョウ（和名チベットタカネシロチョウ）のポターニン亜種だった。一方、渓流の流れる峡谷を伝って谷間に降りていくと、そこにはもう本当の夏が来ていた。斜面は隅から隅まで、アネモネとプリムラが織り込まれた織物のようだった。プルジェヴァリスキー・ガゼルやシュトラウフ雉が、狩人を誘惑していた。そしてなんという夜明けだったろう！　早朝の霧があれほど魅惑的なのは、中国だけだ。すべてが揺らめいているのだ——農家の幻想的な輪郭も、きらきら光る岩山も……。峡谷ではまだ夜明け前の薄明が残っていてぼんやりと靄のようになっているが、川はその中に、まるで深淵に吸い込まれるように消えてゆく。ところが流れる水を少し川上にさかのぼると、なにもかもがきらめき、陽炎にかすんでいて、水車小屋のそばの柳ではもうオナガの一群が揃って目を覚ましている。

　鉾槍で武装し、ばかばかしいほど派手な色をした巨大な旗を掲げた十五人ばかりの中国の歩兵に付き添われ、我々は山越えの峠道を通って何度も尾根を横切った。夏の真っただ中だというのに、そのあたりは夜、厳しい寒気が降りてくるため、朝になると花々は霜に覆われてもろくなり、足で踏むと思いがけず優しいぱりぱりという音を立てて砕けてしまう。しかし、二時間もして日の光に暖められるやいなや、高山の素晴らしい植物相は再び輝き、再び樹脂と蜜の香りを漂わせるのだ。断崖にへばりつくようにして我々は暑い青空の下、前進を続けた。足下からバッタが跳び出し、犬たちは舌を突き出して走り、馬たちが投げかける短い影の中で、炎暑から身を守ろうとする。井戸の水は火薬の臭いがした。木々は錯乱した植物学者の頭が生み出したもののようだった。ナナカマドは雪花石膏《アラバスター》のような白い実をつけ、白樺の樹皮は赤かった！

　岩の破片に足を載せ、網の柄に軽くもたれながら、父はタネグマ（南ククノール山脈のチベット名）の高い支脈から、その山頂からククノール（青海湖）の暗く青い水面の巨大な広がりを見つめている。遥か下のほうでは、金色に染まった大草原をキャン（チベット・モンゴル産の野生ロバ）の群れが駆け、断崖を鷲の影がちらりとよぎっていく。上を見ると、完璧な平穏と静けさ、そして透明さ……そしてまたもやぼくは自問する、父は何を考えているのか、蝶を追いかけずに、こんな風にじっと立ち尽くして……そういった父の姿はいわばぼくの記憶の頂に現れて、ぼくを苦しめ、ぼくをうっとりとさせ、痛いほどの、狂おしいほどの感動や羨望と愛を呼び起こし、人を寄せつけないその孤独がぼくの心を苛立たせる。

　黄河とその支流をさかのぼりながら、九月の豪奢な朝、川辺の窪地や百合の茂みの中で、ぼくと父はエルウィス・アゲハ（この名前は、イギリスの生物学者ヘンリー・ジョン・エルウィスに由来。和名シナフトオアゲハ）を捕まえたものだ。これは蹄の形をした尻尾が後翅についた、黒い奇跡だ。悪天候の晩、寝る前に父はホラティウスとセンテーニュとプーシキンを読んだ。この三冊だけを持ってきていたのだ。ある冬のこと、凍った川を渡っているとき、ぼくは黒っぽい物が川を横切るように一列に配置されているのを遠くから目にとめた。それはじつは、川を渡っているとき急に張った氷に閉じ込められた二十頭の野生のヤク（チベット高原に生息するウシ科の動物）の大きな角《つの》だったのだ。分厚い水晶のような氷を透かして、ヤクたちの体が泳ぐ姿勢のままで静止しているのがはっきりと見えた。氷の上に出ている美しい頭は、もしも鳥に目をついばまれていなければ、生きているように見えただろう（このヤクのエピソードは、十九世紀フランスの伝道師エヴァリスト・ユックの旅行記から）。ぼくはなぜか、紂王《ちゅうおう》のことを思い出した。面白半分に妊婦の腹を切り開いて中を見たという暴君だが、彼はまた、ある寒い朝、荷役夫たちが小川を歩いて渡るところを見て、その足を脛のところから切断するように命じた。骨の中で髄がどんな具合になっているか、見るためだったという。

チャンでは、火事のときに（カトリックの布教所を建設するために用意してあった木材が燃えたのだった）、火からは安全な距離のところに住む初老の中国人が熱心に、疲れも知らず、自分の住居の壁に映った炎の照り返しにせっせと水を掛けるのを私は目にした。しかし、自分の家が燃えているわけではないと彼を納得させるのは不可能だと確信して、我々はこの不毛な作業を彼に好きなようにやらせたのだった。

中国人の脅しや禁止に従わず、強引に進まなければならないこともしばしばだった。正確な射撃の腕前が最良のパスポートなのだ。タツィエンル（中国四川省のチベットとの省境付近の町の古名、現在の康定、チベット名ダルツェンド）では頭を剃ったラマ僧たちが曲がりくねった狭い通りを歩き回り、私が子供たちをさらって、その目玉を煮込んで私の「コダック」の腹を満たすための秘薬を作っているのだと言いふらした。そこで私は五月、雪をいただいた山の斜面一帯がふんわりした薔薇色の泡のような大きなシャクナゲの花に覆われる頃（そのシャクナゲの枝は夜毎私たちの焚木になった）、その斜面で皇帝アポロチョウ（ミカドウスバアゲハ）の、オレンジ色の斑点をちりばめた暗い灰青色の幼虫と、絹のような糸で石の裏側に括りつけられた蛹を探し出した。いまでも覚えているが、ちょうどその同じ日に白いチベット熊が一頭仕留められ、ネズミを餌にする新種の蛇が発見された。しかも蛇の腹からネズミを取り出してみると、それもまた未記載の種だった。シャクナゲからも、地衣類を模様のように幹にまとった松の木からも、頭をぼうっとさせるほどの樹脂の匂いが漂ってきた。ほど近いところで、呪術医らしき者たちが商売敵を意識したようなずるく用心深い顔をして、金儲けのために中国ダイオウを採集していたが、その根は肢や気門にいたるまで異様に芋虫に似ていた。一方、私は石をひっくり返して、未知の蛾の幼虫に見惚れていたのだが、その幼虫はもはや理念においてなどではなく、完全に具体的にダイオウの根の複製になっていた[*8]。そんなわけで、どちらがどちらを真似しているのか、そもそも真似をするのは何のためなのか、はっきりわからなくなってしまった。

　チベットでは誰もが嘘をつく。正確な地名や正しい道順を聞き出すことは、恐ろしく難しかった。私もまた知らず知らずのうちに彼らをだましていた。彼らはヨーロッパ人の淡く明るい色の髪と白髪を区別できず、まだ若僧の私を、日に焼けて髪の色が褪せていたせいで、たいへんな年寄りだと勘違いしていたのだ。至るところで花崗岩の塊に、「神秘の公式」を読むことができた。これは呪術的な言葉の組み合わせで、詩心のある旅人たちの中には、それを「おお、蓮の花の中の至宝よ、おお！」（「オーム・マニ・パドメ・フーム」という観音菩薩の真言（マントラ）。直訳すれば「オーム、蓮華の上の摩尼宝珠よ、フーム」。「オーム」も「フーム」も神聖な意味を持つ音）という風に「美しく」解釈している者がいる。ラサから役人が何人か派遣されてきて、何か懇願したり、脅したりしたが、私は意に介さなかった。とはいうものの、黄色い絹の服を着て、赤い傘をさしていた一人の馬鹿者には特にうんざりさせられたのを覚えている。彼が乗っていたラバは、涙が凍ってできた大きな氷柱が目からぶらさがっていたせいで、生まれつきのわびしい感じをいっそう深めていた。

　私は遥かな高みから、盆地になっている暗い沼地を見た。それは無数の泉のきらめきのせいで全体が震えていて、星を一面にちりばめた夜空のように見えた。いや、実際、この盆地はそう呼ばれていたのだ――「星の草原」と。山越えの道は雲の向こうにまで伸び、移動は困難だった。我々は荷駄を運ぶ動物たちの傷に、ヨードフォルムとワセリンを混ぜて塗った。まったく人気のない場所で夜を過ごし、翌朝起きて見ると、ひと晩のうちにまるで黒いキノコのように、盗賊たちの円錐型《ユルタ》テントがいくつもにょきにょきと生え、大きな環となって我々を取り囲んでいることもあった。しかし、それらの円錐型《ユルタ》テントはあっという間に消えてしまった。

チベット高原の調査を終えて、私はロプノール湖に向かった。そこからもうロシアへの帰途につくのだ。タリム川は砂漠に打ち負かされて力尽きながらも、最後の水を振り絞って葦の茂る広大な沼を作っている。それが現在のカラ・コシュン・クル、つまりプルジェヴァリスキーのロプノール湖であり、リヒトホーフェンが何と言おうとも、汗《ハン》の時代からのロプノール湖なのだ。[*9] この湖は塩を多量に含む土壌《ソロンチャーク》に縁取られているが、水が塩分を含むのは岸辺近くだけである。そもそも塩湖だったら、その周りにはこんな風に葦は生えないだろう（中国の史書によればロプノールは塩湖だったと考えられるが、プルジェヴァリスキーが発見したカラ・コシュン・クルは淡水湖だった）。私はある春、五日かけてそのまわりを一周したことがある。そこで私は丈が三サージェンもある葦の茂みの中で、原始的な翅脈相を持った半水棲の素晴らしい蛾を見つける運に恵まれた。こぶ状の草の茂みがあってでこぼこした塩を多量に含む土壌《ソロンチャーク》のあちこちに、貝殻が散らばっていた。夕暮れ時になると、あたり一面静まり返った中で、白鳥の調和のとれた羽音が美しい旋律のように聞こえ、葦の黄色が鳥たちの艶消しの白をくっきりと際立たせた。一八六二年にはこのあたりに妻子を連れた六十人ほどの旧教徒たちが半年ほど住み、それからトゥルファンへと去っていった。その先の足取りは知られていない。[*10]

その先はロプ砂漠だ。石ころだらけの平原、粘土が層をなしている断崖、ガラスのような塩水の水たまり。そして灰色の空中に浮かぶ白い斑点のように見えるのは、ぽつんと一匹、風に運ばれていくロボロフスキー・シロチョウ（パミールオオモンシロチョウ）だ。この砂漠には、私よりも六世紀前にマルコ・ポーロが通った大昔の道の跡、つまり石を積み上げて作った標識が残っている。チベットの峡谷では我々の最初の巡礼たちを驚かせた、太鼓を叩くような面白い音の轟きが聞こえたが、こちらの砂漠でも砂嵐のときに、私はやはりマルコ・ポーロと同じものを見聞きした。つまり「脇へ呼び寄せようとする精霊たちの囁き」（旅人を道からそらす神秘的な声や音についての言い伝えは、マルコ・ポーロ以来、様々な旅行者が記録してきた）や、空気の不思議なゆらめきの中で果てしなくこちらに向かってくる亡霊たちのつむじ風や、キャラバンや軍団である。何千何万もの肉体を持たない亡霊たちが、なんだかこちらにのしかかってくるようで、我々の体を突き抜けたかと思うと、突然散り散りになってしまう。十四世紀の二〇年代にこの偉大な探検旅行家が死を迎えたとき、その床の周りに集まった友人たちは、彼の本の中でおよそ信じがたいと思えたことをどうか取り消してほしい、理にかなった削除を施すことによって奇跡を減らすように、と懇願した。しかし彼は、実際に見たことの半分も書いていない、と答えたのだった。[*11]

このすべては魔法のようにいつまでも消えないで残り、色彩と空気に満たされ、近くのものは生き生きと動き、遠景は説得力を持っていた。しかし、風に一吹きされた煙のように、それはどこかに移動し、散り散りになってしまった。そしてフョードル・コンスタンチノヴィチの目には再び、壁紙の生気なく耐えがたいチューリップの模様と、灰皿のいまにも崩れそうな吸殻の山、黒い窓ガラスに映ったランプが入ってきた。彼は窓を開け放った。文字を一面に書きつけられた原稿の束がぶるっと震え、その一枚がめくれあがり、別の一枚がするすると床に滑り落ちた。とたんに部屋の中は湿っぽく、ひんやりとした。下を見ると、人気のない暗い通りを一台の自動車がゆっくりと通り過ぎていった。それにしても奇妙だ——まさにそのゆっくりとした動きのせいで、フョードル・コンスタンチノヴィチはなぜかもろもろの不愉快なことを思い出したのだから。過ぎ去ったばかりの一日、さぼった授業。そして明日の朝、嘘をついてだました老人に電話をしなければならないと思うと、なんだかおぞましいほどの憂鬱な気分にたちまち胸が締めつけられた。しかし、窓を再び閉め、折り曲げた指の間が空っぽになっていることをすでに感じながら、辛抱強く待っているランプと、散乱した原稿、そしていつの間にか手のひらの中に滑り込んできたまだ温かいペンのほうに（そうしてペンは空っぽな感じがするのはなぜか説明すると同時に、空虚を満たした）向いたとたん、彼は再び自分本来の——つまりユキウサギにとって雪のような、オフィーリアにとって水のような[*12]——世界の中に入り込んだ。

彼は信じがたいくらいありありと、まるでビロード張りのケースにあのよく晴れた日を保存しておいたかのように、父の最後の帰宅を思い出した。一九一二年七月のことだった。エリザヴェータ・パーヴロヴナは夫を迎えるため、もうとうに十露里《ヴェルスタ》先の駅に出かけていた。出迎えはいつも一人だった。そしていつも、いったい屋敷の左右どちらの側から二人が帰ってくることになるのか、誰にもよくわからない、ということになるのだった。街道沿いに村を通り抜ける遠回りで平らな道と、ペスチャンカを通っていく近道だがでこぼこが多い道の、二つの行き方があったからだ。フョードルは念のために乗馬ズボンをはき、馬に鞍をつけさせたが、結局、すれ違いになるのを恐れて、父を迎えに行くふんぎりがつかなかった。そうして、膨れあがってあまりに大きくなった時をもてあました。泥炭の沼地に生えたクロマメノキの茂みで、数日前に珍しい蝶を捕まえたのだが、それはまだ展翅板の上で乾いていなかった。何度も何度もピンの先端で腹に触ってみるのだが、だめだ、まだ柔らかかった。つまり、翅を最高に美しい姿で父に見せたくてたまらなかったというのに、その翅を全面的に覆っている紙テープはまだはがしてはいけないということなのだ。彼はなにやら重苦しく病的な胸騒ぎを覚えて領地の中をぶらつき、他の人たちがこの大いなる空白の時を過ごしている様子を見て羨んだ。小川からは水遊びをする村の子供たちが無我夢中になってあげる感極まったような叫び声が聞こえてきて、夏の日の深みでいつも響いていたこのざわめきが、今日はまるで遠くでの喝采のように聞こえた。庭でターニャは足板の上に立ったまま、我を忘れたように力強くブランコをこいでいた。空を飛ぶ白いスカートの上を、生い茂った木の葉のスミレ色の影がまだら模様になってたいへんな勢いで動いたので、目がちかちかするほどだった。ブラウスは後ろに取り残されたかと思うと、今度は背中にぺたりと貼りついて、互いに引き寄せられた肩甲骨の間の窪みをくっきりと見せていた。フォックステリアの一匹が下から彼女に向かって吠え、もう一匹はセキレイを追いかけ回し、ロープが嬉しそうに軋み、ターニャがあまりに高く舞い上がるので、木々の梢越しに道を見ようとしているのではないかとも思われた。波紋模様の日傘をさしたフランス人の女性家庭教師がもう長いこと誰も耳にしたことがないような丁寧な口調で、自分の心配を（列車は二時間くらい遅れるのではないでしょうか、そうでなければ、全然来ないのではないでしょうか）、大嫌いなブラウニングに打ち明けていた。一方、ブラウニングはと言えば、乗馬用の鞭で自分のゲートルを叩いているだけだった――彼は色々な外国語に通じているわけではなかったのだ。イヴォンナ・イワーノヴナは嬉しいことがあると必ず示す不満げな表情をその小さな顔に浮かべて、こちらのベランダに出てきたかと思えば、今度はあちらのベランダ、という具合だった。母屋とは別に建てられた作業用の小屋の周りでは、特別な活気があった。使用人たちがポンプで水を汲み、薪を割り、菜園係が赤い染みのついた二つの細長いバスケットにイチゴを入れて運んだ。そこには、ジャクスィバイという、肉付きのいい顔の目もとに複雑な皺を刻んだずんぐりした初老のキルギス人の姿もあった。彼は一八九二年にはコンスタンチン・キリーロヴィチの命を救ったこともあったが（彼に襲いかかってきた雌熊を撃ち殺したのだ）、いまではヘルニアを患って、レシノの家に静かに暮らしていた。その彼が半月形のポケットのついた青いベシュメット（中央アジアやカフカスの民族が着る、膝まで達する男性の上着）に、エナメルのブーツ、きらきら光る斑点をちりばめた赤いチュベテイカ（中央アジア民族の縁なし帽）といういでたちで、房飾りのついた絹の帯を締め、炊事場の入り口の階段にどっかり腰をおろし、そのまま長いこと、時計の銀の鎖を胸にきらめかせながら、静かに祝祭を待ち構えるように、日だまりに座っていたのだ。

突然、カーブを描いて小川に降りていく小道をどたどた駆け上がって、木陰の奥から現れたのは、目を野性的に輝かせ、まだ声を発していないのにすでに叫んでいる口の形をし、白髪のひげを口元に生やした召使の老人カジミールだった。この近くの川が急に曲がるところで、橋から蹄の音が聞こえたという知らせを持って（それは素早く小刻みに木を叩くような蹄の音で、すぐに途絶えたという）、駆け付けたのだ。つまり、いますぐにも馬車が庭園沿いの柔らかい道を駆け抜けてやって来るに違いない。フョードルはその道のほうに駆けだした——木々の幹の間を縫って、苔とコケモモを踏みしだきながら。そして一番端の小道の向こうでは、低いモミの木の梢よりも高いところを滑るように、なにやら幻影のようにまっしぐらに、御者の頭と彼のヤグルマギクのように青い袖がすでに疾駆していった。彼は慌ててとって返した。庭では乗り捨てられたブランコが揺れ、車寄せには皺くちゃの膝かけを残して空っぽになった馬車が停まり、煙のような色のスカーフを後ろにたなびかせて母が階段を上っていき、ターニャは父の首にしがみつき、駅から家に着くまで何分かかったかいつでも確かめたがった父は、空いているほうの手で時計を取り出して見た。

次の年は学術的な著作にかかりきりで、父はどこにも出かけなかった。しかし一九一四年の春にはもう、鳥類学者のペトロフ、イギリス人の植物学者ロスとともに新たなチベット探検旅行の準備に取りかかっていた。しかし、突然勃発したドイツとの戦争のせいですべては立ち消えになった。

戦争を彼はいまいましい邪魔として受け止めた。しかも、これは時とともにますますいまいましさを増していくものだった。親戚たちはなぜか、コンスタンチン・キリーロヴィチがただちに志願して戦場におもむき、義勇軍を率いるだろうと信じて疑わなかった。彼は変人であるにしても、勇気ある変人と見なされていたのだ。実際のところ、コンスタンチン・キリーロヴィチは五十代になっても以前と変わらない健康と軽やかさ、みずみずしさ、決して目減りしない体力の蓄えを持っていて、山々も、タングート人も、悪天候も、そして家に閉じこもっている出不精の人間が夢にも見ないようなそのほかの無数の危険もなんのその、おそらく以前にもまして喜んでいつでも乗り越えられる、といった様子だったのだが、いまや家に閉じこもってしまっただけでなく、戦争には目を向けないようにさえした。そして、もしも戦争について話すことがあったとしても、腹立たしげに軽蔑した調子でだった。フョードル・コンスタンチノヴィチは当時を回想して、こう書いている。「ぼくの父はぼくに多くのことを教えてくれただけでなく、音楽で声の出し方や手の使い方を訓練するのと同じように、ぼくの考え方そのものを父なりの教育の規則に従って鍛えてくれた。そんなわけで、戦争の残虐さに対してぼくはあまり関心がなく、射撃の精確さや、偵察にともなう危険、作戦行動の繊細さにはある種の魅惑を見出せるなどと考えていたくらいだ。しかし、こういったささやかなお楽しみによってでは（しかも、そういう楽しみだったらスポーツの別の特別な分野、例えば虎狩りとか、三目並べ（碁盤状の盤面に、二人の競技者が交互に○と×を書いていき、同じ記号が三つ並んだほうが勝ちというゲーム）とか、プロボクシングなどから得られるもののほうがいい）、どんな戦争にもつきものの暗澹たる愚劣さの影を埋め合わせることはまったくできなかった」

そうこうしている間に、クセニヤ叔母さんに言わせると「非愛国的なコースチャの立場」にもかかわらず（そういう叔母さん自身は「大きなコネ」を使って、将校である自分の夫をしっかり手際よく、銃後の影に隠してしまっていた）、戦争の慌ただしさは家の中にも忍び込んできた。エリザヴェータ・パーヴロヴナは赤十字の仕事で診療所に駆り出され、そのことが取り沙汰され、彼女は自分のエネルギーによって夫の無為の埋め合わせをしているのだということになった。ちなみに、その夫のほうはある威勢のいい新聞で、「ロシアの軍事的栄光よりも、アジアの虫けらのことに気を取られている」と指摘されたのだった。蓄音器でレコードを回せば、流行りの恋唄の「かもめ」

が国防色《カーキ》の軍服に衣替えしていた（「……さあ、若い少尉さんが歩兵小隊を率いて……」）。三角巾の下から巻き毛を覗かせ、火をつける前に器用に煙草をとんとんとシガレットケースに打ちつける、はにかみがちな看護婦たちが家に現れた。フョードルと同じ年の玄関番の息子は家出して前線に行ってしまい、コンスタンチン・キリーロヴィチは彼を連れ戻すのに手を貸してほしいと頼まれた。ターニャは母が働く陸軍診療所に通って、壊疽の進行の先回りをして足をどんどん上のほうまで切られていく穏やかなひげ面の東洋人にロシア語の読み書きを教えた。イヴォンナ・イワーノヴナは防寒用のリストバンドを編んだ。祝日になると芸人のフェオナ（ペテルブルクのオペレッタに出演していた男性俳優・歌手）がおどけた歌で兵士たちを慰安した。診療所のアマチュア芝居で『日和見ヴォーヴァ』という徴兵逃れの男たちを描いた喜劇が上演された。雑誌には戦争に捧げられた詩がよく掲載された。

いまや汝は愛しい祖国に下される運命の鞭だが
ロシアのまなざしは明るい喜びに輝くだろう
このまなざしがゲルマン族のアッティラの
冷静な時によって刻印された恥辱を理解するとき

一九一五年の春、いつも暦の上での月の交替と同じように自然で揺るぎないものに思えていたレシノ行きが取りやめになり、その代わりに一家はヤルタとアルプカの間の海辺にあるクリミアの領地に出かけた。楽園のような緑色をした庭園の傾斜した草地でフョードルは苦悩のあまり歯を食いしばるような表情をして（しかし手は幸福のあまり震えていたのだ）、南方の蝶を捕った。しかし、本物のクリミア産の稀少種が棲息しているのは、ギンバイカやサンザシやモクレンが茂るそんな庭園ではなく、山中の遥かに高いところ、アイ＝ペトリ山の絶壁と波打つような起伏のある高原《ヤイラ》の間なのだ。夏の間、彼を連れて父は何度も針葉樹林の中の小道を登り、ヨーロッパ産のつまらないものに対する尊大な微笑みを浮かべながら、最近クズネツォフによって新種記載されたジャノメチョウを見せてくれた。ジャノメチョウはどこかの向こう見ずなろくでなしが自分の名前を岩に刻みこんだちょうどその場所で、石から石へとひらひら飛び渡っていたのだ。コンスタンチン・キリーロヴィチの気晴らしになったのは、こういった遠出だけだった。彼は気がふさいでいたとか、苛々していたというわけではなく（このように限定された意味合いの形容詞は、彼の堂々たる精神のあり方には結びつかなかった）、端的に言って、自分の場所が見つけられなかったのだ。そしてエリザヴェータ・パーヴロヴナも、子供たちも、彼が何を望んでいるのか、よくわかっていた。八月に彼は突然、しばらく家を空けたが、行き先はごく身近な人たちの他は誰も知らなかった。自分の旅行を隠したその手際の見事さは、密行するどんなテロリストも羨むほどのものだった。戦争もたけなわというときにゴドゥノフ＝チェルディンツェフは異様に陽気《ジョヴィアル》な太った禿のドイツ人教授に会うためにジュネーヴに行き（そこにやって来て陰謀に加わった第三の人物がさらにいた。軽やかな眼鏡をかけ、ゆったりとした灰色のスーツを着た老イギリス人である）、質素なホテルの小さな一室に集まって研究上の相談をし、必要なことについて議論して合意すると（話題は、蝶の様々な個別グループを研究する外国の専門家の参加をだいぶ前から得て、シュトゥットガルトで根気強く刊行が続けられている何巻にものぼる著作についてだった）、平和裡に別れ、それぞれ帰途についた——もしもこんなことがわかったら、そのときロシアの世論はどれほどびっくりして手を打ち合わせるだろうか。想像しただけで、可笑しくも、恐ろしくもあった。しかし、この旅行の後でも彼の心は晴れなかった。それどころか、心に常にのしかかっていた夢想が、さらにその秘密の圧力を強めたのだ。一家は秋にペテルブルクに戻った。彼は『ロシア帝国の鱗翅類』第五巻の執筆に打ち込み、めったに外出もせず、最近妻を亡くしたばかりの植物学者のベルクと――自分のよりも、むしろ相手のミスに腹を立てながら――チェスをした。そして薄笑いを浮かべながら、新聞にざっと目を通し、ターニャを膝に載せてふと考え込み、ターニャの丸い肩に載せた彼の手もまた考え込むのだった。十一月のある日、食事時に一通の電報が届けられ、彼は封を切って黙読した。そして、視線をもう一度走らせたところを見ると、もう一度読み返したのだろう。それから電報を脇に置き、ひしゃく型のグラスからポートワインを一口飲むと、悠然と会話を続けた。会話の相手は貧乏な親戚で、禿げ上がった頭はそばかすだらけ、月に二度食事にやって来て、いつも必ずターニャにねばねばするタフィー《チャヌーシキ》を持ってきてくれる老人だった。客たちが皆帰ると、父は肘掛け椅子に腰をおろし、眼鏡をはずし、手のひらで顔を上から下に撫で、穏やかな声で、オレーグ叔父さんが（戦火の中、野戦包帯所で働いているとき）手榴弾の破片を腹部に受けて負傷し、危険な状態だ、と告げた。するとフョードルの心には、父と叔父の兄弟がつい最近まで食卓でわざとばかばかしい話題を選んで交わしていた無数の会話のうちの一つが、まるでその鋭い端で心を切り裂くようにして浮かび上がってきたのだ。

オレーグ叔父　（からかうような口調で）ねえ、コースチャ、ヴィー自然保護区でゾー＝ヴァス鳥を見たことがあるかい？（ヴィー、ゾー＝ヴァスもおそらく口から出まかせだが、ドイツ語との語呂合わせになっている）

父　（そっけなく）ないね。

オレーグ叔父　（勢い込んで）それじゃ、コースチャ、ポポフ蝿がポポフスキー馬を刺すところを見たことは？

父　（もっとそっけなく）それもないね。
オレーグ叔父　（感極まった様子で）それじゃ、例えば、眼球内《エントプティック》群の対角線運動（これもでたらめな表現。「エントプティック」は「眼球内」「内視性」を意味する医学用語）を観察したことは？
父　（叔父をじっと見据えて）それならある。

その晩すぐに彼は叔父を引き取るためにガリツィア（ウクライナ西部・ポーランド南部地方）に発ち、並はずれて迅速に楽々と彼を連れ帰り、最高の医師たちの中でも最高の、ゲルシェンゾンやエジョフ、ミレル＝メリニツキーといった医師を確保して、自分も二度にわたる長時間の手術に立ち会った……。クリスマスまでに叔父は元気になっていた。それから突然、コンスタンチン・キリーロヴィチの気分の何かが変わった。目が生き生きと優しくなり、以前、何かに特に満足しているとき歩きながら洩れた鼻歌が再び聞かれるようになった。そしてどこかに出かけて行ったり、何かの箱が送られてきたり、送り出されたりした。家の中では主人の神秘的な陽気さの周りに、漠然とした、何かを待ち受けるような当惑が強まっていくのが感じられた。そしてある日、フョードルは春の日差しを浴びて金色に染まった広間をたまたま通り過ぎようとしたとき、白いドアの真鍮製の取っ手がぶるっと震えたのに、すぐにはドアが開かなかったのをふと目にとめた。これは父の書斎に通じるドアで、誰かがそれを内側から弱々しく引っ張るだけで、開けられないでいるといった感じだった。しかし、そのドアもやがてそっと開けられ、泣きはらした顔に放心したようなおとなしい微笑みを浮かべて母が出て来ると、妙な具合に手を振って、フョードルの前を通り過ぎた……。彼は父の部屋のドアをノックし、書斎に入った。「何の用だね」と、コンスタンチン・キリーロヴィチは振り向きもせずに尋ね、書き物をそのまま続けた。「ぼくも連れて行ってください」と、フョードルは言った。

ロシアの国境線がずたずたになり、その内側の肉体が侵食されつつあるという不穏この上ない時期に、コンスタンチン・キリーロヴィチが突然家族と二年も別れてはるばる学術探検の旅に出ようとしたことは、大部分の人たちにはとんでもない気まぐれ、おそるべき極楽蜻蛉の振る舞いのように思われた。政府は「食料の調達を許すまい」とか、こんな狂人についていく人間もいなければ、荷役用の家畜も集められないだろうとさえ取り沙汰された。ところがトゥルケスタン（中央アジア）に行ってみれば、時代の匂いなどほとんど感じられなかった。郷の統治者が開催する祭り《トィ》には、客たちが戦争のための贈り物を持ってきたので（その少し後では、軍事徴用に反対するキルギス人とカザフ人[*13]の反乱が勃発したが）、それが戦争を思い出させるほとんど唯一のものだった。出発の直前、一九一六年の六月にゴドゥノフ＝チェルディンツェフは家族に別れを告げるために、レシノにやって来た。ぎりぎりの瞬間までフョードルは父が結局は自分を連れて行ってくれるのではないか、と夢想していた。以前父は、息子が十五歳になったら連れて行ってやると言っていたからだ。父は今度は「別の時なら、連れて行ってやってもいいんだが」と言った。まるで、彼自身にとって時はいつでも別の時だということを忘れたかのような言い方だった。

この最後の別れ自体は、それまで繰り返されてきた別れと特に変わったところはなかった。家庭のしきたりによってできた整然とした順番に従って皆と抱擁をし終えると、両親はなめし革《スエード》の塵よけがついたお揃いの黄色いゴーグルをかけ、赤い無蓋《オープンカー》の自動車に乗り込んだ。周りを取り囲むように使用人たちが立っていたが、年老いた番人はちょっと離れたところにいて、稲妻に真っ二つに引き裂かれたポプラの木のそばで、警棒に身をもたせかけていた。小柄で太っちょの運転手はにんじん色の襟首を覗かせ、ふっくらした白い手にはトパーズの指輪をはめ、まん丸な体に別珍のお仕着せとオレンジ色の革ゲートルといういでたちで、恐ろしい力を振り絞って、ぐいとスターターを一度、またもう一度引っ張ってエンジンを始動させると（座席にいる父と母まで震え始めた）、急いで運転席に座ってハンドルを握り、その上のレバーを切り替え、ラッパ型に広がった手袋をはめ、後ろを振り返った。コンスタンチン・キリーロヴィチは考えごとに耽ったような顔でうなずき、自動車は動き始め、ターニャに抱かれたフォックステリアは彼女の腕の中で荒々しく身をよじり、ひっくり返って腹を上に向け、ターニャの肩越しに首をそり返らせながら吠えたてたせいで、息を詰まらせてしまった。赤い車体が曲がり角の向こうに消えると、もうモミの木の向こうから、高まっていくエンジンのうなり声の上に乗って、ギヤを切り替えていく一連の鋭い音が聞こえてきたが、やがてそれは軽快に遠ざかっていくごろごろという轟きになった。そしてあたりは静まりかえったが、十五秒も経つと川向こうの村からまたしても勝ち誇ったようなエンジンの轟音が聞こえてきて、また徐々に静まっていき――永遠に消えていった。イヴォンナ・イワーノヴナは顔を涙でぐしょぐしょにしながら、猫のためのミルクを取りに行った。ターニャはわざとらしく歌を口ずさみながら、人気がなく音がやけに響くようになった涼しい家の中に戻った。昨年の秋に亡くなったジャクスィバイの影が建物の外壁に沿って作られた盛り土からすうっと離れ、静かで美しい、薔薇が咲き乱れ羊たちが群れ遊ぶ自分の天国に帰っていった。

フョードルは庭園を通り抜け、歌うような音を立てる木戸を開け、地面につけられたばかりの太いタイヤの轍が見える道路を横切った。お馴染みの黒白二色の別嬪さんが、やはり見送りに加わろうと、地面から滑らかに舞い上がり、大きな円を描いた。彼は森のほうに向きを変え、横から差してくる陽光を浴びて金色の蠅が小刻みに震えながら宙に浮いている木陰の道を通って、お気に入りの草地に辿りついた。その場所はあちこちに草の小塚があってでこぼこし、花が咲き乱れ、暑い日差しを浴びて湿地のような濡れた輝きを放っていた。この草地の神々しいほどの意味は、そこに集まる蝶たちによって表されていた。誰でもここでは何かを見つけることができた。別荘の住人ならば切り株に座って一休みすることだろう。画家なら目を細めて喜ぶかもしれない。しかし、知識によって強められた愛、プーシキンの詩にもある「見開かれた眸」（プーシキンの詩「預言者」から。第3章で説明されるように、これはコンスタンチン・キリーロヴィチが好んで朗読した詩である）ならば、この草地の真実をもう少し深いところまで極めることができた。

　爽やかな、そしてその爽やかさのあまり笑っているように見える、ほとんどオレンジ色のセレネーチョウ（和名ナカギンコヒョウモン）。学名に月の女神セレネーの名を含むこの蝶たちは翅を伸ばして驚嘆するほど静かに漂っていき、ほんのごくときたま——金魚がヒレをきらめかせるように——きらりと光った。すでにちょっとくたびれていて、拍車のような後翅の燕尾状の突起も一つ欠けているものの、まだ力強いキアゲハが翅をものものしくはためかせてカミツレの花に舞い降りると、まるで後ずさりするようにしてまた飛び立った。後に残された花のほうはぴんと真っすぐ伸びて、揺れ続けた。エゾシロチョウたちは物憂げに飛び回っていたが、そのうちの一、二匹には蛹の血のように赤い排泄物が染みついていた（その染みが町の白い壁についているのを見て、私たちの先祖は、トロヤの滅亡や、疫病や、地震の前触れだと考えたものだ）。この年最初のチョコレート色をしたミヤマジャノメがひょこひょこ跳ね上がるような不安定な様子で、もう草の上を飛び回っていた。草の中からは青白い小さなイガが飛び出してきて、すぐにまた下に落ちていった。マツムシソウの上では、青い触角を持ち、赤と青が入り混じっていてまるで仮装した甲虫のようなマダラガが、ブヨといっしょに仲よく座を占めていた。オオモンシロチョウの雌が一匹、慌てて草地を後にしてハンノキの葉にとまり、妙な具合に腹を上に反り上げ、翅を平らに寝かせることによって（ぴたりと押し付けられた耳をなんとなく思わせる）、追いかけて来たぼろぼろの雄に対して、自分がもう受精していることを知らせた。藤色が入ったベニシジミが二匹（これらは雄で、雌のほうはまだ羽化していない）稲妻のようなスピードで飛行中に出会って、互いの周りをくるくる回り、狂ったように争いながら舞い上がり、高く、さらに高く上昇していったが、突然ぱっと別れると、花に戻っていった。瑠璃色のアマンドゥス蝶が飛んでいく途中で蜜蜂につきまとった。浅黒いフレイヤ（ロシア語ではアサヒヒョウモンを指す。フレイヤは北欧神話の美と愛、豊穣などの女神）が一匹、セレネーの群れの中にちらりと見えた。マルハナバチのような胴体とあまりにも速く羽ばたいているために目に見えない、ガラスのように透き通った翅を持つ小さなオオスカシバが、空中に静止したまま長い口吻を使って一つの花を試してみたかと思うと、別の花へ、さらにまたもう一つの花へと飛び移っていった。これらの魅力的な生命のすべてを――そこに今日どんな生き物の組み合わせが見られるかによって、夏の年齢も（ほとんど一日単位の正確さで）、この場所の地理的な位置も、草地の植物の構成も、間違いなく決めることができた――このすべての生きているもの、本物の、限りなく愛しいものをフョードルは瞬時のうちに、熟達した深い一瞥によって受け入れた。突然彼は拳を白樺の幹に押し当て、体も幹にもたせかけ、おいおい泣きだした。

父はフォークロアがあまり好きではなかったが、キルギスのある素晴らしい民話をよく引き合いに出した。偉大な汗《ハン》の一人息子が、狩りをしていて道に迷い（最良の民話はこんな風に始まり、最良の人生はこんな風に終わるんだよ）、木々の間で何かが光っているのに気づいた。そばに寄って見ると、それは魚の鱗でできた服を着た娘さんが柴を集めているのだった。でも、実際に何があんなに光っていたのか、娘さんの顔なのか、それともその服なのか、分からなかった。娘さんといっしょに年を取った母さまのところに行って、王子は結婚を承諾してくだされば、お礼に馬の頭ほどもある金の塊をさしあげましょう、と申し出た。「いいえ」と、娘さんは言った。「それよりも、このちっちゃな袋を持っていってください。ごらんのように、指貫きよりほんのちょっと人きいだけ。

それをいっぱいにしてくださいな」王子は笑って（「一枚だって、入らないよ」と言いながら）、そこに金貨を一枚投げいれ、さらに一枚、もう一枚。それから持ち合わせていた金貨を残らず投げいれた。そして、途方にくれた王子は、父のところに行った。

全部の財宝かき集め
全部を袋に投げいれて
汗《ハン》は国庫を空にした
袋の底に耳を当て
二倍投げこんでみたものの
底でちゃりんというばかり

そこで、婆さまが呼び出された。「それは人間の目でございます。世界のすべてを取り込んでしまいたいと望んでいるのでございます」と、婆さまは言った。そして、土を一つまみ取ると、たちまち袋をいっぱいにしてしまったんだよ。

父に関する最後の信憑性のある情報を（彼自身の手紙は別にして）、ぼくはフランスの宣教師（そして学識の深い植物研究者でもあった）バローの手記の中に見つけた。彼はチベットの山中にいたとき（一九一七年の夏のことだ）、チェトゥ（ダルツェンドの西にある小村落）という村のそばで偶然父に会ったのだった。「驚いたことに」と、バローは書いている（『カトリックの探検《エクスプロラシオン・カトリーク》』一九二三年版）――「私は山中の野原で鞍をつけた白馬が草を食んでいるのを見たのだった。それから姿を現したのは、断崖から降りてきたヨーロッパの服装をした人物で、私にフランス語で挨拶をし、かの有名なロシ

ア の旅行家ゴドゥノフ氏であることが判明した。私はヨーロッパ人にもう八年以上も会っていなかったのだ。私たちは岩陰の若草の上に腰をおろし、近くに生えていた非常に小さな水色のアイリスの学名に関して、命名法上の微細な問題を議論しながら、素晴らしい数分間を過ごした。それから、私たちはねんごろに別れの挨拶を交わし、別れてそれぞれの道を行ったのだった――彼は峡谷で待っている同行者たちのもとへ、私は僻遠の旅籠で危篤に陥っていたマルタン神父のもとへ」。

この先は霧が始まる。一九一八年の初頭に、奇跡的にわが家に届けられたものが父からの最後の手紙になったが、いつものように簡潔ながら、これまでになく不安な気分を漂わせたその文面から判断すると、父はバローに目撃された直後、帰途につく準備を始めたようだった。革命のことを風の便りに聞いた父は、その手紙の中で、叔母の別荘があるフィンランドに行くようにと私たちをうながし、自分自身は「最大限に急いで」夏までには帰宅できるものと見込んでいる、と書いていた。私たちは父をふた夏待ち通し、一九一九年も冬になってしまった。その間、フィンランドに行ったり、ペテルブルクに戻ったりしていた。わが家はとうに略奪されていたけれども、家の魂である父の私設博物館は、神聖なものに固有の不可侵性を守り通したかのように無傷のまま残ったので(それはその後、科学アカデミーに移管された)、その喜びが、幼馴染みの椅子や机を亡くしたことを完全に埋め合わせてくれた。私たちはペテルブルクで祖母のアパートの二部屋に暮らしたが、その祖母はなぜか二度も尋問のために連行された。そして風邪をひいて亡くなった。その頃は飢えて絶望的な恐ろしい冬の夜が続き、市民生活の騒乱にぴったり寄り添って不吉な影を投げていたが、そんなある晩、祖母が亡くなって数日後のことだが、ぼくのところに一人の見知らぬ男が駆けつけた。それは鼻眼鏡をかけ、みすぼらしく愛想の悪い青年で、いますぐ彼の叔父で地理学者のベレゾフスキーのところに来てほしい、とぼくに言うのだった。それがどんな用件なのか、彼は知らなかった

――いや知りたくもなかったのだろうか――しかし、ぼくの内側ですべてが突然がらがらと崩れ落ち、もはやぼくは機械的に生きているだけになってしまった。いま、あれから何年もたって、ぼくはそのミーシャという青年にときどき、彼が勤めているベルリンのロシア語書店で顔を合わせる。そして彼に会うたびに、ほとんど言葉は交わさないのだが、ぼくは背骨の端から端まで焼けつくような震えが走るのを感じ、ぼくと彼がともにしてきた短い道のりを全身全霊で新たに経験し直すことになる。このミーシャが立ち寄ったとき(この名前もぼくは永久に忘れないだろう)、母は家にいなかったが、ぼくたちが階段を降りていく途中で、ばったり母に出くわした。見覚えのない男と連れ立っているのを見て、母は不安そうに、どこに行くの、と尋ねた。ぼくはバリカンをもらいに行くんだよ、と答えた。たまたま、二、三日前に、バリカンを手に入れなければ、といった話をしていたのだ。その後、ぼくは何度も夢に見ることになった――その実在しない器具を。それは変幻自在、山や波止場、棺、手回しオルガン、とまったく予期できない姿をとったが、いつでもぼくは夢見特有の勘で、それとわかった。「ちょっと待って」と母は叫んだが、ぼくたちはもう階下に降りていた。通りをぼくたちは急ぎ足で――ミーシャのほうがぼくより少し前になって――黙々と進んだ。ぼくは家々の仮面やこぶのように突き出た雪の吹きだまりを眺め、運命を出し抜こうと思って、まだ意味が明らかになっていない、黒々とした新鮮な悲しみ、家に持ち帰ることになるだろう悲しみを思い描こうとした(そうすることによって、悲しみの可能性自体をあらかじめ潰そうとしたのだ)。ぼくたちが部屋に入ると――その部屋はぼくの記憶にはなぜか真っ黄色のものとして焼き付いている――そこには詰襟軍服を着て長いブーツを履き、尖った顎ひげを生やした老人がいて、単刀直入に、未確認の情報によると貴君の父上はもはやこの世にはいない、と告げた。母は下に降り、通りに出てぼくの帰りを待っていた。

半年の間（オレーグ叔父にほとんど力ずくで国外に連れ出されるまで）、ぼくたちはどこでどんな風に父が死んだのか、そもそも本当に死んだのかどうか、確かめようと試みた。しかし、シベリアで（シベリアは広い！）、中央アジアから帰る途中での出来事だったということ以外には、何も確かめられなかった。果たして、父の謎めいた死の場所や状況がぼくたちから隠されてきた——そしていまも隠され続けているなどということが、あるのだろうか？（ソヴィエトの百科事典に掲載された伝記は、あっさり「一九一九年没」で終わっている）。それともじつは、曖昧な情報が互いに矛盾し合っているせいで、はっきりした答を出すことができなくなっているということなのか。ベルリンに来てからも様々な情報源と様々な人々から補足的にあれこれのことを知ることができたが、その補足は結局、不明のうえに不明を積み重ねるだけで、不明を解き明かす光明ではなかった。二つのあてにならない、どちらも死を前提とした上で演繹したといった趣の説が（その上、どちらも一番肝心なこと、つまりいったいどんな風に死んだのか——もしも本当に死んだとして——について語っていない）、互いに反駁し合いながら絶えずもつれていた。一方の説によれば、父の死の知らせはあるキルギス人によってセミパラチンスクにもたらされた。もう一つの説によれば、知らせをもたらしたのはあるカザフ人で、もたらされた場所はアク＝ブラトだった。父はどんな経路をとったのだろうか？　セミレーチエからオムスクに（ハネガヤの茂る大草原《ステップ》を、まだらの毛色の子馬《ユルガ》にまたがった案内人とともに）向かったのか、それともパミールからトゥルガイ地方を経由してオレンブルクに（砂地の大草原《ステップ》を、ラクダにまたがった案内人とともに、父自身は馬に乗り、足を白樺の樹皮で作った鐙に載せ、一路北を目指してはるばると、井戸から井戸へと、村落や鉄道の路床を避けながら）向かったのか。父はどうやって農民戦争の嵐をくぐり抜け、赤軍を避けることができたのか。ぼくには何もわからない。お伽話には人の姿を透明にしてしまう魔法の帽子が出てくるが、いったいそんな帽子が父にぴったり合うものだろうか。そもそも父ならば、そんな帽子であっても粋に横っちょにかぶりそうなものだ。父は謹厳実直なウラルの旧教徒たちのところに身を寄せ、「アラル海」宿駅付近の漁師小屋に（クリューゲルが考えたように）隠れていたのだろうか。そもそも死んだのだとしたら、どんな風に死んだのか。「お前の仕事は何じゃ？」とプガチョフは天文学者のロヴィッツに尋ねた。「星を数えることです」その答を聞いてプガチョフは、彼がちょっとでも星に近づけるように絞首刑にしたのだった（プガチョフは一七七三年ドン川地方で起こった農民反乱の指導者。この逸話はプーシキンの『プガチョフ反乱史』第八章に見られる）。どんな風に、いったいどんな風に死んだのだろう。病気、寒さ、飢え、それとも人の手にかかって？ もしも人の手だとしたら、果たしてその手はいまでも生きていて、パンをつかみ、コップを取り、蠅を追い払い、動いたり、指さしたり、招いたり、じっと静止したり、他の手を握り締めたりしているのだろうか。父は銃撃で長いこと応戦したのか、最後の銃弾を自分のために取っておいたのか、生け捕りにされたのか。討伐部隊か何かの司令室が置かれた特別客車に連行され（魚の干物を火にくべて暖をとっているすさまじい蒸気機関車が目に浮かぶ）、白軍のスパイと間違われたのではないか（それも無理からぬことだ。なにしろ父は若い頃、ラーヴル・コルニーロフ[*14]とともに「絶望の荒野」を踏破し、その後で彼とは中国でも会っている）。連中は彼をどこか僻地の宿駅の婦人用洗面所で（割れた鏡、ずたずたに裂けたフラシ天）射殺したのだろうか、それとも真っ暗な夜、菜園に連れ出し、月が顔を出すまで待ったのだろうか。父は暗闇の中で連中とどんな風にその時を待ったのだろうか。軽蔑の薄笑いを浮かべながらだろうか。そしてゴボウの茂みの暗闇の中に白っぽい蛾がゆらめくのが見えたとき、父はその瞬間に——ぼくにはわかっている——その蛾を目で追ったに違いない。しかもそのまなざしは、夜の紅茶の後で、レシノの庭園でパイプをくゆらせながら、ライラックを訪れる薔薇色の蛾を歓迎したときと同じ、励ますようなまなざしだったはずだ。

だが、こんなことはすべてばかげた噂話、萎れた伝説にすぎない、人づてに、あるいは本を通してしか知らない領域でぼくの夢想は混乱しているというのに、自分の利用するおおざっぱで怪しげな知識のかけらからこんな伝説を作り出してしまったのではないか、などとぼくにはときどき思えてくる。だから、ぼくが言及している場所をその当時実際に見たことのある経験豊かな人間なら誰でも、ぼくの描写など認めようとはせず、ぼくの思考の異国趣味や、悲しみの丘、想像の断崖を一笑に付し、ぼくの推測の中に地形学上の間違いも、時系列の混乱も同じくらいたくさん見つけるのではないか。いや、そのほうがむしろいいくらいだ。もしも父の死を伝える噂が単なる虚構だとしたら、アジアからの経路そのものが虚構に付け足された尾鰭であって（若きグリニョフが地図で作った爪のようなものだ（プーシキンの小説『大尉の娘』の冒頭に出てくる、主人公グリニョフの家庭教育の締めくくりとなるエピソード））、ひょっとしたらまだ知られていない理由によって父は、もしも帰途についたとしても（崖から落ちて大怪我をしたり、仏教の僧侶たちのところで捕虜になったりしなければの話だが）まったく別のルートを選んでいたと考えるべきではないのだろうか。実際、ぼくはこんな想定を（遅ればせながらの助言のように聞こえる）耳にしたことさえある。西のラダク（インド北部、チベットに隣接する地域）に行き、そこからインドに下ってきた可能性だってあるのではないか。いや、中国に向かったっておかしくはない、中国からならばどんな船に乗って、世界のどんな港に向かうこともできたはずだ。

いずれにせよ、父の生涯に関する資料はすべて、いまではぼくの手元に揃っている。長い抜粋を書きとめた下書きや、あれこれの紙に書き散らした読み取りにくい草稿、何か他の書き物をしていたとき余白のあちこちに散らばっていった鉛筆書きのメモなどの山から——半ば消された文章や、書きかけの単語、後のことをよく考えずに省略した形で書いたためいまでは忘却の彼方に追いやられ、その完全な姿はぼくの目を逃れて紙の束の中に隠れている数々の名前から——そして思考の動きがあまりに速かったせいであちこち壊れていまさら復元できないあれこれの情報が（思考のほうは虚空の中で粉々に砕け散ってしまったけれども）かろうじて保っている脆い静止状態から——このすべてから、いまぼくはすらりと美しい明晰な本を書かなければならない。ときどきぼくはこんな感じを覚える——その本はぼくの手ですでに書き上げられていて、ほら、このインクのジャングルの中に隠れているんじゃないか。必要なのはその一部を暗闇から解放してやることだけで、残りの部分はひとりでに形をとって浮かび上がってくるんじゃないか……。でも、それがいったい何の意味を持つだろうか、いまのぼくには解放の作業があまりにも辛く面倒なものに思え、あまりに恐ろしくて、気の利いた警句でそれを汚したり、紙の上に移しかえる際にぼろぼろにしてしまいそうなので、実際に本が書き上げられるかどうか、すでに疑問に思えてくるほどなんだ。ぼくがどれほど敬虔な気持ちを持って、どんなに心を昂ぶらせてこの本の準備に取り組んだかは、お母さんもよく知っている通りです。お母さん自身、こういう著作のために要求されることについて書いてくれたでしょう。でも、いまとなってみると、そういう要求にまともに応えられるような気がしないんです。弱虫とか、意気地なしといって責めないでほしい。いずれそのうち、書きとめたもののうちから、きちんとした形になっていないばらばらの断片をいくつか、どれでもいいから適当に選んで、読んであげるから。でも、それはぼくのすらりと均整のとれた夢とは似ても似つかないものです！この何か月もの間ずっと、集め、書きとめ、思い出し、考えながら、ぼくは至上の幸福に浸っていた。何か未曾有のこの上なく美しいものが創造されつつある、ぼくのメモはそのためのささやかな手助け、道の手掛かり、帽子掛けくらいのものでしかない、一番大事なものはひとりでに成長し、できあがっていくのだ、とぼくは信じて疑わなかった。ところが、いままるで床の上で目が覚めたようにして見ると、そのみすぼらしいメモの他には何もない。どうしたらいいんだろう？　お父さんやグルムの本を読みながら、そのうっとりするようなリズムに耳を澄ませ、置き換えることも組み換えることもできない言葉の配列を調べていると、そこにいきなり自分を加えて薄めてしまうのは冒瀆じゃないかと思えてくるんですよ。白状してもいい、ぼく自身は言葉の冒険を追い求めているにすぎないんです。そして、お父さんが自分の狩りに出かけた場所で、ぼくが自分の夢を狩りたてることを拒否したとしても、どうか許してほしい。わかるでしょう、ぼくは父の遍歴から二次的に派生する詩情に感染することなしに、そのイメージを成長させていくことは不可能だと理解したんです。ところが、この二次的な詩情というものは、感受性と知識豊かで高潔な博物学者たちの生きた経験が自分の探索の中にこめた本来の詩情からは、どんどん遠ざかっていくんです。

「それはそうです、気持ちはよくわかります」と、母は返事をしてきた。「あなたの仕事がうまくいかないのは悲しいけれども、もちろん、自分に無理を強いる必要もありません。ただ見方を変えると、ちょっと大げさに言っている面もあるに違いないと思います。文体のこととか、やれどことどこが難しいとか、『キスは冷めゆく愛の第一歩だ』（ロシアの詩人ナトソンの詩句）とか、そんなことを考えすぎなければ、きっととても素晴らしい、とても真実味のある、とても面白いものが書けるに違いないと思います。ただね、お父様があなたの本を読んで不快に思い、あなたも恥ずかしくなる、といったことが頭に浮かんでくるようだったら、そういう場合だけは止めなさい、もちろん、止めることです。でもそんなこと、あるはずがないでしょうね。お父様はあなたに『よくやった』と言ってくださるに違いありません。それに、あなたは結局いつかはこの本を書き上げるに違いない、とわたしは信じています」

フョードル・コンスタンチノヴィチが執筆を中断する外的なきっかけになったのは、別のアパートへの引っ越しだった。家主のおかみさんの名誉のために言っておかねばならないが、彼女は長いこと、二年も、彼のことを我慢してきたのだ。しかし、四月から新たに理想的な借家人が入居する可能性が出てきたとき――それはもうかなり年配の独身女性で、朝は七時半に起き、夕方の六時までオフィスで働き、妹の家で夕食をとり、十時には就寝するという女性だった――フラウ・ストボイは、一か月以内に別の住処を探してもらいたい、とフョードルに言い渡したのだった。ところが彼は部屋探しをいつまでもぐずぐずと先に延ばしていた。それは面倒くさがりで、与えられた時間の一区切りを永遠の丸い形に変えてしまう楽天的な性分のせいでもあったが、自分の居場所を見つけるために他人の世界に足を踏み入れるのが嫌でたまらないからでもあった。とはいうものの、チェルヌィシェフスキー夫人が手助けを申し出てくれた。三月ももう終わりかけていたある日の晩、彼女はフョードルに言った。

「あのね、ちょっと耳よりな話があるかもしれないの。一度、うちでタマーラ・グリゴーリエヴナさんという、アルメニア系のご婦人に会ったことがあるでしょう。そのタマーラさんはいままであるロシア人のところに間借りしていたのだけれど、いま、その部屋を引き継いでくれる人を探しているみたいなんですよ」

「つまりひどい部屋だということですね、もしも探しているんなら」と、フョードルがのんきな指摘をした。

「いいえ、タマーラさんはご主人のところに戻っただけなのよ。でもね、最初から気に入らないのなら、わたしも余計な世話は焼きませんから。世話を焼くなんて本当はまったく好きじゃないのよ」

「いいえ、気を悪くしないでください」と、フョードル・コンスタンチノヴィチは言った。「とてもいいお話だと思います、本当です」

「もちろん、もう誰か、借り手が決まっている可能性もありますけれど、やっぱりタマーラさんに電話してみたほうがいいと思うわ」

「ええ、もちろんです」と、フョードル・コンスタンチノヴィチは言った。

「あなたという人のことを知っていますから」と言うアレクサンドラ・ヤーコヴレヴナは、すでに黒いメモ帳をめくっていた。「それに自分からは絶対に電話しないということも知っていますからね……」

「明日すぐに電話しますよ」と、フョードル・コンスタンチノヴィチは言った。

「……あなたはそんなことはしないでしょうから……ウーラント、四八の三一……わたしが掛けてあげましょう。いま電話をつないであげますから、自分でタマーラさんにいろいろ聞いてくださいね」

「ちょ、ちょっと待ってください」フョードル・コンスタンチノヴィチは不安に駆られた。「何を聞いたらいいのか、ぼくにはまるっきりわかりませんよ」

「心配は要らないわ。タマーラさんのほうから全部話してくれます」そしてアレクサンドラ・ヤーコヴレヴナは、つぶやくような早口で番号を復唱すると、電話台に手を伸ばした。

受話器を耳に押し当てたとたん、ソファの上の体は馴染んだ電話用の姿勢をとり、彼女は座った状態から半ば寝そべった状態に移行し、スカートを手でいじって直しながらもそちらには目を向けず、電話がつながるのを待っている間、水色の目がきょろきょろあちこちを向いた。「もしかして」と彼女は言いかけたが、ちょうどそのとき交換嬢の応答があり、アレクサンドラ・ヤーコヴレヴナは番号を言ったが、その調子にはなにやら抽象的な訓戒のような感じがあり、数字の発音の仕方には特別なリズムがあった。まるで四八が定立《テーゼ》、三一が反定立《アンチテーゼ》のような具合で、そこに総 合《ジンテーゼ》として付け加えられたのが「その通りよ《ヤーヴォール》」。

「もしかして」と、彼女はフョードル・コンスタンチノヴィチに話しかけた。「タマーラさんがいっしょに行ってくれるといいのだけれど。わたしにはよくわかっていますけれど、あなたは生まれてこのかた一度も……」と、ここで彼女は突然、微笑みを浮かべて視線を下に向け、ぽっちゃりとした肩の一方をさっと揺すり、伸ばした脚を軽く組み「タマーラ・グリゴーリエヴナさん？」と、柔らかく招くような声に切り替えて尋ねた。そして相手の話を聞きながらふふっと笑い声をあげ、スカートの襞をつまんだ。「ええ、そうよ、わたし。いつもと同じで、わたしの声がわからないんじゃないかと思ったけれど。そうね、『いつも』じゃなくて、しょっちゅう」もっとくだけた感じに口調を定めて——「何か変わったこと、あって？」彼女はその変わったことを聞きながら、目をぱちぱち瞬かせた。まるでついでのように、緑色のフルーツ・キャンディの箱をフョードル・コンスタンチノヴィチのほうに押しやった。それから、すり切れたビロードのスリッパを履いた彼女の小さな足の爪先どうしが軽くこすれ合ってから、やがてそれも止んだ。「ええ、そのことならもう聞きました。でも、あの人にはいつも決まったお得意さんがいると思っていましたわ」そして話を聞き続けた。静寂の中であちら側からの声が限りなく小刻みに響いていた。「まあ、そんなばかな」と、アレクサンドラ・ヤーコヴレヴナが言った。「それはばかげていますよ」「なあるほど、あなたのほうはそんな具合なのねえ」と、一分ほど経ってから彼女は言葉を引き延ばすような調子で言い、それからフョードル・コンスタンチノヴィチの耳には顕微鏡的に微細な吠え声のように聞こえた手短な質問に対して、ため息まじりに答えた。「まあまあね、特に変わりはありません。主人は元気で、自分の仕事をしています。いまはコンサートに行っていますけれど。わたしのほうは、まあ、特に何もしていないのよ。ちょうどいまここに来ている……ええ、もちろん、あの人にはいい気晴らしですわ。でもね、びっくりするかもしれないけれど、主人とどこかに一月でもいいから行ってみたいなんて、ときどき夢みたいなことを考えるんですよ。えっ？　いえ、どこでもいいのよ。まあ、ときどき心がとても重くなることがありますけれど、特に変わったことは何も」彼女はゆっくりと自分の手のひらを見つめ、手を持ち上げたままの姿勢を保った。「タマーラ・グリゴーリエヴナ、いまここにゴドゥノフ＝チェルディンツェフさんが来ているのよ。そう言えばね、彼は部屋を探しているっていうんだけれど。あなたのところのは、まだ空いているかしら？　それは素晴らしいわ。ちょっと待って、いま彼と代わりますから」

「こんにちは」と言いながら、フョードル・コンスタンチノヴィチは電話にお辞儀をした。「アレクサンドラ・ヤーコヴレヴナがぼくに……」

　よく響くので中耳のあたりがくすぐったくなるような、異様に機敏ではっきりした声が、すぐに会話の主導権を握った。「あの部屋はまだ空いていますよ」知り合いとは言いがたいタマーラ・グリゴーリエヴナが早口に話し始めた。「ちょうどよかった、大家さんはぜひともロシア人に部屋を貸したいと思っていたんです。大家さんがどういう人か、いますぐご説明しますね。苗字はシチョーゴレフ。まるっきり聞き覚えがないでしょうけれども、ロシアでは検事をやっていて、とても、とても教養があって、感じがいい人で……。それでね、奥さんもそれは素敵な人です。それから最初の結婚でできた娘さんが一人。それでは、いいですか。住所はアガメムノン通り十五番地。素晴らしい地区です、アパートはちっちゃいけれども、超近代的《ホッホモデルン》で、セントラル・ヒーティングに、バスタブに――一言で言えば、なんだって全部揃っているというわけ。あなたが住むことになる部屋も素晴らしいんですよ、だけど――（と、ここで音が引き伸ばされる）――中庭に面しているの。もちろん、これはちょっとしたマイナスです。わたしが部屋代をいくら払っていたかというと、一月三十五マルク払っていました。素敵な寝椅子《カウチ》もあるし、静かだし。ええと、あと何を言ったらいいかしら。わたしは食事もいただいていましたけれど、正直な話、とても、とても素晴らしかったわ。でも食費についてはご自分で相談してください、わたしはダイエットしていましたから。それじゃこうしましょうか。わたしは明日の朝はどっちみちシチョーゴレフさんのところに行く用事がありますから、そうね、十時半くらいに、ええ、わたしはとても時間に正確なんです、来てくださいね」

「あの、ちょっと」と、フョードル・コンスタンチノヴィチは言った（なにしろ彼にとって十時に起きるのは、他の人にとって五時に起きるのと同じことだったのだ）。「ちょっと待ってください。明日は、その……たぶん、こうしたほうがいいんじゃないでしょうか。つまり、ぼくのほうからそちらに……」

彼は「お電話します」と言おうとしたのだが、すぐそばに座っていたアレクサンドラ・ヤーコヴレヴナがものすごい目つきをしたので、言葉を呑み込み、すぐに言い直した。「いや、まあ、だいじょうぶです」という彼の声は弱々しかった。「ありがとうございます、それじゃ、明日の朝、うかがいます」

「さて、そんなわけで……──（物語の口調だ）──つまり、アガメムノン通り十五番地、三階、エレベーターあり。それでは、そういたしましょう。では明日、お会いできるのが楽しみです」

「それでは、また」とフョードル・コンスタンチノヴィチが言った。

「ちょっと待って」とアレクサンドラ・ヤーコヴレヴナが叫んだ。「切らないでちょうだい」

翌朝、脳に綿が詰まったようになり、苛々し、なんだか半分しか機能していない状態で（まるで残りの半分は、朝早いのでまだ開店していないみたいだ）彼が教えられた住所にやって来たとき判明したのは、タマーラ・グリゴーリエヴナがまだ来ていないだけでなく、そもそも来られないと電話をしていたということだった。彼を出迎えたのはシチョーゴレフ本人で（他には誰も家にいなかった）、これは図体がでかく、体の輪郭がなんだか鯉を思わせるぷっくり太った五十がらみの男で、開けっぴろげなところがほとんど下品な感じを与えるほどの、ロシア人によくある顔立ちをしていた。その顔はかなりふっくらした楕円形で、唇のすぐ下からちょっと黒い顎ひげを生やしている。その髪型も注目すべきもので、やはりどことなく下品な感じがした。薄い黒髪の毛がぺたんと撫でつけられ、それを左右に分ける分け目は頭の真ん中にきちんとあるわけでもなければ、脇にあるともいえなかった。大きな耳、さっぱりした男らしい目、黄ばんだ太い鼻、湿っぽい微笑みなどが全体的な好印象の補足になっていた。「ゴドゥノフ＝チェルディンツェフさんですか」と、彼は繰り返した。「もちろん、もちろんですよ、なんといってもたいへん有名な苗字ですからねえ。存じ上げていましたとも……失礼ながら、お父様じゃありませんか、オレーグ・キリーロヴィチさんは？　なるほど、叔父様ですか。いまはどちらにいらっしゃる？　フィラデルフィアですか？　いやあ、これはまた近くじゃありませんな。いやはや、我らの同胞はいったいどこまで流されていく運命なんでしょうな。驚くべきことです。で、コンタクトはありますか？　そうです、そうです。さてと、**今日の借金を明日に延ばさないで**、住まい《アパルタメント》をお見せしましょう」

　玄関の間から右に短い通路が伸びていて、それはすぐにまた直角に右に折れ、生まれたばかりでまだ未熟な廊下の姿のまま、キッチンの半開きのドアに突き当たっていた。廊下の左側の壁にはドアが二つ見え、シチョーゴレフは精力的に鼻息を立ててから、手前のドアをいきなり開け放った。後ろから服をいきなりめくり上げられた女性のように、小さな細長い部屋がこちらを振り返り、私たちの目の前で立ちすくんだ。その壁は黄土色に塗られ、窓際には机が一つ、一方の壁沿いに寝椅子、もう一方の壁際に戸棚がある。その部屋はフョードル・コンスタンチノヴィチには不快な、敵意さえ感じさせるもので、まるっきり暮らし頃ではなく（「手頃」ではない部屋がよくあるように）、彼が眠り、読書し、考える場所とすることができる想像上の長方形に対して、ほんの数度だけ配置が斜めにずれていた（幾何学的図形が回転したとき生ずる変位が、塵の舞う部屋に差しこむ日差しの表す点線によって示されていた通りだ）。しかし、この微妙に歪んだ箱の角度に従って生活を改めることが仮に奇跡的にできたとしても、家具も、色調も、アスファルトで舗装された中庭の眺めも――すべてが耐えがたいものであることに変わりはなかった。そして彼は即座に、こんな部屋はどんなことがあっても借りるものか、と心に決めた。

「さあ、どうです」と、シチョーゴレフが元気よく言った。「こちらがバスルームです。ちょっと掃除が行き届いていませんけれどね。今度は、よろしければ……」彼は狭い通路で向きを変えたためフョードル・コンスタンチノヴィチにしたたかにぶつかり、申し訳なさそうに「おお」と言って、彼の肩をつかんだ。二人は玄関に戻った。「こちらが娘の部屋です。こちらは私たちの部屋」と言って、彼は左右の二つのドアを指し示した。「さあ、これが食堂です」彼は奥のドアを開け、まるで長時間の露出で写真を撮るときのように、数秒の間、ドアを押さえて開いたままの状態に保った。フョードル・コンスタンチノヴィチは視線をテーブルからクルミを盛った器、食器棚へと動かした……。奥の窓際には、竹製の小卓と背の高い肘掛け椅子が並び、その肘掛けを横切って、当時舞踏会で着たようなとても短い水色がかった紗のドレスが、気ままに軽やかに掛かっていた。そして小卓の上では銀色を帯びた花が、その隣に置かれたハサミとともに輝いている。

「これで全部」とシチョーゴレフは言って、慎重にドアを閉めた。「どうです、快適で、家庭的で、こぢんまりしていますがね、なんでも揃っています。賄《まかな》いつきをご希望でしたら、大歓迎ですよ。

うちの奥さんに言っておきましょう。ここだけの話ですがね、料理の腕はなかなかのものですよ。マダム・アブラーモフのご紹介ですから、部屋代も同じでけっこうです。ひどい目にはあわせません、聞いて極楽、住んでも天国ですよ」そしてシチョーゴレフはよく響く声で笑いだした。

「ええ、こちらの部屋はちょうどいいみたいです」と、フョードル・コンスタンチノヴィチは彼のほうを見ないようにしながら、言った。「じつはもう水曜日に越してきたいのですが」

「よろしいですとも」とシチョーゴレフが言った。

読者よ、愛着を持てない住まいと別れる際の微妙な悲しみを味わったことはおありだろうか。愛しい物たちに別れを告げるときのように、心臓が張り裂けるわけでもない。潤んだまなざしがあたりをさまようこともなければ、涙をこらえて、立ち去る場所のゆらめく照り返しを涙の中に収めて持っていこうとすることもない。しかし、魂の最良の一隅において、私たちは自分で命を吹き込んでやれなかっただけでなく、ほとんど気にとめることもないまま、いま永遠に見捨てていく物たちへの憐れみを感ずるのだ。すでに死んでいるこれらの備品が、後に記憶の中で蘇ることはないだろう。ベッドが自分自身を背負って私たちの後を追ってくることもなければ、洋服箪笥の鏡に映った影が自分の棺から起き上がることもないだろう。ただ窓の眺めだけが、墓地の十字架にはめ込まれた色褪せた写真のように――そういう写真には、糊がパリッときいた襟をつけ、端正に髪を刈り、瞬きもせずに目を凝らした紳士が写っているものだ――しばらくの間残ることになる。ぼくは君に、さようならと言いたい。でも君にはぼくの別れの言葉さえ聞こえないだろう。それでも、やはり、さようなら。ぼくはここに二年間住み、ここで多くのことを考え、ぼくのキャラバンの影がこの壁紙の上を進み、絨毯では百合が煙草の灰から生えてきた。でも、いまは旅の終わり。書物たちは奔流となって図書館の大海原に帰って行った。すでにトランクの下着の下に押し込まれた草稿や書き抜きを、いつかまた読み返すことがあるかは分からない。でも、分かっているのは、この部屋を二度と覗きに来ることはないということだ。

フョードル・コンスタンチノヴィチはトランクの上に腰をおろして鍵を掛けた。そして部屋の中を歩き回り、最後に引き出しの中を調べてみたが、何も見つからなかった。死者はものをくすねたりはしない。窓ガラスを蠅が一匹這い上がっていく。それはせっかちな様子でガラスから離れたかと思うと、半ば墜落し、半ば下に向かって飛びながら何かを振り払おうとするような様子だったが、再び這い上がり始めた。向かいの建物は、一昨年の四月に彼が見たときは組んだ足場に取り巻かれていたが、いまではまたしても修繕が必要になっているようだ。歩道の上にはそのために用意された板が積み上げられていた。彼は持ち物を運び出し、おかみさんのところに別れの挨拶をしに行った。握手をするのはこれが最初で最後だったが、実際に握ってみるとかさかさした、力強く冷たい手だった。彼は鍵を返し、出ていった。古い住まいから新しい住まいまでの距離は、ロシアのどこかならば、プーシキン通りからゴーゴリ通りまで[*15]の距離とほぼ同じだった。

訳注

＊1　一二五頁　「カカオ」Kakao はじつは、ロシア語でもドイツ語でも綴りは同じ（字形はわずかに異なるが）。「ロシア語で書かれているように」見えても、実際にはドイツ語だったという可能性もある。

＊2　一三八頁　ナボコフ自身が後に回想するところによれば、父方の祖母の領地バートヴォには「首つりの道」と呼ばれる道があった。十九世紀初頭にバートヴォは絞首刑になった五人のデカブリストのうちの一人、ルィレーエフの母の所有するものだったが、ナボコフ家に伝わる伝説によれば、ルィレーエフはこの道を散歩することを好み、そこからこの通称ができたという。

＊3　一四六頁　ヤガ類シタバガ亜科の蛾の一種。後翅に青や赤・黄色の美しい斑紋を持つ。ラテン語学名フラクシニと、ロシア語の「フラク・シニイ」（青い燕尾服）をかけた、ラテン語＝ロシア語間の語呂合わせになっている。

＊4　一四六頁　「アルボレア」*arborea* はカレハガ科のヒメカレハを指すラテン語の学名。ロシア語で「北風の贈り物」を意味する表現「ダル・ボレヤ」とかけている。

＊5　一五一頁　プーシキンの詩「芸術家へ」（一八三六）から。アポロとニオベーはギリシャ神話の神・人物。プーシキンの詩に登場するのはそれぞれの彫像だが、これらの神話的名前はロシア語では蝶の名前としても使われる。ニオベーは子供を皆殺しにされて悲しみのあまり石化しても涙を流し続けた女。

＊6　一七七頁　マルコ・ポーロの『東方見聞録』の十四世紀末に出た手写本の口絵のミニチュア画（オックスフォードの Bodleian Library 所蔵）の複製。この箇所の絵の描写は正確である。

＊7　一八三頁　この興味深い現象は、プルジェヴァリスキーの著作『モンゴルとタングート人の国』から取られており、ナボコフの創作ではない。プルジェヴァリスキーは「蜃気楼は悪霊のようにほとんど毎昼我々の前に現れ、波打つ水面を鮮やかな騙しっぷりで出現させ、そばにあった丘の岩までがそこにはっきりと映し出

されていた」と書いている。

＊8　一八七頁　このような異様な根を持ったダイオウ（ルバーブ）は知られていない。ここでナボコフが「ダイオウ」と言っているのは、じつは冬虫夏草のことではないかと思われる。冬虫夏草はコウモリ蛾の一種の幼虫に寄生する菌類で、冬、土の中で幼虫の体内を食い尽くした後、頭を破って、夏、地表に伸び出てくる。

＊9　一八八頁　タリム盆地、タクラマカン砂漠の東端にある湖。河川の流量によって歴史的に位置が変化してきた「さまよえる湖」として知られる。この湖の謎をめぐっては、プルジェヴァリスキーを初めとして様々な探検家が議論してきたが、最終的には二十世紀になってから、スウェーデンのヘディンが解決した。ロプノールは中国の文献にタリム盆地東側にある大きな湖として出てくるが、不思議なことに誰もその場所をつきとめられなかった。一八七〇年代にタリム川下流を調査したプルジェヴァリスキーは、タリム川が南に折れていった先にカラ・ブランとカラ・コシュンという二つの湖（クル）を見つけ、これが古代にロプノールと呼ばれていた湖だと推定し、ロシアのコズロフはそれを支持したが、ドイツの地理学者リヒトホーフェン男爵は強く反対した。ナボコフが『賜物』を発表した時点では、ヘディンの発見がすでに知られ、プルジェヴァリスキーの仮説が誤りであったことがわかっていたわけだが、『賜物』の舞台となる一九二〇年代後半にはまだ、ヘディンの説が完全に立証されたわけではなく、フョードルはあえてロシアの探検家の仮説に執着している。

＊10　一八八頁　これらの旧教徒についての記述は、プルジェヴァリスキー『黄河源流からロプノールへ』に基づいている。旧教徒（古儀式派ともいう）は、十七世紀後半ロシア正教会で行われた典礼改革の受け入れを拒否し正教会から分離した人々。彼らの間には東方に「ベロヴォージエ」（白水境）という一種のユートピアがあるとする伝説があった。ロプノールのあたりに一時住みついた旧教徒もこのユートピアを求めて来たのではないか、とプルジェヴァリスキーは推測している。

＊11　一八九頁　この逸話は、マルコ・ポーロの同時代人、ジャコポ・ダキュイが記録したもので、マルコ・ポーロの伝記ではしばしば引用される。

＊12　一九〇頁　シェイクスピア『ハムレット』が念頭にある。水死したオフィーリアについて、ガートルー

ドは彼女が「この自然の力〔水〕を自分本来の住処とする生き物」のようであることに驚く（第四幕七場）。なお、この科白を含む、『ハムレット』の一部をナボコフは、ロシア語訳したことがある（亡命ロシア新聞『ルーリ』紙、一九三〇年十月十九日付に掲載）。

＊13　一九八頁　原文では普通「コサック」を意味する「カザーク」という単語が使われているが、おそらくこれは「カザフ人」の間違い。一九一六年七月に異民族軍事徴用令をきっかけにカザフスタンを含む中央アジアのムスリムの間で大反乱が起きた。

＊14　二〇六頁　コルニーロフ（一八七〇〜一九一八）は帝政ロシアの軍人。日露戦争に従軍した後、中国で公使館付陸軍武官を務める。十月革命後、反革命側の指導者となったが、一九一八年に戦死した。彼は探検旅行家でもあり、若い頃（一九〇一）、ペルシャ東部の「絶望の荒野」を意味するダシティ・ナウメドという砂漠地帯を探検した。

＊15　二一八頁　ペテルブルク中心部にはゴーゴリ通り（元「マーラヤ・モルスカヤ通り」。ナボコフ邸のあった「ボリシャーヤ・モルスカヤ通り」からもほど近い）も、プーシキン通りもあった。ただしゴーゴリ通りは一九九三年に再び旧称の「マーラヤ・モルスカヤ通り」にもどされた。この結びの文は、プーシキンの主題が支配的だった第2章から、ゴーゴリの主題が強く出る第3章への移行の予告になっている。

第3章

毎朝八時過ぎに、薄い壁の向こう、こめかみの先ほんの一アルシン（約七一センチ）のところから聞こえてくるいつも同じ物音のせいで、彼はまどろみから引きずり出された。まずガラスの棚に戻されるコップの丸い底の立てる澄んだ響き。その後で家主の娘が咳払いをする。それから回転する軸がごろごろと断続的に音を立て、それからざあっと流される水が息を詰まらせ、うなり声をあげ、突然どこかに消えていく。それから風呂場の蛇口が内側から謎めいたすすり泣きをあげたかと思うと、最後にはシャワーのさらさらいう音に変わる。かんぬき《ボルト》ががちゃりと音を立て、ドアの前から足音が遠ざかっていく。今度はそれと入れ違いに別の、暗く重いぺたぺたした足音がやって来る。マリアンナ・ニコラエヴナ（シチョーゴレフ夫人）が娘にコーヒーを淹れるため、キッチンに急いでいるのだ。最初はガスがなかなかマッチを受け付けず、ぱちぱちと騒いでいるが、やがて手なずけられて、ぱっと火がつき、滑らかにしゅうしゅうと音を立て始める。そこに、さきほどの足音が戻ってくるが、それはもう踵《ヒール》をはいた足音だ。キッチンでは早口の、怒って興奮したような会話が始まった。南方方言やモスクワ訛りの人にはよくあることだが、この母と娘も二人の間ではいつも決まって、まるで喧嘩でもしているような口調で話すのだった[*1]。二人の声は互いに似ていて、どちらも浅黒く滑らかな感じだったが、一方がよりがさつでいわば狭い感じだとすれば、他方はのびのびと澄んでいた。母の声の低い響きにはお願いをするような、しかも申し訳ないけれども、といった感じがあったのに対して、娘の受け答えは短くなる一方で、そこには悪意が込められていた。このはっきりとは聞き取りがたい朝の嵐を子守唄にして、フョードル・コンスタンチノヴィチはまた安らかな眠りにつくのだった。

　ところどころ薄らいでまだらになっていくまどろみの中で、彼は掃除の音を聞き分けていた。壁が突然、崩れ落ちてくる。これはモップが滑って、彼の部屋のドアの前にばたんと倒れた音だ。週に一度、苦しそうに息つぎをしながら、すえた汗の臭いをさせ、玄関番の太った妻が掃除機を持ってやって来ると、地獄が始まった。世界はずたずたに引き裂かれ、ぎりぎりという地獄の音が魂そのものの中に食い込んできて魂を破壊し、フョードル・コンスタンチノヴィチはベッドからも、部屋からも、家からも追い出された。普段、十時頃になると今度はマリアンナ・ニコラエヴナがバスルームを使う番だ。彼女の後には、歩きながらもう咳払いをして痰を切り、ボリス・イワノヴィチ（シチョーゴレフ）がそこに入ってくる。彼は水を五回も流した。そしてバスタブは使わず、小さな洗面台のせせらぎで満足した。十時半には家中が静まり返る。マリアンナ・ニコラエヴナは買い物に、シチョーゴレフは怪しげな仕事に出かけていく。フョードル・コンスタンチノヴィチが至福の淵に沈んでいくと、そこではまどろみのぬくもりの名残りと、昨日と未来の両方の幸せの感覚が入り混じっていた。

　いまでは彼は一日を詩で始めることがかなり多かった。あお向けに寝っ転がり、乾いてかさかさになった唇にはさんだ大きくて長持ちする煙草をまず一服してその味わいに癒されてから、彼はほとんど十年もの中断を経て、再びあの特別な種類の詩を書くようになっていたのだ。その詩はもう今晩にでもすぐに贈り物として与えられ、その詩を導きだした波に姿を映しだすことになるだろう。彼はそういった詩の構造を、かつての詩の構造と比べてみた。かつての詩の言葉はもう忘れてしまった。ただ、拭い去られた文字の間のあちこちに、貧しい韻とかわるがわる出てくる豊かな韻が保存されているだけだった。それは接吻の《バツェルーヤ》―憂えながら《タスクーヤ》、菩提樹たちの《リープ》―軋る音《スクリープ》、並木道《アルレーヤ》―真紅に染まり《アレーヤ》（紅葉だろうか、夕焼けだろうか？）[*2]といった具合だった。生まれてから十六番目の夏、彼は初めて詩を書くことに真剣に取り組むようになった。それまでは昆虫を扱った戯れ歌のようなもの以外には、何もなかったのだ。とは言うものの、詩作の雰囲気のようなものは、だいぶ前からお馴染みで、慣れ親しんでいた。家では誰もが多少は書いていたのだ。ターニャは鍵のかかる小さなアルバムに詩を書いていたし、ママは生まれ育った土地の美しさを気取らずしみじみと心を打つ散文詩にしていた。父とオレーグ叔父は何かの機会があると詩を書いたものだが、実際、そういう機会は少なくなかった。クセニヤ叔母はどうかと言えば、彼女はフランス語だけで、情熱的で「響きのいい」詩を書いたが、フランス語の音節詩作法の微妙な点は一切無視した。彼女の心情の吐露はペテルブルクの社交界ではたいへん人気があり、特に長篇詩 *La Femme et la Panthère*（「女と豹」（仏））と、アプーフチンの詩のフランス語訳はとりわけ評判が高かった。

Le gros grec d'Odessa, le juif de Varsovie,
Le jeune lieutenant, le général âgé,
Tous ils cherchaient en elle un peu de folle vie,

Et sur son sein rêvait leur amour passager.*3

オデッサのでぶのギリシャ人、ワルシャワのユダヤ人
若い少尉に年寄りの将軍
みなが彼女に求めた　狂気の生活をちょっぴり
みなの束の間の愛は　彼女の胸を夢に見た

そして、最後に一人、「本物の詩人」もいた。母のいとこにあたるヴォルホフスコイ公爵だ。彼はビロードのような手触りの紙に、素晴らしい活字で印刷された分厚く高価な詩集『曙と星』を刊行していた。物憂げな詩を集めたこの本は全巻にイタリア風の葡萄の葉飾りをあしらい、巻頭に著者の肖像画を、巻末に途方もない正誤表を掲げている。詩は「夜想曲」、「秋の調べ」、「愛の響き」といった具合に、いくつかの部に分かれ、大部分の作品の上には題辞《エピグラフ》が紋章のように置かれ、下には執筆の正確な日付と場所が記されていた。「ソレント」、「アイ＝トドル」（クリミア半島南端の岬）、あるいは「列車中で」といった具合だ。そこで頻繁に繰り返される「恍惚《エクスターズ》」という単語はその頃のぼくにもう「以前の《エクス》-たらい《ターズ》」（「エクス」には「以前の」という意味があり、「ターズ」はロシア語で「たらい」を意味する）、つまり使い古された容器のように響いたものだが、その他にこれらの小品については何も覚えていない。

父は詩にはあまり関心を示さなかったが、プーシキンだけは例外だった。ある人たちにとっての教会の祈禱のように、父はプーシキンを知っていて、散歩しながら朗唱するのが好きだった。いまでもアジアのどこかでは、物まね上手な峡谷が父の朗唱した「預言者」（プーシキンの有名な詩の一つ）のこだまを高らかに響かせ続けているのではないか、などとぼくにはときどき思えることがある。その他に

も父は、ぼくの記憶では、フェートのあの比類なき「蝶」やチュッチェフの「灰青色の影たちが……」（後者には「目に見えない蛾の飛翔が／夜の空気の中で聞こえる」という一節がある）をよく引き合いに出した。しかし、言葉の貧血からの救済のために歌曲にしてもらうことを待ち望んでいる、薄っぺらで覚えやすい前世紀末の抒情詩がいくら家の者たちの気に入ったからといっても、そんなことは父を完全に素通りした。一方、最近の詩を彼はたわごとにすぎないと思っていた。だからぼくも父の前では、この方面での自分の熱中についてあまり吹聴しないように心掛けた。あるとき父がぼくの机の上に散らかっていた何人もの詩人たちの作品集を手に取って、読む前からもう嘲笑しようという構えでページをめくっていると、ちょうど最高の詩人の最悪のものに行きあたってしまい（エドガー・アラン・ポーとおぼしき、信じがたく耐えがたい「ジェントルマン」が登場し、英語のSir（サー）を「ショール」と読ませて「絨毯《コヴョール》」と韻を踏んでいる、ブロークの有名な詩だ（ブロークの連作『恐ろしい世界』中の、「秋の夕べだった……」（一九一二））、ぼくはいまいましくなり、うっぷんをぶちまけるならせめてこちらにしてほしいと思って、セヴェリャーニンの『雷鳴沸き立つ杯』（「自我未来派」の代表的詩人として一世を風靡したイーゴリ・セヴェリャーニンの代表的な詩集（一九一三））を素早く父の手元に押し込んだ。だいたいにおいて、ぼくが愚かにも「古典主義」と呼んでいたものを父がしばし忘れ、ぼくが深く愛していたものを予断抜きに見極めてくれれば、父だってロシア詩の相貌の中に現れてきた新しい魅力、そのどんなばかげた現れにさえもぼくが感じていた魅力を理解するのではないか、と思われた。ところがいま、この新しい詩のうちどれほどのものがぼくにとって残ったか、勘定をしてみると、残ったのはほんのわずかで、それもプーシキンを自然に受け継いだものだけだ、ということがわかる。他方、けばけばしい莢や、ろくでもないごまかし、無能を隠す仮面、才能を背伸びさせる竹馬――つまり、かつてぼくが愛ゆえに許容したもの、あるいは独自の光を当てて見ていたもののすべて、そして父にはこれこそ新奇なるものの素顔、いや彼の表現によれば「おモダンの面立ち《モルダ》」と思われたもののすべては、いまでは古くさくなり、忘れられてしまった。それに比べたら、カラムジン（プーシキン以前の時代の歴史家・作家）の詩さえもまだ忘れられていないと言えるだろう。そしていま他人の本棚で、かつてぼくと兄弟のように暮らしていた誰かの詩集に出くわしたとしても、ぼくが感じるのは、当時父が感じていたのと――父が何を感じているかは傍から見てもわかった――同じことにすぎない。父の間違いは、「現代詩《ポエジア・モデルン》」を十把一からげにこきおろしたことではなく、その中に自分の愛する詩人が末永く放ち続ける生命の光を見出そうとしなかったことだ。

ぼくが彼女と知り合ったのは、一九一六年の六月だった。そのとき彼女は二十三歳くらい。夫はわが家の遠縁の親戚にあたり、前線に出征していた。彼女は領地内に建てられた小さな別荘に住んでいて、よくわが家にもやって来た。彼女のせいでぼくはあやうく蝶のことも忘れそうになり、ロシア革命をすっかり見逃してしまった。一九一七年の冬、彼女はノヴォロシースク（南ロシア、黒海沿岸の港町）に逃れ、ぼくはベルリンでようやく彼女の恐ろしい死についてたまたま知ることになった。彼女は痩せっぽちで、栗色の髪を高く結い、大きな黒い瞳を陽気に輝かせ、青白い頬にはえくぼができ、優しい口元をしていた。そして、赤みを帯びたかぐわしい液体が入った小さな瓶の栓を引き抜いて唇にあてて、口を微かに染めていた。身のこなし方や癖にはどれをとっても、なんだか涙を誘うほど愛らしいものがあり、それが何なのかあの頃ははっきり言えなかったのだが、今にして思えばそれは感動を呼び起こすほどののんきさだったのではないか。彼女は知的ではなく、教養もなく、ごく平凡な女性だった。つまり、君とは正反対だった……。いや、いや、ぼくは君よりも彼女のことを強く愛していたとか、あの頃の逢瀬のほうがいま君と毎晩のように会って過ごすときよりも幸せだったとか、そんなことを言いたいわけではまったくないんだ……。ただ、彼女のどんな欠点も、おのずとこみ上げてくる魅力と優しさとしとやかさの中で溶け去ってしまい、彼女が口走るどんなに早口の思慮のない言葉からでも魅惑が漂ってくるので、ぼくはいつまでも彼女の顔を見つめ、彼女の声を聞いていたいという気になってしまった。いまもしもあの人が生き返ったら、どうだろうって？　わからない、そんなばかなことは聞かないで。毎晩、ぼくは彼女を家まで送っていった。このときの散歩はいつの日か、役に立つことだろう。彼女の寝室には皇帝一家の小さな写真があり、トゥルゲーネフの小説のようにヘリオトロープの匂いがした（トゥルゲーネフの長篇『煙』（一八六七）では、主人公のホテルの部屋に女性から贈られたヘリオトロープの大きな花束がある）。ぼくが家に帰るのは真夜中を過ぎていたが、幸い、家庭教師はイギリスに帰っていた。そして、忠実にへつらうほどさらさらと音を立てる並木道を歩いて暗い家に向かい（明かりが灯っているのは母の部屋だけだ）、番犬たちの吠え声が聞こえてきたときにぼくが感じた軽やかさ、誇らしさ、狂おしいほどの喜び、そして夜更けの猛烈な食欲（特にヨーグルトと黒パンが食べたくてしかたなかった）をぼくは決して忘れないだろう。まさにそのとき、ぼくの詩の病も始まったのだった。

　朝食のとき何も目に入らず、唇が動いている、ということもよくあった。そんなときに隣に座っている人に砂糖壺を取ってほしいと頼まれると、自分のコップやナプキン・リングを渡してしまうことになる。自分の体中を満たす愛のざわめきをできるだけ早く詩の言葉に移しかえたいという願いは未熟なものだったにもかかわらず（オレーグ叔父が、もしも自分が詩集を出すんならタイトルは絶対に『心のざわめき』にするね、と単刀直入に言いきっていたのを思い出す）、ぼくはもうその頃自分の——粗雑で貧しいものではあれ——言葉のワークショップを構えていたのだ。形容詞を選ぶとき、「タイーンストヴェンヌィ」（神秘的な）や「ザドゥームチヴィ」（物思わしげな）といったものは、行中休止から行末音節の間の、歌いたくてたまらずにぱっくり口を開けた空間を簡単に都合よく埋めてくれるということも知っていたし、それでもやはりこの行末の単語として補足的に短い二音節の形容詞を選び、真ん中の長い形容詞と結び合わせて、例えば「タイーンストヴェンヌィ・イ・ネージュヌイ」（神秘的で、優しい）のようにすることもできると知っていた。ただし、後者はロシアの詩に対して（フランスの詩に対してもだが）正真正銘の悲惨な影響を及ぼす音響上の公式ではある。またぼくはアンフィブラヒイ（弱強弱格）型の手頃な形容詞（つまり視覚的には、クッションが三つ載っていて、真ん中の一つがへこんでいるソファの形に思い描けるもの）が山のようにあることも知っていた。「ペチャーリヌィ」（悲しい）、「リュビームィ」（大好きな）、「ミャチェージヌィ」（胸騒ぎのする）といった、その手の形容詞をぼくはどんなにたくさん浪費したことだろう。そして、ホレイ（強弱格）の形容詞も十分にあるが、ダクチリ（強弱弱格）のものははるかに少なく、しかもなぜか皆横顔を向けて立っている。最後に、アナペスト（弱弱強格）とヤンプ（弱強格）が少なめで、「ニェゼムノーイ」（地上のものならぬ）とか、「ニェモーイ」（口をきけない）のようにどれもやや退屈で融通がきかない、ということも知っていた。さらに、四脚ヤンプには自分のオーケストラを引き連れて極めて長い、この上なく感じのいい「アチャラヴァーチェリヌィエ」（魅力的な）とか、「ニェイズヤスニームィエ」（説明しがたい）といった形容詞がやって来て、「タイーンストヴェンヌィ・イ・ニェゼムノーイ」（神秘的で地上のものならぬ）というコンビネーションは、一見アンフィブラヒイのように見えるけれども、ヤンプのようにも見えるので（四脚ヤンプとしては中の二脚のアクセントが抜けているため、三脚アンフィブラヒイと見なすこともできる）、四脚の詩行になんだか波紋模様《モアレ》のような感じを付与する、ということもぼくは知っていた。その少し後に、アンドレイ・ベールイの詩的リズムに関する金字塔ともいうべき研究（アンドレイ・ベールイ（一八八〇〜一九三四）は象徴主義詩人・小説家・文芸理論家）が、半強勢（ヤンプ、ホレイなどにおいて、本来強勢が置かれるべきなのに省略されている箇所を指すベールイの用語）を視覚的に表示し計算する方式でぼくを魅了し、ぼくはただちに自分が昔書いたすべての四脚詩をこの新しい視点から見直したが、直線のパターンばかりで、欠落や孤立した点もあり、台形や長方形がまったく見られず、ひどくがっかりした。そのときから、ほとんど一年にもわたって——忌わしく、罪深い一年だった——ぼくはできるだけ複雑で豊かな図式（ベールイが提唱した「半強勢」の分布図式のこと）ができるように心掛けて詩を書くように努力した。例えば、

物思いに沈み、希望もなく
芳香をまき散らしながら
実現不能な優しさをもって
庭園はすでに半枯れしつつ——（内容よりも、アクセントと半強勢の分布のパターンを優先して作った詩）

とまあ、こんな調子で続くものだ。舌はつまずいたけれども、名誉は救われた。この詩の怪物のリズム構造を図解すると、コーヒーミルやバスケットやお盆や花瓶などを積み上げて作った、ぐらぐら揺れる塔のようなものができあがった（ベールイは自分の韻律図式で実際に、大きなバスケット、小さなバスケット、小屋、屋根、階段などの名称を用いている）。その塔をサーカスの道化が棒の先端に載せてバランスをとっているのだが、そのうちに道化は舞台《アリーナ》の仕切りにぶつかってしまい、金切り声をあげる観客のうえに塔はゆっくりと傾いていく。ところがいざ崩れ落ちようというとき、すべてに紐が通されてつながっているため安全だということが判明するのだ。

おそらく、ぼくの若い頃の抒情詩ローラーの動力が弱かったせいだろうか、動詞やその他の品詞にぼくはそれほど興味を持たなかった。韻律やリズムの問題はまた別だ。生まれつきヤンプに傾きがちな性格と戦いながら、ぼくは三音節脚の韻律を追いまわした。その後、韻律から逸脱することに夢中になった。ちょうど、「おれは大胆不敵になりたい」の著者（象徴派詩人コンスタンチン・バリモント（一八六七〜一九四二））が例の人工的な韻律を使い始めた頃のことだった。それは行の真ん中に余計な音節を一つ、こぶのよ

うにつけた四脚ヤンプ（あるいは、別の言い方をすれば、四行目と最後の行以外は女性韻で終わる、二脚八行の詩なのに、四行詩の形で提示されたもの）で、このような韻律によってかつて一つとして本当に詩的な意味のある詩が書かれたことはなかったのではないだろうか。ぼくはこの踊るせむしに夕焼けと小舟を持たせてみたが、驚いたことに夕焼けは消え、小舟は沈んでしまった。ブロークのリズムの夢見るような言いよどみのほうが扱うのは簡単だったが、ぼくがそのリズムを使い始めると、そのとたんにいつのまにかぼくの詩の中に——夜な夜な骨董屋のシュトルツのところに自分の三角帽子を求めてボナパルトの亡霊がやって来るのと同様に——青い小姓や、修道士や、皇女が忍び込んでくるのだった。

　韻たちは狩りたてられ採集されていくうちに、ぼくの手元で、ちょっと索引カードのような秩序を持った実用的な体系にまとまった。韻たちはいくつもの小家族に分かれ、韻の群れや韻の風景ができていった。「レトゥーチイ」（空を飛ぶ）はたちまち、「ジグーチイ」（焼けつくような）砂漠や「ニェミヌーチイ」（逃れ得ぬ）運命の「クルーチィ」（断崖）のうえに「トゥーチィ」（黒雲）を集めた。「ニェボスクローン」（天空）は詩の女神を「バルコーン」（バルコニー）に差し向け、女神に「クリョーン」（カエデの木）を指し示した。「ツヴェトゥイ」（花々）は「チェムナトゥイ」（暗闇）の中で、親しく「あなた《トゥイ》」と呼びかけながら、「メチトゥイ」（夢想たち）を招き寄せた。「スヴェーチィ」（蠟燭）、「プレーチィ」（肩）、「フストゥレーチィ」（出会い）、「レーチィ」（話）は昔風の舞踏会や、ウィーン会議や、県知事の名の日の祝いに共通する雰囲気を作り出した。「グラザー」（目）は「ビリュザー」（トルコ石）や、「グロザー」（雷雨）、「ストゥレコザー」（トンボ）と同席して青く輝いていて、この面々には手を触れないほうがよかった。「ジェレーヴィヤ」（木々）は退屈そうに「コチェーヴィヤ」（遊牧民の宿営地）と二人だけで立っていて、まるで「世界の街ゲーム」（都市の名前を書いたカードを国別に集めるゲーム）で二つの都市しか出してもらえないスウェーデンのようだった（フランスだったら、十二はあるというのに！）。「ヴェーチェル」（風）は孤独で、魅力を感じさせない「セーッテル」（猟犬）が遠くで駆け回っているだけだったが、その前置格をクリミアの山が使ったことや、生格形の「ヴェトラ」が幾何学者《ゲオメトラ》を招いたことがあった[*4]。ほかに珍種もあったが、珍しい切手を集めたアルバムのように、シリーズを代表する別のものの場所が空白のままになっていた。例えば「アメチーストヴィ」（アメジスト色の）という形容詞のために、ぼくは「ペレリースティヴァイ」（ページをめくれ）や、「ニェイーストヴィ」（熱狂した）、「プリースタヴァ」（警察署長の生格）をなかなか見つけてやることができなかった（そもそも警察署長ではまるっきりお門違いではないか）。一言で言えば、それはいつも手元に置いてある、きれいにラベルを貼ったコレクションだった。

　ただ、あんなにいびつで有害な詩作の修業をしていたときでさえも（もしもぼくが調和のとれた散文などというものの誘惑に屈しない生粋の詩人だったならば、そもそもその種の修練に心を奪われることはよもやなかっただろう）、ぼくがそれでも霊感というものを知っていたことに疑いはない。ぼくをとらえた興奮は氷のマントのようにぼくを素早く包み込み、関節を締めつけ、指を痙攣させた。思考は夢遊病患者のようにさまよい、千の扉の中から、夜のざわめきに満ちた庭に通ずる一つの扉を――どのようにしてかは分からないが――見つけだした。魂は膨張と収縮を繰り返し、星空の規模に達したかと思えば、水銀の滴にまで小さくなった。そして心の中で抱擁をするために腕を開け広げるような感覚が生じ、古典的なおののきも、つぶやきも、涙もあった。そしてこのすべては本物だったのだ。しかし、その瞬間、その興奮を詩によって具現化しようとする性急で未熟な試みの中で、ぼくは手あたり次第に使い潰された単語や、そういった単語の出来合いの組み合わせに飛びついたので、自分にとって創造と思えたもの、これこそ表現になるに違いないと思われたもの、ぼくの神々しい興奮とぼくの人間的な世界とをつなぐ生きた関係になるはずのものに着手するやいなや、すべては破滅的な言葉の隙間風に吹かれて消えてしまった。だがぼくは断絶や、屈辱や、裏切りにも気づかないまま、形容辞をこねくり回し、韻を整えようとし続けるのだった。それは自分の夢の内容を語ろうとする人に似ていた（それは、どんな夢もそうであるように、限りなく自由で複雑だが、血と同じで、目が覚めると凝固してしまうのだ）。そして語り手は、自分も聞き手も気づかないうちに、夢を丸くまとめてきれいにし、夢に月並みな生活の流行に合った服を着せてしまう。もしも「私は自分の部屋に座っているという夢を見た」などと始めようものなら、それは夢の部屋が現実の部屋とまったく同じようにしつらえてあると暗に言うようなものだから、夢見の手法をとてつもなく俗悪化することになる。

　別れは永遠に。朝から大粒のぼたん雪があらゆる方向に――垂直に、斜めに、さらには上に向かってさえも――降りしきっていた、冬のある日のこと。彼女の大きなオーバーシューズと小さなマフ。彼女は自分とともに何もかも持ち去ってしまった――そして、その中には、夏に二人が逢瀬を重ねていた公園も含まれていた。彼に残されたのは、詩で書かれた財産目録と、小脇に抱えた鞄――学校に行かなかった中学《ギムナジア》八年生（ギムナジア（中等教育機関、大学への進学を準備する）の最終学年）の擦り切れた鞄だけだ。妙な気おくれ、大事なことを言いたいのに沈黙が続き、それからたいして意味のない言葉がとりとめなく出てくるだけ。簡単に言えば、愛は最初の告白に先立って現れたおどおどしたはにかみという音楽のテーマを、最後の別れの前に繰り返すのだ。彼女の塩からい唇がベールの網目を通してそっと触れる。駅の慌ただしさは、おぞましくも獣じみていた。それは気前のいい手によって、幸福と太陽と自由の花の種が蒔かれていた時だった。その花もいまではだいぶ大きくなった。ロシアはもうヒマワリだらけだ。これほど大きくて面《つら》もでかい、これほど愚かな花もないだろう。

詩の数々――別れについて、死について、過去について。詩作に対する態度が変わり、詩のワークショップや言葉の分類や韻の収集に嫌気がさしたのがいつなのか、その正確な時期は特定しがたい（外国に出てからではないかという気がするけれども）。でも、このすべてを壊し、ばらばらにし、忘れるのはなんと辛く難しいことだったろう。悪癖は抜きがたく、慣れ親しんだ言葉はいっこうに離れていこうとしなかった。言葉はそれ自体としては悪くもなければ、良くもなかったが、それらのグループごとの結びつきや、韻たちの責任のがれのかばいあい、そして肥え太ったリズム――このすべてが言葉を恐ろしく、醜悪で、生気のないものにしていた。自分を無能と見なしたほうが、自分は天才だと信じるよりもましだということにはおそらくなるまい。フョードル・コンスタンチノヴィチは自分が無能ではないかと疑問を抱きながらも、ひょっとしたら天才かもしれないとも思っていた。いずれにせよ、肝心なのは、白紙の悪魔のような憂鬱に負けないよう努力していたということだ。肺が自分を広げたがるのと同じように自然に抑えがたく言い表したいことがあった以上は、呼吸に適した言葉もきっと見つかるはずだった。ああ、言葉がない、言葉は血の気のない屍にすぎない、そもそも言葉なんて我々のなんとかかんとかいう感情を表現することはできないんだ、と詩人たちがしょっちゅう繰り返すぼやきは、彼には無意味なものにしか思えなかった。それは、鄙びた山村の長老が、そら、あの山にはまだ誰も登ったことがないし、この先も登ることはなかろうよ、と真面目に信じ込んでいるのと同じくらい無意味なことだった。ある晴れた寒い朝、のっぽで軽やかなイギリス人がひょっこり現れて、嬉しそうな顔で頂上までよじ登ってしまうのだから。

彼の心の内から解放感が初めて湧きあがってきたのは、もう二年以上も前に出版された、『詩集』と題された本に取り組んでいるときのことだった。楽しい練習だった、という意識がいまでも残っている。確かに、その五十篇の八行詩《ママ》（第1章では「十二行詩」となっている。単純な誤植か。それとも、主人公の誤った記憶に基づくものか）の中には、思い出すのが恥ずかしいものもいくつかあった。例えば、自転車や歯医者の詩だ。その代わり、生き生きとしていて精確なものもあった。家具の下に転がり込み、後で見つかったボールはよくできていた。しかもこの詩の場合、最後の連で韻の乱れがあり（まるで一つの行がその縁を越えて溢れ出たようだった）、その乱調がいまでも以前と同じように表現力豊かに、霊感に満ちた歌声を彼の耳元で響かせていた。この本を自費出版で（かつての財産のうち、たまたま残っていた平たい金色のシガレットケースを売ったのだ。そこには遠い夏の夜の日付が刻み込まれていた――それにしても、露に濡れた彼女の家の木戸は、なんという音を立てて軋んだことだろう！）、部数は五百。そのうち四百二十九部はいまだに封も切られず埃をかぶり、配給業者の倉庫に積まれ、一か所だけえぐれて岩棚ができた平らな台地のようになっているだろう。十九部を彼は寄贈し、一部は手元に残した。自分の本を買ってくれた五十一とは、そもそも、いったいどんな人たちなのだろうか、という疑問に、彼はときおり頭を悩ませた。そして、その人々でいっぱいになった部屋を（「ゴドゥノフ＝チェルディンツェフの読者たち」の株主総会といったところか）思い浮かべた。彼らは皆似たり寄ったりで、思慮深そうな目をし、優しい手に小さな白い本を持っていた。本の行方について、確実にわかったのは、一部についてだけだった。それを二年前に買ったのは、ジーナ・メルツだった。

　彼は寝そべったまま煙草を吸い、胎内のようなベッドのぬくもりとアパートの静けさ、時の物憂げな流れを楽しみながら、ゆったりと詩作にふけった。マリアンナ・ニコラエヴナはまだすぐには帰ってこないだろうし、昼食は一時十五分より前にはならない。この三か月の間に部屋はすっかり体に馴染み、その空間的変位はいまでは彼の生活の動きと完全に一致していた。ハンマーの響き、ポンプのしゅうしゅういう音、点検されるエンジンのはぜる音、ドイツ人の声のドイツ人らしい炸裂――こういった日常的な音の組み合わせはすべて、毎朝必ず、ガレージと自動車修理工場がある中庭の左側から聞こえてきたが、それももうだいぶ前から慣れ親しんだ無害なものになっていた。つまり、それは静寂を彩るほとんど気がつかないほどの模様であって、静寂を破るものではなかった。軍用毛布の下から足を伸ばせば、窓際の小さな机に爪先で触ることができたし、手を横に投げ出せば左の壁側の戸棚に届いた（ついでながら、その戸棚は何の理由もなく、出番でないときにさかしらな顔をして舞台にのこのこ出てきた間抜けな俳優のように、いきなり開くことがときどきあった）。机の上にはレシノの写真、インク瓶、乳白色に曇ったガラスのランプ、フルーツの砂糖煮《ヴァレーニエ》の跡がついた小皿が並び、『赤い処女地《クラースナヤ・ノーフィ》』（当時のソヴィエトの代表的な月刊文芸誌）、『現代雑記《ソヴレメンヌイエ・ザピースキ》』（パリで出ていた亡命ロシア文芸誌。『賜物』も最初同誌に連載された）と、出たばかりのコンチェーエフの詩集『報せ』が置かれていた。寝台としても使っている寝椅子の脇の絨毯には、昨日の新聞と国外出版の『死せる魂』が転がっている。このすべてがいま彼の目に見えたわけではないが、すべては確かにそこにあった。つまり、それは人の目に見えなくなるように訓練され、そのことを自らの使命と考える物たちの小さな社会であって、その使命は物たちが一定の構成のうちに置かれているときに初めて遂行することができるのだ。彼はこの上ない幸せに満たされていた。それは脈打つ霧が、突然人間の言葉を話し始めたような感じだった。こういった瞬間にまさるものは、この世には何もあるはずがない。稀なもの、架空のもの、夢の彼方から忍び寄るもの、／愚者を怒らせ庶民に処刑されるもの、それだけを愛せよ。／故郷に対してと同様、虚構に忠実であれ。／我らの時は来た。眠っていないのは／犬と不具者たちだけ。夏の夜は軽やかだ。／通り過ぎた自動車は、／最後の高利貸を永遠に運び去った。／街灯のそばでは木が葉脈を透かして／仮面舞踏会の装いを見せる。／向こうの門にはバグダッドの歪んだ影が差し、／かの星がプルコヴォ（ペテルブルク南郊の村。一八三九年に天文台が開設され、ロシアではここを基点にした「プルコヴォ子午線」が使われていた）上空に懸る。／お

お、誓ってくれ……。（「稀なもの」からここまで、原文では行分けされていないが、韻文（五脚ヤンブ）で書かれている）

玄関から電話の音がけたたましく響いてきた。暗黙の了解で、家の者たちが不在のときはフョードル・コンスタンチノヴィチが出ることになっていた。でも、もしもいま起きなかったら、どうなるだろう？　ベルの音はいつまでも、ときどきちょっと息つぎのための休憩を入れながら、いつまでも鳴り続けた。死にたくないんだな。それでは殺してやるしかないか。堪えきれなくなって、フョードル・コンスタンチノヴィチは悪態をつきながら、精霊のように玄関に飛んでいった。ロシア人の声が、そちらはどなたですか、と苛立たしげに尋ねてきた。フョードル・コンスタンチノヴィチは一瞬のうちに、その声の主がわかった。その見知らぬ男は——たまたま同国人だったのは運命の気まぐれのせいだ——昨日自分が掛けたかった相手とは違ったところにつながれてしまい、今日もまた、似た番号のせいなのだろう、まったく同じ接続間違いという目に遭ったのだった。

「いいかげんに勘弁してくださいよ」とフョードル・コンスタンチノヴィチは言って、いかにも嫌そうに急いで電話を切った。そしてバスルームに入ったが一分後には出てきて、キッチンで冷えたコーヒーを飲み、ベッドに突進して戻った。きみをなんと呼ぼう？　きみの名前には／半ばムネモシュネー《ムネモジーナ》（ギリシャ神話の記憶の女神）半ば星のゆらめき《メルツァーニエ》がある。（詩の中に、ジーナ・メルツという名前を読みこんでいる（ムネモジーナ、メルツァーニエ））／ベルリンの薄闇を半ば幻のきみと二人で／さまようのは不思議なこと。／でも菩提樹の下でベンチは街灯に照らされ……／きみは涙の痙攣の中で生き返り、／この生に驚嘆したまなざしと／髪の淡い輝きをぼくは見る。／キスをするきみの唇のために、／とっておきの比喩がぼくにはある。／チベットの山にゆらめく雪、／熱い泉、霜の中の花。／ぼくたちの夜の貧しい領土は、／塀と街灯、アスファルトの広がり。／全世界を夜から取り戻すために、／想像力のエースに賭けよう！／あれは雲ではなく、連なる山なみ。／あれは森の焚火、窓辺の灯りではなく……。／おお、誓ってくれ、

道の終わりまで／きみは虚構だけに忠実であると……／（ここもさきほどの例と同様、韻文（五脚ヤンプ）で書かれている）

正午になって鍵穴ついばむ鍵の音（ここで私たちはベールイ流のリズムを持った散文に切り替える）、断固とずしんと錠前が締まる。帰ってきたのだ、マリアンナ・ニコラエヴナが市場から。その足取りもどたどたと、レインコートの衣擦れのむかつくような音を立て、扉の前を通り過ぎ、台所へとプロドゥクトゥイ（本来「生産物」の意味の外来語であった「プロドゥクトゥイ」がここでは「食品」の意味で使われている。これはソ連時代に一般化した語法）を満載のずしりと重い買い物袋であった。おお、女神、ロシア散文の守護神よ、『モスクワ』なる書に満ち満ちたキャアベツくさい六歩詩に別れを告げよ、永遠に*5。いや、なんだか快適ではなくなってしまった。朝には時間の容量があれほどあったのに、もう何も残っていない。ベッドはもはやベッドのパロディでしかない。キッチンで昼食が調理される音には不愉快な非難の響きがあり、顔を洗ってひげを剃る見通し《パースペクティヴ》は、中世初期の絵師たちにとっての遠近法《パースペクティヴ》と同様、あまりに近くて不可能なものに思えた。でもお前はいつか、これとも別れなければならない。

十二時十五分、十二時二十分、十二時半……。もう嫌気がさしているのに、絡みついていて放してくれない寝床のぬくもりの中で、彼は最後にもう一本煙草を吸うことにした。枕が今の時間に相応しくないことが、ますます明らかになってきた。彼は吸い終わらないうちに起き上がり、興味深い多次元の世界から、窮屈で要求が厳しく、別の圧力があってそのせいでたちまち体が疲れ、頭が痛くなる世界にただちに移った。つまり、冷たい水の世界に移ったということだ。今日はお湯が出ない日だったのだ（ヨーロッパの都市では、地域集中暖房の点検のため、温水が停止する日があった）。

前夜からの詩の二日酔い、落ち込んだ気分、悲しい獣（「性交の後あらゆる獣は悲しい」というラテン語成句をふまえている）……。昨日剃刀をすすぎ忘れ、刃先に泡が石のように残り、刃全体も錆びていたが、替えはなかった。鏡の中からこちらを青白い顔の自画像が見つめていたが、その目はあらゆる自画像に見られる真剣な目をしていた。顎の脇の柔らかくて過敏なところで、夜の間に伸びたひげの間から（一生の間にぼくは、さらに何メートルのひげを剃るのだろうか）てっぺんが黄色くなったにきびが顔を出し、それが一瞬のうちにフョードル・コンスタンチノヴィチの全存在の中心、彼という存在の様々な部位に生きているすべての不快な感情が寄り集まってくる集合地点になった。彼はそれを潰した——あとで三倍に膨れ上がるとわかっていながら。冷たい石鹸の泡の奥から、赤い目がのぞいていた。L'œil regardait Caïn.（目がカインを見つめていた。フランス語。ヴィクトル・ユーゴーの詩より。ここで目は弟を殺害した旧約聖書のカインの良心の呵責を表わしている）一方、剃刀《ジレット》はまるっきりひげ剃りの役には立たず、指で肌を確かめてみるとごわごわした毛の感触があって、地獄のような絶望感を呼び起こした。喉仏の近所に血が数滴滲み出てきたが、ひげはそのくせちゃんと残っている。「絶望の荒野」だ（コルニーロフが探検したペルシャの荒野。第2章二二一頁注14参照）。そのすべてに加えて薄暗く、明かりを点けたとしても、永久花（乾燥しても元の形や色が長く変わらない花）のように黄色い昼間の電気の光では何の足しにもならなかった。なんとかひげを剃り終えると、いかにも嫌そうな顔をしてバスに這い込み、氷のように冷たいシャワーの水圧を受けてうめき声を上げ、それからタオルを間違えてしまったので、一日中マリアンナ・ニコラエヴナの匂いが消えないだろうと思って憂鬱になった。顔はおぞましくざらざらとした感触があってひりひり燃えるようで、灼熱した熾《おき》を押しあてられたような箇所が一つ、顎の脇にあった。突然、ドアの取っ手がぐいと強く引っ張られた（シチョーゴレフが帰ってきたのだ）。フョードル・コンスタンチノヴィチは足音が遠ざかるまで待って、自分の部屋に飛んでいった。

　そのすぐ後に、彼はもう食堂にいた。マリアンナ・ニコラエヴナがスープを注ぎ分けている。彼はマリアンナ・ニコラエヴナのざらざらした手にキスをした。彼女の娘は勤めから帰ってきたばかりのところで、ゆっくりとした足取りで食卓についたが、事務所の仕事のせいで疲れはて、その姿もなんだか朦朧としていた。そして優雅でけだるい様子で席についた——長い指にはさんだ煙草、まつげについた白粉、トルコ石のように碧い絹の袖なしワンピース《ジャンパー》、こめかみから後ろに梳かしたショートカットのブロンドの髪、不機嫌な顔、沈黙、灰。シチョーゴレフはウォッカの杯を一口で飲みほし、襟もとにナプキンを差し込み、愛想よく、しかし内心こわごわと継娘の様子をうかがいながら、スープをすすり始めた。彼女のほうはボルシチに浮かんだスメタナ（ロシア風のサワークリーム）の白い感嘆符をゆっくりかきまぜていたが、やがて肩をすくめると、皿を押しのけた。暗い顔で彼女を見守っていたマリアンナ・ニコラエヴナは、ナプキンをテーブルに投げ出して、食堂から出ていった。

「ちょっとは食べないとね、アイーダ」とボリス・イワノヴィチが濡れた唇を突き出して言った。まるで彼女など存在しないかのように、彼女は一言も返事をせずに――ただ細い鼻の鼻孔がぴくっと震えただけだった――椅子に座ったまま向きを変え、自然で軽やかな身のこなしで長い胴体をひねって、後ろの食器棚から灰皿を取り、皿の脇に置いて、そこに灰を落とした。マリアンナ・ニコラエヴナは粗雑な手工品のような趣の化粧をほどこした肉付きのいい顔に、陰気で傷ついたような表情を浮かべて、キッチンから戻ってきた。娘は左肘をテーブルに載せ、軽くそちらにもたれかかるようにして、おもむろにスープに取りかかった。

「さてどうです、フョードル・コンスタンチノヴィチ」とシチョーゴレフがとりあえず空腹を癒してから、口火を切った。「どうやら事態は大詰めに向かっているようですよ！　イギリスとは完全に断交[*6]、ヒンチューク（ソ連政府要人で、当時イギリスにおけるソ連通商代表）は叩きだされ……。つまり、もはやただならぬ気配が漂っているということ。コヴェルダ[*7]の銃撃が最初の兆候《シグナル》だって、ついこの間、言ったばかりじゃないか！　戦争ですよ！　よっぽどひどくお目出たい人間でない限り、戦争が避けられないことはもう否定できない。考えてもごらんなさい、極東じゃ日本が黙っていないだろうし……」

　そして、シチョーゴレフの政治談義が始まった。多くの無給のおしゃべりたちと同様に、彼にはこんな風に思えたのだ。つまり、有給のおしゃべりたちが新聞に書くあれこれの報道記事を読みかじれば、そこから整然とした図式ができあがり、それに従えば論理的で醒めた頭脳は（それはこの場合、彼の頭脳ということだが）世界の多くの出来事をたやすく説明したり、予見したりできるのではないだろうか。様々な国の名称やその首脳の名前は彼が口にすると、なんだか容器のラベルのようなものになった。そのラベルが貼られた容器というのは、彼が中身をあれこれ注ぎ変えているので、どれも程度の差こそあれおおよそいっぱいになってはいるが、本質的にはいずれも同じものなのだ。フランスはこれこれのことを恐れていて、そのため決して許さないだろう。イギリスはこれこれのことを獲得しようとしている。この政治家は接近したくてたまらないのだが、あの政治家は自分の威信を高めたくてしかたない。誰それは目論んで、誰それはこれこれを狙っている。一言で言えば、彼の作り出す世界は、視野が狭く、ユーモアも個性もない、抽象的な人間たちが集まって喧嘩をしているようなものになってしまい、この連中の相互作用の中に彼が知恵や狡さや先見の明を見出せば見出すほど、この世界は愚かで、俗悪で、単純なものになるのだった。そんな彼が、もう一人の同じような政治予想屋に出くわそうものなら、目も当てられないことになった。例えば、カサートキン大佐の場合がそうだ。彼はときおり食事に来ていたのだが、そのときはシチョーゴレフのイギリスがシチョーゴレフの別の国とではなく、やはり実在しないカサートキンのイギリスと衝突したので、交戦国どうしはそれぞれ違う次元に存在していて、決して互いに接することはできないはずなのに、国際戦がある意味では内紛のようなものに変貌してしまった。いまシチョーゴレフの話を聞きながら、フョードル・コンスタンチノヴィチは驚嘆していた——シチョーゴレフが名を挙げる国々は、シチョーゴレフ本人の体の様々な部分と、まるで互いに家族であるかのように似ているのだ。例えば、「フランス」は警告するようにもたげられた眉に、ロシアの沿バルト「周辺諸国」は鼻毛に対応していたし、「ポーランド回廊」（東プロイセンとドイツの間の狭い地帯。第一次世界大戦後、ポーランド領となった）とおぼしきものは彼の食道を通り、「ダンツィッヒ」では歯がちがちと鳴った。そしてロシアは、シチョーゴレフの尻だった。

彼は食事（メイン料理はグラーシュ、デザートはロシア風ゼリー《キセーリ》）の間中しゃべり通し、折ったマッチ棒で歯をせせりながら、ひと眠りするため席を立った。マリアンナ・ニコラエヴナは、やはり同じことをする前に、せっせと食器洗いに取りかかった。娘は結局一言も発しないまま、職場に戻っていった。

フョードル・コンスタンチノヴィチが寝椅子からシーツをなんとか片づけたかと思うと、そのとたんに生徒がやって来た。肉付きがよく、顔色が青白いこの若者は亡命ロシア人の歯科医の息子で、角縁の眼鏡をかけ、万年筆を胸ポケットに差していた。ベルリンの中等学校《ギムナジウム》で学ぶ彼は、可哀そうなまでに地元の風習に染まってしまい、英語を話すときも、ボウリングのピンのような頭のドイツ人がやりそうな、根絶しがたい間違いをするのだった。例えば、彼は普通の過去形の代わりに過去進行形を使ったため、彼が昨日たまたまとった行動はどれもこれもなんだかばかげた具合に永続している感じになったのだが、そういった誤用を彼に止めさせられるような力は存在しなかった。彼はまた同じくらい頑固に、英語のalso《オールソー》（「〜もまた」）をドイツ語のalso《アルソー》（「それでは」）のように使い、「衣服」を意味する単語clothes《クローズ》を発音するときは、棘だらけで厄介な語尾を克服しながら、まるで障害物を乗り越えた人が足を滑らせて転びそうになるように、いつも決まって余計な歯擦音を付け加えて「クローズ・ズィス」とやってしまうのだった。そうはいうものの、彼は話すことはかなり自由にでき、家庭教師の助けを借りにきたのは、卒業試験で最高点を取りたいがためだった。彼は自己満足的で、分別くさく、そのくせ頭は鈍く、いかにもドイツ人流に無知だった——つまり、自分の知らないことに対しては何でも懐疑的な態度をとったのだ。物事の可笑しな側面は、とっくの昔にしかるべき場所で――例えば、ベルリンで出ているイラスト満載の週刊誌の最後のページで――検討済みになっていると固く信じていたので、決して笑うことはなく、見下したような態度で、ふふん、と言うのがせいぜいだった。彼の顔をほんの少しでも陽気にすることができたのは、なにやら巧妙な金銭上の取引の話だけだ。彼の人生哲学は、煎じ詰めれば、ごく単純な命題に帰した。つまり、貧乏人は不幸で、金持ちは幸せだ、というのである。法に則ったこの幸せは、一流のダンス音楽の伴奏に合わせて、技術の贅を凝らしたいろいろな品物から戯れるように組み立てられるものだった。彼は授業にいつも数分早く来て、同じように数分遅くなるまで立ち去ろうとしなかった。

次の拷問に急ぐために、フョードル・コンスタンチノヴィチは彼といっしょに家を出た。生徒のほうは角までいっしょについてきて、さらに英語の表現をいくつかただで手に入れようという魂胆だったが、フョードル・コンスタンチノヴィチは愉快そうに、しかしすげなくロシア語に切り替えてしまった。二人は交差点のところで別れた。それは風にさらされ、ぼろぼろになった交差点で、まだ育ちきっておらず広場の等級《ランク》には達していなかったが、それでも教会もあれば、ちょっとした辻公園もあり、角には薬局が、黒檜《くろべ》の木立の中にはトイレがあり、路面電車の車掌がうまそうに牛乳を飲むキオスクが立つ三角地帯さえあった。角から飛び出してきて、今名を挙げた祈ったり涼をとったりする場所を迂回し、四方八方に分かれていく数多くの通りのせいで、交差点は、自動車運転の初心者を啓発するために街を構成するすべての要素とそれらの衝突の可能性をすべて図解した小さな絵の一つのように見えた。右手には路面電車の車庫の門が見え、美しい白樺が三本、コンクリートの背景から柔らかく浮かび上がっている。路面電車は、決められた停留所の三メートルほど手前、キオスクのあたりで、鉄製のポールの尖端を使ってポイントを切り替えるために一時停止させることになっていたが（その際必ず、買い物袋をいくつも抱えた女などがせかせかと降りようとし、皆に引きとめられるのだった）、例えば運転手がうっかり者で一時停止を忘れようものなら（いや、残念ながらその種のうっかりには、一度も出くわさなかったのだが）、車両は向きを変えて、ガラス張りの丸天井の下に堂々と入っていったことだろう。そこは車両が夜を過ごし、修理をしてもらう場所だった。左手にうずたかくそびえる教会は、下のほうに木蔦の帯を巻いている。教会の周りを縁取る芝生の上には、藤色の花を咲かせたシャクナゲが何株か薄暗く見えていて、そこでは夜な夜な、なんだか謎めいた男が謎めいた灯りを下げ、芝生の中でミミズを——自分の飼っている鳥のためだろうか、釣りのためだろうか？——探している姿が目撃された。通りをへだてた教会の向かいでは、露に濡れた腕で虹の幻影を抱きしめながら一所でワルツを踊っているスプリンクラーの細い水流の輝きの下、辻公園の細長い草地が緑色に見えている。この辻公園には若木が両脇に植えられ（その中には銀モミが一本あった）、П《ペー》字型に作られた並木道の角の、一番木陰の濃いところには砂場があった。それは子供のためのもので、私たちがこういった肥沃な砂に触れるのは、知人を葬るときだけだろう。辻公園の向こうには荒れ果てたサッカー場があり、フョードル・コンスタンチノヴィチはそれに沿って、クーアフュルステンダム通りに向かった。菩提樹の緑、アスファルトの黒、自動車用品店の前に設けられた柵の格子に寄せかけられた太いトラックのタイヤ、眩しいほどの笑顔を浮かべて立方体のマーガリンを差し出す広告の花嫁、居酒屋の青い看板、大通りに近づいていくに連れて古びて行く家並みの灰色の前面《ファサード》——このすべてが彼の目の前をちらちらと過ぎていくのは、もうこれで百回目だろうか。いつものように、クーアフュルステンダム通りに出るまであと数歩というところで、彼は自分の乗るべきバスが視界を横切って通り過ぎるのを目にした。バス停は角を曲がってすぐのところにあり、フョードル・コンスタンチノヴィチは慌てて駆けだしたが間に合わず、結局次のバスを待つ羽目になった。映画館の入り口の上には、ボール紙を切り抜いて作った全身黒ずくめの怪物の姿があった。彼は足先をそっくり返らせ、山高帽の下の白い顔にはちょび髭を生やし、体からちょっと離した手に柄の曲がったステッキを持っていた（おそらくチャップリンか）。隣のカフェのテラスでは籐の肘掛け椅子にビジネスマンの一行が腰をおろし、皆同じように足を投げ出し、皆同じように自分の前で両手の指を組み合わせて屋根のような形を作っていた。彼らは不細工な顔とネクタイに関しては互いにとてもよく似ていたが、きっと、支払い能力には違いがあるのだろう。一方、歩道の脇に停まっている小さな自動車は、フェンダーがひどく損傷し、ガラスが割れ、血まみれのハンカチが踏み段《ステップ》に落ちていて、五人ほどの野次馬がまだそれを物珍しそうに眺めていた。すべてのものが日の光をまだらに浴びていた。緑のベンチでは、通りに背を向けて、痩せこけた老人が日向ぼっこをしている――彼は短い顎ひげを染め、綿布《ピケ》のゲートルをはいていた。歩道をへだてて彼の向かいには、骨盤のところから足を切断された血色のいい年配の物乞い女が、まるで胸像のように壁の下のほうに身をもたせ掛けて、逆説的なことに靴紐を売っていた。家並みの間には一か所、建物が立っていない空き地があり、そこでは何の花だろうか、控えめに神秘的に咲いているものがあり、その奥では、踵を返して立ち去ろうとしているように見える他の建物たちの背中にあたる、粘板岩のように黒っぽい壁が隙間なく広がっていた。その壁には、奇妙で魅力的な、まるで何にも依存しないでそれ自体で存在しているような白っぽい唐草模様が縦横に走っていて、それは火星の運河のようでも、昔聞いたお伽話でたまたま使われていた表現のように何やら遠くて半ば忘れられたもののようでもあり、また何やら知られざる劇のための古い書割のようでもあった。

やって来たバスの湾曲した階段から、魅惑的な一対の絹の脚が降りてきた。こういったことが物を書く千人もの男たちの努力のせいですっかり陳腐になっていることは、私たちも知っているけれども、それでもともかく降りてきたのだからしかたない、その一対の脚が。そして、私たちをだましたのだった。なにしろ、ご面相は見られたものではなかったからだ。フョードル・コンスタンチノヴィチは階段をよじ登った。屋上席にいてちょっともたついていた車掌は、上から手のひらで鉄の車体の側面をばんと叩き、もう出発していいと運転手に知らせた。その車体の側面を、そこに描かれた歯磨きペーストの広告の上を、カエデの柔らかな枝先がさらさらと撫でてゆき、滑るように動いていく通りは見晴らしのおかげで見違えるように気品が増し、それを高みから眺めるのはきっと楽しいことだっただろう（このバスは二階建で、二階が屋根のないタイプのもの。螺旋状に湾曲した階段で二階に上った）、いつものぞっとするような冷たい考えさえなければ——このぼくは、特別な、まだ新種記載もされていなければ、命名もされていない人間の珍しい変種なのに、いったい何をしているんだ。一つの家庭教師先から別の家庭教師先へと走りまわり、退屈で空しい仕事のために、外国語、つまり他人の言葉を教えるなんておぞましいことのために青春を浪費しているじゃないか。だって、ぼくには自分の言葉があって、それを使えばどんなものでも——ブヨだって、マンモスだって、千種類の雲だって——創り出すことができるのに。一万人、十万人、いや、それどころか、ひょっとしたら百万人のうち、自分一人にしか教えられないこの上なく神秘的で精妙なこと、それを教えられたらいいのに。例えば、思考の多面性について。それはこういうことだ。君はある人間を見つめると、その人間の姿が中まで水晶を通すようにくっきりと見えてしまう、まるで自分で息を吹き込んで作ったガラス製品みたいに。ところがそれと同時に、この澄みきった境地をまったく邪魔することなく、どうでもいいような細部に気がつくのだ——例えば、電話の受話器の影がちょっと押しつぶされた巨大な蟻に似ているとか。そして（このすべては同時に起こるのだが）、第三の思考が頭をもたげ始める。それはロシアの小さな駅でのよく晴れた夕べの思い出だったりする。つまり、誰かと会話をしているとき、外側では自分自身の言葉の一つ一つ、内側では相手の言葉の一つ一つを捉えてその周りを駆けまわっているのに、その会話とは合理的な関係が一切ないことを何やら、ふと思い出してしまうということだ。あるいは、荒れ地に転がるブリキ缶や、踏みつけられて泥だらけになった『民族衣裳』シリーズのシガレットカード（紙巻煙草の箱の中に、「おまけ」として入っていた絵入りカード。女優、野球選手、城など様々なテーマでシリーズになっていた）や、善良で気が弱く、優しい人間がわけもなく大目玉をくらったときに繰り返す、たまたま口から出た哀れな言葉——それは、つまり、瞬間的な錬金術の蒸留によって、かの王様の実験（中世錬金術で、賢者の石や不老不死の秘薬などを作り出すための実験）によって、貴重で永遠な何かに変えられる人生のゴミのすべてなのだが——そういったものに対する身を切られるような痛切な憐れみについても、ぼくは教えられるはずなのに。あるいはさらに、こんなこともある——つまり、ぼくたちがここで送る日々は、ポケットの小銭、暗闇でちゃりんとなるはした金みたいなものにすぎず、どこかにもっと大きな資本があり、それを元手にして生きている間に夢や、幸せの涙や、遥かなる山なみといった形で利息を受け取ることができなければならないという、いつもつきまとって離れない感覚だ。このすべてを、そしてその他にも多くのことを（たぶんパーカーの『精神の旅』という一つの学術的著作だけで言及されている、非常に稀で苦痛に満ちたいわゆる星空の感覚をはじめとして、芸術としての文学の領域における専門家向きの微細な問題にいたるまで）彼は学びたい者たちに教えることが——しかも上手に教えることが——できた。ところが学びたい者などいなかったし、いるはずもなかった。残念なことだ。世の音楽の教授並みに、一時間に百マルククらい取れるかもしれないのに。ただし、彼はそれと同時に、そんなのはすべてくだらないことだ、くだらぬことの影、鼻もちならない夢想にすぎない、と自分に反駁することを面白く感じてもいた。ぼくは貧しいロシアの若者にすぎない、地主貴族のおぼっちゃまの教養から余った分を売り尽くしながら、暇な時間には詩をちょこっと書いている——ぼくのささやかな不滅の生といったら、せいぜいそんなものなのだ。でも多面的な思考のこういった微妙な色調の変転でさえも、自分自身を相手にしたこの思考の戯れも、教えるべき相手など一人もいなかった。

彼がバスで向かっていたのは——そしてたったいま目的地に着いたのだったが——あらゆる意味で孤独な若い女性のところだった。彼女はそばかすがあったがとても美しく、いつも胸元が開いた黒いドレスを着て、中に何も書かれていない手紙の封筒に押された封蠟のような唇をしていた。彼女は物思わしげな好奇心を浮かべ、フョードル・コンスタンチノヴィチをずっと見つめていたが、彼とともにもう三か月も読んできたスティーヴンソンの素晴らしい小説には興味を持てないだけでなく（その前には、キップリングを同じようなテンポで読んでいた）、一つの文章もきちんと理解できないまま、絶対に訪ねていくことのない人の住所を書きとめるように、単語を書きとめていた。いまでさえも、いや、より正確に言えば、まさにいま、以前よりも強い興奮を覚えながらフョードル・コンスタンチノヴィチは、魅力にかけても知性にかけても誰とも比べ物にならない別の女性に恋をしているくせに、誘いかけるように近くに置かれた、鋭い爪を見せ微かに震えているこの小さな手に自分の手のひらを重ねたらどうなるだろうか、などと考えてみた。そして、そうしたらどうなるか、分かったので、突然、心臓がどきどきし、たちまち唇が乾いてしまった。しかし、彼女の何とも言えない口調や、くすくす笑いのせいで、そしてまさに彼を好きになった女がなぜか必ずつけているお決まりの香水の香りが漂ってきたせいで——彼にはまさにそのどろんとした、甘ったるく茶色い匂いが我慢ならなかったのだが——彼は知らず知らずのうちに醒めてしまった。なんというずるくてつまらない女だろうか。その魂にも生気が感じられない。ところが、いま授業が終わって通りに出たところで、彼は漠然としたいまいましい気分に襲われた。さきほど同席していたときよりもずっとはっきりと、彼女の小柄な引き締まった体が何に対しても言いなりになり、陽気に応える様子が目に浮かんだからだ。そして彼は痛いほどありありと、彼女の背中に回した自分の手や、後ろに投げ出された彼女の頭とその滑らかな赤みを帯びた髪を想像上の鏡の中に見た。しかし、それから鏡は意味ありげに像を消してしまい、彼はこの世で一番俗悪な感覚を抱いた。つまり、逃した機会のせいで心が疼いたのだ。

いや、そうではなかった。何も逃してはいない。こういった実現しない抱擁の魅惑とは、それをたやすく思い描けるからこそなのだ。孤独と節制のうちに送ってきた青春のこの十年の間、彼はいつでも雪が少し残っている断崖の上に住み、ビールを作るふもとの町に行くにははるばる山を下って行かなければならない、といった風だった。行きずりの恋の欺瞞とその誘惑の甘さの間には空虚、人生の穴が口を開いていて、自分の側でいかなる現実的な行動を起こすこともないのだという考え方にすっかり慣れてしまっていて、ときに通りすがりの女に見とれるようなことがあっても、幸福の可能性に心を揺さぶられると同時に、その不完全さが避けられないと思って嫌悪感を抱いてしまうのだった。つまりその一瞬のうちに来るべき恋《ロマンス》の姿を思い描きながらも、三幅対の真ん中の部分を省略してしまうというわけだった。そんなわけで、今回もスティーヴンソンの講読がダンテ的な小休止（本をいっしょに読んでいる男女が恋に落ち、口づけを交わし、読書を中断させること。『神曲』地獄篇第五歌のエピソードによる）によって途切れることは決してないだろうし、仮にそういう中断が起こったとしても、自分は耐えがたい寒々しさ以外の何ものも感じないだろう、想像力の求めるものは実現されないのだ、ということは彼には分かっていた。そして、魅惑的な潤んだ瞳があればこそまだ許せた愚鈍なまなざしが、それまでは隠されていた欠点、つまり乳房が浮かべる許しがたい愚鈍な表情と一致するのが避けられない、ということも分かっていた。それでも、能天気な恋愛生活を送る男たちのことが羨ましくなることもときにはあった。そういう男たちはきっと、口笛でも軽く吹きながら、靴を脱ぐのだろう。

ヴィッテンベルク広場を横切っていくと、地下鉄の駅に降りていく古代風の階段のまわりで薔薇がカラー映画の中のように風に吹かれて震えていた。その前を通り過ぎ、彼はロシア語書店（ベルリンのパッサウアー通りには実際にロシア語書店および図書館があった）に向かった。授業と授業の間にちょっと光が差すように、空いた時間ができたのだ。この通りに出てくると例によって（この通りというのは、ありとあらゆる形の当地の悪趣味を商う巨大デパート（「西洋百貨店」、略称カーデーヴェー。一九〇七年創業）の庇護のもとに始まり、いくつかの交差点を経て、ドイツ市民《ビュルガー》的な静寂の中、石蹴り遊びをする子供たちがチョークで書いた模様に彩られたアスファルトにポプラが投げかける影で終わっていたのだが）、彼は年配の、病的に苛々しているペテルブルク出身の作家に出くわした。スーツのみすぼらしさを隠すため夏だというのにコートをはおっているこの男は、恐ろしく痩せこけ、目は茶色のどんぐり眼、猿を思わせる口元には気難しそうな皺が寄り、獅子鼻の大きな黒い毛穴からは一本、折れ曲がった長い毛が突き出ていた。じつは、こういった細部のほうが、彼との会話よりも、よっぽど強くフョードル・コンスタンチノヴィチの注意を惹いた。なにしろこの頭の切れる策士は、人と会うといきなりなにやら寓話みたいな話や、昔の抽象的で長たらしい逸話を始めるのだが、結局のところ、それは共通の知人をめぐる面白おかしい噂話の前置きにすぎないのだ。フョードル・コンスタンチノヴィチがやっと彼から解放されたかと思うと、今度は別の二人の文学者の姿が遠くに見えた。一人は物腰と風貌が島流しになっていた時期のナポレオンをいくらか思わせる、お人よしなのに陰気なモスクワっ子、もう一人はベルリンの亡命ロシア新聞『ガゼータ』の風刺詩人で、かすれた小声で話す、機知はあっても毒はない、ひよわな男だった。この二人も、さきほどの作家同様、この界隈で必ず出くわす顔だったが、そもそもこのあたりはのんびり散歩しているといろいろな人たちによく出会う場所だったので、まるでロシアの並木道の幽霊がこのドイツの通りをさまよっているような具合だった。いや、むしろ、ここはロシアの通りであって、涼みに出てきた何人かの地元住民の間に、無数の外国人の青白い影たちが、見慣れたせいでほとんど気づくこともない幻影のように、ちらちら見え隠れしている、と言ったほうがいいだろうか。いま会ったばかりの作家についてこの二人とちょっと噂話をしてから、フョードル・コンスタンチノヴィチはさらに先へ漂っていった。数歩先で彼は、コンチェーエフに気がついた。彼は丸い顔に天使のような驚くべき微笑みを浮かべて、ゆっくり歩きながらパリ版の『ガゼータ』紙の雑報欄を読んでいた。ロシア食料品店から出てきた技師のケルンは、胸に押し当てた書類鞄の中に買い物袋をおそるおそる突っ込もうとしている。交差した通りに（夢の中でか、『煙』（トゥルゲーネフの長篇小説）の最終章で人々が合流するように）マリアンナ・ニコラエヴナ・シチョーゴレワの姿がちらりと見えた。いっしょにいるもう一人の婦人は、口ひげを生やしとても太っていて、どうやらアブラーモフ夫人のようだった。そのすぐ後に通りを横断したのは、アレクサンドル・ヤーコヴレヴィチだった。いや、見間違えた。よくよく見れば、それは彼にたいして似ているとさえも言えない紳士だった。

フョードル・コンスタンチノヴィチは本屋に辿りついた。ショーウインドウには、ジグザグや、ぎざぎざや、数字の描かれたいかにもソヴィエトらしい表紙に混じって（ちょうどソ連では『第三の愛』とか、『第六感』、『第十七地点』といったタイトルが流行っているときだった）、何冊か亡命出版物の新刊が見えた。カチューリン将軍のでっぷり肥った新作長篇『赤い公爵令嬢』、コンチェーエフの『報せ』、二人の尊敬すべき読物作家の純白の本、リガで出た『読者‐朗読者』、若い女流詩人の手のひらに載るくらい小さな詩集、『ドライバーが知っておかねばならないこと』という手引書《ハンドブック》、そしてドクトル・ウーチンの最新作『幸福なる結婚の基礎』（当時広く読まれたオランダの医学者、ファン・デ・フェルデによる

『完全なる結婚』を思わせる）。ペテルブルクの古い版画も何枚かあったが、その一枚は鏡像のように反転していて、海戦記念円柱（ペテルブルクの中心部、ワシリエフスキー島東端の岬にある二本の円柱）と近隣の建物との位置が入れ替わっていた。

店主は歯医者に行っていて、店にはいなかった。その代わりに、なんだかたまたま頼まれて店番をしているという感じの若い女性がいて、隅で窮屈そうにケラーマンの『トンネル』のロシア語訳を読んでいた（当時人気のあったドイツの小説。大西洋にトンネルを掘って、アメリカとヨーロッパを結ぼうとする計画をめぐるSF的未来小説）。フョードル・コンスタンチノヴィチは、亡命出版の雑誌が並べてあるテーブルに歩み寄った。そして、パリ版『ガゼータ』の文芸特集号を開き、そこに『報せ』を俎上に載せたフリストフォル・モルトゥスの長大な時評を見て、突然の胸騒ぎのせいでぞっと寒気を覚えた。「ひょっとして酷評だったら？」と、とっさに彼は狂おしい期待を抱いたが、その耳にはすでに、罵倒の旋律の代わりに、耳を聾するような賞賛のどよめきが駆け抜けるのが聞こえていた。そして貪るように読み始めた。

「誰が言ったか覚えていないが、ローザノフだっただろうか、あるところで」と、モルトゥスはそっと忍び寄るような調子で始めていた。そして、最初にこの不確かな引用をしてから、さらに誰かの講演会の後にパリのカフェで誰かが表明したとかいう意見を引用し、それからコンチェーエフの『報せ』を取り巻く幾重もの人工的な円を狭めていった。しかし、その際、最後まで中心には触れず、ほんのときおり、内側の円から中心に向けて催眠術師《メスメリスト》のような手振りをするだけで、またぐるぐる回りだすのだった。その結果生じたのは、狂ったような勢いで標的を目指して果てしなく回転し続ける、黒い螺旋のようなものだった。ベルリンのアイスクリーム屋のショーウインドウでは、そういう螺旋がボール紙の円盤に描かれているのをよく見かける。

それは相手をばかにした、毒々しい「こきおろし」であって、本質に関わる指摘も実例も何一つなく、批評家の言葉そのものというよりはむしろ批評の仕方が全体として、対象となっている本を哀れなうさんくさい亡霊のようなものに変えてしまっていた。ところが実際には、モルトゥスはこの本を楽しまずに読むなどということはできなかったのだろう。そのため、自分の論と論じられる対象との間の食い違いが出ると困るので、そういうことのないように詩集からの引用を避けたのだった。この批評全体が、インチキとは言わないまでもせいぜい錯覚にすぎないとあらかじめ告知された、降霊術の集いのようだった。「これらの詩は」と、モルトゥスは結んでいた。「読者の胸に、ある種の不明瞭な、しかし打ち勝ちがたい嫌悪感を呼び起こす。コンチェーエフの才能を支持する人たちにはおそらく、魅力的に思えるのだろう。あえてそれに反論するつもりはない。きっと、実際にその通りなのだろう。しかし、我々の困難な、新たな責任の重大な時代には、空気そのものの中に微かな道徳的不安が瀰漫しており、それを感じ取ることが現代の詩人の『真正さ』の過つことなき徴である。そんな時代には、夢見心地の幻影を抽象的に甘く歌うように描いた『小品』など、誰の心も惹きつけることはできない。実際、こんな作品を離れて、どんなものでもかまわないから人間味ある記録《ドキュメント》を手にすれば、そしてソヴィエトのたとえ才能がない作家の書いたものであっても、そこに『読みとれる』何か、そして妙な仕掛けのない痛切な告白、絶望と不安の命ずるままに書かれたプライベートな手紙などに向き合えば、誰しもある種の喜ばしい安堵を感ずるに違いない」

最初フョードル・コンスタンチノヴィチはこの論文から強烈な、ほとんど肉体的な喜びを感じたが、すぐにそれは飛び散るように消え、まるで自分が狡猾な悪事の共犯者になったような奇妙な感覚がそれにとって代わった。彼はたったいま見かけたコンチェーエフの微笑みを思い出し――それはもちろん、この文章を読みながらのことだった――その微笑みは自分に、つまり嫉妬に駆られて批評家と同盟を結んでしまったゴドゥノフ＝チェルディンツェフに向けられたものでもあり得ると考えた。それからすぐに、コンチェーエフ自身も文芸時評のなかで何度も――相手を見下すように、本質的には同じくらい良心にもとるやり方で――モルトゥスの気にさわるようなことを言っていることが思い出された（ところでこのモルトゥスとは、私生活においてはじつは中年の女性、家庭を持つ母なのだった。若い頃、『アポロン』に優れた詩を発表した彼女は、いまではマリ・バシュキルツェフ（パリに住んで夭折したロシア人女性画家。十代からつけていた『日記』が有名）の墓の目と鼻の先で質素に暮らしていたが、不治の眼病に冒されていて、そのせいでモルトゥスの文章の一行一行に悲劇的な価値が付け加わっていた）。そして、この論文に込められた敵意がじつは限りない賛辞になっているのだと感じ取ったとき、フョードル・コンスタンチノヴィチには、誰も自分についてはそんなことを書いてくれないことがいまいましくなった。

それからワルシャワで出ている挿絵入りの週刊誌に目を通していると、同じ本を扱った書評を見つけたが、スタイルがまるっきり違っていた。こちらは批評の喜劇だったのだ。かの地に住むヴァレンチン・リニョーフは、毎号、次から次へと自分の文学的印象をぐちゃぐちゃと、文法も正しいとは言えないような無鉄砲な書き方で披瀝していた男で、書評の対象となっている本をきちんと理解できないだけでなく、どうやら最後まで決して読んだことがないらしいということで名をはせていた。さっさと作者の陰から抜け出して創作しながら、自分自身の流儀で語り直すことに熱中し、間違った結論を裏付けるために脈絡もなくいくつものばらばらな語句を引用し、本の最初のあたりはきちんと理解できず、その先のページでは間違った跡を追って精力的に突き進んで、ついに最後から二番目の章に辿りついたときの彼は幸せを絵にかいたような様子で、自分が間違った列車に乗っていることをまだ知らない乗客と同じだった（彼の場合は、知らないままで終わるわけだが）。長い長篇であれ、短い短篇であれ、本文をろくに見ないでぱらぱらと最後までページをめくると

（作品の長さは関係なかった）、彼はその本に自分で考案した――たいていの場合は、著者の構想とは正反対の――結末を押し付けるのがいつものことだった。言葉を換えて言えば、例えば、もしもゴーゴリが同時代人だったとして、彼について書くことになった場合、フレスタコーフ（ゴーゴリの戯曲『検察官』（正しくは『査察官』）の主人公。田舎町の人々は間違って彼を査察官だと思いこむ）は実際に査察官なのだとリニョーフは無邪気に固く信じたままで終わるだろう、ということだ。今回のように詩について批評する場合、彼はいわゆる**引用間の橋渡し**という手法を朴訥に使った。コンチェーエフの詩集の彼による分析とは、煎じつめれば、記念アルバムか何かのために暗に想定された質問表に対して、彼が作者に代わって答えたことに尽きた（好きな花は？　お気に入りの主人公は？　どんな美徳を一番大事だと思いますか？）。「この詩人が好きなのは――と、コンチェーエフについてリニョーフは書いていた――（この後に、無理やり結びつけられたり、目的語の形に変えられたりで、歪められた一連の引用が続く）」「彼を驚かせるのは――（また無残に切り取られた詩の引用）」「彼が何に慰めを見出しているかと言えば――（また同じゲームだ）」「しかし、別の観点から見れば――（ここで一行の四分の三が引用されるが、引用符によって平板な断定に変えられてしまっている）」「ときには彼にはこう思われる――」と、ここでリニョーフは多少なりとも原文のまま無傷のものをたまたま引っ張り出してきた――

葡萄が熟れ、並木道で彫像が青い。
祖国の雪に包まれた肩に空がもたれ掛かった……

そこだけは、さながら、バイオリンの声が低能な家父長の与太話をかき消すような感じがした。すぐそばの別のテーブルには、ソヴィエトの出版物が並べられていて、その上に身を屈め、モスクワで出ているいろいろな新聞の深い淵や、退屈地獄を覗き込むこともできたし、新奇な略語の数々、苦しそうにひしめき合い、ロシア全土を横切ってはるばる屠場に運ばれていく普通名詞化したイニシャルたちの意味を解明しようと試みることさえ可能だった（革命後のソ連では、様々な珍奇な響きの略語が大量に作られた）。イニシャルどうしの恐ろしい結びつき方は、貨物車両の言語を思わせた（緩衝装置《バンパー》がバンと鳴る音、がちゃんという金属音、ランプを提げ油を差して回るせむしの乗務員、辺鄙な駅の心にしみいるような悲しみ、ロシアのレールの振動、無限の長距離を行く列車）。『星《ズヴェズダー》』[*8]（ソ連の月刊文芸誌）と『赤い灯火《アガニョーク》』（鉄道の煙の中で震えている）の間に、小さなチェス雑誌『8×8』が一部置かれていた。フョードル・コンスタンチノヴィチはチェス・プロブレムを図示する人間的な言語を嬉しく思いながらその雑誌をぱらぱらとめくり、眼鏡を通してじろりとこちらをにらむ、薄い顎ひげを生やした老人の肖像を掲げた小さな記事に目をとめた。その記事のタイトルは、「チェルヌィシェフスキーとチェス」。アレクサンドル・ヤーコヴレヴィチのいい気晴らしになるかもしれない、と彼は考え、一つにはその理由から、もう一つには自分がそもそもチェス・プロブレムが好きなため、雑誌を買うことにした。店番をしていた娘は、ケラーマンを読むのを中断したが、それがいくらだか「わかりそうにありません」とのことだった。しかし、フョードル・コンスタンチノヴィチがいずれにせよつけで買っているのを知っていたので、頓着しない顔で雑誌を持っていかせてくれた。家でいい暇つぶしになると、愉快な気分になって彼は店を出た。チェス・プロブレムを解くのが得意であるだけでなく、それを作る最高の才能にも恵まれていた彼は、そこに文学の仕事に疲れたときの息抜きと、ある種の神秘的な教訓を見出していた。文学者としての彼にとって、この修練は無駄にはならなかった。

チェス・プロブレム作者は、必ずしもチェスの実戦に強い必要はない。フョードル・コンスタンチノヴィチはチェス・プレイヤーとしてはごく凡庸な腕前で、実際に対戦することも気が進まなかった。彼のチェス的思考力は、実戦の過程で持久力のなさを露呈してしまうのだが、その一方で、感嘆符が打たれるような絶妙手を目指そうとする。この両者の不調和に彼はうんざりし、腹が立ってしまうのだった。彼にとって、チェス・プロブレムを作ることとチェスの実戦は、緻密に点検されたソネットと時事評論家の論争が違うのと同じくらい違っていた。それは、こんな風に始まった。まず、チェス盤から遠く離れ（詩作というもう一つの領域ならば、紙から遠く離れ）、ソファで体を水平に横たえ（つまり、体が遥かな青い線、つまり自分自身の水平線になるとき）、突然、詩的な霊感と区別がつかないような内面の衝動がきっかけとなって、あれこれの洗練されたプロブレムの構想（例えば、インドとブリストルという二つのテーマを結びつけることとか、あるいはまったく新しい構想とか）を実現する風変わりな方法が現れるのだ（どちらもチェス史上有名なもの。「テーマ」とは、詰めまでのパターンを指す）。しばらくの間、彼は目を閉じたまま心眼の中にしか実現していない構想、抽象的な純粋さを楽しんでいる。それからモロッコ革張りのチェス盤とずっしり重みのある駒の入った小箱を急いで開き、その勢いで駒をざっと並べてみる。するとすぐに明らかになるのは、頭の中ではあれほど純粋に実現していた構想が、盤上ではまだ——彫り物の厚い殻を自分から取り除いてきれいにするために——信じられないほどの労苦や、思考力の極限までの緊張、果てしない試練と心労、そしてこれが一番肝心なのだが、チェス的な意味での真理を形作る素材となるあの首尾一貫した機知を要求している、ということなのだ。様々なヴァリエーションを勘案し、かさばって不恰好な構成や、インクの染みか目の白濁のように散らばっている補助的なポーンを取り除き、余詰めと格闘しながら、彼は表現の極度の正確さと、調和し合う様々な力の極度の節約に到達しようとした。もしも、構想を実現したものがすでにどこか他の世界に存在していて、自分はそれをその世界からこの世界に移そうとしているだけなのだ、という確信が持てなかったとしたら（文学的創造の際にも、彼はそんな風に確信していたものだが）、盤上の複雑で長時間にわたる作業は、理性にとって耐えがたい重荷になったことだろう――なにしろ、この理性は実現の可能性とともに、実現が不可能であることの可能性も考慮に入れるのだから。少しずつ駒と盤の枡目は生気を帯び、互いに印象を述べ合うようになっていった。クイーンの粗暴な強さが、輝かしい一連の「レバー」の体系によって抑制され、方向付けされ、洗練された力に変わっていった。ポーンたちは賢くなり、馬《ナイト》はスペイン常歩（馬術用語。なお、チェスの駒の名前は英語とロシア語で違うものがあり、「ナイト」はロシア語では「馬」となる）で登場する。すべてが意味を持つとともに、すべてが隠蔽された。創造者は誰でも陰謀家だ。そして、盤上のすべての駒たちは、表情も豊かに創造者の物まねをし創造者の考えを演じながら、共謀者として、魔法使いとしてそこに立ち並んでいた。そして最後の瞬間に初めて、その駒たちの秘密が目もくらむほど鮮やかに明かされるのだった。

　もう二、三本仕上げの線を引き、もう一度点検すれば、プロブレムはできあがりだ。それを解くための鍵《キー》となる、白の第一手はいわば仮面をかぶっていて、ばかげたものにしか見えない。ところがまさにこのばかばかしさと、目がくらむような意味の放電との間の距離によってプロブレムの主要な芸術的価値の一つが測られたのであり、駒の一つがまるで油でも塗られたように盤面を端から端まで滑っていき、別の駒の後ろにするすると回りこんでその小脇の下に入り込んだときには、ほとんど身体的な快感、完璧な調和を実現したというぞくぞくするような感覚を味わうことができた。盤上では、うっとり見惚れてしまう芸術作品が星座のように輝いていた。これこそ思考のプラネタリウムだ。そこにあるすべてのものがチェス・プレイヤーの目を楽しませてくれる――狙い筋と防ぎ手の機知も、その相互の動きの優美さも、詰め《メイト》の純粋さも（ぴったり心臓の数だけ、銃弾があるのだ）。駒の一つ一つが、それぞれの正方形のためにあつらえられたもののように見えた。しかし、ひょっとしたら、何よりも魅力的なのは、欺瞞の繊細な織物であり、こっそり織り込まれた紛れ筋（それを打ち消すことにもそれなりの美の副産物があった）、読者のために入念に準備された偽の手筋の豊富さだったのかもしれない。

その金曜日の三つ目の家庭教師先は、ワシーリエフのところだった。このベルリン版『ガゼータ』の編集長は、ほとんど読まれていないイギリスの雑誌とうまく関係を結び、ソヴィエト・ロシアの状況に関する記事をそこに毎週掲載してもらっていた。言葉を多少は知っていたので、彼は自分で記事の下書きを英語で作り、空白を残したり、ロシア語の表現をあちこちに混ぜたりし、自分が論説で使うお気に入りの文句を逐語訳するようフョードル・コンスタンチノヴィチに求めるのだった。それは例えば、こんなものだった――「若気の過ちは責めるべからず」、「篩に奇跡」（「前代未聞」の意味の慣用句）、「君はどうしてそんな暮らしにまで身を落としたのか」（ネクラーソフの詩「貧乏女と着飾った女」からの引用）、「これは獅子である。犬にあらず」（ライオンの絵を描いた画家が、それがライオン以外のものと取られることのないようにと、わざわざこういう説明を書いたという逸話からきている）、「災難がやって来たら、門を開けるしかない」、「狼も満腹、羊も無事」、「靴屋がパイ《ピローグ》を焼くようになったら、災いだ」（ロシアの寓話作家クルィローフの作品より）、「どんなコオロギも自分の暖炉をわきまえよ」、「貧乏人は思案に長ず」（窮すれば通ず）、「好いたどうしは口喧嘩も楽しみのうち」、「おれたちにだってひげはある」（青二才ではない）、「身内は身内」（血は水よりも濃い）、「旦那が殴り合うと、農奴の弁髪が痛む」「仕事は狼じゃない。森に逃げはしない」、「首を失くして、髪を嘆くな」、「必要なのは一つの改革であって、いろいろな改革ではない」それから非常にしばしば、「炸裂した爆弾のような印象を受けた」という表現に出くわした。フョードル・コンスタンチノヴィチの仕事は、ワシーリエフの草稿に基づいて修正した記事を、彼がそのままタイプライターで打てるように口述するというものだった。ゲオルギー・イワノヴィチにはこのやり方がきわめて実際的に思えたのだが、実際には口述は苦しいほどの間が何度も入って、恐ろしく時間がかかった。しかし、奇妙なことだが——きっと、寓話の教訓を応用する方法が、ソヴィエト権力のすべての意識の表現につきもののmoralités《モラリテ》（道徳性、教訓劇）のニュアンスを凝縮した形で伝えていたのだろうか——口述の際にはたわごとのように思えた記事ができあがって読み直してみると、フョードル・コンスタンチノヴィチは、ぎこちない翻訳と著者が繰り出す新聞向きの効果的な言い回しを通して、均整のとれた力強い思考の手筋をそこに捉えたのだった。その思考は着々と標的に向かって忍びよっていき、落ち着いて隅で詰め《メイト》をかけるのである。

　それから彼をドアのところまで送って、ゲオルギー・イワノヴィチは突然、顎ひげのような毛が生えた眉をひどくしかめて、早口に言った。

「どうです、読みましたか。コンチェーエフがぼろくそに書かれていたでしょう。いやあ、さぞこたえただろうなあ、たいへんなショックですよ、まったく災難だ」

「全然気にしていませんよ、ぼくにはわかります」とフョードル・コンスタンチノヴィチは答えた。するとワシーリエフの顔には、一瞬、失望の色が浮かんだ。

「まあ、それは、えらそうな顔をしているだけのことだね」と、彼は機転をきかせて反論し、その顔は陽気さを取り戻した。「実際には、きっと、がっくりきているさ」

「そうは思いませんね」と、フョードル・コンスタンチノヴィチが言った。

「いずれにせよ、彼のことを思うと、心が痛んでならないよ」と会話に止めを刺したワシーリエフは、自分の心の悲しみとまるっきり別れたくない様子だった。

　いくらか疲れたものの、一日の労働が終わったのでほっとして、フョードル・コンスタンチノヴィチは路面電車に乗りこみ、雑誌を開いた（またしても、H《エヌ》・Г《ゲー》・チェルヌィシェフスキーのうつむき加減の顔がちらりと見えた。この人物について彼が知っていることと言ったら、どこかで誰かが——ローザノフだったかな？——言ったように、「硫酸の注射器」みたいな男だったこと、それから『何をなすべきか』の著者だということくらいだ。とはいえ、その著作も、もう一人の社会派作家の『誰の罪か』（ゲルツェンの長篇）とごっちゃになってしまうのだが）。彼はプロブレムの検討に耽り、もしもそこに高齢のロシア人の名人《マスター》による二つの天才的なエチュード（芸術的に仕立てあげたエンドゲーム（終盤問題））と、外国の出版物から転載したいくつかのものがなかったとしたら、この雑誌は買う価値はなかったということがすぐにはっきりわかった。若いソヴィエトのプロブレム作者による、良心的だがまだ未熟な練習問題は、「問題《ザダーチャ》」というよりは、むしろ「課題《ザダーニエ》」だった。そこではあれこれの機械的なテーマが（例えば「ピン」（相手の駒を動けないよう釘付けにすること）と「ピン外し《ルボーク》」）一切の詩趣も抜きに、かさばって不恰好なもののように扱われていた。それはチェスの絵入り大衆雑誌であってそれ以上ではなく、押し合いへし合いする駒たちは単調な変化手順に存在する余詰めや、警官のような見張り役のポーンが山ほど置かれていることをしかたないと我慢しながら、プロレタリアートの生真面目さを発揮して不器用な仕事をこなしていた。

うっかり乗り過ごして停留所で降りそこなった彼は、それでも辻公園の前でなんとか飛びおり、路面電車から勢いよく飛び出てきた人が普通やるように、その場でくるりと踵を返した。そして教会の前を過ぎてアガメムノン通りを歩きだした。夕方にさしかかった頃で、空には雲ひとつなく、太陽の不動の静かな輝きのおかげであらゆるものがなんだか平和で抒情的な晴れやかさに包まれていた。自転車が一台、黄色い光に照らされた壁に寄せ掛けられ、馬車の副馬《そえうま》のように微かに外側に向かって湾曲して立っていたが、自転車自体よりもさらに完璧な姿を見せていたのは、壁に映ったその透き通った影だった。太り気味の初老の紳士が、街歩き用のズボンに開襟シャツという恰好で、尻をゆらゆらさせ、ネットに灰色のボールを三つ入れて持ちながらテニスに急いで向かっていた。

そして彼と並んで、ラバーソールの靴を履いて足早に歩いていたのは、オレンジ色の顔と金色の髪をしたいかにもスポーツ好きといったタイプのドイツ娘だった。ガソリン飲み場《ガソリンスタンド》の色鮮やかにペンキを塗られた給油ポンプの向こうでは、ラジオが歌っていた。そしてスタンドの建物の屋根には縦に並んだ黄色い文字がくっきりと空の青を背景に浮かび上がっていた。その文字は自動車会社の名前で、二番目の文字の「A」の上に生きている黒歌鳥《ドロースト》が止まっていた（最初の文字「D」の上でないのが残念だ。頭文字の飾り模様になっていただろうに）（自動車会社名はDAIMLER（ダイムラー）か。クロウタドリ（ツグミの一種）はロシア語で「ドロースト」ドイツ語で「ドロッセル」といい、頭文字はどちらもД（D）である）。真っ黒なのに嘴だけが――経費節減のためか――黄色いその鳥は、ラジオよりも大きな声で歌っていた。フョードル・コンスタンチノヴィチが住む家は角に立っていて、まるで巨大な赤い船のように突き出て、船首にガラス張りの複雑な塔のような建造物を掲げていた。退屈した立派な建築家が突然気が変になって、空に攻撃を仕掛けたといった風だった。建物を何層にもわたって小さなバルコニーが取り巻いていて、そのどれを見ても緑の葉や花があったが、シチョーゴレフの住まいのバルコニーだけがむさくるしくがらんとしていて、見捨てられた植木鉢が一つ船べりに掛かり、首を吊った人間が一人、衣魚《しみ》に食われた毛皮のコートを着て、虫干しのため風に当てられているだけだった。

シチョーゴレフのアパートに間借りし始めた当初から、フョードル・コンスタンチノヴィチは、毎晩まったく誰にも邪魔されないで過ごすことが必要だと考えて、夕食を自分の部屋でとる権利を認めさせた。机の上で本に取り囲まれていま彼を待っていたのは、つやつやしたモザイク模様の浮き出したソーセージを載せたオープンサンドが二つと、冷めてなんだか重くなった紅茶と、皿に盛ったゼリー《キセーリ》（朝の残り）だった。嚙んだり、すすったりしながら、彼はもう一度『8×8』を開き（もう一度、Н・Г・Ч（ニコライ・ガヴリーロヴィチ・チェルヌィシェフスキーのイニシャル）が突っかかってくる牛のようにこちらをじろりとにらんだ)、静かにエチュードの一つを味わって楽しんだ。それは、数少ない白の駒が断崖にぶらさがっていまにも落ちそうなのに、それでも自分の目的を達成しつつある、というものだった。それからアメリカ人の名人《マスター》による魅力的な四手詰めが出てきたが、その美しさは巧妙に隠された詰め《メイト》にいたる一連の駒の動き《コンビネーション》だけにではなく、白の側がつい誘惑に負けて間違った攻撃をしかけてきた場合、黒が自分の駒を使って誘い込んだりブロックしたりして、うまい具合にちょうど密封状態の引き分け《ステールメイト》に持ち込むことができる、という点にもあった。それに対して、ソヴィエトの作品の一つには(П《ペー》・ミトロファーノフ、トヴェーリ市)、ここまでひどい失敗があるか、と思わせるような素敵な実例が見つかった。なんと、黒にポーンが九つあったのだ(チェスのポーンは八つしかない)。九番目のポーンはどうやら、予見できなかった穴をふさぐため急場しのぎに付け加えられたもののようだった。それは言ってみれば、作家が校正の際に慌てて「彼は是が非でも聞かされるだろう」という表現を訂正して、「彼は疑いもなく聞かされるだろう」と変えておきながら、その直前の「彼女の疑わしい評判について……」という言葉を見落としているようなものだ。

　突然彼は腹立たしくなった――どうしてロシアはすべてがこんなに粗悪で、不細工で、凡庸になってしまったのだろう。いったい、どうしたらこんなに愚かで鈍くなれるものなのか。それとも「光に向かって」突き進もうとする昔からの願望の中に、致命的な欠陥がひそんでいて、自然に目標に向かって前進していくにつれてその欠陥がいよいよはっきり見えるようになり、ついにこの「光」とは牢獄の看守の部屋の窓の明かりなのだということが判明する、ただそれだけのことなのだろうか。喉の渇きが激しくなればなるほど、源泉が濁っていくという奇妙な相互依存関係が始まったのは、いつだろうか。一八四〇年代だろうか？　それとも六〇年代？　そしていまは「何をなすべきか」？　祖国に対する郷愁の念をきっぱり永久に断ち切るべきなのだろうか。いや、ぼくにとって唯一の祖国、それはぼくとともに、ぼくの中にあって、海辺の銀色の砂のように足の裏の皮膚にこびりつき（逮捕前にフランスからの亡命を拒絶したダントンの言葉「靴底で祖国は持っていけない」を念頭に置いた表現）、目や血の中で生き続け、どんな人生の希望の背景にも深みと遥かな距離を与えてくれるものだけであって、それ以外のどんな祖国も要らないのだ。いつの日か、書く手を休めて窓に目をやると、そこにぼくはロシアの秋を見ることだろう。

最近ボリス・イワノヴィチの知り合いが、デンマークに避暑に出かける前に、ラジオを彼のところに置いていってくれた。彼がラジオを相手に骨を折り、ぴいぴい泣く赤ん坊やきいきいわめく人たちを絞め殺し、幻の家具の配置がえをしている様子が聞こえてきた。これだってまた気晴らしというわけだ。

その間に部屋の中は暗くなった。中庭の向こうを見ると、窓にはすでに灯がともり、建物の黒ずんだ輪郭の上で空は群青の色調を帯び、黒い煙突と煙突の間に張られた黒い鉄条網の隙間から星が一つ輝いて見えた。その星は、他のあらゆる星と同様、視覚をそれに向けて切り替えなければ本当には見ることができなかったので、他のすべてのものは焦点からはずれてしまった。彼は頬杖をついたままの姿勢でずっと机に向かって腰をおろし、窓の外を眺めていた。遠くのどこかに大時計があって——それがどこにあるのか、彼はいつも突きとめようと心に決めるのだが、昼間は昼の音響の層に覆われて音が聞こえないということもあって、常にそのことを忘れてしまうのだった——ゆっくりと九時を打った。ジーナと会いに出かける時間だ。

二人がいつも会ったのは、鉄道の線路が走る窪地の向こう側、グルーネヴァルトにほど近い閑静な通りで、立ち並ぶ大きな家並みの群れが（それは暗いクロスワード・パズル[*9]で、黄色い明かりもまだその全部を解くことができないでいた）、荒れ地や菜園や石炭倉庫のせいでときどき途切れ

(「暗闇《チェムノート》の主題《チェームイ》と楽譜《ノートイ》」——これはコンチェーエフの詩の一行だ)、そう言えばそこには注目すべき板塀もあった。それは以前はどこか別の場所で（ひょっとしたら、別の町で）、巡回サーカス団の小屋を取り囲む塀だったのが、あるとき解体され、どうやらここでまた組み立てなおされたものらしい。ただし、いまではその板は、まるで目の見えない人間がつなぎ合わせたかのように、およそ無意味な順に並べられていて、かつてはそこにごてごてと描かれていたサーカスの動物たちは、引っ越しの際にごちゃごちゃにかき混ぜられて、構成要素に分解されたままだった。ここにシマウマの足が一本あるかと思えば、あそこにはトラの背中があり、何かの尻の隣には他の動物の引っくり返った足が来る、といった具合なのだ。来るべき命についての現世での約束はこの塀に関する限り、守られていたものの、塀の上で地上における姿が分解されているせいで、不死の地上における価値がだいなしになっていた。もっとも、夜更けにはほとんど何も見分けがつかず、塀の板に投げかけられた木の葉の誇大な影が（すぐそばに街灯があった）明快に秩序だっていたので、それが一種の埋め合わせになっていた。その影の模様をたたき割ってごちゃごちゃにし、板といっしょに別の場所に移すことなどまったく不可能だっただけに、なおさらである。塀の影をどこか別の所に運ぼうと思ったら、その全体を、夜のすべてといっしょに丸ごと持っていくしかなかったのだから。

　彼女が来るのを待ちながら。あの人はいつも遅れて、そしていつも彼とは別の道をやって来た。いまや明らかになったのは、ベルリンでさえも神秘の町になり得るということだ。菩提樹の花の下で街灯が瞬いている。／暗く、かぐわしく、静かだ。通行人の影が／歩道の縁に立てられた低い柱の上を走り抜けていく——／ちょうど黒テンが森で切り株の上を走り抜けていくようだ。／荒れ地の向こうでは桃のように空が溶ける。／水が灯火を浴びてきらめき、ヴェネツィアの町が透けて見えてくる。／そして通りの端は中国で終わり、／あの星はヴォルガ川の上に懸っている。／おお、誓ってくれ、作り話を信じると、／ずっと虚構だけに忠実でいると、／魂を牢獄に閉じ込めたりしないと、／手を伸ばしここに壁があるなどと言わないと。（この部分の原文は五脚ヤンブ。韻も踏んでいる）

あの人は暗闇から、いつも目を不意打ちし、／自分の住処から突然抜け出てきた。／最初に光を浴びる、ぴったり寄せあわされた足は／まるで細い綱の上を渡っていくようだ。／彼女の短い夏のドレスの色は／夜の色をしている——それは街灯と／影と木の幹と光沢を帯びた歩道の色だ。／それは彼女の腕よりも青白く、顔よりも暗い。こんな無韻詩をかつてブロークがゲオルギー・チュルコフに捧げていた（段落冒頭から、また別の詩になっている。こちらも同じ五脚ヤンプだが、無韻詩）。フョードル・コンスタンチノヴィチは彼女の柔らかな唇にキスをした。すると彼女は一瞬、頭を彼の鎖骨にもたせかけてから、さっと身を引き離し、並んで歩き始めた。その顔には最初のうちは悲しみの色が浮かび、二十時間の別離の間になにか前代未聞の不幸が起こったとでも言わんばかりだったが、彼女は少しずつ普段の落ち着きを取り戻し、最後にはにっこり微笑んだ——それは昼間には絶対に見せないような微笑みだった。彼を一番魅了したのは、彼女の何だったのだろうか。完璧なまでの呑み込みの早さ、彼自身が愛するものすべてを聞き取る音感の絶対性だ。彼女と会話しているときは、二人をつなぐ懸け橋などは一切なしで済ますことができ、彼が何か細かいことでも、夜の面白い点に気づいたか気づかないかのうちに、もう彼女はそれを指し示しているのだった。ジーナはせっせと働いた運命の努力のおかげで、巧妙かつ優美に、彼にぴったり合わせてまるであつらえたように作られていたが、それだけではない。いまや二人で一つの影を作っている彼らは二人とも、完全には理解しがたいけれども、好意を持って絶えず彼らを取り巻いている何か素晴らしいものの寸法に合わせて作られていたのだ。

シチョーゴレフの家に越してきて、最初に彼女を見かけたとき、彼女のことはもうよく知っている、その名前も、おおよその暮らしぶりも、だいぶ前からお馴染みになっているような感じがした。

しかし、彼女ときちんと話すまでは、いったいどこでどのようにしてそれを知ったのか、自分にも説明がつかなかったのだ。初めのうち、彼女を見かけるのは昼食のときだけで、その姿を注意深く見守り、一挙手一投足まで詳しく観察した。彼女はほとんど口をきいてくれなかったけれども、ある種の兆候から――それは瞳によってというよりは、まるで彼のほうに向けられたかのような目の色の微妙な変化によってだったが――彼女が自分に向けられた視線にはいつも気づいているということが、彼にはわかった。彼女の身のこなしは、まるで自分が彼に与えたまさにその印象のこの上なく軽やかなベールに終始制約されている、といった風だったのだ。そして、自分が彼女の魂や生活に、どんな形であれ、関わることはまるっきり不可能だろうと思えたので、彼は彼女のうちにとりわけ魅力的なものを見て取ると胸が苦しくなり、彼女の中に美の欠陥を示すものが何でもちらりと見えただけで、ほっとして嬉しくなるのだった。頭の周りの陽光に満ちた空気の中に明るく輝きながらいつの間にか溶け込んでいく淡い色の髪の毛、こめかみの細く青い一本の血管、長く優しいうなじに浮き出たもう一本の血管、細い手首、とがった肘、腰のくびれ、肩の弱々しさと、すらりとした上体の独特の前傾姿勢――彼女がスケートですべるようにスピードをつけて駆けだして床の上を突き進んでいくとき、まるでその床は、彼女に必要な物を置いてある椅子やテーブルの埠頭に向けて微かに傾斜して下っていくようだった――この何もかもを彼は苦しいほどはっきりと受け止めた。そしてその後、一日中、そのすべては記憶の中で果てしない回数繰り返され、呼び返されるうちに次第にだらけ、色褪せ、切れ切れになってゆき、生気を失い、崩壊しかけた面影を機械的に反復してきたためついには歪んで溶けつつある図式のようなものに行きつき、命を持った最初のイメージからはもうほとんど何も残っていないという状態になる。しかし、彼女の姿を新たにもう一度見たとたん、彼女の面影が持つ力がますます怖くなり、その面影を破壊しようとして彼が行ってきたこの潜在意識の作業がすべて水の泡に帰し、またしても美がぱっと輝きだすのだった。それはすぐそばにあり、恐ろしいほど簡単に見つめることができ、すべての細部がまた元のようにつながったのだ。もしもその頃、彼が超感覚的な法廷のようなところで答弁する羽目になったとしても（かのゲーテが杖で星空を指し示しながら、「あれが私の良心だ！」と言ったことを、思い出そう）（ここでゲーテの言葉とされているものはおそらく架空だが、カントの有名な「わが上には星空が、わが内には道徳律が」という格言（『実践理性批判』）を連想させる）、彼は彼女を愛していると言うふんぎりはおそらくつかなかっただろう。もうだいぶ前から、誰にも、何にも、魂のすべてを捧げることなど自分にはできないということに、彼は気づいていた。運転資金は、自分の個人事業のためにどうしても必要で、足りないくらいだったのだ。しかしその代わり、彼女を見つめていると、彼はすぐに、どのような愛もめったに辿りつくことのない、優しさと情熱と憐れみの高みに（一分後にはまたそこから転げ落ちていくにせよ）登りつめた。そして夜中に、特に長時間頭を使って仕事をした後、いわば理性の側からではなく、意識の混濁した譫妄状態の裏口を通って、彼が半ば眠りから出てくると、部屋の中のすぐそばに、小道具係が慌ててぞんざいに用意していった折りたたみ式簡易ベッドに彼女がいることを感じて、狂おしい歓喜に延々と浸るのだった。しかし、興奮に胸を膨らませ、誘惑と、距離の短さと、楽園の可能性を——もっとも、そこには肉体的なものは何もなかったのだが（そこにあるのは、夢うつつの状態特有の用語によって表現される、肉体的なものに代わって至福をもたらす代用品だった）——彼がうっとりと楽しんでいる間にも、また忘我の状態に戻るようにとまどろみが彼を誘惑し、彼はまだ獲物を持ったままだと思いながらも、希望を失って眠りの中に退いていった。ただし、本当には彼女は一度も夢に現れたことはなく、自分の代理人や親友の女性たちを送ってよこすことで満足していた。とは言うものの、送り込まれた女性たちはまるっきり彼女には似ておらず、彼女たちが彼のうちにかき立てた感覚のせいで、結局彼はばかにされ、だまされたような気分になった。それについては、青みを帯びた夜明けの光が証人になってくれるだろう。

その後、すでに朝の物音が響く中ですっかり目が覚めると、彼は心臓にまとわりついてくる悩ましい濃密な幸せの真っただ中にすぐに入り込んだ。生きることが楽しく、霧の中にわくわくするような出来事の姿がおぼろげに見えていて、それはいまにも実現するに違いないと感じられた。しかしジーナの姿を想像しようとしても、目に浮かぶのは青白く血の気のないスケッチだけで、壁の向こうから聞こえてくる彼女の声もそれに命の火をともすことはできなかった。ただ一時間か二時間後に、食卓で彼女に会うと、すべては蘇り、もし彼女がいなかったなら、あの幸福の朝霧もなかっただろう、と彼は改めて納得するのだった。

知り合ってから十日ほどたったある晩、彼女は不意に彼の部屋のドアをノックし、傲慢そうな断固たる足取りで、ほとんど人を見下すような表情を顔に浮かべ部屋に入ってきた。その手には、薔薇色のカバーで表紙が隠された小さな本を持っている。「お願いがあります」と、彼女は早口にそっけなく言った。「この本にサインをしてください」フョードル・コンスタンチノヴィチはその本を手に取ると、それが二年の間に気持ちよく古び、気持ちよく柔らかくなった自分の詩集だということがわかった（彼にとってそれはまったく珍しい、経験したことのないことだった）。彼はのろのろとインク瓶の栓を抜きにかかった——ものを書きたいと思う他の時ならば、栓はまるでシャンパンの瓶からのようにぴょんと飛び出たものだったが。一方ジーナは、栓をしきりに引っ張る彼の指を見てから、急いで言い足した。「苗字だけでけっこうです、苗字だけで」彼は署名をし、日付を書き添えようとしたが、そんなことをしたら俗悪な思わせぶりのように彼女に思われるのではないかと、なぜだか思った。「それでけっこうです、ありがとう」と彼女は言って、署名されたページをふうふう吹きながら、部屋を出て行った。

翌々日は日曜日で、午後四時頃、彼女が一人で家にいることが突然わかった。彼は自分の部屋で読書をしていた。彼女は食堂にいて、ときおり玄関口を通って、しかもその際に軽く口笛を吹きながら、自分の部屋へ短距離の探検旅行を行っていたが、彼女のその軽やかな足音には地形測量上の謎が秘められていた。というのも、彼女の部屋には食堂から直接通じるドアがあったからだ。しかし、いまは読書中だ。このまま読書を続けよう。「もっと、もっと長く、可能な限りずっと、私は異国の地にいることでしょう。そして私の思想も、私の名前も、私の著作もロシアに帰属することでしょうが、私自身は、朽ちるべき私の体は、ロシアから遠ざけられたままなのです（ゴーゴリのジュコフスキー宛て一八三六年六月二十八日付書簡からの引用）」（それと同時に、スイスでの散歩の際に、こういうことを書いた作家が、ウクライナ人特有の嫌悪感と、狂信者特有の憎悪を持って、小道をさっと横切ったトカゲを——「悪魔の虫けら」を——次々に叩きつぶしていたのだ）。帰国など想像もできない！　政治体制？　そんなものはもう、どうでもいい。君主制のもとでは旗と太鼓、共和制のもとでは旗と選挙……。おや、また彼女が通った。だめだ、読む気がしなくなった。心が波立って読書の邪魔になった。他の人が彼の立場にあったら、部屋を出て行って、気楽に如才ない言葉を彼女にかけるだろう——そう感じるともう、本が読めなくなった。しかし、自分自身が部屋を抜け出して、食堂に闖入したところで、何を言ったらいいかわからないだろう——そんな自分の姿を想像すると、彼はいっそのこと、彼女に早くどこかに行ってもらいたいとか、あるいはシチョーゴレフ夫妻に帰宅してほしい、という気がしてきた。そして、もうこれ以上聞き耳を立てるのは止めよう、気を散らすことなくゴーゴリを読むことに専念しよう、と決心したまさにその瞬間、フョードル・コンスタンチノヴィチはさっと立ち上がり、食堂に入っていった。

彼女はバルコニーに出るドアのそばに腰をおろし、きらきら光る唇を半開きにして、針に糸を通そうとしていた。開け放たれたドアからは小さく不毛なバルコニーが見え、ブリキをはじいて鳴らすような跳び跳ねる水滴の音が聞こえた。大粒の、温かい四月の雨が降っていたのだ。

「すみません。ここにいらっしゃるとは知らなくて」と、フョードル・コンスタンチノヴィチは言ったが、いかにも嘘くさく響いた。「ただ、ぼくの詩集についてちょっと——あれは違うんです、ひどい詩です。いや、つまり、全部がひどいわけじゃなくて、全体として見ればということですけれども。この二年くらいの間に『ガゼータ』に発表したもののほうがはるかにいいんです」

「文学の夕べで一度朗読された詩があったでしょう。わたしにはあれがとても気に入りました。ほら、叫び声をあげるツバメについての」

「えっ、あそこにいらっしゃったんですか？　そうですね。でも、もっといい詩があります、本当ですよ」

彼女は突然椅子から跳びあがると、座席にかがり糸を放り出し、下ろした両手をぶらぶら振りながら、前傾姿勢をとって、まるで滑るように小刻みに足を動かしながら足早に食堂を通り抜けて自分の部屋に行き、新聞の切り抜きの束を抱えて戻ってきた。それは彼とコンチェーエフの詩を切り抜いたものだった。

「これでも全部ではないと思いますけれども」と、彼女が説明した。

「いやあ、まさか、こんなことがそもそもあるなんて」とフョードル・コンスタンチノヴィチは言い、不器用に付け加えた。「今度から、詩のまわりにミシン目でも入れるように、頼んでおきましょう。ほら、クーポン券みたいに簡単に破り取れるように」

彼女はキノコのような恰好の木型で伸ばしたストッキングにかかりきりで、目をそこから上げなかったものの、さっとずるそうな微笑みを浮かべて言った。

「でもわたしは知っていたわ、あなたがタンネンベルク通りの七番地に住んでいたことも。わたしはあそこによく行きましたから」

「なんですって」フョードル・コンスタンチノヴィチは驚いた。

「ローレンツさんの奥さんとは、ペテルブルク時代からの知り合いなんです。以前、絵を教えてもらっていたことがあります」

「なんて不思議なことだろう」フョードル・コンスタンチノヴィチが言った。

「ロマーノフさんはいまではミュンヘンよ」と、彼女は続けた。「とっても嫌な奴だけれど、あの人の絵はいつでも好きだった」

そこで二人はロマーノフのことを話し始めた。彼の絵について。才能が全開になりましたね。あちこちの美術館があの人の作品を買っているわ……。すべてを経て、豊かな経験を積んで、結局のところ、表現力に満ちた線の調和に回帰したんですよ。『サッカー選手』という作品をご存じ？ちょうど、この雑誌に、複製が載っているわ。全力疾走し、恐ろしい力でゴール目がけてシュートしようとしているサッカー選手の全身像で、その顔は汗にまみれ、青白く、張りつめた表情で歯を剝き出していた。乱れた赤毛の髪、こめかみにへばりついた泥、剝き出しの首筋に見えるぴんと張った筋肉。皺くちゃでびしょ濡れになったスミレ色の運動着《ジャージー》は、ところどころ上半身にぴったり貼りつき、泥のはねかかった短いパンツの下のほうまで覆いかぶさっている。そしてこの運動着には、驚くべき対角線とでも言うべきものに沿って、力強く皺の線が一本走っているのが見える。彼は横からボールを奪い取って、片方の腕を振り上げ、その五本の指は大きく開き、全体の緊迫感と激しい勢いを盛りたてている。しかし、肝心なのは、もちろん脚だ。白く輝く太股、傷だらけの巨大な膝、泥のせいで膨れ上がって形がわからないほどになってはいるものの、それでもある種の異様に正確で優美な力によって際立っているサッカー・シューズ。片方のストッキングは猛然とねじ曲がったふくらはぎからずれ落ち、片足はくるぶしまでべとべとぬかるんだ地面の中にはまり込み、もう一方の脚は黒く恐ろしげなボールを蹴ろうとしている――それも、なんという見事な蹴り方だろう！――そして、このすべてが嫌というほど雨と雪を詰め込まれた暗い灰色の地面を背景にしていた。この絵を見る者には、革に包まれた砲弾が風を切る音がすでに聞こえ、ゴールキーパーが必死に飛びつこうとする様子がすでに見えていた。

「それから他にも知っていることがあるわ」と、ジーナは言った。「ある翻訳のことで、わたしを助けてくださるはずだったでしょう。ほら、チャルスキーさんから回ってきた仕事です。でもなぜか、あなたは現れなかったのね」

「なんて不思議なことだろう」と、フョードル・コンスタンチノヴィチは繰り返した。

玄関でばたんと音がした。マリアンナ・ニコラエヴナが帰ってきたのだ。ジーナは慌てずに立ち上がり、切り抜きをかき集めて自分の部屋に戻った。彼女がどうしてそんな風に振る舞わなければならないと考えたのか、フョードル・コンスタンチノヴィチはやっと後になってから理解したが、そのときはこれじゃあちょっと失礼ではないか、と彼には思えた。そしてシチョーゴレフ夫人が食堂に入ってきたとき、彼は食器棚から砂糖を盗み食いしていたような具合になってしまった。

それからさらに数日経ったある晩、彼は自分の部屋から、怒気を帯びた会話を盗み聞きしていた。もうすぐお客さんが来るはずだから、鍵を持って早く下に降りていきなさい、とジーナが言われていたのだ。ジーナが降りていくと、彼はちょっとした内面の葛藤を経て、すぐに散歩の口実をでっちあげた。まあ、辻公園の脇の自動販売機に、切手を買いに行くことにしよう。そしてまやかしを徹底するために、ほとんど一度もかぶったことがない帽子までかぶって、下に降りていった。彼が階段を降りていく途中で、照明が消えたが、すぐにかちりという音がしてまた明かりがともった。彼女が下で、スイッチを押してくれたのだ。彼女はガラス戸の前に立ち、指に掛けた鍵をもてあそんでいた。その全身が鮮やかに照らし出され、トルコ石のように碧いニットのセーターも輝いていたし、爪も、手首の上にむらなく生えた産毛さえも、輝いていた。

「鍵はかかっていないわ」と彼女は言ったが、彼は立ち止まり、二人で並んでガラスを通して、様々なものがうごめく夜を、ガス灯を、格子縞の柵の影を眺めた。

「なんだか、お客さんたち、来そうにないわ」と彼女はつぶやき、鍵をそっとかちゃりと鳴らした。

「もうだいぶ前から待っているんでしょう？」と、彼が尋ねた。「代わってあげましょうか？」そして、この瞬間に電気が消えた。「なんだったら、ここに一晩中残っていましょうか？」暗がりの中で、彼は付け加えた。

彼女はくすっと笑い、それからもう待つのには飽き飽きしたといった顔で突然ため息をついた。街路から灰色の光がガラスを通して差し込んで二人の上に注いでいた。そしてガラス戸にはめ込まれた鉄製の模様の影が、彼女の体の上で湾曲し、彼の体の上で剣帯のように斜めに伸びている。暗い壁には、プリズムの原理で虹が映っていた。そして彼にはしばしばあったことだが――しかし、このときは今までのどんな時よりも深く――フョードル・コンスタンチノヴィチはこのガラス張りの暗闇の中で、人生の奇妙さ、人生の魔法の奇妙さを突然感じた。まるで一瞬、人生の端がめくれあがって、その風変わりな裏地が見えたような具合だった。彼の顔のすぐそばには、優しい灰色の頬があり、その上を影が横切っていた。そしてジーナが不意に、水銀のようにきらめく目に神秘的な困惑を浮かべて彼のほうを向き、影が唇を横切るように走って、彼女が不思議な具合に変貌したとき、彼はこの影たちの世界での完全な自由を行使して、彼女の幻のような肘をつかもうとした。しかし、彼女は模様の中からするっと抜け出し、素早い指の一突きで電灯のスイッチを入れた。

「どうして?」彼が尋ねた。

「いつか、別の機会に、説明してあげるわ」ジーナは視線をずっと彼からそらさないで、答えた。

「じゃあ明日」フョードル・コンスタンチノヴィチは言った。

「いいわ、明日ね。でも前もって言っておきたいことがあります。家ではあなたとわたしはどんな会話も一切しない、ということです。絶対に、ずうっと、ね」

「それなら……」と彼は言いかけたが、そのときドアの向こうにずんぐりしたカサートキン大佐と、背の高い、色がぼやけたその妻の姿が現れた。

「ご機嫌はいかがでしょうかな、別嬪さん」と大佐が言い、一撃で夜を切り裂いた。フョードル・コンスタンチノヴィチは外に出た。

翌日、彼は策を練って、彼女が勤めから帰ってくるところを街角で待ち伏せした。そして、前の日のうちから目をつけておいたベンチのところで、夕食の後に会う約束をとりつけた。

「どうして?」二人でベンチに腰をおろしたとき、彼が尋ねた。

「そのわけは五つあるわ」と、彼女が言った。「第一に、わたしはドイツ女じゃないから。第二に、先週の水曜日に婚約者と別れたばかりだから。第三に、そんなことは、きっと、何のためにもならないから。第四に、あなたがわたしのことをまだ何も知らないから。第五に……」彼女は口をつぐみ、フョードル・コンスタンチノヴィチは彼女の熱く、溶けてゆくような憂いを帯びた唇に慎重にキスをした。「ほら、こういうわけだから」と彼女は言って、自分の指を彼の指に絡ませ、ぎゅっと握りしめた。

そのときから、二人は毎晩会うようになった。マリアンナ・ニコラエヴナは娘には何一つあえて聞くことができなかったが（質問をしそうな素振りを見せただけでも、例によって嵐のような反応を呼び起こすことが分かっていたから）、娘が誰かとデートしているらしいとは、もちろん、見当がついた。その上、謎めいた婚約者の存在も知っていたことではあるし。その婚約者というのは、病的で、風変わりで、情緒不安定な紳士で（少なくとも、ジーナの話からフョードル・コンスタンチノヴィチはそんな風に思い描いた。もっとも、こういった人の話に出てくる人間たちには、たいてい、一つの基本的な特徴が備わっていた——つまり、微笑みが欠けているということだ）、彼女がこの男と知り合ったのは三年前、まだ十六歳のときだった。しかも、彼のほうが十二歳も年上で、この年齢差自体にもなにやらいかがわしく、不愉快で、腹立たしいものがあった。これもまた彼女の伝えるところによればだが、彼と何度会っても恋情の表現など一切ないまま過ぎてしまったとのことで、彼女はただ一回の口づけについても言及しなかったので、結局、二人の間にあったのは果てしなく続いていく退屈な会話だけ、ということになった。彼女は彼の名前だけでなく、職種を明かすことさえも断固拒否したので（一種天才的な人間だということだけは、仄めかしたけれども）、フョードル・コンスタンチノヴィチもそのことでは彼女にひそかに感謝していた。というのも、亡霊は名前も境遇もないほうが、簡単に消え去るということがわかっていたからだ。とはいうものの、彼に対してはむかつくような嫉妬をどうしても感じてしまい、それを突き詰めて考えないようには努めたものの、それは、つまり嫉妬はいつでもどこかの角を曲がったところで待ち伏せしていて、いつかどこかでひょっとしたらこの紳士の不安げで悲しそうな目に出くわさないとも限らないと思っただけで、周囲のすべてのものが、日蝕のときの自然と同様に、夜の生活を始めるのだった。ジーナは彼を愛したことは一度もない、と誓って言った。彼とのけだるいロマンスが長引いたのは自分の優柔不断のせいであって、もしもフョードル・コンスタンチノヴィチが現れなかったら、いまだにそれを引き延ばしていただろう、と言うのである。しかし、彼の見たところ、ジーナのうちには特に優柔不断と言えるようなものは認められず、むしろ彼が見出したのは、すべてにおいて女性らしい内気さと、女性らしくない断固たる性格が混じり合っているということだった。彼女は複雑な知性の持ち主だったが、それにもかかわらず、人を納得させずにはおかない単純さが備わっていたので、他の人には許されないような多くのことも、彼女は自分に許すことができた。そして二人がこれほど急速に親密になったことも、彼女の率直さの強烈な光に照らしてみれば、まったく自然だったとフョードル・コンスタンチノヴィチには思われた。

　家での彼女の振る舞い方を見ると、この別人のような不機嫌な娘と夜会うことを想像しただけで奇怪に思えたが、しかしそういった彼女の態度は見せかけではなく、これもまた率直な性格の独自な形だった。あるとき、彼はふざけて彼女を廊下で引きとめた。すると彼女は激しい怒りに蒼ざめて、その晩はデートに来なかった。そしてその後、こんな真似は決して二度としないと、彼に誓わせたのだった。それがなぜなのか、彼にもすぐわかった。家庭環境が粗悪な種類のものだったので、それを背景にすると、間借り人と家主の娘が通りすがりにちょっと手を触れ合ったなどという話は、単なる情事になり下がってしまうからだ。

　ジーナの父、オスカル・グリゴーリエヴィチ・メルツは、狭心症のためベルリンで四年前に亡くなった。すると、彼の死後直ちにマリアンナ・ニコラエヴナは再婚したのだが、その相手は、メルツが決して自分の家の敷居をまたがせないような男だった。それはつまり、機会があるごとに「ユダ公《ジート》」という言葉を肉厚の干しイチジクのように美味しそうに口にする、威勢のいいロシア人の俗物の一人だったのだ。しかし、この気のいい男が留守をすると、彼のいかがわしい商売の仲間

の一人で、痩せこけたバルト地方出身の男爵なる人物が気軽に家に出入りするようになり、マリア
ンナ・ニコラエヴナは彼と浮気をした。フョードル・コンスタンチノヴィチも二度ほどこの男爵を
見かけたことがあって、おぞましい興味をかきたてられて想像しようとした――いったい彼らは、
つまりヒキガエルのような顔をして、ぶよぶよ太ったこの初老の女と、虫歯だらけの骸骨みたいに
痩せこけた、もう若くもない男は、互いにどんな魅力を見つけることができるのだろうか、そして
もし見つけたにしてもいったいどんな手順を踏んだのだろうか。
ジーナが一人で家にいるのがわかっていても、約束があるので彼女のところに行くわけにはいかない。それも辛かったが、家にシチョーゴレフが一人で残っているときは、またまったく別の種類の辛さを味わう羽目になった。一人でいるのが嫌いなボリス・イワノヴィチは退屈し始め、フョードル・コンスタンチノヴィチは自分の部屋にいながらにして、この退屈ががさがさ音を立てて大きく育つ音を聞いた。まるで住まい全体にゴボウがじわじわと生い茂っていくような感じだった。そして、もう、そのゴボウは彼のドアの前まで迫ってきている。何かがシチョーゴレフの気をそらしてくれますように、と彼は運命に祈ったものだが、救いは（ラジオ受信機が現れるまでは）どこからもやって来なかった。礼儀正しく不吉なノックの音が響き、もう逃げられないと告げていた。そして半身になって、恐ろしい微笑みを浮かべながら、部屋にボリス・イワノヴィチが押し入ってきた。「寝ていましたか？　邪魔じゃなかったかな？」と、フョードル・コンスタンチノヴィチが寝椅子に横になったまま起きだそうともしないのを見て、彼は尋ねた。それから全身を部屋に入れると、背後のドアをぴったり閉め、彼の足の脇に腰をおろし、ため息をついた。「退屈だなあ、いや、退屈でやりきれない」と彼は言って、何でも好きなことを話し始めるのだった。文学の領域では彼は、『暗殺者』（フランスの作家ファレールの冒険小説）、哲学の領域では『シオンの賢者の議定書』（ユダヤ人の世界支配の陰謀の証拠とされる偽

文書）を高く評価していた。この二冊についてならば、彼は何時間でも注釈を加えることができた。そしてなんだか、生まれてこのかた、彼はその他には何も読んだことがないように見えた。彼は地方の裁判の実態をめぐる話や、ユダヤ・ジョークならば、気前よくいくらでも繰り出した。「シャンパンを飲んで、出かけた」と言う代わりに、「ひと瓶ぐいと引っかけて、すたこらさ」といった言葉遣いをした。おしゃべりな人間の大半に見られることだが、彼の思い出話にもいつも、際限なく面白いことを話し続ける、なにやら並はずれた話好きが出てきた（「いやあ、あんな利口なやつには生まれてこのかた一度も会ったことがないね」と、彼はかなり無作法な評価を下したものだ）。しかし、ボリス・イワノヴィチがじっと黙って人の話を聞いているところは想像しがたいので、これは一種の人格の分裂ではないか、と考えざるを得なかった。

　あるとき、フョードル・コンスタンチノヴィチの机の上の、字がびっしりと書かれた紙の山に目をとめて、彼はなんだか心のこもった新たな口調で、こんなことを言った。「ああ、私にもね、時間がちょこっとでもあったら、こういった小説をさらっと書いていっちょあがりなんだけれど……実生活からネタを取ってね。例えば、こんな話はどうでしょう。ある老いぼれ野郎が――とはいっても、まだ男盛りで、情熱の炎も燃やし、幸福も渇望しているんですがね――後家さんとお近づきになる。後家さんには娘がいるんだが、これがまだちっちゃな女の子でね、まだ体も何もできあがっちゃいないのに、その歩く様子といったら、もう男の気を変にさせるほどのものがある。色白で、きゃしゃで、目の下に青い隈があって――それで、もちろん、くそじじいには目もくれない。どうしたものか？　そこで、老いぼれはのんびり考えていないで、さっと後家さんと結婚しちゃうんですよ。じつにけっこう。さて、三人の暮らしが始まった。そこには際限もなく書くべきことがある――誘惑、永遠の拷問、うずくような欲望、狂おしい望み。しかし、結局のところ、計算違いだったということになる。時間が飛ぶように過ぎていき、奴はますます老いぼれていき、彼女は見事な花になる。しかし、どうにもならないんだな、これが。目の前を通り過ぎるときだって、軽蔑のまなざしで人を焼き焦がすくらいなんだから。さあ、どうです？　ドストエフスキーの悲劇の感じでしょう？　この話はね、むかしむかしある王国で、あるサモワール国で、伝説のゴロフ王の御代に、私の大の親友の身に起こったことなんですよ。いかがかな？」（ゴロフ王はお伽話に出てくる伝説の王様の名前）そしてボリス・イワノヴィチは黒い目を脇に向けて、唇をとがらせ、メランコリックな破裂音を出した。

「下にも置かぬうちの上《かみ》さんは」と、別のときに彼はこんな話をした。「二十年ほどもユダヤ人の夫に連れ添ったせいで、身の周りをすっかりユダヤくさい烏合の衆に取り巻かれてしまいましてね。わたしゃこの臭いを消すために、そりゃあたいへんな努力をしたもんです。でもジンカ（ジンカはジーナの卑小形）は（彼はそのときの気分次第で、継娘のことをジンカと呼んだり、アイーダ（シチョーゴレフが個人的に使っている一種のあだ名。「ユダヤ娘」のニュアンスがある）と呼んだりした）違う。ありがたいことに、特にそれらしいところはありません。でもね、あの娘の従姉を見てごらんなさい。こちらはね、ほら、太っちょのブルネットで、鼻の下に口ひげみたいなものまで生やしている。ときに私のどたまにもこんな考えが浮かぶことさえあるんですよ、つまり、わがマリアンナ・ニコラエヴナがメルツ夫人だったとき、もしも……いや、なんといってもやっぱり彼女の心は同じ民族のほうに惹かれていたわけで、まあ、いつか家内の口から話してもらいましょう、そんな雰囲気のなかでどんなに息が詰まりそうだったか、親戚の有象無象にどんなのがいたか、いやはや。食卓では騒々しい声が飛び交い、彼女はお茶を注いでまわる。なんてこった、母親は宮廷の女官で、自分もスモーリヌイ貴族女学院の出だというのにね、それがユダ公に嫁ぐなんて。どうしてそんなことになったのか、いまだに自分でも説明できないんですよ。彼女に言わせるとね、あの人はお金持ちで、わたしが馬鹿だったの、ニースで知り合って、ローマに駆け落ちしたの、ということになる。まあ、家の外じゃなにもかも別に見えたんでしょう。その後、家庭の狭苦しい環境の中に入ったとき、はまり込んでもう抜け出せないって悟ったんですな」

ジーナの話は違っていた。彼女の描きだす父の相貌は、プルーストのスワンから何かしら借りてきているようだった。彼女の母との結婚とその後の生活は煙のようなロマンティックな色に彩られていた。ジーナの言葉から、そして彼の写真からも判断すると、彼は優美で、高貴で、賢く優しい人だった。彼女は厚紙に金文字の添え書きを打ち出したペテルブルク時代のごわごわした写真を何枚もフョードル・コンスタンチノヴィチに、夜、街灯の下で見せてくれたものだが、それらの写真の中でさえも、明るい色のふさふさした古風な口ひげや高い襟が、真っすぐに笑いかけるまなざしをした端整な細面を損なうことはまったくなかった。彼女の話に出てくる父は、ハンカチに香水を振りかけ、二輪車競走と音楽に情熱を燃やし、若い頃にはチェスで一度、旅のグランド・マスターを完膚なきまでにやっつけたこともあり、またホメロスを暗誦することもできた。要するに彼女は、フョードルの想像力に訴えかけそうなものを選んで話していたのだが、それはなぜかと言うと、父の思い出は自分が見せることのできる一番貴重なものであるにもかかわらず、それに対してフョードルがなんだか億劫で退屈そうな態度をとっているように思えたからだった。自分になんだか奇妙な歯止めがかかっていて、打てば響くようには反応できなくなっていることには、彼自身も気づいていた。ジーナには彼を当惑させるような性格があった。家での日常生活を通じて、彼女は病的なまでに研ぎ澄まされた自尊心を膨れあがらせ、その結果、フョードル・コンスタンチノヴィチと話すときでさえも、挑戦するような表現で自分の血筋に言及するのだった。それはまるで、ユダヤ人に対する彼の態度の中に、ロシアの人々の大半に多かれ少なかれ備わっている反感がないのは当然として、無理やり好意を見せているような寒々とした薄笑いもあるわけがない、と強調しているかのようだった（とはいうものの、そう強調することによって、結局はそういう可能性があることを認めていたのだが）。最初のうち、彼女は心をあまりにぴんと弦のように張り詰めていたので、そもそも血筋による人間の分類や、違う血筋の人々の相互関係などどうでもいいと思っていた彼にしてみても、彼女のことを思うとちょっと気まずい感じがしてきた。他方、彼女の熱しやすく、警戒を怠らない高慢さに影響されて、彼はシチョーゴレフの低劣なたわごとや、わざとユダヤ人特有の咽頭音を使って歪めた妙なロシア語を黙って聞いていることで、なにやら個人的な恥ずかしさを感ずるようになった。なにしろシチョーゴレフは、例えばびしょ濡れになってやって来た客が絨毯に汚い足跡を付ける《ナスレジーチする》と、「おやおや、なんたる相続人《ナスレードニク》！」などとユダヤ人っぽく聞こえる駄洒落を言って、悦に入っていたのだ。（ロシア語の「ナスレジーチ」（足跡を付ける）と「ナスレードニク」（相続人）をかけた駄洒落。「ナスレードニク」の接尾辞-ik（-イク）はイディッシュ語でも頻用されるため、ユダヤ的に聞こえる）

父が亡くなってからもしばらくの間は、以前の知り合いや父方の親戚が習慣通り、訪ねて来ていたが、次第にそれもまばらになり、足も遠のいていった……。そして残ったのは、ある老夫婦だけになった。この二人は、マリアンナ・ニコラエヴナを気の毒に思い、過去をいとおしみ、シチョーゴレフがお茶と新聞を持って自分の寝室に消えてしまうことにも目を向けないようにしながら、まだだいぶ長いこと姿を見せ続けた。ジーナは自分の母親が裏切ったこの世界との関係を保ち続け、かつての家族の友人のところに遊びにいくとまるで人が変わったようになり、病気や、結婚や、ロシア文学について平和なおしゃべりをする老人たちに囲まれていっしょにお茶を飲んでいるうちに、和やかでやさしい気持ちになるのだった（自分でもそう言っていた）。

自分の家庭では彼女は不幸だった。そして自分の不幸を軽蔑していた。軽蔑していたといえば、自分の勤めも同じことだった——職場の上司がユダヤ人であったにもかかわらず。いや、それはドイツ系ユダヤ人であって、要するに何よりもまずドイツ人だったのだ。だから、彼女はフォードルの前でも平気で上司の悪口を言った。彼女はもう二年勤めているこの弁護士事務所について、とても生々しく、とても苦々しく、とても精彩に富んだ嫌悪感を込めて話してくれたので、彼はまるで自分もそこに毎日通っていたかのように、もうすべてを自分の目で見て、自分の鼻で臭いをかいだような気がした。事務所の空気《アエル》は彼にはなんだかディケンズを思わせた（もっとも、ドイツ語訳のディケンズ、ということだが）。陰気な顔をしたのっぽたちと目をそむけたくなるような太っちょたちの半ば狂った世界、悪だくみ、黒々とした影たち、恐ろしい鼻、埃、悪臭、そして女の涙。そのすべての始まりは、暗く、急な、信じがたいほど荒れ果てた階段で、これは事務所の中の不吉な古めかしさに相応しいものだったが、ただ一つ、それと無関係だったのは首席弁護士の個室で、そこに置かれたでっぷりした肘掛け椅子や巨大なガラス張りのテーブルは、他の部屋の家具調度とは際立って違っていた。事務所の中心となる部屋は大きくみすぼらしく、剥き出しの窓が震えていて、埃まみれの汚れた家具が詰め込まれたせいで息も絶え絶えだった。特に恐ろしい様子だったのはスプリングがはみ出した、くすんだ赤紫色のソファで、トラウム、バウム、ケーゼビアという苗字（ドイツ語でそれぞれ、「夢」、「木」、「チーズ・ビール」という意味）の、全部で三人いる重役の執務室で順次お勤めを果たした挙句の果てに、ゴミ捨て場にでも捨てるようにここに放り出された恐ろしく淫らな代物、という感じだった。すべての壁を天井までふさいでいる巨大な書類棚《レガール》では、それぞれの巣穴に大量のファイルが押し込まれ、粗雑に青く染めてあるファイルのあちこちからは長い付箋が突き出ていて、その上を腹のへった訴訟好きな南京虫がときどき這い回っていた。窓際には四人のタイピストが陣取っていた。一人は給料を洋服で使い果たしてしまう猫背の女、二人目はほっそりした、軽薄で、なんでも「さっさとやる」性質の女（肉屋をしていた彼女の父親は、かっとなりやすい息子に肉用の鉤つき棒で殺された）、三番目は寄る辺がなく、遅々として持参金がたまらないでいる女、そして四番目はでっぷり太ったブロンドの人妻で、魂のあるべき場所に自分の住まいの写し絵が入っているのではないかと思わせた。彼女は精神労働の一日の後には、肉体労働に安らぎを求めたくてたまらなくなり、夜家に帰ると、窓を全部開け放ち、わくわくしながら洗濯に取りかかるのだと話して、人に感銘を与えた。事務長のハメッケは（これはでぶの粗野なけだもので、足は悪臭を放ち、首筋にはいつまでもじくじくと膿んでいる腫れもの《フルンケル》ができていた。そして自分が曹長だったとき、のろまな新兵たちに、歯ブラシで兵舎の床を磨かせたという思い出話をするのが好きだった）、タイピストのうちでも特に最後の二人のタイピストをいじめるのにことのほか熱心だった。それは、一人にとっては失職が結婚を諦めることを意味し、もう一人はすぐにわんわん泣きだしたからで、しごく簡単に引き起こすことができるこの夥しく響きのよい涙は、健康によい快楽を彼にもたらしてくれた。この男、ろくに読み書きもできないのだが、鉄のようにがっしりつかむ力に恵まれ、どんな物事にでもその一番魅力のない側面をとっさに見て取ることができるため、雇い主であるトラウム、バウム、ケーゼビアの三人に高く評価されていた（それにしても、この三つの名前が並ぶと、緑の中のテーブルと素晴らしい眺めが浮かび上がってきて、まるまる一篇のドイツ田園詩ではないか）。バウムはめったに事務所にはいなかった。事務員の若い娘たちは、彼の着こなしは素晴らしいと思っていた。実際、彼の背広はまるで大理石の彫刻が着たみたいにぴんとこわばり、ズボンの折り目はすべて永遠に消えず、色物のシャツには真っ白な襟が付けられていた。ケーゼビアは資産家の顧客に対しては卑屈なほどうやうやしい態度をとり（もっとも、うやうやしい態度を取ったのは三人とも同じだったが）、ジーナに腹を立てたときは、彼女のことを高慢だと罵った。所長のトラウムは小男で、借金で穴埋めするように髪の分け目を工夫して禿を隠し、横顔は三日月の外側のよう、手は小さく、体の形はとりとめがなく、太っているというよりは横に広がっているという感じだった。彼は自分を情熱的に愛し、自分と完全な相思相愛の関係にあった。小金持ちの初老の未亡人と結婚し、気質にちょっと俳優めいたところがあって、なんでも「恰好よく」やろうと努め、お洒落のためには何千マルクでも平気で使うくせに、秘書の給料は半マルクでさえも値切ろうとした。職員たちには自分の妻のことを、die《ディ》 gnädige《グネーディゲ》 Frau《フラウ》（奥方様。ドイツ語の丁寧な呼称）と呼ぶように要求した（「奥方様からお電話がありました」「奥方様からのおことづけがありました」といった具合だ）。事務所で何が起こっているのかまるっきりわからんと、何かにつけ自分の無知を堂々と自慢したけれども、その実、ハメッケから報告を受けて、最近ついたインクの染み一つにいたるまで何でも知っていたのだ。フランス大使館の法律顧問の一人だったので、彼はよくパリに出かけた。そして彼の際立った特徴とは、何かが金になると見るや、その目的の追求のためにはこの上なく滑らかに厚かましくなれることだったので、パリでは自分の得になりそうなコネを精力的に作り、決して遠慮などすることなく推薦状を依頼し、そのためにしつこく付きまとい、うるさくせがみ、爪はじきにされても感じなかった。彼の皮はある種の食虫類動物、つまりハリネズミか何かの鎧のようになっていたのだ。フランスで人望を得るために、彼はフランスについてドイツ語で本を書いた（例えば『三つの肖像画』という本は、皇妃ウジェニー（ナポレオン三世の皇妃ウジェニー・ド・モンティジョ）と、ブリアン（フランスの政治家）とサラ・ベルナール（フランスの大女優）を扱っている）。しかも、その際、資料集めの作業もまた彼にかかると、結局はコネ集めになるのだった。人の書いたものを急いで寄せ集めて作ったこの種の著作は、ドイツ共和国の恐ろしい現代的《モデルン》スタイルにのっとったものだったが（そして実質的には、ルートヴィヒ（ドイツの大衆的な伝記作家）や二人のツヴァイク（有名なオーストリアの作家シュテファン・ツヴァイクの他に、アルノルト・ツヴァイクというドイツの作家がいた）の著作にほとんど引けを取らなかった)、それは彼が仕事の合間に、霊感をだしぬけに口述し始めて秘書に書きとらせてできたものだった。もっとも霊感といっても、彼の場合は余暇があるときと必ず重なるのだったが。彼が取り入ってなんとか交友関係を結んでもらっていたフランス人の教授はあるとき、いたって口当たりのよい彼の書簡に対して、フランス人としては甚だしく礼儀を欠いた批判で応えてきた。「あなたはクレマンソー(フランスの政治家)という苗字を書かれるとき、鋭アクセント《アクサン・テギュ》符号をつけたり、つけなかったりしておられる。ここではある種の統一は不可欠ですから、どちらの方式に従うつもりか固く決心をして、そこからはもう逸脱しないようにされたほうがよろしいかと思います。もしも何らかの理由によりこの苗字を正しく書きたいと思われるようでしたら、アクサンなしで書くことをお勧めします」トラウムはこれに対して、早速、歓喜と感謝に満ちた手紙で答えるとともに、ついでに今後も引き続きよろしくお願いしますと迫ったのだった。それにしても、彼はなんと上手に自分の手紙を丸く、甘いものにしたことだろう。文頭の呼びかけと文末の結びの無限の転調の中に聞こえる、なんというチュートン的な快い旋律とさえずりだろう、なんという丁重な言葉遣いだろう。それはこんな具合だった——「かたじけなくもご親切を賜ろうというお気持ちをお賜りになられ……」

彼のもとに勤めてもう十四年になる秘書のドーラ・ヴィトゲンシュタインは、かびくさい小部屋をジーナと二人で使っていた。老いが見えてきたこの女は、目の下がたるんでぶよぶよで、安物のオーデコロンを通して腐肉のような臭いを漂わせ、何時間でも働き、トラウムに仕えているうちにすっかり萎びてしまったため、乗りつぶされた不幸な馬のように見えた。筋肉という筋肉がどこかに行ってしまって、鉄のような腱が何本かしか残っていない、といった馬だ。彼女は教養がなく、一般に受け入れられているほんの二つ、三つの通念の上に生活を築いていたが、フランス語を扱うときは何やら自分だけの個人的な規則に従っていた。例の「本」をまた一冊書こうという気になると、トラウムは毎週日曜日に彼女を自宅に呼び出し、この余計な仕事のために拘束しながら、その分の支払いは値切ろうとするのだった。ところが、彼女はジーナに、運転手に送ってもらったのよ、などと得意げに教えることもよくあった（送ってもらったとはいっても、路面電車の停留所までだったけれども）。

　ジーナは翻訳だけやっていればいいというわけではなく、残りのタイピストたちと同様に、裁判所に提出する長大な添付文書のタイプによる清書もしなければならなかった。依頼人の目の前で、依頼人が自ら語る訴訟にいたった事情を——離婚訴訟も珍しくなかった——速記することもよくあった。こういった訴訟はどれもこれもかなり汚らわしいもので、ありとあらゆる下劣さと愚劣さがねばねばくっつき合ってできた塊のようなものだった。コトブス（ブランデンブルク州の都市）のある男は、彼に言わせれば「変態」である妻と離婚しようと思って、妻がグレートデンと関係を持っていると告訴してきたが、その主要な証人として出てきたのは掃除婦で、奥さんが犬の体のある局所についてうっとりと大きな感嘆の声を上げるのをドア越しに聞いた、とか言うのである。

「こんなこと、あなたには可笑しいだけでしょうけど」と、腹立たしそうにジーナが言った。「でも正直なところ、わたし、もう我慢できないわ、もう無理。こんなくずども、さっさと捨てて出て行きたいところなんだけれど、他の事務所に行ったって、やっぱり同じようなくずがいるか、もっとひどいかもしれないってわかっているから。毎晩、こんなに疲れきってしまって、この感じはなんだか並はずれたもので、どんな言葉でも言い表せないくらい。もう自分は何の役にも立たないんじゃないかって気がする。タイプのせいで背中が痛くて、わめきちらしたくなるほどよ。そして一番の問題は、いつまでもこれに終わりがないということ。だって、もしも終わったら、食べていけなくなってしまう。なにしろママは何にもできない人で、料理女にだってなれないでしょうね。人の家の台所に行っても泣きだして、食器を叩き割るだけじゃないかしら。一方、あのいけすかない男は破産することしか能がない。ひょっとしたら、生まれたとき、そもそも破産していたのかもしれないわ。あなたにはわからないでしょうね、わたしがどんなにあの男のことを憎んでいるか。あんなのは豚だわ、豚、豚……」

「それならハムにして食べちゃったら」と、フョードル・コンスタンチノヴィチが言った。「ぼくも今日はかなり感じの悪い一日だった。君のために詩を書こうと思ったのに、まだきちんと仕上がっていないんだ」

「ねえ、あなた、わたしの大好きな人」と、彼女が叫んだ。「これは全部、ほんとのことなのかしら。この塀も、あのくすんだ星も。まだ小さかった頃、わたしは終わりのないものを描くのが嫌いだったの。だから、塀も描いたことがないわ。だって、画用紙の中で塀は終わらないでしょう。終わりがある塀なんて想像できないもの。で、いつも描くのは完結しているものだけ。ピラミッドとか、山の上の家とか」

「ぼくは地平線を描くのが何よりも好きだったね。それから地平線の下に横線を引いていくんだ。どんどん小さくなっていくような横線を。そうすると海の向こうに沈む太陽の通った跡になった。でも子供の頃、一番辛かったのは、色鉛筆の先が尖ってなかったり、折れていたりすることだった」

「そのかわり尖っているのは……。覚えている、白い色鉛筆を？　いつでも一番長くて、赤や青とは違っていた。あまり出番がなかったから。ね？」

「でもやつは気に入ってもらいたくてしかたなかった！　白子《アルビノ》の悲劇さ。L'inutile beauté（役に立たない美しさ。フランス語。モーパッサンの短篇のタイトル）。でもぼくのは、後で思う存分本領を発揮したんだ、と考えてみよう。まさに目に見えないものを描いたからだ。じつにたくさんのものを想像することができた。そもそも、可能性は無限にあった。ただし、天使だけは別だった。もしもどうしても天使を描くということなら、とても大きな胸郭を持ち、翼をつけた、極楽鳥とコンドルのあいの子みたいなのだね。レールモントフの天使は若い魂を抱きかかえ運んだけれども、ぼくが言っているのは、爪に引っ掛けて運んでいくような天使なんだ」

「そうね、わたしもこれで終わりにすることはできないと思うわ。わたしたちが存在しなくなるなんて、想像できない。でもいずれにしても、わたしはどんなものにも生まれ変わりたくはないわ」

「一面に広がっている光にだったら？　そういうのは君だったら、どうだろう？　まあ、あまりよくはないかな。ぼくたちを待っているのは、何か途方もない、驚くべきものだろう。ぼくは絶対にそう思うね。残念なことに、何にも比較できないものを思い描くことはできないけれども。天才というのは、夢で雪を見るアフリカの黒人のことだろう。ロシアの最初の巡礼たちが道中、ヨーロッパを通ったとき、一番びっくりしたのは何だか知っている？」

「音楽？」

「いや、街の噴水と、濡れた彫像だったんだ」（ロシア最初の西欧旅行記『フィレンツェ会議巡礼』（十五世紀）の無名の作者はヨーロッパの都市の噴水に驚いていた）

「あなたには音楽のセンスがないから、ときどき残念になることがあるわ。わたしの父はとてもいい耳をしていて、ソファに寝そべってオペラを口ずさんでいるうちに、全曲、最初から最後まで通して歌ってしまうなんてこともよくあったのね。あるとき、父がそんな風に寝ころがっていると、隣の部屋に誰かが入ってきて、ママと話し始めた。すると、すかさず父はわたしにこう言ったの。『あれは、これこれこういう人の声だな。パパはこの人には二十年前にカールスバートで会ったことがある。そのとき彼は、いつか遊びに来ると約束してくれたんだよ』どう、それほどいい耳だったの」

「そう言えば、今日、リシネフスキーに会ってね、ある知り合いのことを話してくれたんだけれど、その知り合いは、カールスバートはいまじゃすっかり駄目になった、以前は素晴らしかったのに、と嘆いているそうだよ。なにしろ、鉱泉水を飲んでいて、隣をふと見ると、エドワード国王（イギリス王エドワード七世のこと。一九〇一年即位）がいたんだから。堂々たる美丈夫で……スーツは本物のイギリス製のラシャで仕立ててあって……。おや、どうして怒っているんだい？　どうかした？」

「どうでもいいわ。あなたには絶対に理解できないことが、いくつかあるの」

「そんなこと言うのはもう止めて。どうして君の肌は、ここは熱いのに、ここは冷たいんだろう？寒くない？　それより、街灯のまわりを飛んでいるあの蛾をみてごらん」

「もうだいぶ前から見ている」

「どうして蛾は光に向かって飛んで来るのか、話してあげようか？　誰も知らないことなんだ」

「あなたは知っているの？」

「よく考えれば、いますぐにも分かるんじゃないかって、いつもそんな気がするんだ。ぼくの父は、平衡感覚を失うことに一番似ていると言っていたね。ほら、自転車に乗った人が、まだ乗るのに慣れていないと、どうしても溝のほうに引き寄せられてしまうようなものさ。光は闇に比べたら、真空みたいなものなんだ。ほら、あんなにぐるぐる回っている！　でも、ここには、もっと何か他のわけもあるんじゃないだろうか――いまにも分かりそうなんだけれども」

「あなたが結局、自分の本を書き上げないで終わってしまったのは、残念ね。わたしには、あなたのためのアイデアが千通りだってあるのよ。わたしにはとてもはっきりとした予感がある、あなたはきっといつか奮起してすごいことをやるって。みんなをあっと言わせるような、すごく大きなものを書いてね」

「書いてみせるさ」と、フョードル・コンスタンチノヴィチは冗談を言った。「チェルヌィシェフスキーの伝記を」

「書きたいものならなんでも。でも本当に、本当の本物じゃなければ。あなたの詩がとても好きだってことは、言うまでもないんだけれど、ただ、あなたの詩はいつもあなたの背丈に合っていないのね。どの言葉もみな、あなたの本当の言葉よりひとサイズ小さいのよ」

「それとも小説かな。でも奇妙なことに、なんだかぼくは、自分の未来の作品を覚えているような気がする。何についての作品かも知らないというのに。きちんと全部思い出したら、書けるだろう。ところで、一つ聞いておきたいんだけれど、結局のところ、君はどう思っているんだろう。ぼくたちはこれから一生、こんな風に会い続けるんだろうか、ベンチに並んで腰をおろして？」

「そんなことはないわ」と彼女は、歌うような、夢見るような声で答えた。「冬には舞踏会に行きましょう。それから今年の夏、わたしは休暇を取って二週間海に行くつもり。打ち寄せる波の絵葉書を送ってあげるわ」

「それならぼくも二週間海に行こう」

「それはないと思うわ。それから、忘れないでね、わたしたち、いつかティアガルテン（ベルリンの公園）で会わなければいけないんだから。薔薇園《ロザリウム》に石の扇を持った王女像があるでしょう。あそこでね」

「楽しい見通しだなあ」と、フョードル・コンスタンチノヴィチが言った。

その数日後のあるとき、またしてもあのチェスの雑誌が手近にあってたまたま目にとまったので、ページをめくり、最後まで解き終えていないものを探したが、結局もう全部解いてしまってあることがわかり、二段組で掲載されている、チェルヌィシェフスキーの若き日の日記からの抜粋に目を走らせた。目を走らせ、微笑み、そして興味が湧いてもう一度読み返した。滑稽なほど詳しくくどくど書く文体、綿密にちりばめられた副詞の数々、セミコロンへの情熱、文の中にはまり込んで動けなくなってしまう思考と、それを引っ張りだそうとする不器用な試み（ただし思考はすぐに別の場所にはまり込んでしまい、著者はまたしてもそれをなんとかするために骨を折らなければならなかった）、ぶつぶつ、むにゃむにゃと繰り返されていく言葉の響き、自分のごく些細な行動について細々と解釈する中で、チェスの駒のナイトのような動きを見せて移動していく意味、それらの行動の粘りつくようなばかばかしさ（まるである人の両手が木工用の膠《にかわ》に浸けられていて、しかもどちらの手も利き手ではないといった感じだ）、真面目さ、けだるさ、正直さ、貧しさ——このすべてがフョードル・コンスタンチノヴィチにはとても気に入ったし、このような頭脳と言葉のスタイルを持った著者がロシア文学の運命にどのような形であれ影響を与えることができた、と見なされていることに彼はとても驚き、愉快になったので、翌朝すぐに、国立図書館からチェルヌィシェフスキー全集を借り出してみた。読み進むにつれ、彼の驚きはますます大きくなり、この感情には一種の至福感が含まれていた。

その一週間後にアレクサンドラ・ヤーコヴレヴナから電話が掛かってきて（「どうして、このところすっかりお顔を見せてくださらないのかしら。今晩はお暇じゃありません？」）、彼はこの招待を受けることにした。しかし、『8×8』を知人たちに見せるために持っては行かなかった。彼にとってこの雑誌はもう感傷的な価値を持つ宝物、出会いの思い出になっていたからだ。来客の中に彼はケルン技師の他に、図体の大きい無口な紳士を見つけた。でっぷりした古風な顔立ちで、頬がとてもすべすべしたこの人物は、苗字をゴリャーイノフと言って、奇癖と芳しくない評判の持ち主である運の悪い老ジャーナリストの見事なパロディを演じているうちに（口を横に引き伸ばしたり、唇をぴちゃりと鳴らしたり、女のような声で話したり）、その姿が染みついてしまい（そのことによって復讐されたのだ）、他の知り合いの物まねをするときにも口の両端をぐっと下に引き伸ばしただけでなく、自分自身が普通の会話をするときまで彼に似てくるようになったことで有名だった。アレクサンドル・ヤーコヴレヴィチは病気をしてからげっそり頬がこけ、おとなしくなっていたが——こんな風に精彩を失うことを代償にして、彼は一時的に健康を買い戻していたのだ——その晩はなんだかいつもより活気づいているようで、昔ながらの顔面痙攣《チック》まで顔に現れた。しかしヤーシャの幽霊はもはや隅には座っておらず、粉挽き小屋の中のようにごちゃごちゃ本が置かれた間から肘をついている姿も見られなかった。

「今度の下宿にはいまでも相変わらず満足していらして？」と、アレクサンドラ・ヤーコヴレヴナが尋ねた。「まあ、それは嬉しいわ。あそこのお嬢さんに言い寄ったりしていません？　どう？　そういえば、先日ふと思い出したのですけれど、以前わたしにはメルツさんと共通のお友達がいたんですよ。メルツさんはそれはもう素晴らしい人で、どの点をとってみても本物の紳士《ジェントルマン》でしたね。でも、娘さんのほうは自分の血筋のことをあまり正直に認めたがらないのじゃありません？　認めている？　そうかしら。あなたはこういうことには疎いでしょうからね」

「いずれにせよ、なかなか強い性格のお嬢さんですよ」と、ケルン技師が言った。「一度、舞踏会の準備委員会の席上でお会いしたことがありますが、何もかも鼻であしらうという感じでしたね」

「で、肝心のお鼻のほうはどんな具合なんです？」

「いえ、正直なところ、お顔はあまりよく見ませんでしたね。まあ、結局のところ、若いお嬢さんはみんな、なんとかして美人になろうと狙っているわけですから。意地の悪いことは言わないようにしましょうよ」

一方、ゴリャーイノフは黙ったまま、両手の指を組み合わせて腹の上に置き、ときおり肉付きのよい顎を妙な具合に持ちあげ、まるで誰かを呼び寄せようとするかのように、甲高い音を立てて咳払いをするだけだった。フルーツの砂糖煮《ヴァレーニエ》や紅茶のお代わりを勧められたとき、彼は「誠にかたじけない」と古風な言い回しを使って会釈し、もし隣の人に何かを告げたくなったときは、どうしたものか頭を横から寄せるだけで顔を相手には向けず、何か言ったり尋ねたりするとまたおもむろに頭を離すのだった。彼と話をしていると、よく空白が生まれた。彼は相手の言葉に対して相槌を打つこともまったくなく、相手の顔も見ず、象のような小さな目で部屋中に茶色いまなざしをさまよわせ、突然、痙攣を起こしたように激しく咳払いをするだけだったからだ。自分について話すときは、いつも陰気でユーモラスな調子だった。彼の風貌全体がなぜか、こんな連想を呼び起こした――例えば、旧内務省、田舎風スープ《セリャンカ》、ぴかぴか光るゴム長《オーバーシューズ》、窓の外には『芸術世界』（後にバレエ・リュスを主宰するディアギレフがペテルブルクで刊行した雑誌）流に描かれたような雪が降り、柱《ストルプ》、ストルイピン（ロシアの政治家。一九〇五年革命の後、内相を経て首相に就任）、帝政時代の役所の課長《ストロナチャーリニク》など。

「さあ、どうだね」と、チェルヌィシェフスキーがフョードル・コンスタンチノヴィチの隣に腰を下ろして、曖昧な聞き方をした。「何かいい話はないかね。あまり具合がよくないみたいだけれど」

「覚えていますか」と、フョードル・コンスタンチノヴィチが言った。「確か三年ほど前のことですが、あなたと同姓の著名人の生涯を書いてみないかと、親切な助言をしてくださったでしょう」

「全然覚えていないなあ」と、アレクサンドル・ヤーコヴレヴィチが言った。

「それは残念。というのも、いまそれに取り掛かろうかと考えているところなんです」

「へえ、そうですか？　それは本気で？」

「まったく本気ですよ」と、フョードル・コンスタンチノヴィチが言った。

「でもどうして、そんな突拍子もないことを思いついたんでしょう？」と、アレクサンドラ・ヤーコヴレヴナが割って入った。「書くのだったら、そうね、よくわからないけれど、バーチュシュコフやデリヴィクの生涯とか、ともかく何かプーシキン周辺のことがいいんじゃないかしら（バーチュシュコフ、デリヴィクはともに、十九世紀初頭のロシアの詩人。プーシキンの時代には、優れた詩人たちが輩出した）。それがよりによってどうして、チェルヌィシェフスキーなんでしょう？」

「射撃の練習です」と、フョードル・コンスタンチノヴィチが言った。

「そのお答は控えめに言っても、謎めいていますな」とケルン技師が感想をはさみ、鼻眼鏡《パンスネ》の剝き出しのレンズをきらりと光らせ、両の手のひらでクルミを潰そうとした。ゴリャーイノフがクルミ割り人形を――その片足をつかんで引きずりながら――彼に渡した。

「まあ、いいんじゃないかな」アレクサンドル・ヤーコヴレヴィチがしばしの沈思から抜け出して、言った。「私にはだんだん気に入ってきましたね。我々の人格が踏みにじられ、思考が窒息させられているこの恐ろしい時代にあって、一八六〇年代の輝かしい時代に浸ることは作家にとって大いなる喜びであるに違いない。歓迎しますよ」

「それはそうですけれども、フョードルさんからはあまりに遠い世界じゃありませんか！」と、チェルヌィシェフスキー夫人が言った。「つながりも、伝統もないのよ。正直に言うと、こういった事柄についてわたしが女子学生《クルシストカ》（女子高等専門学校生。革命前のロシアでは女性の大学入学は認められなかった）だった頃感じていたことをすっかり蘇らせるなんて、わたし自身にもあまり面白くないでしょうね」

「うちの叔父さんはね」と言いながら、ケルンがクルミをぱちんと割った。『何をなすべきか』を読んだせいで、中学校《ギムナジア》から追い出されましたよ」

「あなたはどうお考えですか？」とアレクサンドラ・ヤーコヴレヴナがゴリャーイノフに問いかけ

た。

　ゴリャーイノフは「さあ」というように、両手を広げた。「特にこれといって意見はありませんな」彼は誰かの声色を真似するかのように、甲高い声で言った。「チェルヌィシェフスキーなんて読んだことがありませんし、そうねえ、考えてみると……こう言ってはなんですが、なんともつまらない人物ですよ！」

　アレクサンドル・ヤーコヴレヴィチは肘掛け椅子の背に軽く体をあずけ、顔をぴくぴく痙攣させ、瞬きをし、顔が微笑みで明るくなるのとそれが消えて暗くなるのを交互に繰り返しながら、こんな風に言った。

「それでも私はやっぱり、フョードル・コンスタンチノヴィチのアイデアを歓迎しますよ。もちろん、いまの我々にはあの辺のことの多くが滑稽で退屈に見えるでしょう。でもあの時代には何か神聖なもの、何か永遠なものがある。功利主義、芸術の否定、等々――こういったことはみな、たまたま表面を覆っている膜みたいなものにすぎない。その下にある、もっと根本的な特徴を見ないわけにはいかない。それはつまり、人類全体に対する尊敬、自由の崇拝、平等と同権の理念といったものです。偉大なる解放の時代でした。農民は地主から、市民は国家から、女性は家庭への隷属から解放された。あの時代にはロシアの解放運動の最良の遺訓が生まれました――知識を渇望せよ、不屈の精神で立ち向かえ、犠牲を恐れない英雄的精神を持て、といったものです。でもそれだけではない。いいですか、忘れないでほしいのですが、まさにあの時代に、あの時代から程度の差こそあれ養分を得ながら、トゥルゲーネフ、ネクラーソフ、トルストイ、ドストエフスキーといった巨人たちが成長したのですよ。そして言うまでもないことですが、ニコライ・ガヴリーロヴィチ・チェルヌィシェフスキー自身、あらゆる分野に通暁した巨大な頭脳と、創造を目指す巨大な意志の持ち主であって、彼が理想のため、人類のため、ロシアのために耐え忍んだ恐ろしい苦しみは、彼の批評的見解に見られるある種の融通の利かなさや無味乾燥なところを償って余りあるものでしょう。そのうえ私は断言しますが、彼は批評家としても卓越していた。何事も深く考え抜く、誠実で、大胆な批評家でした……いや、いや、素晴らしいじゃないですか、ぜひともお書きなさい！」

　ケルン技師はすでにしばらく前に立ち上がり、部屋の中を歩き回りながら首を振って、何かを言いたくてたまらないという様子だった。

「いったい何の話をしているんだ？」彼は椅子の背をつかんで、突然叫んだ。「チェルヌィシェフスキーがプーシキンについて考えたことなんて、誰が面白いと思うだろうか。ルソーは植物学者としてはお話にならなかったし（ルソーには植物学に関する著作もある）、私はチェーホフの治療を受けることなんて、まっぴらごめんだ（作家のチェーホフは医師でもあった）。チェルヌィシェフスキーは何よりも経済学者だったんですよ。だから彼のことは経済学者として見なければならない。しかるに、私はフョードル・コンスタンチノヴィチの詩人としての才能を尊敬するにやぶさかではありませんがね、彼が『ミル注釈』（チェルヌィシェフスキーはジョン・スチュアート・ミルの『政治経済学原理』の一部をロシア語に訳し、詳細な注釈を添えて『同時代人』誌に掲載した）の長所と欠点をきちんと評価できるものか、いささか疑問だと言わざるを得ませんよ」

「そういう比べ方はまるっきり間違っています」と、アレクサンドラ・ヤーコヴレヴナが言った。

「笑ってしまうくらい！　チェーホフは医学に何の足跡も残さなかったし、ルソーの作曲なんて単なる珍奇なお笑い草でしょう（ルソーは一時作曲にも熱中していた）。その一方で、どんなロシア文学史だって、チェルヌィシェフスキーを避けて通るわけにはいきませんからね。でもわたしがわからないのは、別のことなの」と、早口で彼女は続けた。「フョードル・コンスタンチノヴィチにとって、自分の気質や考え方とこれほど相容れないものはないというくらい無縁の時代や人々について書くことのいったい何が面白いんでしょう。もちろん、どんなアプローチをとるつもりなのか知りませんけれども、もしもはっきり言って、進歩的批評家たちの欠点を暴露したいというのなら、そんな努力をするには及ばないでしょう。だってそういうことなら、ヴォルィンスキー（文芸批評家。一八六〇年代の「革命的民主主義者」の理論を批判した）も、アイヘンヴァリド（文芸学者。ベリンスキーの文学論を批判した）も、もうとっくにやっているんですからね」

「いや、いや、ちょっと待ってくれ」と、アレクサンドル・ヤーコヴレヴィチが言った。「das《ダス》 kommt nicht in Frage《コムト ニヒト イン フラーゲ》（「そんなことは問題じゃないだろう」（独））。若い作家がロシア史上最も重要な時代の一つに興味を持って、その時代の最も重要な活動家の一人の芸術的伝記を書こうとしている。少しもおかしなことはないと思うね。取り上げる主題を調べるのはそれほど難しくないし、本は十分すぎるほど見つかるだろうし、あとはすべて才能次第だろう。アプローチ、アプローチって言うけれどね、才能のある人間が定められた主題にアプローチする際には、辛辣な嫌味などは先験的《アプリオリ》に排除されているんだ。どんな嫌味を言ったところで、何の関係もない。私にはそんな風に思えるね、少なくとも」

「ところでコンチェーエフが先週、酷評されていたのは、読みましたか？」とケルン技師が尋ね、会話は別の方向に転じた。

　表に出て、フョードル・コンスタンチノヴィチが別れの挨拶をすると、ゴリャーイノフは大きな柔らかい手で彼の手をつかんで引きとめ、額に皺を寄せて目をすぼめて言った。「いやはや、あなたも冗談がお好きですねえ。最近、社会民主党員のベレニキーが亡くなったでしょう。いわば、永遠の亡命者ですよ。なにしろロシア皇帝にも、プロレタリアートにも、追放されたんですから。彼が追憶にふけるときは、『我々のジュネーヴでは……』（ジュネーヴにはロシアの革命家の多くが亡命、潜伏していた）といつも始めたものです。ひょっとしたら、彼のことも書くんでしょう？」

「よくわからないのですが」と、フョードル・コンスタンチノヴィチは半ば問い返すような調子で言った。

「そうですか、でも私はよくわかりましたよ。あなたがチェルヌィシェフスキーについて書こうとしているのは、せいぜい私がベレニキーについて書こうとしているのと同じ程度なんでしょ。でもその代わり、皆さんに一杯食わせて、じつに面白い議論を始めさせてしまった。ごきげんよう、おやすみなさい」そして彼は杖に体をもたせかけながら、片方の肩をかすかに持ち上げ、ゆっくり重い足取りで立ち去った。

　フョードル・コンスタンチノヴィチにとって、父の活動を研究しているときにのめりこんでいたような、あの生活様式が再開した。それは運命が調和のあらゆる法則に従って与えてくれ、明敏な人間の一生を豊かにするために用いるあの反復の一つ、あの**声たち**の一つだった。しかしすでに経験に学んでいる彼は、今度は典拠となる資料を使うときは以前のようないい加減さを自分に許さず、どんなに小さなメモにもその出典を示す付箋を正確に貼った。国立図書館の前には石造りの池があり、そのまわりの芝生でヒナギクの花の間を鳩たちがくっくっと鳴きながら歩き回っていた。貸出のために請求された本は、たいして大きいとも思えない書庫の奥の傾斜したレールを走る小さな四輪台車《ワゴン》に載せられてやって来た。書庫ではこれらの本たちが貸出のときを待っていたわけだが、棚にはせいぜい数冊しかないだろうという気がしたのに、実際にはそこには何千冊もの本が集められているということがわかった。フョードル・コンスタンチノヴィチは自分の取り分を抱きかかえ、いまにも滑り落ちそうなその重みと格闘しながら、バス停に向かって歩いた。書こうと決めた本の姿は最初からその調子も、輪郭も、異様にくっきりと浮かび上がり、いま見つけ出そうとしている細々したものの一つ一つのために場所がもう用意されていて、あれこれの資料を漁る作業自体が、未来の本の色にすでに染められているような感じがあった。いわば海が青い照り返しの光を釣り舟に投げかけていて、釣り舟自体がその照り返しもろとも水面に姿を映している——そんな感じなのだ。彼はジーナにこう説明した。「そうだなあ、ぼくはこのすべてをパロディのぎりぎりの端に留めておきたいんだ。ほら、あの馬鹿みたいなbiographies romancées《ビオグラフィ ロマンセ》（伝記小説（仏）。一九二〇年代は、伝記が再び流行し始めた時代だった）を知っているよね。バイロンの叙事詩から抽き出した夢をすました顔でバイロン自身の生涯に忍びこませてしまう、といった類のやつさ。（アンドレ・モロワの伝記小説『バイロン』を念頭に置いている）でも、反対の端には、真面目なものの深淵がなければならない。そして自分の真実と、それに対する戯画《カリカチュア》の間の狭い尾根を辿っていかなければならない。肝心なのは、すべてが一度も立ち止まることのない思考の流れになるということなんだ。ぼくのリンゴはナイフを一度も離すことなく、一本の帯になるように皮を剝かなければならない」

本の主題の調査を進めるにつれて、全面的に自分をその主題の世界に浸してしまうためには、活動範囲を前と後の両方向にそれぞれ二十年ずつ広げることが不可欠だと分かってきた。そんな風にして、彼の目に明らかになった、あの時代の面白い特徴が一つある。それは本質的に取るに足らないことだが、結局、貴重な指針になったのだ。その特徴とは、進歩的批評の五十年の歴史を通じて、ベリンスキーからミハイロフスキーにいたるまで、フェートの詩を嘲笑しない（美しい抒情詩で知られるフェートは、進歩的陣営からは現実離れした「純粋芸術派」として批判された）「人心の支配者」（ロシア語の慣用句。精神的指導者として、社会に大きな影響を与える人物）はただの一人もいなかった、ということだ。こういった唯物論者たちがあれこれの対象に下す醒めきった判断の数々は、ときになんという形而上学的モンスターに変貌したことだろうか！　それはないがしろにされたことに対して、言葉そのものが彼らに復讐をしているかのようだった。例えば、ベリンスキーの場合。この無学な好人物[*10]は、百合とキョウチクトウを愛し、自分の窓をサボテンで飾り（エンマ・ボヴァリーのように）、ヘーゲルの本が入っていた箱を五コペイカ銅貨やコルク栓やボタンを入れるのに使い、結核の喀血で血まみれになった口で[*11]ロシア人民に向け演説をしながら亡くなったのだが、フョードル・コンスタンチノヴィチの想像力を驚かせたのは、例えば次のような実際的な思考を示す彼の珠玉の言葉だった。「自然界のものはすべて美しいが、自然そのものが未完成のまま放置し、地面や水の闇の中に隠した奇形的な現象（軟体動物、ミミズの類、滴虫類など）だけは例外である」ミハイロフスキーの場合もまったく同様に、お腹を上にして泳ぐような比喩を簡単に探し出すことができた。例えば、次のような（ドストエフスキーに関する）言葉の中に――「……彼は魚のように氷にぶつかっていき、ときに極めて屈辱的な体位に陥った」。まさにこの屈辱を受けた魚のおかげで、「今日の問題の報告者」の書いたものを全部苦労して通り抜けていくことにも、それなりの甲斐があったというものだ。ここから直行してすぐに辿りつくのは、現代の戦闘的な語彙、例えばステクロフ（時事評論家・ソ連の政治家。彼の『チェルヌィシェフスキー 生涯と活動』（一九二八）は、『賜物』第4章の主要な資料になっている）の文体（「……ロシア生活の毛穴に隠れ住む雑階級人は……自らの思考の破城槌によって因習的な見解に烙印を押した」）であり、またレーニンの文体だった。レーニンは「この主体」という表現を決して法的な意味では使わず、「この紳士《ジェントルマン》」を決してイギリス人については使わず、論争に熱中すると「……ここにはイチジクの葉はない……そして観念論者は不可知論者に手を真っすぐ差し伸べる」（レーニン『唯物論と経験批判論』からの引用）といった滑稽の極みに到達したのだった。ロシアの散文よ、なんという犯罪の数々がお前のために犯されていることだろう。「人々はグロテスクな奇形であり、登場人物たちは中国の影絵芝居の影、出来事はとうていあり得ないようなばかげたものだ」と、かつてゴーゴリについて同時代の批評家が書いているが、「チェーホフ氏」についてのスカビチェフスキー（ナロードニキ系のロシアの批評家）やミハイロフスキーの意見もこれに完全に一致している。しかし、こういった見解はどちらも、それが表明されたときに点火された導火線のようなもので、いまやそう言った批評家たち自身が爆破され粉々になっている。

　彼はポミャロフスキー（チェルヌィシェフスキーの影響を強く受けた作家。引用は代表作『小市民の幸福』（一八六一）から）（悲劇的情熱の役を演ずる誠実さ）を読み、そこに「木イチゴ色をした唇がサクランボのようだ」などという言葉のフルーツの砂糖煮《コンポート》を見つけた。彼はネクラーソフを読んで、彼の（しばしばうっとりするほど素晴らしい）詩に都会の新聞のような欠陥を感じ、風刺小唄《クプレット》を思わせるような平俗な言葉遣い（例えば、長篇詩『ロシアの女たち』にある、「好きな人に思いを告げる楽しさよ」）はなぜなのかと思ったが、田舎を散歩しているときの光景なのに彼がアブをマルハナバチと呼び（家畜の群れの上を飛ぶ「マルハナバチのせわしない群れ」）、その十行下ではそれを今度はスズメバチと呼んでいる（馬たちは「スズメバチを避けて焚火の煙の中に逃げ込む」）のを発見したとき、その説明が見つかったような気がした。ゲルツェンを読んだときも、またしてもその一般論の欠陥（偽りの輝き、皮相さ）が目についたが、それもアレクサンドル・イワノヴィチ（ゲルツェン）が英語をよく知らなかったために（その証拠として残っているのは、彼が自分で履歴を説明した文章で、それは“I am born”（「私は生まれる」）という滑稽なフランス語風の言い回しで始まっていた）（英語では正しくは、be動詞を過去形にして“I was born”）、「乞食」（beggar）と「男色家」（bugger――これは「この野郎」くらいの意味で広く使われている英語の罵り文句である）を聞き違えて、そこから英国では富が尊重されるという輝かしい結論を導き出してしまったことに気づいたとき、なるほどこういうわけだったのかと納得した。

　こういった評価の方法を極端なところまで推し進めると、作家や批評家たちを一般の人々の思想の代弁者として扱うことよりもっとばかげたことになりかねない。スホシチョーコフの回想録に登場するプーシキンがボードレールは好みではないと言ったとしても、それが何だろう（スホシチョーコフは第2章に登場する、架空の回想録の作者。プーシキンが死んだ時、ボードレールはまだ十五歳）。レールモントフが二度ほどとうていあり得ないような鰐に

（一度は真面目な、もう一度はふざけた比喩で）言及しているからと言って、それで彼の小説を非難するのは正しいことだろうか（「井戸の底にいる鰐」という比喩をレールモントフは二度使っている）。フョードル・コンスタンチノヴィチはちょうどいい時に立ち止まり、簡単に適用できる評価基準を発見したという快い感覚が、べたべたとした濫用のせいで損なわれるところまでいかないですんだ。

彼はとてもたくさん、これまでにないほど大量に読んだ。六〇年代人の長短あれこれの小説を研究してみて、その中で誰がどんな風に挨拶をしたかについていかに多くの言葉が費やされているかに一驚を喫した。ロシア人の思想がずっと囚われの身にあって、こちらの汗国でなければ、今度はあちら、といった具合に常に貢物を贈り続けてきたことについて思いをめぐらせているうちに、彼は奇妙な比較に熱中するようになった。一八二六年の検閲規定第一四六項*12は、「純潔な道徳性が保持され、それが単なる想像力の作りだす美にとって代わられることがない」ように注意するよう求めていたのだが、この「純潔な」の代わりに「市民的な」とか何かその種の言葉を入れてやると、急進的な批評家たちの公開されざる検閲規定ができてしまう。それと同じように、ブルガーリン（ロシアの反動的作家。皇帝直属官房第三部（治安担当の政治警察）に密告者として協力した）が自分の書いている小説の登場人物たちを検閲官のお望み通りの色に染めましょう、と手紙で申し出たことは、トゥルゲーネフのような作家でさえも世論の審判に対してへつらうような態度をとったことを思い出させた。そして荷馬車の轅《ながえ》を振り回してドストエフスキーと喧嘩をし、彼の病気を嘲笑ったサルティコフ＝シチェドリン（ロシアの作家。ロシア社会の腐敗を鋭く風刺した作品で有名）や、やはりドストエフスキーのことを「ぶん殴られ、くたばりかけた畜生」と呼んだアントノヴィチ（ロシアの批評家）は、哀れなナトソン（ロシアの詩人。若くして結核で亡くなった）を毒々しい批評で苦しめたブレーニン（ロシアの批評家。結核で死にかけていたナトソンに激しい個人攻撃を加えた）とほとんど変わらなかった。さらに彼を笑わせたのは、ザイツェフ（功利主義的批評陣営の代表者の一人）の考えがいまや流行の理論を先取りしたことだった。ザイツェフはフロイトの遥か前に、「こういった美の感覚、そしてそれに類する我々を高めてくれる欺瞞などはすべて、性的感覚の変形にすぎない……」と書いていたのだ。これは他ならぬあのザイツェフ、レールモントフを「幻滅した白痴」と呼び、亡命生活の暇にあかせてロカルノで蚕を飼ったが、結局、全部死なせてしまい、近眼のせいでよく階段からどたんばたんと転げ落ちていた、あの人物なのだ。

フォードルは当時の哲学的観念の濁ったごった煮をなんとか整理して理解しようと努めたが、やれカントだのコントだの、はたまたヘーゲルだのシュレーゲルだの、と各人各様に現を抜かしているのを見るにつけ、点呼でもないのにこんな風に名前を盛んに出すことそのものに、そしてそれらの名前の語呂がよく響き合って戯画のようになっていることに、思想に対するある種の罪、思想に対する嘲笑、この時代の間違いのようなものが現れているのではないか、と思われた。その一方で、少しずつ分かってきたこともある。チェルヌィシェフスキーのような人々はどんなに滑稽で恐ろしいへまを数々やらかしているにせよ、彼らの文芸批評上の憶説などよりもよっぽど有害で俗悪な国家的な公序良俗との戦いにおいて実際に英雄だったのだし、リベラル派やスラヴ主義者たちは、冒した危険がより少なかったので、その分、鉄の意志を持つこの喧嘩っぱやい連中よりも価値が低かったのだ。

彼が心から感服したのは、チェルヌィシェフスキーが死刑反対論者であって、死刑を秘儀の機密性によって包むべきだという詩人ジュコフスキーによる、むかつくほど慈悲深く、下劣なほど堂々とした提案をばっさりと一笑に付したことだった。なんとジュコフスキーは立ち会う者たちに処刑が見えないようにし（人前だと死刑囚は厚かましくも勇気のあるところを見せようとするので、そのため法が冒瀆されてしまう、と言うのである）、囲いの向こうから荘厳な聖歌だけが聞こえるようにしなければならない、なぜならば死刑は人を感動させるべきものだからだ、と主張していたのだ。その際にフョードル・コンスタンチノヴィチが思い出したのは、父が言っていたことだった。彼の父によれば、死刑には人が生まれつき感ずるような、なにやら克服しがたい不自然さがある、それは動作があべこべになるという昔からある奇妙な感じで、ちょうど鏡に映った人が誰でも左利きになってしまうようなものだ、というのである。つまり——と、父は説明を続けた——死刑執行人のためにはすべてが逆さまに行われるのもわけがあってのことで、例えばラージン（ステンカ・ラージン。農民・コサックの反乱の首謀者。一六七一年逮捕され、赤の広場で絞首刑になった）が荷馬車に乗せられて刑場に運ばれるとき、馬の首輪は上下逆さまにはめられるのだし、死刑執行人に対して葡萄酒は普通の順手ではなく、逆手で、つまり手の甲を返すように注ぐのだ。また、シュヴァーベンの法典では、誰かに侮辱された旅芸人《シュピールマン》は自分を侮辱した者の**影**を好きなだけ殴っていいということになっていたのに対して、中国ではまさに俳優、つまり影によって、死刑執行人の務めが執り行われていた。つまり、**人間**から責任がいわば取り除かれ、すべては裏側の、鏡の世界に移されたのだった。

彼は「解放皇帝」（農奴解放を行い、「大改革」を押し進めたアレクサンドル二世（在位一八五五—八一））の振る舞いのうちに、ある種の国家的な欺瞞をはっきりと感じとった。皇帝は下々に自由を恵み与えるというこの一大事そのものにたちまち嫌気がさしたのであって、皇帝の退屈こそがその後の反動を彩る基調となったのだった。農奴解放令が公布された後、底なし《ベズドゥナ》村で民衆に対して銃が発射されるという事件があったが、フョードル・コンスタンチノヴィチの警句好みの気性は、その後ロシアの治世者たちが辿る運命を、底なしの深淵《ベズドゥナ》駅からどん底《ドゥノー》駅[*13]にいたる区間として見ようとする悪趣味な誘惑にくすぐられた。

ロシア思想の過去へのこういった襲撃を続けているうちに、以前ほど風景の美しさとは結びついていない、ロシアへの新たな郷愁と、ロシアに対して何かを告白したい、ロシアを説得して何かを信じさせたい、という危険な欲望が彼のうちで大きくなっていった（その欲望とは戦ってうまく抑えることができたが)。そして知識を積み上げ、その山の中からすでに頭の中にできあがっている自分の作品を引き出しながら、彼はその他にさらに思い出すことがあった――それは、アジアのある峠に積まれた石の山のことだ。行軍していく兵士たちはそこに石を一つずつ置き、戻ってきた兵士たちは一つずつ取っていく。そして永久に残った石の数が、戦死した者たちの数になる。そんな風にして、隻脚のチムール《タメルラン》(チャガタイ・ハン国の指導者)は石の山が立派な記念碑になることを予見したのだという。

冬になる頃には彼はいつの間にか蓄積から創造に移行し、夢中になって書いていた。その冬は、記憶に残る冬の大半と同様、また言葉の綾として話の中に出てくるすべての冬がそうであるように、ことに寒いものになった(こういう場合、冬はいつでも決まって「寒いものになる」のだ)。毎晩、カウンターが藍色に塗られ、六、七卓のテーブルでは小人のような青いランプが苦しそうに憩いの器の振りをして灯っている、小さな人気のないカフェで、彼はジーナに会って、その日に書き上げた分を読んできかせた。彼女はマスカラを塗ったまつげを伏せ、肘をつき、手袋やシガレットケースをもてあそびながら、聞き入った。ときおり店で飼っている犬が寄ってきた。それは犬種もまるっきり見当がつかない、乳房を低く垂らした太った雌犬で、ジーナの膝の上に頭を載せた。絹のような手触りの丸い小さな額の皮膚を後ろに引っ張るように撫でてくれる、微笑みを浮かべた手の下で、その犬の目は中国人のように吊り目になった。そして、砂糖をひとかけらもらうと、犬はそれをくわえ、体を揺すりながらよたよたと慌てずに隅に行き、そこで体を丸め、ばりばりとすごい音を立てて噛み砕いた。「とても素晴らしいわ、でもロシア語ではそう言うのは無理じゃないかしら」とときおりジーナは言った。すると彼は少し反論しながらも、彼女が追い払おうとする表現を手直しするのだった。チェルヌィシェフスキーのことを彼女は縮めて「黒ちゃん《チェルヌィシュ》」(語源的には「黒い」(チョールヌイ)から派生した、浅黒い人や子供を意味する語。チェルヌィシェフスキーという姓は、ここから作られた形容詞形）と呼び、彼がフョードルのものであり、部分的には自分のものでもあると考えることに慣れきっていたので、過去における彼の本当の生涯のほうがまるで剽窃か何かのように思えた。彼の伝記を出典の怪しいソネットで閉じられる環の形にすることによって、存在するすべてのものに備わった円環状の性質に自らの有限性によって対立する書物の形態ではなく、むしろ車輪の縁に沿って、つまり永遠に続いていく一つの文を作り出そうというフョードル・コンスタンチノヴィチの発想は、平らな長方形の紙の上ではとうてい実現できないのではないかと、最初のうち彼女には思えたのだが、それだけに、やはり環ができつつあると知ったときの彼女の喜びもひとしおだった。著者が史実、つまり歴史的な真実からはずれないように努力しているかどうかは、まったくどうでもいいことだった。彼女はそんなことは当たり前だと最初から信じきっていた。そうでなかったら、そもそも本を書く価値などいったいあるだろうか。その代わり別の真実、彼一人がそれに対して責任を持ち、彼一人が発見することのできる真実、それこそが彼女にとって重要であって、言葉に少しでもぎこちない点や曖昧なところがあると直ちに摘み取るべき嘘の芽のように思えるのだった。一度聞いたことの周りに木蔦のように絡みつく、非常にしなやかな記憶力に恵まれた彼女は、特に気に入った言葉の組み合わせを繰り返すことを通じて、自分自身の秘密の渦巻き模様で言葉を高貴なものにした。そしてすでに自分の記憶に刻まれた言い回しをフョードル・コンスタンチノヴィチが何らかの理由で変更しようものなら、柱廊玄関《ポルティコ》の廃墟が金色の地平線上に、なかなか消えようとせずに長いこと残った。打てば響くような彼女の鋭敏な感性には並はずれた優雅さがあって、それがいつの間にか彼の道案内とは言わないまでも、お目付役になっていた。カフェではたまに客が三人くらいでも集まると、店に雇われたピアニストの老婦人が鼻眼鏡《パンスネ》をかけて隅のアップライトピアノに向かい、オッフェンバックの「舟歌」をまるで勇ましい行進曲のように弾いた。

彼がもう仕事の終わりに（つまり主人公の誕生に）近づいていたとき、ジーナがちょっと気晴らしするのも悪くないでしょうと言って、知り合いの芸術家の家で行われる仮面舞踏会に二人で行くことを提案した。フョードル・コンスタンチノヴィチは踊りも下手だったし、ドイツ人のボヘミアンには耐えられなかった。その上、**空想を制服に変えてしまう**ことには断固反対だった。彼に言わせれば、仮面舞踏会なんて煎じつめればそういうものなのだ。結局、彼は顔を半分だけ覆う仮面をつけて、四年前に誂えてから四度以上は袖を通していないタキシードを着ていくということで、折り合いがついた。「じゃあ、わたしはどんな恰好で……」と彼女は夢見るように言いかけて、口をつぐんだ。「お姫様とコロンビーナだけは勘弁してほしいな」と、フョードルが言った。「まったくよ」と、彼女が軽蔑したような口調で返答した。そして、彼がふさぎこんだのを見て、「ねえ、本当に、ものすごく楽しくなるわよ」と柔らかく付け足した。「だって結局、みんなの中で、わたしたち、二人だけでいられるでしょう。とても楽しみ！　二人で一晩中いっしょにいるのに、誰もあなたが何者かわからないのよ。わたし、あなたのために着る特別な衣裳を思いついたの」そこで彼は実直に彼女の剝き出しの優しい背と青みを帯びた両腕を思い浮かべたのだが、すぐに興奮した醜い他人の面が次々にこっそり忍び込み、あたりはドイツ流の騒々しい浮かれ騒ぎの下品ながらくただらけになった。粗悪なアルコール飲料が食道をひりひりさせ、サンドイッチの細かく刻んだ卵のせいでげっぷが出た。しかし彼は音楽に合わせて回転する思いを、彼女の透き通ったこめかみに再び集中させた。「もちろん楽しくなるさ。もちろん、行こう」彼は確信をこめて言った。

舞踏会には彼女がまず九時に出かけ、一時間してから彼が後を追うということになった。時間が限られていて窮屈な感じだったので、彼は夕食の後は執筆のために机には向かわず、新刊雑誌を手にとってだらだら時間をつぶしていた。その雑誌ではコンチェーエフの名前が二度ちらりと言及されていた。こんな風にたまたま名前が引き合いに出されることは詩人がいかに広く認められているかを暗に意味しているわけで、どんなに好意的な批評よりも貴重なものだった。まだ半年前ならば、これを見て彼はモーツァルトを妬むサリエーリの苦しみをかき立てられただろうけれども、いまでは他人の名声に対してまったく平然としていられることに自分でも驚いた。時計に目をやり、彼はゆっくりと上着を脱いだ。そして眠たげに見えるタキシードを引っ張り出し、考えごとに沈み、放心状態のまま糊のきいたシャツを取り出し、つるつる逃げてなかなかつかまらないカラーのボタンをはめ、腕を通してそのごわごわした冷たさにぞっと身震いした。そして一瞬じっと身動きを止めてから、縫い取り飾りのストライプが入ったズボンを無意識のうちにはいたところで、前日に書いた文章のうち最後の一句を削除しようと今朝決心していたことを思い出し、乱雑に書き散らされたままになっている原稿用紙の上に身をかがめた。読み返してみて、やっぱり残したほうがいいかなとも思い、挿入の記号を書いて形容詞を一つ付け加え、それを見てまた凍りついたようにじっと考え込み、それからさっと文全体を抹消した。しかし段落全体をそんな状態に残しておく——つまり、窓には板が釘で打ちつけられ、階段は崩れ落ちたといった状態で深淵の上にぶらさがったままにしておくのは、物理的に不可能だった。彼はその箇所のために用意してあったメモに目を通した。すると突然、筆が動きだし、すらすらと走り始めたのだった。彼がもう一度時計に目をやったとき、時刻はすでに午前二時を過ぎていた。悪寒がし、部屋の中はたちこめた煙草の煙でもうもうとしていた。そのとき同時に、アメリカ式の錠（シリンダー錠。現在も広く使われているタイプの錠）ががちゃんと鳴る音が聞こえてきた。ジーナが玄関から自分の部屋に向かう途中、半ば開いた彼の部屋のドアから中を覗くと、彼は青白い顔をして口をぽかんと開け、糊のきいたシャツはボタンも留めず、サスペンダーは床に垂れ下がり、手にはペンを握り、白い紙の上に黒い半仮面が載っていた。彼女が轟くような音をたてて部屋に鍵をかけると、あたりはまた静まりかえった。「なんてざまだ」とフョードル・コンスタンチノヴィチはそっと小声で言った。「たいへんなことをしてしまった」ジーナがどんな衣裳で舞踏会に行ったのか、彼は結局わからずじまいになってしまった。しかし、本は書き上げられた。

一か月ほど後のある月曜日、彼は清書した原稿をワシーリエフのところに持っていった。ワシーリエフは彼の調べ物を知ってまだ秋の頃に、『チェルヌィシェフスキーの生涯』を『ガゼータ』紙付属の出版社から出したらどうかと、半ば勧めてくれたからだ。その後、水曜日にフョードル・コンスタンチノヴィチはもう一度編集部に行き、職場でいつも寝室用のスリッパを履いているストゥピシン老人と和やかな世間話をし、電話口で誰かを追い払おうとしている秘書の、悲しげにわびしく歪んだ口元に見惚れていた……。突然、編集長の個室のドアが開き、ゲオルギー・イワノヴィチの巨体が戸口を隅から隅までいっぱいにふさいだ。彼は黒い顔をしてしばらくフョードル・コンスタンチノヴィチを見つめると、そっけなく「どうぞ、こちらへ」と言った。そして脇に体を寄せ、彼を個室の中に滑り込ませた。

「いかがです、読んでいただけましたか」フョードル・コンスタンチノヴィチはデスクの反対側に腰をおろして、尋ねた。

「読んだ」と、ワシーリエフが陰鬱な低音で答えた。

「じつを言えば、まあ、この春には出したいと思っているんですが」と、フョードル・コンスタンチノヴィチは弾んだ声で言った。

「君の原稿だ」と、だしぬけにワシーリエフが言って、眉をひそめ、原稿のファイルを差し出した。「持っていってくれ。私がこの印刷に関わるなんてことは、まったくあり得ない話だ。真面目な作品だとばかり思っていたのに、結局のところ、これは恥知らずで、反社会的で、自分勝手なおふざけじゃないか。いやあ、驚いたな」

「まあ、ばかばかしいものではあるかもしれません」と、フョードル・コンスタンチノヴィチが言った。

「いや、先生、これはばかばかしいものなんかじゃまったくありませんよ」ワシーリエフはがなりたて、腹立たしげにデスクの上の物を次々に手に取り、スタンプを転がし、変わることのない幸福を期待することもまったくできないまたまた結び合わされた「書評用」のおとなしい本たちの互いの体位を変えていた。「そんなものじゃないね、先生！　ロシア社会には、まともな作家だったらあえて愚弄することができない伝統というものがある。君に才能があろうが、なかろうが、私にはそんなことはまったくどうでもいい。ただね、何百万ものロシアの知識人を自分の受難と労作によって育んできた人物に対する中傷を書くなんてことは、どんな才能を持った人間にも許されることじゃないんだ。それだけは私にもよくわかっている。君はどうせ私の言うことなど聞かんだろうけれども、それでも――（ここでワシーリエフは苦痛のあまり額に皺を寄せ、心臓のあたりを押さえた）――友人として君にお願いしたい。こんなものを出版しようなどと考えないことだ。さもなければ、文学者としての将来がだいなしになってしまう。いいかね、みんなにそっぽを向かれてしまうぞ」

「ぼくは人の顔よりもうなじのほうが好きなんですよ」と、フョードル・コンスタンチノヴィチは言った。

　その晩彼はチェルヌィシェフスキー家に招待されていたが、ぎりぎりの瞬間にアレクサンドラ・ヤーコヴレヴナが招待を取り消してきた。夫が「インフルエンザで寝込んでしまって」、高熱を発しているというのだ。ジーナは誰かと映画を観にいっていたので、彼女には翌日の晩まで会えなかった。「出る本は打たれる——きみの継父《おとう》さんなら、こんな洒落を言うところだろうね」本のことを聞かれて彼はそう答え、編集部での会話を（昔の人がよくこんな風に書いたものだが）手短に伝えた。憤慨と彼に対する優しい気持ちと、何かをして今すぐに彼を助けたいという願望が彼女のうちで一体となり、高揚した実務的なエネルギーとなってほとばしり出た。「そういうことなのね！」と、彼女は叫んだ。「それならけっこう。出版の費用はわたしが何とかしましょう。必ず何とかしてあげるわ」「赤ん坊には夕食を、父親には棺桶を」（ネクラーソフの詩の一節をもじったもの。困窮した女性が、赤ん坊の棺桶と夫の食事代を稼ぐために身を売るという内容の詩。原文では「赤ん坊には棺桶を、父親には夕食を」となっている）と彼は言い、他のときだったら、彼女はこんな度の過ぎた冗談にきっと腹を立てていただろう。

彼女はどこかで百五十マルク借りてきて、冬休みのために苦労して貯めた自分の七十マルクを足したが、その額でもまだ足りなかった。そこでフョードル・コンスタンチノヴィチは、アメリカのオレーグ叔父に手紙を書こうと思い立った。この叔父はいつも彼の母を助けてくれ、たまには彼にも何ドルか送ってきてくれたからだ。ところがその手紙を書くことさえ彼は日一日と先送りにしていた。同様に先送りしていたことは他にもあって、彼はジーナがいくら説得しようとしても、自分の作品をパリで出ている分厚い文芸誌に連載しようとも、コンチェーエフの詩集を出しているパリの出版社の関心を惹こうともなかなかしなかったのだ。彼女は空いている時間に親戚の事務所を借りて、タイプで原稿を清書することを思いつき、しかもその親戚からさらに五十マルク借りてきた。フョードルが無気力で何もしようとしないのは、あくせくした実務をすべて忌み嫌うところから来ていたが、これには彼女も腹が立った。彼のほうはのんきにチェス・プロブレムの作成に取り組み、うつけた顔で家庭教師に出かけ、毎日チェルヌィシェフスキー夫人に電話をしていた。アレクサンドル・ヤーコヴレヴィチのインフルエンザは進行した結果、なんと、急性腎炎になっていたのだ。

数日後に彼は書店で、背が高くてでっぷりし、目鼻立ちも大ぶりな、黒いフェルト帽をかぶった（帽子の下から栗色の髪をひと房のぞかせた）紳士に気づいた。彼は愛想良く、そのうえ何だか励ますような視線をこちらに向けていたのだ。「どこで会ったのかな」とフョードル・コンスタンチノヴィチは、彼のほうを見ないようにしながら、素早く記憶を探った。彼は近寄ってきて、手を差し出し、その指を気前よく、無邪気に、無防備に広げて、話し始めた……。するとフョードル・コンスタンチノヴィチは思い出した。これは二年前、文学サークルで自分の戯曲を朗読したあのブッシュではないか。最近彼はその戯曲を出版していた。そしていまフョードル・コンスタンチノヴィチに脇腹や肘をぶつけながら、いつも微かに汗をかいた高貴な顔に子供のような震える微笑みを浮かべて、彼は札入れを取り出し、札入れからは封筒を、封筒からは切り抜きを取り出した。その切り抜きとは、リガの新聞に出たみすぼらしいちっぽけな書評だった。

「今度」と、彼は意味ありげに、まるで脅すような口調で言った。「このサクヒンはですね、ドイチュ語で出るんですよ。そのうえ私はいま、ショーセツに取り組んでおりますよ」

フョードル・コンスタンチノヴィチは彼から逃げようとしたが、彼もいっしょに店を出たうえ、同道しましょうと言いだす始末。しかしフョードル・コンスタンチノヴィチは家庭教師に行くところだったので、通り道も決まっていて変えるわけにはいかない。彼がブッシュから逃れるためには、足を速めることくらいしか試みられなかったが、そうすると道連れもそれに合わせて早口になったので、彼はぞっとして歩調を再び緩めた。

「私のショーセツは」とブッシュは遠くを見つめながら、黒いコートの袖口から飛び出したかちゃかちゃ鳴るカフスをはめた腕を心持ち横に伸ばし、フョードル・コンスタンチノヴィチを立ち止まらせて言った（そのコートと、黒い帽子と、額に垂れた巻き毛のせいで、彼は催眠術師か、チェスの名人《マエストロ》か、あるいは音楽家のように見えた）。「私のショーセツはですね、絶対的なるものとしての公式を理解した哲学者の悲劇なんです。彼は話に夢中になって、こんなことを話します――（ブッシュは手品師のように空中から手帳を取り出し、歩きながら読み上げた）――『よっぽどの大馬鹿者でない限り、原子の事実から、宇宙そのものもまた一つの原子にすぎないという事実、いや、もっと正確に言うなら、せいぜい一つの原子のさらに一兆分の一にすぎないという事実を演繹できるだろう。これはかの天才、ブレーズ・パスカルも、直観的に認識していた通りだ。だが先に進もう、ルイーゼ！――（この名前を聞いてフォードル・コンスタンチノヴィチはびくっとし、「さらば、ルイーゼ、涙を拭いて、全部の弾が若者に当たるわけじゃなし」という擲弾兵の行進曲（ドイツの軍歌「フリードリヒ大王の歌」（一八三八））が鳴り響くのがはっきりと聞こえた。その後もこれは、いわばその先のブッシュの言葉の窓の外で、鳴り続けた）――いいかね、注意してよく聞くんだ。まず空想の一例で説明してあげよう。ある物理学者が万物を構成する絶対量、想像もつかないような量の原子の中で、我々の考察が適用されるところの、かの宿命の原子を探し出した、と仮定される。我々の推測するところによれば、その物理学者が分解に分解を重ね、まさにその原子の極小の本質にまで辿りついたとき、その瞬間に一本の手の影（それは物理学者の手だ！）が我々の宇宙の上に降りてきて破滅《はめちゅ》的な結果をもたらすことになる。なんとなれば、宇宙とは、私の考えでは、原子から構成されていると同時に、そのうちの一つの中心的原子の究極の一部分でもあるからなのだ。このことを理解するのは難しいが、もしこれを理解すれば、すべてが理解できる。スーガクの牢獄を抜け出すのだ！全体は全体の最小の一部に等しく、部分の総和は総和の部分に等しい。これこそは世界の秘密であって、絶対無限の公式なのだが、かくのごとき発見を成し遂げると、人格としての人間はもはや散歩することも、会話することもできなくなる。さあ、口を閉じて、ルイーゼ』そんな風に彼は愛しのベイビーに、自分の人生の伴侶に話しかけるのです」ブッシュは寛大に人の良さそうな調子で付け加え、がっしりした肩の一方をすくめた。

「もしも興味がおありでしたら、そのうち最初から朗読してさしあげますよ」と、彼は続けた。

「テエマは巨大なものです。ところで、失礼ながら、あなたはいま何をなさっていますか」

「ぼくですか?」とフョードル・コンスタンチノヴィチは言って、薄笑いを浮かべた。「ぼくも本を書いたところです。批評家のチェルヌィシェフスキーについての本です。でも出版社が見つからなくて」

「ああ! ゲルマン唯物論を普及させ、ヘーゲルの裏切り者たちやがさちゅな田舎者の哲学者連中のことを宣伝した人物ですね! たいへん立派なことだ。私の本を出してくれている出版社の社長ならばあなたの労作を喜んで引き受けるだろうという確信が、ますます深まってきます。彼は喜劇の人物でしてね、彼にとって文学はすでに閉ざされた本なんです。しかし、私は彼のアドバイザーの立場にありますので、彼は私の言うことはきちんと聞いてくれるんです。テレホン番号を教えてください、明日彼に会いますから、もし基本的に彼が同意してくれるようだったら、私はあなたの手稿《マヌスクリプト》にさっと目を走らせましてね、最高級のお世辞で推薦できるものとあえて期待します」

「なんてばかげたことだ」とフョードル・コンスタンチノヴィチは思った。だからこそ、翌日このお人よしから実際に電話がかかってきたとき、ひどく驚いたのだった。出版社の社長は厚ぼったい鼻をした小太りの男で、どことなくアレクサンドル・ヤーコヴレヴィチに似ていて、同じような赤い耳をし、磨き上げられたような禿げ頭の両脇には短い黒い髪が残っていた。彼がすでに出版した本は一覧表にしてもわずかなものだったが、しかしそれはきわめて多様だった。ドイツの精神分析的小説をブッシュの叔父が訳したものが何点か、アデライーダ・スヴェトザーロワの『毒を盛る女』、一口話集、『我』と題された匿名の叙事詩など。しかし、これらの屑に混じって、二、三冊、本物があった。例えば、ヘルマン・ランデの素晴らしい『雲の中の階段』や、やはり彼の『思考の変容』などである。ブッシュは『チェルヌィシェフスキーの生涯』について、これはマルクス主義への平手打ちですな、と評し（フョードル・コンスタンチノヴィチは執筆中に、そんなものを喰らわせるつもりなどさらさらなかった）、二度目に会ったとき、出版社の社長は、まあ、なんという人の良さだろう、復活祭の頃までに、つまり一か月後には本にしようと約束してくれたのだった。前払い金は一切なし、売れた本に対して、最初の千部の印税は五パーセントとするけれども、その次の千部から印税は三〇パーセントまで引き上げてくれるということで、フョードル・コンスタンチノヴィチには公平で、気前のいい話だと思えた。もっとも、こういった方面のことに（そして亡命作家の本が五百部に達することさえめったにないということにも）、彼はまるっきり関心がなかった。他のことで頭がいっぱいだったのだ。顔を輝かせたブッシュの湿った手を握ってから、彼は藤色に照らし出された舞台に踊り出ていくバレリーナのように、表に出た。しとしと降る雨の粒は目もくらむばかりの露のように見え、幸福に喉がつまり、街灯の周りでは虹色の光輪が震え、彼の書いた本は壁を隔てた向こうを流れる本流のようにずっと彼に付き添いながら、声を限りに彼と語り合っていた。彼はジーナが勤める事務所に向かった。事務所の入った黒いビルは、窓たちが善良な表情を浮かべて彼にお辞儀をしているようで、彼はその向かいに彼女が指定したビアホールを見つけた。

「で、どうなの？」と彼女は急ぎ足で入ってくると、尋ねた。

「いや、だめだって」とフョードル・コンスタンチノヴィチは言って、彼女の顔が曇っていくのを注意深く、楽しみながら見守り、その顔を思いのままにできる自分の力をもてあそびながら、自分がいまにも呼び起こそうとしている、うっとりするほど素晴らしい光を予期して胸を膨らませた。

訳注

＊1　二二四頁　ペテルブルク出身のナボコフがモスクワ発音に対して抱いていた個人的な「偏見」も多少感じられるが、一般に、ペテルブルクの話し方のほうが上品、モスクワのほうが荒っぽい感じがするとはしばしば言われる。モスクワ出身の言語学者ロマン・ヤコブソンがハーヴァード大学における講義で『オネーギン』を朗読したとき、聞いていたナボコフは客席で「ひどい！」と呟いたという。ヤコブソンの「モスクワ訛り」がナボコフには耐えがたかったのか。

＊2　二二五頁　「真紅に染まり－並木道」の韻の実例は若き日のナボコフの詩「愛撫」にみられる。「瑠璃色に甘えて澄みやかに真紅に染まり／素敵な一日が笑いながらはにかみ、／並木道は金色の蛇、／リラの影は鳩の翼のようだった」

＊3　二二六頁　アレクセイ・アプーフチン（一八四〇～九三）は十九世紀ロシアの詩人。ここに引用されているのは、彼の詩「一対の鹿毛の馬」からの一連。それをクセニヤ叔母がフランス語に訳したという設定だが、じつはアプーフチンの詩は、もともと当時人気のあった詩人・作曲家ドナウロフ（ロシア人）がフランス語で書いたロマンス Pauvre chevaux（「哀れな馬たち」）のロシア語訳だった。

＊4　二三三頁　ロシア語の名詞類は、文法上、主格・生格・与格・対格・造格・前置格と呼ばれる六つの格を持っていて、格に応じて形を変化させる。なお、この箇所の韻の議論はすべて、ゲオルギー・イワノフ、ブリューソフ、ブロークなどの実例に基づいている。例えば「ヴェトラ」（「風」の生格）と「ゲオメトラ」（「幾何学者」の生格）の韻はブロークが、「クリミアの山」（「アイ＝ペトリ」）と「風」の前置格（「ヴェトリェ」）の韻はブリューソフが使っている。

＊5　二三九頁　ベールイは詩的散文の実験で有名だが、その最たるものが一般には失敗作とされる長篇『モスクワ』だった。この小説は大部分がダクチリ（強弱弱格）の韻律で書かれている。ナボコフはここでそれを

模倣して、おおよそのところ「正午になって」から「永遠に」までをダクチリの韻律で書いている。

＊6　二四一頁　アルコス事件の結果、一九二七年にイギリス・ソ連間の国交が断絶したことを指す。ARCOSとは、All Russian Cooperative Society Limitedの略称、一九二二年にソ連の代表団によってロンドンに設立された会社だが、スパイ活動に関わっていたことが判明、その結果、一九二七年五月二十六日にイギリスとソ連の国交が断絶するにいたった。

＊7　二四一頁　ボリス・コヴェルダは白系ロシアの政治活動家。一九二七年六月七日に、ポーランドにおけるソ連全権代表ヴォイコフをワルシャワ中央駅で射殺。なお実際には、コヴェルダによるヴォイコフ暗殺の方が、英ソ国交断絶よりも後である。

＊8　二五七頁　これは一九二四〜四一年に発行されたソ連のチェス雑誌『64　労働者クラブにおけるチェスとチェッカー』がモデルになっている。この雑誌の一九二八年のある号に、チェルヌィシェフスキー生誕百年を記念したノヴィコフによる「チェルヌィシェフスキーの生涯と創造におけるチェス」という論文が載っている。なお、一九六八年には『64　チェス評論』が『ソヴィエト・スポーツ』紙の週刊付録として「復活」し、一九八六年にソ連で初めてナボコフ作品を掲載した。

＊9　二六五頁　ロシア語で「クロスワード・パズル」を意味するкрестословица は英語crosswordの借用翻訳語で、ナボコフ自身による造語。ナボコフは『舵』紙にイギリス式のクロスワードを作って掲載していた。

＊10　三〇一頁　「無学な好人物」は『現代雑記』初出の際には、編集者ヴィシニャークの要求により、削除された。

＊11　三〇二頁　「結核の喀血で血まみれになった口で」も上記「無学な好人物」と同様雑誌初出の際には削除された。なお、『賜物』単行本の前書きには、『現代雑記』誌掲載の際に、「一つの形容語と第四章全部」が掲載されなかったと書かれているが、おそらく「一つの形容語」というのは、ベリンスキーに関するこれら二か所の表現であろう。二か所ではあるが、ベリンスキーという人物を評する形容として一つ、という意味だろうか。

＊12　三〇四頁　一八二六年の検閲規定は非常に厳格だった。ナボコフが引用しているのは、同規定の一七六項であって、一四六項ではない。「その他あらゆる文芸作品を検討する際、検閲官は検閲総則に則り、この種の諸著作に純潔な道徳性が保持され、単に想像の美によっても代替されないよう監督する」

＊13　三〇六頁　一八六一年二月、皇帝アレクサンドル二世によって農奴解放の勅令が公布されたが、不満を抱いた農民たちによる暴動が起こった。その中で最も大きなものが、カザン県スパス郡ベズドゥナ村（「ベズドゥナ」は「底なし」「深淵」の意味）で同年四月に起きた暴動である。一方、「ドゥノー」（文字通りには「底」の意味）とは、ペテルブルクの南、約二五〇キロのところにある駅名で、一九一七年二月二十七日、蜂起した兵士たちがここで皇帝の乗った列車を止め、ニコライ二世に退位の署名をさせた。

新潮社

新刊案内

2019 7 月刊

夏の騎士

あの夏、僕は人生で最も大切な「勇気」を手に入れた。新たなる感動が待つ百田版「スタンド・バイ・ミー」、約3年ぶり渾身の長編小説。

百田尚樹

7月18日発売●1400円

336414-6

てんげんつう

「しゃばけ」シリーズ

許嫁・於りんが大ピンチだっていうのに、若だんなは千里眼の男に脅され、妖たちは不幸のどん底に!? 剣呑な風が漂うシリーズ最新刊!

畠中 恵

7月18日発売●1400円

450726-9

やがて満ちてくる光の

デビュー時から25年を経た現在までの作家の生活を映し出すエッセイ。創作の萌芽を伝え、読み手を照らすあたたかい光が胸奥に届く。

梨木香歩

7月29日発売●1600円

429912-6

格闘

髙樹のぶ子

7月29日発売●1800円

351610-1

2019年7月新刊

大家さんと僕 これから

矢部太郎

楽しかった日々に見えてきた少しの翳り、別れが近づくなか僕は……。日本中がほっこりしたベストセラー漫画、涙の続編いよいよ発売!

7月25日発売●1100円

351213-4

新潮文庫 7月の新刊

※表示の価格には消費税が含まれておりません。出版社コードは978-4-10です。

絶唱
待望の文庫最新刊！号泣ミステリー!!
湊かなえ
誰にも言えない秘密を抱え、四人が辿り着いた南洋の島。ここからまた、物語は動き始める――。喪失と再生を描く号泣ミステリー！
●550円 126773-9

何様
『何者』&『何様』※累計100万部突破！
『何者』に潜む謎がいま明かされる――
朝井リョウ
何者かになっただなんて、何様のつもりなんだろう――。就活のその先を描く六編。解説はオードリー・若林正恭！
●670円 126932-0

きみの町で
生きることが好きになる、八つの物語
重松 清
旅立つきみに、伝えたいことがある。友情、善悪、自由、幸福……さまざまな「問い」に向き合う少年少女のために綴られた物語集。
●400円 134938-1

今昔百鬼拾遺 天狗
百鬼夜行シリーズ最新作！
京極夏彦
天狗攫いか――巡る因果か。高尾山中に端を発する、女性たちの失踪と死の連鎖。『稀譚月報』記者・中禅寺敦子らがミステリに挑む。
●710円 135353-1

卑弥呼の葬祭―天照暗殺―
高田崇史
天岩戸伝説に秘められた真実の鍵――記紀に書かれなかった重大事件とは。天皇家の根幹に関わる謎とは。興奮の古代史ミステリー。
●590円 120073-6

骸骨巡礼―イタリア・ポルトガル・フランス編―
養老孟司
理性的なはずのヨーロッパに、なぜ骸骨で飾りつけた納骨堂や日本にないヘンな墓があるのか？「骨」と向き合って到達した新境地！
●710円 130843-2

神戸・続神戸
名著復活！
西東三鬼
戦時下の神戸、奇妙な国際ホテル。エジプト人がホラを吹き、ドイツ水兵が恋をする。数々の作家を虜にした、魔術のような二篇。
●430円 101451-7

季節のない街
注釈付文字拡大新装版
山本周五郎
生きてゆけるだけ、まだ仕合わせさ――。貧民街で日々の暮らしに追われる住人たちの悲喜を描いた、人生派・山本周五郎の傑作15編。
●670円 113490-1

危険な弁護士 上・下
J・グリシャム 白石朗訳
幼女殺害、死刑執行、誤認捜査、妊婦誘拐……ヤバイ案件ばかり請け負う〝はぐれ弁護士〟のダーティー・リーガル・ハードボイルド！
●各710円 240937-4,38-1

スター・クラシックス 新訳
ドリトル先生航海記
H・ロフティング 福岡伸一訳
ドリトル先生と心躍る冒険の大航海へ――気鋭の生物学者・福岡伸一による念願の新訳！
●710円 240121-7

猫河原家の人びと―探偵一家、ハワイ謎解きリゾート―
青柳碧人
180158-2

第4章

ああ！　教養ある子孫が何を言おうと
真実の女神は相変わらず風に吹かれ
服をはためかせ、自分の手のほうに頭を傾け

女らしい微笑みと子供らしい不安を浮かべ
掌の中にある何かをじっと見つめているかのようだ
しかしそれは彼女の肩に遮られて私たちには見えない

ソネットがなにやら道を遮っているみたいだが、ひょっとしたら逆に、すべてを説き明かす秘密の結び目なのかもしれない。もっとも、人間の頭がそういった説明に耐えられればの話だが。魂が一瞬の夢に浸る——すると、どうだろう、蘇った死者たちに特有の芝居がかった輝きとともに、私

たちの前に出てくる人物がいるではないか。それはまず長い杖を手にし、ザクロのように赤い絹の法衣をまとい、大きな腹に刺繍で飾られた帯をまいたガヴリール神父。そして彼とともに、すでに陽光に照らし出されたとても魅力的な——薔薇色の頬をし、動作がぎこちなくいたいけな少年も登場する。二人はもう目の前に来ている。帽子を脱ぎなさい、ニコラ。髪の毛はいくらか赤みを帯び、額にはそばかすができ、近眼の子供特有の、天使のように澄んだ目をしている。キパリソフ、パラディゾフ、ズラトルンヌイといった——それぞれ糸杉、楽園、金羊毛という言葉に由来する——苗字を持った司祭たちは、後になってからも（遠くの貧しい教区でひっそり暮らしながら）、少年の恥じらうような美しさを思い出してはいささかの驚きを隠せなかった。とは言うものの、残念ながらこの可愛らしい智天使《ケルビム》のような姿は、結局のところ、糖蜜菓子《プリャニク》の表面に張り付けられたものにすぎなかった。糖蜜菓子そのものは、堅くて、皆の歯が立つような代物ではなかったのだ。

私たちに挨拶を済ませると、ニコラは再び帽子をかぶり——ふかふかした灰色がかったシルクハットだ——そっと退場していく。それにしても、家で縫ってもらった小さなフロックコートを着て、南京木綿のズボンをはいたその姿は、なんと愛くるしいのだろうか。一方、少年の父は園芸にまんざら無縁でもない、この上なく善良な長司祭で、サラトフのサクランボや、スモモやナシについてあれこれ議論をして私たちを楽しませてくれる。しかし、舞い飛ぶ灼熱の埃がその光景を覆い隠してしまう。

どんな作家の伝記でも、その冒頭で必ず特筆されるように、少年は本をむさぼるように読んだ。しかし、勉強はよくできた。「汝の陛下に従い、陛下を敬い、法を守れ」と、彼は初めての書き方教本を丹念に書き写した。そして皺の寄った人差し指の腹は、インクの染みでそのままずっと黒くなったままだった。さて、こうして一八三〇年代が終わり、四〇年代が始まった。

十六歳のとき、彼はもういくつかの外国語を十分知っていて、バイロンも、ウージェーヌ・シューも、ゲーテも読むことができた（自分の野蛮な発音のことは、終生恥ずかしがっていたけれども）。父が教養人だったおかげで、神学校で必要なラテン語もすでに身につけていた。その上、ソコロフスキーとかいう人物にポーランド語を習うことができたし、オレンジを商う地元の商人がペルシャ語を――ついでに煙草の誘惑的な味も――教えてくれた。

サラトフ神学校に入ると、彼は何事につけ控えめに振る舞い、鞭打ちの罰を受けることも一度もなかった。「小公子《おぼっちゃま》」というあだ名をたてまつられたけれども、皆といっしょに遊ぶことを避けたわけではなかった。夏は小骨遊《コーズヌイ》びをし、川遊びを楽しんだ。とはいうものの、泳ぐことも、粘土で雀をこしらえることも、小魚を獲るための網を作ることもできるようにはならなかった。網の目は大きさが不揃いになり、糸はもつれてしまった。魚は、人間の魂よりも捕まえるのが難しいのだ（イエスの言葉「さあ、ついて来なさい。人間をとる漁夫にしてあげよう」（『マタイによる福音書』第四章十九節）を踏まえた表現）（もっとも後になると、魂も網のはころびから逃げ出してしまったけれども）。また冬になると、雪の降る薄闇の中、声のでかい級友たちと徒党を組み、六歩格《ヘクサメトル》の詩を放歌高吟しながら、巨大な荷橇に乗って坂を猛烈な勢いで滑り降りたので、すでにナイトキャップをかぶっていた警察署長はカーテンを開けて、励ますような微笑みを浮かべるのだった――この神学生たちの気晴らしのせいで、夜盗も恐れをなして逃げていくだろうと思って、満足だったのだ。

彼もまた、父親と同様、司祭になり、おそらく高い位にまで昇っていたことだろう――プロトポポフ少佐との極めて遺憾な一件さえ起こっていなければ。この少佐というのは地元の地主で、美食家で、女と犬をこよなく愛する男だった。他ならぬその彼の息子を、ガヴリール神父は早まって戸籍台帳に非嫡出子として登録してしまったのだ。ところが実際に結婚式は――確かに、大々的にではなかったものの、きちんとしきたり通りに——子供の誕生の四十日前に行われていたのである。主教管区監督官の職を解かれたガヴリール神父はふさぎこみ、髪まで白くなってしまった。「貧しい司祭の長年の苦労に対する報いが、こういうことなんですか」と、司祭の妻は腹の虫がおさまらず、何度も繰り返した。そしてニコラには世俗的な教育を受けさせることになった。ところでプロトポポフの息子のほうはその後、どうなったのだろうか。自分のせいで何が起こったのか、知っただろうか？　聖なる恐れに震えあがっただろうか？　それとも沸き立つような青春の快楽に早くから倦んで……田舎に隠遁して？……

　そういえば、ちょうど、その少し前から、かの不滅の軽四輪馬車《ブリーチカ》（ゴーゴリ『死せる魂』の主人公チチコフが乗っていた馬車）に向かって、素晴らしくも物憂い風景が開けてきたのだった。あまりに自由なので涙さえ出そうになるロシア的な旅情のすべて、野原や丘から、細長い黒雲の間からこちらを覗く穏やかで優しいもののすべて、そして懇願するかのような、何かを待ち受けているかのような美、そして一つ合図をしさえすれば直ちに駆け寄ってきて、いっしょにおいおい泣きだしそうな美。要するにゴーゴリが称えたあの風景が、十八歳のニコライ・ガヴリーロヴィチの目の前を知らぬ間に過ぎていったのだ。馬を付け替えずにのんびりと、母とともにサラトフからペテルブルクに向かうところだった。旅の間中、彼は本を読み続けた。それももっともなことだろう。彼には「埃にまみれて頭を垂れている穂」よりも「言葉の闘い」のほうがよかったからだ。

　ここで著者も気づいたことだが、ここまでにすでに書かれた行の中でも著者自身の意志に関わりなく、エンドウ豆の膨張、成長、発酵とでもいったことが続いている。いや、もっと明確に言うならば、あちこちの地点で、与えられた主題の今後の展開の輪郭が示されているということだ。それはまず「書き取り練習」という主題である。例えば、すでに大学生になってから、ニコライ・ガヴリーロヴィチは「人間は、人間が食べるところのものである」というフォイエルバッハの言葉をこっそり書き写している。これはドイツ語で書くともっと滑らかだし、現在のロシア語で使われている正書法の助けを借りればもっとよくなるのだが。[*1] ここでもう一つ、「近眼」の主題も展開していることに我々は気づく。それはまず、少年時代の彼には、自分がキスしている顔しか見分けがつかず、北斗七星のうち四つしか見えなかったことに始まる。二十代になって初めてかけた、銅縁の眼鏡。陸軍幼年学校の教え子たちの顔がよく見えるようにと、六ルーブリで買った教師時代の銀縁の眼鏡。『同時代人』誌がお伽話にしか出てこないような僻地にまで行き渡っていた日々にかけていた、いかにも「人心の支配者」にふさわしい金縁の眼鏡。そして、バイカル湖の東に流されたとき、防寒長靴やウォッカもいっしょに売っているちっぽけな売店で買った、いま一度銅縁の眼鏡。そして、ヤクート州から息子たちに送った手紙に綴られた眼鏡をめぐる夢想——そこで彼は、これこれの視力のためのレンズを送ってほしいと頼んでいた（どのくらいの距離で文字が読み取れるかは、線の長さによって示していた）。この先しばらく、眼鏡の主題はぼやけていく……。そこでもう一つ別の、「天使のような清らかさ」の主題を追うことにしよう。それはこの先、こんな風に展開する。キリストは人類のために死んだ、なぜならば人類を愛しているからだ、その人類を私も愛している、だから私もそのために死のう。「第二の救世主になるんだ」と、親友が彼に助言する——すると彼は情熱に燃え上がらんばかりになる。臆病者め！　弱虫め！（こういったほとんどゴーゴリ的な感嘆符が、彼の「学生時代の日記」のあちこちでちらついている）。しかし「聖霊」は「良識」に替えられなければならない。貧困は悪徳を生み出すからであり、キリストはまず一人一人に靴を履かせ、花の冠をかぶせるべきであって、道徳を説くことができるのはその後だからだ。第二のキリストはまず第一に物質的な困窮に終止符を打つだろう（そのとき我々が発明した機械が役に立つことだろう)。そしてこんなことを言うのも奇妙だが……何かが実現した。そう、何かが実現したようなのだ。伝記作家たちは彼の茨の道のあちこちに福音書的な道標を配置する(よく知られているように、注釈者が左翼的であればあるほど、「革命のゴルゴタ」といった表現に愛着を抱くものだ)。チェルヌィシェフスキーの受難は、彼がキリストの年齢に達したときに始まった(チェルヌィシェフスキーは一八六二年、三十四歳のときに逮捕・投獄された)。ここでユダの役回りを演ずるのはフセヴォロド・コストマーロフ(詩人、翻訳家。皇帝直属官房第三課(政治警察)のスパイだった)であり、ペテロ役は囚人との面会を避けた有名な詩人のネクラーソフだ。太っちょのゲルツェンはロンドンで椅子にどっかり腰をおろし、チェルヌィシェフスキーの「晒し柱」(シベリア流刑の前に公開で行われた公民権剥奪の儀式)のことを「十字架の同志」と呼んだ。そしてネクラーソフの詩にはまたもや、磔刑のことや、チェルヌィシェフスキーが「キリストのことを思い出させるために、地上の奴隷たち(皇帝たち)のもとに送られた」ことが出てくる。最後に、彼が完全に死んでしまって、その体が洗い清められていたとき、彼の痩せこけ、あばら骨も鋭く突きだした体や、肌の暗い青白さ、そして長い足の指などを見て、近親者の一人は――レンブラントの作品だっただろうか――『十字架降下』を漠然と思い出した。しかし、この主題はこれで終わりというわけではない。まだ死後の侮辱があって、これなしにはいかなる聖者伝も完結しないのだ。そんなわけで、「真実の使徒へ　ハリコフ市高等教育機関一同」という献辞の書かれたリボンを添えた銀の花輪が、五年後に鉄製の礼拝堂から盗まれてしまった。しかも、神聖なものを平気で冒瀆するこののんきな教会荒らしは、深紅のガラスを割って、その破片で窓枠に自分の名前と日付を刻んでいったのだった。ここで第三の主題もまた展開しようと待ち構えている――しかも、うっかり目を離そうものなら、相当に奇怪な展開をしそうな気配なのだ。それは「旅」という主題であり、いったいどこまで行き着くものか、見当もつかない――青色の制服を着た憲兵が乗り込んだ旅行馬車《タランタス》や、その先さらには六頭の犬をつけたヤクートの橇まで出てくるのだから。いやはや、それにしても、ヴィリュイスクの郡警察署長もまた**プロトポポフ**という苗字だとは！　だがさしあたってはすべてとても平穏だ。快適な旅行馬車は走り、ニコラの母、エヴゲーニヤ・エゴーロヴナはハンカチで顔を覆ってまどろみ、その隣では息子が寝そべりながら本を読んでいる。そして道路の窪みは窪みの意味を失って、印刷された文字列のでこぼこや、行の跳ね上がりにすぎなくなる。そして再び言葉が滑らかに通り過ぎてゆく。木々が通り過ぎ、木々の影が本のページの上を通り過ぎる。さあ、いよいよペテルブルクだ。

　彼はネヴァ川の青さと透明さが気に入った。なんと豊かな水をたたえた首都だろう。その水はなんと清らかなのだろう（彼はその水でさっそく腹をこわした）。しかし、特に気に入ったのは、水がじつに整然と分配され、運河が効率的に作られていることだった。これとあれを結び合わせ、あれとこれを結び合わせられるとしたら、そしてそういった関係から幸福を導きだせるとしたら、なんと素晴らしいことだろうか。毎朝、窓を開けると、彼はすべてに文化が行き渡っていることを感じさせる景観に敬虔な気持ちをいっそう募らせながら、聖堂の丸屋根の数々が発するゆらめく輝きに向かって十字を切るのだった。イサーキイ大聖堂はまだ建築中で、その周囲には足場が組まれていた。さあ、ここで私たちは父上に手紙を書いて、金箔を焼き付けた丸屋根のことを知らせよう。おばあさまには蒸気機関車のことを……。そう、彼は実際に自分の目で汽車を見たのだ。この汽車というものを哀れなベリンスキー（先駆者）が夢見ていたのは、まだつい最近のことだった。彼は肺病で衰弱し、見るも恐ろしい姿に変わり果て、体を震わせながら、市民的な幸福の涙を通して、ロシアで最初の鉄道駅が建設されていくのを何時間も眺めていることがよくあった。一方、まさにその駅のプラットホームでは何年か後に、緑の手袋をはめ黒い仮面をかぶった半狂乱のピーサレフ[*2]（後継者）が、美男の恋敵の顔に鞭を振るっている。

この作品の中では、私の許しもなく勝手に（と著者は言っている）観念や主題が成長し続けていて――その中にはかなり歪んだ形のものもある――何が邪魔をしているのか、私にはわかっている。邪魔をしているのは、「機械」なのだ。すでに書かれている一文から、寄せ集められたこの積み木遊びの中から不恰好な一片を釣りだしてやらなければならない。さあ、これでほっとした。それはつまり、「永久機関《ペルペトゥウム・モビレ》」のことだ。

　永久機関をめぐってあれこれ頭を悩ませることは、結局、五年ほども続き、すでに中学校《ギムナジア》の教師となり、結婚を控えていた一八五三年にようやく彼は、設計図つきの手紙を焼き捨てた。その設計図というのは、極めて安価な永久運動の恩恵を世界に贈ることなく死んでしまう（流行の動脈瘤で）ことを恐れて、あるとき思い立って準備したものだったのだ。自分のばかげた実験に関する彼の記述やコメントは無知と分別が入り混じったもので、そこにはすでにほんの微かにではあるが、致命的な欠陥が現れていて、それが後に彼の発言にペテン師くさい感じを付け加えることになった。もっとも、そのペテン師くささは見せかけだけのものだ。なんと言っても、忘れてはならないことだが、彼は樫の幹のように真っすぐで堅固な、「一番の正直者たちの中でも最高に正直な」（妻の表現による）人間なのだから。しかし、結局のところ、すべてが彼に反対するようになる、というのが彼の運命だった。彼がどんなものに手を触れても、それについて彼が抱いている考えとは正反対のことが何やらじわじわと、手ひどく嘲笑うように必ず姿を現してくるのだ。例えば彼は、総合《ジンテーゼ》や、引力や、生き生きとした関係に賛成なのだが（小説を読んでいて、著者が読者に呼びかけているところに来ると涙を浮かべ、そのページに口づけをしてしまう）、彼に対して用意されている答は、崩壊、孤独、疎外なのだ。彼は何事につけきちんとした根拠と分別の大事さを説いているけれども、まるで誰かが彼をからかうためにしつこく呼んできたみたいに、彼の運命につきまとったのは阿呆とたわけと狂人ばかりだ。何事に対しても、彼には――ストランノリュプスキー（虚構の人物。この苗字は語源的に「奇妙な愛」という意味がある）の的を射た表現によれば――「否定が百倍になって」返ってくる。何をやっても自分自身の弁証法に蹴り返され、どんなことに対しても神々に復讐されるのだ。詩人たちが描く現実味の薄い薔薇に対する醒めたまなざし、小説を書くという善行、そして知識の大事さに対する信念――このすべてに対してこの報復はなんという思いがけない、狡猾な形をとることだろうか！もしも――と、一八四八年に彼は夢想する――水銀温度計に鉛筆を取り付けて、気温の変化に合わせて鉛筆が動くようにしたらどうだろう？ 気温というものが永遠に存在するものだという命題から出発すれば……。いや、ちょっと待ってくださいよ、これは誰なんだろう、こういった細々した考察を細々と暗号でメモしているこの男は？ 若き発明家ではないか。目測を過つことなく、生まれながらの能力によって、彼が不活性な部品どうしを貼り合わせ、結びつけ、はんだ付けすると、そこから奇跡の運動が生じるのだ。ほら、世の中ではもう織機がぱたぱた動いているではないか。それとも、山高帽をかぶった機関士が運転する長い煙突をつけた機関車が、純血種《サラブレッド》の競走馬を追い越そうとしているではないか。いや、まさにここから亀裂が広がり、その奥には報復が巣を作っているのだ。というのも、この思慮深い青年は――そう、彼が全人類の幸福のことしか考えていないことを忘れてはいけないのだが――目はまるでモグラ同然で、その白い手は先も見えず手探りするだけで、へまばかりやらかすとはいえ頑固で筋骨たくましい彼の思考とは別の平面上を動いていたからである。彼がちょっとでも手を触れたものは、すぐに崩れ落ちてしまう。天秤棒、レンズ、コルク栓、洗面器など、使おうとしたあれこれの道具について日記に書いてあることを読むと、気が滅入ってくる。それらのうちのどれ一つとして回転はしないし、もしも回転したとしても、歓迎されざる法則によって、その方向は彼が望んでいるのとは逆になるのだ。永久機関が逆向きに動くとは、まったくの悪夢《コシェマール》ではないか。それは抽象の抽象、マイナスの符号をつけた無限大であり、その上、おまけについてきた割れた水差しのようなものだ。

私たちは意識的にとはいえ、少し先に走ってしまった。すでに聞き慣れているあのゆったりとした速歩に、あのニコラの人生のリズムに戻ることにしよう。

彼は文学部を選んだ。母は教授たちの機嫌を取るために、挨拶して回った。そのとき母の声はへつらうような調子を帯び、母は次第に鼻をかみ始めるのだった。ペテルブルクの商品のうち、母を一番驚かせたのはクリスタルガラスだ。最後にはとうとう、彼女たち《オニェー》は（ニコラは母について語るときはいつも敬意をこめて、ロシア語のこの驚くべき複数形[*3]を使った。それは後の彼自身の美学と同様に、量を通じて質を表現する試みである）サラトフに帰られることになった。彼女たちは道中で食べるために、巨大な蕪をお買いになった。

最初ニコライ・ガヴリーロヴィチは友人といっしょに部屋を借りたが、後には、従妹夫婦のアパートに同居するようになった。これらの住まいの間取り図は、人生を通じて彼が滞在したそれ以外のすべての住居の場合と同様、手紙に書きしるされている。物と物の関係を正確に規定することに常に惹かれていた彼は、図や計算のための数字の列や、事物を視覚的に描写することが大好きだった。それももっともなことだろう。文学的に生き生きとした具象性はしょせん彼の手には届かないものだったが、かといって彼の文体の苦しいほどの詳細さがその代わりを務めるわけにもいかなかったからだ。家族への彼の手紙は、模範的な青年の手紙だ。世話好きな善良さが、想像力に代わって、相手の気に入りそうな話題をそっと教えてくれた。管区長を務める父には、可笑しかろうが恐ろしかろうが、どんな事件でも気に入った。息子は何年かの間、そういった話題をせっせと父に振る舞い続けたのだ。イズレル（ペテルブルク近郊の人工鉱泉・遊興施設の支配人）の見世物と、そこの人工鉱泉《カールスバート》。この通称

「ミニ鉱泉《ミネラーシキ》」では、勇敢なペテルブルクのご婦人方が気球に乗って空に舞い上がった。ネヴァ川を航行する汽船に衝突して転覆したボートの悲劇——しかも犠牲者の一人は、大家族を抱える陸軍大佐だったという。ネズミを殺すための砒素が麦粉の中に紛れこんで、百人以上が中毒した事件。それから、最新流行の降霊術《テーブル・ターニング》が話題になったのももちろんのことだ。手紙をやりとりする両者ともに、そんなものは人の信じやすさにつけこんだまやかしにすぎないと考えていたのだが。

　陰鬱なシベリア時代に彼の手紙が奏でた旋律のうち、主要なものの一つは、いつも同じ、いささか調子外れの高い音程で妻と息子たちに向けられた、金は十分あるから送らないように、と請け合う言葉だった。それと同様、若き日にも彼は両親に、自分のことは心配しないでくださいと書き送り、工夫してなんとか一月二十ルーブリで暮らすようにした。そのうちおよそ二ルーブリ半は白パンとビスケットの類に消えた（彼はお茶をそれだけで飲むことには我慢できなかったし、同様にただ本を読むだけということにも耐えられなかった。つまり彼は読書のときは必ず何かをかじっていた。『ピックウィック・クラブ』（ディケンズの小説）を読むときは糖蜜菓子《ブリャニキ》を、『論争新聞《ジュルナル・デ・デバ》』（フランスの新聞）を読むときは乾パン《ラスク》を、といった具合だ）。それに蠟燭とペン、靴墨と石鹼で月に一ルーブリかかった。もっとも、彼は不潔で身なりもだらしなく、そのうえ成人してみればがさつ者になっていた。さらにひどい食生活、いつも腹が差し込み、肉体を相手にしょせん密かな妥協に終わるしかない、勝ち目がなく分の悪い戦いを続けていたせいで、見るからに虚弱な様子になり、目は輝きを失い、少年時代の美しさはその片鱗さえ残っていなかった。おそらく唯一の例外は、自分が尊敬する人に親切にされたときに、彼の顔をさっと明るく輝かせる、何やら頼りなく無力な様子を示す素晴らしい表情だけだろう（「おどおどした内気な若者だった私に、彼は優しかった」と彼は後にイリナルフ・ヴヴェジェンスキー（英文学の翻訳家。学生時代のチェルヌィシェフスキーを文学サークルに誘った）について書き、「さまよえる愛らしい魂よ《アニムラ・ヴァグラ・ブランドゥラ》」

という、心に沁みいるようなラテン語の歌い出し《イントナツィオ》で呼びかけている（ローマのハドリアヌス帝が死の直前に書いたとされる詩の冒頭））。彼自身は自分の容姿に魅力がないと最初から決めてかかって疑いもせず、その考えを甘んじて受け入れていたが、それでも鏡を見ることは恥ずかしくて避けるようにした。ただし、たまに、人の家に――特に一番親しくしている友人のロボドフスキーのところに呼ばれていくときや、自分に向けられたぶしつけな視線の理由を知ろうと思ったとき、鏡に映った自分の姿を陰気な顔で覗き込むことはあった。すると頬にぺったり貼りついた赤みを帯びた産毛を目にし、熟したにきびの数を数えることになった。そして、ただちににきびを潰しにかかったのだが、あまりにひどく潰したので、その後では人前に出るのもはばかられるほどだった。

ああ、ロボドフスキー！　この親友の結婚式は私たちの二十歳の主人公に異様に強烈な印象を与えた。それがどれほど強烈だったかというと、真夜中、若者に下着のまま机に向かわせ、日記を書かせるほどのものだったのだ。肉親でもない他人の結婚だというのに、それほど彼を興奮させたこの式が行われたのは、一八四八年五月十九日のことだった。十六年後の同じ日には、チェルヌィシェフスキーの「市民としての処刑」（懲役に先立って行われた市民権剥奪の儀式）が執り行われることになる。記念日の一致、日付のカード目録。運命は研究者のためになることを見越して、こんな風に日付を類別してくれるのだ。賞賛されるべき労力の節約ではないか。

結婚式に出ていて彼は楽しかった。そのうえ、自分自身の嬉しいことがあって、喜びが二重になった（「つまり、私は女性に対して純粋な愛情を抱くことができるのだ」）。そう、彼はいつも自分の心臓の向きをうまく変えて、その一方が理性のガラスに映し出されるように努めていた。あるいは、彼の最良の伝記作家、ストランノリュプスキーの表現によれば、「彼は自分の感情を論理の蒸留器にかけていた」のである。しかし、この瞬間に彼の頭が恋愛のことでいっぱいになっていたなどと、いったい誰に見抜くことができただろうか。遥か後に、華麗な文体の『生活探訪記』で他ならぬワシーリイ・ロボドフスキーその人が、そのとき自分の結婚介添え人を務めた「クルシェドーリン」という学生はやけに真面目な顔をしていたので、「おそらくたった今読んだばかりの、イギリスで出た著作に頭の中で全面的な分析を加えていたのだろう」などという、いい加減で見当はずれなことを言っているくらいなのだから。

フランスのロマン主義は愛の詩を、ドイツのロマン主義は友情の詩を与えてくれた。チェルヌィシェフスキー青年が感傷的なのは、友情が寛大で湿っぽかった時代への譲歩の結果である。チェルヌィシェフスキーは好んで、しばしば泣いた。彼は「涙が三粒流れ落ちた」と、いかにも彼らしい正確さをもって日記に記している。しかし、読者はふと、涙の数が奇数だなんてことがあるのだろうか、それともその源が対をなしているせいでどうしても偶数でなければいけないと思ってしまうだけなのだろうか、などとつい考えてしまって頭を悩ませる。「自分の安息を重荷に感じながら、私が一度ならず流した愚かな涙のことを思い出させないでくれ」と、ニコライ・ガヴリーロヴィチは自分のみじめな青春に呼びかけ、ネクラーソフの「雑階級的」な韻の調べに合わせて実際に涙をこぼした。「手稿のこの場所には、滴り落ちた涙の跡がある」と、彼の息子ミハイルによる脚注は説明している。その他の、はるかに熱く、苦く、貴重な涙の跡は、要塞監獄からの有名な手紙の中に残っている。ただし、ステクロフによるこの第二の涙の記述には、ストランノリュプスキーが指摘しているように不正確な点があるのだが、そのことについては後で触れることにする。その後、流刑の日々、特にヴィリュイスクの監獄で――いや、待った！　涙の主題がこんな風に広がっていくのは許しがたい……。出発点に戻ることにしよう。例えば、ある学生の葬儀が教会で行われたときのこと。青色の棺に、蠟のように蒼白になった若者が横たわっている。以前は彼のことをほとんど知らなかったのに、彼が病気になってから懸命に看病してきたタターリノフという学生が、別れを告げ、長いこと見つめ、口づけをして、また見つめ、果てしなく……。同じく学生だったチェルヌィシェフスキーはこの一件を書きとめながら、自分もまた溢れ出る優しい気持ちのせいでぐったりしてしまう。一方ストランノリュプスキーはこの箇所に注釈を加えながら、『別荘の夜』の一断片と類似が見られることを示している。

　しかし、本当のことを言えば……若きチェルヌィシェフスキーの愛や友情をめぐる夢想は特に洗練されたものではなかった。そして彼が夢想に耽れば耽るほど、その欠陥、つまりそのあまりの理知的な性格が明らかになった。彼はどんなに愚かな幻想でさえも、論理でねじふせてしまうことができた。彼はロボドフスキーに心から敬服していたけれども、それでもその彼の肺病がどんどんひどくなり、ついにナジェージュダ・エゴーロヴナが夫に先立たれて若くして未亡人になり、困窮して寄る辺ない身になることをつぶさに空想しながら、ある特別な目的を追い求める。彼に必要なのは、自分の恋心を犠牲に対する憐れみに置き換えて——つまり恋心に功利的基盤を据えて、恋心を正当化するために、イメージをすり替えることなのだ。そうでなかったら、彼の心をもはやどうしようもなく魅惑していた荒っぽい唯物論の限られた手段によって、この胸騒ぎをどうやって説明できるだろうか。そして、つい昨日のことだが、ナジェージュダ・エゴーロヴナが「ショールを掛けずに座り、普段着《ミッシオネール》にはもちろん前面に少し切れ込みが入っていて、首の少し下の部分がいくらか見えていた」（頭の単純な小市民という当世流行りの文学的タイプの口調にやけによく似た文体だ）とき、彼は誠実に不安を覚えながら、親友の結婚の直後の日々だったら自分は「この部分」に目を向けただろうか、と自問した。そして今や彼は、夢想のうちに友人をゆっくりと葬り去りながら、ため息をつき、気が進まないのだけれども、まあ義務に従わなければ、といった様子で、若い未亡人を妻に迎えることを決意する。悲しい結婚、純潔な結婚である（そしてこの手のイメージのすり替えはすべて、後に彼がオリガ・ソクラートヴナに求婚したときに、もっと完全な形を取って日記の中で繰り返されるのだ）。しかし、哀れな女性の美しさそのものはまだ疑問視されており、彼女の魅力を検証するためにチェルヌィシェフスキーが選んだ方法は、美の概念に対する今後の彼の態度を全面的にあらかじめ決めることになった。

　最初に彼は、ナジェージュダ・エゴーロヴナの優美さの最良の見本をしっかりと見届けた。偶然が彼の前に、一幅の——いささかかさばるものとはいえ——牧歌調の活人画を繰り広げてくれたのだ。「ワシーリイ・ペトローヴィチは椅子の背に顔を向け、椅子の上に膝をついて座っていた。彼女がそこに近づいて椅子を傾け始め、自分の小さな顔を少し傾げて彼の胸に埋めた……。蠟燭が一本、お茶を飲むためのテーブルの上に立っていた……。光がいい具合に彼女を照らしていた——つまり、彼女は夫の影に入っていたので薄明りではあったが、十分明るかったのだ」[*4]ニコライ・ガヴリーロヴィチは、そこに何か間違ったものがないかと注意深く見たが、彼女の容貌に粗雑で目障りな点は見つからなかった。しかし疑念はまだ残り、彼の心はぐらついていた。

　この先、どうしたらいいのだろうか。彼は常日頃、彼女の顔立ちを他の女性たちの顔立ちと対照しようとしたが、視力の欠陥のせいで、比較のために不可欠な生きた個体を集めることができなかった。そこでしかたなく他の人たちが捕まえ、描き出した美に、美の標本に、つまり女性の肖像画に頼らざるを得なくなった。こうして芸術の概念は、近視の唯物論者である（いやはや、なんという不条理な組み合わせだろうか）彼にとって、そもそもの最初から何やら実用的で補助的なものとなり、いまや恋心が彼にそっと耳打ちしていたことは——つまりナジェージュダ・エゴーロヴナの美（彼女のことを夫は「可愛い子」とか「お人形さん」と呼んでいた）、すなわち現実のほうが、他のあらゆる「女たちの可愛い頭」、すなわち芸術（芸術だ！）よりも優れているということは――実験によってすべて検証できるようになったのだ。

ネフスキー大通りのユンケルとダツィアロの店のショーウインドウには、詩的な絵が展示されていた。それをしげしげと見てから、彼は家に帰り、自分の観察を書きとめた。すると、なんという奇跡が起こったことだろう！　このような比較の手法はいつも必要な結果をもたらしたのだ。版画に描かれたカラブリア（イタリア南部の地名）の美女も、鼻がよくなかった。「特にうまくいっていないのは、鼻梁と鼻の周囲、つまり隆起した鼻の側面である」一週間後、真実が十分に試されたかどうか、まだ自信が持てなくて――そうでなければ、実験が思い通りになるという、すでにお馴染みになった感覚を楽しみたくて、彼は再びネフスキー大通りに出かけて、窓に新たな美女が掛かっていないか目で探したのだった。ひざまずいて、洞窟の中で、頭蓋骨と十字架の前で、マグダラのマリアが祈っていた。そして灯明の光を受けた彼女の顔はもちろん綺麗だったけれども、薄明りに照らされたナジェージュダ・エゴーロヴナの顔とは比べものにならなかった！　海の上に張り出した白いテラスに、二人の若い娘がいる。優美なブロンド娘は石のベンチに腰をおろし、若者と接吻をしている。もう一人の優美なブルネット娘は深紅のカーテンを開いて、誰か来ないだろうかと見張っているのだが、日記で私たちはそのカーテンが「建物の他の部分からテラスを隔てている」ものであることも指摘している。というのも、一つ一つの細部がその思弁的な環境に対してどんな関係にあるのか、はっきりさせることがいつも好きだからだ。しかし、ナジェージュダ・エゴーロヴナのほっそりした首のほうがもっときれいなのは、もちろんのこと。ここから重要な結論が導かれる。現実は絵より美しい（つまり、絵より良い）ということだ。そもそも、絵画や、詩、芸術全般の純粋な姿とは、一体何だろうか？　それは「紺碧の海に沈みゆく深紅の太陽」（ネクラーソフの詩句より）であり、ドレスの

「美しい」襞であり、空っぽな作家がつやつやした小説のいくつもの章を照らし出すために浪費する、薔薇色の影たちであり、花輪であり、妖精《フェーヤ》であり、フリュネー（美貌で有名な古代アテナイのヘタイラのあだ名）であり、牧神《ファウヌス》である……。いや、先へ行けばいくほど、曖昧になっていく。ゴミみたいに価値のない観念が大きくなってくる。絵の女性の姿形の贅沢なまでの美しさはもう、経済的な意味の贅沢を暗示するようになる。ニコライ・ガヴリーロヴィチは「空想」の概念を、コルセットもつけずにほとんど素っ裸で、軽やかな衣をひらひらさせ、詩的に詩を書いている詩人のもとに舞い降りる。透き通るような肌の、しかしやけにふくよかな胸をした空気の精《シルフィッド》の姿で思い浮かべる。二、三本の円柱、糸杉とも、ポプラともつかない二、三本の木、それからあまり魅力が感じられない何かの壺。それだけで純粋芸術の崇拝者は拍手喝采をするのだ。唾棄すべき連中だ！　なんという暇人だろう！　実際、こういったばかげた代物よりも、現代生活の誠実な記述や、市民の悲哀、心のこもった詩のほうがいいと思わないとしたら、どうかしているのではないか？

　彼がショーウインドウにへばりついていたこの数分の間に、『現実に対する芸術の美的関係』という、あのたいして手のこんでいない彼の修士論文が完全にできあがったのだ――そう言ってもまったく差し支えない（だから彼がその後で、ろくに考えもせずに、最初からいきなり清書して、三晩のうちに論文を書き上げたことは、驚くにあたらない。驚くべきは、六年ほど遅れたとはいえ、彼がそれでもやっぱりこの論文で修士号を取ったということだ[*5]）。

　物憂く心安まらぬこともよくあり、そんなときに彼は革張りのソファにあお向けに横たわり――それはでこぼこで、穴だらけで、いくらでも（引っ張っただけで）馬の毛が出てくるひどい代物だった。そして、「ミシュレの本の最初のページや、ギゾーのあれこれの見解、社会主義者たちの理論と言語、ナジェージュダ・エゴーロヴナに寄せる思いのせいで、心臓がなんだか素晴らしく高鳴り、そのすべてがいっしょになった」。そのとき、彼は調子っぱずれの唸るような声で歌いだしたものだ。歌ったのは「マルガレーテの歌」（ゲーテ『ファウスト』の「マルガレーテの部屋」より）で、歌いながらロボドフスキー夫妻の互いの関係について考え、「目から涙が少しずつこぼれた」。そして彼女にいますぐに会わなくてはと思って、突然立ち上がった。想像するに、それは十月のある晩のことだった。黒雲が速く流れ、陰気な黄色をした建物の一階にある馬具屋と馬車屋からすえた臭いが漂い、袖長のラシャ外套《チュイカ》や羊の毛皮外套を着た商人たちが鍵を手にしてすでに店を閉めようとしていた。誰かがぶつかってきたが、彼は足早に通り過ぎた。玉石を敷いた道に手押し車の音をごろごろ響かせながら、ぼろをまとった点灯夫が木製の柱に掛かった、くすんだ街灯に灯油を補給し、油で汚れた雑巾でガラスを拭き、軋む音を立てながら次の、遠く離れた街灯へと移動していった。霧雨が降り始めた。ニコライ・ガヴリーロヴィチは、ゴーゴリの哀れな登場人物のような敏捷な足取りで飛ぶように進んだ。

　夜な夜な彼は長いこと寝つけず、あれこれの疑問に頭を悩ませた。ワシーリイ・ペトローヴィチは果たして妻をうまく教育して、彼女を助手に仕立て上げることができるだろうか。友人の感情を刺激するために、例えば、匿名の手紙を送って、夫としての嫉妬心を煽ってみるべきではないだろうか。これはチェルヌィシェフスキーの小説の主人公たちがとる方法を先取りするものだ。同じような、非常に正確に計算されているとはいえ子供っぽくばかげた計画を、流刑地のチェルヌィシェフスキー、老いたチェルヌィシェフスキーはこの上なく感動的な目的達成のために案出している。それにしてもなんてことだ、一瞬の不注意につけこんで、まるで花が開くようにこの主題が展開してしまうとは。ちょっと待て、つぼみに戻るんだ。そもそもこんなに遠くまで先走る必要はない。学生時代の日記には、周到な計算の一例として、こんなものも見つかるだろう。つまり、偽の布告

（徴兵制の廃止についての）を印刷し、嘘によって農民たちを煽動しようというのだ。しかし、彼はすぐさま考えなおした。彼には弁証法の信奉者として、またキリスト教徒として、分かっていたからだ――内側が腐ると、それは結局、作り上げられた構造全体を腐食してしまうものだし、善き目的が悪しき手段を正当化しようとすると、そういった目的は手段と宿命的なつながりを持っているということが暴きだされるだけだ、ということが。そんなわけで、政治も、文学も、絵画も、そして声楽さえも、ニコライ・ガヴリーロヴィチの恋愛感情と心地よく絡み合った（我々は出発点に戻ってきた）。

彼はなんと貧しく、なんと汚く、だらしなく、贅沢の誘惑からなんと遠いところにいたことだろう……いや、注意しなければならないのは、これがプロレタリア的な潔癖というよりは、むしろ着替えられない苦行衣やそこに住みついたノミがいくらちくちくしても平然としていられる苦行者の生得の無頓着さだということだ。しかし、苦行衣といえどもときには繕わなければならない。発明の才に恵まれたチェルヌィシェフスキーが穿き古したズボンをどうやってかがろうか、頭をひねっている姿を私たちは目の当たりにすることになる。黒い糸が見当たらなかったので、彼はそこにあった糸を何でも構わずインクに浸すことにした。そのすぐ脇にはドイツの詩集が置かれていて、『ヴィルヘルム・テル』の冒頭が開かれていた。彼が糸を振ったため（乾かそうと思ったのだ）、そのページにインクが数滴掛かってしまった。しかし、その本は人から借りたものだった。窓の外の紙袋にレモンを見つけた彼は、インクの染みをそれで抜こうとしたが、結局、レモンで染みを黒ずませ、おまけにこのたちの悪い糸を置いた窓敷居も汚しただけのことだった。すると彼はナイフの助けを借りることにし、染みを削り取ろうとした（穴のあいた詩を収めたこの本は、ライプチヒ大学の図書館に所蔵されている。どんな経路でそこに入ったのかは、残念ながら、突き止めることができなかった)。彼は靴墨が足りなければ、靴のひびにもやはりインクを塗った(インクはそもそもチェルヌィシェフスキーにとって、魚にとっての水のような場であり、彼は実際、本当に文字通り、インクの中に身を浸していた)。あるいは、ブーツの穴を隠すために、黒いネクタイを足に巻いたこともある。そしてコップは割るし、なんでも汚し、なんでもだいなしにした。物質に対する愛は報われることなく、いつも片思いだったのだ。後の徒刑時代、彼は徒刑囚に科される特別な労役が何一つできないだけでなく、そもそも自分の手で何かを作る能力が欠如していることで名を馳せた(そのくせいつも身近な人を助けるために、余計な世話を焼こうとした。「他人のことに首を突っ込みなさんな、先生が美徳の鑑だってことはわかってるけどね」と、流刑囚たちにはぞんざいに言われたものだ)。やみくもに急いで突き進もうとする若者が手荒に押しのけられる様子は、すでにちらりと見た通りだ。彼はめったに腹を立てなかったが、それでもあるときちょっと誇らしげに、自分に馬車の轅《ながえ》をぶつけた若い御者に仕返ししたことを書きとめている。何も言わずに橇馬車に襲いかかり、びっくりしている二人の商人の足の間に入って、御者の髪をひと房むしり取ったというのだ。しかし、たいていはおとなしく、人から侮辱を甘んじて受けがちだった。もっとも、心中密かに、自分だって「どんなに無鉄砲な、どんなに常軌を逸した」行動だってできる、と感じていた。そして、多少はプロパガンダもしながら、人々と話をした。彼の話し相手の中には、農民もいれば、ネヴァ川の渡し守もいた。そしてきびきびした菓子職人も。

ここで菓子店の主題が登場する。菓子店はじつにいろいろなことを目撃してきた。そこでプーシキンは決闘の前にレモネードを一息に飲んだ。ペロフスカヤ(「人民の意志」派の女性革命家。名門貴族の出身。一八八一年三月、アレクサンドル二世暗殺を現場で指揮した)とその同志たちが皇帝暗殺を決行するため運河沿いの通りに出ていく前に、一人前ずつ何かを(何だったのか? 遅かりし! 歴史はその場に間に合わなかった——)注文したのも、菓子店だった。我らの主人公の青春も菓子店の魔法に魅せられていたので、その後、要塞監獄でハンガーストライキを行い、飢えに苛まれていたとき、彼は――『何をなすべきか』の中で――胃袋の抒情の思わず口をついて出る叫びによって科白を満たしている。「近所に菓子店はありますか？　どうでしょう、そこには、焼き上げたクルミ・パイを置いてありますか？　私の好みでは、これが最高のパイなんですよ、マリヤ・アレクセーヴナ」[*6]しかし、後年の回想とは矛盾するようだが、彼が菓子店に心を奪われたのは、決して食べ物のせいではなかった。薄い生地を何層にも重ね、苦いバターで焼いたパイのせいでも、サクランボの砂糖煮《ヴァレーニエ》の入ったふかふかした菓子パンのせいでさえもなかった。そうではなくて、皆さん、じつは新聞のせいだったのだ。いやはや、新聞のせいだったとは！　彼はより多くの新聞を置いているところ、より簡単に自由に読めるところを求めて、いろいろな店を試してみた。そんなわけで、ヴォルフの店では「最近の二回はそこの（つまり店の）パンの代わりに五コペイカの錠前型パン《カラーチ》を（つまり自分の持ち込んだパンという意味だ）食べながら、最後の回はこそこそ隠さないで、コーヒーを飲んだ」。つまりこれら最近の二回のうち最初の回は（彼の日記には、こうした重箱の隅をつつくような詳細な記述があって、小脳がくすぐったくなるようだ）外から持ち込んだパンがどう受け止められるかわからず、こっそり隠れて食べたということである。菓子店は暖かく、静かで、新聞のページが巻き起こす南西の微風がたまに蠟燭の火を揺らすだけだった（皇帝自身の表現によれば「騒擾の波、朕に委ねられたロシアにもすでに及ぶ」（西欧での一八四八年の革命の波がロシアに波及する恐れがある状況を指す）ということだ）。「『ベルギー独立新聞《アンデパンダンス・ベルジュ》』をお願いできますか。ありがとうございます」蠟燭の炎がすっと直立し、店内は静かだ（しかしキャピュシーヌ大通りでははぜるように銃声が響き、革命がチュイルリー宮殿に迫っていた――そして、ルイ＝フィリップが逃走していく――ヌイイ通りを、辻馬車で）（一八四八年、フランスの二月革命の記述）。

でもその後は胸やけで苦しんだ。彼はたいていはろくでもないものばかりを食べていた。一文無しで、目端もきかなかったからだ。そんな彼には、ネクラーソフの詩が似つかわしい。

私はブリキ同然のものを食べ
私はしばしば死にたくなるような
消化不良を起こしました。
長い道でもてくてく歩き……
毎晩詰め込み勉強をしました。
天井の低い小部屋で
煙草を吸いまくりながら……（ネクラーソフの風刺的な詩劇『不合格者たち』（一八五九）より）

もっともニコライ・ガヴリーロヴィチは、理由もなしには煙草を吸わなかった。まさにジューコフ煙草（ロシア煙草の代表的な銘柄）で、胃を（それから歯も）治そうとしていたのだ。彼の日記には、特に一八四九年の夏から秋にかけて、どこでどんな風に吐いたかについての極めて正確な情報が含まれている。煙草の他に、ラム酒の水割り、熱した油、イギリス塩、シマセンブリに橙の葉を混ぜたものなどを治療に使い、そしていつでも、入念に、なんだか妙に満足そうな顔をして、古代ローマ人のやり方（一度食べたものを吐くこと）も使った。もしも（学位を取って卒業し、研究を続けるため大学に残って）サラトフに帰らなかったとしたら、きっと、最後には衰弱して死んでいたのではないだろうか。

そして、サラトフに帰ってからは……。しかし、菓子店の話のせいで迷い込んだ裏の路地から抜け出して、一刻も早くニコライ・ガヴリーロヴィチの人生の日の当たる表街道に移りたくてしかたないのだが、それでも（ある種の密かな一貫性のために）私はもう少しここに踏みとどまっていよう。ペテルブルクであるとき、彼は大きいほうの用を足したくなって、ゴローホヴァヤ通りのある共同住宅の建物に〔トイレを借りに〕駆け込んだことがあった（この後に、その建物の位置の記述が――後から思い出したことを付け足しながら――延々と続く）。そして〔用を済ませて〕すでに身なりを整えているとき、「赤い服を着た一人の若い娘」が〔トイレの〕ドアを開けた。彼女はそこに手を見て――というのも、彼がドアを押さえようとしたのだ――「こういう場合、普通のことだが」悲鳴をあげた。重々しくドアが軋み、錆びた掛け金ががちゃりと鳴る。そして悪臭、厳しい寒気――ひどい話ではないか……しかし、我らが変人は本当の清らかさについて自分自身といつでも話し合う気にすっかりなっていて、「彼女が美人かどうかなどには興味さえ持たなかった」などと満足げに記すのである。そのかわり彼は夢の中ではもっと目ざとく、夢の偶然は現実《うつつ》の運命よりも彼に親切だった。しかし、こちらでも、「とても明るい亜麻色の髪の」ご婦人の（それは彼の生徒の母親で、夢の中では彼は彼女の家に住まわせてもらっているのだ。つまり何やらジャン＝ジャック・ルソー風というわけである）、手袋をはめた手に夢の中で三度にわたって接吻をしたときでさえ、いかなる淫らな思いも抱かなかったので恥じるところは何もない、と彼は喜んでいる。目ざといと分かったのは、美に対する若き日のねじれた憧れについての記憶も同じことだった。五十歳のとき、シベリアからの手紙の中で、彼は青春時代のある日に産業農業博覧会で見かけた天使のような娘のことを思い出している。「ある貴族の一家が歩いている」と、彼は旧約聖書を思わせるゆったりとした後期の文体で語っている。「この娘が私には気に入った。本当に気に入った……。私は三歩ほど脇に離れて歩きだし、見惚れ続けた……。この一家は、どうやら、非常に高い家柄の人たちだった。その非常に感じのよい身のこなしから、それは誰の目にも明らかだった（この感動的な調子のシロップにはディケンズのコバエが入っている、とストランノリュプスキーならば評するところだろう。それでも忘れないようにしよう、これを書いているのが懲役に半ば圧しつぶされてしまった老人だということを——と、ステクロフだったら公平に言うところだろうけれども）。群衆が分かれて道を開けた……。私はまったく自由に三歩離れた所を歩くことができ、その娘から目を離さなかった（なんと哀れなお供だろう！）。そんな風に一時間か、あるいはそれ以上続いたのだ」（概して博覧会は、例えば一八六二年のロンドン博も一八八九年のパリ博も、妙に強烈に彼の運命に影響を及ぼしている。それと同様に、ブヴァールとペキュシェ（フローベールの同名の長篇の主人公）もアングレーム侯爵の生涯をいざ書こうとしてみて、そこで橋が——そう橋なのだ——果たしている役割に驚いた。）

こういったことから考えると、サラトフに到着後、彼がソクラート・ワシーリエフ医師の十九歳になる娘に恋せずにはいられなかったのも当然のことだった。それはどことなくジプシーを思わせるお嬢さんで、彼女の耳は黒髪の房に半ば隠され、長い耳たぶにイヤリングを掛けていた。挑発的で、気どり屋で、ある無名の同時代人の言葉によれば「田舎の舞踏会の注目の的であり華」だった彼女は、薔薇結《シュー》びにした水色のリボンが立てる衣ずれの音と歌うような話し方で、不器用な童貞を誘惑し、ぼうっとさせた。「ごらんになって、とても魅力的な手でしょう」と彼女は言って、汗をかいた眼鏡のほうに腕を差し出した——それは浅黒く、剝き出しの腕で、産毛がきらきら輝いていた。彼は自分の体に薔薇油を塗り、血がにじむほどひげをきちんと剃るようになった。しかし、それにしてもなんと真面目なお世辞を彼は考えついたものだろう！「あなたはパリで暮らすべきです」——彼女が「民主主義者」であることを人づてに知った彼は、熱心にそう勧めた。ところが彼女の思い描くパリと言えば、学問の中心地などではなく、尻軽女たちの王国だったので、彼女はぷりぷり怒ってしまった。

私たちの目の前には、「いま私の幸せを形作っている女性との私の関係の日記」（チェルヌィシェフスキーは当時の日記に自らこういうタイトルをつけた）がある。何事にも夢中になりやすいステクロフは、この類例のないユニークな作品を「歓喜に満ちた愛の賛歌」と呼んでいるのだが、これは実際には何よりも、極めて良心的に書かれた報告書を思い起こさせる。報告者は愛の告白計画（それは一八五三年二月に正確に遂行され、遅滞なく承諾された）を立案しながら、結婚に賛成すべき理由と反対すべき理由を書き出し（彼は例えば、じゃじゃ馬のような妻が――ジョルジュ・サンドの真似をして――突然、男装をするなどと言いだすのではないか、と心配している）、結婚生活にかかる費用の見積りを立て、そこではおよそありとあらゆるものを計算に入れている――冬の夜のためのステアリン蠟燭も、十コペイカの牛乳も、劇場も。しかもその際、彼は自分のものの考え方からすると（「泥んこだろうが、棍棒をもった酔っ払いの百姓だろうが、虐殺だろうが、怖くなんかありません」）、遅かれ早かれ「必ず捕まる」に違いないとフィアンセに告げている。そしてできるだけ正直であろうと思って彼女に、イスカンデール（ゲルツェンの筆名）の妻は妊娠中に（「こんな細かいことまで話して悪いなと思うんですけれども」）、夫がサルデーニャ王国の領地（ニース）で捕まってロシアに送還されるところだという知らせを受けて、「卒倒して死んだ」という話をしたのだった。もっともオリガ・ソクラートヴナは――と、ここでアルダーノフ（亡命ロシア作家。歴史小説やロシア革命を扱った小説を多く書いた）ならば、付け加えるところだろう――卒倒して死んだりはしないだろう。

「もしもいつか」と、彼はその先に書いている。「世間の噂のせいであなたの名前が汚され、他の夫を持つことが望めなくなったとしても……あなたの一言で、ぼくはいつでも夫になりましょう」

確かに騎士道精神あふれる姿勢だが、そのもとになっているのはおよそ騎士らしいとは言いがたい前提である。そしてこの彼特有の方向転換のせいで、私たちはたちまちお馴染みの道に連れ戻される。それは以前の彼の愛の幻想もどきに、詳細に描きだされた自己犠牲への渇望と保護色をした同情が入り混じった道だ。しかし、花嫁候補に前もって、あなたには恋していませんけれど、と言われたとき、彼の自尊心が疼くのはどうしようもないことだった。それでも彼は、なんだか様々な色が入り混じったような幸福を味わっていたのだ。彼の婚約時代は淡いドイツ的な色調を帯びていて、シラーの歌に彩られ、会計簿に記載するように律儀に愛撫が数え上げられた――「彼女の婦人用小型マント《マンティラ》のボタンを初めに二つ、後で三つはずし……」彼はしきりに、彼女の可愛い足を（色を染めた絹糸で縫い合わされた、爪先の丸い編み上げ靴を履いた足である）自分の頭の上に戴きたがった。情欲は象徴を養分としていたのだ。ときには聖書の詩篇を朗誦するような調子で、レールモントフやコリツォフを彼女に読み聞かせた。

　しかし、日記の中で特等席を占め、ニコライ・ガヴリーロヴィチの運命の多くを理解するために重要なことは、サラトフの夜会を濃厚に彩るおふざけの儀式の詳しい記述だった。彼はポルカを器用に踊ることができなかったし、グロスファーター（舞踏会用のダンスの一種）を踊るのも下手だったが、その代わり、ばかばかしいいたずらが大好きだった。なにしろ、ペンギンでさえもある種のおふざけと無縁ではなく、求愛するときには意中の雌の周りに小石の環を作ったりするのだから。若者たちは、よく言うように、しばしば「集った」ものだが、そういう席でオリガ・ソクラートヴナは当時その仲間内で流行っていたやり方で媚態をふりまきながら、食事のときあれこれの客に、まるで赤ん坊に食事をさせるように、皿から料理を取って食べさせた。するとニコライ・ガヴリーロヴィチはナプキンを心臓に押し当て、フォークをいまにも胸に突き刺さんばかりの様子。と、今度は彼女が腹を立てた振りをする番だ。彼は赦しを求め（いやはや、可笑しくもなんともない）、彼女の腕の

「露出した部分」にキスをしようとするのだが、彼女は腕を隠した。「まあ、よくもそんなことを！」ペンギンは「深刻な顔をし、しょげてしまう。というのも実際、他の女性だったらひどく腹を立てるようなことを言っていたかもしれないのだから」。祝日にはいつも神聖な教会堂でいたずらをして、フィアンセを笑わせた。とはいうものの、それが「健全な冒瀆」だなどと注釈するマルクス主義者（つまりステクロフのことだが）は間違っている。ばかばかしくて話にならない。ニコライは聖職者の息子であって、教会でも自分の家みたいにくつろぐことができたのだ（王子が猫に父の冠をかぶせたからといって、民主政治に共感を示したことにはまったくならない）。チョークで皆の背中に順番に十字を描いてまわったからと言って、彼が十字軍を嘲笑しているなどと非難できないのは、なおさらのことだろう。これはオリガ・ソクラートヴナに恋焦がれる崇拝者たちのしるしなのだから。そしてこんな調子でもうちょっと騒動を続けてから――これは覚えておこう――ステッキを使った冗談の決闘も行われることになる。

数年後、彼が逮捕されたとき、この日記も警察に押収された。それは短い尻尾がくっついた滑らかな筆跡によって、自己流の暗号を使って書かれたもので、あれこれの省略が施されていた――例えば「слабость!《スラーボスチ》　глупость!《グルーポスチ》」（弱さ、ばかげたこと）の代わりに「слабь!《スラービ》　глупь!《グルーピ》」、「свободы, равенства《スヴォボードゥイ　ラーヴェンストヴァ》」（自由の、平等の）の代わりに「свбды-ва《スヴブドゥイ　ヴァ》」、あるいは「человек《チェロヴェーク》」（人間）の代わりに「ч к《チェーカー》」（これは「人間」であって、それ以外のもの――つまり、レーニンの政治警察《チェーカー》のことではない）といった具合だ。この日記を解読したのはどうやら無能な連中であったらしく、あれこれの間違いを犯している。例えば、「подозрения《ポドズレーニャ》」（疑い、複数形）という単語は「дзрья」と略記されていたのだが、それを「друзья《ドルジャー》」（友人たち）と判読してしまった。その結果、「私に対する疑いは極めて強いものだろう」と読むべきところが、「私には極めて強力な友人たちがいる」となってしまった。チェルヌィシェフスキーはこれに飛びつき、じつは日記全体が小説家の考え出した虚構なのだ、なにしろ自分には「当時有力な友人などいなかったのに、ここに出てくる人物は明らかに、政府に強力な友人を持っているのだから」と言い張り始めた。彼がもともと自分で書いた文章を一字一句正確に覚えていたかどうかは重要ではない（その問題自体面白いものだとはいえ）。重要なのは、そういった文章が『何をなすべきか』の独自のアリバイになっているということだ。この小説では、それらの文章に内在する「下書き」のリズムが全面的に展開されているのである（例えば、ピクニックに参加した女性の一人はこんな風に歌っている――「おお、乙女よ、我は悪しき友、鬱蒼たる森の住人。我が道は危うく、我が最期は悲し」）。要塞監獄に入れられていたとき、自分の危険な日記が解読されていると知って、彼は慌てて元老院に「わが草稿の見本」を送った。それはひとえに、この日記もやはり小説の草稿であったことにして、日記が罪のないものであることを証明するために書かれたものだった（ストランノリュプスキーは端的に、要塞監獄で『何をなすべきか』を彼が書いたのもまったく同じ動機によるものと考えている。ちなみに『何をなすべきか』は妻に捧げられており、聖オリガの日に始まっている）。そのため彼は、架空の場面に法的な意味が付与されているとして憤慨したのだった。「私は自分と他の人たちを様々な状況に置き、空想を展開する……。ある『私』は逮捕の可能性について語り、これらの『私』たちの一人は婚約者の面前でステッキで殴られるのだ」この箇所に言及したとき、彼は客間でのありとあらゆるゲームについての事細かな叙述の全体が「空想」として受け止められるのではないか、と期待した。まさか、立派な人物がこんなことをするわけが……（悲しいことに、当局は彼を立派な人物などとは見なしておらず、まさに道化だと考えていた。そしてちょうど『同時代人』という雑誌で彼が示したジャーナリスティックな手法における**道化ぶり**こそ、危険思想が悪魔のように浸透してきたことの証拠だと見ていたのだ）。そして、サラトフのサロンの遊び《プチ・ジュー》という主題を完成させるために、さらに先へ、徒刑地にまで進むことにしよう。そこでは彼が同志たちのために書いた小さな戯曲や、特に『プロローグ』という小説（アレクサンドロフスキー・ザヴォート（「アレクサンドルの工場」の意味だが、ここでは東シベリア・チタ州の村の名前）で一八六六年執筆）に、かつてのサロンの遊びの反響が息づいているのだ。なにしろ、この小説には、おどけて見せるのにちっとも可笑しくない学生も、取り巻きの男性たちに料理を食べさせる美女も登場するのだから。さらにその主人公（ヴォルギン）が身に迫る危険を妻に語るとき、結婚する前からこういうことはあらかじめ覚悟しておくよう言っていただろうなどと、昔の言葉を引き合いに出しているところを見れば、もう結論は明らかだろう。つまり、自分の日記は小説家の下書きにすぎないという、昔の主張が遅まきながら、こうして裏付けられたということなのだ……実際、最初から最後まで説得力のない屑同然の虚構を透かして見える『プロローグ』の肉体は、いまや本当にサラトフ時代の日記を小説に仕立て上げたものに思えてくるのだから。

　彼は当地の高等中学校《ギムナジア》で文法と文学を教え、とても感じのいい教師と見られていた。生徒は自分の教師たちを素早く正確に分類してしまうものだが、そういう書かれざる分類表によれば、彼は神経質でそそっかしいお人よしとされていた。簡単にかっとなるが、脱線させるのも簡単で、あっという間にクラスの名人（この場合はフィオレートフの弟）のしなやかな魔手の餌食になった。授業を理解していない生徒たちの破滅がもはや避けられないと思われた危機的な瞬間に、用務員が終業のベルを鳴らすまであとわずかと見て取るや、この名人は彼らを窮地から救い出すために、時間稼ぎの質問をするのだ。「ニコライ・ガヴリーロヴィチ先生、ところで国民公会（フランス革命の際、一七九二年から九五年にかけて開かれた議会のこと）のことなんですけれども……」するとニコライ・ガヴリーロヴィチはたちまち奮い立ち、黒板に歩み寄ると、チョークを砕きながら国民公会の議場の見取り図を描き（私たちも知っているように、彼は図を描くことにかけてはたいへんな名人だ）、それからますます意気込んで、それぞれの党の議員がどこに座っていたかを示すのである。

地方にいた時期の彼の振る舞い方には、どうやらかなり不用意なところがあったらしく、暴論とぞんざいな物腰で謹厳実直な人々や敬虔な若者たちを驚かせていた。少々尾鰭がついているようだが、母親の葬儀のとき、棺が墓穴の中に下ろされたとたん、彼は煙草に火をつけ、オリガ・ソクラートヴナと腕を組んで立ち去り、その十日後には結婚式を挙げた、などという話も伝わっている。しかし、サラトフの高等中学校《ギムナジア》の上級生は彼に夢中になっていた。その中には後に、熱狂的な情熱を抱いて彼に寄り添うようになった者もいた。この教育の世紀に人々は、いまにも思想的な指導者として頭角を現しそうな教師をそんな風に慕ったものだ。しかし、「文法」に関して言えば、正直なところ、彼は教え子にコンマの扱い方さえ教えることはできなかった。この教え子たちのうち、四十年後に彼の葬式に出た者たちは多くいただろうか？　ある筋によれば二人いたというし、別の情報源によれば一人もいなかったという。葬列がサラトフ高等中学校《ギムナジア》の建物の前で止まり、祈禱をあげようとしたところ、校長が人を送ってよこして、そういうのはあまり好ましくないんですね、と聖職者に伝えたため、行列は裾に絡まって足がもつれた十月の風とともに通り過ぎていった。

彼はペテルブルクに移ってから、一八五四年の数か月の間、第二陸軍幼年学校で教えたのだが、こちらでの教師稼業はサラトフのときに比べてはるかにうまくいかなかった。幼年学校の生徒たちは彼の授業中、勝手な振る舞い方をし、言うことを聞かなかった。彼は図体ばかり大きくて愚鈍な若者たちに対して甲高い声を張り上げたが、それは騒ぎをいっそうひどくしただけだった。いやはや、こんなところでは山岳党《モンタニャール》（フランス革命の際の国民公会の左翼勢力）の話に熱中することもおちおちできないではないか！　ある日、休み時間に教室の一つが騒がしかったので、当直の将校がそこに入って一喝し、なんとか秩序らしいものを取り戻して教室を後にした。ところが今度は別の教室で騒ぎが起こり、そこに（休み時間が終わったところだ）書類鞄を小脇に抱え、チェルヌィシェフスキーが入ってきた。彼は〔後から入ってこようとした〕将校のほうを振り返って手で彼を押しとどめ、苛立ちを抑えながら、眼鏡越しに彼をじろりと見て、こう言った。「もうここには入れませんよ」将校は侮辱を受けたと感じたが、教師は謝罪を望まず、辞職した。こうして「将校」の主題が始まった。

しかし、啓蒙への取り組みが一生の仕事だということがここではっきりした。一八五三年から六二年にかけての雑誌での彼の仕事は一から十まで、痩せこけたロシアの読者に多種多様な情報という健康にいい家庭料理を食べさせたいという渇望に貫かれている。その食事の量は途方もなく多く、パンは食べ放題、日曜日にはおまけに木の実《ナッツ》も出た。というのも、ニコライ・ガヴリーロヴィチは政治と哲学の肉料理の意味を強調しながらも、デザートのことも決して忘れなかったからだ。アマラントフの『お部屋でできるマジック』に対する彼の書評を見れば明らかなように、彼は自宅でこの愉しき物理学を実際に試してみたに違いなく、最良の手品の一つ、「ざるで水を運ぶ方法」にいたっては、自分で改善案さえ加えているほどだ。大衆啓蒙家なら誰でもそうだが、彼はその手の罪のないトリックが大好きだった。もう一つ、忘れてはならないのは、父上の説得に従って永久機関のアイデアを完全に諦めてからまだ一年も経っていなかったということだ。

彼は年鑑を読むのが好きで、『同時代人』（一八五五年）の購読者のための一般的情報として、「一ギニーは六ルーブリ四十七コペイカ、一北米ドルは一銀貨ルーブリ三十一コペイカ」と記したし、「オデッサ＝オチャコフ間の電信塔は寄付金によって建てられた」などとも報じた。真の百科全書派で、一種独特のヴォルテール的人物であった彼は――もっとも、彼は最初の音節にアクセントを置いて「ヴォールテル」と発音していたけれども――大量に書きまくって数えきれないほどのページを文字で埋め尽くし（取り上げた問題の歴史を最初から最後まですべて、一巻きの絨毯のようにして抱きかかえ、読者の前に広げて見せる用意がいつでもできていた）、図書館がまるまる一つできるくらいの翻訳をし、詩にいたるまでありとあらゆるジャンルを活用し、生涯の最後まで『観念と事実の批判的事典』を編纂することを夢見た（これはフローベールの例の風刺的作品、つまり『紋切型事典』をちょっと思わせるものだが、フローベールが事典に添えた「多数派はいつも正しい」というエピグラフを、チェルヌィシェフスキーならば大真面目に掲げたことだろう）。これについて彼は要塞監獄から妻への手紙に書き、情熱と、哀しみと、激しい力をこめて、自分がまだこれから完成させるつもりの巨大な著作について語っている。その後も、シベリアの孤独な二十年の間を通して彼はこの夢想によって癒され続けた。しかし、死の一年前にブロックハウス社の百科事典を知り、そこに自分の夢が実現しているのを見てとった。すると彼は、それを翻訳したくてたまらなくなり（さもないと「ドイツの取るに足らない芸術家といった、ありとあらゆる屑がどんどんそこに押し込まれてしまう」）、その仕事を生涯の有終の美を飾るものと考えたほどだ。しかし、これもまたすでに他の誰かに着手されていたのだった。

雑誌を舞台にして仕事を始めて間もない頃、彼はレッシングについて書いたことがある。自分のちょうど百年前に生まれたレッシングと似ていることを、彼自身自覚していた。「こういった天性の持ち主にとって、愛する学問に奉仕すること以上に愉しいことがある。それは国民の発展のために奉仕することだ」レッシングと同様、彼もまた一般論を展開する際に、いつも個人的なケースから始めるという癖があった。レッシングの妻が出産の際に亡くなったことを覚えていた彼は、オリガ・ソクラートヴナのことを心配し、彼女の最初の妊娠について、レッシングと同じように父にラテン語で手紙を書いた。じつはレッシングもその百年前に、ラテン語で、自分の父に手紙を書いていたのである。

このあたりにちょっと光を当ててみよう。一八五三年十二月二十一日、ニコライ・ガヴリーロヴィチは、妻が——その手のことによく通じた女性たちの言うことには——懐妊したようだ、と伝えている。分娩。難産。男の子。「わたしのかわい子ちゃん」とオリガ・ソクラートヴナは優しい声で初めての赤ちゃんをあやした。とはいうものの、サーシャ坊や（アレクサンドルの愛称）への愛はあっという間に冷めてしまった。医師たちは、二人目を産んだら彼女の体が持たないだろうと警告した。それでも彼女はまたもや妊娠した——「どういったものか、私たちの罪によって、私の意思に反して」と彼は、愚痴るように、悩みながらネクラーソフに手紙を書いた……。いや、それとは別に、妻の身を案ずる気持ちよりももっと強い何かが、彼を悩ませていたのだ。ある資料によれば、チェルヌィシェフスキーは一八五〇年代に自殺を考えたことがあるらしい。酒を飲んだとかいう話まである——それにしても、なんという気味の悪い光景だろう、酔っ払ったチェルヌィシェフスキーとは！何を隠そう、結婚生活は不幸なもの、並はずれて不幸なものだったのだ。後に思い出の助けを借りて「自分の過去を氷漬けにし、静的な幸福の状態に閉じ込めること」（ストランノリュプスキー）に成功したときでもなお、憐れみと嫉妬と傷ついた自尊心の入り混じったあの破滅的な、致命的な憂いがやっぱり顔をのぞかせるのだった。この憂いは、気質も、その対処の仕方もまったく異なるもう一人の夫もよく知っていた種類のものだ。そのもう一人の夫とは、プーシキンである（プーシキンの妻ナタリヤは美女として知られていたが、悪妻だったとされる）。

結局、妻も、赤ん坊のヴィクトルも生き残った。そして一八五八年に彼女は三番目の息子、ミーシャを世に送り出したとき、またしてもほとんど死にそうになった。驚くべき時代ではないか。英雄的で、ウサギのような、多産の象徴であるクリノリンをはいた時代だ。

「あの女性《ひと》たちは頭がよくて、教養があって、優しいわ、分かっているの。でもわたしはおバカで、教養もなくて、意地悪よ」オリガ・ソクラートヴナは夫の親戚のプィピン家の女性たちについて、ちょっと興奮の発作に駆られたように話したが、親戚の女性たちのほうはいかに優しいとはいえ、「このヒステリー女、耐えがたい性格をしたこの非常識なじゃじゃ馬」を容赦しなかった。なんという勢いで、彼女は皿を投げつけたことだろう！　どんな伝記作家に、その破片をつなぎ合わせることができるだろうか？　それに、あの引っ越しへの情熱ときたら……。あの奇妙で病的な振る舞いの数々……。年老いてから、彼女はあれこれ昔のことを回想するのが好きだった。例えばパヴロフスク（ペテルブルク郊外の町。パヴロフスク宮殿がある）で、ある埃っぽい晴れた夕べ、幌つき軽馬車《ファエトン》に乗り、馬を速歩で走らせてコンスタンチン大公を追い越したかと思うと、青いベールをぱっと顔からはね上げて、炎のようなまなざしで大公を驚かせたとか、あるいはポーランドからの亡命者、イワン・フョードロヴィチ・サヴィツキと浮気をしたといった話だ。サヴィツキというのは口ひげが長いことで有名な人物だった。「うちの宿六ちゃんはね、知っていたのよ……わたしとサヴィツキさんが奥の寝台の間《アルコーヴ》にいてもね、彼ったら窓辺で書き物にいそしんでいるんだもの」それにしてもこの宿六ちゃんは気の毒なことだ——妻を取り巻き、妻との愛の親密さに関して——それこそ入門から最上級まで——様々な段階にある若者たちの存在が、彼をひどく苦しめたに違いない。チェルヌィシェフスキー夫人の夜会は、カフカス出身の学生の集団で賑わっていたものだが、ニコライ・ガヴリーロヴィチはほとんど一度もそこに顔を出さなかった。一度だけ、ある年の大晦日に、がやがやとグルジア人たちが、がらがら笑うガラベリーゼを先頭にして書斎に押し入り、彼を引っ張り出したことがあった。するとオリガ・ソクラートヴナは彼に婦人用小型マント《マンティラ》をかぶせて、無理やり踊らせたのだった。

　そう、彼が気の毒だ——しかし、そうは言っても……。一度、思い切ってベルトで妻を引っぱったいてやり、もうお前の顔など見たくもない、とっとと出て行け、とでも言ってやればよかったのではないか。それとも、せめて、牢獄の暇つぶしに書いていた小説の一つで、洗いざらいばらしてしまうことくらいできただろう――ありとあらゆる罪を犯し、泣きわめき、あちこちほっつき歩き、数えきれないほど何度も浮気を重ねてきたこの妻の行状を。ああ、それなのに！『プロローグ』で（そして部分的には『何をなすべきか』で）私たちを感動させるのは、著者がなんとか妻の名誉回復をはかろうとしていることだ。そこにいわく、彼女を取り巻いていたのは愛人などではなく、うやうやしく彼女を崇拝する人たちだけである。「男の子ちゃん」たち（というのが、いやはや、彼女の口癖だった）に自分を、実際よりもさらにものにしやすい女だと勘違いさせる、あの安っぽい媚態も姿を消し、あるのは人生を楽しむ機知に富んだ美女の陽気さだけ。軽率な尻軽さは、自由なものの考え方に変わり、闘士である夫への尊敬には（実際、彼女は夫に尊敬の念を抱いていたのだが、それも焼け石に水だった）、他のあらゆる感情に君臨する力が与えられている。『プロローグ』で学生のミローノフは、友人を煙に巻こうとして、ヴォルギン夫人は未亡人なのだと言う。その言葉に心をかき乱され、彼女は泣きだすのだ。それと同様に、『何をなすべきか』で彼女は――これは結局のところ同じ女性なのだが――通俗を絵に描いたような浮気男たちに囲まれながら、逮捕された夫への恋しい思いを募らせる。ヴォルギンは印刷所からオペラ劇場に駆けつけ、オペラグラスで客席を丹念に眺めまわした――まず片側、それから反対側。そして視線がぴたりと止まり、レンズの下から優しい涙が流れだした。彼はボックス席に座っている妻が本当に誰よりも魅力的できれいかどうか、確かめに来たのだ。それは著者が若い頃、ロボドフスキー夫人を「女たちの可愛い頭」と比べたのと、まったく同じではないか。

ここで私たちは結局のところ再び、彼の美学が発する声に取り巻かれていることがわかる。チェルヌィシェフスキーの生涯の様々なモチーフは、いまではもう私の言うことをよく聞くようになっているからだ。私はいくつもの主題を手なずけ、主題たちは私のペンに馴染んだ。私が微笑みを浮かべて主題たちを遠ざけたとしても、それらは展開しながらもまるでブーメランか鷹のように単に環を描くだけで、また私の手に戻ってくる。たとえ遠くに、わがページの地平の彼方にまで飛んでいってしまうものがあったとしても、私は心配しない。それもまた舞い戻ってくるに違いないからだ——実際にいま、ほら、こいつが戻ってきたみたいに。

そんなわけで、一八五五年五月十日、チェルヌィシェフスキーは、すでに私たちにお馴染みの学位論文『現実に対する芸術の美的関係』の公開審査を大学で受けた。これは一八五三年の八月に、三晩で書き上げられたものだが、これはつまり、「若き日の彼に、芸術とは美人の姿を模写したものであるという考え方を吹き込んだ、とりとめのない抒情的な感覚が完全に熟して、ふっくらと大きな実を結んだ時期であり、それは結局、結婚生活の情欲の礼賛と自然に一致するものだった」(ストランノリュプスキー)。後に晩年のシェルグノフが回想しているように、この公開審査において初めて「一八六〇年代の知的傾向」が高らかに宣言されたのだったが、彼は同時に拍子抜けするくらいあっさり指摘している——プレトニョフ学長は若き学者の弁論に感銘も受けず、その才能も見抜けなかった、と……。その代わり、聴衆はうっとりと聞き惚れた。あまりに多くの人が押し寄せたので、窓敷居によじ登って立ち見する者までいたほどだ。「動物の死骸に蝿がたかるようだったね」とトゥルゲーネフはせせら笑ったが、きっと「美の信奉者」として傷つけられたと感じたのだろう。もっとも、彼自身、蝿たちの機嫌をとることにやぶさかではなかったのだが。

肉体から解放されていないか、あるいは肉体によって覆いつくされたままの不健全な観念によく見られるように、この「若い学者」の美に関する見解の中にも、彼の肉体的なスタイルや、金切り声で説教をする彼の声そのものが響いているのを聞き分けることができる。「美しいものは生である。我々に快いものは美しいものである。生の良き発現は我々に快い……。生について語るのだ、生についてのみ――（こんな風に、世紀の音響学に大歓迎されたこの声が続いていく）――もしも人間が人間的に生きていないとすれば、よろしい、彼らに生き方を教えるのだ。模範的な人間の生き方や、よく整えられた社会の肖像画を彼らのために描いてやるのだ」芸術とは、そんなわけで、〔現実の〕代替物か、あるいは〔現実に対する〕判決であって、断じて生と同等のものではない。それは、「芸術的に見ると、絵画を模写して版画を作る場合、版画はその原画よりはるかに劣る」（なんと魅力的な考え方だろうか）のとまったく同じことだ。「ただし――と、学位論文提出者は明快に述べた――詩が現実よりも高いところに立ち得る唯一の場合がある。それは、効果的な小道具《アクセサリー》を付け加えることによって出来事を潤色し、描写される人物たちの性格を、彼らが参加する出来事と調和させる場合である」

　そんなわけで、純粋芸術と闘いながら、六〇年代人や、彼らに続くロシアの良き人々は九〇年代にいたるまで、自分の無知のせいで、芸術に関して自ら抱いた偽りの概念と闘っていたのである。というのも二十年後にガルシンがセミラツキー（ポーランド系のロシアの画家。歴史や聖書に題材を取った大画面の作品で有名）を「純粋芸術家」と見なしたのとまったく同様に、あるいは、美食家に吐き気を催させそうな宴会を禁欲主義者が夢に見るのと同様に、チェルヌィシェフスキーもまた芸術の真の本質のことなどこれっぽっちも分かっていなかったくせに、様式化され、きれいに整えられて見栄えのする芸術（つまり反芸術）を芸術の極致と見なし、それと闘おうとしながら、剣で空《くう》を切っていたのだ。ここで忘れてはならないのは、もう一方の陣営、つまり「芸術家」の陣営が――杓子定規な形式主義と悪趣味な精妙さを振り回すドゥルジーニンや、あまりに均整のとれた光景を描き、イタリアを濫用するトゥルゲーネフのように――容易にこきおろせる甘ったるい言葉の菓子をしばしば敵に送っていたということだ。

ニコライ・ガヴリーロヴィチは「純粋詩」をどこで見つけ出そうとも――どんなに思いがけない路地であろうとも――手厳しく非難した。彼は『祖国雑記』（一八五四年）の誌面である百科事典を批判して、長すぎると思われる項目として「迷宮《ラビリント》」「月桂樹《ラーヴル》」「ランクロー」（十七世紀フランスの美貌で有名な貴婦人）など、短すぎると思われる項目として「実験室《ラボラトリア》」「ラファイエット」（フランスの政治家・軍人）「亜麻《リヨン》」「レッシング」などを列挙している。なんという雄弁な難癖のつけ方だろう！　彼の知的生涯のすべてに対するエピグラフではないか！　「詩」が波打っている油絵風石版画《オレオグラフ》からは（すでに見たように）豊満な胸をした「贅沢」が生まれた。「空想的なもの」は恐ろしい経済的な方向転換を遂げた。「イルミネーション……気球から路上にまき散らされるキャンディ……」――と、彼は列挙している（ルイ＝ナポレオンの息子の洗礼式が行われた際の、お祭り騒ぎと贈り物についての記述である）――「パラシュートで降りてくる巨大なボンボン箱……」富める者たちがどんな物を持っているかというと、「紫檀のベッド……バネと引き出し式の鏡のついた戸棚……緞子の壁紙！……」一方、その向こうには貧しい働き手がいる……」。結びつきが見出され、アンチテーゼが獲得された。大いなる摘発の力と、夥しい家具の数々によって、ニコライ・ガヴリーロヴィチは彼らの道徳的堕落を余すところなく暴きだす。「見目うるわしいお針子が少しずつ自分の道徳的原則をゆるめ、身を持ちくずしていくことに、何の不思議があるだろうか……。百回も洗濯した安物のモスリンをアランソン（フランス北西部の町。精巧なレースの産地）のレースに替え、蠟燭の燃えさしの薄暗い光のもとで仕事をした不眠の夜を、オペラさながらの仮面舞踏会や郊外の乱痴気騒ぎで過ごす不眠の夜に替え、彼女は……疾駆してゆき」といった具合だ（そして、ちょっと考えてから、彼は詩人のニキーチン（ロシアの詩人。地方都市ヴォロネジで一生を過ごたし）をこてんぱんに批判したのだが、それも彼が下手な詩を書くからではなく、ヴォロネジなどという田舎の住人である彼にはそもそも大理石の柱廊や船の帆について書く資格などまるっきりないからだった）。

ドイツの教育学者カンペは自分の腹の上に小さな手を組んで、こう言ったものだ。「毛糸を一ポンド《プほんト》（約四百グラム）紡いだほうが、おっほん、詩の本を一冊書くよりも有益である」私たちも同じような威厳をたたえた真面目な顔で、詩人に対して腹を立てる。一人前の健康な人間のくせに、「とてもきれいな色紙《いろがみ》」からつまらないものを切り抜くことに精を出している、これならまだ何もしないほうがましなくらいだ、と。ペテン師よ、手の込んだ模様《アラベスク》を描くことにいそしむ者よ、「芸術の力とは言い古された陳腐なことの力である」ことを理解するがいい。批評にとって「何よりも興味深いのは、作家の作品においてどのような見解が表現されているかなのである」。ヴォルィンスキーとストランノリュプスキーはどちらも、ある種の奇妙な不整合（我らの主人公の道のいたるところで露呈してくる致命的な内的矛盾の一つ）を指摘している。それは、二元論者チェルヌィシェフスキーの美学がはらむ二元論である。それはつまり形式と内容の二元論なのだが、彼の場合、内容のほうが優位に置かれ、しかも他ならぬ形式が魂の役割を果たし、内容のほうが肉体の役割を果たすのである。そのうえこの「魂」は機械の部品のようなものから成り立っているというのだから、混乱はますます手のつけられないものになる。というのもチェルヌィシェフスキーは、作品の価値とは質の概念ではなく、量の概念であって、「すっかり忘れられたつまらない小説を手にとって、そこから鋭い観察力のきらめきを注意深く拾い上げたら、我々を感嘆させる作品のページを構成する文章とまったく遜色のない価値をもつ文章を誰でも大量に集められるだろう」と考えていたからだ。それだけではない。「パリで作られた細々した工業製品や、洗練されたブロンズ製品、陶器、木工品などをちょっと見ただけでよくわかる。いまや芸術作品と非芸術作品の間に境界線を引くのは、不可能なのだ」（まさに、この洗練されたブロンズ製品というあたりがミソである）。

単語と同様に、事物にも固有の格（文法用語。名詞類が文章の中で果たす機能や意味が、「格」によって表される）がある。チェルヌィシェフスキーはすべてを主格で見ていた。しかし実際には、真に新しい息吹をもたらすものは何でも桂馬《ナイト》の動きであり、影たちの移ろいであり、鏡の位置を変えてしまうような変動なのだ。真面目で分別があり、啓蒙や芸術や職人芸を尊重し、思考の領域で様々な価値あるものを大量に貯め込み、それを貯えていたときはおそらく完全に先進的な見識眼を発揮していたのかもしれないが、いまではそれらの価値が突然見直されることをまったく望んでいない——そんな人間にとっては、古ぼけた無知の闇よりも、非合理な革新のほうがよっぽど腹立たしい。そんなわけでマネの絵（『闘牛士の服を着たマドモアゼル・ヴィクトリーヌ』）で女闘牛士が掲げる薔薇色の赤布《ムレタ》は、それが普通の赤色をしている場合よりも激しくブルジョア雄牛をいきりたたせたのだった。またそんなわけで、大多数の革命家たちと同様、芸術と科学の趣味において完全に資産家的《ブルジョア》であったチェルヌィシェフスキーは、「長靴を二乗する」とか、「ブーツの脛から立方根を引き出す」などということに怒り狂った。「カザンでは町中の人たちがロバチェフスキーのことを知っていた」と、彼はシベリアから息子たちへの手紙に書いている。「町中の人たちが口を揃えて、彼のことをどうしようもない馬鹿だと言っていた……。『光の湾曲』とか『湾曲した空間』とは一体全体なんのことだ？　『平行線公理なき幾何学』とはいったい何だ？　ロシア語で動詞を使わずに詩を書くことができるだろうか？　できるとも——冗談ならば。『葉ずれの音、おどおどした息づかい、夜鳴き鶯のさえずり』（フェートの最も有名な詩の一つ。名詞節の並列だけで、恋人たちの夜の逢瀬を描く）というわけだ。その作者はフェートとかいう人物で、当時は有名な詩人だった。世にも珍しい間抜けだよ。書いている当人は大真面目なのに、みんな腹の皮がよじれるほど大笑いしたものだ」（彼はトルストイと同様、フェートのことも我慢できなかった。一八五六年には『同時代人』誌に寄稿してもらいたくてトゥルゲーネフにお愛想をふりまきながら、こんな手紙を書いた――「どんな『青年時代』の類も、フェートの詩でさえも……読者を徹底的に低俗化することはできません。読者にはやはり区別できるのです……」そして、この後に見え透いたお世辞が続く)。

あるとき、一八五五年のことだったか、夢中になってプーシキン論を書いていたとき、彼は「無意味な語結合」の例を出そうと思って、その場で思いついた「青い音」という表現をついでのように挙げたことがある。そうして彼は、半世紀後にブロークが打ち鳴らす「よく響く青い時」(ブロークの詩「晩秋。開け放たれた空……」より。視覚と聴覚を結びつけた「共感覚」的な表現)を心ならずも予言したわけで、自分で自分の首を絞めたようなものだった。「科学的分析は、そのような語結合がばかげていることを示している」と書く彼は、「色彩的聴覚」という生理学的事実を知らなかったのだ。「どちらでも同じことではないか」と、彼は尋ねた(そう尋ねられてバフムチャンスクとか、ノヴォミルゴロドの読者は喜んで同意したものだった)――「デルジャーヴィンが詩の中で青鰭カワカマスと言おうと、鰭の青いカワカマスと言おうと(いや、私たちならばもちろん、後のほうがいいと叫ぶだろう。そのほうがずっと見栄えがするではないか――横から見た場合)。なんと言っても、真の思想家には――特に自分の仕事部屋でよりも人民の広場で時を多く過ごすような場合には――そんなことにかまけている暇はないからである」ここでもう一つ別のものとして、「全般的な見取り図」がある。全般的なもの(百科事典)への愛と、個別的なもの(特定の問題を扱った論文)に対する軽蔑に満ちた憎しみのせいで、彼はダーウィンを幼稚、ウォレスをばかげていると非難することになった(「蝶の翅の研究から、カフル語の諸方言の研究にいたる、これらの学問的な専門分野などというものはどれもこれも……」)。この意味でチェルヌィシェフスキー自身にはなんだか危険なほどのスケール、勇ましく自信に満ちた「何でもけっこう」的なところがあって、それがまさに彼の専門的な業績の価値に影を落としていた。しかし彼は、「全般的な興味」を独自に理解していた。彼は、読者にとって何よりも興味深いのは「生産性」であるという考えから出発していたのだ。一八五五年にある雑誌を俎上に載せた際にも、彼はそこに掲載された「地球の温度測定学的状態」と「ロシアの炭田」という論文を賞賛する一方で、その中で唯一読んでみたいと思わせるような論文「ラクダの地理的分布」をあまりに専門的だとして断固退けたのだった。

　こういったことすべてに関連して非常に重要なのは、ロシア語には三音節脚〔アナペスト、ダクチリ〕の韻律のほうが二音節脚〔ヤンプ、ホレイ〕よりも相応しいとチェルヌィシェフスキーが証明しようと試みたことである。三音節脚のほうが（それによって高貴で、「神聖」で、それゆえ憎むべき六歩格《ヘクサメトル》が構成される場合を除けば）二音節脚よりも自然で、「健康」であるとチェルヌィシェフスキーには思われた。ちょうど下手な騎手にとって、駆歩《ギャロップ》のほうが速歩《トロット》よりも簡単に見えるのと同じことだ。しかし事の本質はその点にではなく、彼がどんな物でも人でもあてはめてしまう、まさに**全般的**な規則にあった。伸びやかによく響くネクラーソフの詩のリズムがもたらす解放感や、コリツォフの初歩的な弱弱強格《アナペスト》（「なぜに眠る、お百姓《ムジチョーク》さん」）によって惑わされたチェルヌィシェフスキーは、三音節脚に——弱強格の貴族趣味と名詩集くささとは違う、何か民主的で、心に優しく、「自由」でありながら、教訓的なものを感じ取ったのだった。人を説得するならまさに弱弱強格《アナペスト》に限る、と彼は考えた。しかし、それだけではない。ネクラーソフの三音節脚においては特にしばしば、単語が詩脚の力点のない部分に収まって、個性を失うかわりに、それらの集合的なリズムが強められる。つまり部分が全体の犠牲になるのだ。例えば、ある小さな詩（「胸は苦しみに張り裂け……」）を見ると、なんと多くの単語から力点が落ちてしまうことだろう（以下の単語はすべて本来アクセントを持つものだが、三音節脚の韻律上、アクセントを持たないものとして扱われている）——「下手に《プロホ》」、「耳を傾け《ヴニェムリヤ》」、「感覚に《チュストヴ》」、「群れのなかで《フ・スタジェ》」、「鳥たちが《プチツィ》」、「轟きが《グロホト》」。しかもこれらの単語は高貴なものばかりで、ときに二音節脚の詩においてさえも沈黙を守る、前置詞や接続詞といった下々ではない。いま述べたことはもちろん、チェルヌィシェフスキーがどこかではっきり述べているわけではないが、面白いことに、シベリアで彼によって夜な夜な生産された彼自身の詩の中で、不細工なあまり狂気じみた感じさえ漂わせるあの恐るべき三音節脚において、チェルヌィシェフスキーはまるでネクラーソフの手法をパロディにしさらに不条理にまで突き詰めるかのように、アクセント脱落の新記録を樹立したのだった——「山々の国《フ・ストラニェ》で、薔薇の国《フ・ストラニェ》で、北の平野《ラヴニン》の娘は」[7]（妻への詩、一八七五年）。繰り返すが、明確な社会経済的な神々の姿に似せて創られた詩に惹かれるこういった志向性は、チェルヌィシェフスキーにあっては無意識的なものだった。しかし、この志向性を明らかにして初めて、彼の奇妙な理論の裏に隠された真相が理解できるのだ。ただし、それでいて彼は弱弱強格《アナペスト》が持つ本当のバイオリン的本質を理解していなかった。また弱強格《ヤンブ》のことも理解していなかった。弱強格《ヤンブ》とはまさに強勢を半強勢に変容させることによって、あらゆる詩格のなかでも最も柔軟なものなのだが、このような韻律からのリズム的逸脱はチェルヌィシェフスキーには、神学校時代に習い覚えたことに照らして、違法行為のように思えたのだった。そして最後にもう一つ、彼はロシア語の散文のリズムも理解していなかった。それゆえ、彼が適用した方法がただちに彼に復讐することになったのも当然のことだ。つまり、彼は自分で引用した散文の断片の音節数の総計を、アクセント数の総計で割ってみて3という答を得たのだが、もしも二音節脚のほうがロシア語にふさわしいのであれば、答は2になるはずだ、と言うのである。しかし、彼は肝心なことを考慮していなかったのだ！　というのも、まさに彼が引用している散文の断片の中では、まるまるいくつもの文章の塊が、四音節脚《ペオン》[8]の無韻詩《ブランクヴァース》のように響いているからである。ところがこの四音節脚《ペオン》とは、じつはアクセントのない二音節脚をともなう弱強格《ヤンブ》、韻律の中のあの貴族なのだ！

　アペレスのアトリエを覗いて、自分に理解できないものにけちをつけた靴屋は、きっと、ろくでもない靴屋だったのだろう。（アペレスは古代ギリシャの画家。プーシキンにはアペレスが登場する寸鉄詩「靴屋（寓話）」がある）

　チェルヌィシェフスキーの経済学の専門的な業績は、もしもそれを分析するとしたら研究者に超人的な探求心を要求するようなものだが、数学的な見地から見て、果たして万事うまくいっていると言えるのだろうか？　彼のミルへの注釈は果たして、それほど深いものだろうか（その中で彼は「思考と人生の新しい平民的な要素の要求に適うように」ある種の理論を再構築しようと試みていた）。すべてのブーツが寸法通りきちんと作られているだろうか？　それとも、農業技術の改良が穀物の収穫に与える影響についての対数計算に間違いがあったと彼が回想するのは、単に老人特有の媚に突き動かされてのことなのだろうか。寂しいことだ、何もかもが寂しい。そもそも、彼のようなタイプの唯物論者たちは宿命的な過ちに陥るものだと、私たちには思われる。と言うのも、こういう人たちは、物自体の特性を軽視しながら、自分の極めて物質的な方法を単に対象と対象の関係に適用するだけで、対象そのものには適用しないからだ。つまり、彼らは自分では何よりもこの地上にしっかり立っていたいと思っているにもかかわらず、本質的にこの上なく素朴な形而上学者だったのだ。

　あるとき、まだ青年だった彼にある不幸な朝が訪れた。知り合いの書籍行商人で、大きな鼻をしたワシーリイ・トロフィーモヴィチという老人が彼のところに立ち寄ったのだ。彼は、禁止されている本や半ば禁止されている本がいっぱい詰まった巨大な麻袋を背負い、その重みのせいで昔話《バーバ・ヤガー》の魔女のように背を曲げていた。異国の言葉を知らない彼はラテン文字を辛うじて寄せ集めることができるだけだったが、本の標題を妙ちきりんに、農民風に野太く発音しながら、あれこれのドイツ人の著者がどのくらい煽動的か、勘で当てることができるのだった。その朝、彼はニコライ・ガヴリーロヴィチに（二人は本の山の脇にしゃがみこんでいた）、まだページの切られていないフォイエルバッハを売った。

当時、アンドレイ・イワノヴィチ・フォイエルバッハは、エゴール・フョードロヴィチ・ヘーゲルよりも人気が高かった（ドイツの哲学者の名前を冗談半分に、ファーストネーム・父称・苗字の順にロシア風に呼んでいる）。Homo feuerbachi〔ホモ・フォイエルバッキ〕、つまりフォイエルバッハ的人間とは思考する筋肉である。アンドレイ・イワノヴィチ・フォイエルバッハが発見したのは、人間が猿と違うのはその物を見る時の視点だけだということだった。しかし、彼が猿をきちんと研究したとは考えがたい。彼の半世紀後にレーニンは「地球は人間以前に存在していた」と言うことによって、「地球は人間の感覚の複合である」という理論をくつがえし、「いまや我々は有機化学によって、カント的で認識不能な物自体を、自分たちのためのものに変えつつある」（レーニン『唯物論と経験批判論』の基本テーゼをモンタージュしたもの）という彼の宣伝文句に真面目な顔でこう付け加えた——「我々が知らなくともアリザリンは石炭の中に勝手に存在していた以上、我々の認識とは無関係に物は存在する」チェルヌィシェフスキーもまったく同様に説明している。「私たちには木が見える。他の人もこの同じ対象を見ている。その人の目を見ると、その木がまったく同じように映し出されていることがわかる。それゆえ私たちは皆、対象を、それが実際に存在しているような形で見ているのだ」こういった奇怪なたわごとはどれを取っても、それぞれ個別のひねりがきいていて可笑しい。いずれにせよ「唯物論者」たちは常に木を引き合いに出すのだが、それがことさら愉快に感じられるのは、彼らが揃いも揃って、自然を、とりわけ木のことを、ろくすっぽ知らないからである。手で触れられる対象は「その対象についての抽象概念よりもはるかに強く作用する」（「哲学における人間学的原理」）と言いながら、その対象そのものを彼らはまったく知らないのだ。「唯物論」から結局のところ生じたのは、こういう恐るべき抽象だったのだ！　チェルヌィシェフスキーは近代的な犂と素朴な木製のロシア犂《ソハー》の区別ができなかったし、ビールとマデイラ酒を混同した。そして、野薔薇以外に森の花の名前を一つも知らなかった。しかしいかにも彼らしいのは、こうした植物学上の無知を「全般的な思考」によって即座に補い、無知な人間特有の確信を持って「それら（シベリアの針葉樹林地帯《タイガ》の花々）はロシア全土に咲いているものとまったく同じである」と付け加えていることだ。要するに、彼は世界についての認識の土台の上に自分の哲学を築こうとしたくせに、その肝心の世界を自分では認識していなかった。その彼が鬱蒼たる、独自の豊かさに富み、まだきちんと記述し尽くされていない北東シベリアの真っただ中に、ただ一人裸で放り出されたということは、なにやら神秘的な報いではないだろうか。つまり、これは自然の力による神話的な罰であって、彼を裁いた人間たちの考慮には入っていないものだった。

少し前ならばまだ、ゴーゴリのペトルーシュカの体臭（ペトルーシュカは、ゴーゴリの長篇『死せる魂』に登場する主人公チチコフの召使。いつも独特の臭いを漂わせている）も、存在するすべてのものは合理的だと言って、説明することができた。しかし、誠心誠意からのロシア流ヘーゲル主義の時代は過ぎ去ってしまった。人心の支配者たちは、命を吹き込む力を持ったヘーゲルの真実を——それは浅い水たまりのように淀んだものではなく、認識過程そのものの中を流れていく血のような真実だったのだが——理解できなかった。お人よしのフォイエルバッハのほうが、チェルヌィシェフスキーの好みにかなった。しかし、宇宙的なもの《コスミーチェスコエ》、思弁的なもの《ウモズリーチェリノエ》から、一文字抜け落ちただけで、滑稽極まりないものに変わる危険は常にあったし（「宇宙的」、「思弁的」を意味する形容詞からそれぞれ一文字が脱落すると「コミーチェスコエ」（滑稽な）、「ウモリーチェリノエ」（とても可笑しい）に変わる）、この危険をチェルヌィシェフスキーは避けなかった。実際彼は、「共同体的所有」という論文の中でヘーゲルの誘惑的な弁証法の三段階を利用し始めるや、世界のガス状態が正《テーゼ》だとしたら脳の柔らかさが合《ジンテーゼ》だ、といった例を挙げ出すのである。もっとばかばかしい例としては、棍棒がライフル銃に変身する、などというものもあった。「この弁証法的三段階説には」と、ストランノリュプスキーは言っている――「円の漠然としたイメージがひそんでいる。この円はおよそ考えられるすべての存在を支配し、存在はその中に閉じ込められ、**出ることができない**。これは真実の回転木馬である。なぜならば、真実は常に丸いものだから。従って、生命の様々な形態の発展においては、許容範囲内のある種の屈曲はあり得る。しかしそれは真実のこぶであって、それ以上ではない」。

　チェルヌィシェフスキーの「哲学」はフォイエルバッハを経て、百科全書派にまで遡る。他方、応用ヘーゲル主義は次第に左傾化して、他ならぬフォイエルバッハを経てマルクスにいたるのだが、このマルクスは『聖家族』の中でこう言っている。

……先天的に
善を目指す人間の性向
普通「知的能力」と呼ばれる
人間の才能の平等　外的環境の
人間に及ぼす影響
万能の経験　習慣と
教育の力　あらゆる
産業の高い意義
快楽に対する道徳的権利

――これら唯物論の教義と
共産主義との間に　関係を
見て取るために　たいした頭は
要らない。（マルクス『聖家族』より。ここではそれがロシア語の五脚ヤンブの無韻詩になっている）

少しでも退屈でないようにと、詩の形に訳してみた。

　ステクロフの考えでは、チェルヌィシェフスキーがいかに天才的であったとは言っても、マルクスには及ばず、彼のマルクスに対する関係は、ちょうどワットに対するバルナウルの職人ポルズノーフ（ロシアで最初の蒸気機関を一七六六年に作った）のようなものだった。マルクス自身（ドイツ人が大嫌いだったバクーニンの評したところによれば「骨の髄までプチブル」）は二度ほどチェルヌィシェフスキーの「注目すべき」著作を引き合いに出しているものの、この「偉大なロシアの学者の《デス・グロッセン・ルシッシェン・ゲレールテン》」（des großen russischen Gelehrten（独）。マルクスは『資本論』第二版への序文でチェルヌィシェフスキーのことをこう呼んでいる）経済学に関する主要著作の余白に、ばかにしたような調子の書き込みをいくつも残している（マルクスは概してロシア人に対して好意的ではなかった）。チェルヌィシェフスキーも負けずにお返しをした。彼は一八七〇年代にすでにあらゆる「新しい」ものに対して、なおざりで冷たい態度を取っていた。特に経済学にはほとほと嫌気がさしていた。つまり経済学は彼にとってもはや闘争の武器ではなくなり、その結果、彼の意識の中で空疎な遊び、「純粋な学問」の姿をとっていた。リャツキーは――多くの者たちに備わっている、航海の比喩への情熱をこめて――流刑中のチェルヌィシェフスキーを、「新天地を発見するために進む巨大な船（マルクスの船）が目の前を過ぎていくのを、無人島の浜辺でなすすべもなく見送っている人」に譬えているけれども、これはまったくの誤りである。チェルヌィシェフスキー自身がまるでこういった類推を予感してあらかじめ反駁するかのように、『資本論』（一八七二年に送られてきた）についてこんなことを言っているだけに、この表現は特に不出来なものと言わざるを得ない。「ざっと目を通したが、読みはしなかった。ページを次々に破り取って、小さな舟をいくつも作り（強調は筆者）、ヴィリュイ川に流した」。

レーニンの考えでは、チェルヌィシェフスキーは「一八五〇年代から一八八八年まで（いやはや、一年縮めてしまった）、首尾一貫した哲学的唯物論の水準にとどまることのできた、ただ一人の本当に偉大な作家」だった（チェルヌィシェフスキーの没年は一八八九年）。あるとき、クルプスカヤ（ロシアの女性革命家・教育活動家。レーニンの妻）は風に吹かれてルナチャルスキー（ロシアの革命家・政治家）のほうを振り向き、穏やかな憂いを漂わせながら言った。「ウラジーミル・イリイチがあれほど愛した人は他にいないでしょう……あの人とチェルヌィシェフスキーの間には、共通のものがたくさんあったと思うの」「ええ、確かにありましたとも」と、初めはその意見に懐疑的だったルナチャルスキーが付け加える。「文体の明晰さでも、才気煥発な話術でも……見識の広さと深さでも、革命への熱情でも、共通していました……。厖大な中身と慎ましやかな表面が結びついていたということでも。それから最後に、この二人の道徳的な相貌も共通していましたね」チェルヌィシェフスキーの論文「哲学における人間学的原理」をステクロフは、「ロシア共産主義の最初の哲学的宣言」と呼んでいるが、意味深長なのは、この最初の宣言が極めて難しい道徳上の問題の小学生による要約か、幼児による判断のようなものだったということだ。「ヨーロッパの功利主義は」と、ストランノリュプスキーはヴォルィンスキーの言葉を多少言い換えながら論じている。「チェルヌィシェフスキーにあっては単純化された、支離滅裂で戯画的なものになってしまった。ショーペンハウアーについてぞんざいで無遠慮な判断を下しながら——他ならぬそのショーペンハウアーの批判の俎上に載せられたら、彼などひとたまりもなかったはずなのに――奇妙な連想と間違った記憶に基づいて、彼は以前のすべての思想家のうちで、自分がその後継者だと思い込んでいるスピノザとアリストテレスだけを認めるのである」

　チェルヌィシェフスキーは、脆弱な三段論法を釘で打ち合わせようとした。ちょっと手を離しただけで、三段論法はもう崩れ落ちてしまい、釘が突き出ているというありさまだ。彼は形而上学的二元論を除去しようとして、自らが認識論的二元論にはまり込んだ。そしてろくすっぽ考えずに物質を第一原因と見なしたため、外界全般に関する私たちの認識を生み出す何かを前提として成り立つ諸概念のなかで道に迷ってしまったのである。職業的な哲学者であるユルケヴィチ（ロシアの宗教哲学者。チェルヌィシェフスキーを徹底的に批判した）にとって、彼を論破して粉砕するのは簡単なことだった。ユルケヴィチはそもそも神経のこの空間的な移動がいかにして非空間的な感覚に変わるのか、と問い続けた。気の毒な哲学者の詳細極まりない論文に対して応えるかわりに、チェルヌィシェフスキーは『同時代人』誌にその論文のちょうど三分の一を（つまり法によって許される限りの分量を）転載して、単語の途中でいきなり中断し、コメントも一切添えなかったのだ。彼にとって専門家たちの意見など、蛙の面に小便のようなもので、自分が分析している対象の細部について無知でいても、まったく平気だった。細部などというものは彼にとって、我らの全般的概念たちの国家における貴族的要素にすぎなかった。

「彼の頭は人類共通の問題を考えているのだ……彼の手が単純労働をこなしている間も」と、彼は自分の「意識的労働者」について書いていた（そしてなぜだかここで思い出されるのは、古い解剖図解集の版画なのだ――そこでは魅力的な顔立ちの若者が、くつろいだ姿勢で円柱にもたれ掛かり、教養ある人々に自分の内臓を洗いざらい見せていた）。しかし、共同体を正《テーゼ》とする三段論法において、合《ジンテーゼ》となるべき国家体制は、ソヴィエト・ロシアよりはむしろユートピア主義者たちの国に似ていた。フーリエの世界、すなわち十二の情念の調和と共同生活の至福、薔薇の花冠をかぶった労働者たち――このすべてが、常に「首尾一貫性」を求めていたチェルヌィシェフスキーの気に入らないわけがなかった。皆が宮殿に住むような共産主義的生活共同体《ファランステール》を空想してみよう。千八百人もの人々が、皆楽しく暮らしている！　音楽、旗、牛乳やバターや卵をたっぷり使ったケーキ。この世界を管理しているのは数学であり、管理はきちんとしている。人間の欲望とニュートンの引力の間にフーリエが打ち立てようとした対応関係は特に魅力的であり、チェルヌィシェフスキーのニュートンに対する態度を一生にわたって決めることになった。ちなみに、ニュートンのリンゴをフーリエのリンゴと比べてみるとなかなか面白い。フーリエはパリのレストランで自分と食事をともにした旅のセールスマンが一つのリンゴに十四スーも払っているのを見て、産業の仕組みがどこか根本的におかしいのではないか、という思いを抱くようになったという。それはちょうど、モーゼル川の谷間でワイン造りをしている小人たち（つまり「小農民」）をめぐる問題のせいで、マルクスが経済問題を研究しなければならないと考えたのと、まったく同様である。雄大な観念はこのように優雅に生まれるものだ。

　チェルヌィシェフスキーは、ロシア《ルーシ》における組合の組織がより簡単にできるという観点から、共同体による土地所有を守るべきだと主張していたが、その一方で、農奴が土地を持つようになったら、結局、納税などの新たな負担が生ずるだろうと考えて、土地を分与しない農奴解放に賛成する気になっていた。いま、この行を書く私たちのペンから、火花が散った。農奴解放！　大改革の世紀！　鮮烈な予感に突き動かされて、若きチェルヌィシェフスキーが一八四八年（誰かが「世紀の風穴」と呼んだ年）の日記にこんな風に書きとめたのも、不思議ではない。「もしも我々が実際にいま、キケロやカエサルの時代、seculorum novus nascitur ordo（時代の新しい秩序が生まれる。ラテン語。ヴェルギリウスの『牧歌』第四歌の表現に基く）

というときに生きているのであって、新しい救世主《メシア》、新しい宗教、新しい世界が現れるのだとしたら、どうだろう?……」

いまや一八五〇年代が彩りも鮮やかに全面展開していた。路上で煙草を吸うことも許されるようになった。もう、ひげを剃らなくてもいい。[*9] 音楽といえばどんな場合でも、ヴィルヘルム・テル序曲が威勢よく鳴り響く。首都がモスクワに移され（当時の首都はサンクト・ペテルブルク）、旧暦が新暦に切り替えられる（ロシアでは依然としてユリウス暦（旧暦）を使用していた）、といった噂が飛び交う。こういった喧噪の中、ロシアはサルティコフ＝シチェドリンの風刺向きの、たわいないとは言え、なかなか精彩のある材料の準備に精を出す。「新しい精神とやらがこのところ世に広まっているようだが、いったい何のことか、知りたいものだ」と、ズバートフ将軍（サルティコフ＝シチェドリンの風刺短篇の登場人物）が言う。「召使どもが無礼な口をきくようになっただけで、それ以外はまったく昔のままではないか」地主たちや、とりわけ地主夫人たちは、夢占いの本にも載っていない恐ろしい夢を見るようになった。ニヒリズムという、新しい異端が現れたのだ。「触って確かめられないものすべてを否定する、醜悪で不道徳な教義」とダーリ[*10]はぞっと身震いしながら、この妙な言葉に（なにしろ「無」が「物質」に一致するというのだから）註解を加えている。聖職者たちの目には、巨漢と化したチェルヌィシェフスキーがつばの広い帽子をかぶり、手に棍棒を持ってネフスキー大通りを闊歩する姿の幻が浮かんだ。

そしてヴィリナ県知事ナジーモフに対する、あの最初の勅書[*11]！ 溌剌として力強い飾り書きが上と下の両方に伸びる（それは後に爆弾によって引きちぎられるのだが）、美しくしっかりとした皇帝陛下の署名！ そしてニコライ・ガヴリーロヴィチ自身の有頂天ぶりはどうだろう――「平和をもたらす者たち、柔和な者たちに約束された祝福がアレクサンドル二世に、幸福の栄冠を与えるのだ。ヨーロッパの帝王の誰もまだ、このような幸福を授かったことはない……」

しかし、県委員会が次々と作られるようになるともうすぐに彼の熱は冷める。委員会の大部分を牛耳る貴族たちの私利私欲に、彼は憤慨させられたのだ。決定的な幻滅が訪れるのは、一八五八年後半のことである。買い戻し金の額はなんと大きいのだ！　分与地はなんと小さいのだ！　『同時代人』の調子は激烈で、あけすけなものになっていく。「醜悪」「醜悪きわまりない」といった言葉が、このあまり面白くない雑誌の誌面を楽しく活気づけるようになる。

　この雑誌の指導者の生活は、事件に乏しかった。読者は長いこと彼の顔を知らなかった。どこに行っても彼の姿を見ることはできない。彼はすでに有名人になってはいたが、自分の活動的で饒舌な思想のいわば舞台裏にとどまっていた。

　彼はいつも、その頃の習慣で室内用のガウンを着て（その背中にまで蠟燭《ステアリン》の油が垂れ、染みになっていた）、自分の小さな書斎で——その壁紙は目のためにいい青色、窓は中庭に面している（雪に覆われた薪の山が見える）——日がな一日、本や校正刷りや切り抜きが山と積み上げられた大きな机に向かって過ごした。熱に浮かされたような勢いで仕事をし、たくさん煙草を吸い、わずかしか眠らなかったせいで、人にはちょっと恐ろしい印象を与えた。痩せこけた体、神経質な様子、何も見えていないと同時に刺すように鋭くもあるまなざし、とぎれとぎれで取りとめのない話し方、ぶるぶる震える両手（その代わり、頭痛に悩んだことはなく、これは健全な頭のしるしだと自慢した）。仕事をする能力は怪物的だった——もっとも、前世紀の批評家の大部分は皆そうだったけれども。元サラトフの神学生で、いま秘書を務めているストゥデンツキーに、彼はシュロッサー（ドイツの歴史家。彼の『世界史』のロシア語訳は、チェルヌィシェフスキーの主導のもとに行われた）の歴史書の翻訳を口述で書き取らせたが、秘書が文章を書きとめている間に、自分は『同時代人』のための論文を書いたり、何か別のものを読んで余白にメモを書き込んだりした。邪魔になったのは、引きも切らずに訪れる来訪者だった。しつこい客からうまく逃げることができないまま、彼は会話にどんどん深入りしてしまい、そんな自分に自分でも腹が立った。暖炉にもたれ、何かを手でもてあそんだり引っ張ったりしながら、彼は甲高い声で、小鳥のようにぴいぴいと話した。もしも考えがあらぬ方向に逸れたときは、口をもぐもぐさせ、「まあ、あのー」とか「そうですねえ」を惜しみなく連発し、言葉を引き伸ばしながら単調な話し方をした。彼は小声で独特のくすくす笑いをしたが（そのせいでリョフ・トルストイは苛々させられた）、大声で笑うときはまた止めどなく、その笑い声は耳を聾するほどの吠え声になった（この華麗なる装飾的《ルラード》歌唱を遠くから聞いただけで、トゥルゲーネフは逃げ出した）。

弁証法的唯物論のような認識手段は、あらゆる病気をいっぺんに治すという特許薬のいかがわしい宣伝にやけに似たところがある。とはいうものの、そんな薬であっても、鼻風邪に効いたりすることはある。ともあれ、同時代のロシア作家たちのチェルヌィシェフスキーに対する態度には、いい家柄の者が平民を見下すような階級的偏見の気味があることは確かだろう。トゥルゲーネフ、グリゴローヴィチ、トルストイは彼を「南京虫くさい紳士」と呼び、仲間内ではいろいろなやり方で彼のことを嘲笑っていた。あるとき、スパースコエ（トゥルゲーネフの領地があった中部ロシアの村）でトゥルゲーネフとグリゴローヴィチの二人がボトキン、ドルジーニンといっしょに、家庭劇場用の笑劇を書いて、演じたことがあった。舞台ではソファが燃え上がり、トゥルゲーネフが悲鳴をあげながら飛び込んでくる……。友人たちが力を合わせてトゥルゲーネフを説得し、彼に割り振られた科白を言わせたのだった。それは若い頃、船で火事があったとき、彼がうっかり洩らしたとかいう、「助けて、助けて、ぼく、母さんの一人息子なんだから」という言葉だった。この笑劇をもとに、まったく才能のないグリゴローヴィチが後に自分の（まったく月並みな）『歓待の学校』という作品を作り、その登場人物の一人、癇癪持ちの文学者チェルヌーシンに、ニコライ・ガヴリーロヴィチの特徴を与えたのだった。なぜかあらぬ方向を見つめているモグラのような目、薄い唇、くしゃくしゃに丸めて押しつぶしたような顔、左のこめかみのあたりでふんわりと膨らんだ、赤みを帯びた髪、婉曲に言えば火にかけすぎたラム酒のようなと形容できそうな体臭。面白いのは、例の悪名高い叫び声（「助けて」云々）がまさにチェルヌーシンに割り振られていることで、それを知ると、チェルヌィシェフスキーとトゥルゲーネフの間になにやら神秘的なつながりがあるというストランノリュプスキーの考えももっともらしく思えてくる。「彼のおぞましい本（実際には学位論文）を読みましたよ」とトゥルゲーネフは、ともにチェルヌィシェフスキーのことを嘲笑する仲間たちへの手紙で書いている。「ラーカ（古代ユダヤ人が用いた、「空っぽなもの」「役立たず」の意味の侮蔑表現）！　ラーカ！　ラーカ！　ご存じでしょう、ユダヤのこの呪い以上に恐ろしいものは、この世にありません」「この『ラーカ』から」と、伝記作家（ストランノリュプスキー）は、ちょっと迷信家じみた指摘をしている――「七年後にラケーエフ（呪われし者を逮捕した憲兵隊大佐）が出てきたのだ。そしてトゥルゲーネフの手紙自体もちょうど七月十二日、つまりチェルヌィシェフスキーの誕生日に書かれたものだった……」（いやはや、ストランノリュプスキーもこれはちょっとやりすぎではないだろうか[*12]）。

　同じ年に『ルージン』[*13]が出たが、チェルヌィシェフスキーがこの小説を（バクーニンが戯画的に描かれているのを問題視して）攻撃したのは一八六〇年になってからのことで、そのときトゥルゲーネフは『その前夜』に対するドブロリューボフの蛇のような威嚇のせいで『同時代人』誌とはすでに袂を分かっていて[*14]、この雑誌にとってもう必要な人物ではなかった。トルストイには我らの主人公のことが我慢ならなかった。「彼の話をずっと聞かされて……」と、彼はチェルヌィシェフスキーのことを手紙に書いている。「間の抜けた不愉快なことばかり話す、甲高く不愉快な声を……そして彼は隅に陣取っていつまでも憤慨し続けるのです――誰かが彼に『しっ！』と言って睨みつけてやらない限りは」この点に関して、ステクロフはこんな指摘をしている。「貴族たちは、自分よりも社会的な身分が低い者と話す段になると、あるいはそういう者を話題にするときには、粗野な下司《げす》になった」もっとも、「身分が低い者」も負けてはいなかった。例えばトゥルゲーネフがトルストイの悪口ならどんなものでも喜んで聞くと分かっていたので、彼はトルストイの「俗悪さ《ポーシュロスチ》と自画自賛ぶり《フヴァストフストヴォ》」についてわざとたっぷり語ったのだった。トルストイなんて「自分の俗悪なお尻を隠すこともできない尾《フヴォスト》を自画自賛《フヴァストフストヴォ》するおつむの弱いクジャク」みたいなものですよ、といった具合だ。「そこへいくと、あなたはオストロフスキーやトルストイの輩じゃありませんからね」と、ニコライ・ガヴリーロヴィチは付け加えた。「トゥルゲーネフさんは我々の誇りです」（しかし、このとき『ルージン』はすでに出ていたのだ――二年も前に[*15]）。

他の文芸雑誌はできる限り、彼につきまとって難癖をつけた。ドゥディシュキンという批評家は（『祖国雑記』で）、腹立たしげに自分の葦笛を彼のほうに向けた。「あなたにとって詩とは、政治経済の本の章を順次、韻文に置き換えていったものだ」彼に悪意を抱いた神秘派の人々はチェルヌィシェフスキーのまがまがしい「魅惑」について語り、彼が肉体的にも悪魔に似ていると説いた（例えば、コストマーロフ教授[*16]）。他の者たち、例えばブラゴスヴェートロフ（一八六〇年代人の政治評論家の一人）のような人物は（ちなみに彼は洒落男を自任し、急進的な思想の持ち主のくせに、本物の――肌を黒く塗って黒人に見せかけたのではない――黒人の少年を一人、召使として使っていた）、もっと単純に、彼の汚れたオーバーシューズや、ドイツの教会の堂守（下級の教会勤務者）のようなスタイルを話題にした。ネクラーソフはけだるげな微笑みを浮かべながらも、いやあ、彼は「実務にたけた若者」ですよ、と言って擁護したけれども（なにしろ彼を雑誌に引っ張ってきたのは他ならぬネクラーソフなのだから）、賄賂を告発したへたくそな小説や警察署長に対する密告ばかりを彼が『同時代人』誌に詰め込んだせいで、雑誌に単調さの刻印を押してしまったことは認めていた。とはいえ、ネクラーソフは自分の助手の仕事が成果をあげていることは賞賛した。雑誌の定期購読者が彼のおかげで一八五八年には四千七百人、さらにその三年後には七千人になったのだ。ニコライ・ガヴリーロヴィチはネクラーソフと仲が良かったが、それ以上のことではなかった。何かの金銭の勘定について、不満を抱いていたとおぼしき節もある。一八八三年には、従弟のプィピンが晩年の気晴らしになればと思って、「過去の肖像」を書いてみたらどうか、と彼に勧めたことがある。するとチェルヌィシェフスキーはネクラーソフとの最初の出会いを、枝葉末節へのお馴染みのこだわりぶりを発揮しながら事細かに描いたのだった（部屋の中でのお互いの移動をすべて複雑な図にして示し、ほとんど歩数まで添えかねないありさまだった）。この作戦行動が行われてからもう三十年が経過していることを思えば、その詳細さには、きちんと仕事をしてきた時間に加えられた侮辱のような響きが感じられるのではないか。彼は詩人としてのネクラーソフを誰よりも（プーシキンよりも、レールモントフよりも、コリツォフよりも）高く評価した。レーニンは『ラ・トラヴィアータ』に大泣きしたというが、チェルヌィシェフスキーもまた、心の詩のほうがやはり思想の詩よりも愛しいのだと認め、ネクラーソフのある種の詩を読んで（それが弱強格《ヤンブ》であっても！）涙にかきくれたものだ。自分自身が経験してきたことのすべて、青春の苦悩のすべて、妻への愛のすべての局面がそこに表現されていると思われたからだった。それも不思議ではない。ネクラーソフの五脚ヤンブがとりわけ私たちを魅了するのは、何かを説き聞かせるような、哀願するような、予言するような力のおかげであり、またもう一つには、第二脚の後に置かれる独特の行中休止《ツェズーラ》（詩学用語。詩の各行の一定の場所に置かれる休止のこと）のおかげでもある。この行中休止は、例えばプーシキンにおいては詩行全体の**歌う**ような調子に対してはいわば痕跡器官程度の役割しか果たしていないのだが、ネクラーソフにあっては立派な呼吸器官になっている。それはまるでちょっとした仕切りが深い窪みに変わったような感じ、あるいは行中休止によって分けられた一行の前半と後半がそれぞれ別々に伸びて行ったため、第二脚の後に音楽に満ちた中間地帯ができたような感じだった。真ん中に窪みを持った詩行の数々に、喉の奥から響いてくるような、むせび泣くような話し声に耳を澄ましてみよう——

言わないで　君の日々が憂鬱だなどとは
この病人を　牢獄の番人とは呼ばないで
僕の前には　墓の寒々とした闇が広がり
君の前には　愛の抱擁があるのだから

知っている　君が他の男を愛していること
退屈なのさ　君には慈悲を持って待つこと《シチャジーチ・イ・ジュダーチ》は
（ハゲワシの鳴き声が聞こえる！）[*17]

でも待って　僕の墓はすぐそこなのだから
終らせよう　運命が始めたことは運命に
（ネクラーソフ「重い十字架が彼女の運命に与えられた」（一八五五）より。行中休止を、各行五字目の後のスペースで示した）

この詩にじっと耳を傾けていると、チェルヌィシェフスキーは思わずにはいられなかった——妻はあんなに慌てて浮気に走らなくてもよかったのに、墓が近いというのは、自分のほうにすでに伸びて来ている要塞監獄の影のことではないかと。それだけではない。どうやらそのことは、この詩を書いた詩人〔ネクラーソフ〕も——合理的な意味ではなく、一種神秘的な意味で——感じていたようなのだ。というのも、まさにこの詩のリズム（「言わないで……」）は、後に詩人がチェルヌィシェフスキーに捧げる次の詩のリズムと、妙に執拗に呼応しているからだ。

言わないで　彼が用心を忘れたとは
この運命を　自分で招き寄せたとは　（ネクラーソフ「預言者」（一八七四）の冒頭二行。シベリア流刑中のチェルヌィシェフスキーに捧げられたもの）

そんな訳で、ネクラーソフの詩の響きはチェルヌィシェフスキーにとって愛しいものだった。つまり、彼の単純な美学にぴったりのものだったのだ。もっとも美学とは言っても、彼は一生、自分のくだくだしい感傷癖を美学だと思い込んでいただけなのだが。さて、大きな円を描き、知識の様々な分野に対するチェルヌィシェフスキーの姿勢に関わる多くのことを取りこみながら、ほんの一瞬も滑らかな曲線を損なわずに、私たちはいまや新たな力を得て彼の美学に戻ってきた。ここでそれをまとめてみよう。

楽な儲け話に目のない他の急進批評家と同様に、彼も物を書くご婦人たちの尻を追い回すような面倒なことはせずに、エヴドキヤ・ロストプチナやアヴドーチヤ・グリンカを精力的にこきおろした。「間違いだらけの、ぞんざいなおしゃべり」（プーシキン『オネーギン』第三章二十九節から）（とプーシキンなら言うところ）には、彼の心は動かされなかった。二人とも、つまりチェルヌィシェフスキーも、ドブロリューボフも、舌なめずりをして作家気取りで男に媚びる女たちを食いちぎったものだが、実生活では……いやはや、女たちに彼らがどんな目にあわされたかを見れば、すぐにわかる。例えばワシーリエフ医師の娘たちには、尻に敷かれ、苦しめられ、げらげら笑われたのだった（隠者の庵やそのほかの救いの場所からほど近くを流れる小川では、水の精《ルサルカ》たちがそんな風に大声で笑うものだ）。

彼の趣味はまったく上等のものだった。ユーゴーには啞然とさせられた。スウィンバーンには感銘を受けた（よくよく考えてみれば、まったく不思議なことではない）。彼が要塞監獄で読んだ本のリストの中では、フローベール（Flaubert）の綴りが間違っていて"o"の文字が使われてFlobertとなっている――実際、彼はフローベールをザッヘル＝マゾッホやシュピルハーゲンよりも低く見ていた。そしてベランジェを平均的なフランス人が好むように、好んでいた。「とんでもない」と、ステクロフが叫ぶ。「この男が詩的ではなかったと言うんですか？　でも彼は歓喜の涙を流しながら、ベランジェやルィレーエフを朗読していたんですよ！」ただ彼の趣味はシベリアで石のように硬直してしまったのだった。そして歴史的運命が妙に気を利かせてくれたおかげで、ロシアは彼が追放されていた二十年の間（チェーホフにいたるまで）一人も本物の作家を生みださなかった――もっとも、彼は活発に仕事をしていた時期にも、本物の作家が登場するところを自分の目で見たことは一度もなかったのだが。アストラハン（ヴォルガ川河口の町。チェルヌィシェフスキーは一八八三年、シベリア流刑を解かれ、この町に身柄を移された）で彼が人と交わした会話からは、こんなことが明らかになった。「ええ、伯爵の肩書のおかげで、トルストイはルーシ（ロシアの古名）の大地の文豪になれたんですよ」一方、現代で最も優れた小説家は誰かとしつこく聞かれると、彼はマクシム・ベリンスキー（いまではすっかり忘れられている、「暴露的な傾向」の小説の著者。ロシア人には、高名な批評家ベリンスキーとマクシム・ゴーリキーが合わさった名前のように聞こえて可笑しい）の名前を挙げたものだ。

青年時代の日記に、彼は書いている。「政治的な文学こそ、最高の文学だ」。その後、一八五〇年代にベリンスキーについて（こちらは、もちろん、ヴィッサリオンのほうだ）詳しく論じながら――そもそも彼について長広舌をふるうことは禁じられていたのだが――彼にならって「文学は何らかの思想の潮流の僕《しもべ》にならざるを得ない」と述べ、さらにこう続けている。「我々を取り巻く歴史的運動の力によって行われていることへの共感によって心から奮い立つことができない」作家は「……いかなる場合にも偉大なものは何も作り出すことができない」、なぜならば「歴史はもっぱら美の観念によって創造されたような芸術作品を知らないからである」。他ならぬそのベリンスキーは「ジョルジュ・サンドはヨーロッパの詩人たち（ここでいう「詩人」とはドイツ語でいうDichter、つまり文学者一般のことである）の人名表に無条件で入り得るのに対して、ゴーゴリの名前をホメロスやシェイクスピアと並べるのは礼儀にもかなっていないし、常識にも反する」ことであり、「まず第一に芸術家であるセルバンテス、ウォルター・スコット、クーパーだけでなく、スウィフトやスターン、ヴォルテール、ルソーなども文学史全体の中で見ると、ゴーゴリとは比較にならないほど、はるかに高い意義を持っている」と考えていたわけだが、チェルヌィシェフスキーは三十年後に同様のことをまるで繰り返すように（とは言うものの、そのときジョルジュ・サンドはもう屋根裏部屋に上げられ、クーパーは子供部屋に下げられていたのだが）、「ゴーゴリはディケンズや、フィールディング、スターンに比べれば断然小物だ」と言っている。

可哀そうなゴーゴリ！　ゴーゴリの（そしてプーシキンのでもある）「ルーシよ！」という叫び声[*18]を六〇年代人たちは好んで繰り返すのだが、もはや三頭立て《トロイカ》馬車にも舗装された車道が必要になっている。ロシア的な憂愁《トスカー》でさえも功利的なものになってしまったからだ。可哀そうなゴーゴリ！　チェルヌィシェフスキーは、ナデージジン（批評家、リャザンの神学校卒。チェルヌィシェフスキーは彼を先駆的思想家として高く評価した）（彼は文学と綴るときtの文字を三回繰り返した[*19]）の内に神学生らしさを認めながら、ゴーゴリに対して彼が影響を与えたほうが、プーシキンの影響よりも有益だっただろうと考え、ゴーゴリが原則というものを知らなかったことを残念がった。可哀そうなゴーゴリ！　マトヴェイ神父（晩年のゴーゴリに強い影響を与えた長司祭）、あの陰気な顔の道化までもがやはり、プーシキンと縁を切るようにと、彼に迫ったのだった……。

運がよかったのはレールモントフだ。その散文はベリンスキー（技術の成果には目がなかった）から、思いがけない、とても素敵な比喩を引きだした――ペチョーリン（レールモントフの代表的小説『現代の英雄』の主人公）が、不注意に車輪の下に入って来る者を誰でも粉砕してしまう汽車に譬えられたのである（この比喩についてはナボコフの記憶違い。ベリンスキーが『現代の英雄』論（一八四〇）でペチョーリンを譬えているのは、汽車ではなく、汽船にである）。雑階級知識人たちは彼の詩に、後に「ナトソン風」と呼ばれるものを感じ取った（社会派的意識と哀切な抒情的諦念の混在した詩風）。その意味では、レールモントフはロシア文学における最初のナトソンである。市民派的な主題を涙で割った青白い詩とそのリズム、調子は、「君たちは犠牲として斃《たお》れ」（一八七八年に作られた革命的葬送歌）にいたるまで、すべてレールモントフの詩からきているのだ――それは、例えばこんな詩である。

さらば、僚友《タヴァーリシチ》、短き命
青き瞳の歌い手よ
君が勝ち得たのは木の十字架と
我らの永遠の記憶だけ*[20]

しかし、レールモントフの魅力、彼の詩の遥かな眺望、その楽園的な絵画性と、しっとり濡れた詩の天上的な余韻――こういったものはもちろん、チェルヌィシェフスキーのような気質の人間の理解が及ぶところではまったくなかった。

ここで私たちはいよいよ、彼の最大の弱点に近づきつつある。なんと言っても、ロシアの批評家の感性、知性、才能の程度を測る物差しとしてプーシキンへの態度を見るというのが、もうだいぶ昔からの習慣になっているのだ。文芸批評が社会学や、宗教や、哲学や、その他の参考書をすっかり脇に退けてしまうまで——その手の参考書は凡庸な作家の自画自賛を手助けするだけなのだから——その習慣は続くだろう。脇に退けた暁には、どうぞ、皆さん、ご自由に。厳しい詩の女神《ミューズ》に対するプーシキンのどんな裏切りでも見つけ出して彼をこきおろし、同時に自分の才能も名誉も保持することができる。五歩格の詩劇『ボリス・ゴドゥノフ』（第九場）の中に六歩格が一行紛れ込んでいるとか、『ペストの時代の酒盛り』の冒頭（二十一行目）に韻律上の過ちがあるとか、短篇「吹雪」では十六行のうちに「絶え間なく《ポミヌートノ》」という単語が五回も繰り返されているとか、好きなようにプーシキンを罵ってかまわない。ただ、後生だから、それ以外の無関係なおしゃべりは勘弁してほしい。

ストランノリュブスキーは一八六〇年代のプーシキンに関する批評的言説を、憲兵隊隊長のベンケンドルフ（ロシアの軍人。憲兵隊隊長として、一八二六年に創設された第三部長官も兼務して政治警察を支配し、不穏分子の弾圧にあたった）や皇室直属官房第三部（一八二六年に、内務省とは別に新たに設置された公安警察組織）長のフォン＝フォックの彼に対する態度と比べているが、これは炯眼というべきだろう。実際、チェルヌィシェフスキーにとって文学者に対する最高の賛辞は、ニコライ一世やベリンスキーの場合と同様、「ものがわかっている」だった。チェルヌィシェフスキーやピーサレフがプーシキンの詩を「たわごとで贅沢品」と呼んだとき、彼らはじつは、トルマチョーフ（ペテルブルク大学教授、修辞学者）の言ったことを繰り返したにすぎない。『軍人の雄弁術』の著者でもあるこの人物は、一八三〇年代に同じ対象について「くだらない代物で子供だましのおもちゃ」と言っていたのだ。プーシキンは「バイロンの下手くそな模倣者にすぎない」と言ったとき、チェルヌィシェフスキーは恐ろしく正確に、ヴォロンツォフ伯爵（公爵。プーシキンの南方流刑時代、彼を監督する立場にあった）による「バイロン卿の下手くそな模倣者」という評言を再現していた。「プーシキンにはしっかりとした、深い教養が欠如している」というのがドブロリューボフお気に入りの考えだったが、これも同じヴォロンツォフによる、「自分の知識を広げるための不断の努力をせずに、真の詩人たることはできない。彼には知識が足りていない」という指摘と親密に呼び交わすものだ。チョッキの柄を考案した仕立屋にプーシキンを譬えて、「天才と呼ばれるためには、エヴゲニー・オネーギンを仕立て上げたくらいでは不十分だ」と書いたナデージュジンは、それによって、反動的な国民教育大臣ウヴァーロフと知的同盟を結ぶことになった。大臣はプーシキンの死の際に、「ちょっと詩を書いたくらいじゃまだ偉大な人生の経歴とは言えんよ」と言っていたのである。

チェルヌィシェフスキーにとって、天才とは常識のことだった。もしもプーシキンが天才だったとすると――と、彼は論じながら不思議がる――彼の草稿にあれほどたくさんの修正箇所があることをどう説明できるのだろうか？　これではもはや「仕上げ」などというものではなく、単なる荒仕事ではないか。良識は自分が何を言いたいのか**知っている**のだから、ただちにそれを言い表せるはずだ。しかも、いかにも滑稽なほど創造には縁のない人間らしく、彼は、「仕上げ」は「紙の上」で、「本当の仕事」、つまり全般的な計画の作成は「頭の中」で行われると考えていた。ここにはまたしてもあの危険な二元論の兆候が感じられる。これこそは彼の「唯物論」の亀裂であって、ここから蛇が何匹もぞろぞろ這い出し、一生の間、彼を咬み続けたのである。プーシキンの独自性はいつでも彼に深刻な不安をかき立てた。「詩的作品が優れていると言えるのは、それを読み終えたとき、**誰もが**（強調は筆者）『なるほど、これは本当らしく見えるだけでなく、これ以外にはなりようがなかった、なぜならばいつもこういうものなのだから』と言う場合である」

要塞監獄のチェルヌィシェフスキーに届けられた本のリストの中にプーシキンはないが、それも不思議ではない。プーシキンはその功績にもかかわらず（もっとも「ロシア詩を発明した」「社会に詩の読み方を教えた」というのがその功績とやらだが、どちらもまったく見当はずれである）、結局のところ何よりもまず、可愛い足《ノーシキ》についてちょっぴり気のきいたたわいもない詩を作った物書きだった（ただし、自然界のすべてが俗物化してしまった「ちょっとした草《トラーフカ》」（「草《トラヴァー》」の指小形）だの「小鳥ちゃん《ピチューシキ》」（「小鳥」の指小形）だのに変貌してしまった一八六〇年代のイントネーションでは、「可愛い足《ノーシキ》」もプーシキンが考えていたもの（フランス語の‘petits pieds《プチピエ》’）とはまったく意味が異なり、むしろドイツ語の胸糞が悪い「フュスヒェン」（Füßchen）に近いものになった。特に憤慨すべきと彼に（そしてベリンスキーにも）思われたのは、プーシキンが晩年非常に「冷やか」になってしまったことだ。「かつての親しい関係は断ち切られてしまった。いまやその記念碑として残されているのが、『アリオン』（難破した船のただ一人の生き残りとして、歌い続ける古代ギリシャの詩人の姿を描いた詩）という詩だ」と、チェルヌィシェフスキーはちらりと、ついでのように説明する。しかし『同時代人』の読者にとって、この**ちらりと、ついでのように**にはなんと神聖な意味が詰まっていることだろうか（ここで突然、その読者の、心ここにあらずといった様子でリンゴに食いつく姿が目に浮かぶ——、読者は読書欲をリンゴに向けてから、再び目で言葉を貪り食うのだ）。そんなわけで、ニコライ・ガヴリーロヴィチは『ボリス・ゴドゥノフ』の最後から二番目の場面で「プーシキン、民衆に囲まれて登場」というト書きを見たとき、これは我こそは市民派詩人だと狡猾に仄めかすもの、いやその桂冠を勝手に奪い取ろうという企てではないか、しかし「俗悪なおしゃべり」（というのは、「スタンブールはいまや異教徒たちに称えられ」という詩に対するチェルヌィシェフスキーの評言）の生産者はそのような桂冠に相応しくないのだ、と思ってひどく苛立ったに違いない。

「この上なく喧嘩腰の批評を読み返していると」と、プーシキンはある秋、ボロジノで書いた。

「あまりに可笑しいので、いったいどうしてそんなものに腹を立てられたものか、自分でもわからない。もしもこういったものを笑ってやりたいと思ったら、一切のコメント抜きで再掲載するのが一番だろう。それよりうまい手は思いつかない」まさにこの手は、チェルヌィシェフスキーがユルケヴィチの論文に対して使ったものだった。反復が戯画になってしまうのだ！　こうしていまや――伝記作家の意地の悪い比喩的な表現によれば――「くるくる回る埃のかけらが一つ、ロシアの批評精神のブラインドの間から差し込んできたプーシキンの光線に捉えられた」のだ。いま私たちの念頭にあるのは、以下のような運命の魔術的な音階である。サラトフ時代の日記でチェルヌィシェフスキーは自分の婚約について書きながら『エジプトの夜』（プーシキンによる未完の小説。即興詩人によって朗読されるクレオパトラをテーマにした詩が組み込まれている）から引用をしているが、いかにも耳の悪い彼らしく引用は歪曲され、ちょっと考えられない音節で結ばれていた――「僕は快楽の挑戦を受け入れた／戦闘の挑戦も同じように受け入れただろうに」。[*21] 詩の女神《ミューズ》の盟友である運命は（自分でもこの「だろうに」に現れる仮定法の助詞のことはよくわかっているだけに）、彼に復讐をしたのだった。それにしても、いつの間にか報復を次第に大きくしていくやり方の繊細さときたら！　不幸を招き寄せる端緒になったこの引用に対して、チェルヌィシェフスキーの次のような言葉（一八六二年）は何かしら関係があるのではないだろうか――「もしも人間が社会的事業に関する自分の考えをすべて……集会において表明することができたとしたら、それを雑誌論文にすることなど意味がないだろうに」。しかし、復讐の女神《ネメシス》はここではもう目覚めつつあるのだ。「書く代わりに、彼は話すだろうに」と、チェルヌィシェフスキーは続ける。「もしこれらの考えを、集会に参加しなかったすべての者にも知らせなければならないのならば、速記者がそれを書きとめるだろうに」そして報復が繰り広げられる。シベリアでのことだ。もはや自分の話を聞いてくれるのはカラマツとヤクート人だけになっても、彼の脳裏からは「演壇」とか「講堂」のイメージが離れようとしなかった。要するに、集まった聴衆にとって快適で、その聴衆が打てば響くように反応してさざ波のように揺れる——そんな会場がどうしても頭に浮かぶのだ。なんと言っても、彼は結局のところ、プーシキンに登場する即興詩人（『エジプトの夜』に登場するイタリア人の即興詩人）と同様に（あのひどい「だろうに」の分は割り引いて考えなければならないにせよ）、自らの職業として——後には実現しがたい理想として——与えられた主題について議論することを選んだのだから。人生の暮れ方に彼はある作品を書き、そこで夢を実現させようとした。死の少し前にアストラハンから彼は『ロシア思想』誌に掲載してもらおうと（雑誌のほうでは、結局、掲載することはできないと判断したのだが）、ラヴロフに『スタロヴェリスカヤ公爵夫人の夜会』という自分の作品を送り、そのあとで印刷所に直接、「挿入」を送るのだ。

客たちが食堂から、ヴャゾフスキーのお伽話の朗読を聞くために準備されたサロンに移ってきたと言っているところで、設営された部屋の様子が描かれていますが……男女の速記者たちが二手に分かれて二つのテーブルについているという配置がそこでは指示されていないか、指示されているにしても不十分です。私の下書きでは、その箇所はこんな風になっています。「演壇の両側に速記者のためのテーブルが一つずつ置かれ……客たちがまだ席を選んでいる間、ヴャゾフスキーは速記者たちのところに行って、彼らと握手し、会話していた」下書きからいま私が引用した箇所に意味的に対応する清書原稿の文章は、以下のものに差し替えていただかなければなりません。「男たちは演壇の脇から壁に沿って最後列の椅子の後ろにまで、ぎっしりと立ち並んで部屋を枠のように取り囲み、音楽家たちとその譜面台が演壇の両脇を占めていた……。即興詩人は四方八方から沸き起こる耳を聾さんばかりの拍手に迎えられ……」

いや、失礼、失礼、すっかりごっちゃにしてしまった。『エジプトの夜』からの抜き書きが紛れ込んでしまいました。話を元に戻しましょう。「演壇と、半円状になった聴衆席の最前列の間には（と、チェルヌィシェフスキーは実際には存在しない印刷所に宛てて書いている）――演壇の少し右側と左側に机が二つ置いてある。演壇に対して左手前にある机には、というのは、もし半円状の客席の中心から演壇を見たときのことだが……」云々――さらにこの種の言葉がたくさん続くのだが、いずれにせよ何も言い表していないも同然の言葉ではある。

「それではこれがお題です」と、チャルスキーが彼に言った。「詩人は自分の歌の題材を自分で選び、群衆には詩人の霊感を操る権利はない」（プーシキン『エジプトの夜』第二章から）

チェルヌィシェフスキーの生涯におけるプーシキン的理念の勢いと転回に導かれるまま、著者はずいぶん遠くまで来てしまった。その一方で、新しい主人公が――二、三度我慢しきれなくなって、私たちの話の中にすでに名前が出てきているが――自分の出番を待っている。いまやちょうど彼が登場する潮時だ――ほら、こちらに近づいてくる。青襟フロックコートの制服のボタンを全部きちんと掛け、誠実さ（進歩派の原理）をぷんぷん匂わせ、まばらな頬ひげ（フローベールにいかにも徴候的なものと思われたbarbe en collier《バルブ アン コリエ》（輪状ひげ。もみあげから顎を輪のように取り囲むひげのこと）を生やし、小さな近眼の目をした不恰好な男が、手をぐいと――つまり、親指が上に飛び出た手を突っ込んでくるように差し出し、風邪気味の、打ち明け話でもするような低い声で名乗るのだ――ドブロリューボフです、と。

二人の最初の出会い（一八五六年夏）をチェルヌィシェフスキーはおよそ三十年も経ってから（ネクラーソフの思い出を書いていたときでもある）、すでにお馴染みの詳細さをもって回想している。この詳細さとは、じつは病的で無力なものだが、時間との取引においては非の打ちどころのない思考を浮き彫りにするはずだった。友情によって二人は絡み合って解きほぐせない組み合わせ文字《モノグラム》のように結ばれ、たとえ百世紀経ってもそれがほどけることはないだろう（むしろ、後世の意識の中で強まっていく一方なのだ）。ここは、二人組のうちの弟分の文学活動について詳しく語る場ではない。ただ彼はがさつにして無邪気、いずれにしても斧で削ったみたいに粗削りだったと言うに留めておく。『口笛』（『同時代人』誌の付録として発行された風刺雑誌）で彼は高名なドクトル・ピロゴフ（医師、教育者）を嘲笑い、レールモントフをパロディにしている（そもそもレールモントフの詩をキャンバスにして時事的な冗談を飛ばすことは当時あまりに流行っていたので、結局のところ、パロディ芸のそのまた戯画になっていた）。さらに付け加えるならば、ストランノリュプスキーの言うように、「ドブロリューボフの一突きのせいで、文学は斜面を転がり落ちていき、その行く手には避けられない結末が待っていた。ゼロ地点まで転がり落ちたとき、文学は括弧つきのものでしかなくなったのだ。つまり、『学生が〈文学〉を持ってきた』といった具合である。ここで言う〈文学〉とは、政治宣伝の小冊子の類のことである」。これ以上、何を言うべきだろうか？　ドブロリューボフのユーモア？　おお、なんという幸多き時代だったことだろう！　「蚊」が**それ自体で**可笑しく、鼻にとまった蚊は二倍可笑しく、蚊がどこかの役所に飛んで入って課長さんを食ったとしたら、もう聞き手は笑いに身をよじらせ、うめき声を上げたのだから。

　ドブロリューボフの批評は鈍重で重苦しいものだったが（急進的文学者の輝かしき星団《プレイアッド》の面々は、実質的には皆、文章を**足で**書いていたようなものだ）、それよりはるかに面白いのは、彼の生活のあの軽薄な側面、熱に浮かされたように恋《ロマンス》を追い求めるあの陽気さである。この側面は後に、チェルヌィシェフスキーがレヴィツキーの「情事」（『プロローグ』）を描く際に素材として使われた。ドブロリューボフは恐ろしく惚れっぽかった（ここで彼の姿がちらりと見えるのもいいだろう――ドラチキー（トランプ・ゲームの一種）に夢中になっているところだ。ゲームの相手はある将軍だが、それもただの将軍ではなく、星型勲章をつけている。彼はこの将軍の娘にぞっこんなのだ）。スターラヤ・ルッサ（ロシア、ノヴゴロド州の地方都市）にもドイツ人の女がいて、ぬきさしならない厄介な関係にあった。彼がその女のところに行こうとすると、チェルヌィシェフスキーは本当に文字通り体を張って引きとめようとした。どちらもひょろひょろで痩せっぽちという二人の男が汗だくになり、長いこと取っ組み合い、床や家具にどすんどすん体をぶつけたのだ。しかも、終始、一言も発せずに、聞こえるのは荒い鼻息だけ。それから二人は互いを押しのけ合いながら、引っくり返った椅子の下に眼鏡を探した。一八五九年の初頭には、ドブロリューボフが（まるでダンテス[*22]のように）オリガ・ソクラートヴナとの「情事」をカムフラージュするため、彼女の妹と結婚しようとしている（彼女にはもっとも、フィアンセがいたのだが）という噂が、チェルヌィシェフスキーの耳に入った。二人の姉妹はどちらも恥知らずなまでにドブロリューボフを笑いものにし、あるときはカプチン修道会士、あるときはアイスクリーム売りに変装させて仮面舞踏会に引っ張り出したり、彼に自分たちの秘密を打ち明けたりした。オリガ・ソクラートヴナと散歩をすると、彼の頭は「すっかりぼうっと」してしまった。「ぼくにはわかっている、こんなことをしていても何も手に入らないことは」と、彼はある友人に書いている。「なにしろ、どんな会話をするにつけ、必ず、あなたはいい人だけれど、あまりに不細工で、好きになれそうにないわ、なんて言われてしまうのだから。ぼくには、自分が何も手に入れるべきではないということが分かっている。ニコライ・ガヴリーロヴィチのほうが、彼女よりもぼくには大切なのだから。でも、そうでありながら、ぼくには彼女から離れる力がないんだ」噂が耳に入ったとき、ニコライ・ガヴリーロヴィチは、もともと妻の品行について幻想を抱いていなかったけれども、やはり腹が立った。裏切りが二重のものだったからだ。彼はドブロリューボフと腹を割って話し合い、そのすぐ後にはもう、「ゲルツェンを叩きつぶす」ために（後に彼はそう表現した）、つまり、『鐘《コーロコル》』（ゲルツェンが亡命先のロンドンで出版していた新聞）で他ならぬこのドブロリューボフに非難を浴びせたゲルツェンに大目玉を喰らわせるために、ロンドンに旅立ったのだった。

もっとも、ことによったら、この会見の目的は友人の擁護だけではなかったのかもしれない。チェルヌィシェフスキーはドブロリューボフの名前を、とりわけ後に彼の死に関連して、「革命戦略として」じつに巧みに使っているからだ。過去のある種の報告書によれば、彼がゲルツェンを訪問した主な目的は、『同時代人』を国外で出版することについて話し合うことだった。この雑誌はいずれ発禁処分を受ける、とは誰もが予感するところだった。だが、全体としてこの旅《ヴォヤージュ》は靄に包まれ、チェルヌィシェフスキーの書いたものにもあまりにわずかな跡しか留めていないので、実際に旅行したという事実を無視して一種の外典《アポクリファ》と見なしたくなるほどだ。彼は一生イギリスに関心を持ち続け、魂の糧をディケンズから、頭の糧を『タイムズ』から得てきたのだから、感激のあまり胸がつまりそうになってもおかしくはない。そしてたくさんの印象を蓄え、後で執拗に何度でもその思い出に立ち返ったとしても、おかしくないだろう。しかしチェルヌィシェフスキーは後で自分の旅行については決して話そうとせず、あまりにしつこく聞かれたときには、手短に「たいして話すことはありませんよ。霧が出ていた。船が揺れた。さあ、それ以上いったい何があります？」そんなわけで、人生そのものが（これで何度目だろう）「手で触れられる対象は、その対象についての抽象概念よりもはるかに強く作用する」という彼自身の公理を覆したのだ。

いずれにせよ、一八五九年六月二十六日、チェルヌィシェフスキーはロンドンに到着し（皆は彼がサラトフにいるものと思っていた）、そこに三十日まで滞在した。この四日間の霧を通して、一条の光が斜めに差し込んでくる。ほら、トゥチコーフ＝オガリョーフ夫人（ゲルツェンの親友オガリョーフの妻。夫とともにイギリスに亡命したが、イギリスで彼と離婚、ゲルツェンの内縁の妻となった）がレースの小さなケープを着せた一歳の娘を抱き、広間を通って、日のあたる庭に出ていこうとしているところだ。広間を（場面はパットニー（ロンドン郊外）のゲルツェン邸）、アレクサンドル・イワノヴィチ（ゲルツェン）とともに行きつ戻りつしている（当時の人は、こんな風に部屋の中をよく歩き回ったものだ）、中背の紳士がいる。その顔は不細工だが、「自己犠牲と運命への従順さを示す驚くべき表情に輝いていた」（というのは、おそらく、すでに完結した運命のプリズムを通してこの顔を思い出している回想録の著者（トゥチコーフ＝オガリョーフ夫人）の記憶の戯れにすぎないのだろう）。ゲルツェンは彼女を自分の会話の相手に紹介した。チェルヌィシェフスキーは赤ん坊の髪の毛を撫で、静かな調子で言った。「私にもこういう子供たちがいるんですが、ほとんど会えません」（彼は自分の子供たちの名前を取り違えたことがある。サラトフにいたのは小さなヴィクトルだったのに――この子はじきにその地で死んでしまった。子供たちの運命は、その種の書き間違えを許さないからだ――彼は「サシュールカちゃん」にキスを送ります、と書き送ってしまったのだ。ところがサシュールカのほうは、もう（ペテルブルクの）彼のところに戻ってきていたのだ）。「挨拶しなさい、さあ、お手てを出して」とゲルツェンは早口で言い、それからすぐに、その前にチェルヌィシェフスキーが言ったことに答えて何やら話し始めた。「そうですねえ……いまじゃ彼らも鉱山送りになってしまった」トゥチコーフ夫人は滑るように庭に出て、斜めに差し込む一条の光は永遠に消えた。

　結核に糖尿病と腎炎までがおまけに加わって、ドブロリューボフに止めを刺すことになった。一八六一年の晩秋に彼は死に向かいつつあった。チェルヌィシェフスキーは毎日見舞いに行き、そこからさらに陰謀の用事に出向いたのだが、その用事は不思議なくらいうまく警察の尾行の目から隠されていた。「地主領農民たちに」という宣伝ビラは、私たちの主人公によって書かれたと一般に考えられている。「会話はほとんどしなかった」と、シチェルグノーフ（「兵士たちに告ぐ」の著者）は回想している。そして、これらの檄文を印刷したフセヴォロド・コストマーロフでさえも、チェルヌィシェフスキーがその著者かどうか、どうやら完全には確信を持っていなかったようである。文体的にこれらの文章は、ナポレオンのモスクワ侵攻の際にラストプチン伯爵（モスクワ総督。わざと単純な文体で民衆へ呼びかける「ビラ」を作った）が書いた粗暴な調子のビラにそっくりだ――「これぞ自由、ほんまもんの自由というのはこういうことだ……（「百姓の興奮《ナドルイフ》」！）裁判は公平でなくちゃ、裁判はみんなに平等でなくちゃ……一つの村だけで騒動《ブルガ》を起こしたところで、何の意味がある」もしこれをチェルヌィシェフスキーが書いたのだとしても――そう言えば「騒動《ブルガ》」というのはヴォルガ川地方の言葉だ（チェルヌィシェフスキーの生まれ育った町サラトフはヴォルガ川沿いにある）――いずれにせよ、誰かが味付けをしているはずだ。

ナロードニキの「人民の意志」党からの情報によれば、チェルヌィシェフスキーは一八六一年七月にスレプツォフとその友人たちに、基本となる五人組細胞、つまり「地下」社会の核となるものを組織するよう提案した。後に「土地と自由」結社に取り入れられるこれらの細胞がどんなシステムになっていたかというと、それぞれの細胞の党員は各自もう一つ自分の細胞を作り、八人の顔しかわからないようにする、というのである。すべての党員を知っていたのは中央だけである。すべての党員を知っていたのはチェルヌィシェフスキーである。いや、どうもここには、一定の様式化の傾向が見られるようだ。

しかし、繰り返すが、彼は非の打ちどころがないくらい慎重だった。一八六一年十月の学生騒乱の後、彼に対しては常時監視体制が取られたが、そのやり方はあまり繊細とは言えなかった。ニコライ・ガヴリーロヴィチの家では、料理女として玄関番の妻が働いていた。背が高く、血色のいいこの老婆は、いささか思いがけない名前を持っていた。ムーザ（ロシア語で「詩の女神（ミューズ）」の意味）というのだ。彼女を買収するのはわけなかった――大好物のコーヒー代として五ルーブリ。それだけである。それと引き換えに、彼女はゴミ箱の中身を警察に届けたのである。無意味なことだったが。

そうこうするうちに、一八六一年十一月十七日にドブロリューボフが亡くなった。享年二十五。亡骸は「質素なオークの棺」に入れられて（こういう場合、棺はいつも質素なのだ）、ヴォルコヴォ墓地（ペテルブルクのはずれにある墓地。文学者の墓が集中していて有名）のベリンスキーの隣に葬られた。「突然、ひげをきれいに剃った精力的な紳士が姿を現した」と、ある目撃者が回想している（チェルヌィシェフスキーの顔はまだ世間にはあまり知られていなかった）。そして、集まった参列者が少ないのに苛立った彼は、そのことについてくどくどしい皮肉をこめて話し始めた。彼が話している間、オリガ・ソクラートヴナは身を震わせて泣きながら、いつも周りにいてかいがいしく世話を焼いてくれた学生たちの一人の腕にすがっていた。もう一人の学生は、自分の制帽の他に、アライグマの帽子を手に持っていた。一方、アライグマの帽子の当の持ち主は凍てつく寒さ《マロース》にもかかわらず毛皮外套をはだけ、手帳を取り出すと、それを見ながら腹立たしげに説教をするような声で、土くれのような生気のない詩を朗読し始めた。それは誠実さと死を歌ったドブロリューボフによる詩だった。白樺の木々に降りた霜がきらきら輝いている。そして少し離れたところに、墓掘り人夫の一人の老いさらばえた母親と並んで、真新しいフェルト長靴を履いた第三部（政治警察）のスパイが神妙な顔をして立っていた。「そうです」と、チェルヌィシェフスキーは締めくくった。「皆さん、ここで申し上げたいのは、検閲のせいでドブロリューボフが論文をずたずたにされ、結局、腎臓病になってしまった、ということではありません。彼は自分の栄光のために十分なことを成し遂げてしまったのです。自分のために彼は、これ以上生きる必要はありませんでした。このような気質の、このような志を持った人々に、人生は焼けつくような哀しみのほか、何も与えてくれません。誠実——これこそは彼を死に追いやった病なのです」そして筒のように丸めた手帳で、三番目の、まだ空いている場所（ベリンスキー、ドブロリューボフの墓が並び、その隣の場所がまだ一つ空いているということ）を指し示して、チェルヌィシェフスキーは叫んだ。「ロシアには、あの場所にふさわしい人間はいない！」（いや、いた――その場所は後にすぐ、ピーサレフが占めることになった）。

　チェルヌィシェフスキーは若き日に民衆蜂起の指導者となることを夢見ていただけに、いまや自分を取り巻く危険に満ちた希薄な空気を楽しんでいるのだ――こんな印象はどうにも拭いがたい。ロシアという国の秘められた地下生活の中で、彼がこのような重要人物になるのは不可避のことだった。それは時代の同意を得てのことであり、彼自身、自分がこの時代そのものと親子のように似ていることを感じていたのだ。ほんの一日、いや、ほんの一時間でも歴史的幸運に恵まれ、偶然と運命が一瞬だけでも、情熱的な手を結びさえすれば、彼は空高く舞い上がれる――いまや、そんな感じがした。一八六三年には革命が起こるのではないかと期待されていて、未来の立憲政府の閣僚名簿の中で彼は首相に指名されていた。彼はなんと大切に、この貴重な熱を自分のうちにたくわえていたことだろう！　ステクロフは「マルクス主義」を信奉しているにもかかわらず、チェルヌィシェフスキーの中には疑いもなく神秘的な「何か」があった、と語っている。その「何か」はシベリアでは消えてしまったのだが（「学問」も、「論理」も、「妥協を知らない一徹さ」さえも残ったというのに）、シベリア徒刑の直前にはこうして異様な力をもって姿を現したのだった。人々を惹きつける危険な「何か」こそが、どんな宣伝ビラにもまして、政府にとっては脅威だったのだ。「この狂った一党は、血と惨事に飢えている」と、密告書には興奮した調子で書かれていた。「どうか我らをチェルヌィシェフスキーの魔の手から救い給え……」

「無人の地……果てしなく連なる山なみ……無数の湖と沼……どうしても無くてはならないものの欠乏……郵便局長たちのずさんさ……（このすべてが）天才的な忍耐力さえもうんざりさせる」

(こんな風に『同時代人』誌上で、地理学者セリスキーがヤクート州について書いた本から書き抜きをしているとき、彼には何か思うところ、何か予測するところ、いやひょっとしたら、予感があったのだろう)。

ロシアでは検閲を担当する役所は、文学よりも先に生まれた。だから、検閲のほうが年長だという宿命的な気分が常に漂っていた。爪でぱちんと弾いてやりたいという気分にもさせられるわけだ。『同時代人』誌でのチェルヌィシェフスキーの活動は、検閲に対する淫らな嘲笑と化した。検閲といえば、実際のところ、祖国の最も素晴らしい制度の一つである。そんなわけで、例えば、当局が「表向きは音符であっても、その影に不埒な意図を持った作品が秘められている可能性がある」と危惧するがゆえに、結構な給料を払って専門家に楽譜の暗号解読を委嘱する一方で、チェルヌィシェフスキーは自分の雑誌で、道化ぶりによって念入りにカムフラージュしながら熱狂的なフォイエルバッハの宣伝をしていたのだった。ガリバルディやカヴールをめぐる論説や(この倦むことを知らない男が『タイムズ』の細かい活字でびっしり印刷された記事をいったい何サージェン(一サージェンは約二・一メートル)訳したかと思うと、恐ろしくなるほどだ)、イタリアの出来事に関する詳しい注釈の中で、彼がほとんど二言おきに「イタリア」「イタリアで」「私はイタリアのことを言っているのだ」と括弧に括って執拗に繰り返すとき、すでに好色に耽ることを覚えて堕落している読者は、ははん、これはロシアのこと、農民問題のことだな、とぴんときた。あるいはさらに、こんなこともある――手あたり次第のことをでたらめに言い、単に空疎で曖昧な無駄話をしているだけのようでいて、縞模様やまだら模様でカムフラージュした言葉のなかに、必要な思想がひょっこり顔をのぞかせたのだ。のちに第三部(政治警察)へ通報するために、フセヴォロド・コストマーロフの手でこうした一連の「道化ぶり」のすべての音階が綿密につなぎあわされた。その仕事は卑しいものだったとはいえ、じつは「チェルヌィシェフスキーの特殊な手法」を正確に伝えていた。

もう一人のコストマーロフ、教授のほうはどこかで、チェルヌィシェフスキーのチェスの腕前は名人級だったと言っている。ところが実際のところ、コストマーロフも、チェルヌィシェフスキーもチェスのことなど何も分からなかった。確かにニコライ・ガヴリーロヴィチは若い頃、チェス盤と駒を買って、入門書を一冊あげてしまおうとさえ試み、駒の動かし方もなんとか覚え、かなり長いことそれに手こずっていたものだが（その手こずりぶりも詳細に書きとめた）、とうとうこのつまらない暇つぶしにうんざりして、全部友人に譲ってしまった。その十五年後に（レッシングがメンデルスゾーンとチェスを通じて親しくなったことを思い出しながら）彼はチェス・クラブを創設した。それは一八六一年一月に活動を開始し、春の間は存続していたが、次第にさびれていき、もしも「ペテルブルクの大火」のせいで閉鎖されなかったとしても、ひとりでに消えてしまったことだろう。それは単なる文学・政治サークルで、ルアッゼ館（帝室劇場出納長のM・F・ルアッゼが建てたのでこの名がある）に間借りしていた。チェルヌィシェフスキーはそこにやって来ると、テーブルに向かい、舟《ルーク》で——彼はそれを「大砲」と呼んでいた——盤を軽くこつこつ叩きながら、罪のない一口話を語るのだった。セルノ＝ソロヴィエヴィチ（批評家、一八六〇年代の地下革命運動の活動家。チェルヌィシェフスキーと同じ日に逮捕された）はそこに来ると——（トゥルゲーネフ好みのダッシュだ）人気のない隅で誰かと話を始めたものだ。そもそも、いつもがらんとしていた。ポミャロフスキー、クーロチキン、クローリといった飲み仲間は、軽食コーナー《ビュッフェ》で大声を張り上げておしゃべりをしていた。とはいうものの、ポミャロフスキーは多少なりとも自説の宣伝に努めてはいた。それはつまり、共同の文学事業という思いつきで、文筆従事者の協会を組織して、わが国の社会生活の様々な側面を——それこそ、乞食も、小間物商も、点灯夫も、消防士も——研究しようじゃないか、というのである。そして、手に入れた情報は特別な雑誌に掲載すればいい。

チェルヌィシェフスキーはこれを嘲笑った。そのため、ポミャロフスキーが「彼の面をぶんなぐった」というばかげた噂が流れたのだった。「なんという大ウソでしょう。あまりにも畏れ多くて、僕にはそんなことはできません」と、ポミャロフスキーは彼に書き送った。

そのルアッゼ館のホールで、一八六二年三月二日、チェルヌィシェフスキーは初めて（博士論文の公開審査と、寒気の中で行われた墓前の弔辞を勘定に入れなければ）の公開の演説を行った。公式にはその夕べの収益は、困窮学生に回されたことになっているが、実際のところ、それは最近捕まったミハイロフおよびオーブルチェフという政治犯のための催しだった。ルビンシュテインが鮮やかな演奏で気分を大いに奮い立たせ、パヴロフ教授がロシア《ルーシ》の千年紀（八六二年、ヴァリャーギ（古代ノルマン人）のリューリクがノヴゴロドに到来して国を作り、これが古代ロシア（ルーシ）国家の始まりとなった）について語り――その際、彼は曖昧な言い方だが、もしも政府が最初の一歩で（つまり農奴解放で）立ち止まってしまったら、「断崖の縁に立ち止まることになる。聞く耳を持つ者は、聞くがよい」（聖書に由来する成句（『マタイによる福音書』第十一章十五節、「耳を持つ者は聞くがよい」）から）（彼は実際に聞かれてしまい、直ちに追放された）。そしてネクラーソフがドブロリューボフを追悼する、出来の悪い、しかし「力強い」詩を朗読し、クーロチキンがベランジェの詩「小鳥」の翻訳を読んだ（囚われの身の苦悩と突然訪れた自由の喜び）。チェルヌィシェフスキーもまたドブロリューボフについて話した。

盛大な拍手に迎えられ（当時の若者たちは手を叩くとき、掌をへこませて空洞を作るのが常だったので、大砲の一斉射撃かと思うほどの音になった）、彼はしばらくの間突っ立ったまま、目を瞬き、微笑んでいた。悲しいかな、彼の外見は、民衆の権利を守る名演説家を渇望していたご婦人たちの――なにしろ、彼の肖像画は手に入らなかったのだから――気に入らなかった。ぱっとしない顔じゃないの、髪型はなんだか百姓風《ア・ラ・ムジーク》だし。それになぜだか燕尾服じゃなくて、モールのついた短いフロックコートを着こんで、ネクタイも最低ね――「色の大惨事《カタストロフ》じゃないの」（ルィシコワ、『六〇年代女性の回想』より）。その上、彼はなぜだかきちんと準備できておらず、人前で弁舌を奮うのも初めてのことだった。そして動揺《アジターツィア》を隠すために、会話的な口調を選んだのだが、これは友人たちにはあまりに控えめに、彼に好意を持っていない人たちにはあまりになれなれしく聞こえた。彼は書類鞄からノートを取り出し、その鞄を話の枕にして、この一番優れたところはですね、ぎざぎざの歯車が鍵になっているところなんです、と説明した。「ほら、ごらんください、これが回ると鞄に鍵がかかります。もっと確実に鍵をかけたければ、別の回し方をするとはずれますから、ポケットにしまうこともできる。鍵があった元の場所にはですね、金属板があって、そこにアラベスク模様が彫ってあるんです。どうです、とても可愛いでしょ」それから、教え諭すような調子の甲高い声で、誰もがよく知っているドブロリューボフの論文の朗読に取りかかったが、突然中断して（ちょうど『何をなすべきか』の中で、作者自身が本筋から逸脱するように）、聴衆を親しい友人のように扱いながら、恐ろしく詳細に、いや、自分はドブロリューボフを指導したことなんかなかったんですよ、などと説明し始めた。その際、時計の鎖をひっきりなしにもてあそんでいたものだから、その姿は回想録を後に書くすべての人たちの記憶に刻みこまれ、当時、からかい好きの時評家たちの恰好の話題になったものだ。しかし、考えてみると、彼が時計をしきりにいじっていたのは、ひょっとしたら、実際に残された時間がわずかだったからかもしれない（全部でもう四か月しかない！）。彼の口調は、神学校で言う「大胆にだらしない《ネグリジェ》」もので、その上革命的な内容を仄めかすものがまったく欠けていたため、聴衆は不快感をつのらせた。そんなわけで、パヴロフが胴上げされそうなほどだったのに対して、彼はまるっきり聴衆に受けなかった。パヴロフが追放処分を受けたとたん、友人たちはチェルヌィシェフスキーが用心深く振る舞った理由を理解し、なるほどと思った、とニコラッゼは指摘している。彼自身は——後にシベリアの荒野で、むさぼるように話を聞いてくれる生身の聴衆がたまに現れるのは、熱に浮かされた夢の中だけになってから——自分の無気力と惨憺たる失敗を思うと身を切られるように残念で、あの唯一の機会を（いずれにせよ破滅する運命だった以上は！）捕えればよかったのに捕えず、ルアッゼ館の演壇から固いこと鉄のごとき、熱いこと炎のごとき演説を——彼の小説の主人公だったらきっと、釈放され自由の身に戻って軽快な馬車に乗り込み、「パッサージュへ！」（『何をなすべきか』の結びとなる第六章の冒頭にこの言葉が出てくる）と叫んだときに、しようと思ったに違いない、まさにその演説を——しなかったことで自分を責めた。

　その風模様の春、事件は次々と恐ろしい勢いで進行し始めた。火事だ！[23] そして突然——オレンジ色を帯びた黒を背景にして——幻影が浮かび上がる。帽子をおさえて駆けていく男の姿。疾走するドストエフスキーだ。いったいどこに向かうのか？

　聖神祭の日（聖神降臨祭（トロイツァ）の翌日）（一八六二年五月二十八日）は、強い風が吹いた。リゴフカ地区で火の手が上がり、それから、ならず者たちがアプラクシン市場に放火した。ドストエフスキーが走り、消防士たちが疾駆し、「薬局の窓では、色とりどりのガラス球に、一瞬、彼らの姿が逆さまに映った」[24]（ネクラーソフが見たように）。川向こうから濃い煙がフォンタンカ川を越えてチェルヌィショフ横町に押し寄せると、今度はそこですぐに新しい黒い柱が立ち昇り……その間にもドストエフスキーは目的地に駆けつけていた。駆けつけた先は、どす黒い《チェルノター》陰謀の核心、チェルヌィシェフスキーのところで、彼に向かって、どうかこんなことは止めるように、とヒステリックに懇願し始めた。ここで興味深い点が二つある。一つは、ニコライ・ガヴリーロヴィチには地獄の主のような力が備わっていると信じられていたこと。もう一つは、放火はそもそも一八四九年にペトラシェフスキー[25]一派が立てた他ならぬその計画に従って行われた、という噂である。

密偵たちも神秘的な恐怖をいささか覚えながら、火災のさなかに「チェルヌィシェフスキーの住居の窓から笑い声が聞こえた」と報告している。警察は彼が悪魔のような抜け目なさの持ち主であると見なし、彼がどんな行動をしてもそこに悪だくみを嗅ぎつけた。ニコライ・ガヴリーロヴィチの家族はひと夏をパヴロフスクで過ごすために町を離れていたが、火事の後ほどなく、正確に言うと六月十日のことだが（黄昏、蚊、音楽）、模範近衛槍騎兵連隊副官のリュベツキーとかいう、「接吻みたいな苗字」をしたいなせな若者が「駅《ヴォグザール》から」（パヴロフスクには総合娯楽施設があり、英語のvauxhall（ヴォクソール）にならってロシア語で「ヴォグザール」と呼んだ。その後これが一般に「駅」の意味で用いられるようになった）出てきたところ、まるで狂ったようにはしゃぎまわっている二人の婦人を目にとめ、根が単純なせいで彼女たちをうら若き「椿姫」（高級娼婦）だと勘違いして、「二人の腰に手を回そうと試みた」。すると二人の女性といっしょにいた四人の学生たちが彼を取り囲み、ただでは済まないぞと脅しながら、二人のご婦人の一人は文学者チェルヌィシェフスキー氏の奥様で、もう一人はその妹さんだということを明らかにした。さてそこで夫は――警察の見解では――何をしたか？　彼はこの一件を将校名誉裁判にかけるようしつこく求めたのだが、それも名誉のことを考えてではなく、ただ、こっそり将校たちと学生たちを接近させたいがためだった。七月五日に彼は自分の訴えのことで第三部に出向かなければならなくなった。第三部のポターポフは、自分が得ている情報によれば、その槍騎兵は謝罪をする用意があるそうだ、と言って、彼の要請を退けた。するとチェルヌィシェフスキーは自分の要求をあっさり全面的に取り下げて、話題を変えて、こう聞いた――「どうでしょうね、ちょうど一昨日、家族をサラトフに送りだしたところで、私自身もそちらに骨休めに行くつもりなんですが（『同時代人』はすでに発禁処分を受けていた）――ひょっとして妻を外国の温泉にでも連れていかなければならなくなったとしたらですよ、ええ、家内は神経痛に悩んでいましてね、その場合私が出国することに障害はないでしょうか」「もちろん、出国できますとも」とポターポフはいかにも人が良さそうに答えた。ところがその二日後に、逮捕が行われたのだった。

この一連の出来事に先立って、じつはこんなことがあったのだ。ロンドンで万博が開かれた（十九世紀は自分の財産、華麗で悪趣味な嫁入り道具を見せるのがやたらに好きだったが、今世紀〔二十世紀〕はそれを浪費してしまったのだ）。そこに旅行者、貿易商、特派員、密偵などが続々と集まってきた。そんなとき、ある大規模な宴席でゲルツェンは不注意の発作を起こしたとでも言うべきだろうか、よりによって衆人環視の下で、これからロシアに行く予定のヴェトーシニコフに手紙を渡してしまったのだ。その手紙で彼は（そもそも、その差出人はオガリョフだったのだが）、『同時代人』を国外で出版する用意があるという告知が『鐘《コーロコル》』に出たので、それを見るようにチェルヌィシェフスキーに伝えてほしいと、軽い気持ちで急進派のジャーナリスト、セルノ＝ソロヴィエヴィチに頼んでいたのだ。手紙を運ぶ者の軽やかな足がロシアの砂浜に触れるやいなや、彼は逮捕された。

チェルヌィシェフスキーは当時、ウラジーミル教会にほど近い（後にアストラハン時代の住所も常に、どこかの聖堂に近いという風に説明できた）エサウロワ館に住んでいた。そこには彼の前には、大臣になる前のムラヴィヨーフ（農奴解放に強硬に反対したことで知られる保守的な政治家）が住んでいたが、この男については『プロローグ』でチェルヌィシェフスキーが弱々しい嫌悪感を込めて描いている通りである。さて、七月七日には彼のところに友人が二人来ていた。ドクトル・ボーコフ（後に追放されたチェルヌィシェフスキーに彼は医学的な助言を送ってくれた）、そしてアントノヴィチである（後者は「土地と自由」結社のメンバーで、ごく親しい関係にあったにもかかわらず、彼がこの結社に関わっているとチェルヌィシェフスキーは夢にも思っていなかった）。二人が広間に座っていると、そこにもう一人、客のような顔をして、ずんぐりとして不快な感じのする男が腰をおろした。黒い制服を着て、狼のように尖った顔をしたこの男こそ、チェルヌィシェフスキーを逮捕しに来たラケーエフ大佐だったのだ。ここでまたしても、歴史の模様と模様が奇妙な具合に触れ合い、「歴史家の中にひそむ博打うちを興奮させる」(ストランノリュプスキー)ことになる。なにしろこの男は、政府の卑劣なせっかちさを一身に体現しながら、プーシキンの棺を速やかに運び去って死後の流刑に送りだした、まさにあのラケーエフなのである。礼儀上、十分ほど雑談をしてから、彼は慇懃な微笑みを浮かべながら——それを見て、ドクトル・ボーコフは「内心ぞっとした」という——ちょっと二人だけで話がしたい、とチェルヌィシェフスキーに申し出た。「それなら書斎に行きましょう」と彼は答えて、さっさと一人で書斎に飛びこんだ。その勢いがあまりに猛烈だったので、ラケーエフは、度を失ったというのでもないが——彼は十二分に経験を積んでいた——客という役柄である以上、そんなに素早く後を追うわけにもいかない、と考えた。チェルヌィシェフスキーはすぐに戻ってきて、ひきつけを起こしたように喉仏を動かし、何かを冷めた紅茶で流し込み(アントノヴィチの不気味な推測によれば、**呑み下されたのは書類**だった)、客を眼鏡越しに見つめながら、今度は先に書斎に通した。彼の友人たちは手持無沙汰のあまり(ほとんどすべての家具が経帷子のような白い覆いを被せられている広間は恐ろしく居心地が悪く、じっと待っていられなかった)、散歩に出かけてしまった(「……まさか……考えられない……」と、ボーコフは繰り返した)。そしてボリシャーヤ・モスコフスカヤ通りの四番目の建物に戻ってくると、今では戸口の前に——何かをおとなしく、しかしそれだけ嫌らしい感じで待つように——「その筋の」馬車が停まっているのが見え、胸騒ぎを覚えた。チェルヌィシェフスキーと別れの挨拶をするため、最初に入っていったのはボーコフ、次がアントノヴィチだった。ニコライ・ガヴリーロヴィチは書き物机の前に座り、ハサミをもてあそんでいた。一方、大佐は片方の足をもう一方の足に重ね、その脇に腰をおろしている。二人は会話をしていた——それもひとえに礼儀をとりつくろうためで、話題はパヴロフスクのどこが他の別荘地に比べて優れているか、ということだった。「何といっても、住人のレベルが非常に高いですからね」と、咳払いをしながら大佐が言った。

「なんだ、君も私の帰りを待たないで、帰ってしまうのかね?」とチェルヌィシェフスキーは、自分の使徒に尋ねた。「残念ですが、そろそろ行かないと……」と、彼は狼狽して答えた。「しかたない、それじゃまた」とニコライ・ガヴリーロヴィチはふざけた調子で言って、腕を高く上げ、勢いをつけてそれをアントノヴィチの手の中に振りおろした。この種の同志的な別れの挨拶は、その後、ロシアの革命家たちの間で広まることになった。

「かくして」と、ストランノリュプスキーは自らの比類なき評伝の最良の章の冒頭で感極まったように言う。「チェルヌィシェフスキーは逮捕されたのだ!」逮捕のニュースは夜のうちに町を駆けめぐった。沸き立つような憤慨で胸を詰まらせた者、拳を握りしめた者は、一人や二人ではなかった……。しかし、意地悪い嘲笑もまた少なからずあったのだ。やっぱりね、あの乱暴者が片づけられた、というわけである。女流作家の——もっとも、ちょっとおつむの弱い女だが——コハノフスカヤに言わせれば、「大声で叫んでいたあの図々しい不作法者」が片づけられてせいせいした、ということになる。その先でストランノリュプスキーは当局が取り組む羽目になったややこしい作業の模様を、くっきりと描き出していく。それは「存在しなければならなかったのに、実際には存在しなかった」有罪の証拠を作り出すという仕事だった。というのも、この上なく奇妙な状況が生じていたからだ。「法的にはどこにも手や足を掛けるところがないため、足場を組んで法律がよじ登って作業できるようにしなければならなくなった」のである。それゆえ当局は、法律によって取り囲まれた真空が本物に満たされたらすぐにすべての台座を慎重にはずせるものとの目算をもって、実態のない「偽の数量」を操ることとしたのだった。チェルヌィシェフスキーに対して企てられた裁判の事件は、幻だった。しかしこれは現実に存在する罪の幻だった。そして外側から人工的に、あれこれの策を弄してからめ手から、問題に対するある種の解答のようなものを見つけることに成功したのだった。それはほとんど本物の解答に一致するようなものだったのだ。

ここにЧ《チェー》、К《カー》、П《ペー》という三つの点がある。まず、ЧК《チェーカー》（チェーカーは、ソ連初期の「非常委員会」（政治警察の初期の名称）の略称にもなる）という一つの辺が引かれる。チェルヌィシェフスキー（Ч）のために、当局は退役槍騎兵フセヴォロド・ドミートリエヴィチ・コストマーロフ（К）を選び出した。彼はつい前年の八月に煽動的な出版物を秘密に印刷した廉で一兵卒に降格されたばかり、少々狂気じみた、ペチョーリン的なところがあり、しかも詩も書くという男だった。彼は外国の詩人たちの翻訳家として、文学にムカデのような足跡を残している。次にもう一つの辺、КП《カーペー》（カーペーはソ連時代の「共産党」の略称でもある）が引かれる。ピーサレフ（П）は『ロシアの言葉』誌でコストマーロフの翻訳を取り上げ、「高価な三重冠《ティアラ》がそこでファラ（「灯台」を意味するフランス語のphare（ファール）をロシア語形にした新語）のように燃え上がり」（ユーゴーより）という訳文に関して訳者を罵倒する一方で、バーンズの詩の「単純で心を打つ」訳し方を賞賛し（「なによりも、なによりも、みんな正直で……みんなでお祈りを……人がみんな、なによりもきょうだいでありますように」）、コストマーロフがハイネについて述べた、悔い改めない罪人として死んだという読者に対する一種の密告のような物言いに関しては、この「恐ろしい摘発者」に対して「自分自身の社会活動をじっくり眺めてみたらどうか」と辛辣な助言を与えている。コストマーロフの異常性はいろいろな点に現れていた。やたらに凝った文章を狂ったように書きまくったし、フランス語の語句をふんだんにちりばめた偽の手紙のできばえも（注文に応じて書いたにもかかわらず）無意味で夢遊病的だったし、さらには、プチーリン（刑事）宛ての報告書に「フェオファン・我らの父《オッチェナシ》ェンコ」とか「残忍王《リュートゥイ》ヴェンツェスラフ」といった署名をするのも、拷問者がはしゃいでいるような印象を与えた。実際に彼は寡黙で陰気なところは確かに残忍な感じがしたし、不吉さと偽物くささを漂わせ、威張り屋のくせに打ちひしがれた様子でもあった。彼は世にも珍しい能力に恵まれていて、例えば、女の筆跡で字を書くことができ、それを「満月の夜にタマーラ女王が自分の中に宿る」からだと自分で説明した。筆跡を多数使い分けられるうえに、彼の普段の筆跡がチェルヌィシェフスキーの書いた字に似ているという事情（運命のもう一つの悪ふざけではないか！）があって、この眠たげな様子の裏切り者の価値は著しく高いものになった。「地主領農民たちに」という檄文がチェルヌィシェフスキーによって書かれたことの傍証とするために、コストマーロフにはまず第一に、この檄文の中の一つの単語を訂正してほしいという依頼を含む、チェルヌィシェフスキーからとおぼしきメモを、第二にチェルヌィシェフスキーが革命運動に積極的に参加していることの証明を含むような手紙（「アレクセイ・ニコラエヴィチ」宛て）を作るという任務が与えられた。そのどちらの仕事もコストマーロフは手早くやってのけた。筆跡が偽造されたものであることは火を見るよりも明らかである。最初のうちそれは入念なのだが、やがて偽造請負人は仕事に飽きたのか、急いで片づけようとしているからだ。例えば「Я《ヤー》」（ロシア語で「私」の意味）という単語を取ると、この文字はチェルヌィシェフスキーの本物の原稿では最後に真っすぐ脇に伸びるしっかりとした直線で終わっていて、その線はいくらか右側に湾曲しているほどなのだが、偽造された手紙ではこの線は妙に威勢よく左のほう、つまり頭のほうに湾曲していて、まるで文字が挙手の礼をしているように見える。

　こういった準備作業が進行している間、ニコライ・ガヴリーロヴィチはペテロ＝パウロ要塞監獄のアレクセーエフスキー半月堡に勾留されていて、そのすぐそばには彼より四日前に投獄された二十二歳のピーサレフがいた。こうして直角三角形の斜辺Ч《チェー》П《ペー》が引かれ、宿命の三角形が確定した。監獄暮らしは最初のうち、チェルヌィシェフスキーにとって辛いものではなかった。しつこい訪問客がいなくなって、かえってほっとしたくらいだ……。しかし未知なるものの静けさが、やがて彼を苛立たせることになった。「深い」マットが廊下を歩きまわる歩哨たちの足音を、余すところなく完全に吸収した……。そちらからは時計の打つ古典的な音が聞こえてくるだけで、その響きは長いこと耳のなかで震え続けた……。それは描写するために作家から夥しい「多重点」、つまり「……」を要求するような生活だった……。それは悪しきロシア的孤独というものだった。善き群衆についてのロシア的夢想はこういう孤独から生まれる。緑色のラシャのカーテンの端をちょっと持ち上げれば、歩哨は扉の覗き穴から、囚人の様子を観察することができた。囚人は緑色の木製のベッドの上か、あるいはやはり緑色の椅子に腰をおろし、綿ネルのガウンを着て、ひさしのついた帽子をかぶっていた。ちなみに、**シルクハット**でさえなければ、自分自身の帽子をかぶることは許されていたのだ。それは政府が立派な調和の感覚を持っていたことの証でもあるが、陰画《ネガティヴ》の法則によってかなりしつこいイメージを作りだすことにもなった（ピーサレフはと言えば、トルコ帽をかぶっていた）。ペンは鵞ペンでなければならなかった。書くことは緑色の小さな机でなら許された。その机には引き出しがついていて、引き出しの底だけは色が塗られておらず、まるでアキレスの踵のような弱点になっていた。

　秋が過ぎてゆく。監獄の中庭にはナナカマドが生えていた。囚人第九号は散歩が嫌いだった。しかし、散歩の時間には監房が捜索されるのだろう、ということはつまり、散歩を拒否すれば、自分の監房に何かを隠しているのではないか、という疑念を監獄当局に抱かせるおそれがある、と考えて（いかにも彼らしいねじくれた考えの道筋である）彼は最初のうちは毎日散歩に出たのだった。

しかし、そうではないと（監房のあちこちに目印の糸屑を残していくという方法によって）確信できると、彼は心も軽やかに書き物に取りかかった。冬が来るまでにはシュロッサーの翻訳を終え、ゲルヴィヌスやマコーレーに取りかかった。そして翻訳だけでなく、あれこれ自分の文章も書いていた。彼の「日記」を思い出そう。そして遥か昔に駆け抜けていった段落から、要塞監獄での彼の著作に関わりのある行末の文章を拾い集めようか……。いや、それとも、もっと昔にさかのぼり、私たちの回転する神秘的な物語の冒頭のページですでに回り始めていた「涙の主題」にまで戻ったほうがいいだろうか。

　私たちの目の前にあるのは、一八六二年十二月五日付の、チェルヌィシェフスキーが妻に宛てた有名な手紙である。これは塵芥にも等しい大量の著作の中で輝く黄色いダイヤモンドだ。私たちが目にするこの筆跡はこわばって美しくはないが、驚くほど読みとりやすく、語末の尻尾がきっぱりと跳ね上がり、「Р《ルツイ》」や「П《ポコイ》」の文字はくねった環のよう、硬音記号は幅の広い思いのこもった十字架のようだ。そしてもう長いこと味わったことのない純粋な感情が――そのおかげで突然息をするのが楽になるような、そんな感情が――私たちを包みこむ。ストランノリュプスキーはこの手紙をもって、チェルヌィシェフスキーの長いとは言えない全盛期が始まったとしているが、その指摘は正しい。彼のすべての情熱、彼に割り当てられたすべての意志力と思考、民衆蜂起のときに轟きわたるべきもののすべて、轟きわたってほんの短い期間であろうと最高権力を手中に収め……ロシアにはめられた轡《くつわ》を引きちぎり、ひょっとしたらロシアの唇を血で赤く染めさせるかもしれないもの――そのすべてがいまや彼の手紙のやりとりの中に病的なはけ口を見出したのだった。単刀直入に言って、これこそはだいぶ前からひっそりと成長を続けてきた、彼の人生の弁証法すべての栄冠であり目的だった。それは、彼の件を審理する委員会宛ての、鉄のように強烈な憤激に満ちたこれらの書簡の数々や――彼はそれを妻への手紙の中に忍び込ませたのだった――、次々に挙げられていく論拠の勝ち誇ったようなこの怒り、鎖の音をじゃらじゃら響かせるこの誇大妄想を見ればよくわかる。「人々は私たちのことを感謝の念をこめて思い出すことでしょう」と、彼はオリガ・ソクラートヴナに書いている。実際、彼は正しかったのだ。まさにこの音こそが、十九世紀の残された空間全体に広がって響き渡り、何百万もの田舎者のインテリゲンチャの心臓を高鳴らせ、誠意と感謝で満たしたのだった。私たちはすでに、辞書編纂の計画について語られている手紙の部分には言及した。「アリストテレスがそうであったように」という言葉の後に、こんな言葉が続いている――「もっとも、私は自分の思想について語り始めた。それは秘密なのだ。私が君一人だけに教えることを、誰にも言わないように」「ここでは」と、ステクロフは注釈を加えている。「この二行の上に涙の滴が落ち、チェルヌィシェフスキーはにじんだ文字を書き直さなければならなかった」しかし、これはちょっと正確ではない。涙の滴がこぼれ落ちたのは、この二行を**書く前**のことであり、落ちた場所は紙の折り目のそばだった。二つの単語（一行目と二行目の冒頭）がちょうどこの湿った場所に来てしまって、うまく最後まで書けなかったため、チェルヌィシェフスキーはそれを新たに書き直さなければならなかったのだ（そのため、「秘……秘密」、「教……教えること」となった）。

二日後、彼は怒りを募らせ、自分につけいる隙がないという確信を深め、自分の裁判官たちの「叩きつぶし」に取りかかった。妻へのこの第二信は、以下の要点に整理することができる。第一、逮捕されるかもしれないという噂に関して、私はいかなる事件にも巻き込まれてはおらず、もしも私が逮捕されるようなことがあったら、政府は謝罪せざるを得なくなるだろう。第二、私がそう考えたのは、自分が尾行されていることを知っていたからだ。彼らはうまく尾行していることを自慢していたが、私は自慢をむしろあてにしていた。というのも、私がどんな風に暮らし、何をやっているか知れば、嫌疑は無用だと分かってもらえるという目算があったからだ。第三、そんな目算を抱いたのは愚かだった。なぜならば、わが国では何もきちんとできないということも、私は知っていたからである。第四、そんなわけで、私の逮捕によって政府は面目をつぶされた。第五、「我々〔警察側〕は」何をなすべきか？　謝罪？　しかし、もしもあの男〔チェルヌィシェフスキー〕が謝罪を受け入れず、「君たちは政府の面目をつぶしたじゃないか、私の義務はそのことを政府に説明することだ」などと言いだしたらどうするか。第六、だから不愉快なことは遠ざけておくに限る。第七、しかし政府は、チェルヌィシェフスキーは有罪なのかとときおり尋ねてくる。そして政府は最後には回答を得るだろう。第八、この回答こそを私は待っているのだ。

「かなり興味深いチェルヌィシェフスキーの手紙の写し」と、ポターポフは鉛筆で書き込んでいる。「しかし、彼は間違っている。誰も謝罪などすることにはなるまい」

そのわずか数日後に彼は『何をなすべきか』を書き始めた。そして一月十五日にはもう、第一回分をプィピンに送っていた。さらにその一週間後には第二回分を送り、プィピンはそのどちらも『同時代人』に載せてもらうために、ネクラーソフに渡した。この雑誌は二月からまた発行許可が下りていたのである。そのときは『ロシアの言葉』も、同様の八か月にわたる発禁処分を経て、再び発行を許可されていた。そして雑誌が儲けをあげることをせっかちに期待しながら、トルコ帽をかぶった危険な隣人は、すでにペンをインクに浸していた。

だが、そのとき何らかの神秘的な力がそれでも働いて、チェルヌィシェフスキーをせめてこのわざわいから救い出してやろうと決断していたのを確認できるのは、嬉しいことだ。彼が特に辛い状況に追い込まれたのは――これが同情せずにいられるだろうか？――二十八日のことで、彼の度重なる非難に業を煮やした当局が妻との面会を許可しなかったのである。そこで彼はハンガーストイキを始めた。これは当時のロシアではまだ目新しいもので、それを見せる側も気がきかなかった。番兵は彼がやつれていくことには気づいたが、食事はとっているように見えた……。しかし四日ほど経って、監房の腐臭に驚いた看守たちが、監房の中をくまなく調べた結果、固形の食べ物は本の間に隠され、キャベツ汁は壁の隙間から流されていたことが判明した。二月三日の日曜日、午後一時過ぎ、要塞監獄付の軍医が囚人を診察し、彼は血色が悪く、舌はかなりきれいで、脈拍はいくらか弱め、という診断を下した。そしてちょうどその日、同じ時刻にネクラーソフが辻馬車に乗ってデムート・ホテルから、リテイナヤ通りとバセイナヤ通りの角にある自宅に戻る途中、隅に紐を通して綴じ合わせた原稿が二束入った包みを失くしてしまったのだ。原稿には『何をなすべきか』という表題が書かれていた。絶望ゆえの正確さをもって彼は自分が来た道をすべて思い出したが、馬車で家の前に乗り付けたとき、財布を取り出すために原稿の包みを脇に置いたことは思い出せなかった。ちょうどそのとき馬橇が向きを変え……雪の上を滑って軋む音がし……『何をなすべきか』はいつの間にか転がり落ちていたのだ。これこそまさに、神秘の力が――この場合は遠心力だったが――本を押収してしまおうとする試みだった。もしもこの本が幸福な運命を辿れば、その著者の運命に破滅的な影響が現れるに違いなかったからだ。しかし、試みは成功しなかった。マリインスカヤ病院のそばの雪の上で、大家族を抱えた貧乏な役人がその薔薇色の包みを拾ったのだった。家に帰ってから、彼は眼鏡をかけ、拾得物をじっくりと調べた……すると、これは何かの著作の冒頭であることがわかり、彼は身震いすることもなければ、のろのろした指を火傷させることもなく、包みを脇に押しやった。「破り棄てるんだ！」と、絶望に駆られた声が懇願したのも空しかった。『サンクト・ペテルブルク市警察報知』に、遺失物についての広告が掲載された。役人は包みを指定された住所に届け、約束の謝金を受け取った。銀貨で五十ルーブリだった。

その間にも、ニコライ・ガヴリーロヴィチに食欲を刺激するための水薬を投与することになった。彼は二度それを服用し、それからひどく苦しくなって、もうこれ以上そんな薬は飲まない、なぜならば自分が食べないのは食欲がないからではなく、気まぐれのせいなのだ、と言明したのだった。六日の朝、「苦痛の兆候の判別に未熟なため」彼はハンガーストライキを中止し、朝食を取った。十二日にはポターポフは、チェルヌィシェフスキーが完全に恢復するまで、委員会は彼が妻と面会することを許可できない、と要塞司令官に通告した。翌日、要塞司令官は、チェルヌィシェフスキーはもう健康で、ものすごい勢いで執筆に取り組んでいる、と報告した。オリガ・ソクラートヴナがやって来て、自分の健康のことや、プィピン家の人々、そしてお金がないことについて、嵐のように愚痴を浴びせかけた。それから彼女は、涙を流しながらも夫が伸ばした顎ひげのことを笑い始め、最後にはすっかり落胆して、彼を抱きしめにかかった。

「もういいから、さあ、もういいから」と、彼は落ち着き払って言った。そのときの室内用の生ぬるい口調は、妻との関係において彼がいつも変わらず守っていたものだ。彼は妻を情熱的に、絶望的に愛していた。「私が釈放されないなどと考える根拠は、私にも、他の誰にもない」と、彼は別れ間際に特別な力をこめて言った。

さらに一月が過ぎた。三月二十七日には、コストマーロフとの対審が行われた。フセヴォロド・ドミートリエヴィチは不機嫌そうな顔でじろりとにらみ、見え透いた嘘ばかりを並べていた。チェルヌィシェフスキーはいかにも嫌そうな顔をして薄笑いを浮かべ、とぎれとぎれに、軽蔑しきったように答弁した。彼の優位は皆の目に焼きついた。「考えてもみたまえ」と、ステクロフは感嘆する。「このときに彼はあの生きる喜びに満ちた『何をなすべきか』を書いていたのだ」

なんということだろう！『何をなすべきか』を要塞監獄で書くことは驚異的というよりは、むしろ無分別なことだった。それが裁判に結びつけられてしまったこと一つを取っても、それはわかるだろう。とにかく、この小説が世に出た経緯はとびきり面白い。検閲がこの作品の『同時代人』誌掲載を許可したのは、これが「なにやら最高度に非芸術的な代物」であって、きっとチェルヌィシェフスキーの権威を失墜させ、この作品のせいで彼は笑いものになるに違いない、と期待してのことだった。実際のところ、この小説の中の例えば「軽い」場面などはたいしたしろものである。「ヴェーロチカはコップ半杯を自分の結婚のために、もう半杯を仕事場のために、もう半杯をジュリー自身のために飲まなければならなかった（ジュリーというのは以前はパリの売春婦。いまは登場人物の一人の人生の伴侶なのだ！）。彼女はジュリーとともに騒音と叫び声とがやがや騒がしい話し声を立てた……取っ組み合いを始め、二人揃ってソファに倒れ込んだ……そしてもう起き上がりたくなくなり、ただひたすら叫び続け、大声で笑い続けたかった。そして二人とも寝てしまった」ときにその文体は、兵士が語る庶民的な作り話のようでもあり、また……かのソ連の風刺作家ゾシチェンコのようでもある。「お茶の後で……彼女は自分の部屋に戻り、ちょっと横になった。そして自分のベッドの中で読書を始めるのだが、本は下に降りて視界から消え、ヴェーラ・パーヴロヴナにはこんな風に思われた。『どうしてわたし、このところときどきちょっぴり退屈になったのかしら』」魅力的な文法上の間違いもたくさんある。見本を一つだけ挙げてみよう――肺炎になった医者が同僚を呼んだとき、「長いこと二人は、自分たちのうちの一人の脇腹を触診していた」。

しかし、誰も笑わなかった。ロシアの大作家たちでさえも笑わなかった。ゲルツェンさえも、「ひどい出来だ」と認めながらも、すぐに留保をつけた。「別の面から見れば、たくさんの優れたところ、健全なところもある」とはいうものの、その先でやはり我慢しきれなくなり、小説の結末は単なる社会主義共同体《ファランステール》ではなく、「売春宿の社会主義共同体《ファランステール》」みたいになっていると苦言を呈している。というのも、もちろん、避けがたいことが起こってしまったからだ。清純この上ないチェルヌィシェフスキーは、その種の場所を訪れたことなど一度もなく、共同体的な愛をひときわ美しく描き出したいと素朴に願ったのはいいが、単純な想像力しか持ち合わせていないため、知らず知らず無意識のうちに、よりによって花街の伝統が作りあげた月並みな理想に辿りついてしまったのだった。彼の小説に出てくる、人間関係の自由と平等に基づいて行われる陽気な舞踏会は（一組、また一組と、男女が連れだって姿を消してはまた戻ってくるのだ）、ついでながら、なんだか『メゾン・テリエ』（娼館をめぐるモーパッサンの小説）の結末のダンスパーティにやけに似ている。

そうは言っても、この長篇の冒頭が掲載された雑誌の古ぼけたバックナンバー（一八六三年三月号）を手に取るとき、心の震えを禁ずることはできない。同じ号には、ネクラーソフの詩「緑のざわめき」（「耐えられる間は耐えるのだ……」）も、アレクセイ・トルストイの歴史長篇『白銀公爵』を嘲笑ってさんざんこきおろした文章も載っている……予期された嘲笑のかわりに、『何をなすべきか』の周りにはただちに、誰もが例外なく敬虔に崇めるような雰囲気が作り出された。この小説はまるで祈禱書のように読まれた。トゥルゲーネフやトルストイの作品でさえも、これほど強烈な感銘を読者に与えたものは一つもなかったのだ。天才的なロシアの読者は、無能な小説書きが表現しようと思ってもうまくいかなかった善きものを理解したのだった。政府は自らの誤算を認めて、小説の掲載を中止させるべきだった、と思われるかもしれない。だが政府ははるかに賢い行動をとった。

チェルヌィシェフスキーの監獄の隣人もいまでは執筆を始めていた。十月八日に彼は要塞監獄から『ロシアの言葉』のために、「ロシア小説について思うこと」という論文を送ったのだが、その際、元老院はペテルブルク総督に、これはチェルヌィシェフスキーの長篇『何をなすべきか』の分析に他ならず、この著作を賞賛し、そこに含まれている唯物論的思想を詳しく展開したものであると通告した。そして、ピーサレフという人物については、彼が精神病を患って治療を受けたことがあると指摘した。「抑鬱性痴呆症《デメンティア・メランホリカ》」のため、一八五九年に彼は四か月を精神病院で過ごしていたのである。

子供の頃、ピーサレフは自分のノートを一冊ずつ虹色のカバーで着飾らせていたものだが、それと同じように一人前の男になってからも、急ぎの仕事を突然放り出して、本の挿絵の木版画に丹念に色を塗り始めたり、あるいは田舎に行くとき、サラファンに使う更紗を使って赤と青に染めた夏物のスーツを仕立屋であつらえたりした。彼は功利主義者を自称していたけれども、その精神病の際立った特徴になっていたのは、一種の変態的な美的趣味である。あるとき、学生集会の最中に彼は突然立ち上がり、優美に曲げた手を挙げ、まるで発言の許可を求めるかのようだった。そしてこの彫刻のようなポーズのまま、卒倒して意識を失ったのだった。また別のあるときは人の家に呼ばれ、居合わせた人たちの驚愕をよそに服を脱ぎ始めた。陽気にぱっぱっと脱ぎ捨てられていったのは、ビロードの上着、色とりどりのチョッキ、格子縞模様のズボン……と、ここまで来たところで、彼はなんとか取り押さえられた。可笑しいのは、ピーサレフについて論評しながら、彼を「快楽主義者《エピキュリアン》」だと呼ぶ人たちがいることで、その際引き合いに出されるのは、例えば、母に宛てた彼の手紙である。そこには毒々しく、歯を食いしばって言ったような、耐えがたい語句がちりばめられ、人生は素晴らしいといったことが書かれているのだ。また彼の「醒めたリアリズム」を素描するために引用されるのは、要塞監獄から見知らぬ若い娘に出した求婚の手紙だが、これは見かけは事務的で明晰だが、実際には完全に狂気の沙汰としか言いようのないものだろう。「君は僕の人生を照らし出し、暖めてくれるであろう女性なのです。あのライサは、ハンサムな伊達男の首っ玉にかじりついて、僕の愛をはねつけてしまった。君こそは僕のその愛をすべて受け取ることになる女性です」

当時の社会を不穏にしたあれこれの騒乱全般に多少関わったという廉で――ただし、この騒乱というのはそもそも、印刷された言葉、なかんずく地下で印刷された言葉に対する盲信に基づいていたのだが――四年の禁固刑に服していたピーサレフはいまや、差し入れてもらっている『同時代人』誌上で『何をなすべきか』の連載が進んでいくにつれて、この長篇についての評論を要塞監獄から書き送った。元老院は当初、彼の賞賛が若い世代に有害な影響を与えるのではないかとの危惧を表明したが、この場合、政府にとって何よりも重要なのは、コストマーロフがチェルヌィシェフスキーの「特別な手法」の一覧の中でほんの輪郭しか描いていない彼の有毒性の全体像を、ピーサレフの評論を通じて得るということだった。「一方では」と、ストランノリュプスキーは言う。「チェルヌィシェフスキーに要塞監獄で長篇の生産を許し、他方では彼と同獄の囚人ピーサレフにこの長篇の意図を解説する論文の生産を許すという政府の行動は完全に意識的なものであり、政府はチェルヌィシェフスキーが腹の中を洗いざらい吐き出すのを興味津々と待ち受け、そこから何が――孵化器の中の隣人のおびただしい分泌物とあいまって――生ずるか、観察していたのだ」

仕事はすいすい進み、多くのことを約束していた。しかしコストマーロフには圧力をかけなければならなかった。というのもいくつかのはっきりした有罪証拠が必要だったのに、チェルヌィシェフスキーは相変わらずくどくどと細かい点にこだわっていきり立ったり、嘲笑したりするばかりで、委員会を「いたずら小僧」の集団とか、「完璧にばかな、支離滅裂の底なし沼」などと呼んでいたからである。そのため当局はコストマーロフをモスクワに連れていき、そこで彼の清書係を務めていた、飲んだくれの乱暴者のヤーコヴレフという町人から、重要な証言を引き出した（彼はそのご褒美に外套を一着もらったが、それを酒代に換えてトヴェーリで飲んでしまった。しかもあまりに派手に騒いだので、矯正院に放り込まれ、拘束衣を着せられた）。つまり、ある夏、時節がら庭園の四阿で書類の清書をしていたとき、ニコライ・ガヴリーロヴィチとフセヴォロド・ドミートリエヴィチが互いに手を取り合って（正確なディテールだ！）、支援者たちから地主領農民へ送る挨拶について話し合うのを彼は耳にしたとか言うのである（ここでは真実と、こう言うようにと吹き込まれたことが混ざっているようで、それを見分けることは難しい）。二度目の尋問の際、新たに燃料を補給してきたコストマーロフを前にして、チェルヌィシェフスキーは、一度だけ彼の家に行ったことがあるけれども、彼には会えなかった、と言ったが、そんなことを言うこと自体あまり得策ではなかっただろう。彼はその後で、力をこめて付け加えた。「白髪になっても、死んでも、この供述を変えるつもりはない」そして、檄文の著者は自分ではない、という供述書を書く彼の筆跡は震えているが、それは驚愕のせいというよりは、激しい怒りのせいだろう。

いずれにせよ、大詰めが近づいていた。まず元老院の決定が出た。それは大いに高潔な精神を示して、ゲルツェンとの非合法な関係については立証されていないと認めた（ゲルツェンのほうが元老院についてどのような**決定**を下したかについては、この先のカギ括弧内を参照のこと）。「地主領農民たちに」という檄文に関して言えば……偽造文書と買収の垣根にはすでに実がなっていた。チェルヌィシェフスキーが檄文を書いたとする、元老院議員たちの揺るぎない道徳的な信念は、「アレクセイ・ニコラエヴィチ」宛ての手紙によって法的な証拠に変容していた（「アレクセイ・ニコラエヴィチ」というのは、どうやらプレシチェーエフのことのようだ。穏やかな詩人で、ドストエフスキーに「すべてにおいて金髪《ブロンド》」と呼ばれた人物だが、なぜか誰も彼のことについてはこだわらなかった）。そんなわけで、チェルヌィシェフスキーという人物が裁かれているように見えて、じつは有罪の判決を受けたのは、彼の――瓜二つの――亡霊だったのだ。でっちあげられた罪は、素晴らしいメーキャップを施されて、本物そっくりに見えた。判決は比較的――この手のやり方で一般的に案出できるものと比べて――軽かった。鉱山での十四年間の懲役刑、その後シベリアに死ぬまで居住することである。この決定は元老院の「野蛮な無学者たち」から国家評議会の「白髪頭の悪党ども」に送られ、全面的な賛同を得て皇帝のもとに届けられた。皇帝は懲役期間を半分に短縮したうえで、それを承認した。一八六四年五月四日、判決はチェルヌィシェフスキーに宣告され、十九日の午前八時頃、ムィトニンスカヤ広場で彼の処刑が行われた（「処刑」は、ここでは公民権剝奪の儀式を指す）。

小雨がそぼ降り、傘の列が波打ち、広場はぬかるみ、すべてが濡れていた。憲兵の制服も、黒ずんだ処刑台も、鎖のついた、雨できらきら光る黒い柱も。突然護送用の馬車が現れた。そこから異様な速さで、まるで飛び降りるように出てきたのは、外套を着たチェルヌィシェフスキーと、農民のような風貌の二人の死刑執行人である。三人とも足早に兵士たちの列の前を処刑台に向かった。群衆は揺れ、憲兵たちが前の列を押し戻し、あちこちで「傘をたたんで！」という抑えた叫び声が響いた。もう内容がわかっている判決文を役人が読みあげている間、チェルヌィシェフスキーは物憂げな顔であたりを見回し、ひげをひねったり、眼鏡を直したりし、何度か唾を吐いた。朗読者が舌をもつれさせながらなんとか「社《さ》会《かい》主《す》義《ぎ》思《し》想《そう》」と発音すると、チェルヌィシェフスキーは微笑み、すぐに群衆の中に誰かの姿を目にとめ、うなずき、咳払いをし、足踏みをした。外套の下からは、黒いズボンがオーバーシューズの上に垂れてアコーディオンのような襞になっているのが見えた。そばに立っている者たちには、彼の胸に細長い板がかかっていて、そこに白いペンキで「国事」と書いてあるのが見えた（本当は「国事犯」なのだが、最後の音節が見えなかったのだ）。朗読が終わると、死刑執行人たちが彼をひざまずかせた。年長のほうの執行人がぶん殴るように手を振って、後ろ向きに梳かした、明るい亜麻色の彼の長髪から帽子を払い落とした。広い額をてかてか光らせ、顎のほうが細くなった顔がいま下を向き、鋸で雑に切り込みが入れられて剣がぽきんと折られた（公民権剝奪の際の儀式）。それから、彼らは異様に白く弱々しく見える両手をつかみ、柱に固定された黒い鉄の手枷をはめた。そのままの恰好で、彼は十五分ほども立っていなければならなかった。雨脚が激しくなり、死刑執行人の一人が帽子を拾い上げ、彼の頭に目深に被せた。チェルヌィシェフスキーはゆっくりと、苦労して——手枷がじゃまをしたのだ——その帽子をかぶり直した。左側の塀の向こうには、建設中の家の足場が見えた。そちらの側から労働者たちが塀の上によじ登り始め、ブーツがこすれる音が聞こえた。そして彼らは塀の上にのぼってしまうと、そこにしがみついて、遠くから罪人を罵った。雨は降り続いていた。年長の死刑執行人は銀時計をちらちら見ていた。チェルヌィシェフスキーは目を上げないまま、手首を微かにひねろうとした。突然、上流社会の人の群れから、花束が次々に飛んできた。憲兵たちは跳び上がって、それが飛んでいるところを横取りしようと試みた。空中で炸裂したのは薔薇の花。何度か瞬間的に世にも珍しい組み合わせを見ることができた——花輪を頭に載せた警官の姿だ。黒いマントを着た、髪を短く切ったご婦人たちがライラックを投げた。その間にチェルヌィシェフスキーは鎖から急いで外され、死体は運び去られた。いや、筆が滑った。悲しいかな、彼は生きていた。陽気な顔さえしていた！ 学生たちは護送用の馬車と並んで走り、叫び声を上げた。「さらば、チェルヌィシェフスキー！ また会う日まで！」彼は窓から身を乗り出し、笑い、学生たちの中でも一番血気にはやって走り続ける連中に向かって指を立て、たしなめるような仕草を見せた。

「悲しいかな、生きていた」——と私たちはいま慨嘆した。無意味な二十五年を経て、葬式をしてもらうというのがチェルヌィシェフスキーのめぐりあわせとなったわけだが、そんな運命よりも、恐るべき繭にくるまれた絞首刑者が一瞬びくっと身震いするだけで済む死刑のほうがいいに決まっているではないか。シベリアに送られたとたんに、忘却の魔手が彼の生きたイメージにゆっくりと爪を掛け始めたのだ。いや、もちろん、学生たちは長年にわたって、『何をなすべきか』を書いた人のために乾杯しようじゃないか……」と歌い続けた。しかし、私たちが乾杯するのは、過去のため、過去の輝きと誘惑のため、偉大なる影のためなのだ。それに対して、どこか伝説的に遠く辺鄙な場所でヤクートの子供たちに不恰好な紙の小舟を作ってやる、チックで顔面を震わせるさえない老人などのために、いったい誰が乾杯するだろうか？　私たちは断言するが、『何をなすべきか』という本は、その著者の個性の熱をすべて引き出してこの一冊の中に集めているのだ。この熱というものは、救いがたく理屈っぽいその思想的な立論の中にはなく、いわば言葉と言葉の間に隠れているのであり（パンだけがそんな風に熱くなることができる）、そして時とともに四散して消えてしまう運命を避けることができない（パンだけがそんな風に干からびることができる）。今日では、この小さな死んだ本に含まれた亡霊のような倫理にまだ興味を持つことができるのは、どうやらマルクス主義者だけのようだ。全体の利益の定言的命令に軽やかに自由に従うこと――これこそが、研究者たちによって『何をなすべきか』の中に見出される「理性的利己主義」なのである。ここで楽しい息抜きのために、ちょっと思い出しておこう。カウツキーの推量によれば、利己主義の観念は商品生産の発達と結びついており、プレハーノフが導き出した結論によれば、チェルヌィシェフスキーはやはり「観念論者」なのだ、なぜならば彼においては結局、大衆は計算に基づいてインテリゲンチヤに追いつかなければならず、計算こそは**意見**なのだから。しかし、ここでは事情はもっと単純である。計算がありとあらゆる行動の（あるいは偉業の）基礎だという考えを突き詰めると、計算それ自体がしばしば英雄的（！）なものだ、などという不条理に行きついてしまう。どんなものでも、人間の思考の焦点に入ると、魂を持つようになる。そんな風にして唯物論者たちの「計算」もまた高貴なものになった。そんな風にして物質を一番よく知っている者たちにあっては、物質が神秘的な力の、肉体なき戯れと化したのだった。チェルヌィシェフスキーの倫理的な立論とは、例によって例のごとき永久機関を作ろうとする独自の試みなのである——この永久機関にあっては、物質というエンジンが別の物質を動かすのだから。それがうまく、利己主義‐利他主義‐利己主義‐利他主義、といった具合に回転してくれればいいのにと、私たちは強く願わずにはいられない。しかし摩擦のせいで歯車は止まってしまう。何をなすべきか？　生きて、読んで、考えることだ。幸福という人生の目的に到達するため、自分を成長させるように努力することだ。何をなすべきか？（しかし著者自身の運命は、実務的な疑問符のかわりに、嘲笑的な感嘆符を打ったのだった。）

もしもカラコーゾフ事件（皇帝アレクサンドル二世暗殺未遂事件。一八六六年四月四日）がなければ、チェルヌィシェフスキーはもっと早く、懲役を終えて流刑地に移されていただろう。しかし、カラコーゾフ一派の裁判で明らかになったのは、チェルヌィシェフスキーを脱走させ、彼に革命運動を率いてもらいたい、あるいは少なくともジュネーヴで雑誌を発行してもらいたいと彼らが考えていたということだ。しかもその際、日付を計算しているうちに、裁判官たちは『何をなすべきか』の中に皇帝暗殺計画の日付の予告を見つけてしまった。確かに、主人公のラフメートフは外国に脱出するとき、「三年後にはロシアに戻ることになるだろう、なぜならば、ロシアには今ではなく、そのときに、つまり二年ほど後に（この著者にとって典型的な、意味ありげな反復である）いる必要があるからだ」と、ついでのように口にしている。その一方で、小説の最後の部分には一八六三年四月四日という日付が記されているが、ぴったりその三年後の同じ日に、皇帝暗殺未遂事件が起きたのだった。そんなわけで、チェルヌィシェフスキーが金の魚のように可愛がっていた数字さえも、彼を陥れたのだった。

ラフメートフはいまでは忘れられている。しかし、当時彼は大いなる人生の学校を創設したのだった。この小説のスポーツ的かつ革命的な要素を、読者たちはなんと敬虔に吸収したことだろう。ラフメートフはボクシング選手の食事法（体力を強化するための肉食。『何をなすべきか』第三章参照）を取り入れた——それから弁証法的な食事法を。「そのため、もしも果物が出たら、彼は絶対にリンゴを食べ、絶対にアンズは食べなかった（貧しい人々がアンズを食べなかったから）。オレンジはペテルブルクで食べ、地方では食べなかった。おわかりのように、普通の庶民がペテルブルクではオレンジを食べるのに、地方では食べないからだ」

ここでちらりと見えたのは、子供のように膨らんだ広い額が突き出し、頬っぺたが二つの小さな壺のように膨らんでいる、若くて丸々とした顔である。この顔はどこから現れたのだろうか。白い折り襟のついた黒いドレスを着て、紐で時計を首にかけた、まるで病院の付き添い看護婦のような娘はいったい誰だろう？　一八七二年にセバストーポリにやって来ると、彼女は農民の日常生活を調査するために近隣の村をくまなく歩き回った。それは彼女がラフメートフ主義にかぶれていた時期で、藁の上で眠り、もっぱら牛乳とお粥《カーシャ》を食べた……。ここで私たちは最初の命題に立ち返って、もう一度繰り返そう。ペロフスカヤの一瞬で燃え尽きた運命のほうが、消え去ってゆく闘士の栄光より百倍も羨むべきものだ、と。というのも、長篇が掲載された『同時代人』のバックナンバーが人の手から手へと渡ってぼろぼろになっていくにつれて、チェルヌィシェフスキーの魅力もまた弱まっていったからだ。そして彼への尊敬の念は、心のこもった約束事にすぎなくなって久しく（それは心から取り出されると死んでしまうのだ）、一八八九年に彼が逝去した折にはもはや胸を躍らせることもできなかった。葬儀は静かに行われた。新聞での反響もわずかだった。ペテルブルクで彼を偲んで行われた追善供養には、故人の友人たちが行進のために平服の労働者を何人か連れてきたが、彼らは学生たちに刑事と間違われ、一人などは「エンドウ色の外套」（口語で秘密警察の探偵の意味）呼ばわりされたほどだった。しかし、それはある種の平衡を回復するものだった。ひざまずかされたチェルヌィシェフスキーを塀越しに罵ったのは、これらの労働者の父たちではなかったのだろうか。

その道化芝居じみた処刑の儀式の翌日、薄明のなか、「足には足枷をはめ、頭には思いを秘め」、チェルヌィシェフスキーはペテルブルクを永久に後にした。彼は旅行用馬車《タランタス》に乗っていったが、「道中、本を読むこと」が許されたのは、やっとイルクーツクを過ぎてからのことで、行程のうちの最初の一月半はひどく退屈だった。七月二十三日にはとうとう、ネルチンスク山岳管区の鉱山地帯カダヤに着いた。中国から十五露里《ヴェルスタ》、ペテルブルクから七千露里《ヴェルスタ》の所である。労働はほとんどさせられることなく、隙間もろくにふさがれていないあばら家に住み、リューマチに苦しんだ。二年が過ぎた。突然奇跡が起こった。オリガ・ソクラートヴナがシベリアの彼のもとに来るというのだ。

彼が要塞監獄に収容されている間、彼女は夫の運命などどこ吹く風といった調子で、田舎を飛び回っていたので、親戚は頭がおかしくなったのではないかと思ったほどだったという。夫が晒し者にされたときは、その前日に慌ててペテルブルクに飛んで帰ったのだが……なんと、二十日の朝にはもうさっさとどこかに行ってしまったのである。こんな風に軽々と熱に浮かされたように動き回れる彼女の能力を知らなかったら、彼女がカダヤくんだりまで行く能力があるなどとはとうてい信じられないだろう。彼はどんなに首を長くして彼女を待っていたことだろう。彼女は七歳のミーシャと、パヴリーノフ（孔雀を意味する「パヴリーン」から派生した姓）医師とともに（ここで私たちは再び美しい名前の領域に足を踏み入れることになる）、一八六六年の初夏に出発し、イルクーツクまで辿りついたところで、二か月も足止めを食わされた。そこで彼女が滞在したホテルには高貴でばかげた名前がついていた——ひょっとしたら伝記作者たちの歪曲かもしれないのだが、おそらくは、狡猾な運命が細心の注意を払って選びだしたものではないか。その名前はHôtel de Amour et Co.（愛（アムール）のホテル社）という。パヴリーノフ医師はその先に行くことを許可されず、彼の代わりに同行したのはフメレフスキーという血気盛んで、厚かましい酔っ払いの憲兵大尉だった（これは、あのパヴロフスクの伊達男の完成版といったところか）。到着は八月二十三日。夫妻の再会を祝うために、ポーランド人の流刑囚の一人で、カヴール伯爵の料理人だった男が——カヴールというのはイタリアの政治家で、かつてチェルヌィシェフスキーは彼についてさんざん悪口を書いたものだ——いまは亡き主人がたらふく食べたのと同じクッキーを焼いてくれた。ところが再会はうまくいかなかったのだ。驚くべきことに、人生がチェルヌィシェフスキーのために準備してくれた苦く英雄的なものすべてには、下劣な笑劇じみた味わいがつきまとったのだった。フメレフスキーはオリガ・ソクラートヴナにつきまとって離れず、彼女のジプシーのような目には何やらおびえたような、しかしそれでいて——ひょっとしたら彼女の意に反してだろうか——誘惑するようなものがほの見えた。彼女の好意が得られるならば、それと引き換えに脱走させてやってもいい、とまで彼は夫に申し出たとかいう話もある。しかし、夫のほうは断固としてそれを拒否した。要するに、この破廉恥な男がいつもそばにいることがあまりにも耐えがたくなったため（それにしても、何という計画を私たちは立てたものだろう！）、チェルヌィシェフスキーが自ら妻に帰るよう説得したのである。八月二十七日に彼女はそれに従った。つまり三か月の苦難の旅の後に、彼女が夫のもとにいたのは、そんなわけで全部でたったの**四日間**——四日間だ、読者諸氏よ！——だったのだ。こうして夫と別れた妻は、その後十七年以上も彼女と会うことはなかった。ネクラーソフは彼女に『ロシアの子供たち』という作品を捧げている。彼があの『ロシアの女たち』（流刑になったデカブリストの夫たちを追って、シベリアに赴き苦難をともにした貴族女性を描いた長篇詩）を彼女に捧げなかったのは、残念なことだ。

　九月下旬にチェルヌィシェフスキーは、カダヤから三十露里《ヴェルスタ》ほど離れたアレクサンドロフスキー・ザヴォートに移された。冬はその地の監獄で、カラコーゾフの一派や、蜂起に加わったポーランド人たちとともに過ごした。この獄舎にはモンゴル風の特徴が備わっていた——それは方言で「杭《パリ》」と呼ばれるもの、つまり監獄の周りにぎっしりと直立した状態で埋め込まれた柱のことである。「庭《サート》がなくても柵《パリサート》」と流刑囚の一人、元将校のクラソフスキーが洒落を言った。翌年の六月、観察期間を終えたチェルヌィシェフスキーは監獄から出て「自由流刑」の身分になり、堂守の家に間借りをしたが、この家主は顔が彼に瓜二つだった。視力がほとんどないように思える灰色の目、薄い顎ひげ、もつれた長い髪……。いつもほろ酔いで、いつもため息をついているこの男は、根掘り葉掘り質問をする詮索好きの人たちに、悲しそうにこう答えた。「いつも、いつも、書き物ばかりですよ、可哀そうに！」しかし、チェルヌィシェフスキーはそこに二か月と暮らせなかった。政治的事件の裁判で、彼の名前がいたずらに引き合いに出されたのだ。少々おつむの弱いローザノフという町人の証言によれば、革命家たちは「皇帝の血を引く鳥を一羽」捕まえて籠に入れ、「チェルヌィシェフスキーと交換しようとしている」ということだった。シュヴァーロフ伯爵からイルクーツク総督に電報が送られた。「移住ノ目的ハチェルヌィシェフスキー解放ニアリ。彼ニツイテ可能ナアラユル方策ヲ取ラレタシ」一方、彼と同時に自由流刑の身分になったクラソフスキーは逃亡した（そして追剝ぎに遭って針葉樹林《タイガ》で殺された）。そんなわけで、危険な流刑囚を再び監獄に入れ、一か月間手紙をやりとりする権利を剝奪する理由には事欠かなかったのである。

　隙間風に耐えがたいほど悩まされ、室内でも彼は毛皮の裏地のついたガウンも、子羊革の帽子も、決して脱ごうとしなかった。神経質なよろよろとした足取りで、風に吹かれた木の葉のように動き回り、彼の甲高い声がこちらと思えば、またあちらから聞こえてきた。彼の論理的な議論の方法は、ストランノリュプスキーの凝りすぎの表現によれば、「彼の義理の父と同名の人物（ソクラート、つまりソクラテス）流に」強化された。彼が住まいとしたのは「事務所」だった。つまりだだっぴろい部屋で、仕切りによって分けられ、大きいほうの部分では壁の全面に沿って低い板寝床がまるで演壇か、処刑台のように伸びていた。そこには、まるで舞台のように（あるいは動物園で、哀しげな猛獣が故郷を思わせる岩壁の真っただ中に置かれて見世物にされるように）ベッドと小さな机が載っていた――そもそも、この二つが彼の全生涯の家具であり、舞台装置だったのだ。彼は正午過ぎに起き、一日中お茶を飲んだり、ちょっと横になったりしながら、始終読書をし、本格的な書き物に取りかかるのは真夜中だった。というのも昼間は、すぐ隣にいる、彼にはまったく無関心なポーランドの民族主義者たち（ロシアの支配に対して蜂起して逮捕されたポーランド人）がバイオリンを弾こうなどという気を起こして、油の切れたような音楽で彼を苛んだからだ。彼らはもともと、車輪を作る職人だった。他の流刑囚たちに彼は、冬の間、毎晩本を読み聞かせてやった。ところがあるとき、気づいて見ると――夥しい「科学的な」逸脱を含む、ひどく込み入った物語を落ち着いて滑らかに朗読する彼が覗きこんでいた手帳は、じつは白紙で、そこには何も書かれていなかった。なんとも恐ろしい象徴ではないか！

　ちょうどその頃、彼は新しい長篇を書き上げていたのだった。まだ『何をなすべきか』の成功で頭が一杯だった彼は、新作からも多くのことを期待していた――主に期待していたのは、外国で出版した場合でも、その長篇が何らかの方法で家族にもたらしてくれるに違いないお金だった。その小説、つまり『プロローグ』は非常に自伝的である。すでにこの作品に触れたとき、私たちはそれがオリガ・ソクラートヴナの名誉回復のための独自の試みになっていることを指摘した。ストランノリュプスキーの見解によれば、そこにはまた、著者自身の名誉回復の試みも秘められているという。というのも、一方ではヴォルギンの影響力を強調して、「高官たちが彼の妻を通じて、彼に取り入ろうとした」ほどだったとしながら（高官たちは彼に「ロンドンとのつながり」があると考えていたのだ。ここで言うロンドンとは、できたてほやほやの自由主義者たちが死ぬほど恐れていたゲルツェンのことである）、他方ではヴォルギンの猜疑心、臆病、無為についてしつこいほどに力説しているからだ。彼は「ただひたすらに待っている、できるだけ長く、できるだけ静かに待っている」のである。頑固なチェルヌィシェフスキーは裁判官たちに繰り返し言っていたことを――つまり、「私のことは私の行動に基づいて判断すべきである。しかるに行動などはなかったし、あるはずもなかったのだ」という主張を――きちんと堅固なものにして、いわば論戦に決着をつけようとしているかのようだ。

『プロローグ』の中の「軽い」場面については、言わぬが花というものだろう。それらの病的なまでに詳細なエロティシズムを通して、妻への愛情のがちゃがちゃ鳴る音が聞こえてくるほどなので、ほんのちょっと引用しただけでもひどい愚弄のように見えてしまうだろう。だから私たちは、その頃彼が妻に宛てて書いた手紙の中に響く、こんなに澄んだ音を聞くことにしよう。「私の愛しい喜び、私はきみに感謝している。私の人生はきみによって照らし出されているのだから……」「この運命は、私個人にとって非常に有利なものだが、きみの人生にあまりに重い影を投げかけてしまった。でも、もしも、そんな風に思わなくていいのなら、私はここにいながらにして、全世界で一番幸せな人間の一人になっているだろう、私の愛しい人……」「私がきみに味わわせてしまった悲しみを、きみは許してくれるだろうか？……」

文筆によって収入を得たいというチェルヌィシェフスキーの期待は、実現しなかった。亡命者たちは彼の名前を勝手に使うだけではなく、その作品まで泥棒同然に海賊版で出してしまったのだ。

そして彼にとってまったく破滅的だったのは、彼を脱走させようとする試みの数々だった。試みそれ自体は大胆なものだが、私たちには無意味なものにも見える。というのも、時間の丘から見れば、「枷をはめられた巨人」のイメージと、自分を救い出そうとする者たちの努力に対してただ憤慨するだけだった実物のチェルヌィシェフスキーとの違いがよく分かるからだ。「この御仁たちは」と、後に彼は言ったものだ。「私が馬に乗れないということさえも、ご存じなかったんだ」こういった内的な矛盾の結果は、ばかげたことになった（その独特の陰影は、私たちにはもうだいぶ前からお馴染みのものだ）。噂を信ずるならば、イッポリート・ムィシュキンは憲兵隊将校に変装してヴィリュイスク郡警察署長の前に現れ、囚人の引き渡しを求めたというが、肩飾りを右肩にではなく左肩につけていたためにすべてをぶち壊してしまった。その前にも、一八七一年にはロパーチンによる試みもあったが、これは最初から最後までばかばかしくて話にならない。まずロンドンで彼が突然、それまで取り組んでいた『資本論』の翻訳を投げ出し、ロシア語を勉強して読めるようになっていたマルクスにこの「偉大なロシアの学者を《デン・グロッセン・ルシッシェン・ゲレールテン》」提供しようと思い立ったこと。そして地理学協会の会員になりすましてイルクーツクまで旅をしたこと（その際、シベリアの住人たちは彼をお忍びの査察官だと思い込んだ）。そしてスイスからの密告のせいで逮捕され、逃亡し、また捕まったこと。そして東シベリア総督に手紙を書き、その中で理解しがたい率直さを発揮して自分の計画についで洗いざらい語ってしまったこと。そのすべてがチェルヌィシェフスキーの運命をよりみじめなものにするだけだった。法的には流刑地での居住は、一八七〇年八月十日に始まるはずだった。しかし彼が別の場所に移送されたのはようやく十二月二日になってのことで、しかも、行ってみればそこは徒刑地よりもよっぽどひどい所だった。それがヴィリュイスクである。

「神に見捨てられ、アジアの長い引き出しの奥に忘れられたヴィリュイスクは」と、ストランノリュプスキーは言う――「ヤクート州の奥地、北東の彼方の、川に運ばれた砂が大量に堆積したところにできた小村で、針葉樹林《タイガ》の木にほぼ全面的に覆われた苔の生えた湿地に取り囲まれている」。住人（五百人）は、コサック、半ば未開のヤクート人、そして少数の町人である（それについて、ステクロフはじつに鮮やかに描きだしている。「地元の社会を構成していたのは、一組の役人夫婦、一組の聖職者夫婦、そして一組の商人夫婦である」まるでノアの方舟のようではないか）。チェルヌィシェフスキーはそこで一番いい家に入居させてもらった。そしてヴィリュイスクで一番いい家というのは、要するに監獄だった。彼の湿っぽい独房のドアには黒い防水布が張られ、二つの窓は、ただでさえ棒をびっしり組んで作った柵に直面しているのに格子がはめられていた。他に流刑囚がまったくいないため、彼は完全な孤独に陥った。絶望、無力感、だまされたという意識、深淵のように口を開ける不公平感、極地の生活の醜悪な欠陥――こんなことばかりで、彼はほとんど気が変になりそうだった。一八七二年七月十日の朝方、彼は突然鉄製のペンチで入り口のドアの錠を壊そうとし始め、全身を震わせながら、ぶつぶつ呟いたり、叫び声を上げたりした――「巡査のやつめ、夜の間、ドアに鍵を掛けるとは、どういう料簡だ？　皇帝か大臣のお出ましでもあるまいし」その彼も冬までには少し落ち着いたが、時折もたらされる報告によれば……ここで私たちは、研究者の誇りとなるような、稀に見る組み合わせの一つに出くわすことになる。

かつて、一八五三年のことだが、父が彼にこんな手紙を書いてきたことがある（それは彼の『イパーチイ年代記（十五世紀初めに編纂されたロシアの年代記）辞典の試み』に関してのことだった）。「何かお伽話みたいなものでも書いたほうがいいのではないかな……。お伽話はいまでも品のいい上流社会では流行っているのだから」それから多くの歳月を経て、チェルヌィシェフスキーは監獄の中である「学者にふさわしいお伽話」を思いつき、それを書こうと思っている、と妻に知らせるのである。そこでは妻は二人の娘の姿で描かれることになり、「学者にふさわしい、なかなかいいお伽話になるだろうね（これは父のリズムの反復だ）。年下の娘のにぎやかなおてんばぶりをあれこれ描いているとき、私は一人でどんなに大笑いしただろう……。年上の娘の悲痛な物思いを描いているとき、私は感激のあまりどれほど泣いたことだろう……それをきみに知ってもらえたら！」看守たちはこんな風に報告している。「チェルヌィシェフスキーは毎晩歌ったり、踊ったり、泣きじゃくったりしております」

ヤクーツクからの郵便は一月に一度だけしか来なかった。ペテルブルクの雑誌の一月号は、ようやく五月になって届いた。彼は進行した病気（甲状腺腫）を、教科書によって自分で治そうとした。学生時代に経験した、身も心も苛むような胃カタルがぶり返したが、ここでは新たな症状が現れた。チェルヌィシェフスキーが喜ぶだろうと思って経済学の本を送ってきた息子に対して彼は、『農民』や『農民的土地所有』と聞いただけで吐き気がする」と書いた。食べ物を見るだけでもむかついた。食べるものといったら、ほとんど粥《カーシャ》だけで、壺からじかに銀のスプーンで食べた。このスプーンは過去二十年の間に、陶製の壺の内壁にこすられているうちに四分の一は擦り減っていたが、そもそもこの歳月の間には彼自身が擦り減っていたのだ。暖かい夏の日には、ズボンをたくし上げ、浅い小川に何時間も立っていることもよくあったが、そんなことをしたら健康にいいわけはなかっただろう。あるいは、蚊よけのタオルを頭に巻き付け、まるでロシアの農婦のような姿になって、キノコ用の自分の編み籠を提げて森の小道を散歩したが、決して茂みの奥には入ろうとしなかった。葉巻入れを木の根元に置き忘れることもしばしばだったが、彼はその木がカラマツであってマツではないということがなかなか覚えられなかった。採集した花の数々は（その名前は知らなかった）煙草の巻紙にくるんで、息子のミーシャに送ってやったので、彼のところにはヴィリュイスクの植物相のちょっとした「標本集」ができあがった。そういえば、かつてヴォルコンスカヤ公爵夫人（流刑になったデカブリストの夫を追って、シベリアに来た妻たちの一人）も自分の孫たちに「チタの蝶および植物相のコレクション」を遺贈したのだった。あるとき、中庭に鷲が姿を現したことがある……「彼の肝臓を啄みに来たのだが」と、ストランノリュプスキーは書いている――「彼がプロメテウス[*26]だとは分からなかった」。

青春時代にペテルブルクの水が運河によって整然と分配されていることに彼は喜びを感じたものだが、それが今頃になって遅いこだまとなって響いた。つまり、何もすることがなくて、彼は運河をあちこちで掘り、ヴィリュイスクの住人がいつも使うお気に入りの道の一つをあわや水没させるところだった。彼はヤクート人に礼儀作法を教えることで啓蒙への渇望を癒そうとしたが、現地の住人は相変わらず二十歩手前から帽子を脱ぎ、そのままの姿勢でおとなしく身じろぎもしないで突っ立っているのだった。かつて彼が唱道した実務能力や分別は、ここでは結局、水をバケツで運ぶ際に手のひらを傷つける、毛を編んで作った〔弓型の〕取っ手の代わりに、木製の天秤棒を使うようにと助言するだけの話になってしまったが、ヤクート人は自分の習慣を改めはしなかった。賭けトランプ《ストゥーコルカ》に興じるか、中国産綿布《ダバー》の値段の議論に熱中するくらいしかやることのない小さな町で、社会活動を懐かしむうちに見つかったのは旧教徒（正教会から分離した信徒。古儀式派、分離派とも呼ばれる。国家権力に迫害された）たちで、彼らの窮境についてチェルヌィシェフスキーは恐ろしく詳しく長い覚書を（ヴィリュイスクでのいざこざまで含めて）書いて、皇帝宛てに平然と送り付け、この人たちは皇帝を「聖者として崇めている」のだから、慈悲をかけたらどうだろうか、となんだか友達に対するような調子で提言をした。

彼はたくさん書いたが、ほとんどすべて燃やしてしまった。身内には自分の「学問的な仕事」の成果は共感をもって受け入れられるに違いない、と伝えていたのだが、その労作もすべて灰となり、蜃気楼と消えた。彼がシベリアで生産した小説などの読み物の類も山ほどあるが、そのうち残っているのは『プロローグ』の他には、中篇小説が二、三と、書き上げられなかった「短篇《ノヴェッラ》」の連作くらいである……。彼は詩も作った。仕上がり具合からいえば、それらの詩は昔神学校で詩作法の課題として作ったものとまったく代わり映えしなかった。実際、彼はダヴィデ詩篇を神学校でこんな風にロシア語の詩にしていた――

私に委ねられた一つの義務
そは父の羊を牧すこと
若き日より誉歌《ほめうた》を歌いしは
造物主を称えるためなり

一八七五年に一度（プィピンに）、一八八八年に再度（ラヴロフに）彼は「古いペルシャの詩」を送っている。なんというひどい代物だろう！　ある一つの連では「彼らの」という代名詞がなんと七回も繰り返されている（「彼らの国の貧しさゆえ、彼らの体は骸骨さながら、彼らのぼろ着を透かして彼らの肋骨が見える、彼らの顔立ちは平板で、彼らの顔立ちの平板さこそは彼らの心が抜け殻であることの印」）。また生格（ロシア語の文法上の格の一つ。日本語で「〜の」と言う場合にほぼ相当する）の恐るべき連鎖（「血への彼らの渇望の苦悩の慟哭のゆえ……」）は、太陽も非常に低くなって、いよいよ別れの間際になって、連結と連環に惹かれるお馴染みの彼の性向がはからずも現れたということだろう。プィピンに宛てて彼は苦悩に満ちた手紙を書き、当局の意向に逆らってでも文学に従事したいという望みを執拗に表明している。「この作品（デンズィル・エリオットと署名され、英語からの翻訳のように見える『紺碧山アカデミア』のこと）は、高度な文学的価値を持つものです……。私は辛抱強いけれども、私が自分の家族のために仕事をするのを邪魔しようなどという考えを誰も抱かないことを期待します……。ロシアの文学界において私はぞんざいな文体で有名です……でも書こうと思えば、どんな種類の名文だって書けるのです」


泣け、おお！　リリバエウムを偲んで。

我ら御身らとともに泣く。

泣け、おお！　アグリゲントゥムを偲んで。

我ら援軍を待ち望む。（リリバエウム、アグリゲントゥムはシチリア島の地名。第一次ポエニ戦争の舞台となった場所）

「天の乙女への（この）賛歌とはいったい何か？　エンペドクレスの孫の散文物語の一挿話です……。では、エンペドクレスの孫の物語とはいったい何か？　『紺碧山アカデミア』の無数の物語の一つなのです」カンタシャー公爵夫人が上流社会の友人たちとともにヨットでスエズ運河を通って（強調は筆者）東インドに向かい、ゴルコンダにほど近い「紺碧山」のふもとの小さな自分の王国を訪れる。「そこで人々が携わるのは、上流社会の頭のいい善き人々がすること（物語を物語ること）であり、それこそが『ヨーロッパ報知』編集長に送られる、デンズィル・エリオットの今後の小包の中身なのです」（しかしそれを送り付けられたスタシュレヴィチ（歴史家・ジャーナリスト、ペテルブルク大学教授。『ロシア報知』を創刊し編集にあたる）は、何一つ掲載しなかった）。

目がくらみ、目の前で文字が流れだして消えてゆく――さて、ここで私たちは再び、チェルヌィシェフスキーの「眼鏡の主題」を取り上げるとしよう。彼は新しい眼鏡を送ってほしいと親戚に頼んだのだが、特にわかりやすく図解しようと努力したにもかかわらず、やっぱり混乱を生じさせ、半年後に彼のもとに送られてきたのは、「五ないし五・二五度のものではなく、四・五度のもの」だった。

　彼はサーシャにはフェルマーについて、ミーシャには法王と皇帝たちの戦いについて、妻には医学と、カールスバートと、イタリアについて書くことによって、教育への情熱のはけ口とした……。しかしそれは、当然終わるべくして終わってしまった。「学問的な手紙」を書くのを止めるよう、命じられたのだ。その際に味わったあまりの屈辱とショックのせいで、彼はその後半年もの間、そもそも手紙というものを一切書かなくなった（当局はいくら待っても、従順に哀願するような書簡――例えば、下士官ドストエフスキーがセミパラチンスクからこの世の実力者たちに送ったようなもの――を彼から受け取ることは決してなかった）。「パパから何の知らせもありません」と、一八七九年にオリガ・ソクラートヴナは息子に書いた。「いったい生きているのかしら、ねえ、どう思う？」この口調のおかげで、彼女の場合、たいていのことは赦されてしまうのだ。

　ここで突然、苗字が「スキー」で終わるもう一人の道化役者がエキストラの一人として飛び出してくる。一八八一年三月十五日、「知られざる君の弟子、ヴィテフスキー」と自ら名乗る男が――警察のデータによれば、スタヴローポリ地方自治体《ゼムストヴォ》病院の飲んだくれの医師だが――チェルヌィシェフスキーは皇帝暗殺の黒幕だとする匿名の意見に対して、まったく余計な情熱に駆られて抗議しながら、ヴィリュイスクの彼にこんな電報を送ってきたのだ。「君の著作は平和と愛に満たされている。君はあんなことなど（つまり、暗殺）まったく望んでいなかった」この無邪気な言葉のおかげなのか、それとも何か別のことによるのか、ともかく政府は態度を軟化させ、六月半ばには牢獄の間借り人に親切な気配りを示した。つまり、部屋の壁には「縁飾りのついたパールグレイ《グリ・ペルル》の壁紙」が、天井には粗織りキャラコが張られ、締めて四十ルーブリ八十八コペイカ、つまりヤーコヴレフの外套とムーザのコーヒー代よりも少し高いくらいの額が国庫からの支出となった。そして翌年にはもう、チェルヌィシェフスキーの亡霊をめぐる商談は手打ちになった――つまり、「義勇警備隊」（秘密警察）と「人民の意志」の執行委員会の間でアレクサンドル三世戴冠式の際の治安に関する交渉が行われた結果、もしも戴冠式が無事に済んだならば、チェルヌィシェフスキーは解放する、と取りきめられたのだ。そんな風にして彼は皇帝と交換された――ということは、その逆もまた真なりである（それは後に、ソヴィエト政権がサラトフでアレクサンドル二世の記念碑の代わりにチェルヌィシェフスキーの記念碑を建てたとき、物質的な戴冠という事態に至った）。さらに一年が過ぎて五月には、彼の息子たちの名前で（もちろん彼は知らなかったけれども）、この上なく大げさなお涙頂戴式の文体で書かれた嘆願書が提出され、法務大臣のナボコフ（ドミトリー・ニコラエヴィチ・ナボコフは作家ナボコフの祖父。一八七八年から一八八五年に法務大臣を務めた）がしかるべき報告をした結果、「皇帝陛下はチェルヌィシェフスキーをアストラハンに移すことをかたじけなくもお許しになった」。

一八八三年の八月末に（時は重荷を背負い込みすぎたせいで、もはや彼の運命を引きずっていくのもやっとだった）、憲兵隊が釈放の決定のことは一言も言わないまま、突然彼をイルクーツクに移送した。いずれにせよ、ヴィリュイスクを離れるのはそれだけでも幸せなことで、長いレナ川に沿っての（その蛇行ぶりはヴォルガ川そっくりで、まるで二つの川は姉妹のようだった）夏の旅の最中、ご老体は何度も踊りだしては、六歩格の詩を楽しそうに歌った。しかし、九月には旅は終わり、それとともに解放感も消えた。最初の夜、イルクーツクは結局のところ、ひどい僻地の牢獄と変わりはないように思えた。翌朝、彼のもとに憲兵局長のケレルがやって来た。ニコライ・ガヴリーロヴィチは机に頬杖をついたままで、すぐには反応を示さなかった。「皇帝陛下が赦免してくださいました」とケレルは言ったが、寝ぼけているか、何も分からないといった様子の彼の姿を見て、もっと大きな声で同じ言葉をもう一度繰り返した。「私を?」と、老人は突然聞き返し、椅子から立ちあがって、報せをもたらした男の両肩に手を置き、首を振りながらわっと泣きだした。その晩、彼はまるで長の患いから恢復しつつあるものの、まだ衰弱が残っていて、体中が甘い霧にひたされているように感じながら、ケレルとお茶を飲み、ひっきりなしに話し続け、彼の子供たちに「いくらかペルシャ風の、ロバや、薔薇や、盗賊が出てくるお伽話……」を語って聞かせた——というのは、そのときの聞き手の一人が記憶しているところである。五日後に彼はクラスノヤルスクへ、さらにそこからオレンブルクへ移送された。そして晩秋のある日、夕方の六時過ぎに、彼は駅逓馬車に乗ってサラトフを通り抜けたのだった。サラトフでは、憲兵局のすぐそばの旅籠の中庭で、風のせいで灯火が揺れ、薄闇もちらちらうごめいていたため、取るものも取りあえず思いがけない再会に駆け付けたオリガ・ソクラートヴナの、暖かい頭巾《プラトーク》を巻き付けた顔も変幻自在に変わってしっかと見定めることがどうしてもできず、若いと見えれば老けていて、そうかと思うとやはり若い、といった具合だった。その夜のうちにチェルヌィシェフスキーはさらに遠くへと送り出されたが、そのとき彼が何を思っていたかは知るよしもない。

見事な名人芸を発揮し、叙述にあたって並はずれた精彩を放ちながら(その精彩はほとんど同情そのものとも思える)、ストランノリュプスキーはアストラハンの居住地に入居させられたときの彼の様子を描いている。両手を大きく広げて抱き締めてくれる出迎えの人もいなければ、そもそも彼を家に呼んでくれる人もいなかった。そして彼はすぐに悟ったのだった——流刑時代に彼の唯一の支えであった壮大な構想の数々はいまやすべて、馬鹿みたいに明るく、まったくかき乱されることのない静けさの中で、溶け去らなければならない、と。

アストラハンではシベリア時代の病気の数々に、黄熱病まで加わった。彼はしょっちゅう風邪をひいた。心臓のひどい動悸に苦しめられた。たくさん、だらしなく煙草を吸った。そして何よりも困ったことに、極度に神経質だった。人と話している最中でも、奇妙な具合に突然ぎくりと跳び上がったりした。まるで逮捕の日、あの宿命のラケーエフに先んじて書斎に飛びこんだときの突発的な動作が、そのまま残ってしまったかのようだった。外で彼に会うと、猫背で、粗悪な夏物の背広とよれよれの帽子という姿なので、ちっぽけな職人の爺さんといった風に見えた。「どうでしょうね……」「こうは思いませんか……」「じゃあ……」といった具合に、たまたま出くわした物好きな連中は彼につきまとって、ばかげた会話をしたがった。スィロボヤルスキーという俳優はいつでも「結婚したもんだかどうか」と、しつこく尋ねた。最後の密告が二、三件あって、濡れた花火のようにしゅうしゅう音を立てていた。彼が知り合いになったのは、当地に住みついたアルメニア人で、乾物や小間物を扱う小商人たちだ。教養ある人々は彼が社会生活にどういうわけかあまり関心を示さないことに、驚いた。「いや、いったい何がお望みなんです」と、彼は陰気に答えた。「そんなことについて、私に何がわかるでしょう。なにしろ私は公開裁判の陪審員になったこともなければ、地方自治会議に出たこともないんですよ……」

さてここで、滑らかに梳かした髪をきれいに分け、似つかわしくないほど大きい耳をあらわにし、頭のてっぺんより少し下のあたりに「鳥の巣」を載せ、彼女がまたしても私たちの前に姿を現す(彼女はサラトフからキャンディと子猫たちを抱えてやって来た)。横に長く伸びた唇には人をばかにしたような薄笑いを浮かべ、苦悩を表す眉の線はいっそうくっきりとなり、ドレスの袖はいまでは肩の上に盛り上がるようふくらませてあった。もう五十歳過ぎなのだが(一八三三〜一九一八)、性格は相変わらずで、病的にいたずらっぽかった。ヒステリーの発作は、場合によっては引きつけを起こすまでになった。

生涯最後のこの六年の間、貧しく、年老いて、誰にも必要とされなくなったチェルヌィシェフスキーは、機械のように常にたゆまず、ソルダテンコフ（モスクワの書籍出版者。ドイツの歴史家ウェーバーの大著『世界史』の翻訳（全十五巻）は、チェルヌィシェフスキーの最後の仕事となった）の出版社のために『ゲオルク・ウェーバーの世界史』を一巻、また一巻と、次々に翻訳していった。その際、自分の意見を言いたいという昔ながらの抑えがたい欲求に突き動かされて、次第に、ウェーバーの行間から自分自身の考えが顔を出すよう試みるようになっていった。自分の翻訳に彼は「アンドレーエフ」と署名したので、ある批評家はその第一巻に対する書評（『観察者』一八八六年二月号）で「このロシアにはアンドレーエフなどという姓の持ち主は、イワノフやペトロフと同じくらいたくさんいるゆえ、これは一種の筆名ではないか」と指摘した。書評ではその後に文体が重苦しいことに対する辛辣な批判と、さらにちょっとした小言が続く――「アンドレーエフ氏は自分の序文において、ウェーバーの長所と欠点についてくどくどと説明しているが、そんな必要はなかった。ウェーバーはとっくの昔から、ロシアの読者にはよく知られているからである。すでに一八五〇年代に彼の教科書と、同時に三巻の『世界史教程』がエヴゲニーおよびワレンチン・コルシュ兄弟の訳で出ている……。彼は先人たちの業績を無視するべきではなかった」

このエヴゲニー・コルシュというのはドイツの哲学者に普通に受け入れられている専門用語に対して極度にロシアくさい単語を使うのが好きな人物で（「仮　定《ザトレーパ》」、「緊急の穴埋め《スローチナヤ・ザトゥィチカ》」「マーニ」（いずれも通常の語彙にはない。「マーニ」は意味不明）といった具合である。もっとも最後の単語については彼自身が引用符によって監視を強化したうえで世に送り出している）、いまや八十歳の老人で、ソルダテンコフの協力者だったので、その立場から「アストラハンの翻訳家」の訳文の点検に携わり、修正を加えたものだから、チェルヌィシェフスキーはそれに激怒し、出版社主に手紙を書いてエヴゲニー・フョードロヴィチ（コルシュ）を「叩き潰し」に取りかかった。そのやり方は昔ながらの持ち前の方式で、まずは激しい怒りもあらわに、校正の仕事が他の者に――「ロシアには、ロシア語の文章語について私よりもよく知っている者は一人もいない、ということをよりよく理解している者に」――委ねられるよう要求した。その後、所期の目的を達成すると、持ち前の有名な「二重の穴埋め《ザトウィチカ》」の手法を使った。「実際のところ、私がそんなくだらないことを気にするわけがあるでしょうか？　もっとも、もしもコルシュが校正刷りに引き続き目を通したいというのなら、修正などは加えないよう彼に言ってください。実際、彼の修正はばかげたものです」少なからず苦痛に満ちた喜びを味わいながら、彼はまたザハーリインのこともまた「叩き潰」そうとした。ザハーリインは根が善良な人柄で、オリガ・ソクラートヴナの浪費癖を考えると、チェルヌィシェフスキーへの支払いは月ごと（二百ルーブリ）にすべきだという趣旨のことをソルダテンコフに話していたのだ。「あなたは酒のせいで頭の調子がおかしくなった人間の厚かましさにだまされていたのです」と、チェルヌィシェフスキーは書き、錆びてきいきい軋むとはいうものの、以前同様にねじくれた持ち前の論理装置を全面的に稼働させ、自分が資本を蓄えたがっている泥棒か何かのように見なされているから腹立たしいのだと最初は説明し、その後で、じつを言えば自分の怒りは見せかけだけであって、オリガ・ソクラートヴナのためのものだと打ち明けている。「あなたに宛てた私の手紙から、彼女は自分の無駄使いのことを知ってくれましたし、彼女が表現を和らげるよう頼んできたとき、私は譲りませんでした。そのおかげで、引きつけも出ないで済みました」折しもちょうどこのとき（一八八八年末）、もう一つ、小さな書評が出た。すでに第十巻になっていたウェーバーの翻訳に対するものだ。彼の恐ろしい精神状態、傷つけられた自尊心、老人特有の狂おしさ、そして大声を張り上げて静寂を圧倒しようとする最後の絶望的な試み（それは大声で嵐を圧倒しようとするリア王の試みよりもはるかに難しいものだ）――『ヨーロッパ報知』の淡いイチゴ色の表紙の内側に収められた書評を、彼の眼鏡を通して読むとき、私たちはこのすべてを念頭に置いておく必要があるだろう。

……残念ながら、序文から判明するように、ロシアの翻訳者が翻訳者としての単純な義務に忠実であったのは最初の六巻だけであり、すでに第七巻から彼自身が自らに新しい義務を課すようになった……それはウェーバーを「一掃」することだ。こんな風にして著者に「変装」してしまう翻訳に対して――しかもその著者というのが、ウェーバーのように権威ある人物である――感謝しろと言われても、なかなか感謝できるものではあるまい。

「どうやら」と、ここでストランノリュプスキーが(少々隠喩を混乱させながら)コメントを加えている。「このぞんざいな一蹴りによって、運命は彼のために鍛造してきた報復の鎖をしかるべく仕上げたのだった」だが、そうではなかった。私たちが検討すべき、もう一つの、一番恐ろしく一番完璧な、そして一番最後の処刑が残っているのだ。

チェルヌィシェフスキーの人生をずたずたに引き裂いたあらゆる狂人たちの中でも、最悪だったのは彼の息子である。もちろん、下の息子のミハイルではない。彼は愛情をこめて料金体系の問題に取り組みながら、穏やかな生涯を送った(鉄道関係の勤め人だった)。彼こそは父親の「正数」から導き出された、良き息子だった。というのも、もう一人の放蕩者の兄が(ここで教訓物語の構図ができあがる)自作の『幻想物語集』やどうしようもない詩集を出版していたとき(一八九六〜九八年)、弟のほうは敬虔にもニコライ・ガヴリーロヴィチの著作集の出版という記念碑的な仕事を始めていたからである。彼はその刊行をほとんど最後までもっていったところで、一九二四年に、ほとんど全国民の尊敬を一身に集めながら亡くなった――それは兄のアレクサンドルが罪深いローマで急逝した十年後のことだった。この兄は亡くなったとき、石を敷き詰めた小部屋でイタリア芸術に対する人間離れした愛を告白しながら、狂おしい霊感の熱に駆られて、こんなことを絶叫していたという――もしも皆が自分の言うことに耳を傾けてくれれば、人生は別のものになるはずだ、別のものに！　サーシャは、全身これ父親に耐えがたいものの塊といった人間で、物心つくかつかないかという頃からあらゆる風変わりなもの、お伽話のようなもの、同時代人には理解できないものに熱中した。つまりホフマンやエドガー・アラン・ポーを読み耽り、純粋数学に夢中になり、その少し後では、ロシアではほとんど最初にフランスの「呪われた詩人たち」（十九世紀末フランスに現れた象徴派詩人たち。ヴェルレーヌ、マラルメ、ランボーなど）を評価した。父親はシベリアで無為に時を過ごしながら、息子の（プィピン家で養育されていた）成長を見守ることができず、息子について知り得たことも自分で都合のいいように解釈していた――そうしていられたのは、なんといっても、サーシャの精神病のことが父親からは隠されていたからである。そうは言うものの、息子が熱中する数学の純粋さは少しずつ、チェルヌィシェフスキーを苛立たせるようになった。息子は、どんな気持ちで父の長々しい手紙を読んだことだろう。それは容易に想像することができる。父の手紙はやけに善良な感じの際立った冗談で始まり、それから（「老いた学生」で「癒しようのない理想主義者」だと自称し、非常に巧みに切り出したチェーホフのあの主人公（チェーホフの短篇「知人の家で」が念頭に置かれている）の会話のように）憤然たる罵倒で締めくくられるのだった。彼を激怒させたのは、息子の数学への情熱が功利的でないものの現れだからということだけではなかった。あらゆる新奇なものをばかにしながら、世に取り残されてしまったチェルヌィシェフスキーは、この世界のあらゆる革新者、変人、落伍者をやっつけて憂さ晴らしをしていたのだ。

　この上なく心優しい従弟のプィピンは一八七五年一月にヴィリュイスクの彼のもとに送った手紙

の中で、当時学生だった彼の息子の姿を美化して見せ、ラフメートフの生みの親が喜びそうなことも（「サーシャは半プード（八キロ強）もあるトレーニング用の鉄球を注文しましたよ」）、およそ子を持つ父なら誰でも嬉しがりそうなことも、知らせた。つまりプィピンは優しい気持ちを控えめに表しながら若き日のニコライ・ガヴリーロヴィチとの友情を思い出し（彼には本当にお世話になったのだった）、サーシャについて、こんな話をしたのだ――いやあ、あの子はお父さんと同じようにぶきっちょでぎこちなく、同じようにボーイソプラノのように甲高い大声で笑いますよ……。一八七七年の秋、サーシャは藪から棒にネフスキー歩兵連隊に入るが、作戦軍に行き着く前にチフスにかかる（こんな風に終始彼につきまとった不運には、父親譲りのものが独自の形に現れていると言えるだろう。なにしろ父の手にかかるとどんなものでも壊れ、その手から抜け落ちてしまったのだから）。しかしペテルブルクに戻ると彼は一人住まいを始め、家庭教師をしながら、確率論の論文を発表するようになった。一八八二年からは精神の病が悪化して、何度も医療施設に入らざるを得なくなった。彼は空間を怖がった。いや、より正確に言えば、他の次元に滑り落ちることを怖がった。そして破滅しないために、確実でしっかりとした、ユークリッド的な襞《プリーツ》のついた、ペラゲーヤ・ニコラエヴナ・ファン・デル・フリート（旧姓プィピナ）（プィピンの実の妹）のスカートにいつもしがみついていた。

　チェルヌィシェフスキーがアストラハンに移ってからも、このことはずっと彼から隠されていた。まるで執拗に拷問を加えるように、ディケンズ製かバルザック製のブルジョアの成功者に似つかわしい堅苦しい冷酷さを発揮しながら、彼は手紙の中で息子を「ばかげていて話にならない変人」「素寒貧の奇人」と呼び、「乞食のままでいる」気かと、彼を責め立てている。最後にはプィピンも我慢しきれなくなり、ある種の熱意をこめて自分の従兄に、サーシャは仮に「計算高く冷たい商売人」にはならなかったとしても、その代わり「清らかで、正直な魂を手に入れています」と説明したほどだった。

そしてとうとうサーシャがアストラハンにやって来た。ニコライ・ガヴリーロヴィチはそのきらきら光るどんぐり眼を見、その奇妙な、はぐらかすような話し方を自分の耳で聞いた……。ノーベルという灯油商のところ[*27]に勤めることになり、ヴォルガ川で荷を運ぶ船に同乗する信任状を受け取ったサーシャは、その途中で、ある猛暑の石油くさく魔の漂う真昼に、だしぬけに経理担当者の制帽を頭からはたき落とし、虹色の水の中に鍵を投げ捨て、そのままアストラハンの家に帰ってしまった。同じ夏、『ヨーロッパ報知』には彼の詩が四篇掲載された。それらの作品には才能の閃きが認められる。

もしも人生が辛く思えても
人生を責めず、よく考えてみるがいい
暖かい愛に満ちた心を持って生まれた
自分が悪いのだと。
もしも君が認めたくないと言うならば
それほど明白な罪であっても……

（ちなみに、ここで「人生《ジーズニ》」という単語に本来あり得ない亡霊のような母音が一つ付け加わって「ジーゼニ」となっている点に注目しよう。これは不幸に打ちひしがれて、精神が不安定なロシアの詩人たちにとって極めて特徴的なもので、彼らの人生にはまさにその人生を歌に変えてくれるものが欠けていることを示すしるしのようなものだと言えるだろう。いま引用した部分では最後の一行だけが、本物の詩らしく響いている）。

父と子の共同生活は共同の地獄だった。チェルヌィシェフスキーは果てしない説教のせいで、サーシャを不眠症に追い込んで苦しめた（彼は「唯物論者」として狂信的な大胆さをもって、サーシャの障害の主な原因は「みじめな物質的状態」であると考えていた）。そして自分もまた、シベリアでさえも経験しなかったような苦しみを味わった。この二人がともに楽に息がつけるようになったのは、冬になってサーシャが町を離れたときだ――彼は最初は家庭教師先の教え子の一家とともにハイデルベルクに行ったらしく、その後「医者と相談する必要があって」ペテルブルクに戻った。些細な、見せかけだけ滑稽な不幸が、次々に彼に降りかかり続けた。例えば、母親の手紙（一八八八年）から分かるのは、「サーシャが散歩にお出かけになると、その間に彼が住んでいた家が焼けてしまった」。しかも、そのときは彼の持っていたものもすべて焼けてしまった。そこで彼は着の身着のままでストランノリュプスキー（批評家の父だろうか？）の別荘に身を寄せたのだった。

一八八九年、チェルヌィシェフスキーはサラトフに移る許可を受け取った。そのとき彼がいかなる感情を味わったとしても、それは耐えがたい家庭の気がかりでだいなしにされた。常日頃病気といってもいいほど展覧会好きだったサーシャが、突然、かの名高いパリのExposition universelle（万国博覧会）に行こうなどという、無分別極まりない極楽蜻蛉の旅を企てたのだ。しかし彼は最初にベルリンで立ち往生し、領事気付で送金してやる羽目になった。この金で彼をロシアに送り帰してくださいという依頼も添えての送金だったが、いや、どうして！　金を受け取った彼はパリに辿りつき、「素晴らしい車輪、巨大な透かし網の塔」（「車輪」とは観覧車のことか。「巨大な透かし網の塔」はエッフェル塔）を心ゆくまで眺めているうちに、気がつくとまた一文無しになっていた。

チェルヌィシェフスキーがウェーバーの巨大な塊にいかに熱に浮かされたように取り組んだとしても（その仕事は彼の脳を強制労働工場に変えてしまった。それは実際のところ、人間の思考に対する最大の嘲笑だった）、予期せざる出費をまかなうことはできず、彼は翻訳を書きとらせるために、日がな一日口述して、口述して、口述し続け、ついにもう限界だ、これ以上歴史を金《ルーブリ》に変えることはできない、と感じるようになった。そのうえ、サーシャがパリからひょっこりサラトフに帰ってきたらどうしようと思うと、居ても立ってもいられないほどの不安に駆られた。十月十一日に彼は息子に宛てた手紙で、母親から送金があるからその金でペテルブルクに帰るようにと書き、さらに――いったいこう言うのは何度目のことだろうか――どんな仕事にでもいいから就いて、上司に言われたことは何でもやるように、と助言した――「お前は上司に向かって無学でばかげた訓戒を垂れてきたが、そんなものはどんな上司だって我慢なるまい」（こんな風にして「書き取り練習の主題」は完結した）。ひっきりなしに体を震わせ、ぶつぶつ呟きながら、彼は手紙に封をして、それを発送するため自ら駅に向かった。町中を厳しい風が無慈悲に吹き荒れていたため、腹を立て、慌てて軽装のまま家を出た小柄な老人はもう最初の角で風邪をひいてしまった。翌日、熱があったにもかかわらず、彼は細かい活字で印刷された本の十八ページ分を翻訳した。十三日にも翻訳を続けようとしたが、止めるように説得され、十四日には譫妄状態が始まった。「インガ、インク……（ため息）すっかり調子が狂ってしまった……改行……もしもシュレズヴィヒ＝ホルシュタインに三万ほどのスウェーデン軍を送れば、デンマークの全勢力を簡単に打ち砕いて、すべての島を征服するだろう。ただし、コペンハーゲンだけは別で、ここは頑強に防衛を続ける。しかし、十一月には――括弧の中に九日と入れてください――そのコペンハーゲンも降伏した――セミコロン。スウェーデン人はデンマークの首都の住人をすべてぴかぴかの銀に変えて、愛国的な党派の精力的な人々はエジプト送りにした……そうです、そうです、それでどこまで行ったかな……改行して……」こんな風に彼は長いこと熱に浮かされてうわごとを言い続け、想像上のウェーバーから想像上の自分の回想らしきものに跳び移りながら、細々したことにまでこだわりながら論を続けた——「この人間についてはいかなる小さな運命といえども定められていた、彼には救いはなかった……彼の血の中には、顕微鏡でなければ見えないほどの微細な粒子が見つかった、彼の運命は決まった……」彼は自分のことを言っていたのだろうか。その粒子を自分の中に感じたのだろうか——そして、自分が一生をかけて成し遂げ、経験してきたことすべてを、それが密かにだいなしにしてしまったということとなのだろうか。思想家にして勤勉な働き手、自分のユートピアに無数の速記者の群れを住まわせてきた輝かしい頭脳——その彼がいまや待ちおおせた結果実現したのは、彼の**うわごと**を秘書が書きとめるという事態だった。日付が十七日にも変わろうとする夜、発作が起こり、口の中で舌がなんだか太くなったような感じがした。亡くなったのは、そのすぐ後のことだ。彼の最後の言葉になったのは（十七日午前三時）、「不思議なことだ。この本では神のことが一言も出てこない」というものだった。彼はそのとき、いったい**何の**本を頭の中で読んでいたのだろうか？　それが分からないのは残念だ。

こうしていまや彼は、ウェーバーの死んでしまった本たちに取り囲まれて横たわっていた。眼鏡の入ったケースがやけに皆の目についた。

一八二八年から六十一年が過ぎた。あの年、パリに最初の乗り合い馬車が登場し、サラトフの司祭が自分の祈禱書にこんなことを書きつけていた。「七月十二日午前三時前、息子ニコライ誕生……。十三日朝、聖体儀礼の前に洗礼を施す。教父（洗礼式で洗礼盤より赤子を取り上げる人）は長司祭 Фед. Стеф. ヴャゾフスキー（フョードル・ステファノヴィチ・ヴャゾフスキーをロシア語で略式表記している）……」この苗字は後にチェルヌィシェフスキーがシベリア時代に書く一連の短篇《ノヴェラ》の主人公にして語り手である人物に使われているが、さらに奇妙な符合は、『世紀《ヴェーク》』という雑誌（一九〇九年十一月号）に詩を発表した無名の詩人が同様の、というかほとんど同様の署名（Φ・B……スキー）をしているということだ。この詩は私たちが得た情報によれば、H・Γ・チェルヌィシェフスキーを追悼したものであり、不出来とはいえ好奇心をそそられるソネットなので、ここにその全篇を引用しておこう。

遥かな未来の子孫は君について何と言うだろう
過去を称え、あるいは遠慮なく罵りながら——
君の人生はひどいものだったとか、他の生き方をすれば
幸せになれたとでも？　でも君は他の生き方を期待しなかったと？

君の偉業が成されたのは無駄ではなかったと？——
道すがら無味乾燥な仕事を善の詩に変え
空気のように軽やかな一筋の輪を結び
囚人の白い額に載せたのだから

訳注

＊1　三二七頁　一種の言葉遊び的な箴言で、ドイツ語では、"Der Mensch ist, was er ißt"（デア・メンシュ・イスト・ヴァス・エア・イスト）。「である」と「食べる」を意味する動詞の三人称単数形がどちらも同じ発音になる。ロシア語では、"Человек есть то, что ест"（チェロヴェーク・イェスチ・ト・シュト・イェスト）となり、ほぼ同じ効果を持つ言葉遊びが得られる。

＊2　三二九頁　ドミトリー・ピーサレフ（一八四〇〜六八）は、ロシアの急進的な批評家。同じく急進的な批評家ベリンスキーがチェルヌィシェフスキーに対して先駆者の位置にあったとすれば、ピーサレフは若くして亡くなるが、後継者の位置にいた。

＊3　三三二頁　一人の人を指すのに複数形の代名詞を使うことは、身分の高い人などに対して敬意を表すための用法。しかし、これはすでに廃れた古風な用法であり、チェルヌィシェフスキーが自分の母について使うのは古めかしく異様に響く。

＊4　三三七頁　チェルヌィシェフスキーの一八四八年八月八日付の日記から（少し書き換えがあるが、ほぼ原文のまま）。

＊5　三三九頁　『現実に対する芸術の美的関係』はチェルヌィシェフスキー初期の代表的論文。一八五三年の八月十七日より後に執筆を開始して、九月十一日にはもう完成稿をペテルブルク大学に提出している。しかし審査は長引き、チェルヌィシェフスキーが修士号を正式に授与されたのは一八五九年二月だった。この論文でチェルヌィシェフスキーが主張しているのは、「芸術の美は、現実（生）の美に劣」っていて、現実（生）のほうが芸術よりも完全である、ということに尽きる。ナボコフとは相容れない、十九世紀の急進的な功利主義者の典型的主張である。

＊6　三四三頁　『何をなすべきか』第二章十五節より。ロプホーフが、婚約者ヴェーラの母親に言う言葉。

＊7　三六五頁　引用された詩でルビを振った三か所「フ・ストラニェ」「フ・ストラニェ」「ラヴニン」は、本来はアクセントを持ち、「フ・ストラニェー」「フ・ストラニェー」「ラヴニーン」と読まれるべきだが、この詩ではアクセントを失っている。

＊8　三六五頁　四音節の詩脚の中の、どこか一か所にアクセントがあるタイプの韻律。ヤンブないしホレイと、無アクセントの二音節脚との組み合わせと見ることができる。

＊9　三七四頁　ピョートル大帝は西欧化政策の一環として、貴族たちのひげを強制的に剃り落とさせ、一六九八年にはひげに対する税制を導入した。この「ひげ税」は一七七二年には廃止されたが、ひげを生やすことが遅れた習慣であるという感覚は残った。チェルヌィシェフスキーの時代に現れた急進派「ニヒリスト」の若者たちは、長髪でひげを生やしたスタイルで人目を驚かせながらも、新しい自由を享受した。

＊10　三七四頁　ウラジーミル・ダーリ（一八〇一～七二）はロシアの辞書編纂者・民俗学者。彼が編纂した『現用大ロシア語詳解辞典』（一八六三～六八）は、近代ロシア語辞書史上の最高峰の一つとして、二十世紀になってからも、ナボコフからソルジェニーツィンにいたるまで、多くの文学者に愛用されてきた。

＊11　三七四頁　一八五七年十一月二十日付、皇帝アレクサンドル二世からヴィリナ県知事に宛てられた勅書。皇帝が自らの意思により、農奴解放のための改革に着手することを公式に表明した最初のもの。農奴解放が実際に始まったのは一八六一年。

＊12　三七七頁　トゥルゲーネフの手紙は、ドルジーニンおよびグリゴローヴィチの二人に宛てられたもの。引用は正確だが、日付は一八五五年七月十日である。おそらくナボコフはその「ずれ」を知りながら、架空の伝記作家ストランノリュプスキーにこじつけをさせているのだろう。

＊13　三七七頁　トゥルゲーネフの長篇小説。「同じ年に」（一八五五）となっているが、厳密に言うと『ルージン』の初出は『同時代人』誌一八五六年一月号（執筆は一八五五年である）。主人公のルージンは高い理想と教養を持ちながら、饒舌なばかりで現実には無力な「余計者」タイプとして描かれており、バクーニンがモデルになっているとも言われた。

＊14　三七七頁　トゥルゲーネフの『その前夜』（『ロシア報知』誌一八六〇年一・二月号初出）に対するドブロリューボフの批判は、「その日はいつ来るか？」と題されて、『同時代人』誌一八六〇年三月号に掲載された。この評論を読んだトゥルゲーネフは激怒し、『同時代人』とは完全に決裂することになった。

＊15　三七八頁　『ルージン』が出版されたのはこの手紙の「二年前」ではなく、一年前である。いずれにせよチェルヌィシェフスキーは、『ルージン』出版後も、トゥルゲーネフが『同時代人』に必要な間は彼にお世辞を言い続け、彼が不要になってから急に『ルージン』を貶し、トゥルゲーネフ批判を開始したことになる。

＊16　三七八頁　ロシアの歴史家。彼は自伝（一九二二年に死後出版）の中で、悪魔は天使やキリストの姿を取って現れることがあり、そのときが一番危険であるというサラトフのニカノル掌院（大修道院長）の説に同意しつつ、チェルヌィシェフスキーもいわば本物の悪魔を自ら演じていた、と回想している。

＊17　三八〇頁　この（　）内の一行は、ネクラーソフの原詩ではなく、『賜物』の語り手によって挿入されたコメント。「容赦する」（シチャジーチ）「待つ」（ジュダーチ）といった鋭い子音の連続が、死体に群がる猛禽類の叫び声を連想させるという指摘。

＊18　三八三頁　「ルーシ」はロシアの古名。ここではゴーゴリの『死せる魂』第一巻のフィナーレの有名な「ルーシよ！　お前はどこに疾駆していくのだ！　答えてくれ！」（ここではロシアが疾駆する三頭立て馬車（トロイカ）に譬えられている）と、プーシキン『オネーギン』の第二章のエピグラフに現れる「おお、ルーシよ！」がナボコフの念頭にある。

＊19　三八三頁　「文学」はロシア語ではлитература（リテラトゥーラ）と綴り、現代の標準的な綴りではтは（英語のliteratureの場合と同様）二回しか使われない。тが三回使われたというのは、フランス語のlittérature（リテラチュール）の場合と同様に、最初のтが二度繰り返され、литтератураと綴られたということ。

＊20　三八四頁　レールモントフの詩「物言わぬ群衆の列となり……」（一八三三）の最後の四行。貴族出身下士官の友人の死を悼んで書かれたものと推測される。「僚友」とはここでは軍隊の同僚の意味だが、革命運動の「同志」も同じ単語であり、この四行だけ見ると、革命運動の歌のようにも見える。

＊21　三八八頁　プーシキンの原文は「彼は快楽の挑戦を受け入れた／戦争の日々に受け入れてきたように／激しい合戦の挑戦を」。チェルヌィシェフスキーの歪曲された引用は、最後が仮定法の助詞 бы で終わっていて、韻律上無理がある。

＊22　三九二頁　ジョルジュ・ダンテス（一八一二〜九五）はフランス人士官。ロシアに亡命してペテルブルク滞在中に、美貌で有名なプーシキンの妻ナターリヤに惹かれる。ナターリヤの姉、エカテリーナと結婚するが、その後もナターリヤに言いより続けたため、プーシキンから決闘を申し込まれる。一八三七年二月、ペテルブルク郊外の雪原で決闘は行われ、プーシキンはダンテスの銃弾を腹に受けたことが致命傷になって二日後に死亡。

＊23　四〇二頁　「ペテルブルクの大火」は一八六二年五月十六日に始まり、二週間続き、町中を混乱に陥れた。火元は不明。五月二十八日〜三十日には、アプラクシン市場とシチューキン市場の数千の店が火事のために焼けた。

＊24　四〇二頁　ネクラーソフの長篇詩『天気について』（一八六五）第二章からの引用。出動する消防隊を描写した箇所。

＊25　四〇二頁　ミハイル・ペトラシェフスキー（一八二一〜六六）はロシアの社会主義者。彼のサークルには多くの作家や学者が参加していた。一八四九年四月に逮捕され、彼を含む二十一名が死刑の判決を受けた。（その中に若きドストエフスキーもいた）が、皇帝によって減刑の措置を受け、流刑になった。チェルヌィシェフスキーもペトラシェフスキー・サークルの周辺グループに加わっていた。

＊26　四三三頁　プロメテウスはギリシャ神話の英雄。天上の火を人間に与えてゼウスの怒りを買い、コーカサス山に鎖でつながれ、大鷲にその肝臓を食われた。なお、マルクス主義の伝統では、マルクスはしばしばプロメテウスに譬えられる。ソ連の作家セレブリャコワのマルクス伝三部作の第一部は『プロメテウス　若きマルクス』、第二部は『火を盗む者』と題されている。

＊27　四四五頁　「灯油商のところ」などというと小規模の商人のように聞こえるが、これはノーベル賞の創

設者でダイナマイトの発明者アルフレッド・ノーベルの兄弟ルードヴィとロベルトがバクー（アゼルバイジャン）に一八七九年に設立した大規模な石油会社である。

第5章[*1]

『チェルヌィシェフスキーの生涯』が出てから二週間ほど後、最初の無邪気な反響が返ってきた。ワレンチン・リニョーフが（ワルシャワで刊行されている亡命ロシア系新聞で）こんなことを書いたのだ。

「ボリス・チェルディンツェフの新著は、六行しかないのになぜか著者がソネット（？）と呼ぶ詩[*2]で始まり、その後にかの有名なチェルヌィシェフスキーの生涯についての、凝りすぎた文体による気まぐれな記述が続く。

著者の語るところによれば、チェルヌィシェフスキーは『この上なく善良な長司祭』の息子として生まれ（しかし、いつどこで生まれたかは述べられていない）、神学校を卒業した。そして父がかのネクラーソフにさえも霊感を与えた聖なる生涯を終えて亡くなると、母は若い息子に勉強を続けさせるためペテルブルクに送りだした。すると彼はすぐに——ほとんど駅に着くやいなや——当時の『人心の支配者』であったピーサレフおよびベリンスキーと親しくなった。青年は大学に入り、技術的な発明に携わり、たくさん働き、リュボーフィ・エゴーロヴナ・ロバチェフスカヤとの最初のロマンティックな冒険《アヴァンチュール》を経験し、彼女に芸術への愛を植え付けられた。しかし、やはり恋愛が原因となってパヴロフスクである将校と衝突した後、彼はサラトフに戻らざるを得なくなり、そこで未来の花嫁に求婚し、やがて結婚する。

　彼はモスクワに戻り（チェルヌィシェフスキーはモスクワに住んだことはない。『同時代人』に依拠して文筆活動を行ったのもペテルブルク*3においてだった）、哲学を研究し、あれこれの雑誌に参加し、たくさん書き（『我ら何をなすべきか』）、当時の傑出した作家たちと親しく付き合う。そして次第に革命運動に引きこまれていき、ある嵐のように沸き立つ集会でドブロリューボフおよび当時まだまったくの若手だった有名なパヴロフ教授とともに演説した後、チェルヌィシェフスキーは外国に逃れることを余儀なくされる。しばらくの間、彼はロンドンに住み、ゲルツェンに協力するが、その後ロシアに帰国したとたんに逮捕される。アレクサンドル二世暗殺計画の準備に加わった罪で、チェルヌィシェフスキーは死刑の判決を受け、公開処刑される。

　手短にチェルヌィシェフスキーの生涯を辿ると、ざっとこんなところである。すべては上首尾に行きそうなものだったのだが、作者は自分の伝記物語に夥しい不要な細部を添えて意味を曖昧にしたうえ、これ以上は考えられないくらい多種多様なテーマにどんどん脱線しなければならない、と考えてしまった。何よりもまずいのは、絞首刑の光景を描いて自分の主人公を始末してからも、著者はそれで満足できず、もしも、そう、もしもの話だが、チェルヌィシェフスキーが例えば処刑されずに、ドストエフスキーのようにシベリアに送られていたらどうなっていただろうか、などとさらに延々とたくさんのページを費やして、およそ読みやすいとは言いがたい議論を続けるのである。

　著者が執筆に用いている言語は、ロシア語とはほとんど共通するところがない。彼は好んで新しい単語を発明する。彼は長たらしく込み入った表現が好きだ。一例を挙げると――『運命は伝記作家のためになる（！）ことを見越して、こんな風に日付を類別（!!）してくれるのだ』。あるいは、荘重に響くけれども、文法にかなっているとは言いがたい格言を登場人物に言わせるのも好きだ。例えば、『詩人は自分の歌の題材を自分で選び、群衆には詩人の霊感を操る権利はない』（第4章三九〇ページ参照。ただしこれは、プーシキンからの引用）」。

この愉快な書評とほぼ同時に、フリストフォル・モルトゥス（パリ）による批評が出たが、それに憤慨したジーナは、それ以来、その名前が口にされるたびに目を大きく見開き、鼻孔を膨らませるようになった。

「新たに登場した若い作家について語るときは（とモルトゥスは静かな調子で書いていた）、普通はある種の気まずさを感じるものだ。あまりに『上滑りな』評言で作家をまごつかせたり、傷つけたりしないだろうか、と心配になるからだ。しかし今回の場合、その種のことを恐れる必要はないように思える。ゴドゥノフ＝チェルディンツェフは確かに新人だが、自信に充ち溢れた新人であって、彼をまごつかせることは容易ではあるまい。出たばかりのこの本が果たしてこの先のさらなる『達成』を予告するものであるかどうかは、分からない。しかしもしこれが出発点だとするならば、特にかんばしいものとも言えないだろう。

あらかじめお断りしておこう。ゴドゥノフ＝チェルディンツェフの作品がよくできているかどうかなど、そもそも、まったくどうでもいいのである。上手に書く者もいれば、下手くそな者もいるけれども、誰の行く手にも最後に待ち構えているのは『主題』というものであって、これは『誰も避けて通ることができない』。問題はまったく別の点にあるように、私には思われる。批評家や読者の興味を真っ先に惹き得るものが、豊かな才能を示す本の『芸術的』な質やその正確な等級であった、あの黄金時代は、もう過ぎ去って帰ってこない。我々の亡命文学は――私が言っているのは、本物の『疑念の余地のない』文学のことだ――過たない趣味の持ち主ならわかってくれるだろうが――より単純で、より深刻で、よりそっけないものになってしまった――それはひょっとしたら芸術を犠牲にしたせいだが、その代わり（ツィポヴィチや、ボリス・バルスキーのある種の詩、コリドーノフの散文等において）あのような悲しみと音楽、あのような『絶望的』な天の魅惑の調べを響かせるようになったのであり、確かに、『地上の退屈な歌』（レールモントフの詩「天使」にある表現）など惜しむにもあたらない。

一八六〇年代の傑出した社会活動家について本を書こうという企てそれ自体には、何ら非難されるべきことはない。書いたのもかまわないし、それが世に出たのもかまわない。もっとひどい本も世には出ているのだから。しかし著者の気分全般が、そして彼の思考の「雰囲気」が奇妙で不愉快な危惧の念をそそるのである。このような本の登場がどのくらい時宜にかなったものかどうかについて、私は論じようとは思わない。まあ、しかたないではないか――人が自分の好きなことを書いている以上、それを禁じることなど誰にもできないのだから！　とは言うものの、私には思えるのだが――そして、そう感じるのは私一人ではあるまい――ゴドゥノフ＝チェルディンツェフの作品の根底には、何やら本質的に深く無神経なもの、何やら不快で無礼なものがあるのではないか……。もちろん六〇年代人にどのような態度を取ろうともそれは彼の勝手だが（とは言うものの、その点には議論の余地はある）、彼らの姿を『暴露』しながら彼はあらゆる敏感な読者の心の内に驚きと嫌悪を引き起こさずにはいられない。これはまた、なんという間の悪さだろう！　なんという見当はずれだろう！　それはどういうことか。もう少しはっきり説明してみよう。このように悪趣味な荒療治がまさにいま、まさに今日行われているせいで、まさにそのことによって、我々の世紀の地下墓所《カタコンベ》で熟しつつある意義深く、痛切で、胸をときめかせるような何かが侮辱されているのだ。

いや、もちろん、『六〇年代人』たち、なかんずくチェルヌィシェフスキーは、文学についての判断において少なからず間違ったことや、ひょっとしたら滑稽なことも言ってきただろう。だがそういう罪を犯さない者がいるだろうか。そもそも、そんなことはたいした罪ではないではないか……。肝心なのは、彼らの批評の『調子』全般から、ある種の真実が透けて見えていたことだ。そしてこの真実は、それがいかに逆説的に見えようとも、まさに今日、まさにいま、我々に近しく理解できるものになったのだ。私は賄賂を取る役人たちへの攻撃や、女性解放のことを言っているわけではない……。問題はそんなことではないのだ、もちろん！　ある種の究極的な、過つことのない意味において、我々と彼ら〔六〇年代人〕の要求は一致するのだ――こう言えば、私は正確に理解されるのではないか（そもそも他者が理解され得る限りにおいて）、と思われる。もちろん、私は知っている――我々のほうが彼らよりも繊細で、精神的で、『音楽的』で、我々の最終目的地は――あの輝く黒い空の下、人生が川のように流れていく場所なのだ――単に『共同体』とか『専制君主の打倒』といったことではない。しかし我々にとってもまた、彼らにとってと同様、プーシキンよりもネクラーソフやレールモントフのほうが、特に後者のほうが近しい存在なのだ。まさにこんな単純この上ない例を取り上げるのは、それがただちに我々と彼らの血縁関係とは言わないまでも、姻戚関係を明らかにしてくれるからだ。彼らがプーシキンの詩のある部分に感じ取っていたあの冷たさ、気取り、『無責任さ』は、我々にも感じられる。もっとも、反論されるかもしれない――我々のほうが頭も感受性もいいではないか、と……。確かにそうだ。しかし、実際のところ、問題はチェルヌィシェフスキーの（あるいはベリンスキーの、それともドブロリューボフの。名前や年代はここではどうでもいい）『合理主義』ではまったくなく、今と同様、当時の先進的な精神の持ち主が『芸術』や『竪琴』だけで腹は満たされないと理解していたということなのである。我ら、洗練され疲れた曾孫たちもまた、何よりも人間的なものを欲する。我々は魂に不可欠な価値を求める。このような『効用』はひょっとしたら、彼らが唱道していたものよりも高尚かもしれないが、ある意味ではより緊要なものでさえもある。

　私は自分の論の直接の主題から逸脱してしまった。しかし、『主題の周り』を、実り豊かな周辺をさまよっていたほうが、はるかに本当のことを言い当てられることもときにはある……。実際のところ、どんな本であれ分析するのは無意味で無益なことだ。そのうえ、我々の関心を惹くのは『著者の課題』の遂行でもなければ、『課題』そのものですらなく、ひとえに課題に対する著者の態度なのだ。

　それにこんな疑問もある。こんな風に脱線ばかりして昔のことをほじくり返して、そのごたごたを様式化して語ったり、日常生活を人工的に蘇らせたりすることが、果たしてそんなに必要なのだろうか？　チェルヌィシェフスキーが女性に対してどのように振る舞ったかを知ることが大事だなどと思う者が、いったいいるだろうか？　我々の苦く、優しく、禁欲的な時代には、その種のいたずらのごとき詮索のための場所、暇つぶしの文学のための場所はない。その上、この文学にはある種の傲慢な血気にはやるようなところがあって、これではどんなに好意的な読者でさえも辟易させられるしかないのだ」

　この後、書評が雨あられと降りかかった。プラハ大学のアヌーチン教授は（高名な社会活動家で、輝かしい道徳的高潔さと大いなる個人的勇気を備えた人物である。一九二二年、追放される[*4]少し前に拳銃と革ジャケットに身を固めたその筋の男たちが、逮捕しにやって来たくせに、古銭のコレクションに気を奪われていて、なかなか自分を連行しないでいたとき、時計を指し示しながら、落ち着き払った様子で「諸君、歴史は待ってくれませんよ」と言ったのが、まさに彼だった）、パリで出ている分厚い雑誌に『チェルヌィシェフスキーの生涯』についての詳細な分析を掲載した。

「昨年（と、彼は書いていた）、ボン大学のオットー・レデラー教授による『三人の専制君主――アレクサンドル霧帝、ニコライ冷帝、ニコライ憂帝』という注目すべき本が出た（架空の著者による架空の書名。アレクサンドル三世と、ニコライ一世および二世のことかと想像されるが、このような通称はない）。人間精神の自由への情熱的な愛と、人間精神を蹂躙する者たちへの燃えるような憎しみに突き動かされ、著者はともすればあれこれの評価において不公平になりがちで、例えば、玉座のシンボルに強力な肉体をまとわせたロシア国家の情熱《パトス》をまったく考慮に入れていない。しかし悪を糾弾しようとする過程で生じたものならば、過剰な熱意はもちろん、盲目的言動でさえも、社会によって客観的な善と感じられているものに対するどんな些細な嘲笑よりも――その嘲笑がいかに気の利いたものであったとしても――常にもっともで、無理からぬものと思える。しかし、Н・Г・チェルヌィシェフスキーの生涯と作品を取り扱うにあたってゴドゥノフ＝チェルディンツェフ氏が選んだのは、まさに後者の方法、つまり折衷主義的な毒舌という方法だった。

　著者が徹底的に、そして自分なりに良心的に対象を調べたことについては、疑問の余地はない。同様に疑問の余地がないのは、この著者には文才があるということである。彼によって述べられる思想や、様々な思想の比較対照の中には、疑問の余地なく、鋭い機知を示すものがある。しかし、そうであっても彼の本は嫌悪感を催させる。どうしてこのような印象を受けるのか、落ち着いて分析してみよう。

　ある時代が取り上げられ、その時代を代表する人物の一人が選ばれている。しかし、著者は『時代』という概念をきちんとわが物として理解しているだろうか？　否。何よりもまず、この著者には**時間の分類**の意識がまったく感じられない。この意識がないからこそ、歴史は色とりどりの斑点の気ままな回転と化し、自然界には存在しない緑色の空で逆立ちして歩く人の姿を描いた、印象派の絵のようなものになってしまうのだ。しかし、そうは言ってもこの手法が（ちなみに、この著作が威勢よく博識を見せびらかしているにもかかわらず、この手法のせいで、その学問的価値を完膚なきまでにだいなしにしている）、著者の最大の過ちだというわけではない。彼の最大の過ちは、チェルヌィシェフスキーをいかに描いているかにある。

確かにチェルヌィシェフスキーはこの現代の若き唯美主義者よりも詩の問題が分かっていないが、そんなことはまったく重要ではない。彼は自らの哲学的な考え方においてゴドゥノフ＝チェルディンツェフ氏お気に入りの超越論上の微細な事柄には関心を示さないが、それもまったく重要ではない。重要なのは、芸術や科学に対するチェルヌィシェフスキーの見方がどのようなものであれ、それは彼の時代の進歩的な人々の世界観であったということだ。その上、この世界観は社会思想の発展と、その熱気と有益な活力と不可分に結びついていたのである。まさにこの側面において、唯一正しいこの光に照らして見た場合、チェルヌィシェフスキーの思想構造が意義を持つのであって、その意義はゴドゥノフ＝チェルディンツェフ氏が自分の主人公を毒々しく嘲笑うときに振り回す、一八六〇年代の時代とは何の関係もない浮ついた薄弱な論拠の意味などをはるかに凌駕している。

もっとも、同氏は主人公だけでなく、読者をも愚弄しているのである。そうとしか言いようがないではないか――名を知られた権威が数多《あまた》いるなかで、著者はよりによって実在しない権威を引き合いに出し、その権威に訴えかけるような素振りを示しているのだから。ある意味では――もしも、ゴドゥノフ＝チェルディンツェフ氏がまさにチェルヌィシェフスキーを迫害していた人々を熱烈に支持する側に立っているのだとするならば――彼がチェルヌィシェフスキーを愚弄することについては、許せるとまでは言えないにしても、少なくとも学問的には理解することができる。少なくともそれならばある種の視点であり、読者もいま検討の対象となっているこの著作を読み進めながら、著者の党派的な視点を常に割り引いて考えることによって、真実に到達することができるだろう。ところが困ったことに、ゴドゥノフ＝チェルディンツェフ氏にはそんな風に割り引いて考えるべきものが何もなく、彼の場合、視点は『どこにでもあるし、どこにもない』のだ。それだけではない。読者は文章の流れに沿って下っていくと、ついに静かな入り江に入っていく。そこはチェルヌィシェフスキーの思想とは対立する思想の領域なのだが、それは著者にとって肯定的に思えるものであり、それゆえ読者の判断や指針のためのある種の足場になり得るものなのだ。ところが、読者がそんなところにやっと流れ着いたかと思ったとたんに、著者はいきなりその読者を一発、爪でぱちんとはじいたうえ、その足元から架空の土台を外してしまうので、ゴドゥノフ＝チェルディンツェフ氏がチェルヌィシェフスキー攻撃を展開しながら、いったい誰の側に立っているのか、またしても分からなくなってしまうのだ――彼は『芸術のための芸術』を信奉する者たちの味方なのか、政府の側についているのか、それとも読者の知らない、その他のチェルヌィシェフスキーの敵の陣営にいるのだろうか。主人公その人に対する愚弄について言えば、著者のやり方はどこをどう取ってみても度を越している。どんなにおぞましい細部《ディテール》であっても、彼が厭うことはない。著者はきっと、そういった細部はすべて若きチェルヌィシェフスキーの『日記』の中にあるのだ、と答えるだろう。しかし、『日記』ではそれらの細部は本来の場所、本来の環境に置かれている。つまり、しかるべき秩序と遠近法の中にあって、それらの細部よりもはるかに価値のある、その他多くの思想や感情に取り巻かれているのだ。しかし、著者はまさにそれらの細部だけを釣りあげて、組み合わせるのである。それではまるで、髪の毛や爪の切れ端や肉体的分泌物だけを丹念に集めることによって、人間の姿を復元しようとするようなものではないか。

換言すれば、著者はこの本全体を通じて自由主義ロシアの申し子のうちでも、最も清廉で勇敢な人物の一人のことを心ゆくまで嘲笑しているのだ。そのついでに、彼が他のロシアの進歩的思想家たちにも足蹴を喰らわせていることは言うまでもないだろう。これらの思想家たちへの敬意は、我々の意識の中では彼らの歴史的本質の内在的な一部分になっているというのに、である。彼の本はロシア文学の人道主義《ヒューマニズム》の伝統からはずれており、それゆえそもそも文学というものの外にあるのだが、事実に関して嘘はない（上述の『ストランノリュプスキー』のことや、二、三の疑わしい些事やいくつかの書き間違いを除けば）。しかし、その本に含まれている『真実』は、どんなに偏向した嘘よりも性質が悪い。というのも、**そのような**真実は、ロシアの社会思想から切り離すことのできない宝物の一つである、あの高潔で清純な真実（それなくしては、かの偉大なギリシャ人が『トロポトス』（不詳。ナボコフの意図的なミスティフィケーションか）と呼んだものが歴史から無くなってしまう）に真っ向から対立するものだからである。現代ではありがたいことに、焚書はもう行われていないけれども、仮にそういう習慣がまだ存在しているとしたら、ゴドゥノフ＝チェルディンツェフ氏の本は広場で燃やされるべき第一の候補だと見なされても、しかたのないところだろう」

　その後、文集『塔』でコンチェーエフが発言した。彼は論を始めるにあたって、まず敵の来襲や地震の際に人々が逃げまどう様子を引き合いに出した。つまり、命からがら逃げる人たちは手あたり次第に何でもかんでも持ち出そうとするものだが、その際、とっくの昔に忘れられた親族の誰かを描いた、額縁に入った大きな肖像画をかつぎ出す者が必ずいるというのである。「つまり、ロシアの知識人《インテリゲンチャ》にとって、そういう肖像画にあたるのが――（とコンチェーエフは書いている）――まさにチェルヌィシェフスキー像なのだ。それがその他のもっと必要な物といっしょくたに、自然な勢いに乗って、しかしたまたま運び出されたのである」そしてこの理屈によって、コンチェーエフはフョードル・コンスタンチノヴィチの本の出現によって呼び起こされたstupéfaction《ステュペファクシオン》（驚愕。フランス語）を説明している（「肖像画を突然誰かに取り上げられてしまった」というわけだ）。さらに、思想的な次元の考慮にきっぱりとけりをつけてこの本を芸術作品として検討することに取りかかると、コンチェーエフはあまりに誉めちぎり始めたので、それを読みながらフョードル・コンスタンチノヴィチは自分の顔の周りになんだか熱い光輪のようなものが集まり、両手を水銀が走るような感覚を覚えた。コンチェーエフの書評は次のような言葉で終わっていた――「悲しいことだが、亡命地では、このお伽話でしかあり得ないような機知に富んだ著作の炎と魅惑をきちんと評価できる者は、十人もいないのではないだろうか。さらに言えば、今のロシアにはこの作品が評価できる者は――たまたま二人ばかり、そういう人を知っているのだが、そうでなかったら――一人もいないと断言しているところだろう。その二人のうち、一人はペテルブルク地区（サンクト・ペテルブルク市の地区名。ネヴァ川の北側にあたる。革命後のソ連では「ペトログラード区」と呼ばれるようになっていた）に住んでいて、もう一人は遠くの流刑地にいる」。

　君主制主義者の機関誌『玉座へ』は、『チェルヌィシェフスキーの生涯』についての短評を載せ、「ボリシェヴィズムの思想的な養育係の一人」の正体を暴露することの意義と価値はすべて、著者の「安っぽい自由主義者ぶり」のせいで完全にだいなしになっている、と指摘していた。なにしろこの著者は「辛抱強いロシアの皇帝陛下も堪忍袋の緒を切らしてとうとう、哀れを誘うとはいえ有害な主人公をさほど遠くない土地にお流しになったとたんに、この主人公の側に全面的についてしまうのだから」。「そもそも」――と、この寸評の著者、ピョートル・レフチェンコは付け加えた――「誰の関心も惹かない『輝かしい人物たち』に対する『皇帝専制体制《ツァーリズム》』の残酷な仕打ちだとか何とかについて、ごちゃごちゃ書くのはもういい加減に止めたほうがいい。赤色フリーメイソンの一味は、ゴドゥノフ＝チェルディンツェフ氏の『労作』を喜ぶだけであろう。このような由緒ある貴族の苗字を持つ者が、とっくに一文の価値もない『偶像《イドル》』に化している『社会的理想《イデアル》』を褒め称えるのは、誠に嘆かわしいことだ」

「ボリシェヴィキ・シンパ」の新聞『いまこそ立て！』（ちなみにこれは、ベルリンの『ガゼータ』が常日頃から「卑屈な爬虫類のごとき御用新聞」と呼んでいたものだ）では、チェルヌィシェフスキーの生誕百周年記念行事についての記事の最後のところで、こんな言及があった。「神の御加護のおかげで平穏無事な我らの亡命社会も、動きが見られるようになった。ゴドゥノフ＝チェルディンツェフとかいう御仁が粗野な勝手気ままさを発揮して、手あたり次第にかき集めた資料をつぎはぎしてちょっとした本を急いででっちあげ、嫌らしい誹謗中傷を『チェルヌィシェフスキーの生涯』だと称して出したのだ。プラハの何とかいう教授がその著作は『豊かな才能の感じられる、良心的なもの』だとこれまた急いで判断を下し、誰もがそれに唱和した。この本はなかなか威勢よく書かれていて、その精神的なスタイルに関しては『ボリシェヴィズムの終焉は近い』と主張するワシーリエフの社説と何ら変わるところはない」

　最後の点は特に愉快だった。というのも、ワシーリエフのほうは自分の『ガゼータ』にフョードル・コンスタンチノヴィチの本について何らかの言及が一言でも載ることに対して断固反対したからである。しかもワシーリエフは彼に面と向かって率直に（彼のほうから何も訊かれなかったのに）、もしも君と親しい間柄でなかったならば、酷評を掲載して、『チェルヌィシェフスキーの生涯』の著者を「完膚なきまでに」やっつけているところなんだが、と言ったほどである。要するに、本の周りにはスキャンダルの嵐を告げる雰囲気がうまい具合に作られ、それが本の需要を高めた。それとともに、ゴドゥノフ＝チェルディンツェフの名前はあれこれの非難にさらされているにもかかわらず、たちまち――よく言うように――前面に押し出され、様々な悪評がかまびすしく飛び交う嵐を下に見下すまで高く昇り、あれよあれよという間に皆の見ている前で輝かしく、堅固なものとして確立したのだった。しかし、一人だけ、フョードル・コンスタンチノヴィチがもう意見を聞けなくなってしまった人物がいた。アレクサンドル・ヤーコヴレヴィチ・チェルヌィシェフスキーである。彼は本が出る少し前に、亡くなっていたのだ。

あるときフランスの思想家ドラランド（虚構の人物。ナボコフの長篇『処刑への誘い』でも、彼の著作『影を論ず』からの引用がエピグラフに掲げられている）は、誰かの葬式で、どうして帽子を脱がない（ne se découvre pas）のですかと尋ねられ、こう答えたという――「死のほうが先に帽子を脱ぐのを待っているんだ」（qu'elle se découvre la première）。ここに見られるのは形而上学的な礼儀知らずだが、死にはそれ以上の価値はない。恐怖が敬虔さを生み、敬虔さが生贄を捧げるための祭壇を建て、祭壇の煙が天に昇って、そこで翼の形をとる。そして頭を垂れた恐怖がそれに祈りを捧げる。人間の死後の状態に対する宗教の関係は、人間の地上の状態に対する数学の関係と同じようなものだ。どちらもゲームの約束事でしかない。神を信ずることと、数字を信ずること――それは所に応じた真実、場所の真実である。死それ自体は人生の外の領域と何の関係もないということを、私は知っている。というのも、扉は家からの出口にすぎず、木とか丘といった家の周囲の世界の一部ではないからだ。どうにかして家から外に出ることは必要だが、「私は扉に鍵穴と、指物師や大工が作ったもの以上の何かを見ることを拒否する」（Delalande, *Discours sur les ombres*（ドラランド『影を論ず』）四五ページおよびそれ以前）。そのうえ、人間の理性がもう長いこと慣れ親しんできた人生行路という不幸な考え方（人生をある種の道の形で見ること）は愚かな幻影である。私たちはどこに出ていくわけでもなく、家にとどまったままなのだ。死後の世界は常に私たちを取り巻いているのであって、何らかの旅の終点にあるものではまったくない。地上の家には窓のかわりに鏡がはめられていて、扉は当面の間閉ざされている。しかし、空気は隙間から入ってくる。「家にひきこもって暮らす我々の感覚にとって、肉体が崩壊した後に我々の前に開けるはずの周囲の世界がどのように将来把握されるかについて、一番分かりやすいイメージは、精神が肉体の眼窩から解放され、世界のすべての方位を同時に見ることのできる、全面的な一つの自由な目に我々が変身するというものだろう。あるいは言葉を換えれば、我々が内的に関与した形で、世界の超感覚的な開眼が生ずるということだ」（同書、六四ページ）。しかしこのすべてはシンボルにすぎない。思考がこれらのシンボルにじっと目を凝らしたその瞬間に、それは思考にとって重荷になってしまう……。

なんとかもっと簡単に、精神的に満足がいくように理解できないものだろうか——この優雅な無神論者の助けも、大衆的な信仰の助けも借りないで。なにしろ宗教には、誰をも引き込むいかがわしい分かりやすさが潜んでいて、それが宗教のもたらす啓示の価値を無に帰してしまうのだから。もしも天の王国に心の貧しい者たちが入れてもらえるのならば、想像するに、なんと楽しい場所だろうか。私は地上でそういう人たちをずいぶんいろいろ見てきた。その他に天国の住人になるのは、どんな連中だろう。無数の泣きわめくヒステリー女たち、薄汚い修道士たち、薔薇色の頬をした——プロテスタント製だろうか——数多くの近眼の人たち。何という死ぬほどの退屈さ！　高熱が四日も続いていて、もう本を読むこともできない。不思議だな、以前はヤーシャがいつもそばにいて、私は幽霊と付き合うことができるという気がしていたのだが、いま、こうして私は多分死にかけているのだろうが、こうなってみると、幽霊の存在を信ずるのはかえって何だか地上的なこと、最も低次元の地上的感覚に結びついたことであって、天上のアメリカの発見なんかでは全然ないと思えてくる。

なんとかもっと簡単に。なんとかもっと簡単に。なんとかいますぐに！　あと一押しで、すべてが分かるのに。神を探し求めること——どんな犬だってご主人さまを恋い慕うだろう、あれと同じだ。どうか上司を与えてください、そうすれば私はその巨大な足下に跪きます。こんなことはすべて地上的なことだ。父、中学校《ギムナジア》の校長、学長、社長、皇帝、神。数字、数字——ああ、なんとかして一番、一番大きな数を見つけたいものだ、そうすれば他のすべての数字も何かを意味し、どこかに登っていけるだろうに。いや、この道を進むと綿に包まれたような袋小路に突き当たって、すべてがつまらないものになってしまう。

　もちろん、私は死にかけている。背後のこのペンチ、この鋼鉄の痛みも分かりきった話だ。それは死が後ろから近寄ってきて、脇腹をつまんでいるのだ。でも私は一生、死のことを考えてきた。そして、もしも生きてきたというのなら、もう私には読むことのできないこの本の余白でいつも生きてきた。あれは誰だったろう？　遥かな昔、キエフで……何という名前だったかな、やれやれ。自分の知らない外国語の本を図書館で借りて、書き込みをし、そのままこれ見よがしに置いている男がいた。ポルトガル語や、アラム語を知っているとお客に思わせるためだ。Ich habe dasselbe getan（私も同じことをした。（独））。幸せ、不幸——en marge（余白に。（仏））書かれた感嘆符、しかし文脈はまるっきりわからない。素晴らしいことだ。

　人生の胎内を出ていくのは、恐ろしく苦痛なことだ。誕生に伴う死ぬほどの恐怖。L'enfant qui naît ressent les affres de sa mère.（生まれてくる赤ん坊は母親の苦しみを感ずる。（仏））可哀そうな私のヤーシェンカ（自殺した息子ヤーコフ（ヤーシャ）の愛称形）！　すごく奇妙なことだが、死にかけている私は彼から遠ざかっていく。本当はその逆に、どんどん近づいていきそうなものなのに……。彼の最初の言葉は「蠅」だった。それからその後すぐに、警察から電話があって、遺体を確認するようにという。いま私は彼をどうして置いていけるだろう？　この部屋に……。もう現れたとしても誰もその姿を見る者もなくなり、現れることもなくなってしまうだろう。なにしろ妻《あれ》にはどっちみち、あの子の姿は見えないのだから。可哀そうなサーシェンカ（アレクサンドラの愛称形。ここではチェルヌィシェフスキー夫人のアレクサンドラ・ヤーコヴレヴナを指している）。いくらあるかな？　五千八百マルクか……。それにあの金も……合わせて……。それから？　ボーリャが助けてくれるだろう。いや、助けてくれないかもしれない。

……そもそも人生には、何も無かったんだ、一つの試験の準備の他には。ところがどっちみち、この試験の準備をきちんとすることなどできやしない。「蛇にも知恵者にも死ぬことは等しく恐ろしい」[*5]本当にこんなことを私の知り合いも皆やり遂げるのだろうか？　まさか！　Eine alte Geschichte（古い物語。（独））――あの子の死ぬ前の日に、サーシャと二人で見た映画のタイトルだ。

嫌だ。絶対に。家内《あれ》はいくらでも私を説得しようとするがいいさ。それとも昨日説得しようとしたのだったか？　それともずっと前に？　どんな病院にももう入れられるものか。私はここで寝ているんだ。病院なんてもうたくさん。最期の瞬間にまたしても気が狂うなんて――嫌だ、絶対に嫌だ。私はここに残るぞ。考えを動かしていくのは、なんて大変なんだろう。まるで丸太だ。あまりにも気分が悪くて、これでは死ぬこともできやしない。

「彼は何の本を書いていたんだっけ、サーシャ？　教えてくれ、覚えているだろう！　その話をしたじゃないか。司祭か何かのことじゃなかったかな？　いやはや、君は一度も、何にも……苦しい、辛い……」

この後、彼は朦朧状態に陥り、もうほとんど何も話さなくなった。フョードル・コンスタンチノヴィチは彼の部屋に通され、こけた頬に生えたごわごわした白いひげと、すっかり光沢を失った禿頭、そしてシーツの上でザリガニのようにうごめく、灰色の湿疹に覆われた手が永遠に記憶に焼き付いた。翌日彼は死んだが、その直前に一度意識を取り戻し、苦痛を訴え、それからこう言った

（ブラインドが下りていたため、部屋の中は薄暗かった）――「なんてばかばかしい。もちろん、この後は何もない」彼はため息をつき、窓の外で水がぴちゃぴちゃはねたり、さらさら流れたりする音に耳を傾け、異様にはっきりと駄目を押した。「何もない。それは雨が降っているということと同じくらい、明らかだ」

ところが実際には、窓の外では屋根のタイルの上で春の太陽がきらきら光り、空は瞑想に耽ったような様子で晴れていたのだ。そして、上の階の住人が自分のバルコニーの縁に並べた花に水をやっていたので、水がさらさらと流れ落ちていたのだった。

カイザーアレーの角にある葬儀屋のウインドウには、客寄せのために火葬場の内部の模型が展示してあった（旅行代理店のクック社が、プルマン寝台車の模型を展示しているように）。ちっぽけな壇の前に小さな椅子が何列にも並び、それらの椅子には折り曲げた小指ほどの大きさの人形たちが座り、その前方、少し離れたところには、未亡人の姿が見えた。一センチ四方のハンカチを顔に押し当てていることから、それと分かったのだ。この模型のいかにもドイツ風の誘惑にフョードル・コンスタンチノヴィチはいつも笑わされたので、本物の火葬場に入るのがちょっと嫌になるほどだった。なにしろ本物のほうでは、桶に植えられた月桂樹の下から、重量級のオルガン音楽の響きに合わせて遺体を収めた棺が地獄の見本の中に、焼却炉の中に本当に下ろされていくのだから。チェルヌィシェフスキー夫人はハンカチは持たず、身じろぎもせずに背筋を伸ばして座り、黒い紗を透かして目をぼんやりと輝かせているのが見えた。友人や知人たちの顔にはこういう場合普通に見られる、緊張した表情が浮かんでいた。首の筋肉をいくらか張り詰め、瞳をきょろきょろさせていたのだ。弁護士のチャルスキーは真心をこめて鼻をかみ、社会活動家として葬儀の経験が豊富なワシーリエフは牧師の（アレクサンドル・ヤーコヴレヴィチは最期の瞬間にじつはルター派教徒であることがわかったのだ）話の途中に何度も置かれた間を注意深く追った。ケルン技師は沈着に鼻眼鏡《パンスネ》のガラスをきらめかせ、ゴリャーイノフは太い首を始終襟もとから引っ張り出そうとしていたが、咳払いをするまでにはいたらなかった。チェルヌィシェフスキー夫妻の家の常連であったご婦人たちは、皆ひとところにいっしょに座っていた。ひとかたまりにいっしょに座っていたのは、リシネフスキー、シャフマトフ、シーリン[*6]といった作家たちも同じことだった。そのほか、フョードル・コンスタンチノヴィチの知らない多くの人たちがいた。例えば、金色のひげを生やし、異様に赤い唇をした堅苦しい様子の紳士（故人のいとこのようだ）とか、山高帽を膝に載せ、気をきかせて遠慮気味に最後列に座っている何人かのドイツ人などである。

火葬場の管理人の目論見によれば、式の終了後、参列者は一人ずつ未亡人の前に行って悔みの言葉を述べるはずだったが、フョードル・コンスタンチノヴィチはそれを避けることにし、外に出た。あたり一面が濡れていて、陽光に満ち、なんだか裸体の輝かしさのようなものが感じられた。若草に縁取られ、黒々としたサッカー場ではショートパンツをはいた少女たちが体操をしている。火葬場の、ゴム状樹脂《グッタペルカ》のような色合いを帯びた灰色の丸屋根の向こうに、イスラム教寺院のトルコ石のように青い尖塔が見え、広場の反対側には真っ白なプスコフ（北部ロシアの古都）風の正教教会の、緑のネギ坊主のような屋根が見えた。この教会は角の建物から最近にょっきりと上に伸びあがるように出現したもので、建築上のカムフラージュのおかげでほとんど独立した建造物のように見えた。公園への入り口に設けられたテラスには、二人のボクサーのブロンズ像があった。これも最近建てられたものだが、お粗末なできばえで、拳闘の相互的調和にまったく反するような姿勢で固まりついていた。拳闘のきりっと引き締まり、盛り上がり、丸みを帯びた筋肉の優雅さの代わりに、そこにできあがっていたのは、浴場で言い争っている二人の裸の兵士といったところだ。木立の向こうの空き地から、凧が一つ高く揚げられ、瑠璃色の空で赤い菱形の姿を見せている。フョードル・コンスタンチノヴィチはたったいま灰となり、煙となったばかりの人間の姿に思いを集中できないことに気づいて驚き、腹立たしかった。彼は意識を張り詰め、つい最近まであった自分たちの生きた関係のぬくもりを思い描こうと努めたが、心はぴくりとも動こうとせず、自分の檻に満足し、目を細め、眠たそうに寝そべっていた。五回繰り返される「決して《ネヴァー》」だけから成る、ブレーキを掛けられたような『リア王』の一行——これが思い浮かんだすべてだった。「もう彼には決して会うことができないのだ」と、彼は人の言葉の勢いを借りて考えた。しかし、この言葉の小枝も魂を動かすことはできず、ぽきんと折れた。彼は死について考えようとしたが、しかしその代わり実際に考えたのは、まるで脂身《サーロ》のように青白く優しい帯となって左から伸びている雲を浮かべたあの柔らかな空は、色が青でなく薔薇色だったらハムに似ているな、などということだった。彼はアレクサンドル・ヤーコヴレヴィチが人生の角を曲がった後も何らかの形で存在し続けていると思い描こうとしたが、そのとたんに正教教会のそばのクリーニング店の窓越しに、地獄さながらに、恐るべき悪魔のようなエネルギーと過剰な蒸気によって、平らになった男物のズボンが一着責めたてられているのに気づいた。彼はアレクサンドル・ヤーコヴレヴィチに対して何か懺悔することはないかと考え、せめて、以前ちらりと頭に浮かんだ子供っぽい悪だくみのことでも、と思ったが（自分の本を贈り物にして、不愉快な不意打ちのプレゼントにしようと準備したのだ）、突然、つまらない俗悪なことを思い出した。何かの折にシチョーゴレフが言っていたことだ。「親しい友人が死ぬと、ついこんなことを考えてしまうんですよ。こっちの私の運命のために、あっちでいろいろ骨折ってくれるだろうってね。は、は、は！」これは漠然とした盲目的な魂の状態で、彼には理解できないものだった——いや、そもそもすべてが、それこそ空から、このホーエンツォレルンダム通りの広々した路面をごろごろと音を轟かせて走っていく黄色い路面電車にいたるまで（この通りをかつて、ヤーシャ・チェルヌィシェフスキーは死に向かって進んだのだ）、彼には理解できないものだったのだが、それでも次第に自分自身に対するいまいましさは消え去り、なんだかほっとして——まるで自分の魂に対する責任は自分にあるのではなく、事情がわかっている誰か他の人が負うのだとわかったように——感じたのだった。つまり、このとりとめもない思いのごちゃごちゃした絡み合いはすべて、その他のもろもろと同様——つまり春の日の縫い目や晴れ間も、波立つ空気の凹凸も、はっきり聞き分けられない響きがあれこれの形で交差して織りなす糸も——壮麗な織物の裏側に他ならないのではないか。そしてその**表側**では彼には見えない様々なイメージが次第に成長し、活気づいているのではないか。

気がつくと彼はいつの間にか、ブロンズのボクサー像のそばに来ていた。それを取り巻く花壇では、チャーリー・チャップリンに顔がいくらか似た感じのする青白く、黒斑模様のパンジーの花たちがさざ波を立てていた。そこで彼が腰をおろしたベンチには、これまでも二度ほど、夜、ジーナといっしょに座ったことがあった——というのも、このところ何だか不安に追い立てられるようにして、最初のうち二人が避難所にしていた静かな暗い通りを越えて、ずいぶん遠いところまでさまよい出ていたからだ。隣に座っていた女性は、編み棒を使って何かを編んでいた。さらにその隣では、上は帽子の房飾りから、下は足裏に回す掛け紐《フットストラップ》にいたるまで、全身を青い毛糸にくるまれた小さな幼児がおもちゃの戦車でベンチにアイロン掛けをしていた。灌木の茂みでは雀がさえずり、ときおり一斉に芝生やブロンズ像を襲撃していた。ポプラの若芽が粘っこい匂いを漂わせ、広場の彼方には円形の火葬場がいままでは満腹し、まるで舐め回されてきれいになったような姿を見せている。これだけ遠くからでも、フョードル・コンスタンチノヴィチには葬儀の後、散らばっていく人々の小さな姿が見えた……そして、誰かがアレクサンドラ・ヤーコヴレヴナをミニチュアのように小さな自動車のほうに案内していき（そうだ、明日は彼女のところに寄らなくては）、路面電車の停留所の前に数多くの知り合いが群がり、一瞬の間停車した路面電車が彼らの姿を隠し、ついたてが取り去られると同時に、まるで軽やかな手品のように人々の姿が消えた——こういった光景さえも彼は見分けることができたのだ。

フョードル・コンスタンチノヴィチが家に帰ろうと思って歩きだそうとしたちょうどそのとき、後ろから呼びとめる舌足らずな声がした。その声の主は、『白髪』という長篇（『ヨブ記』からの引用がエピグラフになっている）の著者、シーリンで、この作品は亡命ロシア批評界からはたいへん好意的に受けとめられた。（「神よ、父よ——？　熱に浮かされたようにドル札をさらさら鳴らして、ブロードウェイを娼婦《ゲテラ》たちやゲートルを巻いた実業家たちが黄金の仔牛を追いかけて、殴り合い、こけつまろびつ、息を切らせて走っていった。仔牛は壁に脇腹を擦ってがさがさ音を立てながら、摩天楼の間に潜り込み、電気仕掛けの空に疲労困憊した顔《かんばせ》を向け、吠え声をあげた。パリでは劣悪なたまり場で年老いたラシェーズが、かつては飛行機乗りの先駆だったのに、いまでは老いぼれの浮浪者に変わり果て、年老いた売春婦の『脂肪の塊《プール・ド・シュイフ》』をブーツで踏みつけていた。神よ、どうして——？　モスクワの地下室からは死刑執行人が出てきて、犬小屋の前にしゃがみ、むくげの犬を可愛がりながら、『ちびすけ、ちびちゃん……』と甘く歌うように呼びかけた。ロンドンでは貴族《ロード》とその夫人《レディ》たちがジミーを踊ったり、カクテルを飲んだりしながら、ときおりステージのほうに目をやると、そこでは第十八リング《ママ》の終わり間際に、黒人の巨漢が金髪の対戦相手をノックアウトして、絨毯《ママ》の上に沈めているところだったりした。北極の雪の中では旅行家のエリクソンが、石鹼が入っていた空っぽの箱に腰をおろし、暗い顔をして考え込んでいる——『ここは北極点だろうか、そうではないのだろうか?』イワン・チェルヴャコフ（チェーホフのユーモア短篇「ある官吏の死」の主人公の名前）は一張羅のズボンのほころびを丁寧に刈り込んでいた。神よ、どうしてあなたはこんなことをすべてお許しになるのですか?」）シーリン自身は、頑強そうなずんぐりした体格の男で、赤みを帯びた髪を短い角刈りにし、いつもひげを剃り残していて、大きな眼鏡をかけ、そのレンズはいわば二つの金魚鉢といったところで、その向こうでは二つの透明な小さい目が、見る人にどんな印象を与えるかなどまったく気にしない様子で泳いでいた。彼はミルトンのように盲目で、ベートーベンのように耳が聞こえず、コンクリート《ベトン》のように愚かだった。神々しいほどの観察力の欠如（それゆえに、自分を取り巻く世界についてまったく何もわからず、何かの名前を言うこともまったくできない、ということになる）――これこそは、ロシアの二流作家にかなりしばしば見受けられる特性であり、まるでここでは運命が慈悲心を発揮して、無能な人間が物質を汚してだいなしにしないようにと、感覚的認識の恩寵を与えることを拒んでいるかのようだ。もちろん、そういった暗愚な人間の内でも、何らかの独自の灯りがきらめくことはあるし、そもそも、思いがけない適応やすり替えを愛する、機知に富んだ自然の気まぐれのおかげで、そういった内面の光が驚くほどまばゆく輝いて、どのような薔薇色の頬をした才能の持ち主をも羨ましがらせる場合が知られていることは、言うまでもない。しかし、ドストエフスキーでさえもいつも、なんだか昼間から明かりを灯した部屋を彷彿とさせるではないか。

いま、シーリンとともに歩いて公園を抜けようとしながら、フョードル・コンスタンチノヴィチは、自分の道連れが耳も聞こえず、目も見えず、鼻の穴も塞がれているくせに、そんな状態をまったく何とも思っていないのではないか、などと可笑しなことを考えて、損得勘定抜きで純粋に面白がっていた。もっともシーリンは、知識人が自然から切り離されていることをときに無邪気に嘆くことにやぶさかではなかった。最近リシネフスキーが話してくれたことによれば、用事があるのでベルリン動物園で会いたいと、シーリンのほうから場所を指定してきたという。そして、一時間ほど話し合ってから、リシネフスキーがふと、ハイエナの檻に彼の目を向けさせたところ、明らかになったのは、動物園に獣がいるということを彼はそもそもほとんど意識していなかったということだ。彼はちらりと檻に目をやってから、機械的に「いやあ、確かに我々の仲間は、動物の世界をろくに知らないなあ」と言ってから、人生において彼の心を特に興奮させていること、つまり「ドイツ在住ロシア文学者協会」の活動および理事会の人選についての議論を続けたのだという。そしていま彼はこの興奮の最高潮にあった。「ある種の事件がいまにも起ころうとしている」と言うのである。

　理事長はゲオルギー・イワノヴィチ・ワシーリエフだったが、それは、彼のソヴィエト時代以前からの名声、長年にわたる編集長としての実績、そして何よりもその名を轟かせた不屈の、ほとんど峻厳なまでの誠実さなどを考えれば、あらかじめ決まっているも同然のことだった。確かに人柄は悪く、論争の際には容赦なかったし、膨大な社会経験を積んでいるにもかかわらず人を見る目がまったくなかったけれども、それも彼の誠実さを損なうどころか、むしろある種の心地よい渋みを付け加えていた。シーリンの不満は彼に対してではなく、理事会の残り五名のメンバーに向けられていた。その理由は第一に、彼らのうち一人も（もっとも、それは協会の全構成員の三分の二もなのだが）職業的に文筆に関わっていないということ、第二に、彼らのうち三人が（経理担当理事と副理事長も含めて）――仮にシーリンの主張するような正真正銘の詐欺師ではないにしても――いずれにせよ、おずおずとではあっても、うまいこと工夫して闇の仕事に精を出す夜鳴き鶯《フィロメラ》だということだった。かなり面白く（とはフョードル・コンスタンチノヴィチの意見）、まったくけしからぬ（というのはシーリンの用語法による）一件が協会の手持ち現金に関して持ち上がってから、もうしばらくの時が経つ。会員の誰かから、援助か貸付の申し込みがくると（もっとも両者の違いは、不動産の九十九年間貸与と終身保有の違いとほぼ同じようなものだった）、毎回この手持ち現金の追跡が始まるのだが、それに追いついて実状を把握しようとすると、それは不思議なほど流動的で実体のないものになり、いつも経理担当理事とその他の二人の理事の計三名によって表される三点の間のどこかにある、といった具合になった。追跡をさらに困難にしていたのは、ワシーリエフがもうだいぶ前からこの三人とは口をきかないだけでなく、手紙で連絡を取ることも拒否しているということだった。そして彼は最近では、援助金や貸与金をまず自分自身の財布から支払い、自分に還付されるべき金を協会から引き出すことは他の人たちに委ねていた。結局のところ、この還付金は少しずつなんとか捻り出されていたのだが、今度は経理担当理事がそのために誰かから借金をしていたことが判明し、手持ち現金の亡霊のような状態に変わりはなかった。協会の会員たち、特にたびたび援助を求める必要に迫られていた者は、目に見えて苛立ち始めた。総会が一か月後に招集されることになっていたので、シーリンはそれに向けて決定的行動のための計画を練り上げていた。「かつてはですね」と、彼はフョードル・コンスタンチノヴィチといっしょに並木道を進み、抜け目なく、押しつけがましくない程度に曲がっていく道に機械的に従っていった。「かつては我々の協会の理事会にも、たいへん立派な人たちがみんな名を連ねていたものですよ。ポトチャーギンとか、ルージンとか、ジラーノフとかね。ところがある者は亡くなり、ある者はパリに行ったりで、そこにどんな手を使ったのか、グルマンが入り込んだ。それから次第に自分の友達を二人、引き込んでいったというわけです。この三人組にとっては、この上なく人はいいけれども——といっても他意はまったくありません——まるっきり無気力なケルンとゴリャーイノフの二人の理事が（二つの粘土の塊みたいなものです！）完全に無関心でいてくれるのは、隠れ蓑、防弾壁でしかないんです。ゲオルギー・イワノヴィチとの緊張した関係も、彼に行動を起こさせないための担保になっている。こんなことになったのも、我々、協会の会員が悪いんです。我々が怠け者で、のんきで、組織力もなく、協会に無関心で、社会活動にも許しがたいほど適応できないからいけないんです。もしそういうことがなかったなら、来る年も来る年もグルマンとその一味が自分自身と、自分に都合のいい連中を当選させ続けるなんて事態には、絶対にならなかったでしょう。いい加減、こんなことは終わりにしなければならない。近く行われる選挙では、いつもの通り、彼らの名前を書いた名簿が回ってくるでしょうけれども……。我々は自前の、百パーセント職業作家で埋められたリストを出すのです。理事長はワシーリエフ、副理事長はゲッツ、その他の理事としてはリシネフスキー、シャフマトフ、ウラジーミロフ、あなた、そして私。それから、監査委員会の顔ぶれも一新しましょう。なにしろ、ベレニキーとチェルヌィシェフスキーが委員会から抜けたということもありますからね」

「いえ、とんでもない」と、フョードル・コンスタンチノヴィチは言った（シーリンによる死の定義に一瞬、聞き惚れてから）。「ぼくのことはあてにしないでください。どんな理事会にだって、死ぬまで決して入るつもりはありません」

「ちょっと待った！」と、シーリンが眉をひそめて叫んだ。「それは良心的ではありませんね」

「むしろ非常に良心的ですよ。そもそも、ぼくが協会の会員だというのも、ついうっかりなってしまっただけです。正直に言えば、こういったこと一切の局外にいて傍観者を決め込んでいるコンチェーエフが正しいんですよ」

「コンチェーエフね」と、シーリンが腹立たしげに言った。「コンチェーエフなんて、誰にも必要とされない個人営業の手工業者です。彼には皆と共通の関心がまったく欠如している。でもあなたは、協会の運命に関心を持つべきでしょう。だって、あけすけな言い方で失礼かもしれませんが、協会からお金を借りているんですからね」

「そこです、まさにそこなんです！　ご自分でも分かるでしょう、もしもぼくが理事になったら、自分で自分に金を出すことなんて不可能になってしまう」

「何をばかなことを言っているんです！　どうして不可能なんです？　まったく合法的な手順ですよ。単に立ち上がって席を離れ、お手洗いにでも行って、一瞬の間、言わば平の会員に変わればいい。その間に同僚があなたの申請について審議をしてくれます。あなたがいま考えついたことはすべて、無意味な言い逃れにすぎません」

「ところで新しい小説はいかがです？」と、フョードル・コンスタンチノヴィチは尋ねた。「もうすぐ終わりそうですか」

「いま問題になっているのは、私の小説のことじゃない。お願いですから承諾していただけませんか。若い力が必要なんです。この名簿については、私とリシネフスキーで際限もなくじっくり考えてきたんですよ」

「何と言われてもだめです」と、フョードル・コンスタンチノヴィチが言った。「ばかな真似だけはしたくない」

「まあ、社会的義務をばかな真似呼ばわりするのなら……」

「もしも理事になったら、ぼくは必ずばかな真似をするでしょう。ですから、まさに義務に対して敬意を持っているからこそ、お断りするんです」

「非常に残念ですね」と、シーリンが言った。「それじゃあなたの代わりに、ロスチスラフ・ストランヌイを入れなきゃならないんでしょうか」

「もちろん！　素晴らしい！　ロスチスラフのことは崇拝しています」

「じつは彼は監査委員としてとっておいたんですがね。他には、もちろん、ブッシュがいますが……。でももうちょっと考えていただけませんか。これはつまらないことじゃありません。悪党どもとの本物の決戦になるんですから。私は、連中が腰を抜かすような演説を準備しているところです。どうかよく考えてください、まだ丸々一か月もありますからね」

　この一か月の間にフョードル・コンスタンチノヴィチの本が出て、書評も二、三、現れたので、彼は自分の本を読んで敵になった何人もの連中に会えるものと、わくわくした気分で総会に出かけた。総会はいつものように、大きなカフェの上の階で行われることになっていて、彼がそこに着いたとき、すでに皆集まっていた。並はずれてすばしこい給仕が、矢のようなまなざしをあちこちに走らせながらビールとコーヒーを配って歩いていた。協会の会員たちは、すでにそれぞれテーブルについていた。純粋に作家と言える人たちは狭いところにひしめき合うように座っていて、注文とは違うものを出されたシャフマトフの「ちょっと、ちょっと」という精力的な声が聞こえてきた。奥の細長いテーブルには理事会のメンバーがついていた。恐ろしく陰気な顔をした重々しいワシーリエフをはさんで、その右に控えているのはケルンとゴリャーイノフ、その左手には他の三人。ケルンは技師として主にタービンに携わってきた人物だが、アレクサンドル・ブロークと一時親しかった。帝政ロシアのある省のある局の役人だったゴリャーイノフは、『知恵の悲しみ』（グリボエードフの戯曲）だけでなく、イオアン（イワン雷帝のこと）とリトアニア大使の対話（A・K・トルストイの悲劇『イオアン雷帝の死』第三幕第二場）まで（しかもポーランド訛りまで見事に真似して）素晴らしく上手に朗読できた。この二人はいま、静かな威厳を保っていたが、じつはとっくの昔に三人組の罪深い同僚たちを見限っていたのだった。三人組のうち、グルマンは（この苗字のアクセントは第一音節にある）太っちょの禿げた男で、頭の半分を生まれつきのコーヒー色の痣に覆われ、肩幅は広くなで肩で、藤色がかった分厚い唇に人をばかにしたような、なんだかむっとしたような表情を浮かべていた。彼の文学への関与と言ったら、技術用語辞典を出しているドイツのどこかの出版社とわずかな間、完全に商業的な関係があったということに尽きていた。彼個人の主要なテーマ、彼の存在の筋書きとなっていたのは投機であり、彼が特に熱中していたのはソヴィエトの手形である。彼の隣に席を占めていたのは、小柄だが頑強で引き締まった体をした弁護士で、しゃくれた顎をし、右目には狼のような眼光をたたえ（もう一つの目は生まれつき半ば閉ざされていた）、口の中は金属倉庫さながらだった。彼は機敏で、熱しやすい、一種の決闘好きで、常に人々を仲裁裁判所に引き寄せようとし、しかもそのことを歴戦の決闘経験者特有の歯切れよく厳しい言葉で語るのだった（おれは呼び出したが、やつは逃げた）。グルマンのもう一人の友達は、意志薄弱な、灰色の肌をしたけだるい感じの男で、角縁の眼鏡をかけ、顔立ち全体が穏やかなヒキガエルに似ていて、どうか湿った場所にそっとしておいてください、それだけが望みなんです、とでも言わんばかりだった。彼はいつかどこかの雑誌に経済問題に関する短評を寄稿していたというのだが、口の悪いリシネフスキーはそれさえも認めることを拒否し、誓ってもいいが、活字になったあの男の唯一の作品はオデッサのある編集部への投書だけだ、と言うのだった。その手紙というのは、同姓のある醜悪な人物と混同されては困る、と憤然と抗議するものだったが、結局のところ、その人物は親戚であったことが後で分かり、その後彼の分身となり、最後には彼自身になってしまった——まるで水滴どうしの引力と融合という不可避の法則が作用したようではないか。

フョードル・コンスタンチノヴィチはシャフマトフとウラジーミロフの間に座った。すぐそばには幅の広い窓があり、その向こうには輝やかしい夜がしっとり黒く広がっていた。この夜を彩っていたのは、二つの色合いの（これより大きな数字を思い描くためには、ベルリンの想像力では不十分だった）――つまりオゾンのような瑠璃色と、ポートワインのような赤色の――ネオンサインと、たくさんの窓を持ち、内側から鮮明に素早く照らし出される電車である。轟音をあげて電車は広場の上の高架橋を滑っていき、高架橋の下に開いた、橋脚の間の空間に路面電車が軋みながらゆっくりと鼻面を突き当てていたが、なかなか通り抜けられる穴を見つけられないようだった。

その間にも理事長は立ち上がり、総会の議長の選出の提案をした。すると、あちこちの席から「クラエヴィチだ、クラエヴィチにお願いしよう……」という声が聞こえてきた。クラエヴィチ教授は（物理学の教科書の編者（物理学教科書の著者として有名だったのは、A・K・クラエヴィチ（一八三三～九二））とは何の関係もない。彼は国際法の教授だった）――ニットのチョッキと胸をはだけてひらひらするジャケットを着た、身のこなしの軽い骨ばった老人で、左手はズボンのポケットに入れ、右手で紐に結びつけた鼻眼鏡《パンスネ》をはね上げながら、異様に素早く執行部席に駆け寄り、ワシーリエフとグルマンの間に腰をおろしたかと思うと（グルマンは紙巻煙草を琥珀のシガレット・ホルダーにゆっくりと、陰鬱な顔をしてねじ込んでいた）、すぐさま再び背をすっくと伸ばして立ち上がり、開会を宣言した。

「どうなんだろう」と、フョードル・コンスタンチノヴィチは横目でウラジーミロフをちらりと見て考えた。「彼はもう読んだのかな？……」ウラジーミロフは自分のグラスを置いて、フョードル・コンスタンチノヴィチのほうを見たが、何も言わなかった。彼はジャケットの下に、襟ぐりにオレンジと黒の縁取りのついたイギリス風のスポーツ・セーターを着こみ、額の両脇の髪の毛が後退していることでかえって額の大きさが誇張されて見え、大きな鼻は言うなれば「骨つき」といった感じで、微かにめくれ上がった唇の奥から灰色がかった黄色い歯が不快な感じに輝き、まなざしは賢く冷淡に見えた。どうやら彼はオックスフォードに学んだらしく、自分の似非英国式スタイルを鼻にかけているようだった。二十九歳にしてすでに二冊の長篇小説の著者であり、その鏡のような文体の力とスピード感は素晴らしいものだったが、それがフョードル・コンスタンチノヴィチには苛立たしかった。ひょっとしたら、自分とのある種の近親性が感じられたからだろうか。会話の相手としてウラジーミロフは、奇妙なほど魅力がなかった。彼については、人を小馬鹿にしたところがあり、高慢で冷たく、打ち解けて仲良く議論することができないと言われていたが、そんな風に言われていたのはコンチェーエフも、またフョードル・コンスタンチノヴィチ自身も、要するに自分の考えをバラックや居酒屋ではなく、自分自身の家に住まわせている者なら誰も同じことだった。

　書記が選出されると、クラエヴィチ教授は逝去した二人の協会員を追悼するために、起立して黙禱を捧げることを提案した。物覚えの悪い給仕は盆に載せて運んできたハムサンドをいったい誰が注文したのか、忘れてしまい、このわずか五秒の休眠状態の間にあちこちのテーブルを眺めまわした。皆思い思いのやり方で立っていた。例えばグルマンはまだら模様の頭を垂れ、片方の手のひらを上にしてテーブルに置いていて、まるでサイコロを振って、自分が負けたことを知り、傷心のあまり凍りついてしまった賭博師のようだった。

「もしもし！　こっち《ヒーア》だ！」安堵とともにどやどやと、人々に命が蘇って席に着く瞬間を待ちかねるようにして、シャフマトフが叫んだ。すると給仕はさっと人差し指をあげ（ああ、思い出しましたよ）、滑るように彼のほうにやって来て、人造大理石の上に盆をがちゃんと置いた。シャフマトフはナイフとフォークを十字に組み合わせて、直ちにオープンサンドを切り分けにかかった。皿の縁に張り付いた黄色い芥子が、よくあることだが、黄色い角《つの》を立てていた。彼が美食にふけるこの一時、水色がかった鋼鉄色の前髪が斜めにこめかみに向かって垂れた、ナポレオンをお人よしにしたようなシャフマトフの顔が、フョードル・コンスタンチノヴィチには特に気に入った。彼の隣に座ってレモンティーを飲んでいたのは、自身もまるでレモンみたいな、悲しげに眉を吊り上げた『ガゼータ』の風刺作家で、フォマー・ムールというペンネームは、彼自身が請け合うところでは「フランスの長篇まる一冊（femme《ファム》, amour《アムール》（女、愛））、英文学の一ページ（Thomas Moore〔トマス・ムーア〕（アイルランドの詩人。なお英語名トマスはロシア語ではフォマーとなる））、そしてユダヤ風の懐疑主義少々（疑い深い使徒トマス）」を含んでいるというのだった。シーリンは灰皿の上で鉛筆を削っていた。彼はフョードル・コンスタンチノヴィチが候補者名簿に記載されるのを拒んだことで、非常に腹を立てていた。さらにそこにいた文学者には、いろいろな面々があった。まずロスチスラフ・ストランヌイ――彼は毛深い手首にブレスレットをはめた、ちょっと怖い感じの紳士である。そして、羊皮紙のように青白く、黒馬のような漆黒の髪の毛をした女性詩人のアンナ・アプテーカリ。それから演劇批評家が一人――これは痩せこけた、一風変わった静かな雰囲気の若い男で、容貌全体が微かに一八四〇年代ロシアの銀板写真《ダゲレオタイプ》を思わせるような陰影を帯びている。それから、もちろん、お人よしのブッシュがいて、まるで父親のようにフョードル・コンスタンチノヴィチの姿を見守っていたが、彼のほうは理事長の報告を上の空で聞きながら、いまでは視線をブッシュ、リシネフスキー、シーリンやその他の物書きから、出席者の群れ集う真っただ中に移していた――その中には何人かのジャーナリストがいて、例えばその一人、老ストゥピシンはスプーンを楔形のモカ・ケーキの奥深くに突き立てていた。それから数多くの取材記者《レポーター》。一人ぽつんと座り、おどおどと鼻眼鏡《パンスネ》をきらめかせているリュボーフィ・マルコヴナ――それにしても、彼女はいったいどういう資格でここにいるのだろうか。それからともかく多数の有象無象、シーリンの偏見に満ちた呼び方によれば「異分子」がいた。例えば、押し出しのいい弁護士のチャルスキーはいつも震えている白い手に、もうこれで四本目になる紙巻煙草を持っていた。ひげ面の小男はちんぴら稼業に手を出していて、かつてユダヤ人労働者総同盟《ブント》の機関誌か誰かの追悼記事を一つ掲載したことがある。柔和で青白く、味で言えばリンゴの焼き菓子《パスチラ》（ロシアの伝統的な甘い菓子。果汁と砂糖に卵白を加えて焼いて作る）を思わせる老人もいて、彼は教会合唱団の指揮者の務めを熱心に果たしていた。巨大な謎めいた太っちょは、ベルリン郊外の松林の中の、洞窟同然のところで世捨て人のように暮らし、そこでソヴィエト一口話集を一冊編纂した。皆とは別に一群となっていたのは、何かと騒ぎを起こす、うぬぼれの強い落伍者たちだった。それから感じのいい若者が一人、ただし身分も任務も不明だった（「ソ連の秘密警察《チェキスト》ですよ」と、シーリンは暗い顔であっさり言った）。さらにご婦人が一人――誰かの元秘書である。彼女の夫のほうは、有名な出版社の社長の弟だ。要するにこういった人たちは皆――神秘的な詩を書いているけれども、掲載を申し出てくれる新聞社がまだ一つも見つからない、重苦しい酔眼をしたろくに読み書きもできない浮浪者に始まり、おぞましい感じがするほど小柄で、ほとんど携帯用と言ってもいいくらいのサイズの弁護士のポーシキンにいたるまで――ちなみにこの弁護士は、人と話していると「来《く》る」の代わりに「来《こ》る」とか、「狂っている」の代わりに「こるっている」などと発音し、まるで自分の苗字がプーシキンから少しずれていることの言い訳をしているかのようだった――どいつもこいつも、シーリンの意見によれば、協会の威信を失墜させる連中であって、即刻追放すべきなのだった。

「さてここで」と、自分の報告を終えたワシーリエフが言った。「総会ご出席の皆さまにお伝えしたいのですが、私はこれをもって協会理事長の職を辞し、次期理事長の選挙には立候補いたしません」

彼は腰をおろした。会場に冷気が流れた。グルマンは悲しみに打ちひしがれて、重い瞼を閉じた。

電車が低音弦の上を弓のように滑っていった。

「それでは次に……」と、クラエヴィチが鼻眼鏡を持ちあげて目に当て、議題を見ながら言った。

「経理担当理事の報告です。お願いします」

グルマンの隣に座る引き締まった体つきの男は、健康なほうの目を輝かせ、貴金属の詰まった口を力強く歪めながら、ただちに挑戦的な口調で読み上げ始めた……。火花のように数字が降り注ぎ、金属的な言葉が跳ねた。「会計年度に入り……」「借方に記載され……」「監査の結果……」その間にシーリンは煙草の箱の裏側に手早く何かを書き留め始め、総計を出し、勝ち誇ったようにリシネフスキーと目配せを交わした。

報告を最後まで読み終えると、経理担当理事はかちんと口を閉じた。ちょっと離れたところにはすでに監査委員の一人がぬっと姿を現していた。彼はグルジア人の社会主義者で、顔はでこぼこしたあばた面、髪の毛は靴のブラシさながらの真っ黒だった（スターリンを思わせる風貌）。彼が会計報告から自分が受けた好印象を手短に述べると、その後でシーリンが発言の許可を求めた。その途端になにやら愉快だが、同時に不安を醸し出す、穏やかならぬ雰囲気が漂った。

彼はまず最初に、新年舞踏会の出費が不可解に大きいという点に文句をつけた。グルマンが答えようとしたが……議長は鉛筆でシーリンを指して、発言はもう終わったのかと尋ねた。「最後まで言わせろ、はしょるわけにはいかん！」と、シャフマトフが自分の席から叫ぶと、議長の鉛筆が蜂の針のようにぴくぴく震えながら彼に狙いを定め、その後でまたシーリンのほうに戻ったけれども、シーリンはお辞儀をして座ってしまった。グルマンは軽蔑の色を浮かべながら従順に悲しい重荷を背負い、のっそりと体を起こして、口を開いた……しかし、シーリンがすぐに彼を遮り、クラエヴィチがベルをつかんだ。グルマンが話し終えると、間髪をいれずに経理担当理事が発言の許可を求めた。ところがそのときシーリンはすでに立ち上がって、発言を続けていたのだ。「フリードリヒ通り（ベルリン中心部の繁華街）の尊敬措くあたわざる紳士《ジェントルマン》のご説明は……」すると議長がベルを鳴らし、言葉を慎むように求め、そうでなければ発言を止めさせると警告した。シーリンは再びお辞儀をして、質問が一つだけあると言った――経理担当理事の話によれば、三千七十六マルク十五ペニヒの残高があるとのことですが、そのお金をいま拝見することはできますか？

「ブラボー」とシャフマトフが叫んだ。そして協会の中でも一番魅力のない会員がげらげら笑いだし、手を叩き、あやうく椅子から転げ落ちるところだった。経理担当理事は顔面を輝かしい雪のように蒼白にして、早口でぱらぱらと散弾のように言葉を繰り出した……。あちこちの席から上がる途方もない叫び声に何度も遮られながら彼が話し続けている間に、きれいに顔を剃った、どことなくアメリカ先住民《インディアン》に似たシューフとかいう人物が自分の座っていた隅から出てきて、いつの間にか――彼はゴム底の靴を履いていたのだ――理事が並ぶテーブルに近寄り、真っ赤な拳でいきなりそのテーブルをどすんと叩いたので、ベルが跳ねあがるほどだった。「嘘をつけ！」と彼はわめくと、また席についた。

騒動はすでにいたるところから沸き起こっていたが、シーリンにとって悔しかったのは、権力を奪い取ろうとするもう一つの党派があると判明したことだった。それはいつも取り残されていた者たちの一群で、そこには神秘主義者も、アメリカ先住民《インディアン》のような容貌の紳士も、小柄なひげ面の男も、それからさらに何人かの貧相な、精神的に不安定な紳士たちも加わっていた。そして、そのうちの一人がだしぬけに紙に書いた候補者名簿を読み上げ始めたのだ。名簿に挙げられていたのは、とうてい受け入れられない人たちばかりだったが、彼はこの顔ぶれで新しい理事会を構成することを提案した。戦闘は新たな、相当込み入った局面を迎えていた。いまや三つ巴の戦いになっていたからだ。「山師め」とか、「あんたには決闘は無理だよ」「お前さんはもうぶちのめされているのさ」といった表現が飛び交った……。ブッシュでさえも言葉を発していた。彼も発言し、無礼な叫び声に負けじと声を張り上げていたのだ。というのは、彼の話し方はもともとあまりに曖昧なので、結局彼自身が席につくとき、自分の前に発言した人物の意見に全面的に賛成だと自ら説明するまで、彼がいったい何を言いたいものやら、誰にも分からなかったからだ。グルマンは鼻だけでせせら笑いながら、シガレットホルダーの手入れに余念がなかった。ワシーリエフは自分の席を離れ、隅に腰をおろすと、新聞を読む振りをした。リシネフスキーは雷のような演説を一席ぶったが、それは主に、理事会メンバーの中でも穏やかなヒキガエルに似た男を攻撃するものだった。ヒキガエルのほうはそれでも当惑したように両手を広げ、途方に暮れたようなまなざしをグルマンと経理担当理事に向けるだけだったが、この二人は彼のほうを見ないようにしていた。そして、神秘主義者の詩人がよろよろと立ちあがって揺れながら、汗ばんだ褐色の顔に意味深長な微笑みを浮かべて、韻文で話し始めたとき、とうとう議長は狂ったようにベルを鳴らし、休憩を宣言し、その後にはもう選挙に取りかからなければならないと言った。シーリンはワシーリエフのほうに突進し、隅で彼の説得にかかった。フョードル・コンスタンチノヴィチは突然うんざりした気分になると、自分の外套を捜し出して表に出た。

　自分に対して腹立たしかった。こんなばかげた幕間《ディヴェルティスマン》の余興のために、導きの星のようにいつも決まっていたジーナとの逢瀬を犠牲にするなんて！　いますぐに彼女に会いたいという願望は、それが逆説的なことに実現不可能だと思うと、それだけ辛いものになった。逆説的というのは、もしも彼女が自分の枕元からほんの二サージェン半（約五・三メートル）のところに眠っているのでなかったならば、彼女にはもっと簡単に近寄れたはずだからだ。高架橋の上に電車が長く伸び、先頭車両の明かりに照らし出された窓際で始まったある婦人のあくびが、最後部の車両の別の婦人によって完結した。フョードル・コンスタンチノヴィチは警笛がやかましく響く、脂ぎって黒い通りをそろそろと路面電車の停留所に向かった。ミュージックホールのネオンサインが垂直に配置された文字たちの階段を駆けのぼったかと思うと、すべての文字がぱっと消え、それからまた光が下から上によじ登っていった。どのようなバビロンの言葉だったら、天に届くのだろうか……何兆、何京もの色調をまとめて合わせた名前ならどうだろう——金剛石色魔女百合色鳩瑠璃色雷青玉色藍百合色……といった具合に、あとどれくらい続けなければならないんだ！　やっぱり、電話してみようかな？　ポケットには十ペニヒ硬貨が一枚しかないから、どちらを取るか、決めなければならない——電話をすればいずれにせよ、路面電車には乗れなくなる。でも電話が無駄になった場合、つまりジーナ本人が出なかった場合（母親に彼女を呼び出してもらうことは、二人の間の掟では許されていなかった）、徒歩で家に帰るのはあまりにもいまいましいことになる。一か八か。彼はビアホールに入り、電話を掛けると、あまりにもあっさり片がついてしまった。間違った番号につながってしまったのだ。つながった先はちょうど、いつもシチョーゴレフ家に間違ってつながれてしまう匿名のロシア人が、いつも掛けようとしている相手だった。しかたない、テクで行くさ、ボリス・イワノヴィチならそういうところだろう。

次の角では、彼が近づいてくると、いつもそこで見張りをしている娼婦たちが機械仕掛けの人形のように自動的に働き始めた。その中の一人などは、ショーウインドウの前に足を止めてぐずぐずしている婦人を演じてみせたほどだ。そこに飾られた、金色の肌をしたマネキンたちがつけているコルセットを彼女はもう隅から隅まで知っているだろう、隅から隅まで……そう考えると悲しかった。「おにいさん」と、別の女が問いかけるように笑みを浮かべて言った。暖かい夜で、空には星肩が見えた。足早に歩く彼の剝き出しの頭は、夜気のせいでなんだかぼうっとするほど軽かった。そしてさらにその先で公園を通り過ぎていくとき、ライラックの亡霊たちと、緑の闇と、芝生の上に広がった素晴らしい裸の匂いが漂ってきた。

　家に入ってドアにそっと掛け金を掛け、ようやく暗い玄関に立ったとき、彼は体が火照り、額が燃えるようだった。ジーナの扉の上にはめられた曇りガラスは、光に照らされた海のようだった。彼女はきっと、ベッドで本を読んでいるのだろう。そしてフョードル・コンスタンチノヴィチが突っ立ったまま、この神秘的なガラスを見つめていると、彼女は一回咳払いをし、何やらさらさら言わせたかと思うと、明かりが消えた。なんというばかげた拷問だろう。入るんだ、入ってしまえ……。誰にも分かるものか。シチョーゴレフ夫妻のような人たちはいかにも庶民らしく、正体もなく、百パーセントぐっすり眠るものだ。ジーナはあまりに潔癖で、細かいことにうるさすぎるからいけない。爪でそっとノックしたところで、絶対に開けてはくれないだろう。でも彼女は、ぼくが暗い玄関に立ち、喘いでいることを知っている。この禁断の部屋は、この何か月かの間に彼の病、重荷、彼自身の一部になっていた。もっとも、それは膨れ上がったまま封印された彼の一部、いわば、夜の気胸だった。

　彼はしばらく突っ立っていたが、やがて爪先立ちの忍び足で自分の部屋に滑り込んだ。まったくの話、フランス流の恋情だ。フォマー・ムール〔女《ファム》、愛《アムール》〕か。眠れ、眠るんだ——春の重荷とは、これまたなんとへぼな話だろう。自分を手中に収めるんだ。いやはや、なんとも、修道上の駄洒落みたいだな（「自分を手中に収める」とはロシア語の慣用句で、「自制する」の意味。それを文字通りに解釈すると、自慰行為の暗示になる）。この先はどうなるんだろう。いったいぼくたちは何を待っているんだ？　いずれにせよ、これ以上の妻は見つかるまい。でもぼくにそもそも妻が必要だろうか？「竪琴をどけてよ。これじゃ、足の踏み場もないじゃないの……」

いや、彼女はそんなことは絶対に言わないだろう。まさにそこが肝心なところなんだ。

　問題はあまりに厄介なものに思えたので、そもそも問題の立て方に間違いがあるのではないか、と思わず問い返したくなるほどだった。ところが、数日後には解決への糸口が、簡単に、馬鹿みたいに思えるほどあっさり見えてきたのだった。ボリス・イワノヴィチの家業はこの何年もの間、傾く一方だったが、まったく思いがけず、あるベルリンの企業のコペンハーゲン支店長という堂々たるポストが降って湧いたのだ。二か月後の七月一日までにはそちらに引っ越し、少なくとも一年は滞在しなければならない。いや、ひょっとしたら——仕事が順調に行けば——ずっとそちらに暮らすことになるかもしれない。マリアンナ・ニコラエヴナはどういうわけかベルリンが気に入っていて（何と言っても住み慣れた巣のような場所だし、衛生面では上下水道の設備が素晴らしいし——もっとも彼女自身は不潔で不衛生な人間だったが）、この町を後にするのは悲しかったが、もっといい生活環境が待っていると思うと、悲しみは吹き飛んでしまった。そんなわけで、七月からジーナは一人でベルリンに残ってトラウムの事務所で仕事を続け、そのうちにシチョーゴレフがコペンハーゲンで「彼女のためにいい仕事を見つけたら」、彼女は「呼ばれたらすぐに」ということに決まった（つまり、これはシチョーゴレフ夫妻がそう考えていたということで、ジーナは別な風に、まるっきり別な風に決めていた）。残るは、ベルリンの住居をどうするかという問題だけだった。シチョーゴレフ夫妻はそれを売り払いたくはなかったので、借り手を探すことにした。そして見つかった。前途有望な商売を手がけている若いドイツ人が、婚約者を連れて——こちらは素朴で、化粧っけがなく、主婦にふさわしくずんぐりした若い娘で、緑色のコートを着ていた——住居を下見に来た。そして食堂も、寝室も、キッチンも、ベッドに寝そべるフョードル・コンスタンチノヴィチの姿も見て回った結果、嫌にはならなかった——つまり、気に入ったということだ。ただし借りるのは八月一日からということだったので、シチョーゴレフ夫妻が出発してからまる一か月の間、ジーナと下宿人はそこに残ることができた。二人は日数を数えた。五十、四十九、三十、二十五――これらの数字の一つ一つに自分の顔があった。ミツバチの巣、木にとまったカササギ、騎士のシルエット、若者。彼らの夜毎の逢瀬はすでに最初の街路（街灯、菩提樹、塀）の岸辺を越え出ていたが、いまや落ち着きのない彷徨は幾重もの環のようにさらに広がっていき、二人を町の遠くの隅々まで連れ出していて、しかも同じ場所が二度繰り返されることは決してなかった。それは運河に架かった橋だったり、背後でヘッドライトが次々に駆け抜けていく公園の格子垣で囲われた植え込みだったり、黒っぽい有蓋トラックが立ち並ぶ、霧に包まれた空き地沿いに走る舗装されていない道路だったり、昼間は捜し出すことができない奇妙なアーケードだったりした。渡りを前に控えた習性の変化、興奮、悩ましい肩の痛み。

新聞はまだ若い夏を異例の暑さだと診断した。実際、それは快晴の日々の続く長い「……」（多重点）のようなもので、それを中断させるのはときおり起こる雷雨の間投詞だけだった。ジーナが事務所で悪臭の漂う熱気に疲労困憊している一方で（汗で腋の下がびっしょり濡れたハメッケの上着だけでも、もう大変なのに……タイプを打つ女たちの首筋は蠟みたいに溶けていくし……カーボン紙の黒がべたべたするし！）、フョードル・コンスタンチノヴィチは家庭教師の仕事を放り出し、もう長いこと支払いを滞らせている部屋代のことを考えないようにしながら、早朝からグルーネヴァルトに出かけ、まる一日帰って来ないのだった。以前彼は朝の七時に起きたことなど一度もなかったし、そんなことは途方もないと思えたものだが、いまでは人生の新たな光の下で（その光の中では、才能の成熟と、新たな著作の予感と、ジーナとの完全な幸福が目前だということが何だか混じり合っているようだった）、彼は毎日の早起きに伴う素早さと軽やかさから、燃え上がる炎のように瞬発的に行われる動作から、直に快楽を味わっていた。実際、シャツ、ズボン、素足に運動靴、と三秒で済ませる朝の身支度には理想的な単純さがあり、その後で彼は膝かけに水泳パンツをくるんでそれを小脇に抱え、歩きながらポケットにオレンジとサンドイッチを突っ込むと、もう階段を駆け下りていた。

折り返された玄関敷きがドアを開いたままの状態で止めていて、その間に玄関番が別のマットを罪のない菩提樹の幹に精力的に叩きつけていた。菩提樹はきっと、思っていただろう。こんなに叩かれるなんて、私が何をしたっていうの？　アスファルトはまだ家々の青い影に覆われていた。歩道には、犬が朝一番に落とした新鮮な小山が輝いている。隣の門からは、昨日まで修理工場に置かれていた黒い霊柩車がそろそろと出てきて向きを変え、がらんとした道に乗り出した。霊柩車の中では、窓ガラスの奥に、白い造花の薔薇に囲まれて、棺の置かれるべき場所に自転車が横たわっていた。誰のだろう？　どうして？　牛乳屋はもう開いていたが、怠け者の煙草屋はまだ眠っていた。太陽は通りの右側で、まるでカササギのように光る小さな物を選り分けて、多様な物体の上できらきら輝いていた。その通りの果てでは鉄道が敷かれた峡谷が横に交差していて、そこに突然、陸橋の右手から、蒸気機関車の煙の雲が現れ、鉄製の橋梁にぶつかってちぎれ飛んだが、すぐに再び反対側から白い姿を現し、木々の間に開いた場所を、とぎれとぎれに噴き上がりながら走っていった。その後でこの陸橋を渡りながら、フョードル・コンスタンチノヴィチは、いつもと同じように、鉄道線路の両脇に設けられた斜面の驚くべき詩情と、その自由で多様な自然にうっとりした。アカシアや柳の茂み、野草、ミツバチ、蝶——これらのものは皆、下に見える五条の川の流れのような線路の間できらめく石炭の粉から息苦しいほどそばにありながら、ひっそり、のんびりと生きていたし、上に見える都会の舞台裏からも、入れ墨を彫った背中を朝の日の光で暖めている古い家々のあちこち剝げ落ちた壁からも疎外され幸せに生きていたのだ。橋を越えた先の、小さな公園の前では、二人の初老の郵便局員が切手自動販売機の点検を終えて、突然遊びに熱中し始めた。二人は爪先立ちになり、一人がもう一人の後につき、互いの身振りを真似し合いながら、ジャスミンの茂みの後ろからもう一人の男に忍び寄り——この三人目の郵便局員は両目を閉じ、労働の一日を前にしてほんの一時おとなしくベンチの上でうっとりくつろいでいたのだ——彼の鼻を花びらでくすぐろうとしていた。夏の朝がぼくに——ぼくだけに——与えてくれる、これらの贈り物をぼくはどうしたらいいのだろうか。将来の本のために取っておくべきなのか？ 今すぐに、『幸せになる方法』といった実用的なガイドブックを編纂するために使うべきなのか？ いや、もっと深く、もっと徹底的に——このすべて、この戯れ、この輝き、この木々の葉のみずみずしい油彩のような緑のメーキャップの背後に何が隠されているのか、理解するべきなのだろうか？ だって何かがある、何かがあるに違いない！ 感謝をしたい。でも感謝をすべき相手がいない。寄付はすでに届けられている。そして寄贈品目録には「一万の日々。〈無名の者〉より」と書かれているのだ。

さらに鋳鉄の柵に沿って進んで行った。柵の奥には、銀行家の別荘《ヴィラ》の庭園が広がっていて、グロッタ（イタリア語で「洞窟」の意。庭園に人工的に造られた避暑・娯楽のための設備）の影たちや、柘植の木や、木蔦、そして撒水器から水がビーズのように降りかかる芝生が見えた。そのあたりではもう、ニレや菩提樹に混じって松の木がちらほら姿を見せ始めていた——グルーネヴァルトの松林から遥かここまで送り込まれた先遣隊といったところだ（それとも逆に、連隊から取り残されたのか？）。口笛の音を響き渡らせ、三輪車のペダルをこいで道を登りながら（上り坂だった）、パン屋の配達人が通り過ぎた。湿っぽいさらさらという音を立て、撒水車がのろのろと——まるで車輪の上に載った鯨だ——アスファルトを幅広く潤しながら這い進んでいった。書類鞄を持った人物が表に出てきて、朱色に塗られた木戸をばたんと閉め、勤めに向かった――どんな会社に勤めているのかはわからないが。彼の後についてフョードル・コンスタンチノヴィチは並木道に出た（依然としてホーエンツォレルンダム通りが続いていた。気の毒なアレクサンドル・ヤーコヴレヴィチの遺体を焼却したのは、この通りが始まる所だった）。すると、留め金がきらっと光り、書類鞄が路面電車に向かって駆けだした。ここまで来ると森まではもう近い。上に向けた顔に陽光の熱いマスクをすでに感じながら、彼は足を速めた。木の棒を密に組み合わせて作った柵の前を通り過ぎるとき、目の中がちかちかした。つい先日まで家と家の間の空き地だった所で、小さな別荘の建築が始まっていたが、将来窓になるべき空隙を空が覗きこんでいたし、作業がのんびりしているのに乗じて未完成の白壁の内側にはゴボウと日だまりが早くもわが物顔に住みついていたので、白壁は廃墟の物思わしげな風情を漂わせていて、未来のことにも過去のことにも使える「いつか」という言葉を思わせた。フョードル・コンスタンチノヴィチに向かってうら若い、牛乳瓶を持った娘がやって来たが、彼女はどことなくジーナに似ていた。いや、より正確に言えば、この娘には、彼が多くの女性たちに見出しているある種の魅力の――それは明確なものであると同時に、無意識的なものでもあった――ひとかけらが含まれていたのだ。そして、彼はその魅力の完璧なものをジーナの中に認めていた。だからそういう女性たちは皆、ジーナとある種の神秘的な親族関係にあるわけだが、その関係について知っているのは彼一人だった。もっとも、その関係の特徴を具体的に言い表せといわれても、彼にはまったくできなかったけれど（ただ、この親族関係の外にある女性たちを見ると、彼は病的な嫌悪感を覚えた）。そしていま、擦れ違った少女のほうを振り返って、ずっと前からお馴染みの、束の間しか姿をとどめない黄金の線を捕えると、それはすぐさま永遠に飛び去った。このとき彼は、一瞬、絶望的な欲望がこみ上げてくるのを感じた。それは満たすことができないがゆえに、魅惑的でもあり、豊かでもある――そんな欲望だった。低俗な悦楽をつかさどる陳腐な悪魔よ、「好みの種類《タイプ》」などというひどい決まり文句でぼくを誘惑しないでくれ。いや、そんなものではない、それを超えた何かなのだ。定義とはつねに限度を定めることだが、ぼくはそのもっと先に行くことを切望する。様々な障害を（つまり言葉の、感情の、世界の壁を）乗り越えて、ぼくは無限を探し求めているのだ——すべての、本当にあらゆる線が一つになる無限という場所を。

並木道の終わったところには、松林のはずれの青々とした姿とともに、最近建てられた休憩所《パヴィリオン》の彩り豊かな柱廊玄関《ポルティコ》が見えた（休憩所の中央広間《アトリウム》には、お手洗いが一セット——男性用、女性用、子供用と——揃っていた）。そして、この休憩所を通って——地元のルノートル（フランスの造園家。パリのチュイルリー庭園、ヴェルサイユ宮殿の庭園を設計した）たちの目論見によれば——まず最初に、最近造成されたばかりの岩石庭園の中に入ることになっていて、幾何学的に配置された小道に沿って高山植物が植えられたその庭園が——これもまた、本来の目論見によればだが——森への快い入り口の役割を果たすはずだった。しかし、フョードル・コンスタンチノヴィチはその入り口を避けて、左に曲がった。そのほうが近道だったのだ。まだ人の手の加わっていない松林の縁が自動車道路沿いに果てしなく伸びていたが、ここでも町のお偉方の側からの次の一歩は避けられなかった。つまり森に自由に入れるこちら側に延々と果てしなく続く柵をはりめぐらし、不可避的に（まさに文字通りの、本来の意味で）柱廊玄関《ポルティコ》が入り口になるようにしたのだ。そら、わしは君のためにきれいにしてやった。ところが君はそれに魅力を感じないというんだな。それじゃあ、しかたない。これはきれい《カズィスタ》なだけじゃなく、お上《カズィヨンナ》の命令《プリカズ》なのだよ。とはいうものの（ここで思考をチェスのナイトのように、f3－g1と後ろ向きに桂馬跳びさせて）、考えてもみたまえ。この森はいまではすっかり後退して、湖の周りに押し込められている。毛深いご先祖様から遥か遠くまでやってきた我々の体毛が、局所的にしか生えていないのと同じことだな。ここじゃ植生は岸辺のあたりにわずかに残っているだけだ。しかしこの森もかつてはいまの町のど真ん中まで広がっていて、公爵家の下司どもが角笛を鳴らし、犬と勢子を連れて騒々しく密林の中を駆け回っていたわけさ。しかしだよ、その頃のほうがよかったなんてことは、よもやあるまい……。

ぼくが出会った森は、まだ生き生きとしていて、豊かで、鳥たちで溢れていた。コウライウグイスも、鳩も、カケスも姿を見せた。カラスが一羽、翼で「フシュ、フシュ、フシュ」と喘ぐような音を立てながら飛んでいった。ズアカキツツキが松の幹をコツコツつついていた。もっとも、思うにキツツキはときには自分自身のドラミングの音を自分の鳴き声によって真似していただけで、そういうとき音は特によく響き、説得力も（雌に対して）増すのだった。というのも、思いがけない場所で突然ぱっとひらめく機知に富んだ嘘ほど、魅力的で神々しいものは自然界にはないからだ。例えば、森のキリギリスは（自分の小さなエンジンを始動させようとして、なかなかからず、ツィク、ツィク、ツィクといって、突然中断してしまうやつだ）ぴょんと飛んで着地すると、さっと体勢を変え、自分の黒い縞の向きが落ちた針葉の（そして針葉の影たちの！）向きと一致するように身をひねるのだ。でも注意しなければならない。父が書いていたことを、ぼくは好んで思い出す。「自然界の出来事を観察する際には、観察の過程において――それがいかに注意深い観察であっても――我々の理性、つまり先回りしたがるこのおしゃべりな通訳が、説明をこっそり耳打ちし、それがいつの間にか観察の道筋そのものに影響を与え歪めてしまう、などということがないように注意しなければならない。そんな風に道具は真実に影を落とすものなのである」

さあ、手を貸して、親愛な読者よ、ぼくといっしょに森に入ろう。ごらんなさい、まず、まだ木がまばらで光をよく通す場所では、あちこちにアザミや、イラクサや、ヤナギランが小さな群れをなしていて、その中では廃棄物に出くわすこともある。ときには、破れたマットレスから壊れて錆びたスプリングが飛び出していたりもするが、そんなに顔をしかめないで！　ほら、この密生した暗い小さなモミ林で、あるとき穴に行き当たって、その中を見ると、狼の血を引いて鼻面の細い、若い犬の死体が、素晴らしく優雅に身を丸め、前肢と後肢をぴったり合わせて横たわっていた（穴は死ぬ前に自分で注意深く掘ったものだろう）。それから下草もなく、褐色の針葉を敷き詰めただけで、山肌が剝き出しになった小さな丘があり、そこに生えた純朴そうな松の木の幹と幹の間にさし渡されたハンモックを見ると、寝る場所については贅沢を言わない誰かの体でふさがれていたりもする。すぐそばの地面には、ランプシェードの針金の剝き出しの骨組みが転がっている。その先には、周囲をアカシアに囲まれた、何も生えていない砂地があり、そこのねばついてくる熱い灰色の砂の上に、下着だけになった女が靴も履いてない恐るべき足を投げ出して座り、ストッキングをかがっていて、その周りを、股の付け根のあたりを埃で黒くした幼児が跳ねまわっている。これらの場所のいずれからでも、まだ車道も、走り過ぎてゆく車のラジエーターのきらめきも見えるが、さらにもう少し奥に入ろうものなら、森は本来の森らしくなり、松の木は高貴な雰囲気を増し、靴の下では苔がさくさく音を立てる。そういうところでは、必ず誰かが――例えば失業した浮浪者が――顔を新聞で覆って寝ているものだ。哲学者は薔薇よりも苔を好む。ほら、ちょうどここが、先日小型飛行機が墜落した場所だ。ある男が自分のご婦人を乗せて、瑠璃色の朝空を飛びまわっているうちに、はしゃぎすぎて操縦桿を制御できなくなり、松林の中にまっさかさまに、ひゅう、ばりばりと突っ込んだのだ。残念ながらぼくが来たのは遅すぎた。残骸はすでに片づけられ、馬に乗った二人の警官が並足で道路のほうに向かうところだった。しかし勇ましい死の跡はまだ松の根元には認められたし、松の木のうち一本は上から下まで飛行機の翼に枝をすっかり刈り取られていたくらいで、犬を連れた建築家のシュトックシュマイサーは赤ん坊を連れた乳母に、ここで何があったか説明していた。しかしさらに数日が過ぎると、すべての痕跡は消え去り（ただ松の幹についた傷が黄色く見えるだけだった）、もうまったく何も知らない老人とその老夫人というカップルがまさにこの場所で――老女はブラジャーを、老人はズボン下をさらけ出し――互いに向き合って単純な体操をしていた。

その先は申し分なく素晴らしくなった。松はすっかり元気になって本領を発揮し、鱗状の表皮に覆われた薔薇色を帯びた幹の間では、丈の低いナナカマドの羽毛のような葉やオークの硬い青葉が、松林に差し込む縞模様の陽光を砕いて、生き生きとした斑点を生み出していた。びっしりと葉の茂ったオークを下から見上げると、陰になった葉と日に照らされた葉、暗緑色の葉と鮮やかなエメラルド色の葉が互いに覆い合っていて、まるでそれらの葉の波型の縁がジグソーパズルのようにつながっているように見えた。その葉にとまっていたのは翅に鋭い切り込みがあり、その暗い灰色がかった裏側には白く小さな丸括弧のような模様がついたタテハチョウで、赤茶色の絹のような翅を陽光の輝きに優しく愛撫させたり、きっちりと閉じ合わせたりしていたが、突然飛び立つと、人間の汗に引き寄せられて、ぼくの剝き出しの胸にとまった。もっと高いところでは、後ろに反らしたぼくの頭の上で松の梢と幹がじつに複雑なやり方で影を交換し合い、松葉は透明な水の中でうごめく水草を思わせた。そして、もっと頭を後ろに反り返らせると、背後の草が（上下あべこべになった）この視点から見ると、草は説明しがたいことに、原初の緑色を再び取り戻した）世界の頂上になり、どこか下のほうに、空っぽで透明な光の中に伸びていくように見え、ぼくはどこか他の惑星に飛んでいった人間さえも（そこでは重力も、密度も、五感のあり方も違う）驚かせるに違いない感覚を覚えた。特にそういう感覚が強まったのは、散歩を楽しむ一家が逆立ちをして通り過ぎ、彼らの足取りがしなやかに奇妙に突き出てくるように見えたときや、投げ上げられたボールが目くるめく深淵の中に――次第に勢いを緩めながら――落ちていくように見えたときだ。

さらに前に――松林が果てしなく伸びていく左側にでもなく、あるいは松林の代わりに新鮮に子供っぽくロシアの香りを漂わせる白樺の若木の林が現れる右側にでもなく――進んでいくと森の木々は再びまばらになり、下生えもなくなり、砂地の斜面でついに途絶え、そして眼下に何本もの光の柱に照らされて輝く広々とした湖が姿を現した。太陽は手を替え品を替え様々なやり方で対岸の斜面を照らし出し、雲が流れて大気がまるで一つの大きな青い瞼のように閉ざされたり、その後でまたおもむろに目を見開いたりすると、順を追って暗くなったり明るくなったりするこの手順を通して、一方の岸がもう一方の岸から必ず遅れを取るのだった。対岸には砂地の縁取りはほとんどなく、びっしり生い茂った葦のほうに木々が皆一斉に上から迫ってきて、その少し上方にはクローバーやカタバミやトウダイグサが生えた熱く乾いた斜面を見つけることができた。そういった斜面を生き生きとした闇で縁取るオークの木々は、大波のように下へ、湿った窪地の方になだれ落ちていたのだが、じつはヤーシャ・チェルヌィシェフスキーが拳銃で自殺した場所もそういった窪地の一つだった。

ベルリンの住人たちは「グルーネヴァルト」という概念を、日曜日の単純な印象（紙屑、ピクニックの群衆）から作りあげていたが、ぼくはこの森の世界のイメージを自分自身の持つ手段によって、いわばその水準よりも高いところへ持ち上げたのだった。その森に毎朝やって来るとき、この夏の暑い平日にその南側の奥地、未開の秘境を目指すとき、ぼくは自分の住むアガメムノン通りからわずか三露里《ヴェルスタ》のところに原初の楽園があるかのような喜びを味わうのだった。お気に入りの場所は、陽光の自由な流れと灌木による日よけが魔法のように両立している一角で、そこに辿りつくと、ぼくは服を脱いで裸になり、首筋の下に不要の水泳パンツを枕がわりに当て、膝かけの上にあお向けに寝ころんだ。全身にブロンズを浴びたように日焼けし、自然な色が残っているのは踵と手のひらと目の周りに放射状に伸びる皺だけ、というありさまだったので、ぼくは自分が運動選手《アスリート》か、ターザンか、はたまたアダムか、ともかく何でも好きなものになったような気がしたが、裸になった都会人という感じだけはなかった。裸と普通結びつく決まり悪さは、自分の体が無防備に白いという自覚から来るもので、この白さは周囲の世界の色合いとのつながりをとっくの昔に失っていて、それゆえ世界とは人工的な不調和に陥っているのだ。しかし、太陽の作用が欠陥を埋め合わせ、私たちを裸の権利において自然と平等なものにしてくれ、すでに日焼けした体は恥ずかしさを感じない。こんなことを言うとなんだか裸体主義者《ヌーディスト》のパンフレットみたいに聞こえるかもしれないが、どこかの貧乏人が借りてきた真実と自分の真実がたまたま一致したからといって、自分の真実に罪があるわけではない。

陽光が突然襲いかかってきた。太陽は大きく滑らかな舌でぼくの体をくまなく舐め回した。次第にぼくは灼熱して透き通り、体中を炎に満たされて、炎が存在するからこそ自分も存在しているのだと感じるようになった。文学の著作が異国の言葉に翻訳されるように、ぼくも太陽へと翻訳された。痩せこけ、寒さに震える冬のフョードル・ゴドゥノフ＝チェルディンツェフはいまのぼくからはあまりにも遠く離れていたため、まるで彼をシベリアのヤクート州に流刑にしてしまったようだった。そちらの冬バージョンはぼくの生気のない写真、こちらの夏バージョンはそれを誇大にしたブロンズの複製だった。ぼく本来の「自分」、つまり本を書き、言葉や花や思考の戯れや、ロシアや、チョコレートや、ジーナを愛していた自分はいつの間にか霧散し、溶け去ってしまった――つまり、光の力によってまず透明にされ、それから陽炎のようにゆらめく夏の森全体の一部になったのだ。この森を満たしていたのは、ビロードのようにつややかな針葉と、楽園のような緑色をした広葉、すっかり変容して、色とりどりで絢爛たる膝かけのラシャのうえを這う蟻たち、鳥たち、様々な匂い、イラクサの熱い草いきれ、熱せられた草の発する肉欲の香りであり、その森の上に広がる空の青の遥かな高みでは飛行機が爆音を轟かせ、まるで青い塵に、天空の青い本質にうっすらと包まれたような姿を見せていた。飛行機そのものが、水に濡れた水中の魚と同様に、青みを帯びていた。

そんな風に完全に溶け去ることができたのだ。フョードル・コンスタンチノヴィチは上体を起こして、座った。きれいに剃られた胸を汗の小川が流れ落ち、臍の貯水池に流れ込んだ。引き締まってくぼんだ腹は光の加減により、ときに褐色の、ときに真珠母色の光彩を放っていた。黒く輝かしい陰毛が無数の小さな環のように絡み合ったところを、迷い込んだ蟻がいらいらした様子で這っていく。脛はつやつやとしていた。足の指の間に松葉の針がはさまっている。彼はパンツで、短く刈り込んだ頭や、ねばつくうなじや首を拭いた。小さなリスが一匹、丸まった背を見せながら、草の上を木から木へと、少しぎこちなく波を描くように駆けていった。まだ丈の低いオークの林、ニワトコの茂み、松の幹——このすべてがまばゆい光の斑点に覆われ、小さな雲が一つ、夏の日の顔を少しも損なうことなく、手探りで太陽の脇を這い進んでいた。

彼は立ち上がって、一歩踏み出した。するとたちまち、木の葉の影が軽やかな手を彼の左肩に掛けたが、それは彼が次の一歩を踏み出したとたんに滑り落ちた。太陽の位置を見て取ると、フョードル・コンスタンチノヴィチは膝かけを引きずって一アルシン（約七一センチ）ほど動かして、木陰に自分の場所を侵食されないようにした。素裸で動き回るのは、なんという幸せだろうか。腰回りの自由が特に彼の心をはずませた。彼は灌木の間を歩きだし、虫の声や鳥の羽音に耳を傾けた。キクイタダキ（黄色い羽冠を持つ小型の鳥。ロシア語名コロリョークは「小さな王」の意味）がオークの葉叢の中をネズミのようにするすると這い、ジガバチがイモムシの死体を肢にぶらさげて低空飛行していった。さきほどのリスが爪でひっかく音を断続的に立てながら、樹皮をよじ登っていく。どこかさほど遠くないところで娘たちの声が聞こえ、彼は影の斑点を身に浴びて立ち止まった。すると影の斑点も腕沿いではぴたりと動かなくなったが、左側の肋骨のあたりでは規則的に震え続けていた。翅にコンマのような模様が二つついた黄金色のずんぐりした蝶がオークの葉に止まり、翅を半開きにして小舟のような形を作ったかと思うと、突然、金色の蝿のようにぱっと飛び去った。そしてこの森の日々には――特にお馴染みの蝶たちがちらほら姿を見せるようなときには――よくあったことだが、フョードル・コンスタンチノヴィチは他の森で父が味わった孤独を思い描いた。もっとも父がいた森は巨大で、果てしなく遠くにあって、それに比べればこの森などは枯れ枝か、切り株か、がらくたのようなものにすぎなかったのだが。それでも彼は地図の上にぽっかりと口を開けたアジア的な自由や、父の放浪精神に似通った何かを味わったのだった。そして何よりも信じがたかったのは、この解放感、この緑、この陽光に満ちた幸せな闇にもかかわらず、やはり父が死んでいるということだった。

娘たちの声がもっと近くで響き、脇を通り過ぎていった。いつの間にか彼の太股にとまったアブが、先端の鈍い吻でひりひりと焼きつくような痛みをもたらした。苔も、若草も、砂も――どれも自分なりのやり方で――剝き出しの足裏に感触を伝え、太陽と影はそれぞれ違うやり方で熱い絹のような彼の肌にそれぞれ陣取った。森の遭遇や、神話的な花嫁略奪があり得ると思うと、解放感に満ちた炎暑によって研ぎ澄まされた感覚がうずうずした。Le sanglot dont j'étais encore ivre.（「私をなおも酔わせていたすすり泣き」（仏）。マラルメの詩「半獣神の午後」からの引用）もしもジーナか、彼女を取り巻く群舞《コールドバレエ》の踊り子たちのうちの誰でもいいからここに一人いてくれたら、ぼくは自分の寿命から一年を、閏年でさえも、投げだしてもいいくらいなのだが。

　彼は何度もごろんと身を横たえては、また起き上がった。胸を高鳴らせながら、何かを約束するような、なにやら狡猾そうで聞き取りにくい物音に耳をそばだてた。それから水泳パンツだけを履くと、膝かけと衣服を灌木の下に隠し、湖の周りの森をぶらつきに出かけた。

　平日なのでまばらだったとはいえ、程度の差こそあれオレンジ色をした体が見受けられた。牧神《パン》から阿呆《ジンプリツィシムス》（十七世紀ドイツのグリンメルスハウゼンによる風刺小説『阿呆物語』の主人公）の世界に移ってしまうことを恐れて、彼は覗き見をしないようにした。しかしときおり、学校の鞄と、木の幹に立て掛けられ輝いている自転車の脇で、少女の姿をした妖精《ニンフ》が一人で横たわり、腿の付け根まであらわになったなめし革のように柔らかな脚を広げ、両肘を折り曲げ、太陽に自分のきらきら光る腋の下を見せつけていることもあった。誘惑の矢がひゅっと鳴って突きささる間もないうちに、彼は気づいた——いくらか離れたところで、獲物（いったい誰のものになるのだろう？）を取り巻く魔法の三角形を形作る三つの等距離にある地点に、木の幹に混じって三人の狩人の姿が見えるということに。じっと身じろぎもしないこの三人は見ず知らずの他人どうしで、そのうち二人は若い男（手前の男はうつぶせに、向こうの男は横向きに寝ている）、あとの一人はチョッキを着こんだ姿の老紳士で、彼はシャツの袖をゴム製の腕輪《アームバンド》で留め、草の上にどっしりと座りこんでいつまでもずっと身じろぎもせず、悲しそうな、しかし忍耐強そうな目をしていた。そして、同じ一つの点を襲うこれら三つのまなざしは太陽の助けを借りて、油を塗った瞼を上げようともしない哀れなドイツ娘のメリヤスの水着を焼き焦がして、最後には穴をあけてしまうのではないか、と思われた。

　彼は湖の岸の砂浜に下りていった。すると、騒がしい人声の中で、彼自身があれほど入念に織り上げた魅惑の織物がずたずたに引き裂かれてしまい、人生の北東風によって皺くちゃにされ、ねじあげられ、歪められた体をそこに見て嫌悪感でぞっとした。素っ裸のものもあれば、半ば服を脱いだだけのものもあったが――後者のほうがおぞましかった――それはすべて、汚い灰色の砂浜でうごめく水浴客（小市民や、怠惰な労働者たち）だった。岸辺沿いの道がこの狭く黒ずんだ湖の唇のような場所に沿って走っているところでは、砂浜は杭が打たれて道路から仕切られており、杭の間にさし渡されていたはずの針金はさんざん苦しめられた挙句に崩れ落ちていた。そして湖岸にいつも来る常連は、特にこの杭の周りの場所を珍重した。それは、サスペンダーでズボンを吊るすのにちょうどよかったからなのか（下着は埃っぽいイラクサの上に置かれた）、あるいは背後が柵で守られているような感覚がぼんやりとあったせいなのだろうか。湖岸の道が上り坂になったところからは、踏みしだかれた草で継ぎがあてられた、ざらつく砂の斜面が、湖に向かって下りていき、ブナや松からこらえきれなくなったように落ちてきたまだらな影は、太陽の位置に応じて様々に変化しながらその斜面を覆った。

　腫れものだらけで、肥大した血管が浮き出た老人の灰色の脚、誰かの扁平足と当地産の琥珀色をした胼胝《たこ》、豚のようなピンク色をした腹、水に濡れて蒼ざめ、声までしわがれた少年少女たち、地球儀のような胸《バスト》と重々しい尻、青あざだらけの弛んだ太股、鳥肌、がに股の乙女たちのにきびだらけの肩甲骨周辺、筋肉質の不良どもの引き締まった首と尻、満足げな顔のどうしようも途方もない愚鈍さ、大騒ぎに大笑い、水しぶき――このすべてが溶け合って、あの栄えあるドイツ的善良さの極致となっていた。それはいついかなる瞬間にも、ごく自然にあっさり狂乱した野次や怒号に変貌してもおかしくないものだった。そしてこのすべての上に――特におしあいへしあいが一番醜悪になる日曜日に――君臨したのが、あの忘れがたい臭いだった。それは埃と汗とへどろと汚い下着の臭い、貧しさを風に当てて乾かすときの臭い、干物や燻製にされた安物の魂の臭いだった。しかし湖そのものは向こう岸の鮮やかに青い木立や、真ん中の日差しを浴びたさざ波とともに、威厳を保っていた。

葦の茂みの中に隠された秘密の入り江を選び出し、フョードル・コンスタンチノヴィチは泳ぎ始めた。濁った水は体に暖かく、陽光の火花が目にまぶしい。三十分、五時間、一昼夜、一週間、もう一週間。そのうちにとうとう、六月二十八日の午後三時頃、彼は向こう岸に上陸した。

岸辺のホウレンソウが生えているところを抜けると、彼はすぐにオークの森に入り、そこから熱い斜面を登りだすと、日差しのおかげでたちまち体が乾いた。右手はオークの若木やクロイチゴの生えた窪地だった。そしてここに来たときはこれまでも毎回そうであったように、今日もフョードル・コンスタンチノヴィチはいつも彼を引き寄せるその奥に降りた。そこで――そう、まさにその場所で――拳銃自殺をした見知らぬ青年の破滅が、なぜか自分のせいであったかのように。アレクサンドラ・ヤーコヴレヴナもここに来て、黒い手袋をはめた小さな手で、灌木の間を探っていたのだ、と彼は思った……。もちろん当時はまだ彼女と知り合ってもおらず、そんな光景を見たはずもなかったが、何度も巡礼のようにこの場所を訪れたという彼女の話から、まさにそんな風だったのだろうと感じたのだ。彼女は何かを探し求め、木の葉をがさがさ鳴らし、傘を突き立て、目をきらきら光らせ、むせび泣きに唇をわななかせていたに違いない。彼はこの春、彼女に最後に――夫が亡くなってから――会ったときのことを思い出した。そのとき、彼女のうなだれた、この世のものとは思えない陰鬱な顔を見て、それをいままで一度も本当には見たことがないような奇妙な感覚を味わったのだった。そしていまやその顔に、亡き夫との類似を認め、夫の死が彼女の顔に、それまで隠されていた夫との相似を引き出したことを見て取った。二人は死者の悼み方において血縁関係を感じさせるほど似ていたのだ。翌々日彼女はリガの親戚のもとに行ってしまった。そしていまやもう、彼女の姿も、息子についての話も、彼女の家で行われた文学の夕べも、アレクサンドル・ヤーコヴレヴィチの精神病も——すべてが自分の役割を終えて、ひとりでにくるくると巻き上げられ、終わりを告げたのだった。それはちょうど十字に紐をかけて縛られた人生の包みのようなもので、末永く保存はされるものの、何もかも明日に延ばしても平気な、怠惰で恩知らずな手がそれを再びほどくことは決してないだろう。このすべてがそんな風に閉ざされ、魂の物置きの片隅で失われてしまっていいものか、そんな風にはさせたくない、このすべてを自分に、自分の永遠と自分の真実に適用し、それが新たに成長するのを助けたいという、居ても立ってもいられないような狂おしい願望に彼はとらわれた。方法はある——ただ一つの方法が。

　彼は別の斜面を登った。登りきって上に出ると、今度は小道がまた下り始めるところで、オークの木陰のベンチに黒いスーツを着込んだ猫背の若い男が座って、考えごとに耽った様子で手を動かしながら、ステッキでゆっくりと地面に線を引いていた。こんな恰好じゃさぞ暑いだろうな、と裸のフョードル・コンスタンチノヴィチは考えた。ベンチに腰をおろした男はこちらに目を向けた……。日差しが注文の多い写真家のように彼の顔の向きを変え、微かに持ち上げたのだった。その顔は血の気がなく、近眼の灰色の目は左右に大きく離れていた。「犬の喜び」と呼ばれたタイプの、糊のきいた襟（着脱可能な立襟。首輪に似ていることからこの名がある）の角と角の間についた飾りのカラーボタンが、ゆるんだネクタイの結び目の上できらりと光った。

「それにしてもずいぶん日に焼けたものだなあ」と、コンチェーエフが言った。「それでは体に悪いのではありませんか。ところで、服はいったいどこなんです?」

「向こう岸の森の中です」と、フョードル・コンスタンチノヴィチが答えた。

「盗まれますよ」と、コンチェーエフが心配した。「ことわざでも言っているじゃありませんか。

ロシアのゴキブリは頭が悪いが、プロシアのゴキブリは手癖が悪いって」

フョードル・コンスタンチノヴィチは腰をおろして、言った。「そんなことわざ、あるわけないでしょう。ところで、いまいるのがどういう場所か、ご存じですか？　ほら、そこにクロイチゴの茂みがありますね。その向こうの、下のほうで、だいぶ前にチェルヌィシェフスキーの息子が自殺したんですよ。彼は詩人でした」

「ほう、ここでしたか」と言うコンチェーエフは、特に好奇心をそそられたという風でもなかった。

「しかたないさ。彼の恋人だったオリガは最近毛皮商人と結婚して、アメリカに行ってしまった。お相手は槍騎兵というわけじゃないけれど（プーシキン『オネーギン』で、タチヤーナの妹オリガは、恋人が決闘でオネーギンに撃ち殺された後、槍騎兵と結婚し旅立つ）、それでも……」

「そんな恰好で暑くないんですか？」と、フョードル・コンスタンチノヴィチが尋ねた。

「全然。私は胸が弱くてね、いつも寒気がするくらいなんです。でも、隣に裸の男が座っていたら、世の中には出来合いの服を売っている店が存在しているんだということを、否が応でも肉体的に感じるでしょう。それに、服を着せられた体は暗い世界に生きているんだ、ということもね。とはいうものの、そんな素裸の状態だったら、頭を使う仕事など何にもできないんじゃありませんか？」

「そうかもしれない」とフョードル・コンスタンチノヴィチは苦笑いした。「ますます、自分の皮膚の表面で生きていくようになって……」

「まさにそれが問題なんです。自分の周りを歩き回っても、自分自身のことは結局避けて通り、太陽ばかりを追いかけることになってしまう。ところが思考が愛するのはカーテンであり、暗室《カメラ・オブスクラ》なのですよ。太陽がけっこうなのは、そのおかげで影の価値が高まるからです。看守のいない牢獄、庭師のいない庭——それが私の理想ですね。ところで、君の本について私が書いたことは、もう読みましたか？」

「読みました」と答えるフョードル・コンスタンチノヴィチの目は、ベンチの上で彼と隣に座った男の間の距離が何インチあるか測っている、測量技師のような小さなシャクトリムシを見守っていた。「それはもう、これ以上は読めないというくらい。で、初めは、お礼の手紙を書こうと思ったんです。身に余る光栄ですとか、そういったいじらしい言葉をちりばめて。でも、後で思いなおしました。そんなことをしたら、本来自由であるべき思考の領域に、耐えがたい人間くささを持ち込むことになるってね。それに、もしもぼくが何か素晴らしい作品を書いたとしたら、ぼくが感謝すべきはあなたではなくて、ぼく自身でしょう。それと同じように、あなたがその素晴らしさを理解したとしたら、ぼくに対してではなくて、やっぱり自分に感謝すべきなんです。そうでしょう？もしも我々がお互いにぺこぺこし始めたら、一人がそれを止めたとたんに、もう一人は腹を立て、ふくれっ面で立ち去ることになってしまうでしょう」

「そんな自明の理を君の口から聞かされるとはね」コンチェーエフが微笑みを浮かべて言った。「そう、まったくその通り。人生で一度、本当に一度だけ、私は批評家にお礼を言ったことがある。すると、その批評家が答えて言うには、『しかたないでしょう、だって実際にとても気に入ったのだから』。この『実際に』が私の酔いを醒ましてくれたんだなあ、それ以来もう迷うことはなくなった。ところで、君については、言えることを全部言ったわけではないんだ……。ありもしない欠点をあげつらわれて、君がさんざんけなされていたものだから、私には明らかに思えた欠点もあったけれども、もう文句をつけたくなくなっていたんです。それに次の作品ではきっと、そういう欠点はもう厄介払いされているか、そうでなければ、受精卵の小さな染みが目に成長していくみたいに、欠点が独自の性質の方向に発展しているだろうし。そう言えば、君は確か動物学を勉強していたんでしょう?」

「ええ、まあ。アマチュアですけれども。それはそうと、どんな欠点なんでしょうか? 自分でも分かっている欠点と一致するかどうか、確かめてみたいものですね」

「第一に、言葉を信頼しすぎていること。君の作品では、言葉が必要な思考を密輸してくることがしばしばある。表現自体は素晴らしいものかもしれないけれども、結局これは密輸ですからね。それに肝心なのは、密輸なんて無駄骨だということ。だって、合法的な輸入のルートが開かれているんだから。ところが君の密輸業者たちは、文体の夜陰に乗じて、ありとあらゆる手練手管を駆使して商品を運びこんでくるんです、もともと関税なんか掛けられていない商品なのにね。第二に、資料を加工する手つきがどうもたどたどしい。過去の出来事や言葉に自分のスタイルを押しつけるべきなのか、それとも昔のスタイルをより尖鋭にすべきなのか、結局最後まで決めかねているようだ。なにしろ私は億劫がらずに、君の本のいくつかの箇所をチェルヌィシェフスキー全集で元の文脈と照合してみたんですよ。そう言えば、私が図書館で見たのは、どうやら君が使ったのとまったく同じ本だったようです。なにしろ本のページの間に煙草の灰が挟まっていたから。あれは君の落とした灰でしょう。第三に、君はパロディをときにあまりに迫真のものにまで持っていくので、パロディが実際に本物の真面目な思想になってしまう。しかし、ここまで来ると突然、もはや自分では抑えられない乱調が生じ、誰かの顔つきのパロディであったはずのものが、もう自分自身の顔つきになっているんですよ。もともとはその手の顔つきを笑いものにしてやろうと真似していたのにね。言うなれば、どこかの俳優によるシェイクスピアのいい加減な朗読を嘲笑うために真似しているうちに、ついつい夢中になって、本気で声を張り上げたのは良かったものの、うっかり一行でたらめをやってしまった、といったところでしょうかね。第四に、場面の転換が自動的だとは言わないまでも、機械的になっているところが散見されること。しかも目につくのは、その手の転換の際に、君が自分の利益を追求していて、自分自身の道を安易なものにしているということです。例えばある箇所では、そういった転換が駄洒落で処理されています。第五に、これが最後になりますが、君はときおり、同時代の人たちをちくりと刺すことを主に狙ったようなことを言っている。でもね、女性なら誰だって教えてくれますよ、ヘアピンほどなくなりやすいものはないってね。その上、ちょっと流行の風向きが変わっただけでも、ヘアピンなんてそもそも使われなくなってしまうかもしれないわけだし。いやあ、考えても見てください、先端が尖った小物がいったいどれほど遺跡から掘り出されていることか！　ところがそれが何のために使われていたものなのか、どんな考古学者に聞いたって正確にはわからない。本物の作家は、どんな読者だって無視するべきなんです——ただ一人の読者を除いて。それは未来の読者ですが、それもまた結局のところ、時の中に映し出された作者なんですよ。さあ、どうです、君に対する私の不満は全部でもこんなものでしょう。だいたいのところ、些細なことばかりですけれども。君の長所の輝きを前にしたら、こんなものは完全にかすんでしまうでしょう。そう、そう、長所のほうについても、まだ言えることはある」

「いいえ、そちらのほうはあまり」と、フョードル・コンスタンチノヴィチは言った。この長広舌の間中（と、トゥルゲーネフや、ゴンチャローフ、サリアス伯爵、グリゴローヴィチ、ボボルイキンといった作家たちは書いたものだ）、彼は、なるほどと言わんばかりの顔つきでうなずいていた。「ぼくの欠点を見事に言い当ててくれました」と、彼は続けた。「それはぼくが自分に対して抱いている不満と一致します。もちろん、ぼくの整理の仕方はちょっと違っていて、いっしょになっている点もあれば、より細分化されている点もある。でもいま指摘された欠陥の他に、ぼくはさらに少なくとも三つ、自分の欠陥を知っています。それはひょっとしたら、一番重要なものかもしれない。

ただ、それがどんなものであるのか、ぼくは絶対に教えません。ぼくの次の本ではそれは無くなっているでしょう。さあ、今度は、あなたの詩について話しましょうか？」

「いや、それは勘弁してください」コンチェーエフはぞっとしたように言った。「君には気に入ってもらっているものと考えてよさそうですが、私は自分の詩について議論されることが生理的に我慢できないんですよ。まだ小さかった頃、私は寝る前に長々しい、意味のよく分からないお祈りをしたものです。それは亡き母が教えてくれたものでね、母は信心深く、とても不幸な女性だった。もっとも母だったら、信心深いのと不幸であるという二つのことは両立しない、と言うところでしょう。とはいえ、幸福だったらわざわざ修道院には行かない、というのも真実ですがね。そのお祈りを私は覚えていて、長いこと――ほとんど青年になるまで――繰り返していました。ところがあるとき、その意味を突き詰めて、すべての言葉の意味を理解した。するとどうだ、理解したとたんにすぐに忘れてしまったんです。まるで二度と元に戻せない魔法を解いてしまったみたいに。ぼくの詩についても同じことが起こるのではないか、という気がするんですよ。もしも意味をきちんと解明しながら自分の詩について考え始めたら、その瞬間にもう詩を書く能力を失ってしまうのではないか。君は、ねえ、だいぶ前に自分の詩を言葉とその意味によって堕落させてしまったでしょう。そんな風では、とても詩を書き続けることはできないでしょうね。君は豊かすぎるし、欲張りすぎるんですよ。ところが詩の女神《ミューズ》の魅惑は、貧しさにある」

「それにしてもなんて奇妙なことだろう」と、フョードル・コンスタンチノヴィチは言った。「いつだったか、もうだいぶ前ですが、同じような話題であなたと会話をするところを、恐ろしくありありと思い浮かべたことがあるんです。それがいま、まったく同じような結果になった！　もっとも、今日あなたは恥ずかしげもなくぼくに調子を合わせ、引き立て役みたいなことを何やかや、やっていましたけれども。ぼくはあなたのことを実際にはまったく知らないのに、それでも、あなたのことをやっぱりこんなによく知っている——それがぼくはとても嬉しいんです。というのも、それはつまり、この世の中には樫のようにどっしりした友情にも、ロバのように愚かな共感にも拠らない同盟というものがある、ということを意味するからです。それは『時代の息吹』にも、いかなる宗教団体にも、一ダースばかりの固く結束した凡庸な連中が『燃える』ようにいっしょに努力している詩人結社にも拠らない同盟ですよ」

「我々が互いに似ているということについて、あまり甘い幻想を君が抱かないように」と、正直にコンチェーエフが言った。「念のためにあらかじめ言っておきますがね、我々は多くの点で違っていますよ。私の趣味は違うし、習慣も違う。例えば君の好きなフェートは、私には耐えがたい。その代わり私が熱烈に愛しているのは、『分身』や『悪霊』の作家（ドストエフスキー）です。ところが君は彼を見下そうとする……。君の中にあるもので、私の気に入らないものも多い。例えば、ペテルブルク風の文体、フランス風の気質、ネオ・ヴォルテール主義、フローベールへの偏愛。それから、その、はっきり言って、猥褻なほどスポーツ向きの裸体には神経を逆撫でされる。でも、まあ、これだけ留保をつけておけば、どこかで、つまり、ここではなく、どこか別の平面上で——ちなみに、君はその平面の角度については、私よりもはるかに漠然としか意識していないようですが——つまり我々の存在の裏の片隅で、はるか彼方で、我々の間のほとんど神々しいくらいの絆が神秘的に、言葉では表現できないような形で強まっていると言っても、間違いではないでしょう。でもひょっとしたら、君がこういったことすべてをそんな風に感じて話しているのは、単に私が活字で君の本を褒めたからなのかもしれない。そういうこともね、よくあるんですよ」

「ええ、分かっています。自分でもそのことは考えました。何と言っても、以前ぼくはあなたの名声を羨んでいたわけですからね。でも、正直に言って……」

「名声？」と、コンチェーエフが遮った。「笑わせないでください。誰が私の詩を知っているっていうんです。千人か、千五百人か、せいぜい、どんなに多く見ても二千人の亡命知識人だけですよ、しかもその九〇パーセントはやっぱり私の詩など理解できない。三百万の難民のうちの、たったの二千人！　これじゃ田舎でちょっと名が売れた程度のことで、名声なんてものではありませんよ。ひょっとしたら将来、負けを取り戻せるかもしれませんがね、ツングース人やカルムイク人が私の『報せ』を奪い合って、それをフィン人が羨望のまなざしで見ている（未来の自分の名声を予言したプーシキンの詩「私は自分に人業ならぬ記念碑を建てた」（一八三六）が念頭にある）、なんて日が来るまでには、それはもう気が遠くなるくらい長い時間が経っているでしょうよ」

「でも、ちょっとほっとしますね」考え込んだように、フョードル・コンスタンチノヴィチが言った。「遺産を担保に借金することもできますから。こんな風に想像したら、面白いじゃありませんか――いつか旅する夢想家がここに、この岸辺に、このオークの木陰にやって来て腰をおろし、今度は彼のほうが、いつかここにぼくたちが座っていたということを想像する、なんてね」

「しかし歴史家は彼にあっさり言うでしょう。我々は一度もいっしょに散歩したこともなかったし、ほとんど知り合いだったとも言えない。仮に会ったことがあるにしても、急を要するつまらない用事について話しただけだってね」

「それでも試してみてください！　そんな風に他人が未来から過去を振り返るときの心の震えを感じようと、試してみるんです……。魂が総毛立ってしまうくらいだ！　実際、時間に関するぼくたちの野蛮な知覚にはいい加減けりをつけたほうがいいでしょう。特に、地球も一兆年も先には冷えてしまうから、前もって印刷所を隣の星にでも移しておかないとすべてが消え失せてしまう、なんて話題が始まると、あきれてしまいますね。あるいは、永遠についての、こんな戯言もある——宇宙にはあまりにもたくさんの時間が割り当てられているので、その破滅の日付もすでに来てしまったに違いない、それは軍隊がひっきりなしに通過する道の上に置かれた卵が、どんな時間の断片においてであれ、無傷で残っているなんて事態を合理的に想像することが不可能だというのと、同じことだ、云々。なんて愚かな！　時間をある種の成長として捉えるぼくたちの歪んだ感覚は、人間の有限性の結果なんです。この有限な存在は、いつも現在の水準にあって、下を見れば過去の水の深淵、上を見れば未来の空気の深淵というところで、常に自分の水準を引き上げていくことを暗に意味します。そんなわけで、存在というものはぼくたちにとって、未来を過去に作り変えていく永遠の作業だと定義できるでしょう。それは本質的に幻のように実体のない過程であって、ぼくたちの中で生ずる物質的変形の反映にすぎない。こういった状況の下では世界を把握しようとする試みは、結局のところ、人間が自分で作り出した不可解なものを把握しようとする試みに帰すでしょう。何でも知りたがる頭脳が挙句の果てに行きつく不条理は、その頭脳が人間のものだということを示す自然界の類的特徴にすぎず、何につけ必ず答を手に入れようと切望するのは、チキン・スープに向かって、お前はもともと鶏なんだからコケッコッコと鳴いてごらんと要求するようなものです。ぼくの心を一番惹きつける説は、時間はそもそも存在しない、すべてはある種の現在であって、それは目の見えない人間の外にも光があるのと同じように存在している、というものです。しかし、これもまた他のすべての説と同様、絶望的に有限的な仮定でしょうね。『大きくなったら、分かるよ』——これこそが、ぼくの知っている一番賢い言葉です。もしこれに付け加えて言うならば、自然はぼくたちを創造したとき、物が二重に見えていたのではないか（ああ、なんといまいましいことだ、この世のものは何でもかんでも対で存在していて、この対というやつから逃れることはできない——馬‐牛、猫‐犬、ドブネズミ‐ハツカネズミ、シラミ‐南京虫)、生命体の構造における対称性は世界が回転していることの結果だということ(十分に長いこと回されていれば、独楽だってひょっとしたら、命を持って、成長し、繁殖し始めるかもしれない)、そして非対称性や不平等に向かおうとする衝動から、ぼくには本当の自由を求める叫びが聞こえる、それは円環から脱出したいという願望であって……」

「Herrliches Wetter — in der Zeitung steht es aber, dass es morgen bestimmt regnen wird」(「素晴らしい天気ですね——でも新聞によると明日はきっと雨になるそうですが」(独))と、ベンチでフョードル・コンスタンチノヴィチの隣に座っていて、コンチェーエフに似て見えたドイツ人の若者が、とうとう口を開いた。

そうか、またしても空想だったわけか——なんて残念なことだろう! 現実をおびき寄せるために、彼のために亡くなった母親まで考え出してやったのに……。どうして彼との会話はどうしても現実に花開き、実現にこぎつけることができないのだろうか。それともこれこそはすでに実現であって、これ以上のものは不要なのだろうか……。なにしろ、本物の対話はきっと幻滅にすぎないだろうから。どうせ木の切り株につまずくように言い淀み、ふんふんと相槌を油粕のようにまき散らし、取るに足らない言葉を岩屑のように積み上げるだけのことではないだろうか?

「Da kommen die Wolken schon」(「ほら、もう雲が出てきましたよ」(独))と、西から湧き起こってきた、豊満な胸をした雲を指さして、コンチェーエフ似のドイツ人が話を続けた(きっと学生だな。哲学青年か、それとも音楽家肌かもしれない。ヤーシャの友達はいまどこだろう? まさかここには立ち寄ったりしないだろうな)。

「Halb fünf ungefähr」(「だいたい四時半です」(独))と、彼はフョードル・コンスタンチノヴィチの質問に答えて付け加えた。そして自分のステッキを手に取ると、ベンチを後にした。黒っぽい彼の猫背の後ろ姿が、木陰の小道を遠ざかっていく(ことによったら詩人かな? ドイツにだって詩人はいるだろう。ここでしか通用しない、へぼ詩人だとしても、肉屋ではない。それとも、せいぜい肉の付け合わせかな?)。

向こう岸に泳いで戻るのは億劫だった。そこで彼は、湖の北側を取り巻いている小道をのろのろと歩き始めた。広い砂地の斜面が湖水に向かって伸び、用心深げな松の木々の剝き出しになった根が湖の中にずり落ちていきそうな岸をなんとか引きとめているあたりではまた人が多くなり、下を見ると、草が細長く生えた一帯に三つの裸の死体が横たわっていた。白、ピンク、茶色——太陽の作用を示す三色の色見本のようだ。その先の、湖が湾曲してくびれたところにはちょっとした湿地が広がり、暗い色をした、ほとんど黒といっていい土が小道を行く足の踵に粘り着いてひんやりした。彼は松葉の針が敷きつめられた斜面を再び登り、色とりどりのまだら模様に覆われた森を通って自分の巣穴に向かった。楽しくもあり、悲しくもあり、陽光もあれば、日陰もあった。家に帰りたくはなかったが、もう時間だった。一本の古木が、「面白いものを見せてあげるよ」と、まるで呼んでいるようだったので、彼はその根元にちょっとだけのつもりで身を横たえた。すると木々の間から歌声が響き、やがて足早に進む、丸顔で、黒衣に白い頭巾という恰好の福音派教会の修道女《シスター》が五人、姿を現したのだった——そして女学生らしさと天使的なものを渾然と溶け合わせた歌が始終彼女たちの間に漂っている中を、一人、また別の一人と、歩きながら身を屈め、控えめに咲いている花を摘むと(フョードルはすぐそばに寝転がっていたけれども、その花は見えなかった)、とても機敏に背筋を伸ばすと同時に残りの皆を追いかけ、拍子を合わせて歌に加わり、牧歌的な身振りで花の幻を幻の花束に加えた(親指と人差し指が一瞬合わさったが、他の指は伸ばされたままだ)。そのときはっきりわかった、このすべては舞台の一幕なのだ、どこをとってもなんという熟練した手腕だろうか、なんという計り知れない優美さと技量が発揮されていて、松の木立の背後にはなんと素晴らしい演出家がひそみ、このすべてがなんと見事に計算されていることだろうか——五人の足並みが少しばらばらになっていたかと思うと、今度はぴたりと揃って、前に三人、後ろに二人が並んだことも、前を行く一人が突然、感情をあけっぴろげに表すように、とりわけ天上的な音のところで半ば両手を打ち合わせそうになり、それを見ていた後ろの一人が束の間笑いを洩らしたことも（とても修道院らしいユーモアだ）、そして歌声が遠ざかり小さくなっていき、その間中も次々に肩が屈められては、指が草の茎をつまんでいることも（ただし茎はぶるっと揺れただけで、陽光を浴びて輝き続けていた……かつても一度、そんなことがあったが、あのときはいったい何が揺れたのだったか？……）——そして、いまや、全員が足早に——ボタン留めの靴を履いた足で——木立の向こうに姿を消すと、今度は半裸の少年が一人、まるで草の中にボールを捜すように登場し、彼女たちの歌の一節を粗雑に機械的に繰り返すのだった（音楽家には滑稽な繰り返し《リフレイン》として知られるものだ）。なんという演出だろう！　この軽やかで素早く展開する場面のために、この敏捷な通過のために、なんと多くの労力が注ぎこまれ、見るからに重そうなこの黒いラシャの下には——幕間《アントラクト》の後にそれは紗《チュチュ》のバレエ衣裳に着替えられるはずだが——なんという筋肉が秘められていることだろう！

　雲が太陽を奪い去ると、森に満ちていた光は漂い始め、次第に消えていった。フョードル・コンスタンチノヴィチは、自分の服を置いてある茂みに向かった。灌木の根元に穴があって、それがいつもとても世話好きに服を隠してくれていたのだが、いまそこを見ると、運動靴《スニーカー》の片方だけしか見当たらなかった。その他のものはすべて——膝かけも、シャツも、ズボンも——消え失せていた。列車の窓からうっかり手袋の片方を落としてしまった人が、ただちにもう片方も投げ捨てた、という話がある。そうすれば、少なくとも見つけた人のもとに一組が揃うことになるからだ、というのだ。しかし、今度の場合、窃盗犯がやったのはその正反対のことだった。靴はきっと足に合わなかったのだろう。しかも底のゴムは穴だらけときている。しかし、自分の犠牲者をからかうために、一組の靴を離れ離れにしたのだ。そのうえ、残されていた片側だけの靴には、新聞の切れ端が押し込まれ、そこに鉛筆で「Vielen Dank」（「どうもありがとう」（独））と書かれていたのだ。

フョードル・コンスタンチノヴィチはうろうろとそのあたりを歩き回ったが、誰の姿も何も見つからなかった。シャツは着古したものだったから、まあいい。でもチェックの膝かけはロシアから持ってきたものだったし、高級なフランネルのズボンはわりと最近買ったものなので、少し惜しかった。ズボンとともに、二十マルクも消え失せた。その金は部屋代の支払いのせめて一部に充てようと、一昨日稼いだものだったのだ。それから小さな鉛筆が一本、ハンカチ、鍵の束も消え失せた。中でも鍵の束がなくなったことが、なぜか何よりも嫌な感じがした。もしもいま家に誰もいなければ――それは十分あり得ることだが――家に入ることもできないのだ。

雲の端がまばゆく燃え上がり、太陽が滑り出てきた。太陽は焼けつくような至福の力を惜しみなく振りまいたので、フョードル・コンスタンチノヴィチはいまいましさも忘れ、苔の上にしばらく横になり、雪のように白い次の雲の巨塊が空の青を侵食しながら近づいてくる様子を眺めた。太陽は炎の輪を二重にし、葬儀の参列者のようにわななきながら、その中に滑りこみ、積雲の中を震えながら飛んでいき、ついに出口を見つけると、最初は三筋の光線を投げかけ、それからまだら模様の炎となって目の前に広がり、投票の際に使う黒玉（かつてヨーロッパには黒玉・白玉を使った投票法があった。またロシアの昔の火の見櫓では、火事の際に黒い球を掲げた）のような斑点で目を圧倒した（そんなわけで、どちらに目をやっても、火の見櫓の信号球の幻が滑っていくようなのだ）。そして光が強まったりぼうっと弱まったりするのに合わせて、森の中のすべての影も呼吸し、まるで腕立て伏せをするように、地面に胸を寄せたり、腕で支えて体をちょっと持ち上げたりした。

ささやかなせめてもの慰めは、明日、シチョーゴレフ夫妻がデンマークに発ってくれるおかげで、いずれにせよ、余分な鍵束ができるということだった。つまり、鍵を失くしたことは黙っていてもいい。彼らが出ていく、やっと、とうとう、出ていってくれるのだ！　彼はこの二か月の間絶え間なく想像していたことを——つまり明日から始まる、ジーナとの完全に水入らずの生活、解放と癒しを改めて想像した。一方、太陽のエネルギーを取りこんだ雲は膨れ上がってどんどん大きくなり、トルコ石のように青い静脈を膨張させ、いまにも雷雨をもたらしそうなその根元に燃えるような渇望をたくわえ、どっしりと重々しい壮麗さによって空も、森も、そして彼自身も包みこんだ。そして、この緊張を解くことは、途方もない、人間には耐えられないような幸せに思えた。風が彼の胸の上を駆け抜け、興奮はゆっくりと弱まっていき、あたり一面が暗く蒸し暑かった。早く家に帰らねばならない。彼はもう一度、灌木の茂みの根元を手探りした。そして肩をすくめると、水泳パンツのゴムベルトをきつく締め、帰路についた。

森を出て、通りを横断し始めたとき、素足に触れるアスファルトのタールのような感触が心地よく新奇に感じられた。その先、歩道を歩いていくのもまた面白かった。夢を見ているときのような軽やかさだ。黒いフェルト帽をかぶった初老の通行人が立ち止まり、彼の後ろ姿を見送りながら乱暴な口調で何か言った。しかし、幸いにもその損害を埋め合わせるように、石塀に背中をもたせかけ、アコーディオンを持って座っていた盲人がまるで何事もなかったかのようにささやかな慈悲を乞い、多角形の音楽の響きをアコーディオンから絞り出した（やっぱり奇妙だ——ぼくが裸足だということは、彼には耳で聞いてわかったはずなのに）。路面電車の最後部から二人の小学生が裸の男を見つけ、その前を通り過ぎながらはやしたて、それから、轟音を立てる黄色い車両に追い払われた雀たちが、元の場所に、つまりレールの間の芝生に戻っていった。雨の滴がしたたり落ち始めた。すると、まるで誰かが彼の体のいろいろな部分に銀貨をぺたぺた押し当てたような具合になった。若い警官が新聞の売店からゆっくりと身を引き離し、彼のほうにやって来た。

「そのような恰好で町を歩き回ることは禁止されている」と、彼はフョードル・コンスタンチノヴィチの臍を見つめながら言った。

「全部盗まれたので」フョードル・コンスタンチノヴィチが簡潔に説明した。

「そんなことが起こってはならない」と警官が言った。

「そうです。でも起こってしまった」と、フョードル・コンスタンチノヴィチはうなずきながら言った（何人かの人たちがすでにそばに立ち止まり、興味津々の様子で会話の行方を見守っていた）。

「盗まれたのであろうとなかろうと、町を裸で歩いてはいけない」警官は苛々し始めた。

「でもぼくは、何とかしてタクシー乗り場まで辿りつかなければならない。どう思いますか？」

「その恰好では駄目だ」

「残念ながら、ぼくは煙になることも、服を体に生やすこともできないんです」

「だから言っているじゃないか、そんな恰好で歩き回ってはいけないって」と、警官（「前代未聞の恥知らずだ」と、誰かの太い声が後ろから注釈を加えるのが聞こえた）。

「それならば」と、フョードル・コンスタンチノヴィチは言った。「あなたにタクシーを呼びに行っていただくしかありませんね。ぼくはここに立っていますから」

「裸で立っていることもやはり駄目だ」と警官が言った。

「パンツを脱いで、銅像の振りをしましょうか」と、フョードル・コンスタンチノヴィチが提案した。

警官は手帳を出したが、そこから鉛筆をあまりに激しい勢いで引き抜いたので、鉛筆を歩道に落としてしまった。職人らしい男がへつらうような態度でそれを拾い上げた。

「名前と住所」と言う警官は、もうかんかんになっていた。

「フョードル・ゴドゥノフ＝チェルディンツェフ伯爵」とフョードル・コンスタンチノヴィチが言った。

「冗談《ヴィッツ》を言うのは止めて、名前を言いなさい」と、警官が咆えたてた。

もう一人の、階級が少し上の警官が寄って来て、いったい何事かと尋ねた。

「森の中で服を盗まれたんです」とフョードル・コンスタンチノヴィチは辛抱強く答え、突然、自分が雨のせいでびしょ濡れになっているのを感じた。野次馬の中には、雨宿りのために軒下に逃げ込む者たちもいた。肘のすぐ先に立っていた老婆は傘を開き、彼はあやうく目を突き刺されるところだった。

「誰が盗んだんだね？」と巡査部長が質問した。

「誰が盗んだかなんて、知りませんよ。それに、いいですか、ぼくにはそんなことはまったくどうでもいいんです」フョードル・コンスタンチノヴィチは言った。「いまぼくは家に帰りたいのに、あなた方はぼくを引き留めている」

雨がふいに強くなり、アスファルトの上をさあっと駆け抜けていった。アスファルトの表面には、隅から隅まで無数の小さな蠟燭が立っているように見えた。二人の警官にはどうやら（彼らもすっかり濡れねずみで、制服は濡れて黒いフェルトの敷物のように見えた）この驟雨という自然な環境の中では、水泳パンツも——仮に適切なものではないにしても——いずれにせよ許容できる、と思えたようだった。年下のほうの警官はもう一度、フョードル・コンスタンチノヴィチの住所を突き止めようとしたが、年長のほうがもういい、というように手を振り、二人ともいかにも警官らしい重々しい足取りをほんの少し速めて植民地物産店の軒先に避難した。フョードル・コンスタンチノヴィチは全身を輝かせ、騒がしい雨音の中を駆けだし、角を曲がると、自動車の中に飛びこんだ。

家に辿りつくと、運転手を待たせて、彼はボタンを押した。夜の八時まではこのボタンが自動的にドアを開錠してくれるのだ。そして階段を激しい勢いで駆けあがった。彼を中に入れてくれたのは、マリアンナ・ニコラエヴナだった。玄関口は人と物で溢れんばかりだった。上着を脱いだシチョーゴレフ、箱を相手に手を焼いている二人の男（中身はラジオのようだ）、帽子を入れるボール箱を持った、器量のいい帽子屋の女、何かに使うワイヤー、クリーニング屋から戻ってきた下着やシーツの山……。

「まあ、あなた、気でもおかしくなったの！」マリアンナ・ニコラエヴナが叫んだ。

「お願いですから、タクシー代を払ってください」とフョードル・コンスタンチノヴィチは言って、人と物の間をくねくねと身をよじって進み、とうとう積み上げられたスーツケースのバリケードを越えて、自分の部屋に辿りついた。

その晩は皆で食卓を囲み、もう少し後になってからカサートキン夫妻や、バルト地方出身の男爵、さらにまだ誰かが来るはずだった……。夕食のときフョードル・コンスタンチノヴィチは自分の身に降りかかったことを、多少尾鰭をつけながら物語り、シチョーゴレフは元気よく笑い声を上げ、マリアンナ・ニコラエヴナはズボンの中に金はいくら入っていたのか、知りたがった（無理もない）。ジーナは肩をすくめ、いつになくあけすけな調子でウォッカを飲むようフョードル・コンスタンチノヴィチをけしかけた。彼女は明らかに、彼が風邪をひいたのではないかと心配していたのだ。

「さて、何と言っても、これが最後の晩ですよ！」ボリス・イワノヴィチが思う存分大笑いして言った。「貴君の繁栄のために乾杯しましょう、シニョール。先日誰かが言っていましたがね、なんでも君はペトラシェフスキーについて恐ろしく意地の悪いレポートを一つ、すごい勢いで書き上げたそうじゃありませんか。いやあ、見上げたものだな。あのね、ママ、そちらにまだボトルが一本あったよね。持っていってもしょうがないから、カサートキン夫妻が来たら出してしまおうか。……つまり、みなしごのまま残されるってわけですな（と話を続けながら、彼はイタリア風サラダに取りかかり、異様に汚い貪り方で食べ始めた）――わが家のジナイーダ・オスカロヴナ（ジーナに対する丁重な呼び方。オスカロヴナは父称なので、彼女の父の名がオスカルであったことがわかる）がとりわけ世話を焼いてくれるとも思えませんからね。え、どうだね、お姫様？


……そうです、そうなんだ、ねえ、人間の運命と羊のレバーは変わるものなんです。いきなり運命の女神が微笑みかけてくれるとはねえ、思ってもみなかった。いや、これは口がすべった。ペッ、ペッ、ペッ、わざわいを招いちゃいけない（ロシア人の迷信によれば、うっかり何か自分についていいことを言った場合に、悪魔の呪いを避けるために、唾を吐くといいとされた）。まだこの間の冬には、飢え死にでもするか、そうでなけりゃ、マリアンナ・ニコラエヴナを屑屋に売り飛ばそうかって思案してたんですからね……。君とは一年半の間、とにもかくにも、一つ屋根の下に、まあこう言ってよければ、仲むつまじく暮らしてきましたが、明日はお別れです。きっともう二度と会うことはない。運命は人間をもてあそぶものですな。今日はご主人《パン》さまでも、明日はパパちゃん《パバン》、てわけだ」

夕食が終わってジーナが後から来る客たちを建物に入れるために下に降りていったとき、フョードル・コンスタンチノヴィチがそっと音も立てずに自分の部屋に退いてみると、部屋は風と雨のせいで活気づき、不安げに騒いでいた。彼は窓を半ば閉めたが、一分後には夜が「嫌だ」と言って、窓枠にぶち当たって衝撃を受けることをものともせず、なんだか大きく目を剝いたような感じでしつこく再び迫ってきた。「ターニャに女の子が生まれたと知って、とても愉快でした。彼女のためにも、ママのためにも、とてもよかったと喜んでいます。ぼくはターニャに先日、長く抒情的な手紙を書きましたが、宛先の住所を間違って書いたような嫌な感じがする——つまり、『一二』の代わりに、あてずっぽうに何か違う番号を書いたような気がするのです。前にも一度、同じようなことがあったのですが、どうしてこんなことが起こるのか、わからない。住所を何度も、数えきれないほど何度も、機械的に、正しく書いているのに、後になってはっと気がついてその住所を意識して見ると、自信がなくなっていて、見知らぬ住所のように思える。とても不思議です……。ほら、потолок《パタローク》（天井。（露））が、па-та-лок、pas ta loque《パタロク》（君のぼろ着ではない。（仏））、патолог《パトーロク》（病理学者。（露））という風に変わっていって、ついに『天井《パタローク》』だったものが、『ロコトープ』とか、『ポコトール』といった、実在しないまったく無関係で奇怪な言葉になってしまったりとか。**いつかきっと**生きること自体がすっかりそんな風になるだろうと思うんです。いずれにせよ、ターネチカ（ターニャの愛称）にぼくから、この陽気で、青々としていて、レシノの夏のような気分のすべてを伝えてください。明日は家主夫妻が旅立つので、ぼくは喜びのあまり我を忘れそうです。**我を忘れる**というのはとても心地よい状態です、まるで夜中に自分の家の外に出て、屋根の上にいるみたいな。もう一月の間、ぼくはアガメムノン通りに残っていますが、それから引っ越しをして……。その先がどうなるかはわかりません。ところで、ぼくのチェルヌィシェフスキーは比較的よく売れています。ブーニンが褒めているとママに言ったのは、いったい誰でしょうか？　この本と取り組んで苦闘していたのも、そのとき思考に吹き荒れたちょっとした嵐の数々も、執筆の苦労も、すべてはもうはるかな昔のことのように思えますね。

いまではぼくはすっかり空っぽで、まっさらなので、いつでもまた新たな下宿人を受け入れられます。そうそう、ぼくはグルーネヴァルトの太陽のせいで日焼けして、ジプシーみたいに真っ黒です。いずれにせよ何かがもうおおよその輪郭を取り始めている――今度はきっと古典的な小説を書きますよ、典型的人物や、愛や、運命や、会話が出てくるものを――」

ドアが突然開き、ジーナが半分だけ体を中に入れ、ドアの取っ手を離さずに、彼の机のうえに何かを投げた。

「それでママに払ってね」と彼女は言い、目を細めて彼を見て、姿を消した。

彼は紙幣を広げてみた。二百マルクだ。巨大な額に思えたが、一瞬の計算で分かったのは、これでもちょうど足りるだけしかない、ということだった。過去二か月の下宿代が、八十マルク、プラス、八十マルク。それに次の一か月の分がもう食費抜きになって三十五マルクだから。しかし、最後の一月は昼食をとらず、そのかわりいつもよりたっぷりと夕食を出してもらった。とはいえ、この期間の分として十マルクは（それとも十五だったかな？）払っているのだが、その一方で、電話代や、あれこれの細々した費用、例えば今日のタクシー代などは借りたままになっている――こんなことを考え始めると突然混乱し、わけがわからなくなった。この計算問題を解くことは彼の手に余った。もう、うんざりだ。彼は金を辞書の下に突っ込んだ。

「――それから自然描写もあります。ママがぼくの作品を読み返してくれるのは嬉しいのですが、でもそんなものはもう忘れる潮時でしょう。これは練習、筆試し、学校で休暇の前に提出する作文にすぎません。ママのことがとても懐かしくてたまらないので、ひょっとしたら（繰り返しますが、どうなるかはわからないのですけれども……）ママに会いにパリを訪ねるかもしれません。ともかく、頭痛のように重苦しいこんな国は、明日にでも捨ててしまいたいほどです。なにしろここでは何もかもがぼくには異質で不愉快で、近親相姦の小説や、衝撃的なほど凡庸で、甘ったるいレトリックをちりばめただけの、インチキで安っぽい戦争小説が文学の栄冠と見なされているんですからね。ここには実際、文学はありません、ずっと昔からないんです。ここでは、退屈きわまりない――やっぱりインチキな――民主主義の湿気のようなものが生み出す霧からは、いつも同じ長靴とヘルメットばかりが突き出ているし、ぼくたちの祖国の『社会的要請《ザカーズ》』は『社会的機会《オカーズィヤ》』に置き換えられただけだし……等々、等々、といった具合で、まだいくらでも長く続けられます。そして面白いのは、半世紀前にはロシアの思想家が旅行鞄を持ってここに来ると、皆口を揃えてまったく同じことを書きなぐったということで、彼らが非難していることはあまりにも明白なので、月並みにさえ堕してしまう。その代わり、もっと前、世紀の黄金時代のさなかには、なんてことだろう、みんな有頂天だったのです！『小さな居心地《ゲミュートリッヒ》のいいドイツ』――おお、煉瓦作りのちっちゃな家々！　へえ、ちびっこたちがきちんと学校に通っている！　なんと、お百姓さんはお馬を棍棒で殴ったりしない！……いや、たいしたことじゃないでしょう、ドイツの農民だって自分なりのやり方で馬を虐待することはあるんだから。ドイツ流のやり方で、人目につかない隅っこで、灼熱した鉄を使ったりして。そう、ぼくはとっくの昔にこんな国を出ていってもおかしくなかったのです。ただ、個人的な事情がいくつかあるのですが（ここでの孤独が素晴らしいものだということは言うまでもないでしょう。ぼくの内的な習慣と、周囲の恐ろしく冷たい世界のコントラストは素晴らしく、むしろ有益なものなのです。ほら、寒い国のほうが部屋の中は暖かい、ということがあるでしょう。隙間の目張りも、暖房もきちんとしているからです）、この個人的な事情もうまく向きを変えることができますから、ひょっとしたらもうすぐ、ぼくはその事情を携えて、このみみっちいドイツを後にするかもしれません。でも、ぼくたちはいつロシアに帰るのでしょう？　こんなぼくらの無邪気な希望は、ロシアに定住したままでいる人たちの耳には、さぞばかげた感傷か、ひどく獰猛なうなり声のように聞こえるでしょう。この希望は歴史的というよりは、人間的なものなのですが、いったいどうやって彼らにそれを説明できるでしょうか？　ぼくのほうがもちろん、他の人たちよりも、ロシアの外に住むのは楽です。なにしろ自分がいつか帰ることを確実に知っているんですから。つまり、第一に、ロシアを開ける鍵をぼくは持って出たから。第二に、いずれにせよいつか、百年後か二百年後に、ロシアでぼくは自分の本の中で、あるいは少なくとも研究者による脚注の中で、生きるだろうから。いや、こうなるともう、歴史的な希望かもしれません、文学史的な希望と言うか……。『我、不死を切に望む――せめてその地上の影でも！』今日、ぼくはばかなことを書き始めたら、止まらなくなってしまいましたが（ちょうど途中の駅で止まらない直行列車のように）、それもぼくが健康で、幸せだからなんです。そのうえこれはすべて、いわば間接的にターニャの赤ちゃんにも関係のあることなんです。

文集の名前は『塔』といいます。ぼくのところにはありませんが、ロシア語図書館だったら、どこでも見つかると思います。オレーグ叔父さんからぼく宛てには何もありません。叔父さんはいつ送ったのでしょうか？　ママの勘違いではないのかな？　さて、これで終わりにしましょう。どうかお元気で。キスを送ります。夜更け、静かに雨が降っています。雨は自分の夜のテンポを探り当てて、この先際限なく降り続けるでしょう」

玄関が別れの挨拶をかわす声で満たされる様子が聞こえてきた。そして誰かの傘が倒れる音、ジーナが下から呼んだエレベーターがごとごと鳴ってから、停止する音。それからまた静まりかえった。フョードル・コンスタンチノヴィチが食堂に入って行くと、シチョーゴレフが腰をおろして、残っていたクルミを最後の一つまで口の片側で嚙み砕こうとしていて、マリアンナ・ニコラエヴナはテーブルを片づけていた。彼女は肉付きのいい、暗い薔薇色の顔をしていて、独特のひねりを加えたような小鼻はてかてか光り、眉は藤色、アンズ色の髪はむっちりと肌を露出した首筋のあたりでちくちくする藍色の棘に変わり、目がしらのあたりがマスカラで汚れ、ヤグルマギクのように青い瞳は飲み残しがヘドロのように澱んでいるティーポットの底にちらりと視線を浸し、いくつもの指輪をはめ、ザクロのように赤いブローチをつけ、肩には花柄のショールを掛けていたのだが、そのすべてが一体となって、粗雑とはいえみずみずしい色で塗りたくられた、いささか月並みなジャンルの一幅の絵を構成していた。フョードル・コンスタンチノヴィチが借金はいくらになりますか、と尋ねると、彼女は眼鏡をかけ、ハンドバッグから数字の書かれた一枚の紙切れを取り出した。そのとき、シチョーゴレフは驚いたように眉を吊り上げた。彼はこの下宿人からはもう一銭も取りたてられないに違いない、と思い込んでいたのだ。そして根が善良な人間だったので、昨日のうちに妻には、しつこく催促しないように、それより二週間ほどしてコペンハーゲンからフョードル・コンスタンチノヴィチに手紙を書いて、彼の親戚に取り立ての話を持って行くぞと脅したほうがいい、と助言しておいたのだった。清算してみると、二百マルクからフョードル・コンスタンチノヴィチの手元には三マルク半残り、彼は自分の部屋に向かった。もう寝る時間だ。玄関のところで彼は、階下から戻ってきたジーナに出くわした。「さあ？」と彼女は、電気のスイッチに指を掛けたまま言った。それは半ば問いかけるような、半ば促すような間投詞で、その意味するところは、おおよそ「行くの？　電気を消すから、急いでね」というほどのことだった。剝き出しになった彼女の腕にできた窪み、ビロードの靴を履き、淡い色の絹のストッキングに包まれた脚、うつむいた顔。暗闇。

彼はベッドに横になり、雨の囁きを聞きながら眠りに落ちていった。意識と夢の境ではいつものように、ありとあらゆる言葉の不良品が、光と音を発しながら這い出てきた——貴橄欖石《フリゾリトヴォイ》の星の下、あのキリストの夜《フリスチアンスコイ》の水晶《フルスタリヌイ》のざくざく割れる《フルスト》音……。そして一瞬聞き耳を立てた思考は、これらの言葉を整頓して使おうと切望しながら、自分の言葉も付け加え始めた——そしてヤースナヤ・ポリャーナの巨人《イスポリン》（トルストイのこと）も死に、プーシキンも若くして死に……、そしてこれがあまりにひどかったので、韻のさざ波がさらにその先へと走り出した——そして死んだのは歯医者のシュポリャンスキー、アストラハンの、汗《ハン》の、我らのハンス《ハンスキー》が棒を折り……。風向きが急変し、今度は「3《ゼー》」がぞろぞろ出てきた——ブラジルからの海陸風《イズ・ブラジーリイ・ブリーズ・イゾブラジーリ》が描写され、雷雨の袈裟《イゾブラジーリ・イ・リーズ・クロズイ》も描写され……そこで再び終点に辿りついてしまった思考は、さらにどんどん下に降りていった——鰐《アリガートル》のような頭韻《アリテラーツィヤ》の地獄《アート》の中へ、言葉の地獄《アート》の共同組合へ、「благо《ブラーゴ》」（幸福。（露））ではなく「blague《ブラーグ》」（作り話。（仏））へ……。この無意味な会話が続く間に、枕カバーのボタンが丸く頰に突き刺さり、彼は寝がえりを打った。すると暗い背景を裸の人たちがグルーネヴァルトの湖水に向かって駆けだし、滴虫の飾り文字《モノグラム》の形をした光の斑点のようなものが、瞼の内側に広がる視野の上端に向かって漂い始めた。脳の中にはなにやら小さな閉ざされた扉があり、思考がその取っ手をつかみながらもそっぽを向いて、誰かと込み入った重要な秘密について議論し始めたのだが、一瞬、扉が開くと、話題になっているのは椅子《ストゥール》や机《ストール》や環礁《アトール》にすぎないということが分かった。突然、濃密さを増していく靄の中、理性の最後の関所で電話の銀の響きが鳴り渡り、フョードル・コンスタンチノヴィチはまた寝がえりを打ってうつぶせになると、下に落ちていった……。電話の響きは指の中に残り、まるでイラクサで手を刺したような感じだった。玄関では、すでに受話器を黒い箱に戻して、ジーナが立っていた。なんだかおびえている様子だ。「あなたへの電話だったわ」彼女は声をひそめて言った。「前の下宿の家主の、エグダ・ストボイ夫人から。すぐに来て欲しいって言うの。誰かがあなたのことを待っているって。

急いで」彼はフランネルのズボンをはき、息を切らして通りを進んだ。この季節のベルリンには、白夜にも似た夜がよく見られる。空気は透き通った灰色になり、ぼうっと霧にかすむ家並みが石鹸の泡で作った蜃気楼のように流れていく。交差点では夜間労働者とおぼしき男たちが舗装道路を掘り返していたので、丸太を組んで作った狭い通路を通り抜けなければならなかった。その際、通路の入り口では手提げランプ《カンテラ》が一つずつ渡され、出口でそれを柱に打ち付けられた鉤に掛けるか、そうでなければ歩道に立ち並ぶ空の牛乳瓶のようなカンテラの脇の地べたにでも置いていかなければならなかった。自分の牛乳瓶もそこに置くと、彼は曇りガラス越しのようにぼんやりと見える街路をさらに先へと駆けていった。何やら信じがたいこと、あり得ないこと、人業ならぬ驚異的なことの予感が胸を襲い、幸福と恐怖の入り混じった雪のように彼を包んだ。灰色の靄の中、中学校《ギムナジア》の校舎から、黒眼鏡をかけた視覚障害を持つ子供たちが二人ずつ組になって出てきて、前を通りすぎた。この子供たちは夜勉強をしているのだ（電気代を節約して暗い学校で——ここも昼は晴眼者の子供たちで溢れている）。彼らを引率する牧師は、レシノの村の学校教師ブイチコフに似ていた。街灯に寄り掛かり、もじゃもじゃの頭を垂れ、裾から足裏に回す紐《フットストラップ》のついた細身のズボンをはいた脚をハサミのように広げ、両手ともポケットに突っ込んで、痩せぎすの酔っ払いが立っていた。まるで昔の『トンボ《ストレコザー》』（革命前のロシアで人気のあった週刊のユーモア雑誌）のページから抜け出てきたみたいだ。ロシア語書籍の専門店にはまだ明かりが灯っていた。夜勤のタクシー運転手たちに本を提供していたのだ。そして黄色い靄を透かして、ペトリ（地理学者・人類学者、ペテルブルク大学教授）の黒い地図帳を誰かに差し出しているミーシャ・ベレゾフスキーのシルエットが微かに見分けられた。こんな風に深夜に働くのは、さぞ大変だろうな！　以前住んでいた地区に入ったとたんに、彼は再び興奮に襲われた。走り通しだったので息が苦しく、ぐるぐる巻いて持ってきた膝かけ毛布が手に重かった。急がなくては、と気が急いたが、彼はこの辺の街路の配置を思い出すことができず、灰色の夜がすべてをごちゃごちゃにし、写真の陰画《ネガ》のように色の濃いところと淡いところの相互関係を反転させていた。道を尋ねられる人も見当たらず、皆寝静まっていた。突然、目の前にポプラがぬっと姿を現し、その後ろに高いルター派教会の建物が浮かび上がった。教会には道化《アルレキーノ》の衣裳を思わせる光の菱形模様をあしらった、スミレ色と赤に彩られた窓があり、その中を見ると、夜の礼拝が行われていた。眼鏡の橋梁部《ブリッジ》の下に綿をあてた喪服姿の老婆が、慌てて階段を上っていく。彼はやっと自分の住んでいた通りを見つけたが、その始まりには、ラッパのような末広がりの長手袋をはめた手が描かれた立て看板があって、この通りには反対側の郵便局のあるほうから入るようにと指示していた。こちら側には、明日の祝典のための旗が積み上げられているから、というのである。しかし、迂回している間にこの通りを見失ってしまうのではないか、と心配だった。それに、郵便局にはどうせ後で来るだろう——もしも母にすでに電報が送られてしまっているわけではないのならば。そこで積み上げられた板や箱の山や、巻き毛の擲弾兵の人形を乗り越えて進むと、お馴染みの家が見えた。そこでは労働者たちがすでに戸口から歩道を横切るように赤い絨毯を帯のように敷いていたので、舞踏会の夜の、ネヴァ川に面した河岸通りに立つ邸宅の前のようだった。彼が階段を駆け上ると、ストボイ夫人がすぐにドアを開けてくれた。彼女は頬を燃えるように赤く染め、病院の白衣を着ていた。彼女は以前医療に携わっていたのだ。「どうか、あまり興奮しないように」と、彼女は言った。「自分の部屋に行って、待っていてくださいね」それから、「どんなことがあってもだいじょうぶなよう、覚悟するのよ」と、声を鐘のように震わせながら付け加え、彼を部屋に押し込んだ——それは彼が一生のうちに二度と入ることはないと思っていた部屋だった。彼は取り乱しそうになって彼女の肘にすがりついたが、彼女はそれを振り払った。「あなたに会いにきた人がいるんですよ」とストボイ夫人が言った。「いま休んでいますからね……二、三分待ってちょうだい」ドアがばたんと閉まった。部屋の中は、まるでいまでもそこに暮らし続けているような具合だった。壁紙の白鳥と百合も、チベットの蝶（例えば、Thecla bieti（ヒメムラサキソヨカゼシジミ））の絵で絶妙に飾られた天井も変わっていない。期待、恐怖、身を凍りつかせるような幸福の寒気、こみ上げてくる慟哭の圧力――そのすべてが渾然と溶け合って、目もくらむような興奮となり、彼は部屋の真ん中に立って、動くこともできないまま、耳をそばだて、ドアを見つめていた。いま誰が入って来るのか、分かっていた。そして、以前はこの帰還が実現することを疑っていたことを思うと、我ながら不思議だった。そのような疑念はいまの彼には、狂人の愚鈍な強情、野蛮人の不信、無学者の自己満足としか思えなかった。彼の心臓は処刑を目前に控えた死刑囚のように、張り裂けそうだった。しかし、それと同時に、この処刑はたいへんな喜びでもあり、それを前にしたら生きることなどかすんでしまうほどのものだった。いま現実に実現しつつあることを、彼はかつて手っ取り早く組み立てられた夢の中で何度も見たものだが、そういったときはいつも嫌悪感を覚えるのだった。しかし、どうしてそう感じたのかも理解できなくなっていた。突然、ドアがぶるっと震え（どこか遠くでもう一つ別のドアが開いたのだ）、その向こうから室内履きのモロッコ革の足音が聞こえた――お馴染みの歩き方だ。ドアが音もなく、しかし恐ろしい力で開けられ、戸口で足を止めたのは父だった。彼は金色の頭蓋帽《チュベティカ》（中央アジアの、頭頂部を覆う帽子）をかぶり、黒いチェヴィオット（羊毛織物の一種）のジャケットを着て、胸ポケットにはシガレットケースとルーペを入れていた。鼻の両脇から走る一組の皺に鋭く刻まれた頬は、特にきれいにひげを剃ってあった。黒い顎ひげに混じって、白髪が塩のように光っている。目は網のように広がる皺の奥から、暖かくふさふさと笑っていた。フョードルは突っ立ったままで、一歩も踏み出すことができなかった。父は何かを言ったが、あまりにも声が低くて、聞き分けることはできなかった。しかし、それがどうやら、自分は怪我もなく、五体満足に、人間として本物の姿で帰ってきたのだ、といった意味のことだということは、なぜか分かった。それでも近寄ることは恐ろしかった。あまりに恐ろしかったので、もしも部屋に入ってきた人物がこちらに向かってきたら自分は死んでしまう、とさえフョードルには思われたほどだ。どこか奥のほうの部屋で、警告の響きが感じられる幸せそうな母の笑い声が響いた。一方、父は──何か決断しようとしているときや、開いた本のページの中に何か探しているときによくしたように──ほとんど口を開けずに唇をぴちゃぴちゃ鳴らした……。それから父はまた話し始めた。その言葉がまたしても意味していたのは、すべては素晴らしく単純であり、これこそは復活であり、これ以外の道はあり得なかった、といったことだった。そして、さらに、自分は満足している、採集旅行にも、自分が帰って来られたことにも、息子が自分について書いた本にも満足している、とも彼は言っていた。と、そのとき、ついにすべてが軽やかになり、さっと光が差し込み、父は自信を持って嬉しそうに抱擁の腕を広げた。フョードルは呻き、むせび泣き、彼に向かって足を踏み出した。そして羊毛のジャケットと、大きな手のひらと、短く刈り込んだ口ひげの優しくちくちくする刺激が全部一体となった感覚のうちに、この上なく幸せな、生き生きとした、巨大な、そしてますます大きくなる一方でとどまることを知らない天国のようなぬくもりが膨れ上がり、その中で彼の氷のような心臓もとろけ、すっかり溶け去った。

最初は、何かの上に何かが積み重なっているのも、呼吸するように震える青白い帯が上に伸びているのも、まるで忘れられた言語の単語か、分解された機械の部品のように、まったく不可解だった。そしてこの無意味な混乱によって引き起こされた恐慌の震えが、魂の上を走った。日が覚めたら棺桶の中、月の上、あるいは生気のない非在の牢獄の中だった、といった感じだったのだ。しかし何かが脳の中で向きを変え、思考が落ち着くべきところに落ち着き、慌てて真実を塗りつぶしにかかった。そして彼は、自分が見ているのは半開きになった窓のカーテンであり、窓の手前の机だと理解したのだった——それこそが理性との契約であり、地上の習慣の劇場、時間に縛られた本質の着る制服なのだ。彼は枕に頭を載せ、あの暖かく素晴らしいもの、すべてを説明するものに追いつこうとしたが、今度彼の夢に現れたのはもう、才能のきらめきを感じさせない単なる寄せ集め、昼の生活の切れ端を縫い合わせ、昼の生活に合わせたものでしかなかった。

朝は曇っていて涼しく、中庭のアスファルトのあちこちに灰色や黒色の水たまりができていた。そして絨毯をはたく平板で不快な音が響いた。シチョーゴレフ夫妻は荷づくりを終えようとしていた。ジーナはすでに勤めに出て家にいなかったが、午後一時に母と落ち合って、『祖国《ファーターラント》』でいっしょに昼食を取ることになっていた。フョードル・コンスタンチノヴィチは幸いなことに、ごいっしょにいかがですか、とは勧められなかった。それどころか、マリアンナ・ニコラエヴナはキッチンで彼のためにコーヒーを温め直しながら——というのも、彼は家中の野営の気分に戸惑ってガウン姿のまま、キッチンに腰をおろしていたのだ——先手を打って、食料貯蔵室に彼の昼食としてイタリア風サラダとハムを少し置いてある、と通告したのだった。昨晩、いつも間違って電話をつながれてしまう例の不運な男から、また電話が掛かってきたということも、話のついでに明らかになった——今回は何だかひどく興奮しているみたいで、何かが起こったとか言っていたわ。とはいえ、その何かが何だったのかは、結局、分からずじまいだった。

ボリス・イワノヴィチは足型を中に嵌めた靴をトランクからトランクへと入れ替えていた。もうこれで十回目にもなるだろうか。どの靴もぴかぴかに磨き上げられていた。彼は履き物のことになると、異様なほどうるさかったのだ。

それから夫妻は服を着替え、外出した。一方、フョードル・コンスタンチノヴィチは時間をかけて上首尾に浴槽につかって体を清め、ひげを剃り、足の爪を切った。硬い爪の隅に爪切りを入れてぱちんとやるのは、とりわけ気持ちがよく、爪の切り屑がバスルーム中に銃弾のように飛び散った。玄関番がノックをしたが、中には入れなかった。シチョーゴレフ夫妻が出かけるとき、ドアのアメリカ式の錠をかけていったからで、一方、フョードル・コンスタンチノヴィチの鍵は今頃どこをほっつき歩いているものか、わかったものではなかった。郵便受けの蓋をがちゃりと鳴らして、郵便配達夫がベオグラードで出ている『皇帝と教会のために』という新聞を隙間から投げ入れた。これはボリス・イワノヴィチが購読していたものだ。その後で今度は誰かが、最近オープンした美容院の広告のちらしを突っ込んだ（それはボートのように突き出たままになっていた）。十一時半ちょうどには階段から、この時間にいつも散歩に連れていってもらうシェパードのよく響く吠え声と、興奮した様子で降りていく音が聞こえてきた。もう晴れたのではないかと思い、空模様を見るために、彼は櫛を手に持ったままバルコニーに出たが、雨はもう降っていなかったものの、空はどんよりと絶望的に白いままだった。昨日森で寝ていられたとは、想像もできなかった。シチョーゴレフの寝室には紙屑が散乱し、スーツケースの一つは口が開いたままで、その中を見ると一番上には、ワッフル織りのタオルに載った梨形のゴム製品が見えた。中庭に口ひげをたくわえた旅芸人が一人やって来た――シンバル、太鼓、サクソフォーンと、全身に音楽をぶらさげ、頭にも輝かしい音楽を載せ、赤いジャージーを着た猿を連れ、足踏みで拍子をとり、楽器をがちゃがちゃ鳴らしながら、長いこと歌っていたが、それでも架台に掛けられたいくつもの絨毯がばんばんと一斉射撃される音をかき消すことはできなかった。用心深くドアを押して、フョードル・コンスタンチノヴィチは、いままで一度も足を踏み入れたことのないジーナの部屋に入り、新居への引っ越しを陽気に祝うときのような不思議な感覚を味わいながら長いことじっと眺めていた――きびきびと時を刻む目覚まし時計、コップに挿した一輪の薔薇と細かい気泡に覆われたその茎、夜はベッドに早変わりする東洋風長椅子、スチーム暖房器の上で干されているストッキング。それから彼はほんの一口だけで食事を済ませ、自分の机に向かい、ペンをインク瓶に浸し、白いページを前にして、固まりついたように動かなくなった。シチョーゴレフ夫妻が戻ってきて、玄関番もやって来た。マリアンナ・ニコラエヴナは香水の瓶を一つ、割ってしまった。しかし、彼は眉をひそめて不機嫌そうににらみつけてくる白い紙を前にして座ったままで、シチョーゴレフ夫妻がもう駅に向かおうという時になってようやく我に返った。発車時刻までまだ二時間残っていたが、駅は確かにかなり遠かった。「罪な男でね、早いとこ行ってるのが好きなんだよ」と、ボリス・イワノヴィチは元気に言って、シャツの袖と袖口《カフス》をつまみ、コートに腕を通そうとした。フョードル・コンスタンチノヴィチはそれに手を貸そうとし（だが、彼は丁重な感嘆の声を発し、まだ半分しかコートを着ていない恰好のまま急に跳び退き、隅で突然、ひどいせむしに変身した）、それから別れの挨拶をしようと、マリアンナ・ニコラエヴナのところに行くと、彼女は鏡張りの衣裳箪笥の前で、妙な具合に顔の表情を変え（まるで鏡に映った自分の機嫌をとったり、その姿をぼかしたりしているようだ）、青いベールのついた青い帽子をかぶろうとしているところだった。フョードル・コンスタンチノヴィチは突然彼女のことが妙に気の毒になり、ちょっと考えてから、角まで行ってタクシーをひろってきましょうか、と申し出た。「ええ、お願い」とマリアンナ・ニコラエヴナは言ってから、ソファの上に置いた手袋のほうにどたどたと突進した。

タクシー乗り場には車は一台もなかった。全部出払っていたのだ。しかたなく、彼は広場を横切って反対側で探す羽目になった。彼がやっとタクシーで家の前まで乗り付けたとき、シチョーゴレフ夫妻はすでに自分たちでトランクを運び下ろして（「重い荷物」はもう昨日のうちに送り出してあった)、外に出て立っていた。

「それでは、神様のご加護がありますように」と、マリアンナ・ニコラエヴナがゴム状樹脂《グッタペルカ》のような唇で彼の額にキスをした。

「サラちゃん、サラちゃん、ちゃんと電報を打ってね!」とボリス・イワノヴィチが叫び、おどけた仕草で手を振った。そして自動車が向きを変えて、走り去った。

「永遠にさようなら」と、フョードル・コンスタンチノヴィチは考えるとほっとして、口笛を吹きながら階上に上った。

そこで初めて彼は、住居に入れないことを悟った。郵便受けの蓋を上げると、郵便物を投げ入れる隙間から、玄関の床で星のように広がった鍵束が見え、ことのほかいまいましかった。それはマリアンナ・ニコラエヴナがドアに錠をかけた後、郵便受けの隙間から家の中に戻したものだった。彼は上ってきたときよりもずっとゆっくりと、階段を降りていった。ジーナは職場から直接駅に行くつもりだと分かっていた。列車が出るまでまだ一時間半あまりある。家にバスで戻るのにさらに一時間。そう考えると、彼女が(そして鍵が)戻ってくるのは、三時間以上後のことになる。外は風模様で、薄暗かった。誰のところに行くあてもなく、ビアホールやカフェは激しく毛嫌いしていたので、一人で立ち寄るようなことはこれまで一度もなかった。ポケットには三マルク半あった。彼は煙草を買った。そして一刻も早くジーナに会いたいという欲求が、飢餓感のように彼をさいなみ(いまやもうすべてが許されているのだから)、まさにそのせいで通りからも、空からも、空気からも光と意味のすべてが引き剝がされようとしていたので、彼は急いで自分に必要なバスが通る交差点へ向かった。彼は寝室用のスリッパのまま出てきてしまい、着ているスーツも古ぼけたよれよれのもので、その前面は染みだらけ、ズボンは「社会の窓」のボタンが一つ取れ、膝はだぶだぶ、尻には母のあてた継ぎがある、といった身なりだったが、少しも気にならなかった。日に焼けた肌ときれいなシャツのはだけた襟元のおかげで、彼には快い免疫のようなものができていたのだ。

　何かの国家的な祝日だった。家々の窓からは、黒・赤・黄、黒・白・赤、それから赤だけの三種類の旗（黒・赤・黄は、ワイマール共和国の公式の旗、黒・白・赤は、旧ドイツ帝国の旗（右翼勢力）、赤は左翼勢力の旗）が突き出ていた。それぞれの種類が何かを意味していたはずだが、何よりも可笑しかったのは、その「何か」が誰かの誇りや憎しみをかき立て、人を興奮させたということだ。長い竿や短い竿に、大きな旗や小さな旗が掲げられていたが、こういった市民たちの熱狂の露出趣味のおかげで、町がより魅力的になったわけではなかった。タウエンツィーン通りでバスは、陰気な行進に止められた。その後ろからは、黒い革ゲートルをつけた警官たちがゆっくり動くトラックに乗ってついてきた。掲げられた旗の中には、ロシア語で「鎌と槌のために」（「鎌と槌」はそれぞれ農民と労働者の象徴）と書かれたものが一つあったが、綴りが間違っていて「鎌」（Серп《セルプ》）の代わりに「セルビア人」（Серб《セルブ》）と書かれ、また「槌」（Молот《モーロト》）は「Молт《モルト》」となっていたため、しばらくの間、フョードルは、このモルトというのはどこに住んでいる人たちなのか、それともモルダヴィア人のことだろうか、という重苦しい疑問に頭を悩ませた。突然、彼はロシアの官製の祭典の様子を思い描いた――裾長の外套を着た兵士たち、頬骨崇拝《クリト・スクル》（半ば語呂合わせだが、レーニン崇拝を暗示している。レーニンの容貌は「頬骨の突き出た、禿げた一人の人間」とマヤコフスキーに描写されている）、巨大なプラカードには、レーニンと言えばこれ、というお決まりの上着と鳥打帽を身につけて紋切型の表現と絶叫する男が描かれ、愚劣の轟きと、退屈を鳴り響かせるティンパニ、そして奴隷の絢爛豪華の真っただ中から、安物の真実を売り買いする市場の小さなぴいぴい声が聞こえてくる。これこそは、永遠に――客をもてなす愛想の良さをますます途方もないものにして――繰り返されるホディンカ[*7]なのだ。お土産だってある、ほら、どうだい（最初に出されたものより、はるかに大きくなっているじゃないか）――それから死体の搬出は素晴らしく組織的になったし……。でも、結局のところ、しかたないさ。何もかも過ぎ去って、忘れ去られるだろう。ところが二百年後にはまたしても不遇をかこつうぬぼれ男が現れ、安逸な生活を夢見る愚か者たちを操って憂さ晴らしをすることになるのだ（もっとも、人が皆自立していて、平等もなければ、権力を持つ当局もない――そんなぼくの世界が実現していなければの話だが。とはいうものの、もしお望みでないなら、それも不要。ぼくにはまったくどうでもいい）。

いつも市の土木工事のせいで、醜く不具にされているポツダム広場（古い絵葉書を見ると、この広場は何と広々としていたことだろう。辻馬車の御者たちの顔は晴れやかで、ぴっちりと腰帯を巻いたご婦人たちの裾が埃を舞い上げた。ただ、むっちりした花売り娘たちだけは変わらない）。ウンター・デン・リンデン通りの擬似パリ風の様式。その向こうに続く商店街のせせこましさ。橋、艀《はしけ》、カモメ。立ち並ぶ二流、三流、百流の古いホテルの死んだ目。あと何分かバスに乗っていると、もう駅だ。

ベージュの薄地の絹《ジョーゼット》のドレスを着て、白い帽子をかぶり、階段を駆け上っていくジーナの姿が見えた。彼女は両脇に薔薇色の肘を押し当て、ハンドバッグを小脇に抱え、駆け上っていった。そして追いついた彼に半ば抱き締められると、彼女は彼と二人だけで会う時にいつも見せるあの優しい艶消しの微笑みを浮かべ、あの幸せそうな憂いを目にたたえて、振り返った。「ねえ」と、彼女はせかせかした調子で言った。「遅れそうなの。走りましょう」しかし、彼はシチョーゴレフ夫妻とは別れの挨拶はもう済ませたから、下で待っていると答えた。

太陽は空に低くかかり、家々の屋根の向こうに沈もうとしていて、天蓋を覆っている雲からまるで落ちてきたようだった（しかし、その雲もすっかり柔らかくなり、絵の描かれた緑色がかった天井で溶けて波打ち、天井からすでに遊離しているという感じだった）。横に広がる狭い帯状の隙間で空は灼熱したように赤く、それに向かい合った窓と何かの金属質の文字が赤銅のように燃えていた。荷物運び《ポーター》の長い影が手押し車の影を押していくうちに、その影を自分の中に引っ張り込んだ。しかし、角を曲がったところで、手押し車の影は再び突き出て鋭角を描いた。

「あなたがいないとさびしいわ」と言うマリアンナ・ニコラエヴナは、もう車両の中だった。「でも、いずれにしても、八月には休暇を取ってこちらにいらっしゃいね。そのまま残りたい、なんてことになるかもしれないし」

「さあ、どうかしら」とジーナが言った。「ああ、そう、そう。今日わたしの鍵を貸したでしょう。あれを持って行かないでね」

「その鍵なら玄関に置いてきましたよ……ボリスのは机の中……でも、だいじょうぶ。ゴドゥノフさんが入れてくれるでしょう」と、マリアンナ・ニコラエヴナはとりなすような調子で付け足した。

「そうだとも。どうか元気でな」目をきょろきょろさせながら、ボリス・イワノヴィチが妻の太った肩越しに言った。「なあ、ジンカ、ジンカ（ジンカはジーナのくだけた愛称）、こっちに来たら、自転車にも乗れるし、牛乳もがぶがぶ飲めるし、そりゃもうご機嫌だよ！」

　列車がごとんと揺れて、そろそろと動きだした。マリアンナ・ニコラエヴナは、それでもまだ長いこと手を振っていた。シチョーゴレフは亀のように首を引っ込めた（そして、席につくと、きっと満足げに喉を鳴らしたことだろう）。

　彼女はぴょんぴょん跳ねるように、階段を駆け降りてきた。ハンドバッグは今度は指に提げられている。彼女がフョードル・コンスタンチノヴィチに駆け寄ってきたとき、太陽の最後の光のせいで、彼女の瞳をブロンズ色のきらめきがさっとよぎった。二人は接吻をした——まるで長い別離の後に、彼女が遠くから帰ってきたかのように。

「さあ、夕食に行きましょう」彼の腕を取って、彼女は言った。「きっと猛烈にお腹が減ってるんでしょう」

彼はうなずいた。どう説明できるだろう？　この不思議な決まり悪さはどうしてなのか？　歓喜に満ちた、饒舌な自由をぼくはあんなにも、そう、あんなにも期待してわくわくしていたのに。まるで彼女と疎遠になってしまったかのようだ。あるいは、彼女とでは——つまり、以前のままの彼女といっしょでは、この自由に適応できないような感じなのだ。

「どうしたの？　なんだか元気がないみたいね？」彼女は目ざとく様子を察し、しばらく沈黙してから尋ねた（彼らはバス停に向かって歩いているところだった）。

「ボリス元気帝《ボードルイ》と別れるのがさびしくてね」と彼は答えた。せめて冗談でも言って、気づまりな感覚を解消しようとしたのだ。

「それは昨日の醜態のせいね」と言って、ジーナはくすりと笑った。そして彼女の口調の中に、彼はある種の高揚した響きを捉えた。それは彼の当惑にそれなりに応えるものであり、それゆえ彼の当惑を強調し、強めるものでもあった。

「ばかばかしい。雨は暖かかったし。素晴らしい気分だよ」

バスが来て、二人は乗った。フョードル・コンスタンチノヴィチは手のひらから、乗車券二枚分を支払った。ジーナが言った——「お給料は明日やっともらえるの。だから、いまは全部で二マルクしかないわ。あなたはいくら持っている？」

「心細いね。君の二百マルクから三マルク半残ったけれども、その半分以上がもう消えてしまった」

「夕食には足りるわ」と、ジーナが言った。

「レストランに行きたいって、本当に思っているのかな？　ぼくはあんまりだけれど」

「しかたないでしょ、諦めなさい。健康にいい家庭料理とはもうお別れなんだから。わたしはね、オムレツも作れないのよ。これからどうやっていくか、考えなくちゃ。でもいまは、いいところを知っているから」

　何分かの沈黙。街灯にも、ショーウインドウにも灯りがともり始めた。未熟な灯りのせいで、街路はやつれ白髪を増したように見えたが、空は明るく広々としていて、フラミンゴの羽根に縁取られたいくつもの小さな雲が浮かんでいた。

「見て、写真ができたの」

　彼女の冷たい指から、彼は写真を受け取った。事務所の前で、両脚をぴったり揃え、背を真っすぐ伸ばし、明るい姿で写っているジーナ——そして菩提樹の影が、彼女の前に下ろされた踏切の遮断機のように、歩道を横切っている。窓敷居に横向きに座ったジーナ——その頭には陽光の冠を被っている。仕事中のジーナ——うまく写らず、顔が暗くなっているが、その代わり前面に女帝のように堂々としたタイプライターが押し出され、用紙移動レバーがきらめいている。

　彼女は写真をハンドバッグにしまい、路面電車の一か月用定期券を入れたセロハンの定期入れを出してまた戻し、手鏡を出して、歯を剝き出して前歯の詰め物を見てまた戻し、ハンドバッグをぱちんと閉じ、それを自分の膝の上に置くと、自分の肩を見て綿毛を払い落とし、手袋をはめ、顔を窓に向けた——そのすべてを彼女は異様に素早く、顔面をあれこれ動かし、瞬いたり、なんだか口の中で歯を嚙み合わせるようにしたり、頰をすぼめたりしながらやってのけたのだ。しかしいま彼女は不動の姿勢で座り、青白い首筋には張りつめた腱が浮き出し、白い手袋をはめた手はハンドバッグの鏡のような革の上に置かれていた。

ブランデンブルク門を通る狭き道。

ポツダム広場を越えて、運河に近づいたとき、頬骨の張った初老の婦人が（どこで彼女に会ったのだろう?）、ぶるぶる震える目の大きな小犬を脇に抱え、よろめき、亡霊たちと闘いながら、出口に向かって突進した。ジーナは顔を上げて、ほれぼれするようなまなざしで彼女のほうを一瞬さっと見た。

「わかった?」と、彼女は聞いた。「ローレンツ夫人よ。わたしが電話をしないものだから、猛烈に腹を立てているみたい。結局のところ、まったく余計者の奥さんよ」

「君の頬に煤がついている」と、フョードル・コンスタンチノヴィチが言った。「注意しないと。擦ると広がってしまうから」

再びハンドバッグ、ハンカチ、手鏡。

「もうすぐ降りないといけない」しばらくして彼女が言った。「いい?」

「かまわないよ。分かった。君の好きなところで降りよう」

「ここよ」と、彼女はさらに停留所を二つ過ぎたところで言い、彼の肘を取り、腰を浮かせたが、バスががくんと揺れたためまた座り、もう一度、最終的に起き上がると、まるで水中から釣り上げるようにハンドバッグを取った。

灯火はすでにはっきりとした形をとり、空はすっかり血の気を失っていた。トラックが通り過ぎ、その荷台にはどこかの世俗的な団体のお祭り騒ぎから戻ってきた若者たちが乗り、何かを振り回し、何かを口々に叫んでいた。木が一本もなく、大きな細長い花壇を小道が取り囲んでいるだけの辻公園の真ん中では、薔薇の大群が咲き誇っていた。この辻公園の向かいにあるレストランの屋外の一区画（テーブルは六つ）は、上にペチュニアを載せた柵で歩道から仕切られていた。

二人の座ったテーブルの隣では、雄豚と雌豚ががつがつ食事をし、給仕の黒い爪がソースの中に浸かり、ぼくのビアグラスの金色の縁には、昨日、腫れもののできた唇が吸いついていたのではないか……。悲しみのようなものが霧となってジーナを――その頬も、細められた目も、喉元の窪みも、きゃしゃな鎖骨も――覆った。そして彼女の煙草からたちのぼる青白い煙が、さらにその感覚を強めた。通行人の足が歩道と擦れる音が、濃くなっていく闇をこね回しているようだった。

突然、あからさまに夜の姿を見せている空に、そのとても高いところに――

「見て」と、彼が言った。「なんて素晴らしいんだろう!」

ルビーを三つちりばめたブローチが、暗いビロードの上を滑って行くところだった――エンジンの爆音が聞こえないほど高くを。

彼女は唇を微かに開け、空を見上げながら微笑んだ。

「今晩?」彼もやはり見上げながら、尋ねた。

いま初めて彼は、彼女とともに囚われの状態からどうやって抜けだそうかと思い悩んでいたころ、自分に約束していた、感情の織りなす調子の中に入っていった。そもそもあの囚われの状態は、二人が逢瀬を重ねている間に次第に確立されていき、次第にお馴染みのものになっていったのだが、何か人工的なものに基づいていたので、じつはそれが獲得してしまった大きな意味に見合うものではなかった。いまとなっては、この四百五十五日の間のいつでも、どうしてあっさりシチョーゴレフの家を出て、二人だけの生活を始めなかったのか、不思議なくらいだった。しかしそれとともに彼には、理性の表層の下で分かっていたのだ――この外的な邪魔立ては運命にとっては単なる口実、これ見よがしの陽動作戦だったということを。運命が手っ取り早く、たまたま手に入ったものを何でも二人を隔てる仕切りにしたのは、その間に大事な込み入った仕事に取り組むためだった。そして、その仕事が内的に必要としていたのは、まさに展開を遅らせることだったのだが、遅滞自体はあたかも生活上の障害によるものであるかのように見せかけられていたのだ。

いま（柵に囲まれ、明かりに照らされたこの白い一角で、金色に輝くジーナを間近に見ながら、光を浴びて彫刻のようにくっきり浮かび上がるペチュニアのすぐ後ろで窪んでいる暖かい暗闇もそこに加わって）彼は運命の用いた様々な方法について考えをめぐらすうちに、昨日母にちらりと伝えた、まだ思いついたばかりの「小説《ロマン》」のための導きの糸、秘められた魂、チェスの着想になるものを最終的に見出した。まさにそのことを彼はいま話し始めた——そう、それこそが本当に幸福の最良で一番自然な表現であるかのような調子で話し始めたのだ。そしてこの幸福はいまここで、副次的に、もっとわかりやすい普及版の中で、こんなものによって表現されていた——ビロードのような空気、街灯の光の中に落ちていったエメラルド色の三枚の菩提樹の葉、ビールの冷たさ、ひんやりとした感じ、月面の火山のようなマッシュポテト、ぼんやりとした話し声、足音、黒雲の廃墟の中に光る星……。

「ぼくがやりたいのは、こんなことだ」と彼は言った。「ぼくたちに対して運命が行ってきた仕事にも似た何か。考えてもみてごらん、運命は三年あまり前にもうこの仕事に取りかかっていたんだ……。ぼくたちを引き合せようとする最初の試みは、不細工で、図体ばかり大きくてかさばる代物だった！　家具を運んで来るだけでも、たいへんな手間だったろう……。ここには『金に糸目はつけない』とでも言うような、何でもありの自由奔放さが感じられるね。いや、実際、とんでもないことだ——ぼくが入居したばかりの建物に、ローレンツ夫妻とその家財道具一式を運んでくるとはね！　着想は荒っぽいものだった——ローレンツの奥さんを通じて、ぼくを君と知り合わせようというんだから。さらにそれを加速させるためにロマーノフが引っ張り出され、彼はぼくを自宅の夜会に呼んだんだ。ところがここで運命はしくじった。仲介人の選択は失敗で、ぼくには虫の好かない男だった。そんなわけで、正反対の結果になってしまったんだ。つまり彼のせいで、ぼくはローレンツ夫妻と知り合うのを避けるようになったというわけ。だからこの大がかりでかさばる仕掛けはすべて、おじゃんになった。運命は家具運搬用のトラックを持ったまま取り残され、せっかくの出費も無駄になって元がとれなかった」

「気をつけないと」と、ジーナが言った。「そんな批評をしていると、運命が今度は腹を立てて、復讐するかもしれないわ」

「この話にはまだ先がある。運命は第二の試みを行った。今度の試みはもっと安上がりだったけれども、成功を約束するものだった。というのも、ぼくは金に困っていたから、提供された仕事に飛びつくはずだったんだ——何かの書類の翻訳をして、見知らぬお嬢さんを助けるという仕事だったね。でもそれもうまくいかなかった。第一に、弁護士のチャルスキーもまた、適任の仲介者ではなかった。第二に、ぼくはドイツ語への翻訳が大嫌いときている。そんなわけで、またしても失敗さ。まさにそのとき、この失敗の後にいよいよ、運命は間違いなく確実に的を射る気になった——要するに、君の住んでいる家に直接ぼくを入居させることにしたんだ。そのための仲介役の選び方も、もう行き当たりばったりではなかった。そうして選ばれた人間は、ぼくにとって感じがいいだけではなく、精力的に仕事に取りかかり、ぼくがのらりくらり逃げることを許さなかった。ただし、最後の瞬間にはまた停滞が生じて、あやうくすべてを御破算にしてしまうところだった。慌てていたせいなのか、それとも代金の支払いをけちったからなのか、ともかく、運命はぼくが最初に下見にいったとき、君がそこにいるように手配できなかった。一方、ぼくはね、わかると思うけれど、君の義理のお父さんと五分ばかり話をして——そもそもこのお父さんというのは、運命がうっかり不注意で檻から出してしまった人物だったわけだけれど――それから彼の肩越しに何の魅力も感じられない部屋を見たとき、こんな部屋は借りないと心に決めていたんだよ。そのときだ、運命が究極の手段を使って、いわば最後のやけくその作戦に打って出たのは。つまり、いますぐ君の姿をぼくに見せることができないのなら、せめてこれを、というわけで、運命は椅子に載った君の水色がかった舞踏会用のドレスをぼくに見せたのさ。すると不思議なことに、自分でもなぜかわからないのだけれども、作戦は成功した。そのとき運命はほっとため息をついただろうね。その様子が目に浮かぶよ」

「でもね、あれはわたしのじゃなくて、いとこのライサのドレスだったのよ。ちなみにあの娘《こ》はとても可愛いんだけど、それは大変な御面相なのね。確か、そのドレスから何かを取るか、縫いつけるかしてもらいたくて、わたしのところに置いていったのだと思うわ」

「それならじつにしゃれている。なんという素晴らしい機転だろう！　自然界でも芸術でも、一番魅力的なものはすべて人をだますことで成り立っているんだ。ほら、わかるかい――運命は仕事を無鉄砲な商人みたいに威勢よく始めて、繊細この上ないタッチで終えた。これが見事な小説の筋書きでなくて、何だろう。なんという主題だろう！　でもそこに建物を建て、カーテンを掛け、人生という名の密林で――つまり、ぼくの人生によって、ぼくの作家としての情熱によってびっしりと――取り囲んでやらなければならない」

「そうね。でも、それだと自伝になるわね。しかも悪気のない知り合いを大量に処刑しなければならない」

「それなら、こう仮定してみよう――ぼくはそのすべてを徹底的にシャッフルし、ぐるぐる回し、かき混ぜ、嚙み砕いて呑み込んでまた吐き出し……自分の香辛料も加えて、自分をそこに浸みこませるので、自伝からはもう塵しか残らない。でもこれは特別な塵なんだ――もちろん、最高のオレンジ色の空もこの塵から作られる。でもそれを書き上げるのはいまじゃない。ぼくはこれからまだ長いこと準備をするだろう――ひょっとしたら何年もかけて……。いずれにせよ、手始めには他のことに取りかかるつもりさ。昔のフランス人に一人、頭のいいのがいてね、彼のものをちょっと自分なりに翻訳してみたいと思っている。そうやって、独裁者として君臨し、言葉たちを完全に隷属させるためなんだ。なにしろぼくの『チェルヌィシェフスキー』では言葉たちはまだ投票権を行使しようとしているからね」

「素敵ね」とジーナが言った。「全部すごく気に入ったわ。あなたはきっと、これまでになかったような作家になると思うの。ロシアだってあなたを失ったことをさぞ残念がるでしょうね、でも気づいたときはもう遅すぎるけれど……。でも、あなたはわたしのこと、愛しているの?」

「いまぼくが話していることこそ、ある種の愛の告白なんだ」と、フョードル・コンスタンチノヴィチが答えた。

「『ある種の』だけじゃ足りないわ。ねえ、きっとわたし、あなたといるとときどきものすごく不幸になるんじゃないかしら。でも結局のところ、そんなこともういいの。もう心は決まっているから」

彼女は目を大きく見開き、眉を上げて微笑み、それから軽く椅子の背にもたれ、顎と鼻に白粉をはたき始めた。

「そうだ、これを聞いてもらわなければ。素晴らしい話なんだ。例のフランス人には有名な一節があってね、もしも途中で中断したりすることがなければ、全部暗誦できると思う。だから間の手を入れないで聞いてほしいんだ。翻訳はまだおおよそのところだけれども。昔、一人の男がいた……

彼は真のキリスト教徒として暮らしていた。多くの善行を積んだ——あるときは言葉によって、あるときは行いによって、またあるときは沈黙によって。斎戒を守り、谷川の水を飲み（ねえ、いいだろう、本当に?)、瞑想と徹夜禱を精神の糧とした。清らかで、つらく、賢い一生を送った。死が近いことを感じたとき、男は死を考える代わりに、懺悔や別れや悲嘆の涙の代わりに、修道士や黒衣の公証人の代わりに、酒宴を開いて客を呼び集めた。やって来たのは軽業師、役者、詩人、大勢の踊り子、三人の魔法使い、トルレンブルクの遊び人の学生、それにタプロバーナから来た旅人。男は杯の葡萄酒を飲み干して死んだ——安らかな微笑みを浮かべ、甘い詩や仮面や音楽に取り囲まれて……。どう、素晴らしいよね？　ぼくもいつの日か死ぬなら、こんな風に死にたいなあ」

「でも、踊り子だけは抜きにしてね」

「まあ、それは単に、陽気な宴会のシンボルだから……。そろそろ行こうか？」

「支払いを済ませなければ」とジーナが言った。「ウェイターを呼んで」

その後で二人の手元に残ったのは、十一ペニヒだけだった——それも彼女がつい先日、幸運を招いてくれると思って歩道で拾った黒ずんだ硬貨を一枚勘定に入れてのことだ。二人が通りを歩きだすと、彼は背筋にさっと震えが走るのを感じ——そして、またしても気づまりな感じを覚えたが、今度はもう別の、物憂げで悩ましいものに変わっていた。家まではゆっくり歩いて二十分ほどだった。みぞおちのあたりが、空気と、闇と、花咲く菩提樹の蜜のような香りに疼いた。この香りは、木と木の間では爽やかな黒い涼気と入れ替わりながら溶けていったが、待ちかまえていた次の菩提樹の天蓋のように茂った枝の下に入ると、またしても陶酔を誘う息苦しい雲が膨れ上がり、ジーナは小鼻をひくつかせながら言った。「まあ……この匂い、嗅いでみて」それから闇がまた香気を失ったかと思うと、また蜜に満たされた。本当に今晩、本当にいますぐに？　幸福の重み《グルース》と脅《ウグローザ》え。

こんな風にぼくが君とゆっくり、とてもゆっくり歩いて君の肩を抱くとき、あらゆるものが少し揺れ、頭の中がざわめき、足をひきずっていきたくなり、左足の踵から靴が滑り落ちそうになり、ぼくたちはのろのろと、ゆったり進んでいき、霧に包まれていき、いまにも溶け去ってしまいそうだ……。そしてこのすべてをぼくたちは、いつの日にか思い出すことだろう——菩提樹も、壁に映った影も、伸びてしまった足の爪で夜の敷石をこつこつ叩きながら歩いていく誰かのプードルも。そして星、あの星のことも。さあ、もうそこが広場だ。黒っぽい教会の時計が黄色い光に照らし出されている。さあ、そこの角がわが家だ。

さらば、本よ！　幻影たちもまた／死を猶予してはもらえない。／ひざまずいていたエヴゲニーが立ち上がっても／詩人は立ち去っていく。／それでも耳はすぐには／音楽と別れられず、物語を／鳴りやまらせることもできない……。運命がみずから／まだ響き続けているから……。そして／注意深い頭にとっては、私が終止符を／打っても終点にはならない。／延長された存在の亡霊が／頁の地平線の彼方に／明日の雲のように青くたなびく——／そしてこの行も終わることはない。[*8]

訳注

＊1　四五五頁　『賜物』が最初に連載されたパリの『現代雑記』では、第五章掲載にあたって（第六七号、一九三八）、表題の『賜物』に次のような注が添えられている――「第四章は、その全体がこの長篇の主人公によって書かれた『チェルヌィシェフスキーの生涯』から成っているが、著者の同意を得て省略した。――編集部」。

＊2　四五五頁　ソネットは通常、4＋4＋3＋3の計十四行からなる詩の形式。フョードルのチェルヌィシェフスキー伝では冒頭にそのソネットの後半二連六行分が説明もないままエピグラフとして掲げられ、末尾で前半二連八行分が引用され、後ろから前に戻って来て一篇のソネットが完成する円環構造になっている。

＊3　四五六頁　この書名では「我ら」は余計。ちなみに、チェルヌィシェフスキーの『何をなすべきか』の後にトルストイの論文「されば我ら何をなすべきか」（一八八六）と、レーニンの『何をなすべきか』（一九〇二）が書かれている。

＊4　四六〇頁　一九二二年の夏から秋にかけてボリシェヴィキ政権によって、多くの知識人が大量に国外追放になった。特に九月と十一月にドイツの汽船によってペトログラードからシュテッティンへ百六十名以上が追放され、この中には当時のロシアを代表する哲学者（ベルジャーエフ、ロスキー、ブルガーコフ、フランク他）が多く含まれていた。

＊5　四七〇頁　原文は「ウジュー・ウムー・ラヴノー・ウジャースナ・ウミラーチ」で「ウ」の母音で始まる単語が四回繰り返される言葉遊びになっている。ことわざではなく、チェルヌィシェフスキー氏考案の言葉遊び。

＊6　四七二頁　ここに出てくるシーリンはШирин であって、日本語のカナ表記ではナボコフの当時の筆名「シーリン」Сирин と同じになってしまうが、ロシア語では綴りも発音も違う、別の姓。

＊7　五四〇頁　モスクワの地名。ここの野で一八九六年五月一八日にニコライ二世戴冠記念の祝賀行事が行われ、様々な菓子やパン、戴冠式祝賀の紋章がついたカップなどが無料で配られたが、あまりに多くの群衆が押し寄せたせいで人々が将棋倒しになり、千人以上の圧死者が出るという大惨事になった。
＊8　五五二頁　「さらば、本よ！」で始まる最終段落は、プーシキンが『エヴゲニー・オネーギン』で用いた、十四行からなるいわゆる「オネーギン・スタンザ」の形式を厳密に守って書かれている。

英語版への序文[*1]

『賜物』*The Gift*（ロシア語の原題 *Dar*《ダール》）の大半は、一九三五年から三七年にかけて、ベルリンで執筆された。最後の章を書きあげたのは、一九三七年、フランスのリヴィエラでのことだった。社会主義革命党《エスエル》（ロシアの革命政党。ボリシェヴィキと対立し、多くの元党員が亡命した）の元党員たちが集まってパリで出していた、亡命ロシアの代表的な雑誌『現代雑記《ソヴレメンヌィエ・ザピースキ》』がこの小説を連載したのだが（第六三号から第六七号、一九三七—三八年）、その際、第四章は省かれた。この章の掲載が拒否されたのは、小説に含まれる伝記が第三章でワシーリエフによって拒否された（本書三一二ページ）のと同じ理由によるものである。人生が芸術を非難しながらも、その芸術そのものを模倣せざるを得なくなる好例ではないか。ようやく一九五二年に、つまり書き始めてからほとんど二十年後に、小説の完全版が世に出た。出版を引き受けたのは、ニューヨークのチェーホフ出版社で、サマリア人の慈善団体のように救いの手を差し伸べてくれたのだった。『賜物』がロシアで読むことができるようになるのは、どんな体制の下でのことだろうか。想像するだけでもわくわくする。

私は一九二二年から、つまりこの本の若き主人公と同じ時期にベルリンに住んでいた。しかし、だからと言って、また文学や鱗翅類といった主人公の関心のいくつかを私が共有しているからと言って、「なるほど」と早合点され、デザインとデザイナーを同一視されても困る。私はフョードル・ゴドゥノフ゠チェルディンツェフではないし、かつて彼であったこともまったくない。私の父は中央アジアの探検家ではない。むしろ、私のほうがまだいつの日か、中央アジア探検に出かけて行くかも知れないけれども。私はジーナ・メルツを口説いたこともなければ、コンチェーエフという詩人についても、その他のどんな作家についてもくよくよ気に掛けたことはない。実際のところ、一九二五年頃の自分の姿が断片的にであれ認められるのは、むしろコンチェーエフや、脇役として登場するもう一人の作家ウラジーミロフにおいてである。

この本に取り組んでいたころ、私はまだしかるべきコツを身につけていなかったので、後に英語で書いた小説である種の環境の人々に対して行ったほど過激かつ無慈悲には、ベルリンとそこに住みついた亡命者たちを再現することができなかった。ここかしこで、芸術的虚構の奥から歴史が透けて見える。ドイツに対するフョードルの態度は、ロシア人の亡命者たちが（ベルリン、パリ、あるいはプラハの）「先住民」について抱いた粗野で理不尽な軽蔑をおそらくあまりにも典型的に反映している。そのうえ、私の若き主人公の姿には、むかつくような独裁政権の勃興が影を落としているのだが、そもそも独裁の勃興という事態が生じたのはこの小説が書かれた時期であって、小説が斑《まだら》にではあれ映し出している時期ではなかった。

ボリシェヴィキ革命の後、ソヴィエト化したロシアから最初の数年間に脱出した人々の集団大移動の全体の中でも、知識人たちのすさまじい流出はその傑出した部分を成しているのだが、それは今日では、ある種の神話上の種族の放浪のようにも見える。そして、私はいま砂漠の塵の中から、その種族の残した鳥や月のしるしを取り戻すのである。私たちはアメリカの知識人たちには知られないままだった（彼らは共産主義者のプロパガンダに幻惑されて、私たちのことを悪党の将軍とか、石油王、柄つき眼鏡《ロルネット》を持った痩せこけた貴婦人としてしか見ていなかったのだ）。その世界はもう過去のものになってしまった。ブーニン、アルダーノフ、レーミゾフも世を去った。二一世紀がこれまでに生み出した最大のロシア詩人であるウラジスラフ・ホダセーヴィチも世を去った。古い知識人たちはいま死に絶えつつあり、この二十年ほどのいわゆる「難民《ディスプレイスト・パーソン》」*2たちの中に後継者を見つけられないでいる。この「難民」たちは、故国ソヴィエトから田舎者根性と俗物精神を外国に運び出してきたに過ぎないからだ。

『賜物』の世界は現在では、私の他の世界の大部分と同様、幻影のようなものになっているので、この本について私はある程度距離を置いて、他人事のように冷静に語ることができる。これは私がロシア語で書いた最後の長篇であり、この先ロシア語で長篇を書くことは二度とないだろう。そのヒロインはジーナではなく、ロシア文学である。第一章の筋書き《プロット》はフョードルの詩を中心に展開する。第二章でフョードルはプーシキンに向かって突き進みながら文学者として腕を磨き、父の動物学のための探検旅行を描こうと試みる。第三章はゴーゴリに重心を移すが、この章の本当の中核になっているのはジーナに捧げられた愛の詩である。チェルヌィシェフスキーについてのフョードルの本は、ソネットの中にはめ込まれた螺旋のようなもので、これが第四章を構成している。最終章はそれまでの主題をすべて結び合わせ、フョードルがいつの日にか書きたいと夢見る『賜物』という名前の本の輪郭をぼんやりと浮かび上がらせる。若い恋人たちが退場した後、読者の想像力は果たしてどれほど遠くまでこの二人を追うことができるだろうか。

この小説の管弦楽的構成《オーケストレイション》には夥しいロシアの詩神《ミューズ》が参加しているため、翻訳はことのほか難しい。

私の息子、ドミトリー・ナボコフは第一章の英訳を完成させたが、彼が追求する職業上のやむを得ない事情に迫られて、翻訳を続けることができなくなった。そこで残りの四つの章は、マイケル・スキャメルによって翻訳された。一九六一年の冬、モントルーで私は五章すべての翻訳を綿密に点検して、手を入れた。本書全体にちりばめられている様々な詩や、詩の断片の翻訳に対する責任は私にある。巻頭の題辞《エピグラフ》は捏造されたものではない。結末《エピローグ》に現れる詩は、オネーギン・スタンザの模倣になっている。

ウラジーミル・ナボコフ
一九六二年三月二八日

訳注

＊1　五五五頁　一九六三年に『賜物』の英訳が「マイケル・スキャメル訳、ウラジーミル・ナボコフ協力」という名義で出版されたときに添えられたナボコフによる自序。原文英語。

＊2　五五七頁　「難民」(displaced persons) は、ここでは特に、ナチス占領下のソ連領地から出た大量のロシア人難民を指している。このロシア人難民は亡命ロシアの「第二の波」と呼ばれ、ナボコフ自身が属していたロシア革命直後の亡命者の「第一の波」とは性格がはっきりと異なっている。

父の蝶
Отцовские бабочки

小西昌隆 訳

凡例

一、本篇は *Набоков В.В.* Второе добавление к «Дару» / Публикация и комментарии А. Долинина. // Звезда, 2001.№1. С. 85–109 の翻訳である。作者の生前未発表の作品であり、遺稿の判読にあたった刊行者アレクサンドル・ドリーニンによる注記、記号等も可能な範囲で再現した。

一、〈 〉は遺稿の難読箇所、未記入箇所、単語の略記箇所への刊行者によるコメントないし補足を示す。

一、[ ]は作者が書き落としたか省略した単語の刊行者による補足を示す。

一、〔 〕は作者自身によるコメント、留保等の書き込みを示す。

一、テクスト内の英語、フランス語、ドイツ語、ラテン語はそのまま再現した。

一、テクストのイタリックは傍点で処理した。

ぼくの少年時代の手引書だった悪名高きドイツの蝶類図鑑《シュメッターリングスブッフ》はとっておきの場所を蝶の国の色鮮やかな tiers-état（第三身分（仏）。平民のこと）、大衆的ですこぶる中欧的な小動物《ティーアヒェン》に割いていた。ずぶの素人と感激屋の初心者向けの（彼らにとって最高の幸せは「死者の頭」（ヨーロッパメンガタスズメの露名）を捕ることなのだ）、こうした、つやつやしたいい加減な図版をつけた頑丈な図鑑だとか通俗きわまるポケット判分類図鑑は、先入観と古くささの因襲的な混合物といった代物で、異常なものを避けてまわり、たとえば学校が使う文学の教材にチュッチェフの「雷雨」ならまあみつかったのかもしれないが（もっとも、最終連抜きで、だ）（チュッチェフはロシアの詩人（一八〇三～七三）。「雷雨」は正しくは「春の雷雨」（一八二九）で、最終連に「雷鳴泡立つ громокипящий」という特異な合成形容詞が用いられている）、同じチュッチェフの「霞がかったように百合色」めいたもの（「昨日、うっとりするような夢に包まれ……」（一八七九）で使われている合成副詞「霞がかったように百合色に мглисто-лилейно」の引喩）は当然のこと出てこない、そんなようなものだ。

ハンガリー以東、ユトランド以北、ピレネー以南に棲息するものは小さな図鑑からはそっくり無視され（ドイツの動物相に専念するのが目的なら話は分かるのだが）、大図鑑、つまりアイスランドからバクーまで、ノーヴァヤ・〝ゼンブラ〟（北極海に浮かぶノーヴァヤ・ゼムリャー列島のこと。オランダを中心にノヴァ・ゼンブラと呼ばれることから）からジブラルタルまで、それこそヨーロッパ全土をみることになっているもののことだが――そこに言及があるとこれがまたいい加減で、不十分、不正確、おまけに目も不自由、というかつまりお供の肖像《ポートレイト》をつれていないといったありさまだった（つれていれば比較的ましなホフマン（ドイツの昆虫学者。一八三七〜九二）みたいに、小型の稀少種の肖像画も、スコベレフ将軍（帝政ロシア時代の軍人。一八四三〜八二）の油絵風石版画《オレオグラフ》が本人に似ている程度には似ていた）。簡潔体《ラコニズム》でまとめたりだんまりを決め込んでいたりするのが、無知や、あるいは毎年発見されるものについていくために大部の著作を毎年見直せるわけがないという大目に見られる事情の結果だったらまだよかった。ところがそうじゃないのだ、編者たちは、夏休みを自然科学の愉しみに費やす収集家たちを種と変種の細かな分類でわずらわすにはおよばないと、たんにそう思っていただけなのだ、専門家には知られているが伝説的なまでに局地的なものや誰でも行けるヨーロッパでも端のほうで飛んでいるだけのものだからスクールボーイの眼鏡にとび込む（「目にとび込む」という成句のもじり）ことはまずなかろう、というわけなのだが、こうした計算はそれがなされること自体おぞましく――人間の知識欲を刺激すると同時に抑制し、つまり平均レヴェルがノルマなのだとか限定的体系の必要条件だと言ってその充足度を調節する、大衆化原理に基づいているのだ――おまけに実践的に間違っている、というのも実際こうした学校の休暇期間中に活動するコレクターは、長じて凝ってくると、えらく遠くへ、やれラップランドだ、やれシチリアだと、もっていった図鑑が学術的な重みを失くしてトランクの底でしだいにただの錘《おもり》と化してゆくような地方まで、くり出すようになるからだ。ところが他人を信じがちな遠国からはほとんどドイツ人にしか製造できないタイプの出版物に情熱的な注文が殺到していて、ときにこうしたシュメッターリングスブッフは翻訳までされ、ただし――ドイツの百科事典のときもそうだったとおり――応用的改訂という煮え切らない試みは、勝ち誇ったような原典の骨組みにまったく太刀打ちできなかった。

　それでも異常な蝶にかんする備考が八ポイント《プティ》活字で組まれていることがあり――ぼくときたらそれこそ細かな活字に目がない口で、化学や歴史の教科書であれ、どこにそれをみつけようとかならず熱を上げたものだが、よりによって原則的に誰でも読めば分かる箇所にはあくびが出て、当然そういったものがぼくの身につくことはなかった。それもこれもぼくが夢のため、といっても書かれていることとなんの関係もない夢もしばしばだったが、それを見るために、禁断のプティの密林に進路をとっていたせいなのだ、そのあとそこから夜の悪寒を耐え抜いて《ヴィネスチ》猟嚢《ヤグドタッシャ》に入れてもち出し《ヴィネスチ》たのが火の鳥の蚕だったりするわけだが。しかし――天才を親にもつ幼い息子が父の同僚のようなその道のプロでも知らない事柄にわれ知らず通じているように――ぼくはシュメッターリングスブッフの細かな活字を読み込んでは、そうした昂奮どころか優越感や憤りまで味わっていた。ある「bis jetzt im Wallis beobachtet（これまでのところヴァリス［スイス南部の州］で観察されている（独））」ものはどれだけぼくをいらつかせたか、そのやわらかな菫色をした蝶、というのはもちろん父のコレクションで詳しく紹介してもらったのだが、それは挿絵がついておらず、あたかも、窓越しにぼくに頬笑みかけてくるとその窓が鎧戸でふさがれてしまったみたいに編者の手でぼくからとりあげられたといった按配で――それに発見状況から table manners（食事作法（英））にいたるまで、その蝶について知りたいことはいくらでもあったのだが。

　しかしそれよりよっぽどいらついたこと（ここでぼくはこの手記の根幹にかかわる思いをさらけ出しかかっているわけだが、以前はこうした「Gross-Schmetterlinge Europas（ヨーロッパ産大型蝶類（独））」をすべて調べてもロシアの――いやヨーロッパ・ロシアのそれですら――動物相を思い描けなかったのだ）、それは、蝶の習慣がドイツの編者のピントに合った地理学的空間に限定されたものでしかなく、おかげで当の蝶まであきらかに間違ってイメージさせたことだ。たとえばあからさまに素人じみたランプレヒトだかなんだかいうの——だったか、あるいは別の、名前は忘れてしまったが、ホロトコフスキイ（昆虫学者でゲーテ、バイロン等の訳者でもある。一八五八～一九二一）がいやに詩的で不条理な翻訳をほどこした人物（先の「ランプレヒト」とも、ドイツの鱗翅類学者クルト・ランパート（一八五九～一九一八）を指す）——どころか、有名なホフマンやベルゲ（ドイツの昆虫学者。一八一一～八三）の図鑑のような、量的には比較的豊かで質的には絶対的に貧しい図《イラスト》入りの参考図書（外国の昆虫図書館にそれなしで済ませられるところはひとつもなかった）でさえ、わがルーシ（ロシアの古名）の平原のあちこちの野原であっさり出会《でくわ》す種の蝶や蛾（*Parnassius* 属（ウスバシロチョウ属）や *Plusia* 属（キンウワバ属）の）を、山地や、果ては高《ホッホ》山地に縛りつけて落ち着き払っているのだ、想像上の消費者、平均的コレクターがその仮想的移動圏でそうした蝶や蛾に出会す可能性があるのはもっぱら山地なのだから、たとえばモスクワ近郊であればウスバシロチョウに高山性の空気は不要であるといったことに言及するのは意味がないというわけだ。

　数や知名度ではかなわないまでもイギリスやフランスでも独自に「ヨーロッパ」規模の著作を編んでいて、それらにたいしても同じ不満がより決定的なかたちであてはまるのだが、しかしこの両国の場合、その編纂物のドイツにはるかにまして俗悪な欠点（先入観というより無知の結果だ）が専門家ならではの整合的で深みのある仕事ぶり——ドイツ人という、かつて父の使った言い回しでいえば「見事なまでの収集家《ソビラーチェリ》だが悲惨なまでの分析家《ラズビラーチェリ》（解体者ともとれる）」たちの同様の学術書にはめったにみられない特徴——によってお釣りがくるくらいにあがなわれていた。ついでに言っておかなければならないが、「British Butterflies and Moths（イギリス産の蝶と蛾（英））」はみな、島国のコレクターに故郷の（たしかにはなはだ数は少ないが）動物相を分からせようとする使命を帯び、純粋にドイツ産の、あるいは純粋にフランス産の蝶類だけを集めたものにくらべ、はるかに完全で詳しいものにできあがっている。そうした類いのロシア産蝶類図鑑、つまり十九世紀末の鱗翅類学の発展段階に多少とも応じたそれはまったく出ておらず、すでに述べた理由や条件のおかげで、どんなに分厚いシュメッターリングスブッフもロシアを収めてくれていなかったから、この国は未知で目立たないまま絶望的な空白として残され、ついでに言えばこのことが旧北区の諸型の真の関係を研究する総説論文《モノグラフィスト》の執筆者たちの試みに、宿命が働いたように影響していた。

いや、さすがにこれは言いすぎだ。ロシアの特定の三つ、少なくとも三つの地域は、きまってシュメッターリングスブッフに挙がっていた。それはペテルブルグであり、あるいはカザンであり、あるいはサレプタ（現在のヴォルゴグラードに存在したドイツ人の入植地）である——なかでも多かったのがサレプタだ。ここでひとつ言えることがあるとすれば、これらの土地は蝶のこととなると異常に我を張りだすのだ、といったところだろうが、他方で、こうした短くとも確定的な情報——サレプタ、以上《ピリオド》——が、その種がほかの多くの土地でみつかる確率を奪うのだなどと結論めかして言ってみせることもできるだろう。しかしすべてははるかに愛らしいかたちで説明がつく——つまり産地として挙がっていたのは、はじめてわが国を研究し、その結果を当時の雑誌やとうの昔に古びてしまった概説書で論じていたドイツの昆虫学者たちにとっての自然観察の中心地だったというわけだ。彼らがラベルに文字を書きつけたときからたぶん半世紀かそれ以上がたっているが、この歳月のあいだに専門家やただの収集家たちは（先ラジオ付電蓄《プレ・ラジオラ》紀のかつて鱗翅類学が流行ったころに地方の稀少種をいろいろ文字どおり踏みにじっていた蝶商人というとんでもない人種はさておき）、ペテルブルグやカザンでみなし児になっていたもの（「貧者を装う者」を意味する「カザンのみなし児」というロシア語の言い回しから）がリャザンにもドニエプル流域にも棲息しているのだととっくに確信するようになっていた。しかし古いラベルは編者によってその出版物へ後生大事に運び込まれ……。これはなにも蝶にかぎったことじゃない。たとえばホフマンの図鑑に匹敵する悪名高き甲虫類図鑑から読者が受ける印象はおもしろく、異常なくらい大量の稀少な甲虫が暮らしているのはおもに……ヴォルイニ（現在のウクライナ北西部。ドイツ人の入植地が存在した）なのだ。ここから結論するに、昆虫の産地《シュンタンモルト》はたいていの場合、昆虫学者の住所でしかない。

ぼくの少年時代、蝶の愛好家（かつては思慮深きフランスの les honnêtes gens（まともな人々（仏））から「le curieux（「収集家（仏）」だが文字どおりには「もの好き」）」と呼ばれ、広葉樹林に富んだイギリスの詩人からは「the aurelian（「蝶好き」を意味する古い英語。蝶の蛹がオーレリア（ラテン語の「黄金」に由来）と呼ばれたことから）」と言われ、ロシアの進歩的な人間からは「蝿博士」と皮肉られた）がロシアを含めたヨーロッパ全土の動物相観を本から作り上げようとすると、六カ国語の昆虫学雑誌や、オーベルチュール（フランスの昆虫学者。一八四五～一九二四）やニコライ・ミハイロヴィチ大公（ロシア皇帝ニコライ一世の孫で、歴史家、昆虫学者でもあった。一八五九～一九一九）のもののような浩瀚の稀覯本からちびちび情報をかき集めなければならなかった。「参照註」は ad usum Delphini（皇太子御用の（羅）。文字どおりにとれば大公の編纂した『鱗翅類論集』全九巻（一八八四～一九〇一）を指すが、「検閲されて穴だらけの」という含意のある成句）の図鑑で欠けていたりまったく不十分だったりするし、月刊誌一年分を合本したものに付録でついた索引を念入りに調べ上げなければならないし、そうした雑誌や合本は厖大にあるし（父の書庫にはこうした合本だけで千冊以上、雑誌の数にしてゆうに百誌あった）、――こうしたことをすべて乗り越えなければ必要な情報を――それがともかくも存在すれば、の話だが――しとめることはできなかったのだ。しかしぼくの置かれた例外的に恵まれた状況をもってしても事ははかどらなかった。ロシアはとくに〈不明〉（英語版刊行者、訳者のドミートリイ・ナボコフは「北部」ととっている）が霧のなかにあり、ごくたまに挙がっていても量的に乏しく、その地名ときたら殺人的なまでに不正確なこの地域のリストは、さまざまな雑誌に分散していて、やっとのことでたどりついたところでぼくを憤慨させるだけだった。ぼくの父は往時の偉大なる昆虫学者で、そのうえ大の資産家だったわけだが、一介の愛好家からすればロシア中に狩猟家を派遣することもできないし、専門的なコレクションや書庫を手に入れることもかなわない――というかその方法も分からない――のだから（しかもまたとないような幸運、つまり昆虫学協会だとか博物館の地階であたふたコレクションを見学させてもらうことだが、これは本物の愛好家を満足させられない――彼はこの幸運をつねに手もとに置いておかなければならないのだ）、奇蹟をあてにするよりほかなかった。そんな奇蹟が霧を衝いて光を放ったのが一九一二年、父の四巻本の著作『ロシア帝国の蝶類』（原文ママ。『賜物』では『ロシア帝国の鱗翅類』。本テクスト内でも表記に揺れがある）が出た年だ。

ぼく個人は（書庫の隣のホールの深紅の棚には名前、捕獲した日付と場所を緻密なまでに正確に備えた標本からなる父のこの上なく豊かなコレクションがあったのに）curieux の類いに属していたが、こうした種類の人間が蝶をきちんと認識し、見てとるには、三つのものが必要だ。その蝶を芸術的に描き上げた絵、それについて書かれた情報をすべてまとめたもの、そしてそれが一般分類体系へ収まっていること、である。そうした言葉や絵がない、洞察を加え関連づけてくれる思考活動がないとなると、ぼくにとって蝶は不完全なままで、唯一この三要件に完全にとって代わるものがあるとすれば、それはぼくが自分でそれを捕まえること、その個体の翅の表情がなじみの土地――ロッククライマーと化した男が顔をゆがめてはあはあ言い、淫らに無意味な言葉を叫びながら、棘も絶壁もものともせず、足もとのクサリヘビにも、緑色の網を手にした気狂いがぷるぷる体を震わせているさまを牧夫が少し離れたところから教養のない人間に特有のいらつきを覚えながらじっと見つめてくるのにも目もくれず、これまで誰もまだ記載（ここでは新種記載の意。論文を書いて新種を命名、登録すること）していない獲物に達しようとしているときの、その熱烈な、狂おしい狩りの幸福のすべてを、ぼくが味わえる土地――の個性（そのにおい、色、音）に照応していることだった。いいかえれば、ぼくが採集したのでもなければ雑誌に記録されているでもなく、されていてもその絶望的な彼方に封じ込められていたりする無数の稀少種と、ぼくとのあいだに、創造的接触がもたらされることはけっしてなかった。しかも父のコレクションを収めたごくなめらかな抽斗式のケースのガラスの蓋やガラスの底越しに（むらのある黒地に塩みたいに斑点をちらし、チェス盤柄のフリンジをあしらった、ずんぐりした小型のセセリチョウがはてしなく並んでいるのを何時間も見下ろしたり、ケースをひっくり返して後翅のナナカマド色っぽかったり灰色がかった硫黄色だったりする裏面から真珠色のカバラ的な記号——樽、砂時計、台形——を識別したりして）、ラベルのメモを頼りにしながら地域によって型がどれだけ変わるのかくわしく調べることだってできたというのに——ところが、こうした種や品種が出たばかりの『ロシア帝国の蝶類』によって収集され研究され、そしてこれが肝心なのだが、絵に描かれている、それをみつけたときだった、魅力的な生き生きした肖像が、はじめて、あの標本になった鱗翅昆虫《レピドプテロン》の秘密をぼくに明かしてくれたのだ。以来ぼくはその蝶の所有者になった。

　ぼくを秘密の世界に導いてくれたあの化身が、その受肉のために、父の指導のもとで働いていた細密画の画家たちに（いや父自身もこの作業に加わっていて、たとえば第一巻の図版34の二種の *Triphysa*（タテハチョウ科の属）、*zemphyra* Godun.（ゴドゥノフの新種記載したゼンフィーラ種の蝶という意味の学名。種小名をプーシキンの叙事詩『ジプシー』（一八二七）のヒロインからとった架空の蝶）と *phryne* Pall.（フリネギンスジヒカゲ）は両方とも彼がみずから描いたものだ）どれだけの労力とやさしさと熱意を捧げさせたか、ぼくは知っていた。ぼくは知っていた、蝶はまず透明な写真にされ、理想的な下絵が絵の具の重みと微風を運ぶことなく繊細な筆さばきを待ち受けていると、当の蝶は力いっぱい引き伸ばされて夕焼けみたいに画家の前に投映されていて、魔法のレンズで自分のばかでかい薔薇色の指と切り離された画家が、通常サイズで模写された紋様、けれどもレンズのおかげで投映されたモデルと同じサイズになっているその紋様に、色をつけていくのだった。いまでは（ずっと、笑えるくらい技術的欲求に欠けていて）その方法の細かいところは憶えていないが……。おそらくぼくは、記憶のなかでプリズムみたいにきらきらしている光とレンズと絵の具とがごたまぜになったものを意味のあるイメージにしてくれる、肝心なものを手放してしまったのだろう……。それはともかく、拡大鏡《ルーペ》越しの作画、鱗粉の色収差《クロマティズム》実験の結果発見した色素《ピグメント》を使っている特殊な溶液、そして最後に絵描きたちの発する悪魔的な火花（マスタコフ、フレンケリ、イノケンチイ・ペトロフ、ルカヴィシニコフ等々といった巨匠たちが、時期は違えど、父のもとで働いていた）、これら三要素がひとつになることで、それこそ魔法のような美が生まれるのだった。長い歳月を経たいま、この魅惑的な、ヴェルヴェットのようになめらかな図版をあらためて目にしながら、ぼくは感受性のさらなる成熟をもって、他の何人《なんびと》も――ヒュブナー（ドイツの昆虫学者、挿絵画家。一七六一～一八二六）からキュロー（フランスの昆虫学者、挿絵画家。一八六一～一九三三）にいたるまで――達しえなかった完璧さ、このシルクのようにつややかで、埃をかぶった花のような、鮮やかに煙がかった（羽化したばかりのスズメガの薔薇色や夕焼け雲や章――第二章（『賜物』第二章のこと）――冒頭の虹にうっとりしていた人間にとってこの最後の形容辞に矛盾はない）色彩のやわらかさを享楽しているだけでなく、そればかりか中国の鳥の絵がいろいろ描かれた漆塗りの板屛風にランプの光が反射していたあの浅黒い冬の朝を、息苦しく、こめかみがずきずきするくらい力強く、生き直している。その朝母がベッドに寝ているぼくのところへ（いくつか罹ったうちのなにかの小児病が快方に向かっているところだったのだが、小児病で寝込むたび、ぼくはその荒野のなかで父のキャラバンを追いかけたものだった）、なにか、ああ、つまらないものでももっているような独特の芝居がかった顔つきで、ぼくの餓《かつ》えたようなうめき声や差し伸べた両手のひどい震えに、ずるそうに、やさしく応えたり、裸の魂をすっかり震わせその鳥肌を立てることで、もうすこしじらしたらぼくをベッドからとび出させかねない幸福をあらかじめともにしたりしながら、板紙の函に収まった、豪華でどっしりした、出たばかりの『ロシア帝国の鱗翅類』第一巻をもってきてくれたのだった。

　板紙の函から狂おしく、大事にひっぱり出したその紺色の本が貴重なわけは、ぼくにとって、それが約束してくれる美の啓示、認識の詩情にあった――なにしろぼくは、欲しかったもの、ホフマンになんとか手を入れたシュプーラー（ドイツの鱗翅類学者。一八六九～一九三七）（やレーベル（オーストリアの鱗翅類学者。一八六一～一九四〇））もザイツ（ドイツの昆虫学者。一八六〇～一九三八）のいちばん最初のほうの（まだ我慢できる）「旧北区」の分冊（ザイツ『世界の大型蝶類』の第一～四巻〔一九〇九～一五〕）も与えてくれなかったものを、ついに手に入れようとしていたのだから。わが広大なる祖国の鱗翅類学的動物相が、そっくり、古典ともいえる完成度でぼくに差し出されつつあったのだ。ありきたりのヨーロッパの蝶、アタランタアカタテハやキベリタテハ程度のものでさえ、その肖像がロシア産の個体から制作されているおかげで独特の魅力を帯びていた。すべてが新たな地理学的状況によって一変した――アジアが、「ヨーロッパ」の図鑑で慎ましくしていた面々に驚くべき変化をもたらしたのだ。シベリアの動物相の示す新たな相互関係や意外な事実、すなわちスペイン、アメリカ、インドシナ産の型の信じがたい類縁たちが、燦然たる図版からぼくのことを神秘的に見つめていた。いまだかつてなく気前のいいイラストがタイプ（新種記載の際用いられた標本で、博物館に保管され、種の基準となる）の両性だけでなくその地域偏差を表裏で見せてくれ、第一期（幼虫段階の意）を入念に再現した図、体の仕組みの個々の細部、さらには文中の魅力的なスナップショットが（ほら、この花のうえで微睡《まどろ》んでいるウスバキチョウなんて実によく憶えている！）、絵を補完してやっていた。しかしそれだけじゃない、こうしたロシア産の珍種はどれもいまでは体系のなか、一族のなかで自分の場を占めていたのだ――かつて雑誌の密林でそれを追い求めていた狩りのことを思い出すと笑えたものだが、そこでそうした蝶たちは自分のいるべき環境から引き離され、「初記載」はしばしばデッサンひとつないままですまされ、もしその絵がなにかほかの著作にみつかると、それがまた絶望的に不細工だったり、経済的なことに、胴体抜き、右翅の二枚だけだったりし、そのありさまは子供の残酷さや蜘蛛の饗宴や日本人の標本作製者の野蛮なずぼらさを思わせ、定期市のお面だけでその下の蝶を見せてもらえない目、あるいはもぎとってきた半分しか見せてもらえない目をいやにしょげ返らせてくれたものだった。

さあ、これがそうだ、どうだ、この天才的なロシアの自然の画廊《ギャラリー》は。黒い「騎士」（アゲハチョウ科のロシアでの呼び名）の見事な青、この蝶が虎といっしょに極東の動物相へ熱帯地方のような趣きを添えている。こぎれいで端正な「ピロトエ」（シロチョウ科の一種）、その春の草原《ステップ》に舞う美女の、ほとんどアフリカのシロチョウの流行《モード》にならったみたいなオレンジ色の翅先。飛ぶのが速くて乗馬の達人《ジギート》でも追いつけないロマノフの「オリガ」（バルカンモンキチョウの当時の学名から）の燃えたつシルクのような光沢。ハイプドゥイラ湾（バレンツ海に通じるアルハンゲリスク州の湾）産の「ブレンティス」（ヒョウモンチョウ属の学名）のモザイク柄と浅黒さ。天国に舞うみたいに無垢なヴォルガ産のブルー（ヒメシジミ亜科を指す通称）……。展翅されたコピーはみずからを閉ざしたオリジナルにあくまで寄り添い、ここでは外観に偶然生じた欠陥やしわを伸ばした痕まで再現しているほどで、ザイツの人為的な襤褸《ぼろ》っぷりにうんざりしていたぼくを魅了してやまないのも、「ゴドゥノフのエレビア」（ゴドゥノフ種のベニヒカゲ、つまり次のモリトレフトが種小名をゴドゥノフに献名したという設定の架空の蝶）のどうしようもなくぼろぼろにすり切れた、金に換えられない、唯一の個体の正確な肖像だ。それはかつてこの地球上で発見された、いや「鬱蒼とした針葉樹林にて、一九〇三年七月八日」――と父はモリトレフト（バルト・ドイツ系のロシア人博物学者（ドイツ語読みならモルトレヒト）。一八七三～一九五二）からもらった手紙を引用している――「うだるような暑さのなか、アイム（現在のハバロフスク地方アヤノ・マイスキイ地区の村落）の旧道二十八露里（一露里は約一キロ）地点で」みつかった蝶だ。

それにこのロシア国内でしか出会せない素晴らしい変性種の魅力、「煤けた」アゲハチョウ（アヴィノフの「ルシファー」（ロシアの昆虫学者、東洋学者アンドレイ・アヴィノフ（一八八四〜一九四九）が発見した蝶でヨーロッパタイマイの変性種として記載された。ただし記載は一九一八年なので、一九一二年刊行の『ロシア帝国の鱗翅類』が収録するのはアナクロニズム）、あるいはぼやけた真珠っぽい輝きが一面に広がった「パフィア」（ミドリヒョウモンの学名）……。このポプラの「リメーニティス」（オオイチモンジの学名から）のオリョール産の品種……！　この「スワロフ」のメラナルギア（オオシロジャノメの当時の学名から）のレース模様……。「Le glorieux chef-d'œuvre du grand maître de l'ordre des lépidop<térologues>（鱗翅類学界の大巨匠の輝かしい傑作だ（仏））」とシャルル・オーベルチュールは『Lépidoptérologie comparée』（『比較鱗翅類学』。オーベルチュールの著作で正しくは『比較鱗翅類学研究』（全二十三巻、一九〇四〜二五））第一〇巻で叫んでいる（それくらい「la bonne figure（いい図版（仏））」を求めてずっと闘ってきたのだ）。Rowland-Brown（イギリスの鱗翅類学者ヘンリー・ローランド＝ブラウン。一八六五〜一九二一）は「As far as we can judge, without knowing the language, nothing comparable to this work, especially in respect of the wealth and beauty of illustration, has ever been attempted before（言葉が分からなくとも、われわれのみるかぎり、この仕事に比肩しうるものがとりわけ挿絵の豊富さと美しさにかんして言えばこれまで試みられたことはない（英））」と『The Entomologist』（『昆虫学者』。一八七七年に発刊されたイギリスの昆虫学雑誌）で書いて、彼が「the iridescence of truth（真理の玉虫色（英））」と呼ぶもっとも気に入った例を挙げている。

黒色をした昼行性の蝶類の多くは、採集して間もないうちこそ、驚くほど金属的、ないしモアレ的な、青味がかった緑の光沢を帯びているが、標本にした個体でそれを維持することはできない。ところがこの挿絵画家たちの仕事は、コムラサキ＝アパトゥーラ（「アパトゥーラ」はコムラサキ属の学名）のページが光にたいしてある角度をなすときその翅が鮮烈な（「rich」）リラ色を帯びるようになる（そうやってアパトゥーラの右半分、でなければ左半分が、おのれのやんごとなき「purple」を見せてくれるのだ）ばかりか、数種の黒いジャノメチョウが光を浴びるといきなり緑色のインクの輝きにあふれるところにまで達しており、巨匠の肖像画はこのようにコレクションにある当の蝶よりも蝶の本質を完全に表現することになっているのだ。

ぼくが導き入れてもらった種の秘密の世界はimago（成虫（英）ほか）にかぎったものではない。ぼくはもっと深く入り込み、すでにふれた優雅な草原《ステップ》の「オーロラ」（「オーロラ」はオーロラツマアカシロチョウの学名から。五七三頁で「アフリカのシロチョウ」と言及されていた蝶。同様に「草原のオーロラ」は「ピロトエ」と言及されていた蝶）のとなりにいた、ほっそりしたオリーブ色のその幼虫に目をとめたものだが、これは父がはじめて発見し、ペトロフが宝石細工師のような綿密さで描き上げたものだ。変態《メタモルフォーゼ》を解明する仕事のために闘ってきた彼が「交尾器主義者《ゲニタリスト》」と呼んでいた手合いをそれとなくたしなめていたのは、種の「骨格」であり「脊椎」の似姿といった観のある雄性器のキチン質構造こそ、種差として間違いない、それに足る形質なのだとみるのが流行りだしたまさにそのころのことだった。「あらゆる議論はあっさり解決するはずであって」と父は書いている。「そのためには、この形質――ちなみにこれは絶対的に確実なものと証明されているわけではない――を唯一の頼りに類似種を分割している研究者たちが次のふたつに気をつけてくれさえすればいい。第一に、労多きフランスの数県《デパルトマン》に集中するかわりに、旧北区全体の観点から紛らわしい型の放散全体に関心をもつこと。第二に（Chapman（スコットランドの昆虫学者トマス・アルジャーノン・チャップマン。一八四二～一九二二）や〈未記入〉がそうしたように）、「抽出」した種の初期段階（幼虫のこと）を明らかにし、それとその種をかつて「内包」していた種の同段階とを比較すること」。実際父が「テルシテス」（シジミチョウ科の一種）の幼虫を発見したことから、完全に新たな、そしてまったく予期せぬかたちで、「テルシテス」と「イカルス」（イカルスヒメシジミの学名）とエッシャーのブルー（シジミチョウ科の一種）を対比させることが可能になったのだ。

思い起こせば、図鑑を見ていて蝶の記載の最後でこの「Raupe unbekannt（幼虫不明（独））」に出会すとどんなに腹が立ったか——とくに頭にきたのは、ある属におけるその種の数にたいするこの「unbekannt（不明（独））」の数の割合（ときに両者は一致することさえあった）が、その属のまったく自然な形質のひとつになっていたりするときだ。ヨーロッパの昼行性の蝶類にかぎれば父のおかげでこのパーセンテージ（約四〇）は一五に下がったが、西側の特別な種に二、三シーズン費やせたらおそらくそれと同じくらい下がっていただろう。わが家の持ち村で「森を狩る」（つまり産卵場所を探す）雌のあとを彼が粘り強く最後まで追いかけるのをよく見かけたもので、彼は食餌植物を特定し、そこで幼虫を孵《かえ》し、その際、各齢での餌の変化や共生相手の気まぐれや越冬といった立ちはだかりかねない問題をつねに考えていた。ぼくは彼が探検に出ているときさまざまな蝶の生活史にかかわりうるものならなんでもせっせと採集し、おまけにロシアの全州にいる彼の採集家たちが自分の持ち場で追跡や孵化やスケッチや標本作製を行っているのを知っていた。だからもし『ロシア帝国の蝶類』の記載のあちこちで最後にやはり「幼虫不明」とされていても、いまなお障害を本当に克服できていないのだということ（種の極度の稀少さだとか、発見時期からの極度の間のなさ、劣悪な観察条件、環境）が分かっていたし、けれども自然の秘密を守ろうとする力のほうで少しでもお目こぼしをしたり警戒をゆるめたりしてくれれば、父の盗人めいたランプの灯りが草原《ステップ》の草露の渾沌《カオス》から小魚みたいな幼虫を照らし出して《ヴィフヴァチチ》ひったくる《ヴィフヴァチチ》のも分かっていた。

こんなふうに印象が甦って次々押し寄せてくるのは第一巻の「昼行性の蝶類」にとどめを刺す。続く三巻のほうが『Lep. Asiat.』（『Lepidoptera Asiatica（アジア産鱗翅類）』の略記）の最後の何分冊かと同様イラストはずっと完璧だろうし、「夜行性」のさまざまな科のふさふさ感、毳立《けばだ》ち、ぼやけた半透明性が、指で紙を撫でるのがこわくなるくらいに伝わってくるのだが……しかし第一巻がぼくの思い出にはなにより貴重なのだ。至福のうちにだらだらと続く病み上がりの日々、尻に痛いトーストのかけらや、肩のだるさ、張りっぱなしの膀胱、後頭部の綿のような靄……それらとともに、ぼくはどんなにこの一冊を堪能したことだろう。父の本の作り方で好きだったのは土台のしっかりしたところで、なにしろぼくは頑丈なおもちゃが好きだったのだ。どの属にも補遺として、検討範囲では出会せない旧北区の種のリストが正確な「参照註」つきで載っていた。ロシア産の蝶にはどれも字間の詰まった本文が一ページから五ページ費やされ、それは認知度の低さと変種度の豊かさに応じているのだが、つまりその蝶が謎めいていたり変異性が高かったりすればするほど、多くの注意が割かれているのだった。文中の楕円形の写真が当の蝶の習慣を観察した綿密な記述になにかつけ加えるものがあるのと同様、あちこちにある小さな地図が、種と変種の分布の詳細な記載をものにするのに手を貸してくれた。種の「漏れ痕」は、西はアンダルシアまで、彼の中央アジアの山中での冒険同様、注意深くたどられていた。古い間違いの修正は論争的な攻撃で生き生きし、いまこうして読んでいても、「私はこの属〔*Syrichtus*（セセリチョウ科の古い属）〕が半世紀にわたる分類学的奮闘の末、惨憺たる状況にあるのを目の当たりにしている」という一節に出会したり、やみくもに学名をまき散らしては（そのすべてが神話に由来するもので、ワルプルギスの夜から来ているのまである）、その際地方の、たいがい想像上の品種を無数に作り出し、さらには同じ変種を別の場所で採ってきて再記載し、自分のだろうがなんだろうが先取権の侵害までやらかしている——のだが、昆虫学にかけるその情熱、壮麗な採集コレクションのおかげですべてが許されている——間抜けなドイツ人がなにか「発見」したのを温厚に酷評しているところに行き当たったりすると、著者の笑った目が目に浮かぶ。

いまこの分厚い四巻（ああ、ぼくの少年時代が受けとった青い賜物とは色が違う）を読み返していると、そこにもっとも大切な思い出を見出せたり、あのころよく理解できなかった情報を味わえたりするだけでなく、著作全体の感じさせる身体、運動、気質そのものが、ある意味で職を継いだぼくの心を揺さぶってくる。ぼくはふと、父の文体に自分の散文の源を認めたのだ、糊塗やぼかしにたいする嫌悪、思考と言葉相互の順応力、シャクトリムシみたいな文章の進み方――それにぼくの括弧の原基まで。こうした特徴に、さらに父によるセミコロンの愛用を加えなければならないし（しばしば接続詞の前に置かれるのだが、これはおそらく彼の大学時代の恩師たちの口ぶり、悠然たるイギリス論理学の名残である「that scholarly pause（例の学者らしい間のとり方（英））」とかかわりがあり――しかし同時に彼の高く買っていたモンテーニュとも近縁だ）、やはりとかく凝りがちなぼくのペンのもとでこうした特徴の発展してきたのが意識的な意志のいとなみだとは思えない。

次の多血質の流れるような名文を（「リカエナ」属（本来ベニシジミ属の学名だが、十九世紀後半以降、ヒメシジミ属に分類されている蝶を指すものと広く誤用されており、ナボコフはその誤用に従っている）への前書きから）一部抜粋しておこう。

二度の豪勢な雷雨のあいだに訪れる灼けつくような真昼、ロシアの道のぬかるみはブルーの雄のための居酒屋となる。しかし湿った場所ならどこでもいいというわけではなく、集客率が高いのは、土壌の飽和度がほどよく、且つ、地表が最大限に均等なところだ。こうした、比較的直径の小さな（まれに二フィートを超えることも）、輪郭の曖昧な円形をした魅力的な場所に、ひしめくようにとまる蝶たちの一団が形成されるのだが、この集団を驚かせたりするとそれはいっせいに浮上し、「ぴくつき」飛行によって道の件の場所の上方に宙吊りになり、数学的正確さをもってまたもといたところへ下降する……。……暮れ方の冷え込みや群がり寄せる雲のほか、酒盛りに終止符を打てるものはない。私は同一個体の*meleager*（ダフニスヒメシジミの当時の学名）が酒宴に参加しているのを、午前十一時、もう彼がそこに居座っていたときから、午後六時十五分前、となりの樫の木々の長い影がその場所に伸びてきたころまで、観察するはめになったことがある。そこにはわが朋友と呑ん兵衛のブルーがもう何頭かと金色の「アドニス」（アドニスヒメシジミの学名）ひとつまみ分のほか、おそろいの外見が紙細工の雄鶏ともてんでに傾いたヨットのレガッタともつかないものを思わせる、貴族令嬢（エゾシロチョウの露名）のささやかな御一行が（午後三時から）居残っていた。その間たえず集まりの顔ぶれや頭数は変わり、群れ全体から必要なビリューリカ（将棋崩しに似たビリューリキというロシアのゲームがあり、ビリューリカと呼ばれる木片を山からひとつずつ指や専用の鉤で抜きとる）を抜きとる際、私は一度ならず、わが*meleager*をうっかり追い立てそうになった。いよいよ影がのしてくると、彼は軽やかに飛び立ち、止まり木を選び、それは通常であれば「リカエナ」の習慣にはまったくそぐわない選択だが「呑み」場をあとにした蝶の待避行動としてはきわめて特徴的で、とまったのはブラックベリーの葉のうえだったが、まるでその翳りと冷え込みは雲の一時的な影響にすぎず、すぐに戻れるものと高をくくっているかのようだった。数分後、私は彼が居眠りをはじめたのに気づいた。そこで観察も打ち切りとなった。

もっと大量にこうした芸術的で学術的なサファイアを挙げたい気がするのだが、どれを選んだらいいだろう、分からない――塩類土壌《ソロンチャーク》の土地に舞う*Plusia rosanovi*（キンウワバ属の架空の蛾。種小名にあるローザノフは古いロシア語の「ローザン（薔薇の花）」に由来する姓）を捕獲する際の異常な困難の話にしようか（これは第三巻に出てくる）、ちょこまか稲妻のように飛び回り、きまって石ころと石ころのあいだに姿を隠し、おかげでそれを捕まえられるとすれば（光にはこの蛾をおびきだせない）、忍び寄った狩人の足もとでぱっとほとばしる《ブルイスヌチ》ように飛び立つ《ブルイスヌチ》直前、「沸騰しかかる」半秒につけいるほかないという。ちなみにこの蛾はなんとも美人で、濃い桜色の前翅ときたらいったいどれだけ目を愉しませてくれるのか、立葵色の線がひと筋横切り、中央を飾るこの属の純金色の紋章がこの種では撓《たわ》められ、三日月形《なり》に凹んでいる――花のようなヴェルヴェット感を基調にしていることが容易に伝わらないとしたらこの「紋章」のことをどう話したものだろう、それはまさに蛾のうえにテレビン油のにおいのする金めっきをひと塗りしたように見え、つまり模写（をまた模写！）したものにちがいなく、その画家の仕事はことのついでに画家の仕事との類似についても伝えているのだが。それとも「かつてП・П・パラジゾフ博士が一八八九年十月十一日、アストラハンの駅の壁から剥ぎとったものを私に提供してくれた」という番《つが》いになった新種のアシダリア（かつてシャクガ科に設けられていた属）にかんする一節のような、ぼくにとって忘れがたい細部にするか。*1 それとも、フィンランド北部で、黒みがかった青地に細く赤いクレンデリ（B字型のビスケット）の浮かぶ驚くべきアルクティア（ヒトリガ属の学名）を発見したところか。それとも、もうひとつ挙げておくと、それまでマリティム・アルプス（アルプス山脈の南部。コート・ダジュールまで伸びる）とカリフォルニアの山頂のものしか知られていなかったテフロクリスティア（シャクガ科でかつて用いられていた属）を著者がアルタイ山脈の断崖でみつけたときの叙事詩的な物語にしようか——「聖母の窓《オコーンツェ・マドンヌイ》」（おそらく架空の蛾だが「聖母の最期について o конце мадонны」との駄洒落になっており、*ultimaria* という ultima（ラテン語で「最後の」）と Maria の鞄語のような名をもつカバナミシャク属の一種を思わせる）、その蛾が慈しむようにそう呼ばれるのは、オーレリアン・クラブの老狩人たちがひそかな会合をもち、記憶の断片を波打つ煙のなかに漂わせているときだ。「Once in Uganda where I was collecting for Rothschild, I saw and missed…（昔ウガンダでロスチャイルド（第二代ロスチャイルド男爵ライオネル・ウォルター。一八六八〜一九三七）のために採集していたとき見かけて見失ったのが……（英））」「…Und war es schön in Moulinet, Hans — schöner als auf Sumatra? ……（……ムリネ（フランス南東部アルプ・マリティム県の村）はよかったでしょう、ハンス（ドイツの探検家ハンス・フルシュトルファー。一八六六〜一九二二）——スマトラよりよかったのでは……？（独））」「…Moi, qui a chassé le *Callimuchus dobrugensis* avec le roi de Bulgarie…（……ブルガリアの王様（鱗翅類学者で法律家でもあったルーマニアのカリスティード・カラジャ公（一八六一〜一九五五）とブルガリア独立運動を率いたステファン・カラジャ（一八四〇〜六八）との混同か）と *Callimuchus dobrugensis*（二種のシジミチョウ *Tomares callimachus* と *Tomares nogelii dobrogensis* の混同）を採集していた私は……（仏））」「Come, come, von Nolte, I'd give a good deal to have seen your face on that particular morning auf dem Campulungo Pass…（いやはや、フォン・ノルテ（ドイツの陸軍中佐。詳細不明）、カンプルンゴ峠（スイス南部ティチーノ州フージョ村近傍のカンポルンゴ峠のこと）でその日の朝ぜひともあなたのお顔を拝見したかったですな……（英・独））」「… Car je soutiens qu'il existe entre celle de la rave et celle de Mann une espèce méditerranéenne, à l'abdomen fin et poudré, non encore reconnue… （……私（イタリアの医師、鱗翅類学者ルッジェーロ・ヴェリティ（一八八三～一九五九）とみられる）はモンシロチョウとミナミモンシロチョウのあいだに、まだ発見されていませんが、腹に優雅に白粉をはたいた地中海産の種がもうひとつ存在すると確信しておりますから……（仏））」「……さあ、ウォルシンガム、小蛾類を追う者よ、これぞペスト島にて発見した種、みすぼらしくも愛しき被造物ではございませんか……」（プーシキンの翻訳劇「ペスト流行時の酒盛り」（一八三二）の一節のパロディ。ウォルシンガムは劇中の登場人物名であると同時にここではイギリスの博物学者第六代ウォルシンガム男爵トマス・ド・グレイ（一八四三～一九一九）を指す）「……では教授（スペインの医師、動物学者マリアーノ・デ・ラ・パス・グラエルス。一八〇八～九八）、今度はあなたの犬のお話を聞かせてください、百年前カスティーリャの松の根元であなたの犬が最初の「イザベラ」（イザベラミズアオの学名）（切り株にとまった――緑色の翅、尾状突起、赤茶けた眼状紋の……）を前に静止姿勢をとったときのことを……」「Oh, to be dying again in the rich reek of that hot steaming swamp among the snakes and the orchids, and with those dear flies flapping about me… （オウ、蛇や蘭のはびこったあの蒸し暑い沼地のひどい臭気のなかでかわいい蝿たちにブンブン飛び回られながらまた死にかけるのは……（英））」

十五年前〔この手記の執筆は一九二七年〕に出た『ロシア帝国の蝶類』は、『Lep. Asiat.』のもっとも重要な部分がそうだったように、当時著者の監修のもと英訳されているが、著者が死に、翻訳の出版は遅れ……原稿がいまどこにあるのか――ぼくには分からないままだ。父に母国語で著作を書かせた自立心と誇り高き頑固さは、ロシアの学術誌にも外国人向けのラテン語の梗概が導入されていたのにそれすら許さず、この本が西側に広まってゆくのに強力なブレーキをかけることになったわけだが、もったいないことをした――ことのついでに西側の動物相の問題点を少なからず解決してやっていたのに。それでもごくゆっくりと、それも本文よりイラストによってではあれ、さまざまな「難しい」属での種の相互関係にたいする父の見解の影響はすでになんらかのかたちで西側の文献に表れていて……。最終的に英訳が出ていればずっとはやく事が運んでいたのだが。

一度Б《ベー》伯爵という、ロシアの中心的な県のひとつを治めている、父の幼馴染みで遠縁の親戚が、公式且つ友人としての頼みごととして、県の森にむかっていきなり猛り狂いだしたあるはなはだエネルギッシュな幼虫に徹底抗戦する方法を教えてほしいと言ってきたことがあるのだが、そのとき父はこう答えたものだ。「きみには同情するが、昆虫の私生活に介入できるとは思わんね、学問がそれを求めていない以上」。彼は応用昆虫学を毛嫌いしていた――彼の愛した学問がことごとく対バッタ戦だとか菜園の害虫との階級闘争に還元されている今日のロシアで、いま彼が働いているところなど想像もつかない。こうした「高尚な好奇心」のおそろしい格下げと（たとえば、社会的、のような）反自然的諸要因との交雑をみれば（ロシア全体の愚鈍化はさておき）、彼の故郷で彼の仕事がさらされた人為的忘却も説明がつく。彼の生物学的思索の極致であり、いまからわれわれがとり組まなければならないあの目覚ましい「自然分類」理論にしても、それがこれまでロシアで同調者をみつけられずにいるのは当然で、一方国外へはかなりの偶然で広まったが、それも不完全で支離滅裂なかたちでの話だ。

この理論は学界の支配層からいまだに不法の空想、チェス盤から虚空へ進むナイトの一手と思われているのだが（著者の基本的立場をまったくものにできていないせいだ）、これが父のなかに形成されたのは学者として活動した最後の年で、彼の出した『Lepid. Asiat.』最終巻への補遺というかたちでわずか三十ページに凝縮して述べられたその理論は、あとからふり返ると、一般に受け入れられている分類法をつまらないナンセンスに還元するものだったのだ。彼が自分の著作でもそうした分類法で機械的に満足していたのは（多少変更を加えるだけで、ということなのだが、とはいえこの分野の同時代人の探究がいつのころからか属名を人為的に増殖させるものになっていたのとは、その精神からみてまったく異なる変更だ）、彼の学術的な注意がおもに生きた自然のなかで自分の発見した生物の構造と習慣に集中していたこと、そして捕獲物の記載、つまり伝統的な体系に新たなメンバーを絶え間なく棲まわせてゆくことが、この体系はそれでいいのかという問題に――新たな観察によってなんらかの種を新たに配置し直す必要の出てくることがすでにその欠陥を暗示していたのだが――彼を立ち止まらせなかったこととで説明がつく。そのとき同時に、長きにわたる生きた自然とのふれ合いが彼の頭に一連の絵どころかそうした絵や一連の絵の反復を描き出していたわけだが――彼がずっと「隣人の模倣、環境の模倣」へあれだけ関心を寄せていたのは無駄ではなかった。無秩序に蓄積してきた素材へ直截的な検討をほどこすとき彼が行使していた思考力の背後で身をひそめていたなにか、それがまるで百万長者が熱に浮かされたように事業を進めていたときいちばん目立たなかった社員が事業にまったく新たな光を当てる計画をたずさえて社長の前に現れるみたいに、ふいに彼の前に現れ、なにがしかに選択されたものを、なにがしかの結びつきを、示したのだ。いいかえれば、熟成した真理を、父がふいに感じる時が訪れたというわけだ――意識的に目指していたわけではなく、集めたものが彼のなかで組み合わさっていくうちに調和的に成長を遂げた真理を。水滴が引き合うのにも似た当の結合行為だけみれば神秘的で、つまりそれはあたかも情報収集をしていた人間の意志の外部で生じたかのようなのだが、しかしその人間の活動全体が、いまみたとおり、集まった素材を割りふる星型のマークみたいに整然たる方法をしかるべきときに彼に耳打ちしてやったまさにその力によって、いつのまにか動かされ方向づけられていたのだ。ささやかながら新しさにかけてはほとんど怪物級の仕事を、彼は控えめに、いわば人目を避けるように、逐次刊行している純粋な記載書の一巻に抛《ほう》り込んで、ひと言、「補論」とだけタイトルをつけたわけだが、それは一般的な意味では虚偽規定で、この目もくらむほど天変地異《カタストロフ》的な三十ページで彼の述べていることが進化、遺伝学、分類法その他の先行研究に「補足」するものなどひとつもなく、ただし著者の学術活動全体にかんして言えばまさに「補論」で、論述はそこに、まるでそれさえあれば一枚のパズルが理想的に解明されたものになるピースみたいに補足されたものだったのだ。この仕事が学会に引き起こした動きについて先に片づけておくと、まず当時のロシアの政治状況のせいで（第八巻の出たのが一九一七［年］、父がもう旅立ったあとだ）、反応が返ってくるのも発作的で遅ればせ、最近（一九二三年）になってようやく『［The］Zoological Review』（『動物学評論』。架空の雑誌）が論文の翻訳を載せたものの、部分翻訳で残りは要約、それに功労生物学者の毒気のきいた解説がついているという代物だ。また、論文の最後に例示された新たな分類の概略が昆虫学者たちを当惑、憤慨させるあまり、その職業上の憤りに比して著者の本論はなんの印象も残さなかった。いわば業腹が理論のほうまで見通しのきかない塵と靄のなかへ押しやってしまったわけで、こうしてそれは自身をも爆破する破壊力に包まれることになったのだった。著者の構想した球型分類原理、この場合鱗翅類にかかわるものだが、註でいやに落ち着き払ってふれているとおり自然界のあらゆる領域に適用可能なそれは、一見すると（解説者たちはいまだ一見にとどまっている）、譫妄《せんもう》、混乱にみえるわけだが、そうした譫妄や混乱は、いうなれば、かりに人類がまだ地球が丸いとか回っているとか考えたこともないとして、地球の寸法や地球を他の惑星と結びつける諸法則がそうみえるのと同じようなものだ。父の理論にとり組んでいる学者の数はまだわずかで、しかもその大半はさっぱり理解していない――実際その出発点をものにするには異様な跳躍、アクロバティックな頭の運動が求められ、もしこの春出て「センセーションを巻き起こした」マーチソンの本がなかったら、ぼく自身、霧のなかで道に迷っていただろう（素人《ディレッタント》の牧歌がもつ危険性と、必要な資質を欠いた思い上がりに報いをもたらすすべてのものを同時に避けようとして）。その本で、この、いまのところ唯一公平な「補論」の解説者は、とつとつと、良心的に、凡庸且つ大衆的に、しかしある光明、ぼくの思考にとっての導きの蜃気楼とともに——父が三十ページで述べたことを三百ページかけて説明してくれているのだ。もっとも「補論」の筆者本人がこうした受け入れがたさを予見していた。論述を始める際、「私も十分わかっている（「I quite realize」——ここでは『Z<oological> R<eview>』に英訳された断片から訳し戻さざるをえないのだ、というのも当地の図書館ではどこも『Lep. Asiat.』のよりによって第八巻が欠本になっていて、いまだに大英博物館からもとり寄せられずにいるからだ）」としながら彼はこう警告している。「この論文の（「of this paper」）基本的立場を理解するにはひとつがんばってもらわなければならないことがあるのだが、それは論理的に思考するための規則とともになんらかの先入観《イドラ》や思考の癖を作り上げてしまっている頭には、すぐにどうこうできるものではない。そうしたイドラや癖は一次的な精神というより二次的な機制《メハニカ》の法則（「法」ともとれる）に根ざしたもので、ところがそれをもとに発展すると、立法権を横領し、論理には行政権しか渡さなくなる……。……癖と縁を切り、ふだんと違うひねりを加えなければ（頭のなかでふだんとらないような姿勢をとらなければ）ならないのだ。それはスイミング・スクールの新入り（「tyro」）にとって浮いている人間の示す自然で呑気な、わずかな手足の動きがそうみえるように、a priori には至難の業とみえるかもしれないが、この特別な技法《プリヨーム》の要点（「the knack of the thing」）を摑んだとたん——筆者がそれを会得しているとしたら幸いなる資質というより幸いなる偶然によってだが——以下で述べることがたちまちはっきりしてくる、——ばかりか、あまりに明瞭で理路整然としているので、読者はわれ知らず頭のなかで先走り、余計なことをくだくだ言うなと筆者を責め立てることだろう」。

ああ、このあとの、ようするに「自然分類原理」の本論については、著者の議論を正しくパラフレーズできているのか、その謎めいた――ぼくが重訳（！）をほどこした――文章の封印を正しく開けているのか分からない。いちばんやっかいなのは、ぼくがたとえば古生物学や遺伝学のような分野に十分通じているとは言えず、だから一寸先も見えない闇、氷の迷宮へ踏み込んでいくのに灯りひとつもっていないということだ。それでもあえてこの冒険に踏み出すとしたら、それはぼくと著者を問題の学術的本質とは無関係なところで結びつける超意味的《ザウームヌイ》な血のつながり、詩的つながりによるものでしかない。

まずは彼も出発点にしている種の概念規定から始めよう。「種」ということで彼が理解しているのは、われわれの現実に存在するものではなく、理念《イデア》における生物の唯一にして確実なオリジナルのことで、それは自然界という鏡のなかではてしなく反復し、無数の鏡像を形成する。その同じガラス面に映され、おのれの現実をそこでしか獲得できないわれわれの理性は、そうした鏡像のそれぞれを、所与の種の生きた個体として知覚する。変性種のような偶然的な偏差（ナボコフはこの語をいわゆる「変異variation」とほぼ同じ意味で使っている）は鏡面上の「忠実」性の低い箇所によるものでしかないが、同じ欠陥部に鏡像がたえずくり返し行き当たることで持続的な地域的品種がもたらされる可能性があり、そのイデアは中心が種のイデアであるような円の周縁を指向する。こうした品種は、タイプ（つまり所与の瞬間でのもっとも正確な実例）と地域的変種のあいだの空間的（つまり所与の時点で地上に生じている）つながりが中間的な変異（ナボコフはこの語で「地域変異」等空間的なものをもっぱら含意している）（その表れは地域的品種でも偶然的な偏差でもありうる）によって支えられているかぎり、つまり種の円環が破裂しないかぎり、種の円周内にとどまっている。タイプとの交配能力と、なんらかの基本的な図式（蝶の場合、翅脈、鱗粉の形態、肢の構造等）の恒常性は、変種が種の管轄下にとどまる範囲を示している。まったく同様に、時間（所与の種が種的本質を維持する期間に限定される）における鏡像＝個体の反復も、過程に十分な長さがある場合、なんらかの変化（このテクストで「変化」という術語は「遺伝的変異」と近い意味で使われている）——ただし空間における変異と同じく根本的なものではない——を生み出すことができ、そればかりか、われわれが種を理想期、すなわちその放散したもろもろの成員が完全な調和をなしている瞬間に見出すとしたら、その場合、時間的に生じた変化は空間的な変異と一致しうる。その際、同時代の種のタイプとわれわれがみなすのは最初に記載された個体ではなく（われわれは所有権と偶然性と子供じみた先取り権《ペルヴェンストヴォ》といった要素を学問にもち込むこの命名法的詭弁《ソフィズム》を断固として拒否する）、種の変異の範囲の明白な中心であるような型であり、あるいは（所与の種の円環がひどく歪んでいる場合）もろもろの他種の点（「種の円環」と同義。属の円環からみた表現）がそれらすべてを統禦《とうぎょ》している属の円周上で示す行動から類推することで規定するしかないような型である。乱暴に言うと、かりに球体（ナボコフの念頭にあるのは地球儀というより渾天儀のようなものと思われる）をイメージするなら、その赤道が理想期における種の空間的サイクルを、中央子午線が時間におけるタイプのありうべき変化のサイクルを意味する。球の中心には、種の心臓、種のイデア、種のオリジナルが存在する。

　種の時空間のサイクルをこうして合致させることでわれわれは進化の概念からはるか遠く離れたところに立っている。時間的にも空間的にも変種的差異の発展は種を封じ込めている円に従う。一歩でも踏み出せばわれわれは円の外に出て、同じく限定的で独立した、別の種の領域に入ってしまう。古生物学者が「馬」の進化を描き出すはずの大型化してゆく一連の骨格を並べてみせるとき嘘が含まれているというのは、実際には先祖代々のつながりなど存在しないからで、そこでは種概念が絶望的に属や科の概念と混同されており、われわれが前にしているのは動物のそういった多様な種がそれぞれ他とたがいに近縁の種同士でその時代なにがしかの属のある特定の空間的サイクル――なにがしかの時間的なサイクルがそれに一致する――を構成していたありさまであって、こうした種（や属）の球体はみなとっくの昔に崩壊しており、われわれがいま地球上で出会う *Equus*（ウマ属）のどの種もおよそ種の調和の典型期にあるとは言えないが、それでも進化の梯子に並べられた一連の雑多な動物にくらべたら、よっぽど「馬の歴史」を体現しているのだ。われわれはこのことをもって、進化論者の仕事には学術的意義がないなどと言いたいのではない。生物学的観察の価値は、そこから得られる結論がア・プリオリに下されていかねないとか思考を循環論法に陥れているからといって、いささかも減じるものではない――コレクターにとって真っ黒な「ホスピトン」（コルシカキアゲハの学名）や発香鱗《アンドロコニウム》が白いアーモンドになっている病的な「アヴィス」（コツバメ属の一種）の個体のもつ価値が、これらの蝶でまだ出会えていないそうした類いの偏差の存在が間違いなく予言できるものだからといって減じることがないのと似たようなものだ。この思想の学派のなしとげた試みの多様性、正確性、首尾一貫性はこの上ない称讃に値する。環境条件の影響や遺伝の数学といった問題は、この学派によってきわめて繊細に検討されている。彼らの誤りは、もろもろの奇蹟を認め、さらに奨励さえしているところにある――それら奇蹟が協調的で体系的であるからにはそう言わざるをえない。しかし奇蹟の反復のために見出された法則に奇蹟それぞれを個別に説明する力はないし、この法則がそのミメーシス的な真理の模倣において完全に調和的であるにせよ、そもそも虚構であることはもはや言うまでもない。進化論者がやっているのは、譬えるなら、乗客が車窓からある法則めいたものを示す一連の現象（たとえば耕された畑が現れ、そのあと街へ近づくにつれて工場群が現れるといったような）を観察していて、そうした運動の結果とイラストに、彼の視線を移動させるその力の本質と法則をみてとるようなものだ。

しかし同時に、型がなんらかの発展をとげてきたのは疑いなく、どこからか「種のあぶく玉」が生じ、なんらかの仕方で大きくなり、なんらかの理由ではじけ……。われわれが今度たどらなければならないのはこの道筋だ。

念のためバスケットに詰め込んである分かりやすい譬えからもうひとつひっぱり出して個体の発展と種の発展のあいだにみてとれる相似《アナロジー》について言っておこう。これについては人間の脳をみるのが最適だ。われわれは闇と幼年期から流出して幼年期と闇のなかへ流入し、存在の完全な円を完成させる。ちなみに、われわれは生きているあいだに「種」の概念というわれわれの文化の先人たちが知らなかった概念も学びとる。しかし人類の歴史がいまこうしてこの文や他の文章を書きつけている人間の発展の歴史によってパロディ化されるだけではない、自然をそのあらゆる現象と、時間によって引き起こされたそうした現象のあらゆる変化との総体としてみたときの、その自然、いや自然の精神と、人間の思考の発展が、個人的、歴史的に、驚くべきつながりをもっているのだ。実際、〈不明〉（ドミートリイ・ナボコフは「無数」ととっている）の器官原基（それはいまのところ四十三まで挙がっている）を内包する大いなる坩堝のなかに、見事なまでの自然のカオスが一度も思考をとり込んだことがないなどと、どうして認めることができるだろう。ある天才が大理石像に生命を吹き込む能力をもっていると言われれば疑ってもらってかまわないが、白痴《イディオティズム》を病んだ人間にガラテイア（ギリシア神話などで彫刻家ピグマリオンによって彫られ、生命を宿した女人像）を生み出せるわけがないことは疑いえない。あらゆる限界と権利をあわせもつ人間の理性が自然の賜物であり、しかも無限反復する賜物であるのなら、贈与者の倉庫にないはずがないのだ。かりにそれが暗い倉庫のなかにあって、大理石の神が彫刻家の脳回《のうかい》とかけ離れているのと同じくらい、陽の光のもとで見る姿からかけ離れているにせよ——それでもそれは存在している。ある種の自然の気まぐれは、その価値を認められるどころか、類縁的な、発達した知性にしか気づけないだけのものですらあるかもしれないし、しかもこうした気まぐれのもつ意味は——暗号や内輪でしか通じないジョークみたいに——それが自分の相手にしているもの、つまりは人間の頭にしか理解できず、人間の知性に快楽をもたらすのでなければほかになすべきことはない、といったところにしかないのかもしれない——これは「保護的類似」（ダーウィニストの用いた「隠蔽擬態」の旧い言い方）の現実離れした洗練ぶりのことを言っているわけなのだが、芸術的センス、想像力、ユーモアに恵まれた観察者のいない世界であれば、シェイクスピアが一冊開いたままはてしない荒野で埃をかぶっているみたいに、それも無用の長物になる（「lost upon the world」）ところだったろう。この事実ひとつとっても分かるとおり、それが示唆するのは、自然が一個の理解力をもった存在、ついにそれを理解するにいたった存在とのあいだでだけ図る、繊細で魅力的なくらい狡猾な暗黙の共謀である——目覚めを促すべく闇をさまよっているものたちのうごめき、ゆらめきを足下に見ながら、全世界の有機的な生に隠れて結ばれる精神的な同盟だ。

　脳が複雑化するにつれて概念は増加してゆくが、自然の歴史が種と属の形成にかんして示しているのは、それと同じように、自然のほうで当の種と属の概念を徐々に発展させていったということだ。われわれには完全に文字どおりの、つまり人間と同じ意味、脳の場合と同じ意味で、自然は時がたつにつれて知的になり、しかじかの期間であれこれのことを思いついたのだと言う権利がある。いま唯一難癖をつけられることがあるとすれば、「自然」や「自然の精神」という言葉でわれわれがなにを言わんとしているのか分からないということだろう。われわれはその無限の容量につけこむことでこの怪物Xにわれわれがその真の顔を知らないことにたいする責任を押しつけるが、しかし以下にみるとおりそれはなんらかの不可侵のヴェールをまとってわれわれから姿を隠しているのではなく、われわれのほうを向いていないだけのことで、一方こうした特徴はそれはそれでキャラクター設定のもとになるもので、物質的に理解すべきものという最初の傷をXに負わせたり、かと思えば軌道の申し子たるわれわれがどんどん遠ざかってゆく円運動から当然のようにつねに当てにしていること、回転が続けばこっちを向くようになることを、われわれに約束してくれたりするのだ。

それまでのあいだわれわれは、そっぽを向こうとする口もとに半分のぞけたかすかな微笑、共謀者の合図、細めた目の投げる逃れ去るような眼差しで満足しなければならない。われわれが関心を寄せている具体的問題——自然の頭のなかで種概念が形成されること——を解明してゆくためにはこの合図ひとつあれば十分なのだが、その目標を追い求める思考の道筋はいやに滑り、水鏡の坂になっていたり、また究極的に正しい道がすべてそうであるように、細い軒蛇腹《コーニス》のうえを通ったかと思えばナンセンスの深淵をまたいでいたりするので、もはや彼のその斬新さは、われわれのなかに落下してゆくような感覚を呼び起こしかねないのだ。

われわれは地球上のあるはるか遠くかけ離れた時代、種（や属）の概念が人間や人類の幼年期に無縁だったのと同じくらい自然にとっても無縁だったころを想像してみなければならない。三歳児は牝牛が牡馬の奥さんで牡犬が牝猫の亭主だと考えたりするものだし、スタゲイロスの人（アリストテレスのこと）はすでに「キャベツの蝶」（オオモンシロチョウのこと。アリストテレス『動物誌』第五巻第一九章参照）と火にむかって飛ぶなにかの「ヘピオロス」（アリストテレス『動物誌』第八巻第二七章で「蛾」の意味で使われている言葉）を区別していたが（彼の鱗翅類学的認識はどうやらここで尽きている）、この差異の本質をいまどきの子供や平民ほどにも理解していなかった。しかし人類の曙のはるか昔から、さっそく将来の拍手喝采を期待して自然によって舞台装置が設営されていて、スモモの「テクラ」（リンゴシジミの当時の学名から）の蛹はとっくに鳥の糞のメイクをしているし、いまこれほど繊細な完璧さで演じられている戯曲は上演の準備万端で、——あとは予見された必然の観客

——今日のわれわれの理性——が席に着くのを待つばかりという次第だったのだ（明日の理性のためには新しい演目が準備中である）。とはいえわれわれがいま想像しなければならないもっともかけ離れたその時代、こうしたものはまだなにも考え出されていなかった。自然は属や種を知らず、勝ち誇るのは個体だった。ルボーク（ロシアの民衆板画）っぽくこの状況をイラストにしてやれば、リス《ベールカ》がガチョウ《グーシ》と交尾してキリンやオオチョウザメ《ベルーガ》やオニグモ（ロシア語では「十字蜘蛛」といい、ここでは交差＝交雑をイメージさせる言葉遊びになっている）を産んでいるといったところだろう。もちろん実際にはこうしたあまりにおなじみの動物たちがそのころ棲息していたわけはなく、かりにこんなけばけばしい譬えをもちだすとしたら、それは読者の想像力に染みついた構えを崩すためでしかない。この譬えにはもうひとつ誤りがあって、「種＝個体」を動物学的に選択することで、動物界と、まあ植物界の境界設定くらいであるにせよ、それが前提されている。しかしこうした境界もまだ存在していなかったのだ。現代の自然科学者が分類学的に思考する癖をもったまま実際にこの原始時代、自然の先学校紀《プレ・スコラ》に移動させられたら、多様な生命形態が居場所を入れ替えあうだけで分化していない（波を水という境位の分化とみなせないように）ためにうごめいている地球の、ぶよぶよして熱い、生まれて間もない世界のなかで、真昼どきになると（オランダの地質学者ブーニングの深い根拠をもった推測によれば）「磨き抜かれた黒檀が炎のごとく照り返しているような、陽射しとともにきらめく黒色」を帯びていた空の下、彼は何十億もの生物がうようよひしめいているのに出会すだろうが、この生物たちはみなそれぞれ個別の「種」に属しつつ（この場合、個体数と種の数が正確に一致するので種という概念は意味をなさない）、総体としてみれば、まったくの未知といま知られている生物との完全な比較不能性という家族的類似によって結びつき（精神病者の絵が譫妄の無邪気さという一点でひとくくりにされるみたいに）、さらにはこの年齢の地球に固有の、なんでも一般化してしまう環境によってたがいに結びついているのだ。こうした類似性はまた、単純な柄をした同じ一枚の生地から多様な生命形態をひとつひとつ大量に切り取ったようなものだと考えてみることもできるのだが、柄が単純すぎ、裁断師がどんなにがんばって偶然の反復で（コウノトリを二羽、ないしパーチ（スズキの一種。共食いの習性をもつ）を二匹切り抜いて）成分の一様性をほのめかしたりすることがないよう輪郭をいろいろ変えてその単一性に偽装をほどこしてみせたところで、どの被造物の質料も柄の一部でおのれの起源を明かしてしまう。だから地球時間の上流まで遡った研究者が地球上に見出すもののなかからふたつの個体を選ぶとき、どう選んでも、それらはその形質からすれば現代の分類法でしつけられてきた彼に別の分類群へ配分するよう求めるくらいに異なっているわけだが、同時に、「保護的類似」という先祖返り現象《アタヴィズム》——著者の天才的な言葉によれば「自然の押韻」——がいまのわれわれに伝えるその擬似的類似性（保護的類似＝擬態のナボコフ的言い換え）（「質料」に依存した）において際立っているのだ。ここで失礼していささか脱線するとしよう、いやもっと正確に言えば括弧を外させてもらおう——というわけで確認しておくと、大量の観察物を採集してみて彼が確信するのは、第一に、進化によって、つまり似た特徴が徐々に累積していったり魔術的な突然変異（これは彼にもっとも「論理的」な種の起源理論を再考させ抛棄《ほうき》させる）が定着したりすることで、こうした類似に達するのは絶対的に不可能だということ、第二に、擬態型が無事に過ごすためだとしたらこれほど贅沢な仮面は絶対的に不要だということ（これはついでに古代（ロシア語の「古代」は中世を指すこともある）の自然哲学者たちのなまくらな lex parsimoniae（ケチの原理（羅））にも反駁する）だったのだ。自然界のこうしたあからさまなやりすぎを示す数多《あまた》のイラストのなかから次の興味深い例をとりあげよう。ごく地域的なシベリアのヤガ、*Pseudodemas tschumarae*（「チュマラの擬似的身体」を意味する架空の蛾の学名）の幼虫はもっぱらチュマラ（*Tschumara vitimensis*）（「ヴィチム川（レナ川の支流）流域産のチュマラ」を意味する架空の植物の学名）に棲息する。その輪郭、背中の模様、ブラシの色は、幼虫をこの灌木の綿毛に覆われた錆色気味の黄色い花序と寸分違わぬものにしている。珍妙なのは、幼虫はヤガ科の規則を守って夏の終わりまで姿を見せないのにチュマラは五月にしか花をつけないため、濃い緑の葉っぱのうえの幼虫がまわりに花もないままいやにくっきり目立つことだ。契約の履行に手違いがあったか、自然が最後の最後にどちらか一方を騙したような具合になっている（「保護的類似」という幻想じみた理論を堅持するなら）。仮定として、たとえばかつてチュマラの開花は気候が違っていたせいで幼虫が自分のうえに現れるのと時期が一致していたのだ、したがって幼虫はなんらかの異様に狡猾な外敵から守られていたのであり、狡猾な敵から身を守るにはそのお返しに狡猾なカムフラージュを用いる必要があったのだ、などと言うこともできるだろう。こうした一致とその後のすれ違いが想像しえないものである（生粋の極地産タイプに属するこの昆虫がそれこそ現地の現在の気候と、そこから生じる季節的発生や開花期にかんするあらゆる結果を含め、有機的に結びついているという理由ひとつとっても）ことはひとまずおいても、舞台装置が変わったとたん外敵から目につくようになってヤガは死んでしまうはずだ。しかしヤガはいまだに元気だし、幼虫に特定の外敵は存在しない。鳥がこんな剛毛の幼虫に食欲をそそられることはないし、寄生蜂の擬人的能力（寄生のこと。ファーブル『昆虫記』の引喩）については心惑わされるにおよばない。いまでは絶滅した未知の外敵がいたとするのであれば、われわれの議論に次のような仮説的要素がもち込まれる。すなわち、思考はぼやける——さもなければ、あらぬ方向から不要な進化の積み荷を背負って帰ってくると、応用科学が純粋科学と異なるくらい真としていたものと異なる状況になっていて、ようするに戯曲の悪役、the villain of the play は理性的存在だったということになってしまうのだ（たとえば Dawson 教授が多くの進化論者におなじみの絶望を昂じさせつつ、しかしそれなりにまったく論理的に立てている仮説によれば、あるポリネシアの幼虫の擬態のたくらみが相手にしているのは、古来それを食料にしているマレー人なのだ！）。しかし悪名高き「生存闘争」はそっとしておこう。闘士には芸術にかまけている暇などないのだ。仮装した *tschumarae* ——虚構の花、ありえない花——を見ながら観察者が抱く魅力的な不条理の愉快な印象、これこそ自然が、われわれの理性的共謀者にして機知にとんだ母が、勝ちとりたく思ってきて、勝ちとったものだ。

さらに注意しておくと、事のなりゆきで（いかんともしがたく）われわれは擬態の喜劇のもっとも重要なひと幕に来合わせている。今日の自然界には、半類似型だとか四半分類似型といったような、この現象をところどころ相対的に完成させたなんらかの中間段階にわれわれが立ち会っていることを示すものは見当たらない。もちろんある幼虫が植物の色や試験者のかぶせてくる網の色を真似て即興で自分を染め上げる能力をこんな漸近的な数字で表せるわけはなく、色調の正確さはたちまち完璧の域に達するのだが、しかしそれは同時に、「新たな」保護色の現象がわれわれの目のうえで生じたということではなく、やはり実験対象に内在する可能性が自然によって賦活《ふかつ》され戯れているのであって、強いられてなにか見せたくらいのことでそうした可能性が秘密を洩らすわけはないのだ。そういうわけで、達成されたものの「無目的」なところ（純粋芸術の「無目的」！）だけでなく、移行型の欠如、観察している現象のすでに最終段階に達しているかのような鮮明さが、その生成の進化論的漸進性に強い疑いを抱かせる。偶然の仕業にせよ「自然選択」の結果にせよ、しかるべき特徴を徐々に累積してゆくことで擬似的類似に達することなどできないのは、たんなる時間不足ということで証明できる。最初の方法がとられているとしたら、どんなに気前よく見積もって、擬態者《ミミック》誕生の日付をはるか太古へずらしたところで、そこを越えると化石種——その存在が他の絶滅した動物界の演者の存在と限定的、調和的に一致していたとすれば、われわれの知っているどの種（や属）の存在ともけっして調和しえないことになる——のひかえている一線が、なにがしかの最大値が算出されるのに影響を受けながらなんらかの枠をなし、ミミックの歴史を限定するわけだが、一方で幸いなる偶然をつうじて大量の多様な種を同じひとつの方法でメイクする（たとえば翅を閉じた蝶に特定の種類の葉っぱの正確なイメージを付与するのに、芸術的な手心として、なにかの幼虫に食われて穴が開いているといったもっともらしい欠点まで加える）には、おそらく一兆光年あっても足りないのだ。第二の方法の場合、「保護的類似」を発展させる種はあらかじめモデルと話をつけてあり、進化の徒が徐々に類似を達成するのに必要な膨大な全期間にわたってけっして変化しないことを（画家がモデルに求める不動の姿勢だ）相手に約束させたうえで自覚をもって類似という目標を追いつづけてきたのだ、といった留保さえつければ時間は足りるだろうし、モデルのほうでも同じくらい自覚的に模倣者に応え、わがままにつきあうみたいにミミックが変化していくのにあわせて変化してやったり、模倣者の目標のほうがモデルの進化論的形態変容《メタモルフォーゼ》にあわせて変化したりするなら——さしずめ若い娘《こ》をモデルに肖像画を描きはじめた画家が良心的に類似を求めるあまり、あらゆる線を倦くことなくいちいち描き直していって最終的に描き上げたのが、長年ポーズをとっているあいだにモデルが老婆になった姿だったといったところだ——プロセスはさらに加速するだろう。しかし進化の概念は、発展していく生物の側が目的志向的な意志をもっていることも、ふたつの生物、あるいは生物と環境のあいだで行動を協調させることも前提していないし、かといって、自然が擬態の実験対象を選んで催眠術をほどこし、それらに特定の役柄の暗示をかけているのだなどと仮定してやろうにも、催眠術の蜘蛛の巣にとっての支点がないことを理由に空想的とみなされるはずだ。こうした変化に行き着くのは盲目的な生存闘争である可能性もあるのだが、結果がどれほどリアルに見えようと（たとえば冬場の体色変化だが——ただしユキウサギが雪と同じ色になることで捕食者を騙せているのかさらなる証明が必要だ）、変化にいたる道のりは、この場合の進化を思弁的に進行させてみるとはてしなく延びていく、というのもここでまた幸福な偶然という要素がもち込まれるからで、その根本的な緩慢さは、どんな間抜けな肉食動物《けだもの》もそうした偶然に乗じるせいで――実際に乗じるのであれば、の話だが――軽減されず（隣人や環境の模倣といったより複雑な現象へは、当該の理論が前提にしている、自然を前進拠点《プラス・ダルム》にした機械仕掛けの作戦行動《マヌーヴル》によってはなおのこと到達しえない）、われわれを、ばかでかすぎてどんな地球の歴史にもとり込めない数字の領域へ引き戻してしまうのだ。いま述べたこと全体にもうひとつつけ足して指摘しておかなければならないのは、所与の種の本質が、時間上に仮定されている移ろい――空間的な変異が示す揺らぎからするとはてしなく大がかりな移ろい――から宿命的な被害をこうむることだ。ところが（われわれがすでに種の球状性原理から導き出したとおり）タイプからのありうべき偏差には、時間的にも空間的にも曲線が存在している――そこを越えると所与の種がもはやそれとして有効でなくなる境界が。種の周期、自然の鏡を前にしてポーズをとっている時間《セアンス》が、種における根本的変化という種のイデアの維持と相容れないものを前提にした時間数で測られることなどありえない。膨大な時間がたつうちにある種が系統学的な線にそって別の種になるなどと言うことは、地球上に共存するふたつの種のあいだにもろもろの中間型がもちだされるのを認めるのと同じ程度に種の根本理念《イデア》を破壊することを意味するのだ。とはいえ種が出現したという事実には議論の余地がない。しかし進化論的な「いかに」にも、形而上学的な「どこから」にも、自然のもとで発展してきたのが種ではなく種概念のほうであることをわれわれが認めようとしないかぎり、答えはありえない。

　この概念が生まれる以前の自然界の状態の問題に立ち返れば、「個体が勝ち誇っていた」はかりしれないくらい遠い時代を想像するとき、われわれは、書斎の学問でなくとも室内の詩の助けを借りることで、その波打つような玉虫色の世界、そして自然がなにかを定着させようとする最初の試みを、ぼんやり目に浮かべることができるだろう。這い回る根っこや蔓の先っぽが風に魂を吹き込まれて蛇になる、そのわけというのが、自然が動きに気がついてそれを反復してやりたくなったというだけのことで、まるで木の葉の舞うのにはしゃいでいる子供がそれを拾い上げてはまた抛り出すみたいだが、ただし自然の指にかかれば葉っぱは「カリマ」（コノハチョウ属の学名）になるのだ。とはいえこう言ったほうが正確だろう、働きかけたのは風ではなく、刺激を加え、思考を生み出すようなある回転——地球の回転ではなく、宇宙を、この惑星たちの舞踏会を、いやに祝祭的に浮かれ騒がせ、流れるように生気を与えてゆく力——だった、と。回転のイデアはまた、自分の呼び起こした生命のうごめきに働きかけつつ、人間の思考装置、つまりさっきの波打つ樹々に生る実が従う、反復、認知、論理的保証といった法則めいたものを自然のなかにもたらした。念のため言っておくと、こうしたものはすべてさしあたりおおよそのイメージにすぎず、われわれがかりに、地球上のあらゆる個体をふたつのグループに分ける最初の分割は遠心力の影響でものが二等分されるように生じたのだ、とか、現在の雌雄同体現象はそれ自体はまだ性の分化ではなかったその最初の分割の名残をとどめているのだ、とか主張しだすとすれば、譬え話でしかないようなものだ。

いまわれわれが通っているのは道のもっとも細いところ（「譬えのもっとも微妙なところ」ともとれる）で、頭をうつむけた思考は道（「方法」ともとれる）は分かっているのだが、たとえば切り立った道から周囲を見渡すことで悟性や記憶の働きどころか宿命の眩暈《めまい》を引き起こすおそれがあるように、よけいなひと押しを加えたり点検に精を出したり名前を思い出せずに口ごもったりしているうちに踏み外したり滑り落ちたりしやしないかとひやひやしている。しかしそれでも自分に理解させなければならないこと——これはついでにわれわれを比較的 safe ground（安全な場所（英））に連れ出してもくれるのだが——それはこのさき自然が進める種（属、科）概念の弁別と精密化の作業がすべて、おのれの刺激の特性からして、成長し、分裂し、分裂した要素からまた発展し、複雑に房をなす球状のものたちの法則に従う定めにあった、ということだ。われわれに知覚しうる鏡像をもとにこの自然の方法を調べていると、いつのまにか、自然はそれを従順なくらい呑気に、しかし繊細なまでに理知的に適用することに（画家が口笛を吹いたり目を細めたりするみたいに）大いなる享楽を——その精密な質についてはわれわれも機知にとんだチェスプロブレムやハーモニーや創作活動のもたらす快楽をつうじて知っている——見出していたのだと思えてくる。ときには選んだ種のすぐそばに、類的にはなんのかかわりもないのだがトンボが蝶でもありえた時代に地上からそれといっしょに拾い上げてあった優雅な付随物《コロラリー》を残しておくのを、おもしろおかしく、あるいは芸術的に価値あることと思ったり、さもなければはじめのころに創造したふたつのものがそれらを分かつ無数の形質をもっているにもかかわらずなおもおたがい玉虫色みたいに連続的に変化しあっている——そう見れば地衣、こう見ればシャクガ——のを引き離してしまうのを、もったいなく思ったりしていたのだ。その後この、いまふれた植物と昆虫がどれだけの変化をこうむったにせよ——太古それらに照応していたゆらゆらした灰色のものは自然によって保持されていて（学的体系のために神話創造を拋棄したりせず、巧妙に両者を結びつけておいたのだ）、そして、類似の意外性、その詩情、魔法にみちた古代性を評価してくれる生物が地球上に成熟するやいなや、この現象は自然から彼へ、自然がかつて自分の kindergarten（幼稚園（英））の最初の住人を創造したときそのための成分を見出したあの一様性（「oneness」）の貴重なシンボルとして、鑑賞や娯楽用に贈呈されたのだ。素晴らしいのは、以下に提起するような、環状に配置され新たな環状体系を形成する環の原理に則った空間的分類を行うと、完全に属の異なる環と環の最短距離にある点同士から蝶のミミックとモデルがあきらかに視線を交わしあっていることで、これは「保護色」についても同じような対峙関係を見出せるようにも思わせるのだが、とはいえ、模倣対象がとてつもなく多岐にわたり、「被保護者」と「楯」（同化対象のこと。「保護 защита」が字義的には「楯 щит の背後」を意味することから）（おそらく実際的な意味では完全に紋章学的なものだ）とがまったく異なる分類群に属していることを考えると、跡づけるのはきわめて困難だ。

種概念が徐々に確立するにつれ、この新しい生命単位は鮮やかな多様性をもつようになり、その鮮やかさは環の回転と破裂がますます強度を増していたのだからなおさらだった――ここで地球の気温変動や、植物相と動物相の位相間の実り多き相互作用がなんらかの役割を果たしたかもしれないが、とはいえもちろん発展の基本精神が偶然的な環境の偶然的な大異変《カタクリズム》に左右されることはけっしてなかった。種の崩壊、種の環の爆発が生じたのはその種のイデアが貧困化した結果であって、それはタイプの死滅やその結合力の衰弱となって表れたが、これがまた周縁的変種の突発的な変異的飛躍と中間型の消失を招くことになる。このプロセスの終わりは、こうした末端の諸変異があたかも種の環の爆発によってあらゆる方向へ飛散したみたいに自分自身のサイクルを発展させだすというかたちをとり、そのうちうまくもちこたえたものは新種のイデアの中心になった。こうした現象をリアリティのある物質的なかたちで想像することが難しいのは、種概念そのものが自然のなかで徐々に発展してきたせいで、時代が違うと種の明確さも異なるからだ――その明確さの最終的に行き着いた先が、いま、ある種は別の種から（あるいはより正確には、なんらかの周縁的変異から）発生したのだと想像しようとすると、どう試してもすでに述べたような種概念が境界をもつことと矛盾を来すといった事態である。それゆえきわめて重要になるのが、まだ種の管轄下にある変種の末期とその変種の自立的存在の始まりとを分かつ間隙《インターヴァル》、飛躍を考えることだ（機械仕掛けの動きと生き物の動きを見比べるとある程度それに類いするものを見出せる）。過去に遠く遡れば遡るほど種概念の輪郭は明確さを欠き、創造的間隙は目立たなくなる。しかし悟性がこうした現象を扱いかねるとしても、curieux からしたら、その結果にそなわる感覚的な説得力とでもいった独特のニュアンス、きわめて炯眼な昆虫学者によって片方が「分離」されたばかりの二種の蝶を見ているうちに、なにかを跳び越えたみたいに、これが徴《しるし》だと言わんばかりに、いやに鮮烈に味わうあの啓示にも似た不可疑のものの感覚は、誰しもおなじみのもので、リンネの時代から百五十年にわたってその二種は同じ種とされてきたのに、いざ種差となる秘密の形質が第三者の洞察によって暴かれてみるとわれわれの目はいきなり開かれ、そうなるともう、優美な正確さでこの二種の蝶を分かつ明らかな形質にどうしてそれまで気づかずにいられたのか理解できなくなるのだ。

　属にかんして言うと、それは現代的な局面にあるときもろもろの種の環からなる真円であって、属のタイプとなって表れる中心核をもっているとみなければならない（通常は新たな属が設けられるときタイプ種が指定される）。所与の属と崩壊前の期間に出会すなら、しかるべき形質を区別することを学んだ分類学者にとってこの中心的タイプを探し当てるのは造作もないことで、しかもときにはもろもろの周縁的な種のなす円環が十全に演じられているのを明らかにすることもでき、そんなときわれわれは属とその理想像において出会ったと言う。そこに達したあと、末端の種は（種の破裂の際、中間型が消失するのに応じて）個々に消えてなくなるか、あるいは逆に、派手に崩壊しつつある種の環が高次に甦ることでその新種に場所を譲る（さきに示した方法で）可能性があり、一方で属のタイプが消滅することもあるのだが、この場合はかえってもろもろの現働的な種の環が新たな属的中心をとりまくようにまとまることが可能になる。したがって分類学者は属の赤道だけでなくその子午線も、すなわち属の球状性を考えておかなければならない（種の球状性と同様だ）。これは種や属の配置の基礎として、中心をめぐる諸型の回転の秩序だけでなく、属（と種）の時間的な形質の秩序もみなければならないことを意味する。たとえば種による属の円周が断続的になっていたり現実の属のタイプが欠けていたりするのをどう説明するのか——属の中心がまだ確定していないということなのか、それがすでに消失しているということなのか、といったことを属のためにつきとめてやらなければならないのだ。体系全体の中心的な場所にくることになるのは、理想的な属のサイクル、つまりわれわれの時代に十全に演じられ、発展の（一時的な）完成形に達しているものがもつようなサイクルだ。おもしろいのでこの際指摘しておくと、種が時間のなかで変異する結果——そして、どの程度か不明だがきっといまより小規模に、未来においてもそれに相当する概念の自然な発展が続く結果（きわめて緩慢な発展が続くだろうが、ただし地球の死期が近くなると制限がどんどんきつくなってゆくせいで、個体的なもののイデアに戻る運命にある）——何世紀もすれば分類秩序（いくらかは分類精神も）のほうでも自然に変化しているはずで、だからN世紀の昆虫学者が、われわれの知っている蝶類の属がもはや別の意味で理想的なサイクルにあるのに出会すと、そのころまでには熱病みたいな崩壊／破裂状態を迎えているものがいま体系内で占めている場を、それに与えるのだ。属を分割する狂った競争がいまとくにイギリス人のあいだで見受けられ、属のほぼ全成員にそれ自身の属をむりやりもたせようとするほどで、まるで属概念のなんらかの衰退の始まりだと言わんばかりだが、おそらく一過性のものだろう。

　房みたいに群れた鱗翅類の属のサイクルがいま地球上で演じられているのをみていると、述べたばかりの属の破裂にともなう花火現象を裏づけようとするみたいに、大量の種を内包する属（*Erebia*（ベニヒカゲ属）、*Lycaena*（正しくはベニシジミ属だが、ここではウスルリシジミ属等を指して使われている）など）があるきわめて徴候的な、崩壊的発酵とでもいった形質を示していることに気づく。属内で種が多くなればなるほど種同士が（全体的にみても、二、三種からなる属内グループに分割してみても）似てきて、各種のなかでは変異が豊富になってゆき、逆に種の数が少ないのは（たとえば*Libythea*（テングチョウ属）だが）その種の変種（偏倚的な品種《アベラント》）を生み出す能力のいちじるしい乏しさと結びついているのだが、そこで言っておくと、属の回転は発作《パロクシズム》にいたるとはなはだ可視的な表現をとり、そうした「はじけ」つつあるいくつかの属で集中的に増殖した種は、あたかも発酵のイデアにその写真的なイメージを与えようとするみたいに、あるいは熱病が吹き出物となって表れるみたいに、丸い斑点、輪、目玉を紋様にしてみせるのだ。そうした属の熱病状態（新たな核を形成しようとする痙攣《スパズム》的な試みと結びついている）の驚くべき好例となりうるのが*Melithea*（ヒョウモンモドキ属*Melitaea*の十九世紀以来の誤記）や*Syrichtus*のような属の現状だ。おそらく所与のどんな時期にも、上演されている属における種（と科における属）の数には、種（属、等）の概念の公差等級に応じた特徴的な限界があることは注目に値する。その量の平均値を割り出せば、所与の時代の所与の分類群の動物にいうなれば「発展病」の熱がどのくらいあるか示したり、地球上で演じられているさまざまな分類群の年齢順がどうなっているのか、実り多き対比を行う際の土台となったりすることだろう。

属の中心と周縁を図解してくれる具体的形質について言っておくと、「補論」の筆者は、思考の癖が機械的に真っ先に型の段階的差異《グラデーション》を探し出そうとすることの危険性を、未来の分類学者に警告している。種の枠内で段階的差異（「中間的変種」）がタイプの拘束力や支配力のごく素朴な表れとして自然で明白なものだとしても、属内に種を配置する同様の試みにあってそうした段階的差異（種差の観念《イデア》となにかまったく両立不可能なものを前提している）は、属の崩壊を示す徴候のひとつとして出会す可能性はあるにせよ、方法論的な意味で容認しがたい。属の中心種（すなわち所与の属のイデアにもっとも近似的な例）がその属に内包されるすべての種の形質をもちあわせている必要がまったくないように、属内の種は属の形質が虹や音階をなしたものではなく、核となる種に内蔵されている可能性が多様且つ調和的に利用されたものなのだ。この調和（種それぞれの外貌と同じくらいそれぞれの属で特徴的な）の法則を解明し、可能性を計算し、所与の瞬間におけるその上演的実現、属の円周上でのその相互関係や欠落ないし密集を検討すること——これが分類学者の基本的な課題である。中心種が所与の属の調和を正確に表す公式であることが彼にとっての指針となる。その公式の各項がなんらかの形質をそれぞれシンボル化しつつ分類学的値でみればすべてたがいに等価、数学的に分割不能であることで項の量は実際的に制限されているため、基本図式が十分単純であるようないくつかのケースでは、その属の理想的成分をなす種の数を予測することができるのだ。この時代に存在するごく少数の理想的な属の環（その数は、暫定的な計算によれば、さきにふれた「亜属」（属の下位分類。学名表記の際、属名のあとに括弧でくくって指示されるが、ここでは父親が当時乱立された新しい属名を括弧に入れて使っていたことを示唆している）の人為的な累積のおかげでいささか困難なところはあるものの、現存する鱗翅類全属のおよそ八分の一パーセントになり、一方、形成中、崩壊中の属の量はいまのところ相互に均衡状態にあるようだ）を調べていくと、中心核のまわりを回転する衛星の数は偶数4、6、8によって示されることが分かる——いままでに明らかになっているかぎりではこの最後の数を超えることはない。こうした環にあって属の調和は、すべての周縁種がそのどれからみても同程度の補完で理想的にたがいを補完しあい、それに応じて同程度の差異を示すところに表れる。この補完と差異は中心種の諸形質の相互関係によって寸分の狂いもなく統禦されており、いわば中心種の諸形質が「属一座総出演の戯曲で周縁種のそれぞれに独自の役割を命じて」いる、つまりそこで演じられているのは「主人公のなかに（「within its main character」）表現されている調和によって出演者全員を結びつけている」戯曲なのだ。たとえばアジアの *Eurythemia* 属（「美しいリズム」を意味する架空の学名）ではその円周をなす四種の各々が、属を外見的に特徴づける十六の形質から四つずつ、つまり紋様の四形質、肢の構造の四形質、交尾器の四形質、翅脈の四形質からそれぞれひとつずつとりあげて発展させている（「コンビネーションプレイ」だ）。この配役は明確で余すところがなく（「satisfying」）、結晶が析出したような整然とした印象を与えるくらいだが、周縁種同士が等間隔で区別され、中心種から借りてきたものにアレンジを加えた形質が数学的調和をなしていることを考えると、この時代のわれらが地球に、この属の第六の演者が存在しないことは疑いえない。

これはすべて理想的な環の話だ。中心種がいるのに、周縁［種］が基本的な形質を曖昧に、まだ空白のまま埋まっていないところや局所的に積み重なったところを設けたりしながら発展させていて（つまり種の枠内で言えば変性種的偏差に特徴的な、たとえば紋様がぼやけたり濃かったりといったようなある種の相互関係を、属内で保っているということだが）、ところがそれにもかかわらず、つまり「点線」や「局所的な濃縮」を正してやればそれらが環状に配置されているような場合（たとえば中心種に *indica*（アカタテハ）をもつ比較的若い *Pyrameis* 属（かつてタテハチョウ科に設けられていた属））、われわれは、属は形成期にあると言って、それを科の子午線のしかるべき場所に配置する。もし中心種が確定できないのに周縁種が強度に増殖していて、ときに何十年にもわたってめいめいが「隣人の翅の下に」（「翅（羽）の下に」はロシア語の成句で「庇護下に」の意）とどまりあっていられるくらいたがいに似ており、加えて三、四世代以上もちこたえられない「お試しの種」があわててつくられるようなことがあれば、われわれは属は崩壊しつつあると言い、理想期の赤道を越えたところに配置する。ここから言えるのは、時間的な形質（属の回転的発展段階）と空間的な形質（同時代の属同士の相互関係と属のなかでの種の配置）を重ね合わせる能力が、そのまま、正しい球型分類——そこで名誉ある場所を割り当てられているのはもっとも鮮明且つ調和的に上演を行っている属のあぶく玉である——にどれだけ近づけるかを決定するということだ。

そうした蝶類の分類を暫定的に形にしたものが「補論」の最後に筆者の手で、簡潔に、註釈も抜きに（しかもかなりの科で属の括弧すら外さないまま）挙げられている。これは諸原理を論じた文章に添えられた挿絵《イラスト》のようなものでしかなく、その原理をものにできていれば、なぜ作者がこんなかたちの配置にしたのか、自分でそのわけが分かることの快楽を、読者も手にすることができるのだろうが……。マーチソンは鱗翅類学の知識がきわめて限られていてここではぼくの役に立たない。父の仕事が彼の興味を引くのはひとえにその哲学的生物学という屈折においてなのだ。しかしおそらくこの図式の碑銘のような簡潔さは、著者のなかのきわめて発達したふたつの感覚、バランス感覚とユーモアの感覚を満足させていた。どの文も（断片からみるに）くもりガラスを嵌めて部外者立入禁止のプレートを貼りつけたドアみたいな論文、全体が橋を渡ってくることを前提とした知識に満ち、それなのに渡ろうとした読者が（道に迷ったマーチソンを威勢よく急き立てていたくせに）ぐらつく闇にはまり込んでしまう論文、さらに言えば、著者の目的が最小限の言葉と最大限の考えを与えることだった、そうした論文にあって、結論をくどくど述べたりするのは不経済だったのだ。また保守的な学者が不可解な論文をしめくくる分類案にぶつかったとき味わうはずの perplexity（当惑（英））、それに苛立ちさえもが予感され、それが少なからず著者を陽気にさせたのだ。しかしもちろん肝心なのは、そこでふれた問題を手の空いたときにとりあげ直して一冊の本にするつもりでいたその裏で、もし人間の一生のおぼつかなさ、ロシアに立ち込めつつある霧、あまりに間の悪い年に思いついた遠方への新たな狩りにともなう数々の危険がそれを許さないとしても、その著作の諸原理をあくまで正確に述べておけば、いざそれを理解してくれる知性の持ち主が現れたとき彼らに著者の立てた計画を実現する可能性をもたらすだろうと彼が考えていたことだ。その点彼は間違っていなかった、ぼくはそう思いたい、時がたてばそうした人たちがみつかるのだ――マーチソンより多少は頭が切れ、ぼくより多少は教養があり、学術誌を主導している恐るべき亀たちより才能があって軽やかに動ける人間が、と、――そしてどう転ぶか分からない旅へ発つ前夜、ホルスター、手袋、方位磁石がつかの間書き物机の定住生活に割り込んでくるなか、走り書きで遺言がわりに書きとめられた父の考え、息子が愛情と敬虔と霊感とたよりない知性で霧を立て込めながらいまこうして追いかけているその父の考えが仕上げられるとき、自然科学界の最果てからでも目に入る立派な記念碑が彼のために建てられるのだ、[*2]と。断ち切られた生のもたらす悲しみ《ゴーレチ》は断ち切られた仕事のもたらす口惜し《ゴーレチ》さの前では何物でもない。前者が死後なお続く確率は、後者の絶望的な未完結性にくらべればはてしないようにみえるのだ。むこうからみればたぶんくだらないものなのだろうが、ここではやはりまだ書き上がっていない仕事だし、魂になにが約束されていようと、地上の誤解がどれだけ完全に解かれようと、軽やかでぼんやりした、星屑みたいな鼻歌は、たとえその原因者が地球ごと消え去っても消え残るはずだ。だからぼくには死という検閲、あの世という監獄当局が父の思いついた仕事を発禁にしたのが許せないのだ。ああ、ぼくに続きを完成させることなどできやしない。ここでこうした永遠の屈辱となんの関係もなく――あるいは少なくとも合理的な関係はいっさいなく――思い出すのが、暖かな夏の夜更け、十四歳くらいの少年のぼくがヴェランダのベンチに座ってなにかの本を開いているところで――たぶんすっかりピントが合えばなんの本かもすぐに思い出せるだろう――母は夢見るように頬笑みながら照明の当たったテーブルにトランプカードを並べて占いをしていて、そのカードは、ヴェランダをぽっかり浮かべてヘリオトロープの匂いにあふれ返った、濃厚な、ヴェルヴェットのようにやわらかな深淵にくらべるとひときわ明るく光沢を帯び、ぼくは読んでいるものをよく理解しておらず、というのもその本は難解で奇妙でページがこんがらがっているように思えたからだが、父は誰かと、よく見えないが客か自分の弟と、庭園のちょっとした広場になっているところを、そっと移動していく声からしてゆっくりと横切ってゆき、なにかの拍子に彼の声が近づいてきて開いた窓の下を通りかかると、まるで独白《モノローグ》を聞かせるみたいに——なぜなら匂いのいい真っ黒な過去の暗闇のなかに、ぼくは彼の話し相手を偶然務めていた人物を見失っているからだ——もったいぶって、愉快そうに、父が言った。「ああもちろんさ、偶然と言ったのは無駄で、無駄と言ったのは偶然だ、私はここでは聖職者のほうに同調するな、[*3]私の行き合うことになったすべての動植物のためにはなおさらだ、これぞ無条件の、本当の……」。待《ま》ってみたものの、このあとに続くアクセントは来なかった。声は笑いながら暗闇のなかへ立ち去って——しかしいまぼくはふと本の題名を思い出した。

訳注

＊1　五八〇頁　アストラハン駅の建造は一九〇七〜〇八年なので一八八九年時点ではまだ存在しておらず、ナボコフはチェルヌイシェフスキイが一八八三〜八九年に過ごしたアストラハンと一八八九年六月にそこから移住し終生の地となったサラトフとを混同している可能性がある。『賜物』によると同年十月十一日チェルヌイシェフスキイは駅に手紙を出しにいって風邪をひき、六日後亡くなった。語り手のフョードルが「忘れがたい細部」と言っているのはそのことを指しているだろうが、ただし、彼がチェルヌイシェフスキイについて調査を始めるのは設定上一九二八年と考えられ、この手記が書かれている一九二七年の一年後。

＊2　六〇七頁　プーシキンの詩「私はおのれに人業ならぬ記念碑を建てた」（一八四一）の一節のパロディ。

＊3　六〇八頁　プーシキンが詩「無駄な賜物、偶然の賜物だ……」（一八三〇）で生の無意味さを嘆いたのにたいし、府主教フィラレートが「無駄ではない、偶然ではない」で始まる反論の詩（一八三〇）を書いて神の恩寵を説いた、有名な詩的論争が下敷きになっている。

作品解説

#『賜物』作品解説
亡命の地でロシア文学は生き延びられるのか?

沼野充義

『賜物』Дар は、ウラジーミル・ナボコフがロシア語で書いた最後の長編小説である。初め亡命ロシア人がパリで刊行していた『現代雑記』誌に一九三七年から三八年にかけて五回にわたって連載された。ただし連載の際には第四章が掲載を拒否され、第四章を含む完全な形で単行本になったのは一九五二年である(ニューヨーク、チェーホフ出版社刊)。その後、ナボコフ自身が監修・推敲した英訳が一九六三年に出版された。

この作品はかなり難解であるにもかかわらず、おそらく『ロリータ』で名声が世界的に轟いていた作家の『ロリータ』以前の代表作であるということからか、日本でも注目され、かなり早い時期に大津栄一郎氏によって英訳版から翻訳された(初版、白水社、一九六七。改訂版、福武文庫、一九九二)。この訳業はナボコフについて本格的な研究も資料もほとんどなかった時期の、先駆的労作である。それに対して拙訳は、ナボコフ自身が推敲の筆を入れた英訳版も参照しているが、基本的にオリジナルのロシア語原文からのものである。ただし巻末には、ナボコフが英訳版のために新たに書いた序文を添えた。

なお、『賜物』の拙訳としては、池澤夏樹個人編集による『世界文学全集』に収められたものがあり（河出書房新社、二〇一〇）、今回の訳は、その改訳版になる。改訳にあたって修正した箇所は量的にはごく僅かだが、あちこちに散見された読み違いを直すことができた。そして何よりも大きな違いは、訳注の数を大幅に減らしたことである。河出書房版には異様なほど夥しい訳注を添え、訳注を読むことでロシアの文学や歴史を旅するような趣になったのだが、本来、小説というものはそれ自体として読むべきものではないか。そう考えて、今回は訳注抜きでどのくらい原文の仕掛けが日本語の読者に通じるか、試してみるというのが、訳者があえて自分に与えた難題だった。

翻訳にあたっては、サンクト・ペテルブルクのシンポジウム社による全五巻のウラジーミル・ナボコフ『ロシア時代著作集』第四巻（二〇〇〇）所載のテキスト（一八九－五四一ページ）を底本としたが、雑誌初出も、ロシア語・英訳両方の主要な版もすべて参照してロシア語原文とナボコフ自身が監修・加筆している英訳の間の様々な異同も考慮に入れ、シンポジウム社版にわずかながら残っていた誤植の類を修正することもできた。また河出書房版の後の『賜物』研究の大きな成果としては、ユーリイ・レヴィングによる『「賜物」への鍵――ウラジーミル・ナボコフの長編案内』（ボストン、二〇一一、五三四ページ、英語）と、アレクサンドル・ドリーニンによる『ウラジーミル・ナボコフの長編「賜物」注解』（モスクワ、二〇一九、六四六ページ、ロシア語）という二冊の本があり、参照することができた。どちらも巨大な、小説そのものを量的にはるかに凌駕する注釈書である。しかし、世界中のナボコフ研究者が寄ってたかってあれこれ首をひねって膨大なエネルギーを注いでも、小説は小説として謎めいた魅力をたたえ続けている。

1　『賜物』はどんな小説か？

『賜物』はナボコフの前半生「ロシア語時代」の集大成ともいうべき大作である。一九四〇年に彼はナチス・ドイツの脅威から逃れるため、妻子を連れてアメリカに亡命し、それ以後、ナボコフの英語時代、つまり作品を自ら英語で書く時期が始まるのだが、『賜物』はナボコフのそれ以前のロシア語時代最後を飾る作品となった。これはナボコフがロシア語で書いた最大の作品であるだけでなく、彼が磨き、鍛え上げたロシア語を酷使するようにして書いた文体的実験の極致でもある。

小説の時代設定は一九二〇年代の半ばから後半、場所はベルリン。時期については、ナボコフ自身が後に、物語が始まるのは一九二六年四月一日（エイプリル・フールだ！）、終わるのは一九二九年六月二九日だと明確に規定している。舞台となるベルリンは、虚構による変形はほとんどなく、地理も風物も当時の様子が忠実に再現されているし、数々の通りも実名で出てくる。つまり基本的にはリアリズム小説になっているのだが、物語内で言及される様々な国際関係や歴史的事件の時系列を詳しく見ていくと、あちこちで矛盾が生じてしまう。これはうっかり生じた「時間錯誤《アナクロニズム》」なのか。それとも、意図的な「ずらし」なのか。いずれにせよ、小説の中で展開する時空間は、実際の歴史的時間からは一定の距離を置いた、自律的な論理と構造をもったものと考えるべきだろう。

主人公はフョードル・コンスタンチノヴィチ・ゴドゥノフ＝チェルディンツェフという。いかにもロシア人らしく、長々しい名前である。ゴドゥノフ＝チェルディンツェフという複合姓（二つの名字を連ねたもの）は、由緒ある貴族を連想させる。ちなみにボリス・ゴドゥノフといえば一六世紀末に政権を掌握し、皇帝として即位した人物である。本書にはその他、チェルヌィシェフスキーを初めとして、舌を嚙みそうに長い名前が頻出する。名前の氾濫（そして変形）は、じつは本書を貫く重要なモチーフの一つになっている。そのため拙訳では、名前は昨今のいわゆる「古典新訳」で行われているような分かりやすい簡略表記は避け、すべて原文に出てくる形をそのまま再現することにした。

第一章で言及されているように、フョードルは一九〇〇年七月一二日生まれ、物語の開始時点で二〇代半ばの若者である。彼はロシアの由緒ある貴族の家柄の出身だが、革命後のロシアから脱出し、いまはベルリンに亡命者として暮らし、家庭教師の半端仕事で糊口をしのいでいる。第一章には、その彼が出版したばかりの処女詩集からの引用がふんだんに盛り込まれている。『賜物』はそんな青年の文学者としての自己形成の三年間を描いた、「芸術家小説」（ドイツ語でいう「キュンストラーロマン」Künstlerroman）として読むことができる。まだ作家修業の最中にある彼が、亡命者としての生活上の困難の中で、恋愛を妨げる障害を乗り越え、芸術家（詩人または小説家）として成長していくプロセスがモダンな文体的手法を駆使して描かれているわけだから、これは二〇世紀的な手法をとった「芸術家小説」の野心的な試みと呼ぶべきものだろう。ジェイムズ・ジョイスの『若い芸術家の肖像』（一九一六）などと比べられるべき作品である。

『賜物』に描かれる「若い芸術家」は、かなりの程度まで、一九二〇年代にベルリンで亡命者として暮らすナボコフ自身の姿に重なってくる。主人公フョードルは一九〇〇年生まれ、ナボコフは一八九九年生まれ、ともにロシアの由緒ある貴族の家柄であり、ロシア革命後亡命者としてベルリンに住み、詩人・小説家としての道を歩み始めたところだ。失われた祖国への郷愁や、ベルリンでの若き日の恋愛、そしてその恋愛を通じて自分の文学の最良の理解者を獲得したことなども、この二人の間では共通している。フョードルの恋人ジーナと同様、ナボコフ夫人となるヴェーラ・スローニムもまたユダヤ系である。ナボコフはヴェーラと一九二五年にベルリンで結婚した。ナボコフの実生活においては、妻がユダヤ系であることは、ナチス・ドイツが台頭するドイツでの生活を危険なものにする深刻な要因となった。『賜物』のロシア語単行本初版（一九五二）は「亡き母に」捧げられているが、一九六三年に刊行された英訳は妻の「ヴェーラに」という献辞を掲げている。

フョードルとナボコフ自身を比べると、その他にも、ともに敬愛する偉大な父を早くに失っているという点も同じだし、蝶とチェスをことのほか愛するという趣味も完全に重なっている。このように見てくれば、『賜物』がナボコフの数多くの著作の中でも特に自伝的性格の強い作品だということは否定できない――ナボコフ自身は自分の作品がそのように読まれることをひどく嫌っていたけれども。『賜物』という小説が、その複雑な文学的意匠にもかかわらず、若い主人公たちの経験と感覚を描く筆致において、ある種の率直な痛切さを感じさせるのも、そのためではないだろうか。ただし、ここで言う「自伝的」とは、日本の私小説のように、作者の身辺に起こったことや心境をそのまま記録しているという意味ではない。むしろ特筆されるべきは、自伝的素材をふんだんに盛り込みながら、現実の再現の次元を超えた芸術的作品としてこの小説が屹立しているということである。

2　『賜物』はどのように書かれているのか？

『賜物』には、明示されない形での様々な文学的引用や連想が夥しく盛り込まれている。具体的な例を一つだけ挙げてみる。第五章でフョードルがベルリン郊外のグルーネヴァルトの森に散歩に行く際、「さあ、手を貸して、親愛な読者よ、ぼくといっしょに森に入ろう」という唐突な読者への呼びかけが現れる（本書四九八ページ）。じつはこれはトゥルゲーネフ『猟人日記』の一篇、「タチヤーナ・ボリーソヴナとその甥」の「さあ手を貸して、親愛なる読者よ、私といっしょに行きましょう」という冒頭を踏まえたものだ。ロシアの小説や詩からの、この種の「隠された引用」は『賜物』という小説の至るところにちりばめられており、その意味で『賜物』が何よりもまず「ロシア文学についての小説」であると考えることは正しい。しかし、文学的教養のあるロシア人読者でさえも、とうていすべては見抜けないようなこの種の引用について、いちいち出典を説明する訳注を添えることに、どれほど意味があるだろうか。今回の翻訳ではそういった「楽しき知識」としての訳注は半分以下に削減した。訳注に煩わされずに読める小説の楽しみもあるはずだ、と考えてのことである。

ここでどうしても思い出されるのは、『ロリータ』が初めて日本語に訳されたとき、そのテキストに埋め込まれた夥しい文学的引用やアリュージョンについて訳者が気づいていないと厳しく批判する向きがあり、この先駆的な初訳は「悪訳」だという風評が立てられてしまったことである。しかしその後ナボコフ研究は膨大な蓄積を基礎に飛躍的に発展し、「ナボコフ読み」の環境は様変わりした。すでに『ロリータ』についても『賜物』についても詳細すぎるほど注釈書が別途出ているので、いま訳者に求められているのは別の次元のことではないかという気がする。少なくとも『賜物』のロシア語原書にも、英訳にも、原著者や英訳者による注は一切添えられていないということを、今一度思い出す潮時だろう。

ナボコフはまた言葉遊びを偏愛し、ときに単なる語呂合わせにも聞こえるほどの子音反復《アリタレーション》や異言語間の洒落をしばしば用いている。そういった箇所の多くは、そもそも翻訳不可能なので、なんとかうまく翻訳しようと頑張ってみても大抵の場合、失敗に終わる。それゆえ本書に現れる言葉遊びや文体的仕掛けについての訳注はすべて、翻訳者の敗北の記録だと考えていただいて構わない。

一つだけ、特に興味深いパズルのような仕掛けについて、ここで補足しておこう。第三章に出てくるガソリン・スタンドの場面で、自動車会社の社名を掲げた看板があり、その二番目の文字Aのうえに黒歌鳥が止まっていた、という描写がある。そして語り手は「最初の文字「D」の上でないのが残念だ。頭文字の飾り模様になっていただろうに」と述べている。本文中の割注で説明した通り、自動車会社はおそらくダイムラー（DAIMLER）で、黒歌鳥はロシア語で「ドロースト」(drozd)なので、「ダイムラー」の最初の文字Dのうえに「ドロースト」が止まっていたらDを飾る模様になっていただろう、という見立てである。このような言語パズルは普通翻訳できない。しかし、ナボコフには、言葉遊びの神様がほほ笑んだと言うべきか、英訳でもほぼ同じ効果を持つ言葉遊びが実現した。英訳では黒歌鳥はblackbirdなので、自動車会社名をベンツ（Benz）だと考えればいいのである。ただし、残念ながら、日本語訳者に対しては、言葉遊びの神様は同じようにはほほ笑んでくれなかった。

『賜物』には、難解で相当考え込まなければ意味がとれないような隠喩も時折現れる。例えば、いま取り上げたガソリン・スタンドの描写の直後に、バルコニーに「首を吊った人間が一人、衣魚《しみ》に食われた毛皮のコートを着て、虫干しのため風に当てられて」いた、という描写がある。文字通り受け止めたら衝撃的な光景で、平和なベルリンの日常生活の中では到底あり得ないことだ。しかし、そうであればこそ、これは隠喩であると読者は推測しなければならない。つまり現実には虫干しのために毛皮のコートがバルコニーに吊るされているだけなのだが、ナボコフはそれを「首吊り死体」に例えているのである。日本語のレトリックではこの種のどぎつい隠喩はあまり使われず、読者が戸惑う恐れが高いので、誤解を避けるためには「毛皮のコートが吊るされていて、首吊り死体のように見えた」と、直喩に変換して訳すのが「こなれた」翻訳というものだろう。しかし、そうしてしまったらナボコフの文体の特徴が失われてしまう。そこで拙訳では隠喩は隠喩のまま訳すという方針を、できるだけ貫くことにした。第五章でもナボコフは同様に、日光浴のために寝そべっている人たちを「死体」と呼んでいる（五一八ページ）。

こういう翻訳家泣かせの文体的特徴を挙げ始めたら、切りがない——長くて複雑な（しばしば挿入や逸脱を伴う）構文、過剰なほどの、ときに単なる語呂合わせにも聞こえるほどの言葉遊び、変幻自在な語りの視点の操作（三人称の語りと、フョードルの一人称単数の語り、そして超越的な創造者の視点を含む一人称複数などが混在し、その一つから別の一つへといつの間にかするりと入れ替わる）。

作品全体の構造に目を転ずると、円環的なものへの強い志向性が認められる。その特徴が一番はっきり出ているのは第四章で、一つのソネットの後半が冒頭に掲げられ、その前半が結末に引用される。また結末では、主人公のチェルヌィシェフスキーの死が描かれた直後にその誕生の記述に戻り、読者は必然的に第四章の冒頭にいま一度戻ることを求められる。このような円環構造は、第四章に限ったことではない。小説全体が同じような構造になっているとも考えられるのだ。小説全体の結末近くで、フョードルは「思いついたばかりの小説」のプランをジーナに語るが、それは運命がいかに二人を結びつけるために策略をめぐらしてきたかということであり、それはまさに『賜物』という小説そのものなのである。つまり、ここに至って読者は、ここまで読んできた小説が実は、その主人公によって将来書かれるべき小説そのもの（？）であるというにわかには信じがたい説明を聞かされ、「この行も終わることはない」という最後の一行を読み終えたとき、いま一度、小説の冒頭に立ち返らざるを得なくなるのだ。この仕掛けは、メビウスの輪にも、あるいはウロボロス（自分で自分の尻尾を咬む蛇）にも例えられるだろう。

もう一つ、この小説の際立った特徴を指摘するならば、それは詩への志向性が極めて強いということだ。第一章は、駆け出しの詩人であるフョードルが処女詩集を刊行した興奮冷めやらないときに始まるので、自分の詩を反芻する彼の様子が――詩の引用をふんだんに盛り込んだうえで――描かれる。さらにロシア詩の韻律や脚韻についての、かなり専門的な議論も展開される。

さらにもっと巧妙な仕掛けも施されている。小説の本文の中に、見た目には韻文になっているとは分からない形で、行分けもされず、詩が何カ所かに埋め込まれているのである。

その一つは、ナボコフ自身が英語版への序文で、第三章の「本当の中核になっている」と言う、ジーナに捧げられた愛の詩だ――「きみをなんと呼ぼう？　きみの名前には／半ばムネモシュネー《ムネモジーナ》半ば星のゆらめき《メルツァーニエ》がある」。ロシア語の原文ではこれらの詩行は本文の中に埋め込まれていて外見だけでは詩とはわからないが、実際には五脚ヤンプ（弱強格）という韻律を持つ韻文である。こういった「埋め込まれた詩」のうち、一番目立つのは、小説のフィナーレの部分である。「さらば、本よ！」で始まる小説の結末の数行は、じつはプーシキンが『エヴゲニー・オネーギン』を書く際に用いたいわゆる「オネーギン・スタンザ」（四脚の弱強格《ヤンブ》で書かれた、十四行の連）の形式になっているのだ。

3　『賜物』を織り成す様々な意匠

この作品が、ごく常識的に言って、一種の「芸術家小説」であり、そこには自伝的側面が強く認められることは先に述べた通りだが、それ以外にも作品を織り成す様々な意匠が絡みあっている。

まず『賜物』は、失われた父を求める息子の物語でもある。ナボコフの父はカデット（立憲民主党）の創設に参加したリベラルな政治家だったが、一九二二年、ベルリンでカデット党首ミリュコーフが兇漢に襲われたとき、彼をかばったため自分に弾が当たって亡くなってしまった。若きナボコフは亡命によって祖国を失っただけでなく、このように突然敬愛する父を失ったのである。一方、『賜物』では、フョードルの父はロシア革命直前に中央アジアの奥地に探検旅行に出かけ、消息を絶ってしまう。そしてフョードルは文学的想像力によって「失われた父」を取り戻そうとするかのように父の伝記に取り組み、想像裡に父と一体化して、父の秘境探検の旅を思い描く。

フョードルの父と結びついた形で、ナボコフが生涯を通じて情熱を捧げた文学以外のもう一つの分野が登場する。蝶である。フョードルの父は国際的に著名な鱗翅類の研究者だという設定になっており、彼が秘境の探検に出かけるのも蝶の収集のためだった。一方、よく知られているように、ナボコフ自身が優れた鱗翅類研究者であり、蝶への情熱はやはり父から受けついだものだった。

蝶とならぶナボコフのもう一つの情熱はチェスであり、彼はチェス・プロブレム作家としても知られている。そして『賜物』においてはチェスが思いがけないきっかけとなって、一九世紀ロシアの急進的知識人チェルヌィシェフスキーの伝記執筆につながっていく。その結果フョードルが完成させた伝記小説は、「小説内小説」として『賜物』の第四章になった。チェルヌィシェフスキーと言えば、現実を芸術の上に置く功利主義者であり、その急進的な思想が後続世代の革命家たちを導いた。彼こそはロシア革命の思想的源泉の一つだったのである。芸術を現実の上に置き、ボリシェヴィキ政権を憎んだナボコフとはおよそ相容れない人物のはずなのだが、ナボコフはあえて彼を選び、戯画的な伝記小説をフョードルに書かせた。ここで考慮に入れておかなければならないのは、ロシア・インテリゲンチヤにとってチェルヌィシェフスキーが冒してはならない、ほとんど神聖な権威だったということで、帝政による迫害を受け、苦難に満ちた人生を送った彼の生涯は、ボリシェヴィキ政権を認めない亡命ロシア人の間でも、決して揶揄の対象にすべきものではなかった。ナボコフはそのタブーをあえて破ることによって、芸術家としての自らの「射撃の練習」をするのだと宣言する（第三章）。それは芸術が芸術として自立するための、作家修業の手始めであった。

そして実に興味深いことがこのチェルヌィシェフスキー伝に生ずる。フョードルの書いた伝記小説は、初めワシーリエフという出版者に、「恥知らずで、反社会的で、自分勝手なおふざけ」として出版を拒否されるのだが、それと同じことが、ナボコフの『賜物』第四章にも起こり、『賜物』を連載していた『現代雑記』から第四章だけ掲載を断られてしまったのだ。ナボコフ自身が英語版への序文で誇らしげに（？）言っているように、これは「人生が芸術を模倣した」好例だった。

そして『賜物』は、ナボコフが文学的価値を徹底的に否定するチェルヌィシェフスキーを論ずることを通じて、ロシア文学の素晴らしさをいわば「逆の極から」証明したとも言えるだろう。ナボコフ自身が英語版への序文で『賜物』の本当のヒロインはジーナではなくロシア文学だと明言しているように（ロシア語では「文学」は女性名詞である）、この小説ではプーシキンからロシア象徴派に至る一九世紀ロシア文学の全体が語られるだけでなく、文学修業を続けるフョードル自身がプーシキンに始まって、ゴーゴリへ進み、チェルヌィシェフスキーを経由してモダニズムの詩学に至るという文学史的発展をなぞっている。

しかし豊かな歴史を誇るそのロシア文学も、いまや祖国と大部分の読者を失った亡命ロシア人社会にあって、未来が見通しにくくなってしまった。亡命の地ではたしてロシア文学は生き延びられるのだろうか？　ナボコフはその切実な問いに対して、『賜物』という作品そのものを創造することによって答えようとした。

4　ページの地平線の彼方に――付録と続編

最後に『賜物』のその後がどうなったか、について少し触れておきたい。『賜物』はこれで完成した作品ではあるが、ナボコフ自身が『賜物』への「付録」と仮に名付けた作品が二つある。一九三八年にベルリンのペトロポリス社が、『現代雑記』への掲載を拒否された第四章（チェルヌィシェフスキー伝）も含めて『賜物』を単行本として出すことを約束してくれたとき、ナボコフは『賜物』の本体にこれらの付録を添えて刊行することを計画した。しかし結局、単行本の出版計画は頓挫し、付録を添えて『賜物』決定版を出す案は実現しなかった。

第一付録は、一九三四年に書かれた「環《わ》」という作品である。これは『賜物』に取り組んでいる最中に、言わば『賜物』という本体から離れ、「衛星」のようにその周りを回転し始めた短編だった。「環」の主人公インノケンチーは、『賜物』第五章で一回だけ名前が出てくるレシノの村の学校教師ブイチコフの息子であり、こちらではインノケンチーという「ロシアの理想化肌の急進主義者に近い局外者」の目で、裕福な貴族であるゴドゥノフ＝チェルディンツェフ家の人々が観察されている。フョードル一家の存在を相対化するまなざしがここにはあって、興味深い。そして第二付録とされたのが、本書に収録された「父の蝶」（本邦初訳）である（この作品について詳しくは訳者小西昌隆氏の解説に譲る）。

これらの「付録」とは別に、ナボコフには『賜物』の続編を書く構想があった。ワシントンD.C.のアメリカ議会図書館に保管されているナボコフ・アーカイヴには、「薔薇色のノート」と呼ばれるものがあり、そこに『賜物』の「第二部」の構想が書き込まれていたのである。それによれば、続編の舞台は一九三〇年代末のパリ、フョードルとジーナはすでに結婚して夫婦となって久しく、フョードルは何冊かの長編を書いて有名になった、でっぷりと太った四十男である。夫婦の関係も今では円満でなく、フョードルがイヴォンヌというフランスの娼婦と関係を持つ生々しい場面も盛り込まれている。やがてジーナは、交通事故であっけなく死んでしまう。『賜物』が大いなる肯定への意志に満ちた明るい調子で終わったのに対して、この続編は全体として異様に暗い雰囲気に覆われているのが対照的である。

ナボコフは、『賜物』完成後、一九四〇年にアメリカに亡命する直前の時期に、『孤独な王』という長編を書こうとしていたことも分かっている。結局この長編も完成しないまま放棄されるのだが、その一部になるはずだったものが、「北の果ての国」と「孤独な王」という二つの短編として発表された。よく分からないのは、ほぼ同時期に構想されたと思われる『孤独な王』と『賜物』第二部の関係である。この点に関してアレクサンドル・ドリーニンは、『賜物』第二部は『孤独な王』を含んで一つの作品になるはずだったと推定した。ところが二〇一五年に「薔薇色のノート」の極めて読みにくい手書きのメモを判読して初めて活字にしたアンドレイ・バビコフは、様々な状況証拠や手紙、他の作品との関係などを子細に検討したうえで、『賜物』第二部は、『孤独な王』とは別の独立した作品として、ナボコフのアメリカ亡命後に構想されたのではないか、というかなり説得力のある新説を提唱し、ドリーニンと激しい論争になった。なおバビコフは主としてアーカイヴ調査に基く論考を『ナボコフ読解——探索と資料』(サンクト・ペテルブルク、二〇一九)という八〇〇ページを超える大著にまとめたばかりのところである。

いずれにせよナボコフは『賜物』第二部を構想メモのまま放棄して、二度とそこに戻ることはなかった。ただし、続編の構想も含めて『賜物』に内包されていた様々なモチーフは、後の『ロリータ』や『ベンド・シニスター』『青白い炎』などの、ナボコフがアメリカ時代に書く英語作品に何らかの形で受け継がれていったと考えられる。ロシア語作家時代の最後にして頂点を成す作品が、ナボコフ後半生の英語時代の進路を予め決めていたのである。

今日の評価では、『賜物』が二〇世紀ロシア小説の最高峰の一つであることはもう揺るがないと言ってもいいだろう。ロシア小説の展開の中でこれと対照してみたいのは、スターリン時代の絶望の中でミハイル・ブルガーコフが書いた『巨匠とマルガリータ』くらいだろうか。『賜物』と『巨匠とマルガリータ』という二つの傑作が、かたや亡命地で、かたやソ連国内でほぼ同時代に書かれたのである。

しかし、ナボコフの才能はロシアと言う「ローカル」な文脈に収まるものではなかった。ジョイスの『ユリシーズ』がダブリンの街を舞台にしていたのに対して、『賜物』はベルリンという都市空間を舞台とした遊歩者《フラヌール》のアーバニズム小説である。また『賜物』で展開される追憶や芸術的創造を通しての独自の時間論は、プルーストの『失われた時を求めて』においても時間そのものが重要な主題であったことを思い出させる。つまり『賜物』はロシア文学史の中に屹立する作品であると同時に、ジョイスやプルーストの作品と比較されるべき、二〇世紀ヨーロッパ・モダニズムの産物でもあった。

本訳書を完成させるにあたっては、じつに様々な先人や同僚から貴重なご教示、ご協力をいただいた。記して感謝させていただきたい。最初の河出書房版ではメドロック皆尾麻弥氏、小西昌隆氏のお二人に校正刷りを通読していただき、訳文改善のための様々な助言をいただいたが、その助言はこの改訂版でも活かされている。特に、頻出する蝶の名前については、とうてい訳者の手に負えるところではなく、小西昌隆氏の専門的知見に全面的に助けられた。またアレクサンドル・ドリーニン、ユーリイ・レヴィング、アンドレイ・バビコフ、諫早勇一といった傑出したナボコフ研究者からは、彼らの著作を通じてだけでなく、直接の質疑のやりとりを通じて、多くの教示を受けた。その他にも、かつて大学の教室で原書を一緒に読んだ学生たちから、日本ナボコフ協会の同僚諸氏に至るまで、ここにとうてい列挙しきれないほど多くの方々の「集合知」に支えられてこの訳書は成り立っている。小説が始まったのと同じエイプリル・フールの日にこの解説を書き終えるのも、何かの縁というものだろうか。

『父の蝶』作品解説

小西昌隆

本篇は *Набоков В.В.* Второе добавление к «Дару» / Публикация и комментарии А. Долинина. // Звезда. 2001. №1. С. 85–109の翻訳である。一部がタイプライターで清書されているほかは手書き原稿のまま残され、ナボコフの没後も長らく未発表だったこの短篇は、まず英語版がナボコフの息子ドミートリイによる抄訳のかたちで『アトランティック・マンスリー』誌の二〇〇〇年四月号に"Father's Butterflies"と題して掲載された。同年、Vladimir Nabokov, *Nabokov's Butterflies: Unpublished and Uncollected Writings*, edited, annotated by Robert Michael Pyle, Brian Boyd, translated by Dmitri Nabokov, Boston: Beacon Press, 2000に全訳が収録され（その後Vladimir Nabokov, *The Gift*, translated by Michael Scammell and Dmitri Nabokov in collaboration with the author, London: Penguin Books, 2001にも再録）、翌二〇〇一年、今回テクストとしたロシア語版がアレクサンドル・ドリーニンによって発表された。英語版の発表に際してドミートリイ・ナボコフがドリーニンにロシア語で書かれた原稿の判読を依頼し、参照しているのだが、ロシア語版はそれを公開したものである。原稿へ「『賜物』第二付録」と書き込まれているところから研究者のあいだでそう呼ばれていたこの短篇は、右記のとおり英語版の発表に際して「父の蝶」というタイトルを与えられた。今回の邦訳でもそれを踏襲している。テクストには『アトランティック・マンスリー』誌掲載時に付されたブライアン・ボイドの解説をロシア語に訳したものとドリーニンの後書きがついているが、今回の翻訳からは割愛した。ロシア語版には註も付されており、今回の翻訳でも一部参照しているものの、註は基本的に訳者の責任でつけてある。[*1]

「父の蝶」がいつどこでどういうかたちで書かれたのかについてはいまだに議論が分かれている。有力なところでドリーニンを参照すると、[*2]それは『賜物』のたどった数奇な運命と密接にかかわっている。『賜物』は一九三七年から一九三八年にかけてパリの『現代雑記』誌に連載された際、チェルヌイシェフスキイを扱った第四章が編集部の政治的判断で掲載を見合わされている。未発表の第四章を含めた『賜物』の全貌が明らかになるには、一九五二年、アメリカのチェホフ出版から単行本が刊行されるまで待たなければならなかったのだが、それ以前に一度、単行本化の企画がもちあがったことがある。政治的な不興など気にするわけもないナボコフが全五章まとまったかたちで『賜物』を世に出すべく協力してくれる出版社を探していたところ、一九三八年末、当時ベルリンからブリュッセルに拠点を移していたペトロポリス社が出版を引き受けてくれることになった。ただしそのためには、価格設定の問題で二巻本に分割しなければならない、しかも両巻を同じ分量で出すという条件がついた。ナボコフはこれに難色を示す。第一巻が第三章の途中で終わってしまうことになるからだ。ナボコフは第三章を最後まで第一巻に収めるために、第二巻の第五章のあとにおまけをふたつつけてバランスをとることにした。ひとつが短篇「環」、一九三四年にパリの『最新ニュース』紙に掲載されていたもので、村の校長の息子でラディカルな思想をもつイノケンチイの視点から領主ゴドゥノフ＝チェルディンツェフ家をみた小説だ。『賜物』第四章と同様、ラストシーンが冒頭部に連続するという円環構造をもった、形式的にみても美しい一篇である。そしてもうひとつがこの「父の蝶」だ。しかし結局、第二次大戦が勃発したことでこの計画は流れ、「父の蝶」も完成稿にいたることなく終わってしまう。短篇が書かれたのは、ドリーニンの支持する説では一九三九年の春である。

もうひとつ、短篇の執筆時期を一九四一年とする説をみておこう。[*3] これは二〇一五年になって、当時まだ無名だったといっていいアンドレイ・バビコフによって提起された新説である。周知のとおり少年時代から蝶の採集にいそしんでいたナボコフは、一九四〇年にアメリカへ亡命後、一九四二年から一九四八年にかけてハーヴァード大学の比較動物学博物館に籍を置き、ブルー（ヒメシジミ亜科の大半を占める小さな青い蝶）の研究者としてキャリアを積んでいる。しかし広い意味ではそれ以前から鱗翅類学者としてのキャリアは始まっていたともいえ、なにしろ最初の論文はケンブリッジの学生時代、一九二〇年の『昆虫学者』誌に載せた「クリミアの鱗翅類にかんする若干の覚書」（ナボコフの英語の文章で最初に活字になったものでもある）にまで遡るし、渡米を果したその年の秋にはさっそくアメリカ自然史博物館へ通いはじめ、翌一九四一年に論文を二本、ニューヨーク昆虫学協会の機関紙に載せており、また――ここではこれが重要なのだが――同年九月十八日付のエドマンド・ウィルソン宛の手紙によると、「擬態現象にかんする野心的な論文」も執筆していた。これに目を通したウィルソンは『イェール・レヴュー』（学術誌ではなく、文芸誌）へ掲載することをナボコフに勧めている。この擬態論文自体はいまでは失われているのだが、バビコフは、「父の蝶」はこの英語の論文との密接なかかわりのもとにそれと並行して書かれていたのではないかと推測している。当時の手紙に残された言葉遣いと「父の蝶」におけるそれとの共通性、

「父の蝶」での英語の多用など多岐にわたって傍証は挙げられているが、もちろん、他の説同様、決定的な証拠があるわけではない。ただし次のものは注目に値する。つまりそもそも短篇の原稿への書き込みをみると、その収録場所として指示されているのは、ドリーニンがいうような「第二巻」ではなく、『賜物』全五章、短篇「環」と同じ「第一巻」であるとしか読めないのだ。そうだとすれば、『賜物』の二巻構想はペトロポリス社からの出版計画とかかわるものではない。では「第二巻」とはなにか、ということになるのだが、バビコフによれば、これは構想だけに終わった『賜物』第二部（フョードルとジーナのパリ暮らしを扱う予定で、残された断片をバビコフが判読し、刊行している）[*4]を指しているのである。バビコフの議論の紹介はここまでにとどめておくが、はたしてこの一九四一年説はドリーニンから痛烈な批判をもって反論されることになった。[*5] しかし「父の蝶」の執筆時期をめぐる謎にミステリーの趣きをそえてくれたことは間違いない。

「父の蝶」は鱗翅類や分類学になじみの薄い一般的な読者からすればとっつきにくい作品かもしれない。二十世紀の終わるころから鱗翅類学者としてのナボコフを再評価する機運が一部専門家のあいだで高まっており、[*6] その文脈で言及されることすらあるような代物だ。小説というよりなかばエッセイめいた、ジャンル分けしがたいとりとめのなさもそうした読まれ方に与《あずか》っているだろう。しかしこの未完成の作品はやはり一篇の虚構たらんとしている。ごく単純にいっても、夥《おびただ》しく列挙される実在の蝶や蛾や研究者たちのなかにさりげなく架空の存在の紛れ込んでいることが、そのことを示している。もちろん逆に、（予防線として？）虚構に紛れさせながらみずからの特異な理説を展開しようとするナボコフの欲望も、たしかに読みとれはするのだが。

「父の蝶」は『賜物』のフョードルその人である一人称の語り手が亡き父を偲ぶという、いってしまえばそれだけの作品だ。ストーリーらしきものもなく、テーマ的にも『賜物』第二章の反復である。ただしその分、演出上の狙いは明白になっている。つまり父の顔を出さないこと。フョードルの語りのなかに立ち現れるのは、父その人ではなく、彼の図鑑のなかの絵や言葉であり、せいぜいのところ、声でしかない。

もうすこし詳しくみよう。全体は、短篇というサイズにしていわば三部構成で成り立っている。「第一部」では父の編纂したロシア産蝶類図鑑が、「第二部」では父の提唱する新たな分類学がとりあげられ、そして「第三部」ではフョードルの少年時代のほんのあるひとこまが回想のかたちで描き出される。これらはたがいに有機的な関係をもって構成されているとはいいがたい。しかしそこには共通する身ぶりがある。「第一部」と「第二部」で参照されるのは父の図鑑でありテクストだが、フョードルはそのオリジナルを手にすることが許されていない。「第一部」で彼が手もとに置いているのは少年時代に贈られた思い出の図鑑そのものではなく、おそらくベルリンの図書館から借り出してきたであろう一冊である。つまりフョードルは借り物の図鑑を手がかりに図鑑の思い出を語りつつ父の仕事がもたらした感動を甦らせるのだ。「第二部」にいたっては、父があたかも遺言がわりに残したようなその謎めいた新理論を解読しようとしているにもかかわらず、ロシア語の原文は不在のまま、英語の抄訳と父の論文を解説した研究書という二次資料だけをたよりにその試みは遂行される。「第三部」の回想のなかの父親は暗闇に紛れて姿がみえず、声がかすかに、回想しているフョードルの心の耳に聞こえるだけだ。つまりこの短篇のなかで父親の姿は視覚的な像をとり結ぶことはなく、フョードルは図鑑やテクストや声をもとに亡き父を浮かび上がらせようとするのだが、それらも二重三重に媒介されている。亡き父を偲ぶのに生前の父のイメージは必要ない、残された断片があればそれでいい、というわけなのだが、それにしても両者の隔たりは過剰に強調されている。だがここにはナボコフにきわめて特徴的な方法論のようなものがある。ナボコフにはあの世《アザー・ワールド》やイデアをはじめとするなにがしか超越的なものへの志向性があるのだが、ナボコフはそれを、やはりこれもナボコフ的といっていい物質的な細部への志向性と、どこまで整合的なのか分からないかたちで共存させるのだ。

「父の蝶」のなかだけでいってもそうした不整合性は際立っている。「第一部」では図鑑に収められた魅力的なイラストの数々が具体性を帯びて描き出され、あるいは蝶を描写する父の見事なまでに美しい文章がそのまま引用されている（いわば具体性の具体例である）のにたいして、「第二部」では抽象性の高い、ほとんど観念論的な——みようによってはオカルト的な——「自然哲学」が展開される。この不整合性を、あるいは、鱗翅類学者としてのナボコフと文学者としてのナボコフの矛盾とごく乱暴にいいかえることもできるかもしれない。「父の蝶」という未完の一篇はこのナボコフ的矛盾を、美質というよりもまさにナボコフの謎として、剝き出しのかたちで提示しているといっていい。

ナボコフはそうした矛盾をみずから引き受け、そのなかで思考し、それを形象化しようとしていた。そのことはこの短篇のなかから読みとることができる。たとえば「第二部」の観念論的な議論のなかで実在性を帯びて展開される擬態論。そこではダーウィニズム的な擬態論が功利主義的、機械論的なものとしてしりぞけられる。それは端的にいえば「人間」を欠いているのだ。擬態を外敵から身を守るための手段としてみる功利主義的な議論から決定的に抜け落ちているのは、人間の視点からはじめて見出されるような擬態の純粋芸術的な無目的性である。しかしこれは一見してそうみえるような人間中心主義的な見方ではない。擬態の芸術は人間が恣意的に自然のなかに見出すものではない。ナボコフによればそれを用意しているのはあくまで自然であり、人間は自然の自己意識（ナボコフは「自然の精神」と呼ぶ）の媒介的な、且つ還元不能な一契機なのだ。したがって「人間」を欠いているとはそのまま「自然」を欠いていることにほかならない。それゆえダーウィニズムは機械論的なのである。自然と精神（人間）を対立的にとらえ、自然の外部に人間を立てる客観的な態度は、自然も、そして「自然の精神」もとらえることはできない。それは自然の自己媒介としての「人間」の眼差しのなかではじめて立ち現れるものなのだ。この眼差しは物質的な細部（擬態、自然）と超越的なもの（自然の精神）という相矛盾するものによって存立しつつそれらを存立せしめるようなアクロバティックな転回を演じている。

　こうした自然と人間の関係は、ナボコフにとって弁証法的というよりもねじれを介して表と裏とが一致するメビウスの帯のようなものとしてあっただろう。それはまた、矛盾を解消することなく、矛盾のままとらえる方法論でもある。「父の蝶」の「第三部」はそれを方法論的なものとして形象化しようとする試みだといっていい。そこでは語り手の回想のなかフョードル少年が夜のヴェランダに腰掛け、本を読んでいる。現在時のフョードルはそれがなんの本だったのか思い出せずにいるのだが、庭を歩く父の会話のなかの、発せられたはずだがいまや聞きとることのできないあるひと言によって、その本の題名を思い出す。この父の会話はプーシキンの「無駄な賜物、偶然の賜物……」という詩を下敷きになされたもので、フョードルは暗黙のうちにそれに思いいたることで、ふいに、自分がなにを読んでいたか思い出すのだ。つまりフョードルによって聞きとられず、したがってテクストに明示されないひと言とは「賜物」の一語であり、それはフョードルの読んでいた本が『賜物』そのものだったことを示唆しているのである（ちなみに作中最後から二文目に含まれる「アクセント ударение」の一語は「賜物 дар」を織り込んでいる）。『賜物』の主人公がかつて『賜物』を読んでいたという自己言及のパラドクスは「『賜物』第一付録」たる短篇「環」の美しい円環構造に類比的だが、それにくらべると、未完成稿であることを考慮しても、いかにもぎこちなく導入されている。しかしこの「第三部」で示されるパラドクスは、ナボコフ的な矛盾を体現するものとして、試行的にでも一度は書かれなければならないものだったのだ。「父の蝶」はそれが未完成稿であることで、ナボコフが矛盾を矛盾として、解消されることのない矛盾のなかで書いていたことを教えてくれる貴重な一篇といえるだろう。

今回の邦訳にあたり、鱗翅類、分類学にかんして京都大学大学院生命科学研究科の荒木崇氏のご教示を仰ぐことができた。二、三のこまかな訳語の相談も含め、氏とのやりとりで教えられたことは数多いが、なかでも *Lycaena* 属と「ヘピオロス」にかんするご指摘は忘れがたい。それらは訳者をひどく混乱させ、あるいは訳者が愉快に誤解していた箇所だった。「父の蝶」の翻訳がナボコフの学的水準に適うものになっているとすれば、氏の協力のおかげである。この場を借りて感謝させていただきたい。

註

＊1　六二八頁　註の作成にあたり、ナボコフ研究者ディーター・E・ツィンマーのウェブ・ブック"A Guide to Nabokov's Butterflies and Moths"（http://www.d-e-zimmer.de/eGuide/PageOne.htm）、および鱗翅類学者マルク・サヴェラによるデータベース（http://www.nic.funet.fi/pub/sci/bio/life/warp/lepidoptera-index-a.html）を大いに参照した。

＊2　六二八頁　См.: *Долинин А.* «Дар»: добавления к комментариям // NOJ/НОЖ: Nabokov Online Journal, 2007. Vol. I. http://www.nabokovonline.com/volume-1.html.

＊3　六二九頁　См.: *Бабиков А.* «Дар» за чертой страницы // Звезда. 2015. № 4. С. 131–156.

＊4　六三〇頁　См.: *Набоков В.* Дар. II часть. Публикация, подготовка текста и примечания А. Бабикова // Звезда, 2015. № 4. С. 157–175.

＊5　六三〇頁　См.: *Долинин А.* О пагубах дилетантизма // Звезда, 2015. № 9. С. 224–232. バビコフによる再反論は см.: *Бабиков А.* Публикация второй части «Дара» Набокова и ее критика // Новый журнал, 2015. № 281. С. 156–170.

＊6　六三〇頁　Cf. Kurt Johnson and Steve Coats, *Nabokov's Blues: The Scientific Odyssey of a Literary Genius* (Cambridge: Zoland Books, 1999); *Fine Lines: Vladimir Nabokov's Scientific Art*, edited by Stephen H. Blackwell and Kurt Johnson (New York: Yale University Press, 2016).

ウラジーミル・ナボコフ略年譜

（太字は本コレクション収録作品）

1899（0歳）	4月22日、サンクト・ペテルブルグの貴族の長男として生まれる。父は帝国法学校で教鞭をとり、母は鉱山を所有する地主の娘。 3歳からイギリス人家庭教師に英語を学び、7歳からはフランス語も学ぶ。10歳からトルストイ、フローベールをはじめ、英語、ロシア語、フランス語で大量の詩や小説を読む。
1911（12歳）	テニシェフ実業学校の2年生に編入。
1915（16歳）	夏、ヴァレンチナ・シュリギナと恋に落ちる。
1917（18歳）	10月、テニシェフ実業学校を卒業。11月、クリミアに逃れる。
1919（20歳）	赤軍の侵攻を受け、4月、クリミアを脱出。ギリシア、フランスを経由してロンドンに着く。10月、ケンブリッジ大学トリニティ・カレッジに入学。当初は動物学とロシア語、フランス語を専攻。
1920（21歳）	8月、一家はベルリンへ移住。
1922（23歳）	3月、父がロシア人極右に撃たれ死去。6月、大学を卒業しベルリンへ移住。スヴェトラーナ・ジーヴェルトと婚約する（翌年破棄される）。12月、詩集『房』刊行。
1924（25歳）	多くの短篇のほか、映画のシナリオや寸劇を書く。
1925（26歳）	4月15日、ヴェーラ・スローニムと結婚。
1926（27歳）	3月、**『マーシェンカ』**刊行。秋、戯曲『ソ連から来た男』執筆。
1928（29歳）	9月、**『キング、クイーン、ジャック』**刊行。
1930（31歳）	9月、**『ルージン・ディフェンス』**刊行。
1932（33歳）	10月から11月にかけてパリ滞在。朗読会を行いながら多くの編集者、文学者、芸術家らと交わる。11月、『偉業』刊行。
1933（34歳）	12月、『カメラ・オブスクーラ』刊行。
1935（36歳）	6月から翌年3月にかけ「現代雑記」誌に**『処刑への誘い』**を連載。
1936（37歳）	2月、『絶望』刊行。
1937（38歳）	4月から翌年にかけて「現代雑記」誌に**『賜物』**を連載。6月、フランスへ移住。
1938（39歳）	3月、戯曲**『事件』**パリで初演。自ら英訳した『暗闇の中の笑い』（『カメラ・オブスクーラ』改題）がアメリカで出版される。9月、戯曲**『ワルツの発明』**執筆。**『密偵』**刊行。11月、**『処刑への誘い』**刊行。
1939（40歳）	10月から11月にかけて、「魔法使い」（邦題**『魅惑者』**）執筆。

1940（41歳）	5月、フランスを離れ、アメリカに移住。アメリカ自然史博物館で鱗翅類研究にとりかかる。
1941（42歳）	ウェルズリー大学、スタンフォード大学などで講義。12月、『セバスチャン・ナイトの真実の生涯』刊行。
1942（43歳）	ハーバード大学比較動物学博物館の指定研究員となり、以降4年間は文学作品以上に鱗翅類研究に勤しむ。
1947（48歳）	6月、『ベンドシニスター』刊行。
1948（49歳）	肺疾患に罹る。コーネル大学でロシア文学の教授に就任。
1952（53歳）	ハーバード大学スラヴ文学科で客員講師。4月、**『賜物』**のロシア語完全版が初めて単行本として出版される。
1953（54歳）	12月、**『ロリータ』**脱稿。
1955（56歳）	アメリカの出版社に**『ロリータ』**刊行を拒否されたため、ヨーロッパへ原稿を送る。9月、パリのオリンピア・プレスから出版される。
1956（57歳）	12月、フランス政府は**『ロリータ』**を発禁とする。
1957（58歳）	5月、『プニン』刊行。
1958（59歳）	8月、アメリカでもようやく、パトナム社から**『ロリータ』**刊行。3週間で10万部を売る。
1959（60歳）	9月、息子ドミトリーとの共訳で**『処刑への誘い』**出版。10月、フランス語版**『ロリータ』**刊行。11月、イギリス版も出版。
1962（63歳）	4月、『青白い炎』刊行。9月、スイスのモントルーに居を定める。
1963（64歳）	5月、英語版**『賜物』**刊行。
1964（65歳）	9月、英語版『ディフェンス』（ロシア語版原題は**『ルージン・ディフェンス』**）刊行。
1965（66歳）	英語版『目』（ロシア語版原題は**『密偵』**）刊行。
1966（67歳）	2月、戯曲**『ワルツの発明』**英語版刊行。
1967（68歳）	1月、『記憶よ、語れ』刊行。8月、ロシア語版**『ロリータ』**刊行。
1968（69歳）	4月、英語版**『キング、クイーン、ジャック』**刊行。
1969（70歳）	5月、『アーダ』刊行。
1970（71歳）	9月、英語版『メアリー』（ロシア語版原題は**『マーシェンカ』**）刊行。
1971（72歳）	息子ドミトリーとともにロシア語短篇の英訳を始める。
1972（73歳）	10月、『透明な対象』刊行。
1974（75歳）	2月、映画脚本**『ロリータ』**刊行。8月、遺作となる『見てごらん道化師を！』刊行。11月、ロシア語版**『マーシェンカ』**『偉業』がアーディス社から再出版される。以降、同社がナボコフの全ロシア語作品を再出版することになる。
1977（78歳）	6月末、気管支炎発症。7月2日、ローザンヌ病院にて死去。

本作品中には、現代においては差別表現と見なされかねない表現が含まれているが、著者が執筆した当時の時代背景や文学性に鑑みて、原文を損なわない範囲で翻訳している。

Владимир Набоков
Избранные сочинения

ДАР

ОТЦОВСКИЕ БАБОЧКИ

ナボコフ・コレクション
賜物《たまもの》
父《ちち》の蝶《ちょう》

発　行　2019年7月25日

著　者　ウラジーミル・ナボコフ
訳　者　沼野充義《ぬまのみつよし》　小西昌隆《こにしまさたか》
発行者　佐藤隆信
発行所　株式会社新潮社
〒162-8711　東京都新宿区矢来町71
電話　編集部　03-3266-5411
読者係　03-3266-5111
https://www.shinchosha.co.jp
印刷所　株式会社精興社
製本所　加藤製本株式会社

ISBN978-4-10-505609-4 C0397

Владимир Набоков
Избранные сочинения

ナボコフ・コレクション［全5巻］

Машенька / Король, дама, валет

マーシェンカ　奈倉有里 訳　［ロシア語からの初訳］

キング、クイーン、ジャック　諫早勇一 訳　［ロシア語からの初訳］　*

Защита Лужина / Соглядатай

ルージン・ディフェンス　杉本一直 訳　［ロシア語からの初訳］

密　偵　秋草俊一郎 訳　［ロシア語からの初訳］　*

Приглашение на казнь / Событие / Изобретение Вальса

処刑への誘い　小西昌隆 訳　［ロシア語からの初訳］

戯曲

事件 ワルツの発明　毛利公美　沼野充義 訳　［初の邦訳］　*

Дар / Отцовские бабочки

賜　物　沼野充義 訳　［改訂版］

父の蝶　小西昌隆 訳　［初の邦訳］　*

Лолита / Волшебник

ロリータ　若島正 訳　［増補版］

魅惑者　後藤篤 訳　［ロシア語からの初訳］

＊は既刊です。

書名は変更になることがあります。